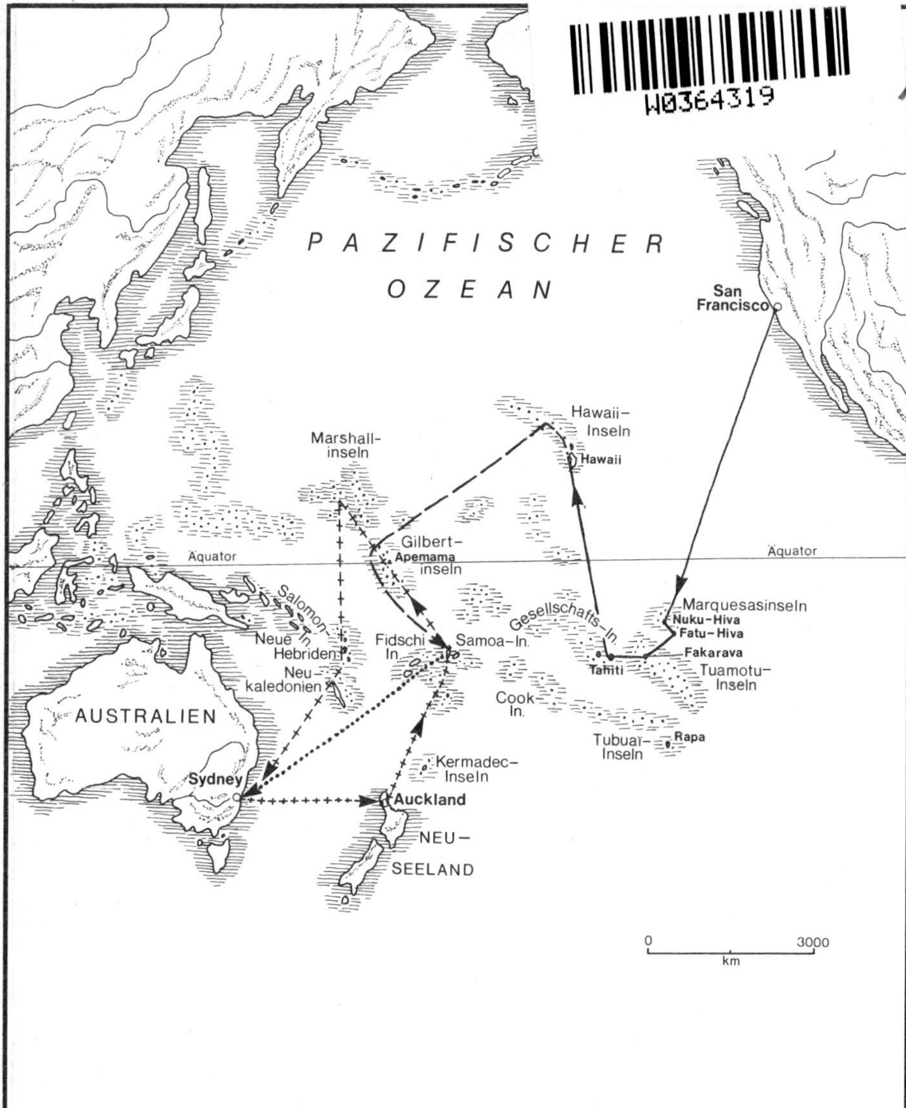

——— Erste Kreuzfahrt der Stevensons auf der *Casco* von San Francisco (Juni 1888) nach Hawaii (Januar 1889)

– – – – Zweite Kreuzfahrt auf der *Equator* von Hawaii (Juni 1889) nach Samoa (Dezember 1889)

········· Rückfahrt auf dem Liniendampfschiff *Lübeck* von Samoa nach Sydney (Februar 1890)

+ + + + + Dritte Reise auf der *Janet Nicholl* von Sydney über Samoa nach Sydney (April–August 1890)

1781

Alexandra Lapierre

DIE VAGABUNDIN

Fanny Stevenson und die »Schatzinsel«

Aus dem Französischen von
Annette Meyer-Prien

Hoffmann und Campe

Die Originalausgabe erschien unter dem Titel
Fanny Stevenson beim Verlag Robert Laffont.

Für J. C. F.

Die Deutsche Bibliothek – CIP-Einheitsaufnahme

Lapierre, Alexandra: Die Vagabundin :
Fanny Stevenson und die »Schatzinsel« / Alexandra Lapierre.
Aus dem Franz. von Annette Meyer-Prien.
– 1. Aufl. – Hamburg : Hoffmann und Campe, 1994
Einheitssacht.: Fanny Stevenson <dt.>
ISBN 3-455-11027-4

Lektorat: Tania Schlie
Schutzumschlag: Lo Breier/Kai Eichenauer unter Verwendung
eines Gemäldes von W. Homer, Fonds Amélia B. Lazarus
Frontispiz: Fanny Osbourne, 1875 (Foto: Beinecke Rare Books
and Manuscript Library, Yale University)
Satz: Utesch Satztechnik GmbH, Hamburg
Druck und Bindung: Mohndruck, Gütersloh
Printed in Germany

Hinweis für den Leser

Fünf Jahre habe ich mit Fanny gelebt, habe, während ich ihre Spuren durch die ganze Welt verfolgte, beinahe 100 000 Kilometer zurückgelegt. Genauer gesagt: Außer Davos, Bournemouth und einigen pazifischen Inseln habe ich sämtliche Orte besucht, an denen sie je gelebt hat.

Viele der hier wiedergegebenen Briefe sind unveröffentlicht. Ich hoffe inständig, daß ich weder den Sinn des Geschriebenen noch etwa den Stil Robert Louis Stevensons verfälscht habe.

Alle in diesem Buch genannten Fakten sind absolut exakt. In den wenigen Fällen, in denen sich die Tatsachen nicht mehr eindeutig rekonstruieren ließen, findet sich im Anhang eine entsprechende Anmerkung, in der ich meine verschiedenen Hypothesen und die Entscheidung für eine bestimmte Darstellungsweise erläutere.

A. L.

Meine Frau

Treu und dunkel, lebhaft, wahrhaftig,
Mit Augen aus Gold wie von wilden Pflaumen,
Aufrecht wie ein Pfeiler,
Unbestechlich wie Stahl,
So ist die, die der Herr aller Schöpfung
Mir schenkte

Wild und gefühlvoll, ehrenhaft und voller Glut,
Von Liebe beseelt, die das Leben nicht aufzehrt,
Der Tod nicht beendet,
Noch das Höllenfeuer zerstört,
So ist die, die der Allmächtige Schöpfer
Mir schenkte

Herrin der Zärtlichkeit, Kameradin und Geliebte,
Gemahlin, Gefährtin auf den Pfaden des Lebens,
Treu bis zum Ende der Reise,
Mit freiem Geist und von ganzem Herzen,
So ist die Frau,
Die Gott mir schenkte.

ROBERT LOUIS STEVENSON

INHALT

Prolog
WIE SICH DIE STIMMEN GLEICHEN

Für mich war sie die einzige Frau auf der Welt, für die ein Mann willig sein Leben gegeben hätte.

PARIS
1988

R. L. S. Alles beginnt mit diesen drei Initialen. Robert Louis Stevenson.

Ich habe seine berühmtesten Werke nicht wie andere schon in meiner Jugend entdeckt. Erst sehr viel später, und beinahe durch Zufall, verschlang ich diese Romane, in denen ich die Bücher erkannte, die ich in meinen kühnsten Träumen selber hätte schreiben, die Abenteuer, die ich selber hätte durchleben mögen. Sie trafen mich wie ein Schock. Fasziniert und voller Begierde drang ich immer tiefer in das Werk dieses Mannes vor, verglich Notizen und Textvarianten und durchstöberte Vorworte nach Hinweisen.

Ich suchte nach Antworten, Modellen, Interpretationsschlüsseln, und fand sie rasch und überall. Von einer Ausgabe zur nächsten, ob in Frankreich, Großbritannien oder in den USA, präsentierte sich immer wieder dasselbe Bild: Stevenson war ein Kinderschriftsteller und ein wagemutiger Abenteurer von beispielhafter Männlichkeit. Ein steifer Schattenriß ohne alle Brüche. Und gerade das forderte mich dazu heraus, der Sache auf den Grund zu gehen. Neben der absoluten Treue, die der Schriftsteller seinen Freunden entgegenbrachte, war in allen diesen Vorworten die Rede von einer Frau an seiner Seite, einer einzigen, *seiner* Frau. Und hier war man sich nun plötzlich gar nicht mehr einig! Je nach Verfasser des Vorwortes war die Begleiterin des berühmten Mannes Muse und Madonna oder aber Megäre und Mannweib; eine Abenteurerin, eine Frau von beschränkt kleinbürgerlicher Weltanschauung; eine Analphabetin, eine Intellektuelle von bahnbrechender Intelligenz; ein Blaustrumpf, ein loses Weib; eine Dämonin, eine Märtyrerin. Es war amüsant zu sehen, mit wieviel Hingabe sich die Autoren darangemacht hatten, den Einfluß dieser Frau zu verteufeln. Besonders vor diesem Hintergrund mußte mich die letzte Widmung Stevensons in dem Werk, das er 1894, in seinem Todesjahr, schrieb, stutzig machen:

Nimm all mein Werk: Es ist dein.
Wer hat für mich die Klingen gewetzt, hat mit seinem Atem der verlöschenden Glut neues Leben eingehaucht,
Wer hat die Zielscheibe für mich gehalten, ohne je zu wanken und immer ein wenig höher,
Und wer war sparsam im Lob, aber großzügig mit vielem guten Rat, wer, wenn nicht du?
Wenn am Ende des Weges das Geschriebene bestehen kann,
Wenn die Arbeit getan ist,
Wenn in den unvollkommenen Worten einer Seite ein Feuer brennt,
Dann gebührt dir, dir allein, die Ehre.

Wie zum Teufel muß man sich eine Frau vorstellen, die solcherart von einem großen Schriftsteller besungen wurde? Fünf Jahre meines Lebens sollte ich nach unserem ersten »Zusammentreffen« an diese Frau verwenden. Und dabei bin ich noch glimpflich davongekommen. All jene, die Fanny Vandegrift wirklich gekannt haben, kamen bis zum Ende ihres Lebens nicht mehr von ihr los. Sie war wilder und unkonventioneller, als ich es mir je hätte vorstellen können, dabei war sie menschlicher als jeder andere, aber auch ein Scheusal. Diese Amerikanerin vereint in sich einen Mythos, eine Welt. Ihre Bekanntschaft mit Robert Louis Stevenson hat sie zwar ins Interesse der Nachwelt gerückt, aber ihre eigene Geschichte läßt erkennen, daß sie mehr war als nur die Ehefrau eines berühmten Mannes. Sie hatte schon vor ihm gelebt. Und sie existierte weiter, als er gestorben war. Über diese Zeit unterrichten uns die Erinnerungen ihres letzten Begleiters, des Mannes, der ihr am Morgen ihres Todes die Augen schließen wird, der ihr jugendlicher Geliebter war und dessen Leben bis zum Ende von ihrem Schatten begleitet sein wird.

SAN FRANCISCO
Februar 1914

Bericht von Edward Salisbury (Ned) Field, Illustrator, Dramaturg und späterer Drehbuchautor für George Cukors *Vier Schwestern.*

Für mich war sie die einzige Frau auf der Welt, für die ein Mann willig sein Leben gegeben hätte.

Zum ersten Mal sah ich sie vor elf Jahren. Es war das Jahr 1903, Januar 1903, im Laden von William Doxey, dem Buchhändler, bei dem ganz San Francisco seine Avantgarde-Literatur kaufte. Wie an jedem letzten Mittwoch des Monats vertrieb ich mir hier die Zeit bis zu meinem Termin mit dem Aufrißzeichner und den Redakteuren des berühmten Overland Monthly. *Die Räume der Zeitung lagen in der ersten Etage im selben Gebäude wie Doxeys Geschäft in der Market Street, und während ich verschiedene Kunstbände durchblätterte, quälte ich mich wie üblich mit der Angst, daß meine Illustrationen, Karikaturen und Comics einmal mehr abgelehnt werden würden. Die Atmosphäre der Redaktionsräume des* Overland *konnte mich noch beeindrucken, das für die Jahrhundertwende typische Gehabe der Intellektuellen, die bei Doxey ein und aus gingen, ließ mich dagegen vollkommen kalt. Ich war dreiundzwanzig Jahre alt, hatte gerade sechs Monate in Paris hinter mich gebracht und bildete mir ein, alle Absonderlichkeiten der Boheme längst selbst durchlebt zu haben.*

Als die Ladenglocke anschlug, ließ ich mich nicht einmal dazu herab, den Kopf zu heben. Aber unter meinem Buch sah ich einen Fuß, einen winzig kleinen Fuß, der in einem roten Schnürschuh steckte, wie sie von Tänzerinnen getragen werden, und beschwingt die drei wackligen Eingangsstufen herunterkam. Etwas ungeheuer Kokettes in der Verschnürung der Bänder, der Größe der Schleife am Knöchel und dem trägen Fall der Bordüre aus Spitze und Moiré am Bein darüber versetzte mich augenblicklich in außerordentliche Erregung. Das war bei Gott der vorwitzigste Fuß seit den Stiefeletten der Demoiselles aus dem Moulin Rouge.

Als junge Frau mußte sie hübsch gewesen sein. Heute war sie schön.

Mit ihrem üppigen, raschelnden Kleid, von keiner enganliegenden Taille oder gar einem Korsett eingezwängt, mit ihrem urtümlichen Eingeborenenschmuck, dem Schopf ungebändigter, kurzgeschnittener grauer Locken und ihrem durchdringenden, steten Blick erinnerte sie an eine tropische Pflanze, man fühlte sich in eine Welt der Schlingpflanzen, Lianen und Blumen versetzt – eine intensive und unwandelbare Welt, ohne Alter und ohne Namen.

Trotz ihrer ein wenig gekünstelten Art, der beginnenden Leibesfülle und ihrer geringen Größe – sie maß kaum mehr als einen Meter fünfzig – ging von dieser Frau ein spürbarer Hauch von Wildheit aus, und ich erinnere mich gut, daß ich mir damals gesagt habe, diese Kreatur müsse über verborgene Kräfte verfügen, mit denen man besser nicht spaßte. Im übrigen lag etwas unendlich Bescheidenes und Feminines in der Art, wie sie Doxey begrüßte. Der seinerseits überschlug sich nahezu vor Aufregung, als er sie willkommen hieß, während sie ihn mit leiser, tonloser Stimme bat, doch keine weiteren Umstände zu machen und nicht noch mehr Aufmerksamkeit auf sie zu ziehen und sie statt dessen lieber in das Büro hinter dem Laden zu geleiten. Dabei legte sie dem Buchhändler ihre Hand auf den Arm, eine biegsame, kleine Jungenhand. Gemeinsam durchquerten sie den Laden, und unter dem mit phantastischen Federn geschmückten Hut sah ich ein leicht gebräuntes, napoleonisches Profil an mir vorüberschweben, das auch nicht von einer Andeutung des Lächelns gemildert wurde. Die Tür fiel hinter ihnen zu. Über den Laden legte sich Stille, Leere, Sprachlosigkeit.

»Himmel!« unterbrach dann ein Kunde diesen endlos scheinenden Moment. »Wer war das?«

Wir alle waren neugierig geworden durch dieses Auftreten, in dem sich Extravaganz und Schüchternheit die Waage hielten, durch die uns widersprüchlich erscheinende Mischung aus außerordentlicher Schamhaftigkeit und der theatralischen Eigenwilligkeit der Aufmachung, aus dem beinahe grausam eindringlichen Blick und dieser rohen, ungezügelten, schmerzhaften Lebenskraft, die von der Frau ausging. Wie verzaubert blieben die Blicke aller Männer auf der Tür zum Büro haften. Ich wußte, daß ich diese Frau noch zwanzig Jahre später, vorausgesetzt, sie würde in zwanzig Jahren noch von dieser Welt sein, sogar von hinten erkennen würde, von hinten, bei Nacht und zwischen zwei aufzitternden Blitzen.

»Entschuldigen Sie«, wandte ich mich an den Kassierer, »aber wer war das?«

»Meine Mutter«, antwortete eine singende Stimme hinter mir, die ich als die von Belle Strong erkannte.

Sie arbeitete ab und zu für Doxey und spürte in der ganzen Welt Erstausgaben amerikanischer Autoren auf. Wir hatten ein paarmal miteinander gesprochen. Ihre Weltoffenheit und die Tatsache, daß sie eine geschiedene Frau war, hatten ihren Reiz für mich erhöht; ich fühlte mich durchaus angezogen von ihrem charmant vor sich hinplätschernden Geplauder, ihren koketten Blicken, der Art, wie sie sich in den Hüften wiegte, und ihrem schnell aufflackernden, impulsiven Lachen – sie hatte ganz eindeutig die Qualitäten eines Paradiesvogels. Aber irgendwo auf Hawaii oder in Australien hatte Belle Strong auch einen Sohn, einen Sohn, der wie ich versuchte, sich einen Namen zu machen, einen Sohn in meinem Alter. Kurz gesagt: Belle mußte auf die Fünfzig zugehen.

»Meine Mutter,« wiederholte sie und machte keinerlei Anstalten, ihren Stolz zu verbergen. »Mrs. Stevenson.« Und als ich darauf nicht weiter reagierte, fügte sie betont hinzu: »Dr. Jekyll und Mr. Hyde ... Robert Louis Stevenson.«

»Seine Frau?«

»Seine Witwe.«

Das Erstaunliche daran war, daß ich die Adresse von Mrs. Robert Louis Stevenson seit sechs Monaten sorgsam verwahrt in meiner Brieftasche mit mir herumtrug und kein Tag in San Francisco verging, ohne daß ich irgend jemanden über sie reden hörte. Ihre zahlreichen Abenteuer, ihre Reisen, ihr skandalöses Verhalten, ihre Verbindung mit einem der verehrtesten Schriftsteller seiner Zeit lieferten genügend Stoff für ungezählte Zeitungsartikel, Tratschgeschichten in literarischen Zirkeln und ausgiebigen Gesellschaftsklatsch. Mir selber war es immer schwergefallen, die tausend verschiedenen Schattenrisse, die sich meiner Einbildungskraft aufdrängten, gleichsam auf einer einzigen Leinwand zu einem einträchtigen Portrait zusammenzufügen. Keines dieser vielen Bilder ähnelte der Frau, der ich gerade begegnet war.

Man hatte mir etwa eine ungehobelte Wildwest-Pionierin geschildert, eine Goldsucherin, genau wie aus der amerikanischen Legende, mit der Winchester quer über den Knien, die Nuggets, die ihr Mann gefunden hatte, in ihrer Korsage verborgen, irgendwo in der Wüste von Nevada … Es fiel schwer, sehr schwer sogar, sich diese aparte, strahlende Persönlichkeit aus Doxeys Laden mit verstaubter Baumwollhaube und einem Rock aus einfachem Tuch vorzustellen, wie sie gemeinsam mit einer ganzen Horde von Glücksrittern über die Minen von Virginia City herfiel. Andere hatten mir eine Malerin im Paris der Zeit nach der Kommune beschrieben, als die Stadt in Schutt und Asche lag, eine Anhängerin der Schule von Barbizon, völlig mittellos, aber mit allem Elan Corot nacheifernd, neben Marie Bashkirtseff Schülerin an der Académie Julian. Wieder andere schilderten sie in ihren Geschichten als Besitzerin einer Kakaoplantage auf einer der samoanischen Inseln, die es gewagt hatte, die Rechte der Eingeborenen gegen die Interessen der Weißen zu verteidigen …

Und alle diese verschiedenen Figuren, all diese Gesichter purzelten in meinem Kopf durcheinander und vermengten sich mit den Namen all jener, die die Frau Robert Louis Stevensons geliebt hatte: ihre Ehemänner, ihre Kinder, ihre Freunde, der König von Hawaii, der Kneipenwirt aus Monterey, Henry James; und mit den ebenso klangvollen oder unbedeutenden Namen derer, die Mrs. Stevenson gehaßt hatte. Um mein Bild von ihr endgültig zu verwirren, war sie auch noch eine frühere Klassenkameradin meiner Mutter und die einzige Person aus Indianapolis, die mich dazu hatte bringen kön-

nen, in die Welt hinauszuziehen. Als ich Los Angeles verließ, wo meine Familie sich niedergelassen hatte, legten meine Eltern mir eindringlich ans Herz, ihr unbedingt meine Aufwartung zu machen. Obwohl sie sie seit vierzig Jahren aus den Augen verloren hatten, schrieben sie ihr doch, um ihr meine Ankunft anzukündigen und sie zu bitten, mich ein wenig unter ihre Fittiche zu nehmen. Aus Schüchternheit oder vielleicht auch, weil ich es verschmähte, in Kalifornien mit Landsleuten aus Indiana zu verkehren, hatte ich den Besuch immer wieder auf den nächsten Tag verschoben.

Aber am Morgen nach dem 8. März fand ich mich um zehn Uhr an der Spitze des Telegraph Hill vor einem riesigen, weiß verputzten Haus an der Ecke Hyde und Lombard Street, das wie eine Festung den Pazifik überragte.

Keine Vorahnung befiel mich. Kein Verdacht. Nicht die kleinste Intuition sagte mir, daß ich, während ich hinter den Bäumen verschwand, die die Treppe ganz und gar vor allen Blicken von der Straße abschirmten, mit meinem Schicksal spielte. Immerhin war ich erregt – und das nicht ohne Grund. Ich war im Begriff, in das Heiligtum des Helden meiner Jugend einzudringen, des Schöpfers der Schatzinsel, *des Abenteurers, der seine Träume verwirklicht und sich irgendwo in den südlichen Meeren ein Königreich geschaffen hatte: Stevenson. Ich würde der Geliebten begegnen, der er über einen ganzen Kontinent hinterhergereist war, der Ehefrau, der zuliebe er sich über alles – öffentlichen Skandal, Armut, Krankheit – hinweggesetzt hatte. Seine Freundin, seine Muse, seine erste Kritikerin. Diese unvergleichliche Sirene aus Doxeys Laden ... Selbst der blasierteste dreiundzwanzigjährige Lebemann konnte bei dieser Aussicht nicht ungerührt bleiben. Wie hätte es mir wohl in den Sinn kommen sollen, daß ich, nachdem ich einmal die Türschwelle überschritten hätte, dieser Frau in den folgenden elf Jahren nie wieder, und sei es für einen einzigen Tag, von der Seite weichen würde, daß jeder Augenblick in ihrer Nähe immer der intensivste und oft der lustigste meiner gesamten Existenz sein würde. Wie hätte ich ahnen können, daß wir gemeinsam ganz Europa durchkämmen, Mexiko entdecken, drei Häuser bauen, Gärten pflanzen würden – alles einfach undenkbar!*

Ich erinnere mich, daß ich mich an diesem Tag im März 1903, während ich auf der Plattform stand, die den Eingang zu Fanny Stevensons Festung bildete, einen Moment umwandte und ins Weite blickte. Tief unter mir, am Ende der geraden, steil ins Meer abfallenden Straße, war ein Schoner zu sehen, dessen Segel lautlos an den roten Felsen von Alcatraz vorüberglitten; darüber erhob sich in sanfter Rundung, schwer und ölig flimmernd, der Horizont. In freudiger Überraschung sah ich auf den Ozean hinunter. Es war, als sähe ich ihn zum ersten Mal.

»Mein Leben«, so sollte sie, nicht ganz ohne Selbstironie, noch am selben Morgen zu mir sagen, »mein Leben gleicht einem wilden Ritt auf der Schaumkrone einer Woge, die stets voranrollt, ohne sich je zu brechen.«

Wie kann ich mich damit abfinden, daß ich es war, der ihr heute, Mittwoch, den 18. Februar 1914, zum letztenmal die Augen geschlossen hat?

Sie war vierundsiebzig Jahre alt. Ich hatte sie für unsterblich gehalten. Wohlverstanden, ich bin weder ein Träumer noch ein tumber Tor. Noch bin ich ein Schmarotzer, wenn böse Zungen auch das Gegenteil behaupten. Und, so sehr es gewissen Erben von Mrs. Stevenson mißfallen wird, ich bin kein Gigolo.

Aber für jeden Menschen, der das Mittelmäßige ablehnt, war Fanny einfach die einzige Frau auf der Welt. Allein sie gekannt oder gar geliebt zu haben konnte das gesamte Leben eines Mannes bestimmen. Nun aber erst, von ihr geliebt worden zu sein!

Hier bricht Ned Fields Erzählung ab. Ein Entwurf für einen Nachruf? Der Anfang einer Biographie? Drei Blätter.

Als ich, die ich selber vom Werk Robert Louis Stevensons fasziniert war, mich auf die Spur von Fanny begab, seiner Ehefrau, die in den Vorworten sämtlicher Werkausgaben seit 1901 erwähnt wird, als ich in Kalifornien das Archiv entdeckte, das der Mann angelegt hatte, der ihr Sekretär – und aller Wahrscheinlichkeit nach ihr Liebhaber – gewesen war, war ich verwirrt. Drei beschriebene Seiten nur und daneben zwanzig Bände mit dokumentarischen Unterlagen!

Das Material einer unerschöpflichen Spurensuche, ein Lebenswerk, das Werk, das Ned Field niemals geschrieben hat. Interviews mit Menschen, die Fanny nahegestanden hatten, ganze Haufen mit Korrespondenz, Zeitungsausschnitte, Fotografien – er hatte alles gesammelt.

Seine Unterlagen und meine Notizen, seine Lektüre und meine Reisen waren schließlich nicht mehr auseinanderzuhalten. Wir waren auf der Suche nach Fanny und verfolgten dabei das gleiche Ziel, teilten eine Vision. Heute kann ich diese Frau nur noch mit den Augen und durch die Worte des Mannes sehen, der sie so sehr geliebt hat. Ned hat sich am Ende entschieden zu schweigen. Ich habe den anderen Weg gewählt, ich will erzählen. Aber vielleicht gibt es für sein Schweigen von damals auch einen mir unbekannten Grund? Am 29. August 1914, also sechs Monate nach Fanny Stevensons Tod, verband sich Ned Field mit der lebendigen Erinnerung an die Verstorbene und heiratete ihre Doppelgängerin, ihre Tochter – eben die Mrs. Belle Strong, die er bei der Erzählung über Doxeys Buchhandlung erwähnt.

Belle war zu diesem Zeitpunkt sechsundfünfzig Jahre alt. Er vierunddreißig. Sie war Fanny wie aus dem Gesicht geschnitten.

Ned Field war ein halbes Jahrhundert jünger als die eine und ein paar Jahrzehnte jünger als die andere, er sollte mit beiden Generationen sein Glück finden.

Sein ungewöhnliches Abenteuer ist hier noch nicht zu Ende.

Ned hatte Mrs. Stevenson einst geraten, die Gelder aus Abdruckrechten ihres verstorbenen Gatten in Immobilien anzulegen, und sie dazu gebracht, einige Grundstücke am Rande von Los Angeles zu kaufen. Belle erbte diese Grundstücke, und 1921 wurde dort Öl gefunden. Belle und Ned wurden zu Milliardären! Sie waren eines der extravagantesten und reichsten Paare im verrückten Hollywood der zwanziger Jahre. Und sie blieben es bis zu Neds Tod am Abend von Belles achtundsechzigstem Geburtstag. Mrs. Field sollte ihren so viel jüngeren Mann noch um fünfzehn Jahre überleben, ebenso wie Fanny Robert Louis Stevenson überlebt hatte.

Welche seltsamen Kräfte haben diese beiden Frauen auf dieselben Männer ausgeübt. Welch geheimnisvoller Widerhall von einer Existenz zur anderen. Wiederholungen. Zufälle.

Mutter und Tochter waren ein erstes Mal verheiratet gewesen und geschieden worden. Beide verloren ihren jüngsten Sohn, dem sie denselben Namen gegeben hatten. Sie hatten die Malerei bei denselben Lehrmeistern erlernt, dieselben Freunde geteilt, waren in denselben tropischen Gefilden umhergesegelt. Und sie hatten dieses Polynesien, daß sie mit gleicher Inbrunst geliebt und verstanden hatten, gemeinsam verlassen müssen.

Damit aber sind die Überschneidungen auch am Ende.

Belles Leben spiegelte das ihrer Mutter, Fanny aber lebte im Widerschein ihrer großen Liebe: Robert Louis Stevenson.

Nur für ihn, um ihn vor dem Tod zu bewahren, der ihn unablässig belauert, fordert sie fünfzehn Jahre lang das Schicksal heraus. Fannys Beharrlichkeit, ihre leidenschaftliche Kraft, die ungezählten Widersprüche ihres Charakters und die maßlosen Enttäuschungen, die sie erlitt – Belle hätte all dies nicht einmal erahnen können.

Heart whole and soul free sollte Robert Louis Stevenson über seine Frau schreiben. Freien Geistes und von ganzem Herzen opfert sich Fanny seinen Vorlieben, seinen Bedürfnissen und setzt dabei sogar die eigene Gesundheit aufs Spiel. Aber sie versagt sich nichts. Nicht einen einzigen Moment lang verliert sie sich aus den Augen. Sie arbeitet ohne Unterlaß an der Verwirklichung ihres geheimsten Wunsches …

Ein Mann ist bedeutungslos, solange er nicht alles versucht hat, notiert Stevenson, als er sich aufmacht, um Fanny über den ganzen Kontinent zu folgen.

Das Überschreiten der eigenen Grenzen, das Sichverlieren in der Liebe zu einem anderen, immer weiter zu reisen bis ins eigene Innerste – Fanny hat diese Abenteuer gewagt. Bei ihr hat die Hoffnung die Angst besiegt.

In den Augen derer, die sie geliebt haben, bleibt sie die Frau, die sich durch nichts aufhalten ließ.

Erster Teil

DIE SPHINX

1864 – 1875

JACOBS TOCHTER

Eine Mine ist ein Loch im Boden, das einem Schwindler gehört.

MARK TWAIN

INDIANAPOLIS
April 1864

Wenn ich an Fanny denke, genauer gesagt an die knapp vierundzwanzigjährige Fanny, die sich, ohne große Hoffnung, je zurückzukehren, still und ohne Aufhebens von ihrer vergötterten Familie getrennt hat, um in die weite Welt hinauszuziehen, werde ich von einer Welle des Mitleids erfaßt. Dieses Mitleid ist um so überraschender, als Fanny als alte Dame diese Art von Gefühl nicht im entferntesten mehr hervorrufen wird. Dazu ist sie zu diskret und zu würdevoll. Ich glaube nicht, daß Ned sie in vollen zehn Jahren sich nur ein einziges Mal hat beklagen oder irgend etwas nachweinen hören. Sie jammerte nicht über ihre Lebensumstände und bedauerte keine ihrer Handlungen. Sie war schlichtweg nicht dazu zu bringen, über sich selber zu reden.

Ned schreibt irgendwo, daß Fanny, wenn er ihr doch einmal eine Frage zu ihrer Person stellte, nur mit den Schultern zuckte... Oder aber sie wich aus, indem sie einfach das Drumherum ihrer vielen Reisen schilderte.

Fanny trug viele verschiedene Welten in sich, aber sie blieb in jeder von ihnen ganz bewußt eine Außenseiterin. Dabei konnte sie mit einem einzigen Wort – einem schonungslosen, beleidigenden oder auch liebevollen Wort – ihr Verhältnis zu anderen beschreiben und jedes Geschöpf in der Erinnerung wieder aufleben lassen, das ihr je begegnet war. Ihre freundschaftlichen oder feindseligen Gefühle für längst verschwundene Menschen waren auch nach Jahren noch so leidenschaftlich und lebendig, daß Ned, auch wenn er sie nie gekannt hatte, schließlich immer Partei ergriff ... Aber über Fanny selbst kein Wort. Nur nichts preisgeben. Sie ließ sich nicht erweichen, blieb absolut stumm. So stumm, wie sie es in ihrer Jugend hatte sein müssen. Was empfand sie, als sie Indiana zum erstenmal verließ? Angst? Wut? Trauer? Oder war sie im Gegenteil ungeduldig und berauscht vom Gedanken an das Abenteuer? Was suchte sie am anderen Ende des Kontinents? Schweigen! Über ihre versiegelten Lippen huschte das geheimnisvolle Lächeln einer Sphinx, aber sie sagte kein Wort, machte nicht einmal irgendeine Geste. Aus übertriebener Zurückhaltung? Bescheidenheit? Unsicherheit den eigenen Gefühlen gegenüber? Aber gerade das war doch immer Fannys ganzer Glaube gewesen: Gefühle! Sie hatte sich hemmungsloser als jeder andere ihren Emotionen hingegeben. Sie hatte mit unnachahmlicher Schamlosigkeit ihren Instinkten gehorcht. Sofort. Was es auch kosten mochte. Ihr ganzes Leben hindurch war sie nur der eigenen Intuition gefolgt. Es war ihr einfach unmöglich, die Wege zu beschreiben, die ihr Leben genommen hatte... Fanny fühlte, und sie war so sehr vom Leben erfaßt, daß sie wahrscheinlich alles über sich selber vergaß. Glücklicherweise hat sich anderen ihr Bild eingeprägt, die Erinnerung an ein junges Mädchen im gelben Kapotthut auf dem Bahnhof von Indianapolis, das von einer glücklichen Vergangenheit Abschied nimmt.

Ich sehe sie vor mir stehen an diesem Tag im Mai 1864, winzig und zerbrechlich in ihrer Reisekrinoline, einem sehr kurz gerafften Reifrock, unter dem ein ockerfarbenes Unterkleid zum Vorschein kam. Dazu bequeme Schnürstiefel, die Bänder des Hütchens entschlossen unter dem Kinn festgezurrt, den Geldbeutel am Handgelenk.

»Es ist so schwer, euch zu verlassen«, hatte sie gemurmelt und mit einem Blick zu ihrem Vater aufgesehen, als könne er alles auf der Welt einrenken. »So schwer, daß ich Angst habe, es nicht über mich zu bringen.«

Er hatte sie schweigend an sich gedrückt.

Ohne sich um die Reisenden zu kümmern, die sich auf dem Perron drängelten, die schnüffelnd zwischen dem Gepäck herumstreifenden Hunde, das gackernde Geflügel in den Transportkörben, standen sie in der prallen Sonne unter dem Wasserturm und hielten sich umarmt.

Mrs. Vandegrift, Fannys Mutter, stand in einiger Entfernung unter dem Bahnhofsvordach und beobachtete die beiden. Ein unsicheres Lächeln spielte um die Lippen der kleinen Frau, während sie, zwischen all den Stapeln von Gepäckstücken wie verloren wirkend, auf das Ende dieses bewegenden Momentes wartete und gleichzeitig ein etwa sechsjähriges Kind an der Hand zurückhielt, das unbedingt über die Geleise laufen wollte. Fannys vier Schwestern, ihr jüngerer Bruder und ihre Jugendfreunde waren am Zug eifrig damit beschäftigt, über das Verstauen der Reisetruhen im Gepäckwagen zu wachen, die Gänge auf- und abzulaufen und im Abteil die Hutschachtel, den Beutel mit Spielsachen, den Proviantkoffer und einen Strauß Tigerlilien im Gepäcknetz unterzubringen. Sie kamen und gingen und liefen immer wieder an Fanny vorbei, ohne ein Wort oder einen Blick. Nichts verriet, wie sehr ihnen dieser Abschied zu Herzen ging. Jeder nahm diese Intimität zwischen Vater und Tochter, die alle anderen ausschloß, wie selbstverständlich hin. Diese beiden waren immer ein Herz und eine Seele gewesen. Jacob Vandegrifts Erziehungsgrundsätze brachten ihm die überschwengliche Zärtlichkeit seiner Kinder ein – und verständnislose Kommentare von den Nachbarn.

Er glaubte fest daran, daß ein von Natur aus guter Charakter nicht verdorben werden kann, ein schlechter aber immer schlecht bleibt, und beeinflußte seine Sprößlinge in ihrer Entwicklung nicht. Sie würden ihren Weg schon finden, ganz instinktiv.

Nun war man zu dieser Zeit aber der Auffassung, daß Kinder Strenge bitter nötig hätten. »Wer liebt, züchtigt«, hieß es, und so behaupteten nicht wenige, Jacobs Töchter seien eingebildet und anmaßend, unaufmerksam und noch dazu schlechte Hausfrauen. Kurz: Es würde sich schwerlich ein Ehemann für sie finden lassen. Andere konnten nicht umhin zu bemerken, daß der besondere Charme der Schwestern junge Leute aus der ganzen Gegend anzog, die beiden ältesten sich schon mit sechzehn verheiratet hatten und die jeweiligen Ehemänner – übrigens durchaus gute Partien – bei den Schwiegereltern eingezogen waren. Und obwohl man sich im Sezessionskrieg befand, oder vielleicht auch gerade deshalb, kamen die jungen Männer aus Danville, Clayton und Indianapolis unbeirrt und sozusagen scharenweise zu den Vandegrifts, deren Tür jedem und zu jeder Zeit offenstand. Man kam und blieb ganz einfach, einen Tag oder auch zwei Wochen. Das Wohnzimmer diente sogar als Versammlungsort für die Universalisten, die noch mit dem Bau ihrer Kirche beschäftigt waren. Zu Weihnachten, zum Erntedankfest, wenn ein Nachbar Geburtstag hatte oder ein Cousin sich verlobte, kamen Apfelwein, Sahneschüsseln und noch heißer Apfelkuchen auf den langen Eichentisch, und man tanzte die ganze Nacht hindurch zum Geigenspiel von Jack, dem Sohn des Hauses. Im Sommer traf man sich beim ersten Sonnenstrahl zum Frühstück auf dem sanft abfallenden Rasen und aß Pfannkuchen mit Ahornsirup. Im Winter wurden Schlittenrennen zwischen den Bäumen des kleinen Wäldchens veranstaltet, das sich bis zur Wegbiegung hinunter erstreckte. Wer mit seinem Schlitten am Fuß eines Baumes landete, sah sich den Namen all der anderen jungen Männer gegenüber, die hier schon mal in den Schnee gefallen waren. Alex, Tom, Dan stand da in die Baumrinde geritzt und drumherum Herzen mit den Initialen F.V., Fanny Vandegrift, der ältesten von Jacobs Töchtern.

Zum ungeheuren Verdruß ihrer zahlreichen Anhängerschar war sie inzwischen verheiratet und Mutter einer kleinen Tochter. Sie war dreiundzwanzig Jahre alt. Und sie sah aus wie fünfzehn. Mit ihrem bernsteinfarbenen Teint, dem aus einem unregelmäßigen Zopf geschlungenen Knoten, aus dem sich über der Stirn, an den Schläfen und im Nacken immer wieder goldbraune Locken lösten, mit ihren Augen, die so dunkel blitzten wie Brombeeren, und den goldenen Ringen im Ohr sah sie aus wie eine Zigeunerin. Lange Zeit hatte sie geglaubt, sie sei häßlich. Nach viktorianischer Mode hatte ein hübsches Mädchen blasse Haut zu haben und glatte blonde Haare. In der vergeblichen Hoffnung, sich damit vor der Sonne schützen zu können, hatte Fanny genähte Hauben getragen, bis sie zwölf Jahre alt war, sie hatte Hände, Gesicht und Hals täglich mit einem abscheulichen Sud abgerieben, dessen Gestank so furchtbar war, daß ihr davon übel wurde. Jetzt aber zeigte sich ihre Koketterie darin, daß sie einfach sämtliche Regeln außer acht ließ. Seit ihrer Heirat trug sie nur noch intensive Farben, blutrot, ocker oder stahlblau, die sie noch dunkler wirken ließen. Sie trug mit Vorliebe grellbunten Glasperlenschmuck und kümmerte sich nicht im mindesten darum, daß eine Dame niemals ohne Hut das Haus verließ.

Jacobs Erziehung hatte gerade bei seiner ohnehin eigenwilligen ältesten Tochter eindeutige Früchte getragen. Da man ihr niemals widersprochen oder sie auch nur sanft auf einen anderen Weg gelenkt hatte, hatte sich ihre Persönlichkeit in die unterschiedlichsten Richtungen entwickelt. Sie wuchs heran, ungezügelt, voll unerschütterlichen Selbstvertrauens, spontan, dominierend, unfähig zu irgendeiner Form von Berechnung, aber auch unfähig zur Selbsteinkehr. Die kritische Betrachtung der eigenen Persönlichkeit und das Lernen waren ihre Sache nicht, die Schule hatte in ihrem Leben so gut wie keine Rolle gespielt.

Dennoch gehörte Fanny zu den Kindern, die von ihren ehemaligen Lehrern und Klassenkameraden nie vergessen werden, denn sie tat nur, was ihr gefiel, aber das mit größerer Hingabe als alle anderen. Zum Beispiel malte sie gerne und erzählte Geschichten. Man erinnerte sich an sie, weil ihre völlig ungezügelte Phantasie besonderen Geschmack am Bizarren und Tragischen fand. Sie steckte voller Humor, und mit ihren anekdotischen Zeichnungen, Karikaturen und Aufsätzen ließ sie der ganzen Klasse angenehme Schauer über den Rücken laufen. Sie machte das tägliche Leben zu einem Roman und konnte auch noch aus dem langweiligsten Aufsatzthema eine spannende Geschichte machen. Was scherten sie Daten und Fakten? Ein zufälliger Passant wurde zum Konspirateur, alle ihre Prinzessinnen waren reine Hirngespinste. Es kam ihr auf den Effekt an, also geizte sie nicht mit Superlativen, und ihre Schulkameraden baten sie atemlos, ihnen ihre Hausaufgaben laut vorzulesen. Sie zierte sich nicht. Es gefiel ihr, sich selber angst zu machen. Die bewundernden Reaktionen der anderen gefielen ihr auch. Von solchen Momenten abgesehen, sprach Fanny aber nur wenig. Von ihrer Mutter hatte sie eine Vorliebe für Stille und Zurückgezogenheit geerbt.

Mit jenem Instinkt, der Jacob so sehr am Herzen lag, fühlte sie sich der Erde verbunden. Sie kannte die Namen von Bäumen und

Blumen und wilden Früchten; mit unvergleichlichem Geschick gärtnerte sie, verrichtete kleine Handwerksarbeiten, saß zu Pferde und richtete die Hunde ab. Sie war durchaus zu Hause im Diesseits, aber das genügte ihr nicht. In diesem Punkt unterschied sie sich von ihrem Vater.

Im übrigen hatte er ihr so ziemlich alles vermacht: seine aufbrausende Art und seine Großzügigkeit und die durch und durch kämpferische Natur, mit dem gleichen Faible für verlorene Fälle, die Schwachen und Besiegten. Dieser »Beschützerinstinkt« der beiden verdeckte eine gewisse innere Unsicherheit. Hinter den intensiven Blicken aus Jacobs blauen Augen und seinen massigen Schultern entdeckte Fanny eine Hilflosigkeit, die sie rührte. Sie verehrte ihren Vater leidenschaftlich. Ihr oblag es, die häuslichen Finanzen zu überwachen. Die Farm warf nichts ab, aber man war Selbstversorger: Fannys Gemüse, die Bäume und Schafe und das Geflügel lieferten alles Nötige zur Ernährung und für die Kleider und Möbel der acht Vandegrifts. Wenig Luxus. Wenig Sorgen. Jacob war kein Bauer und kümmerte sich nicht um den Verkauf seiner Ernten. In der Stadt besaß er einen Holzgroßhandel, der das Material zum Bau von Häusern und zur Befeuerung der Züge der Vandalia-Railroad-Gesellschaft lieferte, zumindest auf dem Streckenabschnitt, der durch Indiana verlief.

Die Lokomotive stieß einen Schwall weißen Dampfes in die Luft. Das Rohr vom Wasserturm war bereits hochgezogen worden. Es wurde Zeit.

»Ich habe dich allen Bahnhofsvorstehern empfohlen«, flüsterte er ihr ins Ohr, ohne die Umarmung zu lockern. »Bis New York solltest du also gut versorgt sein. Danach ...«

Ja, danach. Jacob wußte sehr gut, daß er danach keinen Einfluß mehr darauf haben würde, ob es Fanny gut ging oder ob sie auch nur überlebte. Sie würde sich mit ihrer kleinen Tochter auf den Atlantischen Ozean einschiffen und gen Süden segeln bis Aspinwall, die Landenge von Panama überqueren und dann den Pazifischen Ozean wieder hinauffahren, um in San Francisco von Bord zu gehen und danach ins Hinterland zu ziehen, dessen Erde von den Indianerkriegen blutgetränkt war. Die Bahnstrecke von Osten nach Westen, die schon in fünf Jahren, 1869, die beiden Enden des

Kontinents verbinden würde, gab es noch nicht. Für Reisende, die nach Kalifornien wollten, ohne mit dem Planwagen die Berge, weiten Ebenen und Wüsten eines ganzen Kontinents hinter sich zu bringen, war die »Panama-Route« der sicherste Weg. Oder sagen wir, wenigstens der kürzeste. Zweiunddreißig Tage anstelle von sechs Monaten. Die Tatsache, daß gerade zwei Schiffe mit Mann und Maus untergegangen waren und daß normalerweise mehr als die Hälfte der Passagiere an Ruhr, Gelbfieber oder Cholera zugrunde gingen, strich man geflissentlich aus dem Gedächtnis. Gerade Kinder wurden sehr leicht vom berüchtigten »Panamafieber« erfaßt...

Jacob sah sorgenvoll auf die kleine Belle, die vor Freude kreischte, während sie unter dem Bahnhofsvordach von Arm zu Arm weitergereicht wurde. Dort hatte sich die Familie um Mrs. Vandegrift zusammengefunden, und Fannys Schwestern spielten ein letztes Mal mit ihrer Nichte.

»Bist du sicher, daß du genug Geld hast?«

»Oh ja! Mach dir nur keine Sorgen. Es ist mehr als genug.«

Für diese Reise hatte Fanny all ihr Hab und Gut verkauft. Sie hatte das Haus, das ihr Vater ihr zur Hochzeit geschenkt hatte, zu einem Schleuderpreis hergegeben und ihre Aussteuer zu Geld gemacht, indem sie ihr Erbteil an die Schwestern abtrat. Was Jacob nicht wußte, war, daß seine Tochter nicht nur in Indiana nichts mehr besaß, sondern auch sonst keinerlei Bargeld mehr hatte. Der Erlös aus dem Verkauf war im Westen längst wieder ausgegeben. Sie machte sich auf die Reise ans Ende der Welt ohne einen Pfennig in der Tasche.

»Es ist Zeit, mein Liebling. Geh und gib deiner Mutter einen Kuß.«

Bis zur Hüfte aus dem Abteilfenster hinausgelehnt, hatte sie beobachtet, wie die Umrisse ihrer am Ende des Bahnsteigs versammelten Lieben immer kleiner wurden.

Vor Beklemmung wurde ihre Kehle ganz trocken. Das Atmen fiel ihr schwer. Ihr war so übel, daß sie nicht einmal weinen konnte. Das alles tat so weh – und war so beängstigend... Wie sollte sie ohne sie leben, ohne das sanfte Wesen der Mutter, ohne Betty, Cora, Jake, ohne Nellie? Wie leben ohne die zwei Jahre jüngere Jo, die immer und immer ihre Verbündete gewesen war? Jo, die schwanger war und schon wieder Witwe und die sie gerade jetzt so sehr brauchte? Die Bilder ihres verlorenen Glücks zogen vor ihren immer noch trockenen Augen auf. In der weiten, kahlen Ebene entlang der Eisenbahnstrecke sah sie Jo, wie sie mit dreizehn Jahren auf ihrem alten Pony gesessen hatte, während sie selber mit dem schönen George Marshall vor ihr her galoppierte. Zweifellos war Jo schon damals in George verliebt gewesen, so wie George sich in Fanny verliebt hatte und Fanny sich in Sam Osbourne.

Sam Osbourne, der aus Kentucky stammte, hatte ein wenig Jura studiert und diente zum damaligen Zeitpunkt als Privatsekretär beim Gouverneur von Indiana. Er war noch kaum in der Stadt eingetroffen, da hatte er auch schon den Vandegrifts seine Aufwartung gemacht, deren Holzgroßhandel auf dem großen Platz direkt gegenüber dem Gouverneurspalast angesiedelt war. Jo erzählte, daß Fanny, die immer ein verhinderter Junge gewesen war, gerade auf Stelzen durch den Garten stakste, als der Leutnant Osbourne in seiner enganliegenden, lavendelfarbenen Uniform das Gartentor aufgestoßen hatte. Sie hatte ihn mit diesem starren, durchdringenden und forschenden Blick gemustert, der, ebenso wie der Blick ihres Vaters, das Gegenüber buchstäblich an die Wand zu nageln schien. »Jo«, hatte sie, ganz große Dame, ausgerufen, »du kannst Marshall haben, ich nehme Osbourne!« Sie war sechzehn, er achtzehn Jahre alt. Am Weihnachtsabend 1857 hatten sie geheiratet. Eine Kinderhochzeit, das Familienglück ächzte unter all den Christrosen und der maßlosen, leidenschaftlichen Liebe – bis zum Bürgerkrieg.

Vom gleichen enthusiastischen Patriotismus davongetragen, der den Norden gegen die Südstaaten aufstehen ließ, als diese sich zur Sezession zusammenschließen wollten, hatten sich Sam Osbourne und George Marshall als Freiwillige zur Verteidigung der Union gemeldet. Zwei Jahre lang hatten sie in derselben Kompanie auf der Seite der Yankees gekämpft. Beide kamen, zum Captain befördert, aus dem Krieg zurück. Fanny würde nie auch nur ahnen können, was sie erlitten hatten.

Am 15. Januar 1863, fünf Jahre nach Fannys Hochzeit, hatte Jo George geheiratet. Aber das Glück wollte nicht mehr zu diesen vier Menschen zurückkehren. George hatte sich bei der Unionsarmee die Tuberkulose geholt, und das regnerische Wetter von Indiana tat ein übriges zur Zerstörung seiner Gesundheit. Nur das warme Klima von Kalifornien würde ihn vielleicht noch retten können. Sam, der seit dem Krieg ein sehr unstetes und ausweichendes Wesen angenommen hatte, lieh sich zweitausendfünfhundert Dollar, um seinen Schwager nach San Francisco zu bringen, wo er in der warmen Sonne sitzen konnte. Am 20. Januar 1864, einem sehr stürmischen Tag, hatten sich die beiden Freunde auf der *Ocean Queen* eingeschifft. Die Anstrengungen der Reise, Skorbut und Fieberkrankheiten sollten vollenden, was die Nässe in den Zeltlagern so gründlich vorbereitet hatte: Am 23. hauchte George Marshall seine Seele aus. Seine letzte Ruhestätte fand er auf einem der zahlreichen Friedhöfe an der Landenge von Panama.

Damals hatte Fanny den Brief bekommen: Sam würde nicht zurückkehren. Er verlangte von ihr, all ihr gemeinsames Hab und Gut zu versilbern, ihre Eltern zu verlassen und sich mit ihrer kleinen Tochter auf den Weg zu machen, um zu ihm zu kommen. Sie hatte gehorcht, verzweifelt, aber ohne das geringste Zögern. Die älteste der Vandegrift-Töchter veehrte ihren Vater, ihren Mann aber vergötterte sie. Daß er sich freiwillig zum Kriegsdienst gemeldet hatte, sein Entschluß, gleich wieder fortzuziehen, um George nach Kalifornien zu begleiten, nachdem sie so lange getrennt gewesen waren, nichts hatte die zärtliche Liebe zwischen Fanny und Sam beeinträchtigen können. Sie liebte ihn, wie sie Jacob liebte: mit leidenschaftlicher, unverbrüchlicher Treue. Und im Namen dieser Treue war sie bereit, alles zu opfern. Ohne Bedingungen zu stellen, selbst ohne Glück davon zu erwarten.

Sie fuhr zu ihm.

Es war unwichtig, daß Sam Osbourne die Aussteuer seiner Frau und all ihre Ersparnisse ausgegeben hatte, um irgendwo in der Sierra Nevada ein Loch in der Erde zu kaufen. Jenes Loch, das Fanny mit der unzerstörbaren Zuversicht der Schatzgräberfrauen »unsere Silbermine« nannte.

NEW YORK – REUNION HOUSE, WEST STREET 10

April 1864

Meine liebste Jo,

Es war unmöglich, Dir vom Zug aus zu schreiben: Fünf Tage lang sind wir durchgerüttelt und -geschüttelt und weichgeklopft worden wie ein Haufen Knochen in einem Sack. Wenn Du diesen Brief bekommst, so um den 21. dieses Monats herum, werden wir hoffentlich schon in der Sonne von Panama braten. Die Reise bis New York war ein Triumphzug, abgesehen davon, daß der Schaffner die Freischeine nicht akzeptieren wollte, die Papa bei den Direktoren von der Vandalia Railroad erwirkt hatte. Dieser bornierte Schwachkopf hat mir nicht nur das Geld für die Fahrkarte abgenommen, sondern auch noch ein Strafgeld! Und warte nur, das ist noch nicht alles. Nach dem Umsteigen in Dayton kam ein neuer Schaffner. Als dieser nächste Trottel noch einmal den Fahrpreis von mir verlangt, antworte ich (mit aller Höflichkeit), daß sein Vorgänger mich bereits um dreizehn Dollar erleichtert und das Billett behalten habe.

»Kein Billett, keine Reise.«

Ich explodiere. Er wirft mein Gepäck auf die Geleise. Ich rufe das gesamte Abteil zu Zeugen auf. Die Reisenden erheben sich. Ein wahrer Aufstand.

»Das ist unerhört!« ruft mein Nachbar, ein gewisser Mr. Hill (Du wirst noch von ihm hören). »Ich habe gesehen, wie diese junge Dame für ihr Billett bezahlt hat. Alle hier haben es gesehen ...«

»Das geht mich nichts an, sie zahlt, oder ich schmeiße sie raus!«

Und er zerrt mich doch tatsächlich auf die Plattform hinaus! Der nächste Zug fährt erst am Donnerstag, also hänge ich mich an seinen Arm und ändere die Taktik:

»Dreizehn Dollar? Aber, Herr Schaffner, das ist mehr als die Hälfte meines ganzen Reisegeldes. Und ich fahre doch bis Kalifornien. Über Panama!«

»Das geht mich nichts an. Die Leute sollten eben keine Reisen unternehmen, wenn sie nicht genug Geld in der Tasche haben. Frauen ganz besonders ...«

Daraufhin sieht er auf Belle hinunter, die sich an meiner Krinoline festgeklammert hat und ununterbrochen vor sich hin plappert: »Sklaventreiber... Tyrann... Südstaatler...«

»Madam, dieses Kind spricht besser, als es seinem Alter angemessen ist. Es ist bestimmt älter als fünf. Sie werden mir dreizehn Dollar für sich bezahlen und dreizehn Dollar für das Mädchen.«

Kurz, meine gute Jo, Papas Railroad hat mich um neununddreißig Dollar betrogen... Aber reg Dich nicht auf, ich habe fünfzehn davon wieder zurückbekommen. Mr. Hill hat bei den Mitreisenden eine kleine Kollekte für mich veranstaltet. Und, keine Angst, ich habe mich absolut vorschriftsmäßig benommen: Ich habe natürlich erst einmal abgelehnt. Erzähl den Eltern nichts davon. Es ist nicht nötig, daß sie sich beunruhigen. Der arme gute Papa. In dem Päckchen, das er mir beim Abschied zugesteckt hat, habe ich Onkel Knodles entzückende kleine Pistole gefunden, die Derringer mit dem Elfenbeingriff, und außerdem den rührendsten Brief: »Hüte Dich vor dem Gesindel, mein Liebling. Der Wilde Westen ist ein vielversprechendes, aber gefährliches Land. Ich fürchte, das Leben wird dort sehr anders sein, als Du es bisher gewohnt warst. Du wirst guten und bösen Dingen begegnen. Ich weiß, Du bist mutig, meine Fanny. Sei aber auch klug, und nimm Dich in acht!« Denk nur, Jo, vielleicht kommen wir ja als reiche Leute zu Dir zurück! Sam hat gesagt, daß die Goldminen in Nevada sämtliche Armeen der Union mit Gold versorgt haben. Millionen und Abermillionen von Dollar. Sam hat gesagt, daß der Norden nur wegen der reichen Minen den Krieg bezahlen konnte und daß wir mit ihrer Hilfe die Konföderierten besiegen werden. Er hat gesagt, daß die Goldsucher in San Francisco diamantenbesetzte Hemdknöpfe tragen und daß ihre Frauen in Champagner baden. Ihre Häuser sind ganz aus weißem Marmor und sehen aus wie mehrstöckige Sahnetorten. Wenn unsere Mine hunderttausend Dollar im Monat abwirft wie die von Sams Kameraden, werden wir alle zusammen nach Europa reisen, was meinst Du dazu?... Ich mache mir etwas vor, meine gute alte Jo, das ist meine Art, mich über meine Traurigkeit hinwegzutrösten. Paß gut auf Dich und das Baby auf, ich wäre so gerne zur Geburt an Deiner Seite gewesen! Und paß auch gut auf Papa auf. Ihr fehlt mir alle so sehr! Es kommt mir vor, als wäre ich schon eine Ewigkeit fort. Du mußt mir schreiben, ob die Tulpen angesetzt haben. Und ich hoffe, daß die Tuberosen etwas werden. Ich wüßte auch gern, wie sich die Johannisbeeren machen, die ich angepflanzt habe.

Bei dem Gedanken an Johannisbeeren läuft mir das Wasser im Mund zusammen. Ich stopfe Belle mit Pinienkernen voll, die wir auf den Bahnhöfen von den Indianern gekauft haben. Aber heute nacht ist sie dreimal aufgewacht und hat gesagt: »Mama, ich habe Hunger.« Ich wage nicht, noch mehr Geld auszugeben, bevor wir Panama erreicht haben. Um über den Isthmus zu gelangen, werden wir achtzig Dollar und fünfundzwanzig Cent pro Kilo Gepäck zahlen müssen. Wir müssen sparen, wo wir können – denn, wie würde Papa sagen: »Mein Kind, noch ist nicht aller Tage Abend!«

Was Fanny in ihrer schamhaften Zurückhaltung, ihrer Kaltblütigkeit und der mädchenhaften Furchtlosigkeit, die ihre Feinde später als »kindlichen Leichtsinn« bezeichnen sollten, nicht sagte, war, daß sie seit drei Tagen nichts gegessen hatte und ihren Brief in einem Zimmer schrieb, in dem die Ratten um sie herumliefen. Sie behielt auch für sich, daß seit zwei Tagen ein gewaltiger Sturm über den Hafen von New York hinwegfegte.

Das Dampfschiff hatte nur allzu lange im Hafen gelegen: Am darauffolgenden Tag würde die *Iroquois* mit siebenhundertdreißig Passagieren, darunter vierzig Frauen und sechzig Kinder, ihre Reise über einen entfesselten Ozean antreten.

ASPINWALL
Mai 1864

»Mama, mir ist so heiß.«

Kein Lufthauch. Die in Schwaden aus den Sümpfen aufsteigende Feuchtigkeit hüllte den Hafen wie in ein graues, Übelkeit erregendes Leichentuch.

»Mir ist heiß«, sagte Belle wieder.

Fanny lüftete das schweißbedeckte Kinn des jammernden Kindes von ihrer Brust. Die beiden lagen unbequem aneinandergerollt in einer Hängematte inmitten eines undefinierbaren Geländes, das den Hinterhof des Union Hotels darstellen sollte, und versuchten vergeblich, ein wenig Schlaf zu finden. Ringsumher ragten Pfähle in die Nacht wie die kahlen Baumstämme eines abgebrannten Waldes, zwischen denen sich von Moskitonetzen verhüllte Schmetterlingspuppen von unwirklicher Größe stöhnend hin- und herschaukelten. Das waren die etwa hundert anderen Hängematten mit den ruhelosen Passagieren, die am selben Morgen von der *Iroquois* an Land gegangen waren. Die Erster-Klasse-Reisenden, denen es gelungen war, ein Bett zu ergattern, ruhten, von Fensterläden geschützt, in den Schlafräumen der ersten Etage.

Seit vor fünfzehn Jahren die glorreiche Zeit des Goldrausches eingesetzt hatte, luden die New Yorker Schiffahrtsgesellschaften jede Woche unfehlbar rund eintausend Menschen an der atlantischen Seite des Isthmus ab und überließen sie dann ihrem Schicksal, um sofort wieder zurückzufahren und neue Passagiere zu holen. Normalerweise blieben die Reisenden nur eine Nacht in Panama. Im Morgengrauen bestiegen alle einen Bummelzug, der die Landenge in etwa sechs Stunden überquerte. Einmal in Panama City angekommen, konnte man sich im Prinzip schon am nächsten Tag nach Kalifornien einschiffen. Die Reise nach Norden, von Panama City nach San Francisco, dauerte dann noch fünfzehn Tage. Diesmal aber wußte Gott allein, ob man sich überhaupt je einschiffen würde. Ob sie nun irgendwo im Süden vom Kurs abgekommen war oder an der mexikanischen Küste festgehalten wurde, vielleicht wurde sie auch von der Reederei absichtlich zurückgehalten – jedenfalls wollte die *Saint Louis* einfach nicht eintreffen. Schon seit einem Monat war kein Schiff mehr gekommen. Die Bahngesellschaft verschlimmerte die Sache noch, weil sie die allgemeine Panik dazu nutzte, den Preis für die Fahrt über den Isthmus zu verfünffachen. Kein Geld? – Keine Bahnfahrt bis Panama City. Wer den Wucherpreis nicht zahlen konnte, saß also an der atlantischen Küste fest. Zu Tausenden waren sie nun in diesem stinkenden Loch von Aspinwall zusammengepfercht, wo sämtlicher Müll der Tropen zu verrotten schien.

In diesem Klima war George Marshall gestorben, Fannys Jugendfreund und Schwager. Es war ihr im selben Moment klargeworden, als das Schiff in die Bucht einfuhr. Dabei hatten diese bewaldeten, moosüberzogenen, grünbraunen Hügel gar nichts Bedrückendes. Eine kleine Armada von Eingeborenenbooten, in denen Schwarze und Indios saßen, die mit einfachen Ruten Fische angelten, trieb wie bunte Tupfen auf dem von der brütenden Sonne in goldenes Licht getauchten Wassern der Bucht. An jeder der drei Molen, die die regungslose Wasseroberfläche in gleichmäßigen Parallelen durchschnitten, schwankten die Masten eines amerikanischen Schoners. Im rechten Winkel zu den Anlegern verlief die schwarze, schnurgerade Linie der Eisenbahnstrecke. Von der Kaimauer zu den Depots, von den Depots zum Bahnhof und vom Bahnhof zu den Schonern wanden sich zwei Bänder aus Hüten und weißen Hosen, die auf Handwagen, blauen Schubkarren oder einfach auf dem mit einem Stück Leder bedeckten Rücken riesige rote Ballen trugen, vorwärtsstießen oder hinter sich herzogen.

Während der letzten sechs Tage der Überfahrt hatte die Stimmung auf der *Iroquois* zwischen striktem Konservativismus und erregter Freizügigkeit hin- und hergeschwankt. Nachdem man Santo Domingo passiert hatte, sah man plötzlich Herren aus der ersten Klasse kartenspielenderweise mit Männern aus der zweiten, eine noch bei der Abfahrt völlig unvorstellbare Situation, und die Emigranten, die im Laderaum mitfuhren, erschienen mit entblößtem Oberkörper auf dem Zwischendeck. Die Hitze nahm von Stunde zu Stunde zu. Handschuhe, Unterröcke, Krinolinen und Korsetts waren in den Koffern verschwunden. Zum Teufel mit Mode und Sitten. Schließlich war man jetzt in den Tropen. Dabei war an Bord natürlich von nichts anderem die Rede als von Anstand und Schicklichkeit, von Benimm und guten Manieren und gesellschaftlichen Rangunterschieden. Anders als bei den Männern gab es bei den vierzig weiblichen Passagieren keine Kontakte zwischen den verschiedenen Decks. Ihr künstlich zur Schau getragenes Gefühl für Anstand und Umgangsformen und ihr snobistisches Getue waren die einzige sichere Bastion in dieser Phase, in der alle altgewohnten Werte ihre Gültigkeit verloren. Sie fanden sich in Gruppen zusammen und achteten wütend darauf, sich nur in Gesellschaft von Frauen zu begeben, die sie als Gleichgestellte betrachten konnten. Eine um so schwierigere Aufgabe, als alle diese Damen aus den verschiedensten Himmelsrichtungen hier zusammengetroffen waren und die gesellschaftlichen Erkennungszeichen deshalb nicht immer für alle so ganz eindeutig ausfielen. Ob nun aber Bürgersfrauen oder Bäuerinnen, Amerikanerinnen von Geburt oder durch vor kurzem erfolgte Einwanderung, alle teilten sie denselben Traum: Sie wollten ihr Glück machen – und folgten einem Mann, den das Goldfieber gepackt hatte. Wie Fanny waren sie jung, meistens verheiratet, und hatten ein oder zwei Kinder. Es gab nur einen Unterschied: Keine von ihnen war ohne schickliche Begleitung auf dem Weg um die halbe Welt. Irgendein Bruder oder Vetter, ein ältester Sohn, manchmal auch ein Liebhaber und in den meisten Fällen ein Ehemann – immer gab es einen Beschützer. Wenigstens bis Kalifornien. Wenn sie erst dort angekommen waren, würde sich das Blatt wenden …

Die Tatsache, daß sie ohne Anstandsperson unterwegs waren, hatte Fanny und ihrer Tochter an Bord eine Sonderstellung verschafft, und zwar in solchem Maße, daß ihnen die Überfahrt, trotz des Sturms vor New York, wie eine wunderbare Kreuzfahrt vorgekommen war. Ohne daß sie um irgend etwas gebeten hätten, hatte der Quartiermeister ihnen bessere Kabinen zugeteilt, die Ärzte hatten unaufgefordert nach ihnen gesehen, der Kapitän sie beinahe allabendlich an seinen Tisch gebeten. Mr. Hill, der Mitreisende, den sie schon im Zug kennengelernt hatten und der über ein gewisses Vermögen verfügen mußte, da er erster Klasse reiste, hatte sich mit väterlichem Eifer um ihr Wohlergehen bemüht, und alle Herren gemeinsam wetteiferten miteinander, die beiden zu beschützen und zu unterhalten.

Fannys jugendliche Frische, ihre stille und doch ungezwungene Art hatten häufig diesen Effekt auf Männer. Sie brauchten sie nur anzusehen, wie sie da winzig und sehr aufrecht an der Reeling stand, den Blick aufs Meer gerichtet, und ihre kleine Tochter in den Armen hielt, die in den Wind hinauslachte, und schon wünschten sie, diese beiden vor der großen, weiten Welt beschützen zu dürfen.

Sie wußte es. Und sie nutzte es aus. Sie nahm alles an: Einladungen, Geschenke, kleine Hilfeleistungen. Ohne Gier, ohne Falschheit – und ohne den geringsten Anflug von Naivität. Man wollte ihr helfen? Nur zu! Aber sie erwartete nichts von Mr. Hill oder einem der anderen Anwärter, sie dachte nicht einmal darüber nach, was die Hilfe dieser Herren ihr alles verschaffen könnte. Sie begnügte sich damit, dem Bild gerecht zu werden, das sie sich von ihr gemacht hatten. Man hielt sie für ein wehrloses Kind, denn sie war in sich zurückgezogen, stumm und anpassungswillig wie ein Chamäleon. Die meisten Männer spürten in ihrer Gegenwart diese von Bewunderung durchsetzte Erregung, dieses Prickeln, das Mr. Hill mit den Worten »was für eine mutige kleine Frau!« zu umschreiben pflegte. Ohne sich um Unterschiede in gesellschaftlicher Stellung oder Vermögen zu kümmern, strich sie über die verschiedenen Decks, machte Würfelspiele mit den Matrosen und freundete sich mit der Mannschaft an. Diese Verführungskraft war ein Quell endlosen Erstaunens für alle anderen Damen, egal welchem Milieu sie sich zurechneten. Sie konnten so gar nichts Rührendes in diesem dunklen Profil entdecken. Wo sollte bitteschön die Verletzlichkeit sein in diesem geraden und selbstsicheren Blick? Und die Taille, was war daran denn so besonders weiblich? Schlank war sie ja, vielleicht sogar zart, aber doch viel zu nervös und fest! Kurz, das schwache Geschlecht war absolut blind für Fannys Charme, und die Abneigung war durchaus gegenseitig. Abgesehen von ihrer Mutter und den Schwestern, die sie aufrichtig liebte, brachte Jacobs Tochter anderen Frauen nur Desinteresse entgegen.

Kaum daß sie in Aspinwall von Bord gegangen war, hatte sie sich auch schon auf die Suche nach dem Friedhof gemacht, auf dem sie George Marshalls letzte Ruhestätte vermutete. Ohne sich um ihre Koffer zu kümmern, die man irgendwo achtlos aufgetürmt hatte, oder den Versuch zu unternehmen, eines der Zimmer zu ergattern, für die inzwischen Wucherpreise geboten wurden, war Fanny mit ihrer Tochter an der Hand die Hauptstraße entlangmarschiert, vorbei an üblen Spelunken und Bordellen, Billardhallen und billigen Spielsaloons. Dann hatte sie die Bahngeleise am Meer überquert und die Lagerschuppen hinter sich gelassen, unter deren Wellblechdächern die verschiedenen Vorratsladungen langsam gargekocht wurden. Bananenstauden und Kokosnüsse, Haufen aus Korallen und Elfenbeinnüssen, die in ihrer weißen, mehligen Konsistenz aussahen wie riesige Kartoffeln, warteten auf den Transport nach New York. Auf diese Weise war Fanny zur zweiten Hauptstraße gelangt. Auf einer Strecke von etwa hundert Metern stand eine Reihe zum Schutz vor Schlangen auf Holzpfählen errichteter Hütten, deren Balkons eine Linie bildeten. Das Erdgeschoß war jeweils nach allen Seiten hin offen und diente zum Unterstellen der wahren Berge von Gepäck, die die Reisenden irgendwie über die Landenge zu bringen hofften; der erste Stock diente als Hotel. Und an dieser Stelle, mitten im Ort, dampften zwei tiefe Tümpel vor sich hin, ehemalige Meeresarme, die durch den Bau der Eisenbahnstrecke von der See abgeschnitten worden waren. In dem Brackwasser schwamm aller mögliche Unrat: Stoffetzen, Bambusstöcke, Kokospalmenblätter, tote Fische, verendete Affen, ja sogar Maultierkadaver, die in ihren verschiedenen Stadien der Verwesung einen durchdringenden Aasgeruch verbreiteten.

Die stinkenden Dämpfe dieser Wasserlöcher kosteten jede Woche mehrere Eingeborene das Leben. Aber man starb nicht unbedingt hier. Vier Reisende von der *Iroquois*, die schon einmal in Panama gewesen waren, waren auf See gestorben, als man sich den Tropen näherte. Selbst die Glücklichen, die glaubten, dem berüchtigten »Aspinwallfieber« entgangen zu sein, wurden oft ein Leben lang von Malariaanfällen heimgesucht.

Der Gestank war so atemberaubend, daß Belle zu weinen anfing. Genau vor ihnen, am Eingang des Union Hotels, hatten sich drei Aasgeier über eine Meeresschildkröte hergemacht. Fanny hatte ihre Tochter hochgenommen und war schnellen Schrittes weiter in den Ort hineingegangen. Mit der freien Hand hatte sie den Reif ihrer blutroten, weit ausladenden Krinoline vorne so hoch gerafft, daß ihre Stiefeletten und die weißen Strümpfe bis zum Knie sichtbar wurden. Hinten schleifte der Rock im Dreck. Wie alle anderen weiblichen Passagiere hatte sie für den Landgang wieder sämtliche unerläßlichen Accessoires angelegt – Handschuhe, Korsett, Hut – und bildete so einen lächerlichen Kontrast zu den Indianerfrauen, die, in bis zur Hüfte heruntergerollten Hemden vor ihren Eingangstüren hockend, ihren Vorbeimarsch beobachteten und dabei seelenruhig pastellfarbene Baumwollgewebe in Eisentrögen durchwalkten. Fannys Augen, die unter dem schwarzgetupften Tüll ihres kurzen Schleiers hervorsahen, blieben erschreckt an diesen glänzenden nackten Brüsten hängen, um sich schnell abzuwenden und dann doch wieder hinzuschauen.

So erreichte sie das Ende der Straße, und dort, vor den ersten Bäumen des tropischen Regenwaldes, erstreckte sich der Friedhof. Es war ein gigantischer weißer Friedhof, zwischen dessen vier umgebenden Mauern sich die Gräber und Kreuze brav aneinanderreihten. Wäre nicht auch hier der Gestank spürbar gewesen, man hätte sich in dieser von der Sonne festgebackenen Totenstadt in einer anderen Welt gewähnt, fern von all dem Schmutz, dem Lärm und dem Gewimmel im Hafen.

Sie setzte ihre Tochter auf den Boden und ging die Mittelachse entlang, ohne die angrenzenden Bäume aus den Augen zu lassen, deren samtene Lianen sich um die Mauern schlangen, um mit ihren Wurzeln die Gräber zurückzuerobern. Sie fühlte sich beobachtet. Belle mußte den gleichen Eindruck haben, denn sie folgte ihr dicht auf den Fersen, wobei sie unter ihrem großen Strohhut hervor das Gesicht unverwandt auf den dumpf lastenden Himmel gerichtet hielt.

Grell und unvermittelt zerriß der Schrei eines Kakadus die Stille. Das Kind klammerte sich angstvoll an die Mutter, da umschwirrten sie auch schon die schrillen Rufe Tausender Affen wie eine nicht enden wollende Flut von Beschimpfungen. Dieses für das Ohr fast unerträgliche, bedrohliche Gebrüll ließ sie zwischen den Grabstellen erstarren, zwei winzige rote Flecken inmitten einer endlosen weißen Weite. Dann kehrte wieder Ruhe ein, und die Stille war bedrückender als zuvor.

Sie hatten keine Schwierigkeiten, zu finden, was sie suchten. Sam hatte zwar vergessen, Fanny Lage und Namen des Friedhofs zu beschreiben, aber sein Brief enthielt genaueste Angaben, wo das Grab zu finden war. Von der Mittelachse aus dritter Pfad nach rechts, letztes Kreuz. Und da war das Grab auch. »Captain George Marshall. 1836 – 1864.«

Der poröse Stein begann schon wieder zu verfallen, in den Rissen sproß das Unkraut. Das Grab, efeubedeckt und von den Lianen leicht angehoben, würde bald nicht mehr zu finden sein.

»Sprich ein Gebet, Belle.«

Ohne in ihrem Innern Worte für diesen Onkel finden zu können, den sie kaum gekannt hatte, faltete die Kleine die Hände und hielt eine Zeitlang den Kopf gesenkt. Als sie sich wieder aufrichtete, sah sie zu ihrer Überraschung dicke Tränen über Fannys Wangen rollen. Es war das erste Mal, daß Belle ihre Mutter weinen sah.

Sie weinte aus Mitleid und aus Trauer um ihren Spielkameraden, den ersten, der ihr den Hof gemacht hatte. Sie weinte um Sam, der hier ganz allein seinen so innig geliebten Freund begraben hatte. Und sie weinte um ihre Schwester Jo, deren ganzes Leben durch dieses Grab zerstört wurde. Sie weinte um ihre Jugend. Als Fanny geheiratet hatte, hatte sie deshalb ihre Kindheit nicht hinter sich gelassen. Sie war auch nicht erwachsen geworden, als sie Belle das Leben schenkte, und auch nicht, als sie sich unter dem Wasserturm am Bahnhof von Indianapolis von ihrem Vater verabschiedet hatte. Fanny machte sich nichts vor: Jetzt, in diesem Augenblick, sagte sie ihrer Kindheit ein für allemal adieu.

»Wir werden alle hier verrecken. Keiner von uns wird je in Kalifornien ankommen.«

Diese rund um ein Lagerfeuer geflüsterten Worte, das einige der im Union Hotel campierenden Gäste vergeblich anzufachen versuchten, liefen wie vom Wind getragen von einer Hängematte zur nächsten. »Wir werden alle hier verrecken.« An diesem Abend war ein eiskalter Regen niedergegangen. Das Feuer wollte sich nicht entzünden. Die Kleider klebten am Leibe. Trotz der Hitze, oder gerade ihretwegen, wurde man einfach nie richtig trocken. Alle froren, glaubten zu ersticken. Langsam machte sich Panik breit. Seit Tagen hatte niemand mehr Schlaf gefunden. Aus den Hängematten hörte man das Zähneklappern der vom Fieber Geschüttelten, die im

Delirium vor sich hin wimmerten. Direkt neben sich hörte Fanny das anhaltende Seufzen einer Frau. Vom Strand drang das Lärmen der Männer herüber, die sich in den Spelunken betranken. Trinken. Fanny hatte ihre Tochter daran gehindert, an der Wasserkelle ihren Durst zu stillen, die jeden Abend, wenn die Sonne unterging, von Reisendem zu Reisendem gereicht wurde. In seinem Brief hatte Sam ihr geraten, dieses Wasser nicht anzurühren. Sie folgte seinen Anweisungen Wort für Wort und versorgte Belle mit abgekochten Getränken, Tee oder Kaffee, die ihre Tochter in einen aufgeregten Zustand versetzten, ohne ihren Durst zu stillen. Für sich selber erstand Fanny von Zeit zu Zeit eine Tasse Kokosschnaps, einen in der Gegend hergestellten üblen Fusel. Das war billiger, sehr viel billiger als eine Mahlzeit. Auf diese Weise befand sich Fanny beständig in einem leicht beschwipsten Zustand, und das seit fast einer Woche, seit sie auf dem Friedhof gewesen war. Selbst wenn die Preise für die Fahrt über die Landenge eines Tages wieder fallen sollten, besaß sie die nötigen achtzig Dollar nicht mehr. Die Miete für die Hängematte mußte bezahlt werden, das Essen – das Geld war ihr zwischen den Fingern zerronnen. Ja, und was das Essen betraf, das war so eine Sache für sich. Aspinwall konnte die Bedürfnisse all dieser Menschen, deren Aufenthalt sich auf unbestimmte Zeit hinzuziehen drohte, bei weitem nicht befriedigen. Jeden Augenblick konnten neue Reisende aus New York eintreffen. Und während die Eingeborenen die Gepäckstücke ihrer Gäste durchforsteten und die Yankee-Kaufleute ihre ohnedies schwindelerregenden Preise immer weiter in die Höhe schraubten, ernährten sich die Passagiere der *Iroquois* von Leguanen, rohem Affenfleisch und Früchten, die sie aus den Lagerschuppen entwendet hatten und die ihnen nichts als Durchfall einbrachten. Nur raus hier. Koste es, was es wolle. Aber wie? Fanny konnte nicht mehr auf die Hilfe ihrer Verehrer zählen. Die »Reichen«, all jene, die bereit gewesen waren, ihre gesamte Barschaft auf einmal auszugeben, hatten den ersten – den einzigen – Zug bestiegen, der die fünfundsiebzig Kilometer zwischen der östlichen und der westlichen Küste zurücklegte. Alle anderen, die wie Fanny nicht genug Geld hatten aufbringen können, liefen nun Gefahr, das Schiff zu verpassen. Auch wenn sie eines schönen Tages doch noch ankommen sollte, konnte die *Saint Louis* nicht mehr als eintausendzweihundert Personen aufnehmen; und zweitausend warteten in Panama City bereits auf sie. Natürlich hatte Jacob Vandegrift eine Kabine reservieren lassen und telegrafisch die sechshundert Dollar für die Überfahrt an die Gesellschaft in Kalifornien angewiesen, aber was sollten diese Dollars noch wert sein, wenn Fanny nicht im Hafen war, um bei der ersten Gelegenheit das Dampfschiff zu stürmen?

Zum soundsovieltenmal trat sie aus dem Union Hotel heraus, ging um die Wasserlöcher herum und an der Bahnlinie entlang und verschwand in der Hütte, die als Bahnhof diente. Belle lief taumelnd hinter ihr her. Es mußte schon Mitternacht sein. Vielleicht auch später. Die Stunden waren hier ohne Bedeutung. Man schlief am Nachmittag, und in der Nacht irrte man umher. »Papa«, jammerte das halb schlafende Kind. »Papa.« Wie Belle sehnte sich auch Fanny im Innersten nach Sam. Allein der Gedanke, ihn eines Tages wiederzusehen, vertrieb die Angst, hier in Aspinwall sterben zu müssen. Sie war fest entschlossen, heute Abend mit dem Bahnhofsvorsteher zu reden. Sie würde sich bei ihm einschmeicheln, ihn mit ihrem Charme überreden, sie würde ihn dazu bringen, daß er einen Zug einsetzte. Bis Panama. Ihr zuliebe.

Sie kannte sich hier aus. Zwei volle Tage war sie unter dem von der Sonne gebleichten Wellblechdach des »Wartesaals« auf und ab gegangen. Nie war irgend jemand gekommen, den sie hätte fragen, nirgends eine Bank oder ein Stuhl, auf den man sich hätte setzen können. Nachts sah dieser Ort weniger verlassen aus, weniger schmutzig, und Belle rollte sich in einer Ecke zum Schlafen zusammen. Ängstlich beobachtete Fanny, wie ihre Tochter sich auf dem Boden niederließ. Sie rechnete mit einer Schlange oder einer in der Dunkelheit verborgenen Tarantel. Man legte sich hier nicht auf die Erde, ohne Gefahr zu laufen, nie wieder aufzustehen. »Nein, Belle, laß das, nicht.« Sie verbot ihrer Tochter ohne Unterlaß das Trinken und Essen – ihr auch noch das Schlafen zu verbieten, brachte sie nicht übers Herz. Nachdem sie einige Zeit um die Kleine herumgestrichen war, ging sie auf den Schalter zu. Zwischen den Gitterstäben leuchtete die Spitze einer Zigarre auf. Endlich war jemand da!

Sie beugte sich vor. Auf einem Stuhl im Dunkeln wippte ein Mann auf und ab, der an einem Stück Holz herumschnitzte.

»Sind Sie der Bahnhofsvorsteher?«

Er antwortete nicht. Sicher verstand er kein Englisch. Sie konnte ihn kaum erkennen. Er mußte einen Bart haben. Der Panamahut war tief ins Gesicht geschoben. Seine Stiefel lagen auf dem Tisch neben dem Telegraphenapparat.

»*Quiero ver*«, versuchte sie es auf spanisch mit den einzigen beiden Worten, die sie in einer Woche Aspinwall aufgeschnappt hatte.

»Gib dir keine Mühe...«

Er war Amerikaner.

»Wann fährt der nächste Zug nach Panama City?« – Keine Antwort. »Was machen Sie hinter dem Schalter?«

»Ich warte.«

»Worauf?«

Er gluckste: »Auf den nächsten Zug.«

»Und wann kommt der?«

»Das, gute Frau ...«, sagte er mit dem gleichen Lachen, »das fragen Sie am besten den Bahnhofsvorsteher.«

Sie warf ihm einen giftigen Blick zu und drehte ihm einfach den Rücken zu, um sich zu vergewissern, daß Belle sich in keiner unmittelbaren Gefahr befand. Dann trat sie an die zum Bahnsteig hin offenstehende Tür und lehnte sich gegen den Pfosten. In die Nacht hinausspähend, hielt sie nach einem Eisenbahner Ausschau, einem Weichensteller, einem Lokomotivführer, irgend jemandem, der sie über die Landenge bringen konnte. Sie würde ihnen ihren Ehering dafür geben.

»Ich war mehr als einmal in Ihrer Situation«, seufzte der Mann, der nun gesprächig wurde. »Wenn Sie daran denken, Ihr Ringelchen zu verkaufen – das wird sie wohl kaum interessieren.«

Sie beobachtete, wie die Ratten über den Schotter huschten und in der Ferne schwankende Schatten von einer Bar zur anderen torkelten, und sie beobachtete den schwarz glänzenden Ozean, dessen Wellen sich am Strand zwischen den Spelunken brachen.

»Nein, ich glaube wirklich nicht, daß es sie interessieren wird.« wiederholte er.

Sie hörte, wie er seinen Stuhl zurückschob und aufstand. Sie dachte daran, wie beunruhigt Sam sein würde, wenn er am Kai von San Francisco unter den Passagieren der *Saint Louis* vergeblich nach ihr suchte. Und sie dachte daran, wie schrecklich es wäre, auch nur einen Tag länger in Aspinwall verbringen zu müssen.

»Ich würde«, flüsterte er in ihr Ohr, »schon nehmen, was Sie zu verkaufen haben: Ich zahle deinen Platz, wenn du meine Hängematte mit mir teilst.«

Die Überraschung ließ Fanny zur Salzsäule erstarren. Kein Mann hatte sie je vorher beleidigt. Sie hatte nicht einmal gewußt, was das bedeutete. Der Mann nahm ihr Schweigen als Zustimmung und umfaßte sie von hinten, um sie gegen den Türpfosten zu drücken, aber er hatte sie noch kaum berührt, da drückte sich auch schon der Lauf der Derringer in seinen Hals. Mit erhobenem Arm zielte sie auf ihn aus allernächster Nähe. Er wich zurück. Sie machte einen Schritt nach vorn, so daß er der Pistole nicht ausweichen konnte.

»Sehe ich aus wie eine Frau, die man beleidigen kann?« zischte sie.

Der Mann glaubte immer noch, scherzen zu können.

»Nicht unbedingt, Lady, aber du hast keinen Pfifferling.«

Sie drängte ihn gegen die Wand und drückte ihm den Lauf noch fester an den Hals.

»Ich habe das hier.«

»Das wird Ihnen nicht viel weiterhelfen«, keuchte er.

Er sah, wie sich ihr Finger um den Abzug krümmte. Er war sicher, daß sie schießen würde. Sie glaubte das auch. Schon spannte sich ihr Finger an. Sie würde abdrücken. Er schloß die Augen. Da stieß sie hervor:

»Machen Sie, daß Sie wegkommen!«

Ohne weitere Fragen zu stellen, machte er sich aus dem Staub, während sie mit ausgestrecktem Arm wie angewurzelt stehenblieb. Sie war fassungslos.

Es war nicht die Angst, sondern ihre Wut, ihr maßloser Haß, der ihr den Atem benahm. Mit starrem Blick und undurchdringlichem Gesichtsausdruck stand sie immer noch regungslos da. Ihr Arm war herabgesunken und hing nun an der Seite ihres Rockes herunter, dem Sonne und Schweiß die Farbe genommen hatten. Sie hielt die Pistole fest an den Schenkel gepreßt. Und dann fing sie endlich an zu zittern.

Ihr Blick fiel auf Belle. Ein Tier im Käfig. Halb aufgerichtet hatte das Mädchen von ihrem Winkel aus die Szene beobachtet und nicht gewagt, sich zu rühren. Fanny wurde von einer Welle des Mitleids erfaßt. Mit einer leichten Bewegung des Daumens sicherte sie die Pistole, ließ sie wie unbeteiligt in ihre Tasche gleiten und versuchte sich an einem Lächeln.

»Also so etwas«, scherzte sie, »da hätte doch fast nicht viel gefehlt, und deine Mutter hätte einen Mann getötet.«

Sie streckte die Hand nach ihr aus: »Komm.«

»Zu Fuß über die Landenge? Sie scherzen, meine Kleine!«

Sie war schnurstracks zum Hotel zurückgegangen und hatte Mr. Hill geweckt, der mit den anderen Erster-Klasse-Passagieren in den Schlafräumen des ersten Stocks ruhte. Hier waren Männer und Frauen getrennt untergebracht, und ihr Erscheinen am Bett eines Mannes, noch dazu zu dieser Stunde, gab alleine genug Anlaß zu Kommentaren.

»Aber, aber, ich bitte Sie, Sie scherzen doch? Siebzig Kilometer zu Fuß? Und das bei der momentanen Hitze? Denken Sie an das Sumpffieber!... Und wie wollen Sie überhaupt über den Fluß kommen? Es gibt keine Brücke!«

Nicht im mindesten verunsichert, wischte sie dieses Argument einfach zur Seite.

»Selbstverständlich gibt es eine Brücke, Mr. Hill.«

»Und die Berge, der Regenwald, die Sümpfe – siebzig Kilometer lang nichts als Sümpfe... Sie werden sich verlaufen, meine Kleine.«

»Wir werden den Bahngeleisen folgen.«

»Sie werden überfahren werden. Das sind lauter Kurven und Abhänge. Kein Bahndamm, weder rechts noch links. Wenn nun ein Zug kommt?«

»Wie sollte er. Es gibt keinen Zug.«

»Aber bald wird es einen geben... nur Geduld.«

»Seien Sie still! Ziehen Sie sich an! Wir treffen uns unten.«

Ihr Ton gestattete keine Widerrede. Er machte gar nicht erst den Versuch, sich zu wehren, und erhob sich. Sie schlüpfte auf den umlaufenden Balkon hinaus und stieg, immer noch gefolgt von der kleinen Belle – so klein, daß sie nicht einmal über das Geländer schauen konnte –, die Treppe hinunter. Ihre Schuhe versanken im Dreck, während sie reglos unter den Pfeilern des Union Hotel stand, auf Mr. Hill wartete und sich einen Plan zurechtlegte. Sie hatte bis jetzt keine Sekunde darüber nachgedacht.

Es war machbar. Andere vor ihr hatten die Landenge zu Fuß überwunden. Als es noch keine Bahnlinie gab, blieb den Reisenden gar nichts anderes übrig... Ja, es war machbar, es war möglich. Es mußte einfach so sein, denn sie würde nicht länger das Risiko eingehen, das Schiff zu verpassen. Sie verließ sich darauf, daß dieses Argument gerade Mr. Hill überzeugen würde, der schließlich den Fehler begangen hatte, nicht gleich mit dem ersten Zug weiterzureisen, obwohl er die Mittel dazu gehabt hätte.

Mit seinen fünfzig Jahren glaubte Mr. Hill an die Vernunft. Er glaubte auch an die Größe der Vereinigten Staaten und die Solidarität seiner Landsleute im Ausland. Was das anging, war Mr. Hill ein Mann des 18. Jahrhunderts und ganz seinen Gefühlen unterworfen. Er war über Panama nach San Francisco unterwegs, um dort Samen und Setzlinge tropischer Pflanzen zu kaufen, die er in seinen Gewächshäusern in Indiana zu züchten gedachte. Diese Leidenschaft für den Gartenbau hatte ihn und Fanny einander nähergebracht. Sie hatte seinen Vorträgen über das Pikieren von Orchideen mit echtem Interesse gelauscht, und die Gärtnerkurse waren bis zum heutigen Abend fortgeführt worden. Ganz nebenbei hatte Fanny erfahren, daß er derselben Freimaurerloge angehörte wie ihr Vater. Ein schwerwiegendes Argument in der zu erwartenden Diskussion.

Sie hoffte nur, daß die unverschämten Preise von Aspinwall Mr. Hill nicht bereits den letzten Cent gekostet hatten und er noch genügend Dollars besaß, um die nötigen Lebensmittel und Maultiere zu kaufen. Sie brauchten genau vier Mulis, um Belle und das Gepäck zu tragen.

»In Panama City können wir sie einfach wieder verkaufen«, flüsterte sie, als er unter dem Balkon des Union Hotel zu ihr gestoßen war. »Es dürfte in drei Tagen zu schaffen sein nach Panama City.«

»Worauf es ankommt, ist, daß wir überhaupt je dort eintreffen«, seufzte er.

»Wenn Sie schweigen können, Mr. Hill, werde ich Sie hinführen.«

Das Erstaunliche war, daß er langsam begann, ihr zu glauben. Sie war nicht einmal halb so alt wie er, hatte nichts vom Leben gesehen und keinerlei Tropenerfahrung. Aber er ließ sich von ihrer unerschütterlichen Haltung überzeugen, von ihrem Sinn fürs Praktische und, der wichtigste Punkt von allen, von ihrer unglaublichen Selbstsicherheit. Mr. Hill begann zu wanken. Sie spürte es genau.

Mit gesenkter Stimme, so daß sie kaum noch zu vernehmen war, fuhr sie fort:

»Kein Wort zu den anderen. Wenn alle Passagiere auf die Idee verfallen, sich zu Fuß auf den Weg zu machen, werden die Eingeborenen ihre Mulis nur noch für pures Gold verkaufen. Also absolutes Stillschweigen, bis ich Mulis für uns aufgetrieben habe. Wieviel Geld besitzen Sie noch?«

»Hundert Dollar.«

»Geben Sie sie mir. Sie kümmern sich darum, Ihre Koffer bis zum Friedhof bringen zu lassen. Ich werde bei Morgengrauen dort sein. Wir brechen sofort auf.«

Es war das erste Mal, daß sie in seiner Gegenwart mehr als fünf zusammenhängende Worte gesprochen hatte. Mr. Hill war erstaunt, wieviel Autorität in ihrer Stimme lag, und war sich dabei gar nicht, aber auch nicht für eine Sekunde, bewußt, wie sehr Fannys Erregung ihn erheiterte und wie sehr ihr Tatendrang, ihr Spaß an der Geheimniskrämerei und der Theatralik sich auf ihn übertrugen. Ihr konspiratives Getue amüsierte ihn königlich.

»In drei Stunden werde ich einen Führer, Lebensmittel und Mulis aufgetrieben haben ... Am Friedhof also, Mr. Hill. Und in drei

Tagen werden wir in Panama City sein ... und in vierzehn«, fügte sie bei sich hinzu, »bei Sam!«

Ihre Tochter dicht auf den Fersen, verschwand sie, an den Wassertümpeln vorbei, in Richtung Ozean.

Weder Fanny noch Belle erzählten je etwas von ihrem Fußmarsch über den Isthmus. Kein Wort wurde über die abenteuerliche Reise mit Mr. Hill verloren. Nicht einmal in ihren Briefen findet sich eine Zeile darüber. Sind die Briefe an die Familie unterwegs verlorengegangen? Oder hat Fanny diese allzu schmerzliche Episode bewußt aus ihrem Gedächtnis gestrichen? Hat einfach geschwiegen über das, was ihr Unbehagen bereitete? Es würde nur zu gut zu ihrem Charakter passen.

Die Schrecken von Aspinwall sollten ihr dagegen bis ins kleinste Detail im Gedächtnis haften. Sie würde die stinkenden Dämpfe der Wasserlöcher ebensowenig vergessen wie ihre Angst, in der Hängematte im Union Hotel am Fieber zu sterben und Belle hilflos ausgerechnet hier zurückzulassen.

Auch die maßlose Furcht, Sam vielleicht nie wiederzusehen, sollte sie noch lange in ihren Alpträumen verfolgen.

Ganz sicher ist sie nicht die gesamte Strecke zu Fuß gegangen. Zwischen Matachin und Panama muß sie einen Zug erwischt haben, denn Belle erwähnt in ihrer Autobiographie bei der Erzählung ihrer Kindheitserinnerungen ein Zugfenster, von dem aus sie »Affen und Papageien; einen geheimnisvollen, brütenden, flüsternden Dschungel« beobachtete. Aber handelte es sich wirklich um dieselbe Reise? Belle war damals nicht einmal sechs Jahre alt. Im Alter von zehn sollte sie noch einmal durch tropische Gefilde reisen.

Auch kein Wort über den Aufenthalt im Hafen von Panama. Nichts über die Reise auf der *Moses Taylor*, dem aus San Juan kommenden Dampfschiff, das sie schließlich mitnimmt. Und Mr. Hill? Sein Name steht nicht auf der Passagierliste ... War er lebend in Panama eingetroffen? Fanny, die meiner Überzeugung nach unfähig zur Gleichgültigkeit war, sollte ein Leben lang vorgeben, nichts davon zu wissen, sich an nichts erinnern zu können ... Und kein Wort über ihre Eindrücke, ihre allerersten Eindrücke vom Pazifik. Nichts über San Francisco.

Nach einer siebenundvierzig Tage dauernden Reise ging Fanny am Mittwoch, dem 20. Juni 1864, in der Stadt mit dem Goldenen Tor an Land.

Sam wartete nicht mehr auf sie.

Sie hatten sich um vierundzwanzig Stunden verpaßt.

Obwohl Belle sich später daran zu erinnern glaubte, sie hätten sich einige Tage Ruhe gegönnt, bevor sie weitergezogen waren, machte Fanny sich bereits am darauffolgenden Tag, dem 21. Juni, mit der Postkutsche auf den Weg nach Placerville. Sie war wieder einmal auf sich allein gestellt.

Dabei war Sam ursprünglich aus den Sierras heruntergekommen, um Frau und Tochter im Hafen in Empfang zu nehmen. Eine ganze Woche lang war er durch die glühende Wüstenhitze geritten, die sein Lager vom Ozean trennte. Fiebernd vor Ungeduld hatte er nach den Schiffen Ausschau gehalten, die in die Bucht einfuhren, und jedesmal gehofft, Fannys Silhouette zu entdecken, die sich über die Reeling beugte. Aber es war jeden Tag das gleiche: Die so heißersehnte *Saint Louis* wollte einfach nicht kommen. Und am 19. des Monats hatte ihn dann ein aufgeregtes Telegramm von seinem Partner ins Lager zurückgerufen.

Kein Goldgräber, auch wenn er der rechtmäßige Besitzer seiner Schürfstelle war, riskierte es, die Mine brachliegen zu lassen, geschweige denn, sich von ihr zu entfernen. »Weggegangen, Platz vergangen« hieß die Regel, und andere Goldsucher, die nur allzu froh waren, Schacht und Stollen bereits begehbar vorzufinden, machten sich daran, die Goldvorkommen selber auszubeuten. Dafür gab es eine stehende Redewendung: *»to jump a mine«*, also: sich auf eine Mine stürzen und sie besetzt halten. Sam hatte somit seine Mine verloren. Es gab kein Gesetz, das ihn schützte, nur das des Stärkeren, das der Colts und des Dynamits. Wenn er seinen Besitz zurückerobern wollte...

OCCIDENTAL HOTEL

21. Juni 1864

Meine lieben Eltern, nur rasch ein paar Worte aus San Francisco. Sam erwartet uns in Austin, hinter Placerville und Carson City. Wir reisen in einer Stunde ab – und in zehntausendneunhundertundachtundachtzig Minuten werden wir bei ihm sein! Er ist selbst aus der Entfernung um uns, Belle und mich, er umfängt uns mit seinen Gedanken. Als wir um Mitternacht am Kai anlegten, wurden wir von einem seiner Freunde begrüßt, dem er aufgetragen hatte, alle Schiffe nach uns abzusuchen. Einen Strauß meiner Tigerlilien unbequem im Arm haltend, hat dieser Mr. Atchinson uns im Landauer ins Occidental Hotel gefahren, wo Sam das schönste Zimmer für uns reserviert hatte. Die Besitzer haben uns mit Freundlichkeiten überschüttet, denn sie lieben Sam wie einen Sohn. Ihr könnt Euch nicht vorstellen, wie beliebt er ist und wieviele Menschen er in nur sechs Monaten in San Francisco kennengelernt hat. Beinahe die ganze Stadt hat am Morgen bei uns vorgesprochen, um uns in seinem Namen willkommen zu heißen. Ja, ja, ich übertreibe ... Aber die Männer im Hotel sprechen nur von ihm – seiner Güte, seinem Mut – und vom Gold. Bei Tisch gehen kleine Säckchen mit Staub herum, und Mr. Atchinson hat mir eine »Probe« aus unserer Mine gezeigt. Es ist grünlich und sieht aus wie irgendein ganz gewöhnlicher Stein. Man sollte nicht glauben, daß Sam uns mit Hilfe eines solchen Quarzbrockens ins Paradies führen wird!

Dieser unbekümmerte Tonfall wird bis zum Ende des Briefes durchgehalten. Nicht eine Klage, nichts, was ihre Enttäuschung verraten hätte, die schreckliche Enttäuschung, am Ende einer solchen Reise keinen Sam vorzufinden... Nur die Ungeduld, endlich zu ihm zu gelangen!

Für alle Freuden San Franciscos unempfänglich, stieß Fanny unverzüglich in die abgelegenste und verdorrteste Region des gesamten amerikanischen Westens vor. Siebenhundert Kilometer per Kutsche, davon dreihundert über die schwindelerregenden Gebirgspfade in den Sierras, vierhundert durch die Wüste. Die berühmte Route des »Pony Express«.

NEVADA
Juni 1764

»Wann sind wir in Austin?«

»Sie täten gut daran, noch einen ordentlichen Schluck zu trinken, bevor wir Devil's Gate erreichen, schöne Lady! In der Nacht sind die Sierras kein Zuckerschlecken. Runter! Sie sind mir im Weg.«

Fanny hielt sich an den Zugriemen fest, nahm den Kopf zwischen ihre Knie und duckte sich so tief wie möglich, damit der Kutscher ihren Rücken als Stütze für seine Winchester benutzen konnte. In Paßübergängen lenkte er nur mit einer Hand, während er mit der anderen das Gewehr in horizontalem Bogen über der Hüfte schwenken ließ. Das rechte Auge konzentrierte sich auf die Pferde und den Abgrund; das linke überwachte Felswände und -vorsprünge. Von dort würden die Banditen kommen. Auf Fannys Seite. Bei einem Überfall würde sie genau in der Schußlinie sitzen.

»Nun gehen Sie schon runter, Himmel noch mal!«

Sie selber hatte ihn, als in Placerville die Pferde gewechselt wurden, dazu überredet, sie neben sich auf den Bock zu lassen. Normalerweise hatten dort nur der Mann von der Wells Fargo, seine Geldkassette und sein Gewehr etwas zu suchen. Aber in den Sierras, wo man alle naselang in einen Hinterhalt geraten konnte, machte einem niemand den Außenplatz streitig, und die Bank mischte ihren Angestellten, der das Gold bei sich trug, unauffällig unter die normalen Fahrgäste. Daher waren die Banditen neuerdings auch dazu übergegangen, alles gründlich zu durchsuchen und im Zweifelsfall sämtliche Fahrgäste brutal zu mißhandeln. Bevor die Geldboten auf die Idee verfallen waren, sich als Schürfer zu verkleiden, waren zwanzig Jahre mit Postkutschenüberfällen ins Land gegangen, ohne daß je ein Reisender ausgeraubt worden wäre.

Die Reisenden im Inneren des Wagens sahen alle gleich aus. Pistole am Gürtel, eine Feldflasche mit Whisky umgebunden, kein Kragen, kein Tuch, das Hemd aus angerauhtem, rotem Baumwolltuch zugeknöpft bis zur halben Bartlänge, den weichen braunen Filzhut bis zu den Augenbrauen heruntergeschoben. Die insgesamt zwölf Männer boten den gewöhnlichen Anblick von Goldsuchern, die, wenn das Glück sie auch längst verlassen hat, nicht aufgeben werden, ihm von Berg zu Berg hinterherzujagen. Mit stumpfem Blick musterten sie sich gegenseitig, während sie in der Kutsche durchgerüttelt und aneinandergedrängt wurden, und fragten sich, welcher von ihren abgerissenenen Mitreisenden wohl in seinen schiefgetretenen Stiefeln oder der zerschlissenen Hose die Dollars der Wells Fargo bei sich trug. Und alle beruhigten sich immer wieder mal unauffällig mit einem kleinen Schluck aus der Flasche. Sie hatten Angst vor den Banditen, Angst vor den Indianern, Angst auch vor den Haarnadelkurven, die der Kutscher durchfuhr, ohne das Tempo zu drosseln, und Angst vor der entgegenkommenden Kutsche, die mit ihren sechs Pferden im vollen Galopp den Abhang herunterkommen konnte, während das Schellen der Glocken vom Heulen des Windes in den Pinien übertönt wurde.

Eine Kurve folgte der anderen. Auf der einen Seite der Straße die Felsen, auf der anderen nichts als Leere.

Den Kopf noch immer in Höhe des Sitzes haltend, sah Fanny tief unter sich die ausgebleichten Skelette der Tiere, die sich auf dem Grund der Schluchten zu Tode gestürzt hatten, Wagenräder und in den Bäumen hängengebliebene Achsen. Belle schlief glücklicherweise im Wageninnern, mitten zwischen den Stiefeln der Männer, die vom Alkohol langsam immer angeregter wurden. Auch der Kutscher nahm einen Schluck nach dem anderen. Aber mit wachem Blick, die Zügel in einer, das Gewehr in der anderen Hand, hielt er seine Waffe nach wie vor schußbereit auf dem Rücken seiner Passagierin – eine bewegliche Kanone, die über sie hinweg auf jeden neuen Felsüberhang zielte.

»Wie lange ...«, stieß sie, zwischen zwei Bodenwellen den Mund zum Sprechen aus den Falten ihres Rockes befreiend, hervor, »werden wir noch brauchen?«

»Wenn Sie sich bewegen«, grummelte er und hielt sie gewaltsam in ihrer geduckten Position, »muß Ihr Kopf als erster dran glauben ... Sie hätten ruhig ordentlich einen trinken sollen!«

»Danke, aber ich trinke nicht.«

»Ach so, ich sehe schon: nur heißes Wasser, was?«

»Genau: heißes Wasser.«

»Sie sind wohl noch nicht lange im Westen?«

»Seit gestern.«

»Das habe ich mir gedacht. Die Damen hier machen nicht so ein Getue, wenn's ums Saufen geht. Wenn man die Hosen voll hat, ist es das einzig Wahre. Sie werden schon auch noch drauf kommen!«

Was für ein Dummkopf! Hatte sie denn etwa eine Beruhigung nötig? Ihr war nicht kalt, sie hatte keine Schmerzen und Angst schon gar nicht. Ihre unbequeme Stellung spürte sie nicht einmal. Mutig richtete sie sich auf. Aber in ihrem wilden Blick war nichts zu lesen von Abenteuerlust oder jenem »Grips«, der einst Mr. Hill verführt hatte. Er ging starr, verstört und irgendwie übererregt ins Leere.

»Runter!«

Sie schlug wild um sich und ging mit aller Kraft gegen den Gewehrkolben an, den er ihr zwischen die Schulterblätter stemmte.

»Wollen Sie sich unbedingt abknallen lassen?«

Daß sie runterfallen könnte, kam ihm dabei gar nicht erst in den Sinn. Schließlich ließ er sie einfach los.

»Pech für Sie.«

Sie setzte sich aufrecht hin und hielt ihren Kopf genau in der Schußlinie des vom Kutscher nach wie vor auf die Berge gerichteten Gewehres.

Zweifellos durchlebte Fanny in diesem Augenblick die erste der Krisen, die sie später nicht ganz ohne Humor »meine kleinen Kopfentzündungen« nennen sollte.

Gleich nachdem die Pferde hinter Sacramento in Galopp gefallen waren, hatte sie angefangen zu zittern. Müdigkeit? Ungeduld? Beim Pferdewechsel in Placerville hatte Belle sie wie eine Fliege die Pferde umschwirren sehen, wobei sie wild gestikulierte und mit sich selber sprach. Ob ihr Ziel nun noch zu weit entfernt oder, im Gegenteil, zu greifbar nah gerückt war – sie konnte jedenfalls einfach nicht mehr warten. Alles in ihr war in Auflösung begriffen. Vorbei die Zeit, wo die Erinnerung an Sam, die Aussicht, ihn zu sehen und den Rest ihres Lebens an seiner Seite zu verbringen, ihre Ängste beschwichtigt hatten. Es gelang ihr nicht einmal mehr, sich sein Bild vorzustellen, geschweige denn ihr Wiedersehen und ihr künftiges Leben. Sie stellte sich gar nichts vor. Aber als sie sich Austin näherten, war sie bis in den letzten Muskel und Nervenstrang hinein angespannt. Jeder Peitschenhieb kerbte sich in ihre Haut. Sie war so besessen von dem Gedanken, endlich anzukommen, daß sie im Geiste die Abhänge noch hundert Meter vor den Pferden überwand. Schneller. Nur schneller! Sie konnte alles deutlich wahrnehmen: das Muskelspiel der acht Pferdekruppen, das Klappern der Hufe, die schnaubenden Nüstern ... die ganze Szene lag weit vor ihr in den Niederungen des Tals, während die Wagenräder noch kaum die Anhöhe erklommen hatten. Nach einer Nacht und einem Tag erreichte die holpernde Kutsche die Wüste.

Ein ockerfarbener, nur durch seine etwas blassere Tönung erkennbarer Strich inmitten einer braunen, überwältigenden Weite: die Überlandstrecke. Schnurgerade. So weit das Auge reichte. Bis hin zu den neuerlichen Bergketten der Sierras, die die Unendlichkeit abgrenzten – irgendwo an diesen Berghängen mußte Austin liegen. Aber immer noch weit, so weit, daß die Bergkuppen wie ein ebenmäßiger schwarzer Strich vor dem rötlichen Horizont wirkten. Und darüber breitete sich, völlig leer wie ein riesiges, straffgespanntes Tuch ohne Falten und Unebenheiten, der Himmel. Nur Blau. Keine Wolken. Keine Sonne. Kein Mond. Und, bei Einbruch der Nacht, weder Dunst noch Nebel. Nicht einmal Staub wurde durch die Luft geweht. Auch das Galoppieren konnte diese unerträgliche Leere nicht durchbrechen. Kein Baum, kein Fels, nichts, woran sich der Blick festhalten konnte. Wie sie so dahinrasten, verschmolz das Grau der Steine mit dem Silber der Grasbüschel und der Gerippe am Wege zu einer gleichmäßigen, sepiafarbenen Masse. Umgestürzte Fuhrwerke, Karren, liegengebliebene Gepäckstücke, verrostete Kreuzhacken, alle möglichen Überreste eines vergangenen Goldrausches verloren sich in der Trockenheit der Wüste.

Man muß diese Gegend von Nevada einmal selbst durchfahren haben, um die ganze Trostlosigkeit, in die Sam seine Frau und seine Tochter gelockt hatte, wirklich einschätzen zu können. Als ich selber auf Fannys Spuren schließlich auch nach Austin kam, hatte ich nur einen Gedanken: nur weg von hier. Steine, Sand, Dornengewächse. Die Luft voller Alkalistaub, der in den Augen brennt, die Lippen aufspringen läßt, und das Wasser verseucht; auf dieser Ebene wächst genausowenig wie in der Wüste. Keine Gerüche, keine Farben, dafür Hütten ohne Dächer, die sich in den Canyon zwängen oder wie aufgespießt in prekärer Schräglage an den Hängen des Hügels kleben. Starre Pfade krallen sich in die Berghänge wie die Finger einer Hand und gehen, als hätte sie jemand abgeschnitten, unvermittelt ins Leere. Vierzig Grad im Sommer. Minus dreißig im Winter. Als Zugabe Blizzards und Lawinen. Irgendwo soll immerhin ein Fluß sein.

Liegt es an der Art, wie das Lager von allen Seiten eingekesselt ist? An der Dunkelheit, die sich schon mitten am Nachmittag über alles legt? An dem zu Pyramiden aufgehäuften Bauschutt, den gähnenden Schächten, den Fördergeleisen, an dieser ganzen Trostlosigkeit, die allen Bergbaugebieten eigen ist? Dieser Ort deprimierte mich so sehr, daß ich ernsthaft darüber nachdachte, wenigstens wieder in die Wüste hinunterzugehen. Oder war es vielleicht die Gewißheit, daß dieses Loch bis ins Detail so geblieben war, wie Fanny es am Ende ihrer Reise vorgefunden hatte?

Alles hier hatte erst vier Jahre vor Fannys Ankunft begonnen. Bis dahin gab es absolut nichts. Nicht einmal die Überlandstrecke. Bevor sie sich über zahllose Berge quälten, hatten die Wagenkolonnen von Osten lieber den längeren, aber auch leichteren Weg über den nördlich gelegenen Humboldt River genommen. Selbst die Goldsucher von 1849 hatten sich nicht in diese unwirtliche Region ohne alle natürlichen Ressourcen vorgewagt.

Dann allerdings hatten zwei Ereignisse dieses riesige, unbekannte Gelände in einen Ameisenhaufen verwandelt. Der Pony Express und der Bau der Telegrafenverbindung. Diese beiden Neuerungen waren der ungeduldigen Sehnsucht der Kalifornier zu verdanken, auf möglichst schnellem Wege – und ganz bestimmt schneller als über die Panama-Route – mit dem Osten kommunizieren zu können.

Suchen junge Leute. Drahtig. Robust. Reaktionsschnell. Bis zu 18 Jahren. Reiter. Jeden Tag bereit zu sterben. Waisen bevorzugt.

Mit dieser kleinen Anzeige, die in jeder Bank, jedem Bahnhof und jedem Saloon des Westens angeschlagen wurde, bot der Pony Express allen Todessüchtigen ohne Familienanhang, die bereit waren, Kalifornien und Missouri in einem achttägigen Ritt zu verbinden, fünfundzwanzig Dollar pro Woche – einen Hungerlohn. Zweitausendneunhunderteinundsechzig Kilometer immer geradeaus, über schwierigstes Gelände und ständig von indianischen Pfeilen verfolgt. Ein Durchschnittstempo von fünfzehn Kilometern pro Stunde, und das zu einer Epoche, in der fünfunddreißig Kilometer pro Tag als große Unternehmung galten.

Aber die Sensation hielt sich nicht lange. Nur wenige Monate, nachdem die galoppierenden Reiter zum erstenmal die Stille der Wüste durchbrochen hatten, erhoben sich hier die Masten des Telegrafen. Die Verbindung mit dem Osten dauerte nun nur noch drei Tage. Drei statt acht. Der Pony Express hatte seine Schuldigkeit getan. Nun mischte sich nur noch das Summen der Drähte unter das Rauschen der Pinien in den Sierras. Kein Bleichgesicht in vierhundert Kilometern Umkreis. Nur die ehemaligen Reiter trieben sich noch in der Nähe der ausrangierten Wechselposten herum.

Und so brachte eines Tages im Jahre 1862 ein früherer Botenreiter des Pony Express einen Stein, dessen grünliche Farbe seine Neugier geweckt hatte, nach Jacob Station, dem letzten Posten vor den Bergen. Es war das typische Grün einer Silberader im Quarz... Die Nachricht hatte sich wie ein Lauffeuer von Station zu Station verbreitet.

Im Oktober 1862 suchten die ersten zehn Schürfer den vereisten Boden ab. Es gab keine Lebensmittel, keine Heizmöglichkeit, man übernachtete in Zelten und Hütten – bei minus fünfzehn Grad.

Im Dezember hatte man anhand der Proben, die ins Auswertungsbüro nach Virginia City geschickt worden waren, eine außergewöhnlich reiche Silberader ausgemacht. Das Wunder war Wirklichkeit geworden!

Schon im Januar campierten fünfzig Erzsucher zwischen Jacob Station und dem Reese River, einem meist ausgetrockneten Wasserlauf zu Füßen der Berge. Im Februar gaben sie ihrem kleinen Ort am Berghang den Namen Austin – zur Erinnerung an ihren Heimatstaat Texas. Bis März hatten sich zwei Bordelle, zwei Hotels, fünf Saloons und eine Zeitung im Kessel des »Pony Canyon« niedergelassen, insgesamt fünfzig Häuser. Im Juli war man bei zweihundertneunundsechzig, im Oktober bei dreihundertsechsundsechzig – und eintausenddreihundert Minengesellschaften und viertausend Menschen.

Und auf der pfeilgeraden, endlosen Reitstrecke des Pony Express schleppte sich nun eine ununterbrochene Karawane von mit Heu, Holz, Bohr- und Brechwerkzeugen und mit Geräten zur Mineralaufbereitung beladenen Wagen. Fuhrwerke, Lastkarren, Reiter, Fußgänger und Kutschen durchquerten die Wüste. Wenn ein Gespann aus Versehen vom Weg abkam, mußte es mindestens eine Stunde im Oktoberschnee des Jahres 1863 ausharren, bis sich wieder eine Möglichkeit bot, sich erneut in den Konvoi einzureihen.

Das Silberfieber hatte ein Jahr angedauert. Im Dezember war alles vorbei. Niemand wagte zu gehen, aber statt hundert kamen nun nur noch zwanzig Erzsucher pro Tag in Austin an. Dann nur noch zehn. Im April 1864 kamen fünf, darunter Sam Osbourne. Er war einer der letzten Abenteurer, die nicht aufhörten, vom großen Glücksfund an den Ufern des Reese River zu träumen.

Seit drei Monaten kursierte das Gerücht, daß die Adern wertlos seien, die Vorkommen, wenn es denn überhaupt welche gab, nicht einmal die Erschließungskosten decken würden und die ganze Begeisterung für die Region nur aufgrund der wilden Geschichten von Spekulanten aufgekommen war ... Wahrheit? Lüge? Während Fanny ihren Weg durch die Trümmer des Silberfiebers fortsetzte, brach in San Francisco die Börse zusammen.

AUSTIN
Ende Juni 1864

Mitternacht. Unter den Schiebefenstern des International Hotel, gleich beim Eingang zum Saloon, standen etwa fünfzig Männer und warteten. Alle trugen den gleichen verblichenen Filzhut, der ihnen tief im Gesicht saß, das gleiche Flanellhemd, die gleiche braune Hose aus Zeltleinen, die in den gleichen vorne abgeflachten Stiefeln steckte, alle hatten die gleiche Pfeife im Mund, und alle trugen das gleiche Doppelgewehr, den Angst und Schrecken aller Bussarde der Gegend, mit der gleichen Art von Schulterriemen unter dem rechten Arm. Sie hatten wilde Bärte und lange Haare, waren zerlumpt und abgerissen und strömten alle denselben säuerlichen Geruch aus: nach Schweiß und Kautabak und nach dem Dynamit, das sie beim Graben der Stollen einsetzten. Und alle spielten in ihren ausgebeulten Taschen heimlich und mit den gleichen hektischen Gesten mit den gleichen Steinen.

Die Aufregung dieser fast identischen und austauschbaren, alterslosen jungen Leute war unbeschreiblich. Man muß sich eine Armee von Bettlern vorstellen, deren jeder glaubt, er sei Krösus persönlich. Keiner von ihnen hatte genug Geld, um nach Hause zurückzukehren, aber jeder hielt sich für den reichsten Mann der Welt und benahm sich auch so. Sie waren alle der Prinz als Bettelmann.

»Sieh mal«, flüsterten sie einander zu und fischten haselnußgroße Steinchen aus ihren Hosentaschen, »siehst du das Goldstückchen da? Und hier, die Silberspur? Und das ist aus meiner Mine, der Königin der Berge. Und ganz dicht an der Oberfläche! Nur ein paar Hiebe mit der Hacke, und da war's auch schon. Das Ding strotzt vor Silber. Paß auf, ich geb dir sechs Fuß davon, wenn du mich zum Abendessen einlädst. Weil du es bist. Schließlich sind wir Freunde. Und was machen sechs Fuß mehr oder weniger für mich schon für einen Unterschied? Die Königin der Berge ist so ungeheuer ergiebig. Für dich mache ich eine Ausnahme. Sieh mal hier, das Gutachten... Ich will nicht, daß du dich auf irgendwas einläßt, ohne das Gutachten gesehen zu haben. Hier, lies ...«

Dann schwenkte der eine oder andere ein fettiges Stück Papier herum, auf dem bestätigt wurde, daß das analysierte Gestein einen Silbergehalt besitze, der sich auf Tausende von Dollar pro Tonne belaufen werde. Aufgrund solcher Gutachten, die den analysierten Stein als charakteristisch für eine ganze Mine darstellten – während die Goldgräber natürlich immer nur die reichhaltigsten Proben eingeschickt hatten -, nur aufgrund dieser »Gutachten« war die ganze Gegend verrückt geworden!

Und wer das Ganze so aus der Ferne nur für eine leichte Form des Wahnsinns hielt, unterlag einem schweren Irrtum. Diese Traumtänzer lebten wie Hunde und schufteten wie Galeerensträflinge. Sie hatten sich freiwillig die aufreibendste, gefährlichste und undankbarste Arbeit ausgesucht. Unter Tage forderten Gasexplosionen, Feuer und Erdrutsche zahllose Opfer. Wer nicht durch Unfälle, Erschöpfung, Skorbut, am Whisky oder bei Schlägereien zugrunde ging, starb an der berüchtigten »Minenkrankheit«, der Silikose, bei der die Ablagerungen des feinen Gesteinspuders, der von den »Witwenmachern«, den ersten Luftdruckbohrern, in die Luft gewirbelt wurde, die Lunge langsam zusetzen – ein Erstickungstod auf Raten. Aber wen kümmerte das. Man benutzte die Bohrer weiter und hoffte, daß das Silber, ihr Silber, gleich unter der Oberfläche warten würde. Ein weiterer Irrtum, denn soweit sie das beurteilen konnten, konnte ihre Ader, vorausgesetzt, es gab eine, ebensogut fünf Meter tief im Boden verlaufen. Sie hatten also zwei Möglichkeiten: Entweder, es wurde ein vertikaler Schacht bis zu der Gesteinsschicht getrieben, die »die Ader« enthielt, oder man mußte in die Wüste hinuntersteigen und sich mittels eines Tunnels von unten an die Ader herangraben. Wenn sie dann eines glücklichen Tages tatsächlich einmal das mineralhaltige Gestein erreicht haben würden, würden sie das Ganze zutage fördern und zu Tausenden von Tonnen in die Aufarbeitungsanlagen verfrachten müssen, um dem Gestein die wenigen enthaltenen Gramm Silber zu entlocken. Wenn man bedenkt, daß allein die Trennung von silberhaltigem und wertlosem Gestein den Schürfer einhundert Dollar pro Tonne kostete, war die Zeit der erhofften Goldbarren zweifellos Lichtjahre entfernt. Aber das störte niemanden. Voller Elan trieben sie ihre Stollen immer weiter in den

Fels hinein und kamen jeden Samstag abend von ihrer bis zu zwanzig Kilometer entfernt gelegenen Schürfstelle nach Austin herunter, um nur die große Attraktion nicht zu verpassen: die Ankunft der Postkutsche.

Alles lief nach immer gleichbleibenden Riten ab. Man trank, spielte, kaufte und verkaufte sich gegenseitig ein paar Meter unter der Erde in den jeweiligen Minen, bis der nie genau vorhersehbare Zeitpunkt kam, wo irgend jemand hinter den Felsen, die das Wüstenpanoranma überragten, die beiden Lampen des Wagens aufblitzen sah.

Dann verstummten das Gebrüll der Betrunkenen und das Geklimper der mechanischen Klaviere mit einem Schlag, und das ganze Camp eilte, vom dumpfen Poltern der Stiefel auf den Holzbohlen des Gehwegs begleitet, zum International Hotel.

Wenn das Schellen der Glocken sich in den Biegungen der Route verlor, träumten all diese Männer von neuem. Aber sie hofften nicht auf Post oder Zeitungen, auf Nachrichten, die die Reisenden zu erzählen haben würden, sie warteten nicht auf den Silberkurs aus San Francisco oder den Goldkurs in New York, auch nicht auf einen Bericht über die Lage in den anderen Goldsuchercamps – was sie erhofften, war »eine Frau zu sehen«.

Aah, wie das Rascheln würde, wenn so ein Weiberrock aus der Fahrgastkabine glitt. Und der Duft des Haarknotens, der an einem vorüberzog. Das gedämpfte Klappern der kleinen Stiefel auf dem Holz. Vielleicht konnte man einen kurzen Blick auf einen Knöchel erhaschen ... den Spitzensaum der Hose ... oder vielleicht sogar einen Strumpf! Und vielleicht würde ein galantes Kompliment, ein kleines Geschenk ...

Erstaunlicherweise hatte das starke Geschlecht im Wilden Westen Lebensvorstellungen wie jede kleine Weißnäherin. Man wollte keine flüchtigen Liebesabenteuer, sondern eine richtige Ehe.

Die Frauen in den Camps konnten sich ihre Männer aussuchen. Sie konnten sich scheiden lassen, wieder heiraten, sich erneut scheiden lassen, so oft sie wollten. Natürlich betrogen sie ihre Männer, und zwar völlig ungestraft. Sie bestahlen sie oder brachten sie um – bisher hatte noch kein Gericht in Nevada einen Rock verurteilt. Solange die Dame nur weißer Rasse war, kam sie unbeschadet davon, begleitet von den untertänigsten Entschuldigungen der Richter.

Diese Milde, der große Respekt und die von den Männern des Westens in vielen Fällen an den Tag gelegte wahre Ritterlichkeit läßt sich durch die schreckliche Frauenknappheit erklären, an der sie alle litten: Im gesamten Distrikt rund um den Reese River waren es insgesamt nur siebenundfünfzig. Siebenundfünfzig Frauen für viertausend Männer. Und dabei waren schon zwölf Prostituierte der schlimmsten Sorte mitgerechnet und fünf weibliche Wesen unter zehn Jahren. Selbst die ältesten unter diesen Frauen, die schon auf die Dreißig zugingen, bekamen so viele Anträge, wie es Schürfstellen in den Bergen gab. Man mußte sich also beeilen und die Dame abfangen, noch während sie aus der Kutsche stieg. Eine Trauungszeremonie dauerte damals ebenso lange wie die Verlobungszeit: sechzig Sekunden.

»Nehmen Sie ihn?«

»Ja.«

»Nimmst du sie?«

»Ja.«

»Fall erledigt. Einen Dollar, bitte.«

Als Fanny mit vom trockenen Wind zerklüfteten Lippen, geröteten Augen und zerzausten Haaren von ihrem Vordersitz sprang, breitete sich eine geradezu anbetungsvolle Stille über Austin. Nicht ein Scherzwort war zu hören, selbst das dumpfe Kauen war verebbt. Reglos und stumm lehnte die ganze Ansammlung von Glücksrittern an den Wagenrädern, die dem International Hotel als Geländer dienten, und schaute Fanny dabei zu, wie sie den Wagenschlag öffnete und ein kleines Mädchen in ihre Arme nahm. Dort standen sie nun, mitten auf der Straße, und das fahle Licht des Mondes hüllte die beiden in einen gemeinsamen Glorienschein. Kein Lüftchen regte sich. Es war eine bleischwere Nacht. Sie waren allein. Die anderen Reisenden waren bereits in den Camps entlang der Route ausgestiegen. Fanny zögerte nur einen Augenblick, und die Männer nutzten ihn, um näher zu kommen. Wie auf Kommando traten sie auf sie zu und bildeten einen Kreis um sie herum. Diese

Szene hatte nichts Aggressives, aber ihre Blicke waren voller Gier. Fanny rührte sich nicht. Sie nahmen es als Zeichen, noch näher zu rücken, und begannen, sich an sie zu drängen, ganz nah an ihr vorbeizustreichen und sie hin und her zu schieben. Sie spürte sie kaum. Noch immer blieb sie unbeweglich, sah sie nur an. In ihren fiebrigen Augen stand dieselbe Ungeduld zu lesen, dieselbe Sehnsucht. Sie sah mal den einen an, mal den anderen und suchte unter all diesen Hüten, strähnigen Haaren und mit dem Messer gestutzten Bärten das Gesicht von Sam.

Schließlich brachte sie der Druck der Menge aus dem Gleichgewicht, sie machte einen Schritt nach vorn und strebte dem erleuchteten Hotel entgegen. Die Menge teilte sich respektvoll, um ihr den Weg freizumachen, und sie ging hindurch. In diesem Moment zeichnete sich die hochaufgeschossene Silhouette eines Mannes im Gegenlicht des Türrahmens ab, der mit den Armen die Schwingtüren des Saloons zur Seite stieß. Belle erkannte ihn als erste.

»Papa!«

Sie stürzten auf ihn zu, und er hielt sie in einer einzigen Umarmung fest umschlungen.

Mit geschlossenen Augen schmiegte sie sich an ihn und preßte ihre Lippen an den Hals des geliebten Mannes. Sie sog seinen Duft in sich auf, die Süße, die von seiner wunderbar glatten, warmen Haut aufstieg, sie spürte das gleichmäßige Pulsieren des Blutes in seinen Adern, den Hauch von Leder und Honig in seinem Tabak, diesen unverwechselbaren Geruch, Sams Geruch... Dann spürte sie, wie Sams Lippen unter dem ihr noch ungewohnten Bart über ihren Mund streiften. Ein flüchtiger Kuß, in den sie sich dennoch hineinsinken ließ wie in ein tiefes, warmes Gewässer.

Sanft löste er sich von ihr, setzte sich Belle rittlings auf die Schultern und führte die beiden mit sich fort.

»Das war Sams Frau«, bemerkte einer der Schürfer.

Wehmütig sah die Menge ihnen nach, als sie langsam den Weg zum höher gelegenen Teil von Austin hinaufstiegen, und zerstreute sich dann.

Entgegen aller Logik waren sie voneinander weder überrascht noch enttäuscht. Ihr Wiedersehen brachte ihnen genau das unsagbare Glück, das sie sich davon versprochen hatten.

Sams Abenteuer, die er ohne sie durchlebt hatte, Fannys Erlebnisse während der Reise, die Sehnsucht nach der Familie, nach Komfort und Sicherheit, nichts von alledem stellte sich zwischen sie. Fanny empfand nichts von der unendlichen Trostlosigkeit des Camps, sie litt nicht unter ihrer Armut und auch nicht unter der Einsamkeit, die ihnen bevorstand.

Sie waren sich so nahe wie ehedem, vielleicht sogar näher. Sams Persönlichkeit, seine Gegenwart gaben ihr alles, was sie vom Leben erwartete. Alles in Austin war so, wie Fanny es sich erträumt hatte.

SAMS FRAU

Es ist nicht alles Gold, was glänzt.
ALTE GOLDGRÄBERWEISHEIT

AUSTIN
Juli 1864 – März 1865

Blonder Seitenscheitel. Hohe Wangenknochen. Volle Lippen. Helle – wahrscheinlich sehr blaue – mandelförmige Augen. Etwas Gütiges und ungeheuer Verträumtes in der gesamten Ausstrahlung. Den wenigen Fotos nach zu urteilen, die ich von ihm gesehen habe, muß Sam Osbourne ein sehr schöner Mann gewesen sein.

Was mir außerdem ins Auge springt, ist diese gewisse interessante und gleichzeitig beinahe rührende Mischung aus Virilität und Kindlichkeit, von Kraft und Abwesenheit.

Die liebevolle Erinnerung, die man ihm in Indiana bewahrte, sein Ansehen in San Franciscos Bohemian Club, seine sehr achtbaren Freunde, die ihm stets treu verbunden blieben, sollten ihn mir sympathisch machen. Die liebevoll bewundernden Worte seiner Tochter tun ein übriges. Belle, die immer sehr empfänglich für alles Ästhetische war, spart nicht mit Lobeshymnen auf die innere und äußere Schönheit ihres Vaters. Vierzig Jahre nach ihrem Wiedersehen in Austin wird sie ihn immer noch so beschreiben, wie er ihr in diesem Sommer gegenübergetreten war: groß und kräftig, wo ihre Mutter zierlich war, blond statt brünett und im selben Maße unbekümmert, sanft und flatterhaft, wie Fanny ernst sein konnte.

Soweit ich es beurteilen kann, läßt sich Sam Osbournes Charakter am besten unter dem Begriff »Charme« zusammenfassen. Er war einfach charmant, weil er ein offenherziges Wesen hatte, ohne jede Spur von engstirnigem Fanatismus.

Und weil er unersättlich war.

Anders als die übrigen Goldsucher – größtenteils besitz- und heimatlose Einwanderer der ersten Generation, arme Teufel, die in den Minen nichts mehr zu verlieren, aber alles zu gewinnen hatten, Deserteure aus einer der beiden Armeen, Mörder, die sich auf der Flucht vor der Justiz in diese abgelegene Region verirrt hatten – war Sam Osbourne ein Sohn aus guter Familie, Offizier und Inhaber eines juristischen Diploms. Er hätte genausogut still vor sich hin in Indiana zu Wohlstand kommen können. Seine Anstellung beim obersten Gerichtshof des Bundestaates, sein gutes Verhältnis zu den Schwiegereltern, seine liebevolle Ehe: Sam Osbourne fühlte sich vom Glück verfolgt – bis der Bürgerkrieg ausbrach. Wie viele andere Soldaten war er »verändert« daraus zurückgekehrt, unfähig, sich wieder in den alten alltäglichen Trott einzufügen, unfähig, wie manche es ausdrückten, »seinen Platz zu finden«.

Er war zweifellos labil. Selbst Belle könnte nicht leugnen, daß sich unter der gesunden, glatten Oberfläche ihres Vaters gewisse morbide Züge verbargen. Er fühlte sich hingezogen zu allem Schmerzhaften, Geheimnisvollen. Ich vermute, daß es gerade diese Seite seines Wesens war, die Fanny verführt hat.

Nein, nichts zwang Sam, in die Ferne zu ziehen, ans Ende der Welt. Er war auch nicht eigentlich am Gold interessiert. Und wenn ihn vielleicht die Aussicht auf Reichtum betörte und er sich tausend Arten erdachte, auf die er all das Geld wieder ausgeben konnte, so ließen ihn Erfolg oder Mißlingen seiner Unternehmungen doch im Grunde recht unbeteiligt. Warum also hätte er sein ganzes Hab und Gut an diese Sache verschwenden sollen? Warum riskierte er in diesem düsteren Canyon sein Leben und das der beiden Menschen, die er abgöttisch liebte? Nichts zwang ihn dazu. Nichts als die Lust an der Gefahr. Der Hang zur Ruhelosigkeit und zum Träumen.

Fannys Mann war wahrscheinlich einer der wenigen echten Abenteurer in Austin.

Sie sollte nur selten über ihn sprechen – dazu ging er ihr zu nahe! Über ihre eigenen Gefühle würde sie wie immer schweigen.

Später, zu der Zeit, als Ned Field ihr begegnete, sollte Mrs. Stevenson ihrem ersten Ehemann eher übel gesonnen sein. Doch bei ihrem Wiedersehen in der Wüste von Nevada verband Fanny Vandegrift und Sam Osbourne ein tiefes Gefühl.

Ihre Liebe hatte nicht Flüchtiges. Es gab nichts, was nicht beiden gleichermaßen wichtig gewesen wäre. Ihre Leidenschaft sollte den Umständen lange standhalten. Sie liebte ausschließlich, er unbesorgt.

Trockene Hitze ohne jede Feuchtigkeit. Die Sonne im Zenit. Nirgends regt sich etwas. Kein Mensch auf den Pfaden. Kein Hund, keine Katze, selbst von den Mulis in den Ställen ist nichts zu hören. In den Hütten keine lebende Seele. Hier und da jedoch die Überreste eines Frühstücks, eine umgestoßene Tasse, eine Kaffekanne, ein offener Schlafsack, da am Boden ein Hemd. Alles wie versteinert. Nur die Schilder, die zu Hunderten wie ein Stachelkleid die Hügel bedeckten, die in den Gesteinshaufen stakenden Schaufeln und die kleinen Pyramiden aus Sand schienen in der glühenden Julihitze zu vibrieren. Aber auf den Plattformen um die Schächte herum? Nichts. Mensch und Tier machten sich tief unten in den Stollen zu schaffen. An jedem einzelnen Tag des Jahres blieb das Camp vom frühen Morgenrot bis zum Sonnenuntergang tot und stumm. Kein Lufthauch. Kein Schrei. Nichts als Stille. Nur wer ganz genau hinhörte, konnte ein unregelmäßiges, dumpfes Klopfen vom Fluß heraufklingen hören.

Auf einem Felsen kniend, bearbeitete Fanny ihre Wäsche. Das Flußbett war ausgetrocknet, aber zwischen den Steinen standen noch ein paar bräunlich gefärbte Wasserpfützen. Mit nacktem Hals und nackten Armen, schweißüberströmt und die Haare unter Sams altem Filzhut hochgebunden, schlug und rubbelte und spülte sie die Wäsche und fing wieder von vorn an. Das alkalireiche Wasser eignete sich nicht zum Waschen; es war salzig und konnte nicht als Trinkwasser benutzt werden.

Kein Wasser, kein Brot, kein Zucker, kein Kaffee. In Austin, das viel zu weit entfernt lag von irgendeinem Marktort, fehlte es an allem, und der Unterhalt und die Organisation des täglichen Lebens der Familie Osbourne hing einzig und allein von Fannys Erfindungsgabe ab. Den Geschmack von Zucker nachzuahmen, die Herstellung von Hefe aus Bicarbonat, Kaffee aus Kleie, Seife aus Talg: Die Mixturen brauchten Tage, manchmal Wochen, bis sie endlich fertig waren. Wie sollte man ohne Arzt oder Medikamente Belles Husten beikommen, eine Kolik oder eine entzündete Schnittwunde heilen? In ihrer Isolation guckte sie vieles von den Indianern ab, zum Beispiel die Art, wie sie Pflanzen und Wurzeln verwendeten.

Die Indianer. So sehr die Schürfer sich alle Mühe gaben, sie möglichst nicht zu Gesicht zu bekommen, hatte Fanny das unerschütterliche Bewußtsein, in ihrer Mitte zu leben.

Noch in der Sekunde, wo Sam unter der Erde verschwand, klebten die Paiute auch schon mit den Gesichtern an Fannys Fenster. Sie trugen Tätowierungen am Kinn und dicke rote Striche von den Nasenflügeln bis hin zu den Schläfen, Kopf und Oberkörper waren unbedeckt und ohne Federn oder Ketten. Aber sie waren bewaffnet. Mit einem Messer im Gürtel und einer Flinte auf dem Rücken. Ob Männer, Frauen oder Kinder, alle klebten sie an Fannys Scheibe. Sie beobachteten, wie sie ihren Aufgaben nachging. Ganze Stunden hindurch folgten sie mit den Augen jeder ihrer Bewegungen und kommentierten flüsternd auch die kleinste ihrer Gesten. In Gedanken scheuchte sie sie fort, aber sie wagte es nicht. Sie wußte, wie stolz sie waren. Und fürchtete sie.

Vielleicht erkannten sie in ihr, mit ihrer getönten Haut, den dunklen Pupillen und den Haaren, die ihr häufig zu Zöpfen geflochten über den Rücken hingen, eine Frau ihrer eigenen Rasse. Sam schloß halb im Scherz die Möglichkeit einer Entführung nicht ganz aus. Vielleicht wollten sie auch nichts weiter als den »Kaffee«, den sie ihnen schließlich durchs Fenster reichte. Kühl hielt sie ihnen eine Tasse hin, und zwar immer nur eine. In der Art, wie sie das Getränk anbot, lagen die gleiche Reserviertheit und schüchterne Zurückhaltung wie in dem steifen Gebaren der Paiute-Frauen, wenn sie es entgegennahmen. Nicht eine Geste, die zu einer weiteren Verständigung eingeladen hätte, weder auf der einen noch auf der anderen Seite. Kein Lächeln. Keine Freundlichkeit. Nichtsdestoweniger war Fanny der einzige Mensch in Austin, der sich für ihre Lebensweise interessierte. Und auch, gemeinsam mit Sam, die einzige, die ihnen nicht voll Hochmut begegnete.

Sowie sie ihren Kaffee getrunken hatten, verschwanden sie. Normalerweise fühlte sie sich erleichtert, wenn sie weg waren. Aber ein längeres Ausbleiben der Indianer konnte auch bedeuten, daß sie sich auf einen Kriegszug oder ein Massaker an den Weißen vorbereiteten. Nun hatte sie sie schon eine ganze Woche nicht mehr gesehen! Selbst die Schoschonen, denen sie sonst immer unten am Fluß begegnete, ließen sich nicht blicken.

Fanny erstarrte, den Wäschebleuel hoch über dem Kopf erhoben. Irgendwo hinter sich hatte sie etwas gehört, ein paar Kieselsteine waren ins Rollen geraten.

Zwischen den Felsen wand sich eine Klapperschlange auf sie zu.

Sie ließ die Hände auf ihre Wäsche sinken, zog die Schultern hoch, spannte ihren ganzen Körper und wartete. Die Schlange kam näher. Sie spürte sie kaum einen Meter von ihren Knöcheln entfernt. Gleich würde sie zubeißen. Ein Rasseln wie von einem Brummkreisel: Die Schlange richtete sich auf.

Mit einer Geschwindigkeit, der ein Zuschauer kaum mit den Augen hätte folgen können, zog sie ihre Waffe, schnellte herum, zielte und schoß. Die Kugel zerschmetterte den Kopf des Reptils. Ein Todesschuß aus allernächster Nähe. Nur der Körper schlängelte sich noch in wilden Stößen zwischen Fannys Beinen.

Durch den Rückstoß hatte sie das Gleichgewicht verloren und war auf die Felsen gestürzt. Dabei hatte sie sich den ganzen Rücken aufgerissen, er war blutüberströmt. Aber Fanny frohlockte... war sie doch mit ihrem .41er Navy Colt ebenso geschickt wie mit ihrer kleinen Taschen-Derringer! Triumphierend sah sie zu den Minen am Felshang hinauf... Was genau erwartete sie eigentlich? Eine Ovation? Kein Mensch weit und breit. Kein einziger Schürfer war aus seinem Schacht herausgekommen. Selbst Sam, vorausgesetzt, daß er den Schuß überhaupt gehört hatte, würde nicht aufsteigen, nur um sich nach ihrem Befinden zu erkundigen. So war es eben, das Leben einer Pionierin mitten unter den Goldsuchern: entbehrungsvoll und aufreibend. Vor allem aber war es schrecklich einsam.

Die Idee, Sam irgendwelche Vorwürfe zu machen, kam ihr nicht einmal in den Sinn. Niemals ein Wort, ein Blick, ein Seufzer, der ihre Sehnsucht nach dem früheren, leichteren Leben angedeutet hätte.

Dabei dachte Fanny, seit sie wieder bei ihm war, nur an das eine: ihm ein warmes, weiches Nest zu schaffen. Sams Bequemlichkeit. Sams Vorlieben. Sams gute Laune. Sie hatte sofort damit begonnen, die Hütte aus Zeltleinen und Pappe, in der er sie untergebracht hatte – eine primitive Höhle ohne Ofen, ohne Möbel, ja sogar ohne Fenster –, in ein Häuschen mit Gemüsegarten zu verwandeln, man stelle sich das in dieser vertrockneten Landschaft nur einmal vor! Mit ihren eigenen Händen hatte sie Tisch, Stühle und Betten zusammengezimmert. Sie hatte sich einfach still und zielstrebig an die Arbeit gemacht.

Diese »Arbeitsameisenqualitäten«, die zudem von dem Hang begleitet wurden, ihre Lieben hingebungsvoll zu umsorgen, übten eine ungeheure Anziehungskraft auf die Männer aus. Sowohl Sam Osbourne als auch Stevenson und später Ned Field gehörten zu diesen sehr männlichen Jünglingen, denen es besonders gut gefällt, wenn sich alles um sie dreht. Und Fanny gehörte zu jenen Frauen, die, zu gleicher Zeit geheimnisvoll und bodenständig, einen richtiggehenden Kokon um ihre Familie spinnen. Dieser Kokon vermittelte Stevenson und all den anderen ein Gefühl der Geborgenheit. Fannys Gegner sollten ihn ausnahmslos als erdrückend abqualifizieren. Offenbar hatten sie seine verführerischen Aspekte nie kennengelernt.

Fanny tat ganz harmlos – und regelte dann die Dinge nach ihrer Fasson.

Bereits drei Monate nach ihrer Ankunft hatte sie das Leben im Camp gründlich umgekrempelt. Sie hatte dabei natürlich ausschließlich Sams Wohlergehen im Sinn gehabt. Auch sieben Sommer nach ihrer ersten Begegnung war er für sie noch immer die Inkarnation des Mannes, das einzige männliche Wesen auf der Welt, der Geliebte. Und für ihn? Für ihn war sie die Ehefrau. Die bewunderte, respektierte Ehefrau, die für ihn die angenehme Vorstellung von Heim und Familie verkörperte. Doch dann hatte Belle sich zwischen sie gedrängt: Für Fanny hatte dieses Kind keinen Anteil an der Liebe zu ihrem Mann, Sam dagegen bezog seine Tochter wie selbstverständlich in die Zärtlichkeit mit ein, die er seiner Frau entgegenbrachte.

»Sams Frau«. Mit ihrem Sphinx-Lächeln, der Art, wie sie zuhören und im richtigen Moment schweigen konnte, und ihrer erstaunlichen Effektivität in einer Welt, in der nur das Durchmauscheln allein ein Leben ändern oder retten konnte, war sie genau eines jener Wesen, die Männer auf einen Piedestal zu stellen pflegen. Und wenn die spärlich gesäten Damen der Gegend sie auch vom ersten Augenblick an überheblich gefunden hatten, so erschien sie den Männern ganz entschieden als »ideal«.

Zur großen Freude von Sam, der seit seiner Soldatenzeit nichts mehr liebte als richtige Männerfreundschaften, egal ob mit Freunden, Kameraden oder Geschäftspartnern, fand sich ganz Austin regelmäßig bei ihm ein. Sein Haus entwickelte sich zum Zentrum des gesellschaftlichen Lebens, ein Zufluchtsort, an dem man sich an den erfindungsreich zusammengezauberten Gerichten der Dame des Hauses gütlich tat, wo man die Minenerträge besprach, Poker- oder Rätselspiele veranstaltete, wo heimwehkranke Schürfer Lieder aus der Heimat anstimmten ... Nichts Intellektuelles, nichts Künstlerisches. Aber für diese Männer, die höchst selten durch eine Theateraufführung erheitert wurden und deren Leben kaum eine Freude kannte, änderte die Ankunft von »Sams Frau« im Camp ihr ganzes Dasein. Sie verkörperte den Traum, auf den sie in ihrer Einsamkeit nicht recht Anspruch erheben konnten. Und da sie es liebte, geliebt zu werden, empfing sie sie alle in ihrem Haus und spielte die Rolle der Vertrauten, der ratgebenden Freundin, der Göttin. Und so erfreute sich Sam in diesem primitiven Lager im abgelegensten Winkel der Wüste, Hunderte von Kilometern von der nächsten Stadt entfernt, der Errungenschaften der Zivilisation – seines »Clubs«. So wenigstens sollte er es später nicht ohne Stolz nennen, während Fanny sich immer an ihren »Salon« erinnerte.

»Du bist ein Kind der Liebe«, murmelte er in Belles Ohr. »Darum bist du auch so hübsch geworden…«

Fanny, die ein wenig abseits über einen Tisch gebeugt stand und damit beschäftigt war, eines ihrer Kleider auseinanderzuschneiden, um Vorhänge daraus zu machen, sah zu ihnen hinüber. In diesem Augenblick war sie überwältigt von der Gewißheit, daß sie nie im Leben glücklicher sein konnte als gerade jetzt.

Sam hatte eben Belles Lieblingsmärchen, *Die Schöne und das Biest*, laut vorgelesen. Es war September, und die Nacht setzte sehr spät ein und brachte wenig Kühlung. Er wiegte sich sanft hin und her und hielt ihr Kind eng umschlungen, dieses kleine Mädchen, das Zug um Zug wie ein Abbild von Fanny wirkte, dunkel wie sie, winzig für ihr Alter, kokett, naseweis.

»Deshalb«, fuhr er mit zärtlicher Stimme fort, »bist du so hübsch und so fröhlich. Weil deine Mama und ich dich uns in unserem Honigmond gewünscht haben.«

Sams Blick streifte glücklich über Belle hinweg und versank in Fannys Augen. Er lächelte ihr zu. Zuneigung, Komplizenschaft, Sehnsucht – in diesem warmen Lächeln erkannte sie alle Emotionen, die sie selbst empfand. Sie versuchte zurückzulächeln, aber ihr Gefühl war so überbordend, daß sie statt dessen abrupt den Kopf senkte. In ihrer Verwirrung sah sie auf den halb zugeschnittenen Baumwollstoff hinunter, ohne ihn wirklich zu sehen. Nichts anderes als Sams Gegenwart drang in ihr Bewußtsein. Er erhob sich und trug das Kind, das in seinen Armen eingeschlafen war, behutsam zu der kleinen, am Boden liegenden Matratze hinüber. Was machte es schon, daß Fanny, wenn sie aus dem einzigen Fenster blickte, für das auch die Vorhänge gedacht waren, ein Dutzend kleiner Feuerstellen ausmachen konnte, von denen in unregelmäßigen Abständen kleine Wolken zum Sternenhimmel aufstiegen? Rauchzeichen überall in den Bergen. Was machte es schon, daß der Stamm der Schoschonen sich mit den besonders kriegerischen Paiute verbündet hatte, mit dem Ziel, wie es hieß, die Goldgräberlager rund um den Reese River anzugreifen. Die Bewohner der zwanzig Kilometer nördlich gelegenen Minenstadt Hangtown waren in der vergangenen Nacht massakriert worden. Es gab keine Überlebenden.

Als er seine Tochter zu Bett gebracht hatte, nahm er seine Flinte vom Haken. Dann lud er die beiden Pistolen an seiner Hüfte und schlang den Waffengurt schließlich um Fannys Taille. Für die beiden begann die schreckliche Nachtwache der Pioniere, die sich in Indianergebiet angesiedelt hatten.

Der Tod? Damit hatte sie längst leben gelernt. Wer über den Friedhof von Austin schlenderte und die Daten und Grabinschriften las, merkte bald, daß keiner der hier Begrabenen älter als fünfundzwanzig geworden war. Und alle hatten sie ein elendes Ende genommen. Was aber Fanny wirklich bis in ihre Alpträume verfolgte, waren die Erzählungen der Frauen aus der Region. Bei Gelegenheit ihres ersten – und einzigen – Besuches hatten sie ihr lebhaft und in allen Einzelheiten von dieser armen Mrs. Patterson erzählt, ihrer Nachbarin, die von den Paiute so grauenvoll gefoltert worden war. Die Vergewaltigung durch den versammelten Stamm. Die Tätowierung, ein seltsames Gekrakel aus Rot und Schwarz, das fortan ihr Kinn zierte wie ein bluttriefendes Bärtchen. Und die Verbrennungen. Die Nase hatte man ihr bis auf den Knochen weggebrannt.

Sam wußte, welches Schicksal seine Frau und seine Tochter erwartete. Und er wußte natürlich, daß ihre Hütte beim ersten Ansturm, wenn der erste Pfeilhagel über ihr niederging, in sich zusammenfallen würde.

Aber das sollte ihn nicht daran hindern, sich gerade dieser Nacht als der schönsten seiner ganzen Zeit in Nevada zu erinnern.

Gegen elf hatten Kriegsschreie und Schläge gegen die Wand ihn vor Schreck erstarren lassen. Fanny verlor völlig die Nerven und schoß die Magazine ihrer beiden Pistolen leer – zwölf Kugeln mitten in die Eingangstür.

Mit dem letzten Feuerstoß löste sich das Fenster, inklusive Rahmen, in einem Stück aus der Wand und fiel nach draußen in die Nacht. Fanny sah sich allein und ohne Waffe einer Gruppe am Boden kauernder Indianer gegenüber. »Rüber zu Lloyd!« brüllte Sam und stieß sie auf den Berghang hinaus. Sie stürzte vorwärts. Er riß Belle in seine Arme. Stolpernd und fallend rannten sie wie die Besessenen zur Nachbarhütte hinüber. Ihr stürmisches Eindringen schien die beiden Männer, die an einem Tisch seelenruhig Poker spielten, weder zu überraschen noch zu stören.

»Die Indianer!« stieß Fanny atemlos hervor, nahe an einem hysterischen Anfall.

»Zwei Asse ... ich gebe.«

Sam verbarrikadierte die Tür, wischte mit einer einzigen Bewegung die Karten vom Tisch und stürzte ihn um, um den Eingang zu blockieren. Keine Reaktion von den Spielern.

»Säcke«, befahl er. »Für die Fenster!«

Nichts. Die Männer traten ein wenig zurück, um unbeteiligt zu beobachten, wie Fanny ihre Tochter unter einem Strohsack versteckte.

»Du mußt ganz stillhalten... auch wenn du mich schreien hörst. Auf keinen Fall bewegen!«

Sie bedeckte den Strohsack mit den Gesteinsproben, die sie auf den Regalen aufgereiht fand, drehte sich dann zum jüngeren der beiden um, einem Blondschopf namens John Lloyd, und bemächtigte sich hastig seines Colts. Als er das sah, krümmte sich der andere Schürfer zusammen, hielt sich die Hand vor den Mund und verschluckte sich. Sie glaubte, er würde sich übergeben müssen. Draußen hatten die Schüsse und Schreie wieder eingesetzt. Die Indianer umzingelten die Hütte. Schließlich faßte sich der junge, den sie entwaffnet hatte, ein Herz. Er tat etwas vollkommen Verrücktes. Mit einem Satz durchquerte er das Zimmer, riß den Tisch zur Seite und öffnete die Tür:

»Schnauze da draußen!«

Eine plötzliche Stille.

»Das reicht jetzt ... Kommt rein!«

An Fannys Gesichtsausdruck würde Belle sich nicht erinnern können, aber das ungeheure Gelächter, mit dem die etwa zehn Goldsucher empfangen wurden, die nun federbedeckt und in Kriegsbemalung im Eingang erschienen, sollte sich für immer in ihr Gedächtnis brennen.

»Das«, kieksten sie zwischen zwei Lachkrämpfen, »das war nur ein Scherz!... Und ihr seid drauf reingefallen!«

»Mistkerle!«

Sam starrte sie mit hervorgetretenen Augen an und schnaufte hörbar.

Er versuchte, wieder zu Atem zu kommen, atmete einmal tief durch, gluckste und prustete plötzlich los:

»Da habt ihr mich ja schön angeschmiert!«

Er brach in schallendes Gelächter aus, das ihm die Tränen in die Augen trieb:

»Teufel auch!... Und wie ich drauf reingefallen bin!«

Kein Zögern. Keine Empörung. Daß es nur ein Streich von seinen Kameraden gewesen war, war eine zu große Erleichterung, als daß er ihre Begeisterung nun nicht ganz ehrlich geteilt hätte.

»Als die Wand zusammengebrochen ist... Herr im Himmel, ich dachte, mein letztes Stündlein hätte geschlagen!« trompetete er. »Ich sah schon den Skalp meiner Frau im Nachtwind wehen!«

Die allgemeine Heiterkeit endete in einem ausgiebigen Saufgelage. Sam war schon an diese Art der Zerstreuung gewöhnt und hatte seinen Spaß an dem derben Humor.

Sich als Bandit zu verkleiden, den Partner auszurauben und für eine halbe Stunde auf glühenden Kohlen schmoren zu lassen gehörte zu den traditionellen Vergnügungen. In Nevada nahm man die Feste, wie sie fielen... Herzkranke und Spielverderber hatten unter den Goldschürfern nichts zu suchen. Statistisch gesehen waren zwei Drittel der Überfälle Maskeraden, die von den besten Freunden angezettelt worden waren.

Fanny zeigte sich nicht ärgerlicher als Sam. Sie schwieg einfach.

Als der erste Schock vorüber war, half sie Belle aus ihrem Versteck, legte sie aufs Bett und wiegte sie sanft. Als das Kind trotz des Getöses rundum schließlich eingeschlafen war, zog sich Sams Frau in eine Ecke zurück und wartete geduldig auf das Ende des Zechgelages.

Es erstaunt mich trotz allem, daß sie so gar keine Reaktion gezeigt hat. Daß sie nicht wenigstens bei dieser Gelegenheit ein wenig unmutig wurde. Die Frau, mit der Stevenson zusammenleben würde, hätte sich ohne jedes Zögern heftig über alles empört, was sie als dumm oder gefährlich empfunden hätte. Sam Osbournes Frau dagegen war offenbar bereit, sich alles gefallen zu lassen. Gutes wie Böses. Fanny schluckte alles hinunter – vergessen würde sie es nie.

Zwischen der Fanny von Austin, die nur Sams Träume träumte, nur Sams Wünsche und Gedanken kannte, deren ganzes Innenleben nur die Vorstellungen ihres Mannes widerspiegelte, zwischen dieser Fanny und der fremdartigen Sirene, die Ned Field in San Francisco kennenlernen sollte, scheint eine solche Distanz zu liegen, daß ich mich manchmal frage, wie um alles in der Welt die eine sich in die andere verwandeln konnte; und wenn jemand die beiden kennt, dann ich.

Vor einigen Jahren stieß ich bei der neuerlichen Lektüre dessen, was Robert Louis Stevenson über seine Frau geschrieben hat, auf eine Bemerkung über Fanny, die den Ergebnissen meiner Nachforschungen mehr oder weniger entspricht. *Die direkteste und männlichste aller Frauen konnte sich zu jedermanns größter Überraschung,* notierte Stevenson, *wie ein Teleskop entfalten, sie ließ eine ganze Schar von Persönlichkeiten entstehen, indem sie sich in aufeinanderfolgende Teilstücke dehnte, deren jeweils letztes mit dem Ausgangszustand absolut nichts gemein zu haben schien.*

Was Fannys Inkarnationen betraf, glaubte er offenbar, längst nicht alles ausgestanden zu haben! Und ich fürchte, daß Sam nicht im entferntesten – oder zu spät – ahnte, welche Abgründe sich hinter Fannys Stillschweigen verbargen.

Weil sie gerade den größten Schrecken ihres ganzen Daseins durchlebt hatte und sich auch weiterhin vor einem Indianerangriff fürchtete und weil er gegen die eigene Überzeugung an einem schlechten Scherz teilgenommen hatte, dessen Massivität ihn schockierte, zog sich der schon erwähnte John Lloyd in dieselbe Ecke zurück wie Fanny und schloß sich ebenso wie sie von der Umgebung ab. Ihre gemeinsame Stummheit angesichts des Spektakels um sie herum, ihr Bewußtsein drohender Gefahr und die von beiden an den Tag gelegte Passivität besiegelten an diesem Abend eine Freundschaft, die zwanzig Jahre dauern sollte.

Wegen seines allzu rotgesichtigen Teints, der zu blonden Locken, der zu lang geratenen Nase und seiner überdünnen Beine hielt John Lloyd sich für rettungslos häßlich. Dazu litt er maßlos unter seinem kleinen Wuchs. Deshalb legte er der Welt gegenüber eine steife und auch wieder halb kokettierende Zurückhaltung an den Tag, die seine ostentativ zur Schau getragenen und niemals wechselnden Gewohnheiten nur unterstrich.

Natürlich trank er – aber immer »auf die Gesundheit der Königin!« Zum Geburtstag Ihrer Majestät machte er sich unweigerlich an die Zubereitung einer Art Napfkuchen, den er im Tête-à-tête mit einem aus England stammenden Schürfer feierlich verspeiste. Hätte man ihn selber als Engländer behandelt, wäre er eine Woche lang eingeschnappt gewesen. Er war Waliser. Aus was für einem Milieu, war schwer zu sagen. Sicherlich stammte er weder von Fischern noch von Bauern ab. Und er war auch kein Sohn aus reichem Hause auf der Suche nach dem Abenteuer. John Lloyd haßte »das Abenteuer«. Er liebte Ordnung und Tradition. Und wenn er dem Reichtum hinterherjagte, dann aus sozialem Ehrgeiz. Der Sprößling einer höchstwahrscheinlich kleinbürgerlichen Familie hatte an der Universität studiert. Die Not zwang ihn zur Emigration. Das war alles, was Fanny über ihn erfahren würde.

Als Männer von einiger Bildung inmitten von Goldgräbern, die manchmal nicht lesen und schreiben konnten, hatten Lloyd und Osbourne sozusagen zwangsläufig zueinander gefunden. Ideologisch waren sie denkbar verschieden. Lloyd stellte sich Sam, dem ehemaligen Freiwilligen der Yankee-Armee, als Verfechter der Sklavenhalterei und als Südstaatler vor. Aber was machte das schon? Austin lag fernab von aller Welt, Politik diente hier nur als Vorwand für eine handfeste Sauferei, und mit einer Flasche auf dem Tisch verstand man sich.

Die immer auch ein wenig von Mißtrauen und Eifersucht bestimmte Faszination für die Frau seines besten Freundes machte es John Lloyd bis zu seinem fünfzigsten Lebensjahr unmöglich, sich irgendeinem anderen Menschen dauerhaft anzuschließen. Und als er am Ende, inzwischen ein respektierlicher Bankier, doch noch heiratete, brach er von einem Tag auf den anderen und ohne jede Erklärung die Verbindung zu diesem Vagabundenpärchen ab, das er vielleicht ein wenig zu heftig geliebt hatte. Weder Fanny noch Sam äußerten sich je über die komplizierte Beschaffenheit von Lloyds Gefühlen. Ihrem ersten Sohn aber gaben sie seinen Namen.

Wir, die Unterzeichneten John Lloyd und Sam Osbourne, sind die rechtmäßigen Eigentümer der Konzession für dreihundert Fuß der Silbermine, die sich von Norden nach Süden dieser Karte erstreckt, einschließlich sämtlicher horizontal oder vertikal abzweigenden Seitenarme, Teilstücke und Biegungen. Außerdem erheben wir Anspruch auf das Schürfrecht für fünfzig Meter Boden zu jeder Seite der Ader.

Dieses von Wind und Schnee halb zerfressene Stück Pappe vor einem Höhleneingang war das einzige Relikt von Sam Osbournes goldgräberischen Anwandlungen.

»Im Grunde«, so resümierte er, als der Winter des Jahres 1865 zu Ende ging, »bin ich für körperliche Arbeit nicht geschaffen.«

Die Piuten hatten seine Familie bisher nicht massakriert, aber Fannys Mitgift, die verschiedenen Darlehen von Banken in San Francisco und die Hunderte von Dollar, die ihm Jacob Vandegrift und Jo, George Marshalls Witwe, immer wieder vorgestreckt hatten – die Mine hatte alles verschlungen. Sie war ein bodenloser Schlund. Nach einem Jahr der Entbehrungen in diesem weltabgelegenen Nest hatten die Osbournes Schulden in drei verschiedenen Bundesstaaten: Indiana, Kalifornien und Nevada. Die Rechnung beim Krämer war länger als alle ihre Stollen zusammengenommen.

Eines Mittwochs tauchten Sam und sein Partner gegen Mittag aus ihrer Mine auf. Sie setzten sich nebeneinander auf die Plattform und ließen sich, den Kopf gegen die Lore gelehnt, von der Sonne wärmen.

»Soll ich dir mal was sagen?« brummte Sam, während er sich seine Pfeife ansteckte. »Soll ich dir mal sagen, was das Erfolgsgeheimnis bei diesen Silberminen ist? ... Du darfst keinen Finger rühren!«

»Genau. Nichtstun«, stimmte Lloyd ihm zu, der den Fuß bis zum Kinn hochgezogen hatte und mit den Zähnen versuchte, einen Faden seiner Socke abzubeißen.

»Du gehst in die Berge und suchst ein bißchen rum, freust dich an der Landschaft, haust ein paar Steine in Klump, während du genüßlich dein Bier schlürfst, und stößt auf eine nette kleine, silberstrotzende Mine ... Und dann verkaufst du die Ader an die Arbeitssklaven, die blöd genug sind, sich selbst den Buckel krumm zu schuften, um das Vorkommen auszubeuten.«

Beim Gedanken an die Dummheit der Schürfer, die ihm während seiner Abwesenheit in San Francisco die Konzession gestohlen hatten, mußte Sam lächeln. Sie hatten sich die Zähne daran ausgebissen. Die Mine war nichts wert gewesen. Das Ärgerliche war nur, daß der zweite Stollen, an dem er und Lloyd nun schon seit sechs Monaten gruben, seinerseits auch nur für Belle einen gewissen Gewinn abwarf.

Jeden Morgen schwang sich das Kind eine Spitzhacke über die Schulter und verschwand damit unter der Erde. Dicht bei ihrem Vater suchte sie sich dann ein Plätzchen und grub ihr eigenes kleines Loch und fand jeden Abend – welch Wunder! – unweigerlich ein wenig Metall im Gestein. Da vorne, zwischen den Steinen blitzte es, fertig legiert, geschmolzen und gestanzt: ein Centstück!

»Ach, laß nur, Kumpel, du und ich, wir sind eben keine Ausbeuternaturen.«

»Aber geborene Aktionäre!« fiel Lloyd ihm ins Wort. »Die Zeit der Goldgräber ist vorbei. Und Weiterverkaufen? Auch vorbei. Aber Anteile an einem großen Unternehmen erwerben, das ist was. So in einem ganz großen Unternehmen, das genug Kleingeld hat, um die besten Geologen aus Europa kommen zu lassen und einer Ader bis zum Mittelpunkt der Erde nachzuspüren, und genug, um ein paar hundert Leute nach unten zu schicken...«

Er schwieg, und beide hingen für einen Moment ihren Gedanken nach.

»Die Ausbeutung von Silberminen ist wahrscheinlich ohnehin zu teuer«, gab Sam zu. »Auf jeden Fall zu teuer für unabhängige Schürfer und vielleicht sogar für Minengesellschaften...«

»Wer redet denn hier von Goldgräbern? Die bekommen den Zaster doch längst nicht mehr zu Gesicht. Die würden doch inzwischen lieber für eine Firma arbeiten, die sie bezahlt, und damit Schluß. Und die Finanzen dieser Firmen werden aus dem Osten kommen...«

Lloyd sprach seine Gedanken oft nicht bis zu Ende aus. Dann

bekam er einen starren Gesichtsausdruck und hörte einfach auf zu reden. Schweigen. Sam kaute an seiner Pfeife und gab ihm einen Stoß mit dem Ellbogen.

»Red schon weiter, ich höre.«

»Wenn erst der Krieg vorbei ist und die Industriellen im Osten ihre vielen Kröten nicht mehr brauchen, um ihn zu finanzieren, werden sie sich dem Westen zuwenden... Und, beim heiligen Georg, ich werde dasein, um sie willkommen zu heißen!«

Sam zuckte mit den Schultern:

»Diese Burschen, von denen du da redest, brauchen uns doch nicht ... Mit denen kannst du keinen Blumentopf gewinnen.«

»Aber hiermit, was?«

Langsam ließen sie ihre Blicke über die kahlen Hänge schweifen, die darunter liegenden Zelte, die elenden Hütten mit den Whiskeyfässern anstelle des Schornsteins. Über die Aufschüttungen, die Löcher. Dann sahen sie auf den Schacht, der ihnen zu ihrer Rechten entgegengähnte. Der Gedanke, wieder dort hinuntersteigen und den ganzen Tag bohren zu müssen, ein paar Stangen Dynamit anzubringen, immer in Gefahr, selber mit in die Luft zu fliegen...

»Du hast recht«, murmelte Sam. »Mir reicht's. Wir haben hier keine Chance.«

Er sprang auf die Beine, schlug den Filzhut gegen seine Schenkel, um ihn ein wenig abzustauben, klopfte seine Pfeife aus und zog den Schlußstrich unter das ganze Gespräch:

»Also los, wir hauen hier ab! Ich habe Lust auf ein warmes Bad und darauf, mich mal so richtig in der Stadt vollaufen zu lassen. Laß uns die Rückkehr in die Zivilisation antreten.«

Von einer Sekunde zur anderen warfen sie die Mühen eines halben Jahres einfach hin. Sie ließen ihre Mine, die Tonnen von Gestein, die sie ans Licht gefördert hatten, die Loren und all das Werkzeug, das sich nicht so ohne weiteres transportieren ließ, einfach hinter sich zurück und stiegen ins Camp hinunter. Dieses Gespräch, das erste in einer ganzen Reihe von Unterhaltungen dieser Art, fand am 2. März um die Mittagszeit statt. Im Morgengrauen des 3. schlug die Tür des Häuschens, das Fannys Glück in seinen Wänden geborgen hatte, verlassen im Wind.

Wenn sie beim Packen ihrer Habseligkeiten gedacht haben sollte, daß dieser unerwartete Aufbruch die »Heimkehr« bedeuten könnte, hatte sie nichts von der Mentalität der Männer des Westens verstanden. Kein Schürfer kehrte nach Hause zurück, bevor er nicht zu Reichtum gekommen war. Das war eine Frage der Selbstachtung und des moralischen Überlebens. Sie hatten zuviel geopfert, um aufzugeben: Wer nicht in der ersten Woche kapitulierte, kapitulierte nie. Und je länger sie blieben, je mehr Rückschläge sie einstecken mußten, desto weniger waren sie bereit umzukehren. »Nicht jetzt! Nicht so kurz vor dem Ziel!« Wir können ebensogut gleich verraten, daß weder Fanny noch Sam die festen Mauern des Elternhauses an der baumbestandenen Straße nach Danville so schnell wiedersehen sollten.

An diesem Märzvormittag warteten die Paiute vergeblich auf ihre Tasse Kaffee. Sie beschlossen schließlich, sich selbst zu bedienen. Am Abend waren der Tisch, die Stühle, die Betten, all die Dinge, die Fanny so mühsam selbst hergestellt hatte, die Pflanzen, die sie gezüchtet hatte, in den Bergen verschwunden. Alles andere, Hacken, Schaufeln, das Geschirr und die wenigen Koffer, die den Raubzügen in Aspinwall entgangen waren, hatte am Tag zuvor neue Besitzer gefunden, um wenigstens die dringendsten Schulden beim Krämer begleichen zu können. Nur ein wenig Spielzeug und ein paar Kleidungsstücke wurden noch auf dem Dach der Kutsche hin und her gerüttelt. Zwölf Stunden nach ihrer Abreise erinnerte nichts mehr an den Aufenthalt der Osbournes in Austin.

Alles zurücklassend und nichts vor sich, ohne Bedauern und ohne Pläne fingen sie, den umgekehrten Weg über die Route des Pony Express nehmend, noch einmal von vorne an.

VIRGINIA CITY, NEVADA
März 1865 – Dezember 1866

Sieben Friedhöfe mit Ermordeten. Sieben leere Gefängnisse. Einhundertundzwanzig Saloons, achthundert Prostituierte und wöchentlich sechzehntausend ausgeschenkte Liter Whiskey – hier, in diesem wimmelnden Ameisenhaufen, dieser Räuberhöhle, nahm das Drama seinen Lauf. Virginia City. Die gewalttätigste Stadt im ganzen amerikanischen Westen. Die weltgrößte Ansammlung von Alkoholikern – und ein Untergrund, so reich an Bodenschätzen, wie ihn die Geschichte noch nicht gesehen hatte…

Die Grabungen erbrachten zwanzig Millionen Dollar in den ersten vier Jahren, dreihundert Millionen im darauffolgenden Jahrzehnt. Trüffeln, Kaviar, Hummer. Mitten in der Wüste, Tausende von Kilometern vom Paris Napoleons III. entfernt, gab es Champagner von Mercier, Rubine von Boucheron, Krinolinen von Worth.

In einer Suite des International Hotel wohnte Adah Menken, die letzte Liebe von Alexandre Dumas dem Älteren; Modjeska, die weltberühmte Schauspielerin, gastierte auf den Brettern von Piper's Opera; Mark Twain arbeitete in der Redaktion des *Territorial Enterprise*. Virginia City – Mekka der Künstler, Athen des Westens, Eldorado der Kopfgeldjäger, Falschspieler und Winkeladvokaten. Eine glühende Fackel zwischen Steinboden und Himmel.

Weithin sichtbare, hoch aufragende Backsteingebäude inmitten der grauen Unendlichkeit. Gegen den Himmel ein qualmender Wald aus Fabrikschloten. Häuser aus rotem Holz, Banken, Börsen und Bordelle, deren trügerische Fassaden die Leere überspannen.

In der Ferne, gegen einen Schleier aus jungfräulichem Blau, der ewige Schnee. Im Vordergrund eine hügelige Weite, deren Seen schimmern wie erloschene Monde. Die dünne, schwerelose Luft läßt das Herz aufgeregt schlagen, in den Ohren spürt man ein beständiges Sausen. Und darunter die unerbittliche Vibration des Kristalls.

Blaskapellen, Feuerwehrleute, Umzüge, Revolver, Soldaten, Trompeten, Schwerter, Säbel – über das abschüssige Schachbrettmuster der Verkehrswege und Seitenstraßen ergießt sich ein verruchter, nicht enden wollender Strom. Insgesamt zwanzigtausend Menschen auf einer Fläche von nicht einmal einem Hektar. Und im Untergrund acht Stockwerke aus Stollen, ein Netzwerk, das bis zu neunhundertvierzehn Meter tief ins Innere der Erde vordringt!

In der Tat, was die Schürfer von Austin kennengelernt hatten, war nichts dagegen.

Hier beschäftigte die kleinste Mine bei der Comstock Lode, der Hauptader, sechshundert Männer in drei Schichten, vierundzwanzig Stunden am Tag.

Wie das Schlagen einer Uhr hämmerten Tag und Nacht die Spitzhacken, explodierte das Dynamit, forderte der Tod seinen Tribut.

Um acht Uhr morgens, vier Uhr nachmittags und um Mitternacht drängten sich die Schürfarbeiter von Virginia City, in der Hand eine Laterne und den Henkelmann, zu zweien oder zu dritt auf die kleinen offenen Fahrkabinen, die sie vertikal nach unten fast einen Kilometer weit unter die Erde brachten. Eine endlose Fahrt.

Dämpfe. Gas. Erstickungsanfälle. Mit zunehmender Tiefe wurde die Hitze immer unerträglicher. Wer aus Unachtsamkeit mit dem Ellbogen die Wand des Schachts berührte, trug eine Verbrennung dritten Grades davon.

In der Tiefe des letzten Stockwerks zeigte das Thermometer 65 Grad Celsius. Die Hölle. Sie würden acht Stunden darin überstehen müssen. Nach dreißig Minuten in diesem Hochofen begann das Herz auszusetzen. Sie machten also alle halbe Stunde eine Pause und beeilten sich, in den »Kühlraum« zu kommen, wo gigantische Eisblöcke nur für sie vor sich hin schmolzen. Gegen diese Blöcke rieben sie sich, wälzten sich in den Eisstückchen, leckten und lutschten daran und stopften sich am Ende das Eis eimerweise in den Hosenbund. Fünfzig Kilo Eis waren täglich für jeden Mann vorgesehen. Zwei Kühlräume pro Stollen. Aber irgendwo wurde trotzdem immer ein Arbeiter ohnmächtig. Wenn er auf dem Lastenaufzug, der ihn an die Oberfläche beförderte, das Bewußtsein verlor, stürzte er ins Leere.

»Ich bin für körperliche Arbeit nicht gemacht.« Diesmal hielten sich Osbourne und Lloyd an ihre Worte.

Sam war zu seinem alten Metier zurückgekehrt und hatte eine Anstellung als Schreiber bei Gericht gefunden, das jeden Tag fünf- bis sechsmal zusammentrat. Wenn die Gerechtigkeit in Virginia City auch verraten und verkauft sein mochte, so wurde sie doch jedenfalls gut bezahlt.

Mein hochverehrter Vater, schrieb Sam an Jacob Vandegrift, *erst die Pflicht, dann das Vergnügen, wie schon Richard III. beim Rasieren bemerkte, bevor er die Babies im Turm ermordete... Hätten Sie wohl die Güte, Jo zu bitten, daß sie die militärischen Unterlagen eines meiner Männer, des Captain Plum, aus meinem Schreibtisch auf der Farm sucht und sie ihm zuschickt? Soeben erhalte ich einen achtseitigen Brief von ihm, in dem er mir von Jesus, den Aposteln und der Bibel spricht und mich abschließend um seine Entlassungsurkunde bittet. Danke.*

Und sagen Sie doch Jo, daß ich Georges Papiere hier bei mir habe – unter anderem seinen von Lincoln unterzeichneten Einsatzbefehl auf Pergament. Er ist zu wertvoll, um ihn der Post anzuvertrauen. Fanny wird alles mit heimbringen, wenn sie nach Hause kommt.

Ich sähe es gern, wenn Fanny und Belle in diesem Herbst zur Farm zurückkehrten. Wenn ich in einem der hiesigen Aufbereitungswerke die Stelle als Amalgamierer bekomme – was nichts mit der Vermischung von Schwarzen und Indianern zu tun hat –, werde ich sie auf den Weg über Panama schicken. Amalgamieren nennt man den Prozeß, bei dem das Erz vom Mineralgestein getrennt wird – für mich ist das der erste Schritt auf dem Weg zur Leitung einer Mine. Ein leitender Minenverwalter verdient hier fünfhundert Dollar im Monat!

Wenn ich die Stelle nicht bekomme, werde ich im Januar arbeitslos sein und mich verteufelt abmühen müssen. Was Fanny angeht, so kommt sie wunderbar zurecht. Sie geht jeden Tag zu den reichen Leuten der Stadt und näht für sie – Madame kleidet alle reichen Kinder von Nevada ein. Die Mütter, die jeden Abend ausgehen, reißen sich um sie, damit sie auf ihre Sprößlinge aufpaßt, kurz, sie verdient vier Dollar pro Abend. Der Tageslohn eines Minenarbeiters. Dazu müssen Sie bedenken, daß sie Poker spielt wie ein Professioneller. Gestern hat sie vierhundert Dollar gewonnen. Sie sollten einmal sehen, wie sie mischt, abhebt und die Karten austeilt – und wie sie gewinnt! Ich habe ihr gesagt, das wäre das letzte Mal, daß sie um Geld spielt. Aber sie ist so übermäßig begeistert. Man kann sie einfach nicht aufhalten.

In meinem ganzen Leben hat mir kein Brief mehr Freude bereitet als der Ihre. Die meisten Eltern an Ihrer Stelle hätten einen Schwiegersohn erschlagen, der Tausende von Dollars – Ihre Dollars – aus dem Fenster wirft. Sie können sich darauf verlassen, daß ich alles bis auf den letzten Cent zurückzahlen werde. Oder ich bleibe hier bis zum Jüngsten Tag, um es zu verdienen.

Ich werde Ihnen nicht mit meinen Dankeshymnen lästig fallen. Aber ich werde versuchen, Ihnen zu beweisen, daß ich mir sehr wohl Ihrer großen Freundlichkeit bewußt bin. Ich werde versuchen, Ihnen zu beweisen, wie dankbar ich Ihnen bin. Wenn ich einst nach Hause zurückkehre, werde ich alle meine Schulden beglichen haben.

Ich arbeite noch immer als Schreiber bei den Squires Mills. Dort verdiene ich leider nur hundertfünfzig Dollar im Monat, aber wenn ich die Stelle bekomme, von der ich Ihnen oben erzählt habe, können wir mit zwei- bis dreihundert Dollar monatlich rechnen.

Nach reiflicher Überlegung werde ich im Herbst nicht mit Fanny heimkommen können. Aber sie schneidert sich schon Kleider für ihre Rückkehr. Zumal doch Betty mit ihrer Vermählung auf sie wartet! Sie können sich nicht vorstellen, wie sehr sie sich darauf freut, anläßlich dieser Hochzeit bei Ihnen allen zu sein.

Was ist das für ein Pferd, das Sie für Belle dressieren? Sie ist ein wenig krank gewesen. Fanny ist mit ihr eine Woche zur Erholung ins Tal gefahren, und nun ist alles wieder in Ordnung! Aber die Farm vermissen wir hier doch sehr!

Jo, warum schreibst Du nicht? Und Du, kleine Cora? Und Jake? Und Nell? Ich habe Euch allen geschrieben, und Ihr habt mir nicht geantwortet. Vielleicht lesen ja die Paiute und Schoschonen meine Briefe; sie haben in letzter Zeit die Postverbindungen empfindlich gestört.

Jetzt wäre ich gern auf der Veranda, mit Ihnen, Vater. Wir würden zusammen im Schatten der Rosen sitzen und rauchen, während die Hühner im Hof herumpicken, die Hunde um unsere Beine streichen und irgendwo im Hintergrund das Abendessen bereitet wird.

Schade.

Aber wir werden bald bei Ihnen sein. Wenigstens einige von uns …

Schreiben Sie uns, und seien Sie immer versichert der tiefen Zuneigung Ihres Sohnes und Ihrer Tochter.

Sam.

Kein Wort von Fannys Hand. Nicht einmal ein Postskriptum, ein Gruß, eine Zärtlichkeit oder eine Unterschrift.

In diesem Brief, der für Sams Verhältnis zur Familie seiner Frau typisch ist – einer Mischung aus Zuneigung und Unwohlsein, Geldsorgen und Versprechungen –, steht nichts über ihre wahren Lebensverhältnisse in Virginia City.

Und doch hat er von gesundheitlichen Problemen gesprochen, eine Reise erwähnt, die Fanny und Belle nach San Francisco unternommen hatten. Über das, was in ihrer Abwesenheit geschehen war, schwieg er sich aus. Ebenso über das, was seit ihrer Rückkehr vor sich ging.

Kaum drei Wochen, nachdem die Osbournes sich in Virginia City niedergelassen hatten, war die Stadt von einer Scharlachepidemie heimgesucht worden.

Sam lebte damals mit seiner Familie in einem weißen Holzhäuschen in Fertigbauweise, wie es in den Außenbezirken von Virginia City Hunderte gab. Alles in allem achtzig Quadratmeter, ein kleines Gatter, ein Vorbau am Eingang, zwei Zimmer, die Küche im Gärtchen. Wieder einmal hatte Fanny Bretter und Nägel aufgetrieben, gesägt, gepflanzt, zugeschnitten und genäht. *»Home, sweet home«* mit Blümchenvorhängen und Schaukelstühlen, ein neues Nest, in dem sich der gute Lloyd jeden Abend zum Essen einfand.

Als sie an jenem Morgen gerade das Haus verlassen wollte, um bei einer ihrer Kundinnen nähen zu gehen, bemerkte sie, daß Belle lustlos in ihrem Essen herumstocherte.

»Hast du keinen Hunger?«

»Doch.«

Forschend betrachtete sie das hochrote Gesicht ihres Kindes.

»Bist du krank?«

»Nein ...«

Fanny nahm sie mit, wie sie es immer tat, wenn sie außer Haus arbeitete, aber sie war beunruhigt. Und die Kleine streckte sich nur zu ihren Füßen aus und wollte nicht spielen. Um ein Uhr brachte sie sie nach Hause. Am Abend hatte Belle bereits hohes Fieber.

»Ich hole einen Arzt!« rief Lloyd, als er mit Sam zum Abendessen eintraf, aber Sam hielt ihn gewaltsam am Arm zurück.

»Bleib hier! Ich werde keinen von diesen Scharlatanen an meine Tochter heranlassen.«

Sam kannte nur ein Vorurteil. Er brachte der gesamten Gilde der Mediziner tiefstes Mißtrauen entgegen. Er hatte seine Gründe. Im Krieg war er ihnen bei Aderlässen und Amputationen zur Hand gegangen.

»Nur Fanny kennt sich mit Belles Zustand aus ... Wenn sie jemand retten kann, dann nur Fanny. Fanny ganz allein!«

»Es muß ein Doktor her«, beharrte Lloyd. »Die Kinder sterben wie die Fliegen.«

»Ganz genau«, gab Fanny zurück.

Fortan sah man sie beständig über ihre kleine Tochter gebeugt. Sie pflegte und bewachte sie und achtete auf jede kleinste Regung. Sie schlief nicht und aß kaum. Die Männer versuchten sie manchmal abzulösen, aber sie schliefen schließlich immer dabei ein. Am Ende der zweiten Woche, Fanny preßte gerade den Saft einer einzelnen Weintraube auf die arme geschwollene Zunge der Kleinen, hörte sie das Kind murmeln: »Mehr, Mama.« Die ersten Worte, seit sie krank geworden war. Nachdem Fanny eine nach der anderen die ganze Traube für sie ausgepreßt hatte, schien die Kleine befriedigt. Sie sank in einen ruhigen Schlaf. Das Fieber fiel noch am selben Abend. Belle war gerettet. Und nun brach Fanny zusammen.

Erschöpft, wie sie war, ließ sie es sich gefallen, daß Sam sie beide bei der Familie eines seiner zahlreichen Freunde zur Erholung ans Meer schickte. Im Morgengrauen des 8. April 1865 setzte er sie in die Kutsche nach San Francisco. Sie fuhren nur widerwillig.

»Ihr beide habt Erholung dringend nötig«, gurrte er und drückte ihre ineinander verschlungenen, kleinen Hände.

Beim Anblick dieser flehenden, abgemagerten Gesichter, der starren Blicke aus aufgerissenen Augen, dem Ausdruck völliger Verlassenheit zog sich Sams Herz krampfhaft zusammen.

Blitzartig schoß ihm der Gedanke durch den Kopf, daß mit ihnen das Glück aus seinem Leben verschwand. Eine Vorahnung, daß diese Trennung vielleicht das Ende einer Epoche besiegelte, daß dieser Abschied endgültig sein könnte... Er wollte sich mit solchen unsinnigen Zweifeln nicht aufhalten.

Die Pferde, die vom langen Warten unruhig geworden waren, bäumten sich auf und zogen ruckartig an. Ein Schrei, und Sam sah nur noch, wie Fanny und Belle in ihren Sitzen zurückgeworfen wurden. Da ratterte die Kutsche auch schon durch die C Street, durchfuhr in einem Zug die noch nicht zum Leben erwachte Stadt, verschwand um die Biegung und holperte in die Wüste hinunter. Es war keine Zeit geblieben, sich auf Wiedersehen zu sagen!

Ungläubig und mit einem leeren Gefühl im Magen blieb Sam mitten auf der Straße stehen. Belles Krankheit und Fannys Erschöpfung, all der Kummer und die Anspannung der letzten Wochen hatten auch ihn auf eine harte Probe gestellt.

Doch plötzlich überlief es ihn wie eine Welle der Freude: Es war ja vorbei! Belle ging es großartig. Fanny würde wieder zu Kräften kommen. Das Leben, dieses Leben, das er so sehr liebte, ging weiter. Jetzt konnte er wieder lachen und sich amüsieren, und seit dem Krieg war Amüsieren für Sam ein Synonym für Zechkumpane, Saufgelage und Nutten. An Mädchen fehlte es in Virginia City wahrlich nicht. Für einen Moment erheiterte ihn der Gedanke, jetzt, um diese Zeit, in einem Bordell aufzukreuzen. Aber er nahm sich tapfer zusammen: Er ging zur Arbeit.

Auf dem Weg dorthin erkannte er, welch freudige Überraschung, unter den wenigen Passantinnen, die zu dieser frühen Morgenstunde schon unterwegs waren, das niedliche Frätzchen von Mrs. Betty Beaumont Kelly, einer jungen und schönen Witwe, die er einst auf dem Dampfschiff zwischen New York und Aspinwall kennengelernt hatte.

»Also, so etwas aber auch!«

Mrs. Kelly hatte Sam bei der Pflege Georges Marshalls in dessen letzten Lebensstunden beigestanden. Sam war ihr dafür sehr verbunden. Sie war sehr gut zu George gewesen – und auch zu ihm, als George ihn verlassen hatte. In Panama hatten sie sich aus den Augen verloren, waren sich aber im Occidental Hotel in San Francisco erneut begegnet. Eine Nacht, nur eine einzige, hatten sie gemeinsam verbracht. Sie beide behielten sie in angenehmer Erinnerung.

»Aber, was tun Sie hier, in diesem Loch?«

Betty erzählte ihm, daß sie ein Gästehaus für Minenarbeiter führte, ja, ja, genau hier, in der C Street. Sie stand erst am Anfang. Sie hatte sich nicht lumpen lassen und alle Möbel in San Francisco bestellt. Aber, man denke nur, welche Katastrophe, die Möbelwagen wollten einfach nicht eintreffen. Ihr Salon war noch immer völlig kahl, die Zimmer ohne Waschgeschirr. Ihre Kunden beschwerten sich, und sie würde wohl pleitemachen, bevor sie auch nur die Ausgaben wieder heraus hatte. Ganz instinktiv schlug Sam ihr vor, ihr seine eigenen Möbel zu leihen. Sie sollte sich doch ruhig die Stühle, das Geschirr, ja sogar die Vorhänge holen: Solange seine Frau und seine Tochter fort waren, brauchte er nichts davon. Mrs. Kelly nahm den Vorschlag an. Sie würde die Zeit überbrücken, bis ihre eigenen Umzugskisten eingetroffen waren. In der Zwischenzeit, darauf bestand sie, denn sie wollte ihm doch keine Unannehmlichkeiten bereiten, mußte er unbedingt bei ihr wohnen.

An das, was sich bald darauf ereignete, sollte Sam sich später nur andeutungsweise erinnern, jedenfalls nicht genauer als jeder andere der zwanzigtausend Einwohner von Virginia City. Alles, was er wußte, war, daß er am 10. April, an einem eher nebligen Morgen, die Glocken der Stadt hatte läuten hören. Alles, was knallen konnte, die beiden städtischen Kanonen, Hunderte von Gewehren, Tausende von Revolvern und kiloweise Dynamit wurden in der C Street abgefeuert. Die Leute liefen durch die Straßen, scharten sich zu kleinen Grüppchen zusammen und schrien aus vollem Halse. Die Nachricht, die unglaubliche Nachricht von der Kapitulation General Lees war soeben im Telegrafenamt eingetroffen. Damit ging der blutrünstigste Konflikt der amerikanischen Geschichte – er forderte den Vereinigten Staaten mehr Opfer ab als der Erste und Zweite Weltkrieg in unserem Jahrhundert – zu Ende. Und Sams Seite, und ebenso die von Virginia City, hatte gewonnen.

Umgehend wurden die Minen geschlossen, die Geschäfte verriegelt. Alle, bis auf die fünfhundert Saloons natürlich. Ein richtiggehender Ozean von Whiskey überschwemmte die Stadt. Es war das größte Besäufnis im ganzen Wilden Westen. Fünf Tage und fünf Nächte lang waren zwanzigtausend Menschen ununterbrochen stockbetrunken.

Am Morgen des sechsten Tages, als die Rinnsteine überall längst von unzähligen schnarchenden Trunkenbolden überquollen, kam ein zweites Telegramm im Büro der Western Union an:

Präsident Lincoln im Theater ermordet.

Dann, Schlag auf Schlag, zwei weitere Depeschen:

Präsident Lincoln heute morgen 8 Uhr 30 gestorben. –

Widersprüchliche Meldungen. Präsident 9 Uhr 22 gestorben.

Und dann: nichts. Achtundvierzig Stunden lang keine einzige Nachricht. Das vor Bestürzung sprachlose Virginia City war von der Außenwelt abgeschnitten.

In San Francisco waren Aufstände ausgebrochen. Die Menge verwüstete die Redaktionsräume von Zeitungen, die des Sympathisantentums mit den Südstaatlern verdächtigt wurden. Der Belagerungszustand wurde ausgerufen. In dem allgemeinen Aufruhr war die Telegrafenverbindung durchtrennt worden.

Und darum kam Fanny, von den Ereignissen völlig verwirrt, ohne Vorankündigung nach Hause zurück. Was sie dort, nach einer Abwesenheit von nicht einmal einer Woche, erwartete, sollte sie nicht wenig erstaunen.

Als sie ihr Haus betrat, verstand sie erst einmal gar nichts. Alles leer. Kein einziges Möbelstück mehr in den Zimmern. Selbst der Ofen war verschwunden; nur das Rohr hing noch vom Dach und hatte einen großen Rußfleck auf den Dielen hinterlassen. Und keine Spur von Sam.

Sie ging wieder nach draußen, strich wie ein verirrtes Tier zweimal rings um das Gebäude und kam dann wieder hinein, um mitten in dem Raum stehenzubleiben, der einst als Wohnzimmer gedient hatte.

Regungslos und von Staub bedeckt stand sie da, die Gobelin-Reisetasche zu ihren Füßen, ihr Töchterchen dicht an ihre Krinoline gepreßt, und suchte mit den Augen an Wänden und Türen nach einem Zettel, einem Stückchen Papier – irgend etwas, das nach einer Botschaft aussah.

»Sogar meine Bilder haben sie genommen«, sagte Belle mit tonloser Stimme.

Genauso erstaunt wie Fanny, aber ungleich wütender, beschwerte sich das Kind, daß seine Puppenküche, alle Puppen und die Bücher ebenfalls verschwunden waren.

»Wo ist Papa?«

Jetzt weinte die Kleine.

Der große Kummer ihrer Tochter holte Fanny aus ihrer Erstarrung. Sie nahm sie an der Hand und ging mit ihr zu den Nachbarn, um Erkundigungen einzuziehen.

Viel konnte man ihr nicht sagen. Ja doch, man hatte Mr. Osbourne wohl umziehen sehen. Er lenkte so einen Pferdekarren in Richtung C Street. Nein, krank hatte er nicht ausgesehen. Aber da war eine Dame in seiner Begleitung.

»Wer?«

Das konnte man auch nicht sagen. Aber sie ließe sich vielleicht beschreiben: Also, Fanny würde sie ganz bestimmt wiedererkennen. Sie war ganz und gar ihr Gegenteil. »Helle Haut. Schön. Blond. Mit langen Jettgehängen in den Ohren. Vorwitziger Batistkragen. Schwarze Krinoline aus Crêpe de Chine.«

Ein Stechen, Brennen und Nagen. Bei jedem Detail richtete Fanny sich ein wenig gerader auf. Sie litt nicht. Es war nur eine unbestimmte Irritation und Verärgerung. Ja, ganz eindeutig: Verärgerung.

»Wirkte durchaus honorabel. Auf jeden Fall sehr liebenswürdig ... Eine Witwe vielleicht? Ganz bestimmt reich dazu!«

Sie suchte angestrengt in ihrem Gedächtnis nach einem Bild, einem Namen. Es war ihr unerklärlich, welcher Zusammenhang zwischen der Witwe, ihren Möbeln und Sam bestehen sollte.

Für alle Fälle gab ihr eine Nachbarin die Adresse einer Familienpension in der C Street, wo Fanny auf Neuigkeiten von ihrem Mann warten könnte: Etwas in dem Ton, den man ihr gegenüber anschlug, ließ ihr die Kehle eng werden. Diesmal tat es weh. Und es machte ihr große Angst.

Sie reagierte, wie sie es immer tat angesichts einer Gefahr: Sie stürzte sich ohne Zögern auf das, was sie schreckte.

Ihr Hütchen auf Sturm und stampfenden Schrittes fegte sie mit dem Rocksaum über die Schnapsleichen, während sie ihre Tochter in Richtung C Street hinter sich herzog.

Was stellte sie sich vor? Was für Szenen, Stimmen, Gesichter? Was für eine Verbindung zwischen Sam und der Witwe? Als sie beim Haus Nummer 330 anlangte, war Fanny in Tränen aufgelöst.

Ihre Tochter beschrieb sie, wie sie sie nie zuvor gesehen hatte: eine schluchzende Frau vor der Eingangspforte eines stattlichen Hauses. Was fürchtete sie? Ich bin mir nicht sicher, ob sie es selber wußte.

Aber gerade jetzt, wo sie sich so unglücklich fühlte, konnte sie Sam nicht zu Hilfe rufen. Zum ersten Mal.

Die Unmöglichkeit, sich an Sam wenden zu können, diese eigenartige Sperre, die ihr jeden Gedanken an ihn untersagte, machte Fanny vollkommen ratlos. Sie war kraftlos. Entwurzelt. Ausgehöhlt. Und diese Leere jagte ihr unsagbare Furcht ein. Ein Abgrund.

Oder war die Atmosphäre in der Stadt an allem schuld? Die Fahnen, die auf halbmast an jedem Pfeiler hingen, die Trauerflore, die, in großen, schmutzigen Bahnen von Geländer zu Balkon drapiert, das Rot der Fassaden besudelten? Waren es die Schreie eines Predigers, der das Ende aller Tage für Virginia City voraussah? Das unablässig über den Kirchen schwebende Murmeln der Gebete? Überall dieses Schwarz. Und die Totenmesse.

Als sie durch ihre Tränen hindurch das Schild las »B. B. Kelly Lodgings«, klammerte sich Fanny verzweifelt an der Hand ihrer Tochter fest.

Und dennoch war es ihr erster Reflex, Belle von alldem fernzuhalten.

»Bleib im Garten.«

Das Kind blieb mitten auf dem Gartenweg stehen. Fanny ging weiter. Als sie auf dem Treppenabsatz angelangt war und schon die Klingel ziehen wollte, holte sie noch einmal tief Luft und warf einen Blick durchs Fenster... Wer beschreibt ihr Erstaunen, als sie, festgesteckt an der rotgoldenen Tapete, die Modeblätter erkannte, die sie selber aus *Harper's Weekly* ausgeschnitten hatte? Und die Anrichte und die Sessel und den Tisch, den sie mit ihren eigenen Händen gezimmert hatte.

Sie schellte nicht. Sie trat ein.

In dem Krach, der nun folgte, erkenne ich sie als die Fanny, die Ned Field vertraut war. Sie stürzte sich auf die ach so blonde, ach so hellhäutige Wirtin und zerriß sie förmlich in der Luft. Bis ans entfernteste Ende der Wüste war zu hören, wie sie sie als Diebin beschimpfte. Unter normalen Umständen hätte dieses Geschrei niemanden besonders gestört. Aber am Tag von Lincolns Beisetzung, zu einer Zeit größter Andacht, war ihr Verhalten ein Skandal, von dem Virginia City noch lange sprechen sollte.

Von ihren Tiraden in Angst und Schrecken versetzt, versuchte die Witwe Kelly sie zum Schweigen zu bringen, indem sie ihr auf der Stelle all ihren Besitz zurückerstattete. Weit gefehlt. Fanny gab dem nun folgenden Umzug eine unüberhörbare akustische Untermalung, indem sie den Trägern unablässig und mit Stentorstimme ihre Befehle zurief, und zog damit nur noch mehr Aufmerksamkeit auf die ganze Szene. Neugierige standen Spalier. Dann erschien der Sheriff. Fanny vertrat ihre Sache.

»Meine Möbel.«

Von Sam kein Wort. Sie erwähnte seinen Namen nicht und sagte auch nichts über sein Verschwinden. Kein Hinweis auf ihren Mann. Sie wollte nur »ihre Möbel«. Für einen Menschen, der im Laufe seines Lebens seine Siebensachen über alle Weltmeere zerstreuen sollte, wandte sie in diesem Fall eine außerordentliche Energie auf, um sie zurückzubekommen.

Am Abend hatten die beiden Damen Osbourne ihren Salon wieder eingerichtet: Ofen, Bilder, Modeblätter, Puppenküche – nicht eine einzige Nadel fehlte im Nähkästchen.

Sam, der dem Auftritt vom Bett seiner Mätresse aus zugehört hatte, hielt es für klüger, sich erst einmal nicht blicken zu lassen. Aber wenn er glaubte, daß Fanny vor lauter Besessenheit, ihre Möbel zurückzubekommen, gar nicht auf die Idee verfallen war, daß er ihr vielleicht untreu gewesen sein könnte, hielt er sie für naiver, als sie war.

Aus dem Blick, der ihn am Ende des Tages empfing, ließ sich das Ausmaß der ihn erwartenden Erschütterungen nicht ablesen. Erleichtert, daß Fanny ihm keine Szene machte – sie schmollte nur –, setzte er gar nicht erst zu einer Erklärung an. Er dachte, daß sie den Zwischenfall, den er sein Leben lang halsstarrig »diese dumme Möbelgeschichte« nennen sollte, um so schneller vergessen würde, je mehr er ihn bagatellisierte.

Und genau in dem Moment, wo er sich sicher fühlte, ja sogar darüber nachdachte, ob er nicht die Witwe Kelly seiner Frau vorstellen sollte, schlug sie zu.

Ohne daß Sam die geringste Ahnung davon hatte, war Fannys ganzes Universum zusammengebrochen. Alles nur Schein, Betrug, wertloser Tand. Ihr war klar geworden, daß ihr »Ideal«, das, wofür sie seit acht Jahren lebte, die Gemeinschaft mit Sam, ein Wolkenkuckucksheim gewesen war. Er liebte sie, ja, dann hatte er sie nur noch lieb, und dann liebte er sie noch ein bißchen weniger. Wahrscheinlich war er die ganze Zeit anderen Röcken hinterhergelaufen. Und das war noch nicht das Schlimmste.

Das Schlimmste war, daß er sie vollkommen glücklich gemacht hatte, daß sie von ihm, vom Leben, alles bekommen hatte, was sie sich davon erträumte. Und was sie sich erträumt hatte, war nichts wert. Billiger Kitsch. Fanny wußte nun nicht mehr, was sie wünschen sollte, welchem Ideal nachstreben, wofür ihre unerschöpfliche Energie einsetzen, wenn nicht – vielleicht war das eine Möglichkeit – für die Revolte. Reinen Tisch machen.

Es ist oft gesagt worden, oder zumindest hat es die Familie Osbourne immer behauptet, daß Fannys Starrsinn ihren Ehemann dazu getrieben habe, sie zu betrügen. Sams Eskapaden, sein Hang zu Frauen, zum Spiel, zum Spekulieren, der wiederkehrende wirtschaftliche Ruin, für alles wird Fanny verantwortlich gemacht. Wahrscheinlich zu Recht. Das zurückhaltende und ergebene Frauchen, das ihm einstmals so treu zur Seite gestanden hatte, schickte sich an, eine Lawine von Vorwürfen über ihm auszuschütten, die selbst den beständigsten aller Ehemänner in die Flucht geschlagen hätte. In acht Tagen machte Fanny bewußt acht Jahre der Harmonie unwiederbringlich kaputt.

Am Abend vor der ersten großen Szene, von ihr später als »erbärmliche Schande« bezeichnet, hatten sie miteinander geschlafen.

Sie waren sich näher, enger miteinander verwoben als je. Ihr Schwanengesang. Sam blieb diese Nacht als das Erlebnis unendlicher Süße und vollkommenen Einsseins in Erinnerung. Wäre er weniger arglos gewesen, wäre ihm aufgefallen, wie wild entschlossen Fanny ihn dabei beobachtete, wie er sich der Verzückung hingab, während sie sich zurückhielt. Mit welch brutalem Vergnügen sie ihm zuhörte, als er in die Fluten der Freude tauchte, während sie am sicheren Ufer blieb.

Am nächsten Morgen rasierte er sich fröhlich pfeifend, als Fanny, die noch im Bett lag, plötzlich sagte:

»Wir sollten uns trennen.«

Er schnitt sich zwar nicht, aber sein Arm sank kraftlos herunter. Er drehte sich um.

»Warum?«

»Ich will nicht mit einem Mann zusammenleben, den ich nicht respektiere.«

Sie sprach mit eintöniger Stimme. Die Hände ruhten auf der Dekke, ihr Rücken war von Kissen gestützt. Wie sie da so lag, für einen Moment vollkommen reglos, mit ihrem Kranz schwarzer Locken, den unbeweglichen Augen, die ins Nichts starrten, und den Glasperlenketten, die zwischen ihren schweren, nackten Brüsten funkelten, erinnerte sie an eine primitive, gefährliche Stammesgottheit.

Mit einem Handtuch die Seifenreste aus dem Bart wischend, kam Sam auf sie zu.

»Was hast du denn? Ist es immer noch diese dumme Möbelgeschichte?«

»Ich glaube, ich habe kein Vertrauen mehr.«

»Ach, Fanny, mußt du denn immer alles dramatisieren!«

Sie antwortete nicht. Wütend schlug er mit dem Handtuch aufs Bett.

»Also bitte. Was habe ich denn so furchtbar Abscheuliches getan? Mrs. Kelly war eine Freundin von George, sie hatte Schwierigkeiten, ich wollte ihr helfen, ich dachte nicht, daß dir das etwas ausmachen würde. Du und deine Schwester, von euch beiden war keiner da, um George zu pflegen. Aber Mrs. Kelly, in der letzten Nacht hat sie bei ihm gewacht, in ihren Armen ist er gestorben! Und da kommst du und machst uns das Leben zur Hölle wegen einer dummen Möbelgeschichte!«

Fanny senkte den Kopf. Ließ sie ihr Instinkt wieder einmal im Stich? War es vielleicht doch nur um das Verschwinden von ein paar Möbelstücken gegangen? Irrte sie sich? Aber dieses Leid, das bildete Fanny sich doch nicht ein, sie spürte es! Und dieser Widerwillen, wenn die Sprache auf die Witwe Kelly kam, und auch wieder diese Angst. War sie verrückt? Schwachsinnig? Eine Möbelgeschichte, und schon kommt das Gehirn aus dem Gleichgewicht. Indem er sie an allem und jedem zweifeln ließ, an sich selber, ihren Gefühlen, der Rechtmäßigkeit ihrer Wut, gelang es Sam, sie in dieses Nichts zu stoßen, das sie so schreckte. Fanny ging wieder zum Angriff über. Ohne ein bestimmtes Ziel.

»Du hast ihr Belles Bilder gegeben.«

»Ich habe ihr überhaupt nichts ›gegeben‹. Ich habe ihr unseren Hausstand geliehen, bis ihr eigener Umzug abgeschlossen ist.«

»*Meinen* Hausstand.«

»Unseren! Herr im Himmel, Fanny, so eifersüchtig kenne ich dich ja gar nicht... eifersüchtig auf alles und jeden!«

Er ging hinaus. Sie war immer noch nackt. Und regungslos.

Sam sollte ein Feuer entfachen, das über sechs Monate hinweg stetig genährt wurde. Und je mehr er sich entzog, desto wütender fiel sie über ihn her.

In der Öffentlichkeit schwieg Fanny wie eh und je. In Lloyds oder Belles Gegenwart ließ sie keinen einzigen Vorwurf hören. Das Kind hörte nichts von den Schreien hinter der dünnen Trennwand. Und wenn Belle irgendeine Veränderung auffiel, so fand sie das durchaus begrüßenswert: Schließlich widmete ihr ihre Mutter neuerdings all ihre Aufmerksamkeit. Sam seinerseits schloß sich von Tag zu Tag enger an seine Tochter an, er fühlte sich ihr sehr nahe und zeigte es auch. Fanny zeigte nichts.

Aber wenn ihr Blick auf Sams blaue Augen fiel, auf seinen blonden Bart, seine Lippen, konnte das haßerfüllte Blitzen in ihren Augen selbst John Lloyd, der sie doch liebte, eine Gänsehaut über den

Rücken jagen. »Sie übertreibt«, dachte er bei sich. Sam war ganz seiner Meinung.

Da seine Liebeshändel mit Betty Kelly ihn nicht mehr ausfüllten, umgab er sich mit einer Herde von Mädchen und erfreute sich bei den Wirtinnen, Saloonbesitzerinnen, Minenarbeitern und Zuhältern einer Beliebheit, deren Charme Fanny nur allzu bekannt war.

Das Weihnachtsfest 1865 war ein Alptraum.

Sie hatte in diesem Herbst nicht zu ihren Eltern fahren können, wie Sam es in seinem Brief an die Vandegrifts versprochen hatte. Zwei Jahre fern vom schützenden Elternhaus, von Jo und von ihrem Vater. Aber was machte das schon? Sam, der keinen Cent in der Tasche hatte, sah sich schon wieder als Millionär. Er besaß an die dreißigtausend Fuß der noch unerschlossenen Minen von Virginia City. In der Überzeugung, daß jeder einzelne davon fünf- bis zehntausend Dollar repräsentierte, borgte, verkaufte und spekulierte er unermüdlich weiter. Das Goldfieber wollte ihn einfach nicht loslassen.

Und als einer seiner Partner ihm vorschlug, sich erneut ins Abenteuer zu stürzen, ergriff er die Gelegenheit beim Schopfe.

Er wollte zum Schürfen in die Berge von Montana. Für einen Monat. Genau die Zeit, die man brauchte, um im Herzen dieser Gegend, in der just zu diesem Zeitpunkt gewaltige Erzvorkommen entdeckt worden waren, sein Glück zu machen...

Fanny und Belle würden in Virginia City auf ihn warten.

Als die Kolonne von Mulis mit den acht Karren und etwa vierzig Goldsuchern zu Pferde sich am Morgen des 28. März 1866 auf den staubigen Weg durch die Wüste machte, war die Kleine die einzige, die dem Konvoi hinterhersah.

Mit dieser Gruppe begann die Massenabwanderung aus Virginia City. Die Expedition endete in einer der gelungensten Massenabschlachtungen von Weißen und ging in die Annalen ein.

Weißt du, meine liebe Betty, schrieb Fanny an ihre zweite Schwester, die vor ihrer Verheiratung stand, *weißt Du, daß ich überzeugt bin, daß Du sehr glücklich werden wirst? Du besitzt von nun an alles, wovon eine Frau nur träumen kann. Einen Mann, den Du respektierst, dem Du vertraust und der Dich liebt. All das, was ich durch eigene Schuld verloren habe.*

Frühjahr und Sommer vergingen ohne Neuigkeiten von Sam. Kein Wort, keine Nachricht. Absolute Stille.

Sie träumte jede Nacht von ihm. Immer denselben Alptraum. Sie sah sich in einem leeren, abgeschlossenen Raum auf einer Bank sitzen. Schemen rissen Sam in ihre Klauen, und sie konnte nichts tun. Sie wollte sich an ihm festhalten, aber er wurde ans Ende eines langen Ganges gezogen. Fanny blieb in einem Raum zurück und wartete. Endlich öffnete sich die Tür. Man warf Sam vor ihre Füße, blutüberströmt, den Bart verbrannt, die Nägel ausgerissen, die Augen durchstochen. Sie schrie aus tiefster Kehle. Dann wachte sie auf. Sie war schuldig. Schuldig, nicht an seiner Stelle gefoltert worden zu sein. Dieses Gefühl wurde ihr ständiger Begleiter.

Ihretwegen kam er nicht zurück. Ihr Starrsinn hatte ihn aus Virginia City fortgetrieben. Vielleicht hatte sie ihn in den Tod geschickt. Wenn er nun tot war ...

Sie wagte nicht mehr, zum Arbeiten das Haus zu verlassen. Sie fürchtete, er könnte auf immer fortgehen, wenn er bei seiner Rückkehr sein Heim verlassen vorfand. Sie nähte also nur noch zu Hause und sprach in Gedanken mit Sam.

Sie hätte ihm so gern gesagt, daß sie ihm verzieh und daß es an ihr war, um Verzeihung zu bitten. Ein leidvoller Monolog, der kein Ende finden wollte.

Schon bei Sonnenaufgang, wenn sie aus ihrem Alptraum erwachte, nahm sie ihren Posten am Fenster ein. Sie meinte, jeden Augenblick das Quietschen der Pforte zu hören. Wenn sie in die Stadt ging, glaubte sie überall, Sams Fuchsstute zu erkennen. Unter einem Filzhut entdeckte sie Sams Bart; seine Stiefel und seine Sporen unter einem langen Mantel.

In jenem Winter verschwanden die dreißig ordentlich aufgereihten Telegrafenmasten entlang der C Street bis zur Hälfte im Pulverschnee. Vorbauten, Ballustraden und Balkons, deren Rot vom Reif zu einem zarten Rosa gedämpft war, ächzten unter der Last ihrer schweren Eiszapfen.

Die Pyramiden rund um die Minen, die der fahlen Eintönigkeit weiße Spitzen aufsetzten, erinnerten an die Vulkanberge einer Mondlandschaft. Die Schächte sahen mit ihren vereisten Aufschüttungen aus wie Krater. In der blendenden Weiße der Gänge schnauften und dampften endlose Reihen von Mulis, Pferden und Eseln, zwischen denen Männer herumliefen, die mit den Armen schlugen und mit den Füßen stampften, um sich aufzuwärmen. Die Arbeit lag still.

Mit dem Schnee breitete sich die Rezession, die schon das Camp von Austin leergefegt hatte, über Virginia City aus.

Bereits seit einiger Zeit schien der Erzreichtum der Mutterader versiegt zu sein. Die Fabriken, in denen das Gestein aufbereitet wurde, arbeiteten nur mit einem Drittel ihrer Leistungsfähigkeit. Eine Krise. Nicht der Ruin. Jeder bewahrte sich seinen Glauben an die Fruchtbarkeit des Untergrunds. Man mußte nur tiefer graben.

Um bis zur Entdeckung neuer Adern durchzuhalten, nahmen die Werke, die nicht auf das Kapital von Aktionären zurückgreifen konnten, Bankkredite zu Wucherzinsen auf. In nur einem Jahr wurden den Kleinunternehmern zwei Millionen Dollar vorgestreckt. John Lloyd hatte recht behalten: Seit dem Krieg hatten die Großinvestoren sich um Virginia City bemüht. Und das so gründlich, daß im Winter dieses Jahres 1866 die völlig überschuldeten Fabriken, die insolventen Transportfirmen und die Mehrzahl der Minen an der Comstock Lode den Bankiers in die Hände fielen. Den Privatunternehmern blieb nichts, als ihr Bündel zu schnüren.

»Sam hatte recht«, platzte es aus John Lloyd heraus, als er am Morgen des 3. Dezember Fannys Salon betrat, »die dicken Bonzen sind die einzigen, die hier reich werden. Uns brauchen die bestimmt nicht!«

Er tauchte sein rosiges Gesicht in den Dampf, der aus seiner Tasse aufstieg. Was er gesagt hatte, war ihm peinlich, und der warme Kaffee ließ ihn endgültig puterrot werden.

»Die Leute verlassen die Stadt, jedenfalls die kleinen Leute, wie ich höre. Die, die alles verloren haben... Sie sammeln sich in San Francisco.«

Lloyd zögerte, und als Fanny sich zum Ofen umdrehte, um die Kaffeekanne abzustellen, nutzte er den Augenblick, um zu gestehen:

»Ich gehe auch.«

Sie erbleichte unter ihrer braunen Hauttönung.

Mit Lloyd ging ihre letzte Verbindung mit der Realität.

Sie stützte sich auf die Rückenlehne ihres Sessels und betrachtete einen Moment lang diesen Kopf mit den kurzgeschnittenen Locken, den rötlichen Nacken mit den Sommersprossen und den kurzen und knotigen Daumen, der unablässig an einem imaginären Fleck auf der karierten Decke herumkratzte. Ihr lag viel an Lloyd. Ebensoviel wie ihm an ihr. Nur aus anderen Gründen.

Das allgemeine Schweigen machte ihn nervös, und so fuhr er fort:

»Es wäre gut, wenn Sie das gleiche täten, Mrs. Osbourne.«

»Und Sam?« fragte sie.

»Sam kommt immer zurecht. Aber Sie – noch eine Woche, und Sie werden nicht mehr durchkommen. Die Strecke nach Reno ist schon unterbrochen. Die Wildbäche fließen über. Überall Lawinen. Sie werden den ganzen Winter hier festsitzen... Sie müßten sich sogar beeilen: Die Kutschen sind überfüllt. Ich mußte meinen Platz zwei Wochen im voraus reservieren.«

Sie gab sich alle Mühe, ruhig zu erscheinen, und setzte sich.

»Wann reisen Sie ab?«

Wieder zögerte Lloyd.

»Heute abend.«

Sie hob nachdenklich den Kopf.

»Natürlich.«

»Sie sollten das gleiche tun«, beharrte er.

»Und wenn Sam heimkommt und uns nicht vorfindet?«

»Seien Sie vernünftig, Mrs. Osbourne! Alle Ihre Kundinnen sind für den Winter ins Tal hinunter gefahren. Wie wollen Sie überleben? Sam hätte Sie und Belle niemals hier erfrieren lassen! In San Francisco werden Sie leicht Arbeit finden. Sie können dort auf ihn warten.«

»Wie soll er uns dort finden?«

»Er wird Sie finden.«

Beunruhigt durch die Verantwortung, die er da für eine Frau übernahm, die nicht einmal zu ihm gehörte, fing er wieder an, die Tischdecke sauberzumachen. Zum ersten Mal in den acht Monaten, in denen er sie täglich besucht hatte, sprach er mit Fanny so ganz ohne Umschweife. Normalerweise führten sie ihre Gespräche im stillschweigenden Einverständnis, daß gewisse Themen umgangen zu werden hatten. Auf jeden Fall blieb Lloyd immer nur wenige Augenblicke, und Fanny versuchte nicht, ihn zurückzuhalten. Wenn sie sich dann wieder trennten, war normalerweise kein einziges Wort über Sam gefallen, obwohl sie doch im Grunde an nichts anderes dachten. »Sam.« Auch Lloyd hatte seine unleugbaren Schuldgefühle Sam gegenüber. Er liebte die Frau seines Freundes. Aber er liebte sie gewissermaßen mit einer zerrissenen Leidenschaft, an der Anziehung und Ablehnung gleichen Anteil hatten.

Die Vermengung dieser beiden Sehnsüchte, einerseits, Mrs. Osbourne aus dem Weg zu gehen, die, wie er sehr wohl wußte, seinem Seelenfrieden und seinem beruflichen Fortkommen schadete, und andererseits der Wunsch, sie zu besitzen und zu beschützen, fand ihren Ausdruck in Anfällen langen Schweigens oder unterschwelliger Aggressivität. Ohne daß einer von ihnen auch nur wußte, warum, konnte Lloyd eine ganze Woche mit Fanny grollen. Er grollte, aber er kam. Es war kein Tag vergangen, an dem er nicht zu ihr heraufgekommen war, um seinen Kaffee zu trinken. Und eben das, seine Treue, knüpfte ein festes Band zwischen Fanny und Lloyd.

»Fahren Sie nicht. Nicht heute abend! In einer Woche werde ich mitkommen. Lassen Sie mich nur noch eine Woche auf ihn warten!«

Sie warteten vergeblich.

Am Tag vor Weihnachten beobachteten die Nachbarn, wie Mrs. Osbourne, bewaffnet mit einem Eimer und einem Besen, wild entschlossen ihr Haus mit einer Beschriftung in roter Farbe versah.

Eine halbe Stunde später ließ sie die Möbel, um die es soviel Gerede gegeben hatte, hinter sich und bestieg mit Belle die letzte Kutsche, die vor dem Frühling die Sierras überwinden sollte.

Wenn die Plünderer und Obdachlosen kamen, um ihr Häuschen auseinanderzunehmen, würden sie auf allen Wänden in blutroter Schrift die immer gleiche Nachricht lesen können:

In San Francisco. In dem Hotel, wo Du uns untergebracht hattest. Wir warten auf Dich. Komm!

SAN FRANCISCO – OCCIDENTAL HOTEL

1867

»Sie werden an der Bar verlangt.«

Fanny, die sich in ihrem Sessel halb zum Zimmerkellner umgewendet hatte, blieb regungslos sitzen. Aber trotz des Gegenlichts erriet der Page die Frage, die unausgesprochen auf ihren Lippen stand.

»Wer? Weiß nicht«, gestand er. »Aber es ist ein Mann.«

Die Gefühlsbewegung dieser Frau war dem jungen Bediensteten so peinlich, daß er weder wagte, sich zurückzuziehen, noch seine Botschaft zu wiederholen. Er blieb also auf der Schwelle der Suite Nummer 11 stehen, hielt die Tür weit geöffnet und wartete, bis der Gast des Hauses genügend Kraft gefunden hatte, um sich zu erheben und nach unten zu gehen. Sie rührte sich nicht. In ihrem Blick lag etwas Fragendes, etwas Starres, das an höchstes Entsetzen gemahnte.

Hinter ihr bauschten sich wie eine Wand aus Schaum die weißen Gardinen, in denen sich die Meeresbrise immer wieder verfing. Sie waren gerade durchsichtig genug, daß man die weiße Sonne erkennen konnte und den kristallklaren, unerschütterlichen Himmel eines herrlichen Tages über San Francisco. Die Luft im Zimmer roch nach Meer, Tabak, Erdbeeren und Ananas. Zwischen den Kandelabern auf dem Kaminaufsatz reifte ein Korb mit Früchten vor sich hin. Daneben dampfte ein Aschenbecher voller Zigarettenstummel.

Wie an jedem Nachmittag war sie allein. Ihre kleine Tochter streifte ohne Anstandsdame durch die Straßen, während sie an ihrem Platz am Fenster blieb und nähte und ihre Zigaretten drehte. So war Fanny. Emsig und passiv zugleich.

Die braunen Locken waren brav im Nacken zusammengenommen. Die Ohren waren nackt, ohne ein Schmuckstück. Weißer Kragen. Rotbrauner Reifrock. Knappe Schößchenjacke aus Shetlandwolle, die Einfachheit oder besser, die ungeheure Kargheit ihre Aufzugs, verbunden mit ihren zeitweise recht exzentrischen Gewohnheiten, war dem Personal ein nie versiegender Quell des Erstaunens. Verwechselte diese Frau das Occidental Hotel mit irgendeiner schäbigen Pension für Minenarbeiter? Sie stopfte eigenhändig ihre Strümpfe, wusch ihre Wäsche, machte das Bett und nahm, mitten auf dem Teppich sitzend, kalte Mahlzeiten zu sich, die sie selber zubereitete. Geldschwierigkeiten? Schüchternheit? Dabei schien sie doch keineswegs besonders beeindruckt vom Glanz des Speisesaals, auch nicht vom sonstigen Luxus des Hotels. Sie bewegte sich zwischen den brokatenen Wandbespannungen, den dicken Teppichen und den Bettüberwürfen aus reiner Seide, als hätte sie nie etwas anderes kennengelernt. Als hätte sie ihr ganzes bisheriges Leben ausschließlich in Palästen zugebracht. Sie verstand sich auch auf die Kunst des Verteilens von Trinkgeldern – und Befehlen. Aber sie gestattete niemandem, sich um ihre persönlichen Dinge zu kümmern.

Kurz, Mrs. Osbourne ähnelte in nichts den üblichen Besuchern des Occidental.

Sie war vor weniger als einer Woche in dem Hotel aufgetaucht. An einem Samstagnachmittag gegen fünf, der Stunde, wo die durch neuerliche Spekulationen soeben noch ein wenig reicher gewordenen Ehefrauen sich nach einem Einkaufsbummel über die Montgomery Avenue an einer Platte mit gefüllten Austern gütlich taten. Es war der erste Snobismus im wohlhabenden San Francisco. Und schon eine Tradition.

Als sie am Abend ihrer Ankunft aus der Kutsche stiegen, hatte Lloyd, während Fanny und Belle sich noch den Staub aus den Kleidern klopften, die Banken gezählt. Acht an der Zahl in einem einzigen Häuserblock. Acht Banken mit Gasbeleuchtung und, statt einer Werbung, in den Schaukästen einem Sammelsurium aus Devisenkursen und farbenprächtigen Karten aus aller Welt, die vom Boden bis zum Firmenschild den gesamten Hintergrund bedeckten.

»So viel Geld!«

Während sie zum Occidental hinaufstiegen, hatte Lloyd, halb fasziniert, halb schockiert, auch die Restaurants zählen wollen. Aber dazu waren es viel zu viele, und alle überfüllt. Die zwei verschiedenen Eingänge waren ihm aufgefallen; der eine an der Straße für »Familien« und der andere, im dunklen Seitenweg, für »Privatgäste«.

Und fünf Stockwerke mit Bewirtungsräumen, die immer nach demselben System angeordnet waren. Das Gastzimmer im Erdgeschoß war den pseudolegitimen Paaren, Frauen ohne Begleitung und Kindern vorbehalten, die ihre Mahlzeiten in der Stadt zu sich nahmen. Im ersten Stock gab es Salons für Freimaurerversammlungen, Klubs und Bankette. In den Etagen darüber schließlich befanden sich die »P.C.«-Räume. Sie waren für galante Soupers reserviert. P.C. bedeutete »Private Cooking«, aber die Bestimmung dieser Chambres séparées entsprach der der großen Vorbilder in Paris. Man ahmte nicht nur die Gepflogenheiten dieser illustren Etablissements nach, sondern gab sich auch die gleichen Namen: Auf den Eingangsschildern stand »La Maison Dorée«, »Le Café Riche« oder »Tortoni«. Selbst die Einrichtung war gleich. Ein kleiner Gang, lautlose Türen, rot bezogene Bänke, geschliffene Spiegel, Klingelzüge und kleine Riegel zum Abschließen. Einziger Unterschied: In Kalifornien stellte man »Handtücher und Toilettenseife auf der Etage« zur Verfügung und »Duschen und Garderoben am Ende des Ganges«.

»So viel Geld!« hatte Lloyd mit einem langen Seufzer wiederholt, in dem sich Neid, Gier und Verachtung mischten. »Sind Sie sicher, daß Sie im Occidental absteigen wollen?«

»Die Besitzer sind Freunde von Sam.«

Eine Erklärung, die in Fannys Augen völlig ausreichend war, sämtliche Extravaganzen dieser Welt zu rechtfertigen. Ohne einen Cent in der Tasche quartierte sie sich im kostspieligsten Hotel der ganzen Stadt ein.

»Sie muß viel, viel reicher sein, als ich gedacht hatte«, sagte Lloyd zu sich selbst, als er ihr vor dem Eingang ihr Handtäschchen reichte. Es war ein peinlicher Moment gewesen. Sie hatten nicht gewußt, was sie einander sagen, wie sie sich trennen sollten.

»Wenn ich eine Bleibe gefunden habe, Mrs. Osbourne, werde ich kommen, um mich nach Ihnen zu erkundigen. Viel Glück.«

»Ich werde Ihren Besuch erwarten. Vergessen Sie mich nicht, John!«

Abrupt waren sie auseinander gegangen. Sie hatte ihm hinterhergeschaut, bis seine kurze Silhouette im Dunst verblaßte und schließlich über den Hügelkamm auf dem Abhang zum Meer hinunter verschwand. Dann hatte sie ihm den Rücken zugedreht und war eingetreten.

Ein Brausen und Wimmeln. Schwer lastende Luft wie in einem Gewächshaus. Aber keine Sekunde des Zögerns inmitten dieses Getümmels, umgeben von Rips, Moiré und Atlasseide. Geradewegs zur Rezeption.

Wie Fanny Osbourne so durch die Halle ging, ohne Kopfbedekkung und kleine Wolken von Alkalistaub hinter sich lassend, mit dem sie von Kopf bis Fuß überpudert war, ohne Gepäck außer einer abgewetzten Reisetasche, im Schlepptau ein kleines Mädchen in Jungenkleidern, zog sie die allgemeine Aufmerksamkeit auf sich. Dies war wohl der erste ihrer großen Auftritte in Hotelhallen, Spelunken und Palästen auf dem ganzen Planeten, deren Zeuge in den letzten Jahren ihres Lebens Ned Field sein sollte.

Aber zu jener späteren Zeit, in der Ned ihren Sekretär spielte, jener Zeit, in der Gäste ebensogut wie Bedienstete ihn manchmal bis in den Fahrstuhl verfolgten mit ihren endlosen »Wer ist das?«, »Wie heißt diese Frau?«, waren die Urwüchsigkeit der Aufmachung von Mrs. Robert Louis Stevenson, ihre ausladenden Hüte, die raschelnden Kleider und der Eingeborenenschmuck Erklärung genug für die Neugierde eines zufälligen Passanten. Wie in ihrem ganzen Leben zuvor würde sie einfach nichts davon bemerken. »Mein Gott, was sind das doch alles für nette Menschen!« wunderte sie sich nur, wenn sämtliche Pagen gleichzeitig herbeistürmten, um ihr die Tür zu öffnen, und die Zimmermädchen sich um das Privileg rissen, sie bedienen zu dürfen. Sie war zu natürlich, zu sehr instinktgeleitet und zu bescheiden, um auch nur einen Moment lang anzunehmen, daß all diese Huldigungen oder auch die kritischen Kommentare für sie bestimmt sein könnten. »Ich? Aber wer wollte sich denn schon für meine kleinen Schrullen interessieren?« Sie würde immer alles daran setzen, vor sich selber unsichtbar zu erscheinen, »normal«, so normal wie mit fünfundzwanzig Jahren, als sie die Halle des Occidental Hotel durchmaß. Dabei hätte man sie am liebsten gelyncht. Mit herrischen Bewegungen und erhobenen Hauptes, die dunklen Augen fest geradeaus gerichtet, pflügte sie durch die Menge der herumsitzenden Frauen und fegte mit dem Ellenbogen die künstlichen Vögel aus Haarknoten, blieb mit der Tasche an den Fruchtarrangements auf den Hüten hängen und brachte die Glöckchen an den langen Bändern zum Klingen, die jeder eleganten Frau, die auf sich hielt, von den künstlichen Haarteilen bis zur Taille hinunterfielen und die als »Zu mir, junger Mann« bezeichnet wurden.

Zerzaust und gerupft, mit verrutschter Perücke und schräg über dem Ohr schwebendem Kolibri, bleckten all diese Damen wütend die Zähne. Fanny merkt nichts von dem Schlachtfest, das sich in den Köpfen abspielte, und ging ungerührt weiter. Schon schlug sie die Glocke an der Rezeption, fragte mit dringlicher, aber leiser, kaum hörbarer Stimme nach dem Besitzer und gab sich zu erkennen:

»Sams Frau.«

»Mrs. Osbourne?«

Zum großen Erstaunen des Personals kam der Geschäftsführer unverzüglich herbeigeeilt.

»Mrs. Osbourne! Welcher gute Wind führt Sie zu uns? Seien Sie uns willkommen, meine Liebe... Die Nummer 11 für Mrs. Sam!«

Überraschtes Füßescharren in der Halle. Das erste Zittern einer Revolte liegt über dem Raum: Die Suite Nummer 11, die noch vor einem Monat von Königin Emma von Hawaii bewohnt wurde?

»Es ist das Zimmer, das Sam für Sie reserviert hatte, als Sie ankamen, erinnern Sie sich?« – Und ob sich Fanny erinnerte! – »Wir mußten neu tapezieren lassen. Ich glaube, Sie werden sich dort wohl fühlen, während Sie auf ihn warten.«

Als die Tür in Rot und Gold sich hinter ihr geschlossen hatte, warf Fanny sich aufs Bett und entspannte sich. Endlich in Sicherheit!

Es war nicht der Luxus des Zimmers. Auch nicht die Dicke der Wände. Es war einfach nur der Ort, den Sam damals gewählt hatte, um sie in Empfang zu nehmen. Hier war er geliebt, bewundert, verhätschelt worden. Und hier wurde sie wieder Mrs. Osbourne, »Sams Frau«. Hier, wo er sie suchen, wo sie auf ihn warten würde.

»Da ist jemand für Sie an der Bar«, brachte der Page schließlich doch heraus. »Unten wartet ein Mann auf Sie.«

Trunken vor Glück, die Reifen ihrer Krinoline hoch in die Luft gehoben, rannte Fanny durch die Gänge, stürzte die Treppe hinunter, durchquerte die Halle. Ihr Alptraum hatte ein Ende gefunden!

»Mrs. Osbourne?«

Gleich beim Durchgang vom Hotel zur Bar lehnte ein unbekannter Mann an der Theke.

Rotkariertes Hemd, Hosenbeine in die Stiefelschäfte gesteckt: Er trug die übliche Uniform der Schürfer. Aber er war sauber, duftete angenehm nach Lavendel und hatte sich für diesen besonderen Anlaß mit penibler Gründlichkeit rasiert.

»Mrs. Osbourne?«

Sie war unfähig zu antworten. Sie brachte kein Wort heraus. Sie war auf der Schwelle wie angewurzelt stehengeblieben.

Als er sah, wie klein sie war und welch leidvoller Ausdruck bereits jetzt auf ihrem Gesicht lag, verhärteten sich die Züge des Mannes. Er stellte seinen Krug ab, nahm den Hut vom Kopf und wiederholte:

»Sie sind doch Mrs. Osbourne?«

»Ja«, hauchte sie.

Er zögerte. Alles Blut hatte ihre Wangen verlassen und überschwemmte nun in gewaltsamen Schüben ihr Herz.

Sie sahen sich an. Nun waren sie beide sehr blaß. Schließlich senkte der Unbekannte die Augen und fragte hastig:

»Stimmt es, daß Ihr Mann am 28. März letzten Jahres mit dem Atchinson-Konvoi aus Virginia City aufgebrochen ist?«

»Ja.«

»Ich habe schlechte Nachrichten für Sie ...«

Bei diesen Worten geriet sie ins Schwanken. Ihre Kehle war wie ausgetrocknet. Sie hielt den Atem an. Der Mann beeilte sich, weiterzureden:

»Das war im Juli. Ein paar Kilometer nördlich von Hangtown. Ein Indianerüberfall. Früh am Morgen. Etwa zwanzig. Ihr Mann wurde verwundet.«

Der Mann las die Erleichterung in ihren Augen, sagte aber nichts. Da verstand sie, daß ihr das Schlimmste noch bevorstand.

»Er ist doch nicht …?«

Der Mann nickte zögernd. Dann, als könne er das Schreckliche der Nachricht damit mildern, fügte er hinzu:

»Es gab keine Überlebenden.«

Sie wurde nicht ohnmächtig. Sie ließ auch keinen Schrei hören, keine Klage, kein Schluchzen, nicht einmal ein leises Wimmern.

Das, wovor sie sich seit acht Monaten Tag und Nacht gefürchtet hatte, war eingetroffen.

Sie dankte dem Mann, weil er sich die Mühe gemacht hatte, sie zu benachrichtigen. Dann ging sie mit schleppenden Schritten zurück in ihr Zimmer.

Als sie endlich allein war, krümmte sie sich zusammen. Aber sie fiel nicht.

Von nun an versagte sich Fanny Osbourne jede Erleichterung. Kein Bedauern, keine Reue. Sie gestattete sich nicht einmal, ihren Kummer auszusprechen oder gar sich ihm hinzugeben.

Sam war tot. Sie hatte ihn umgebracht. Sie war nicht seine Witwe. Sie war seine Mörderin. Es stand ihr nicht zu, um ihn zu weinen. Sie versagte sich für alle Zeiten das Recht auf Tränen, Kummer und Trauer.

»Jetzt werden Sie wohl heimfahren«, murmelte John Lloyd, als er ihr beim Kofferpacken zusah.

»Nein.«

Diese Antwort überraschte ihn. Aber aus Angst, indiskret zu erscheinen, schwieg er.

Fanny, der es egal war, was die Öffentlichkeit davon halten mochte, empfing John Lloyd auf ihrem Zimmer. Er hatte sich auf dem Bett niedergelassen, gleich neben der Reisetasche, die sie gerade mit ihren Kleidern füllte. Fanny ergriff als erste wieder das Wort:

»Für Belle und mich zusammen würde die Rückkehr fast eintausend Dollar kosten. Soviel habe ich nicht.«

»Ihre Familie wird Ihnen das Geld telegraphisch anweisen oder ihnen die Fahrkarte schicken.«

»Das glaube ich nicht.«

Lloyd zögerte. Ungemütlich rutschte er von einer Pobacke auf die andere. Schließlich fragte er zögernd:

»Haben Sie ihnen geschrieben?«

»Nein.«

»Sie haben ihnen nicht geschrieben!«

Er war bestürzt aufgesprungen.

»Sie haben ihnen nichts über Sam gesagt? Sie wissen nicht, daß Sam ...?«

Sie antwortete nicht und ließ mit trockenem Geräusch die beiden Schlösser ihrer Tasche einschnappen. Er sah ihr zu, wie sie sie beim Griff nahm, aufhob und auf den Boden stellte.

»Und Sie wollen hierbleiben?« brachte er ungläubig heraus.

»Ja.«

»Ganz allein?«

»Ja.«

»Aber warum?«

Wieder antwortete sie nicht. Ihr sonst so direkter Blick wich dem seinen aus. Sie bückte sich und öffnete noch einmal die Reisetasche.

»Was wollen Sie in San Francisco, ganz allein, nur mit Ihrer Tochter?«

»Ich werde arbeiten.«

Mit seinem trippelnden Gang lief er im Zimmer auf und ab. Das sollte einer verstehen!

»Aber Sie wollten so gerne nach Hause fahren! Sie haben mir in einer Tour von Ihrer Familie erzählt. Haben mir gesagt, wie sehr Ihre Schwestern Ihnen fehlen, von Ihrem Vater gesprochen und...«

Sie richtete sich auf. Ihre Blicke kreuzten sich. Lloyd fühlte, daß er sie folterte.

Im selben Moment machte ihm die Verzweiflung dieser Frau solche Angst, daß er unverzüglich aufgab.

»Ja, also«, lenkte er ein, »dann schlage ich vor, natürlich nur, wenn Sie es so wollen, daß Sie vielleicht ein Zimmer in der Pension mieten, in der ich auch wohne. Es ist nicht gerade ein anziehendes Viertel. Aber das Haus ist sauber. Und die Wirtin gibt auch Kredit.«

Unfähig zu sprechen, nickte Fanny ihre Zustimmung. Sie nahm Belle bei der Hand. Lloyd bemächtigte sich der Reisetasche.

Dann gingen sie hinunter.

In den langen, weich ausgelegten Gängen, auf den roten Stufen der Treppe und inmitten der Plüschmöbel mit den großen Rankenmustern sah sie wie verloren aus. Sie trug schon die Kleider, die sie noch kleiner erscheinen ließen. Eine winzige, mitleiderregende Gestalt. Völlig entwurzelt.

»Mrs. Osbourne«, setzte Lloyd noch einmal an, »zu Hause, bei Ihrer Familie, wäre der Schmerz sicher leichter zu ertragen.«

»Eben«, murmelte sie.

Er zuckte mit den Schultern. Und dann, als sie an der Kasse vorbeigingen, rief er in plötzlicher Ungeduld aus:

»Und darf man erfahren, was Sie mit Ihrer Hotelrechnung zu tun gedenken?«

Sie sah ihn nicht an und sagte:

»Ich werde sie bezahlen.«

Und in der Tat. Sie zahlte. Sogar mehr, als sie schuldig war. Angesichts ihrer moralischen Verfassung nehme ich stark an, daß sie damit Buße tun wollte.

Ich bedaure sehr, daß Ned sie über diese Zeit ihres Lebens nicht intensiver ausgefragt hat! Sooft man es hören wollte, wiederholte sie nur, daß sie daran keinerlei Erinnerung bewahrt hätte. Er wußte es besser: Latte für Latte hätte sie den Holzfußboden ihres Zimmers beschreiben können, die Farbe der Wände, den Geruch der Pension. Er wußte, daß sie auch die winzigsten Details des Winters 1867 in ihrem Gedächtnis bewahrte ... Und Ned sollte nichts davon hervorholen. Gar nichts.

Schwieg Fanny, um besser gegen die Abscheulichkeit bestimmter Erinnerungen und Gefühle anzukommen, die sie immer noch verfolgten? Oder kämpfte sie gegen den im nachhinein unerträglichen Gedanken an, sich völlig umsonst gequält zu haben? Aus einem Zufall heraus, aus Überdruß, Gleichgültigkeit.

Vielleicht litt sie auch unter einem unbestimmten, aber beharrlichen Gefühl der Schuld Belle gegenüber. Einer Schuld, die sie sofort in Abrede stellte, die sie aber schier zerbrach. Mit welchem Recht hatte sie ihrer Tochter die Rückkehr ins Haus ihrer Großeltern verweigert, die Tröstungen und die Unterstützung Jacob Vandegrifts? Mit welchem Recht hatte Fanny in einem Moment, wo sie selber materiell und moralisch völlig am Ende war, ihre Tochter in San Francisco festgehalten?

Sie hatte die Isolierung als Frau in der Männerwelt kennengelernt, den Kampf ums Überleben fern der Zivilisation; nun sollte sie lernen, wie elend und einsam man in einer Stadt sein kann, die vor Menschen nur so wimmelt. Eine Witwe, die ein Kind zu versorgen hat. Ohne finanzielle Unterstützung. Ohne Freunde. Durch einen ganzen Kontinent von ihrer Familie getrennt. Und traurig, so unendlich traurig, daß Fanny Osbourne bis ans Ende ihrer Tage nie mehr würde weinen können. Und trotzdem sollte sie sich ihre Welt neu erschaffen.

Recht bald fand sie eine Anstellung als Änderungsschneiderin in einem Modegeschäft. Aufgrund einer gewissen, unerklärlichen Fremdartigkeit in ihrem Auftreten, ihres kleinen Wuchses und vielleicht auch ihrer Geschicklichkeit im Umgang mit Nadel und Faden hielt man sie für eine Französin im Exil. »Französin«, in der Welt der Mode klingt das um so viel eleganter! Fanny ließ den Irrtum bestehen. Ja, sie ging schließlich sogar dazu über, sich ganz offiziell als Näherin aus Paris vorzustellen. Es störte sie überhaupt nicht, daß sie die Sprache nicht sprach und auch nicht die geringste Ahnung von der Geographie oder dem politischen System ihres angeblichen Heimatlandes besaß. Fanny bluffte ohne jede Scham.

Die Folge davon war, daß Fanny, ob sie es nun wollte oder nicht, in Zukunft immer und überall für eine Ausländerin gehalten wurde. Überall blieb sie eine Fremde. Welch seltsamer Widerspruch. Denn niemand verstand es besser als sie, sich in ihre Umgebung einzufügen, sich den Umständen anzupassen.

Die »Französin« schuftete von Sonnenauf- bis Sonnenuntergang im Hinterzimmer von »Singers«. Nie beklagte sie sich mit einem Wort über die viele Arbeit. Ganz im Gegenteil: Sie fragte nach mehr.

Abends nahm sie noch Näharbeiten mit in die Pension und saß bis spät in die Nacht am Bett ihrer schlafenden Tochter und nähte lange, schlangenförmige Säckchen mit getrockneten Lavendelblüten in die Säume der Krinolinen, die die Ballsäle von San Francisco mit ihrem Dufthauch erfüllen sollten.

Für sie selber war es vorbei mit Walzern, schottischen Tänzen und Quadrillen. Keine Ausritte zu Pferde mehr, keine Spaziergänge in der Natur, keine Erdverbundenheit. Sie gönnte sich keine Atempause und keine Freude. Selbst sonntags, wenn Belle und Lloyd sich beim ersten Schrei der Möwen zu einem Erkundungszug durch die Docks aufmachten, blieb Fanny in ihrem Zimmer und bestickte, zusätzlich zu den Aufträgen von Singer, Babywäsche, Tischdecken und Kissenbezüge, die sie über die *Women's Exchange* in der Market Street verkaufte. In all diesen Monaten sah sie weder das Meer noch die sanft über den Wellen schwankenden Masten am unteren Ende der Straße. Dafür hatte sie im September schließlich die Gewißheit, daß sie ihre Tochter ernähren, kleiden und ausbilden lassen konnte, ohne die Hilfe der Vandegrifts erbitten zu müssen, deren Unterstützung sie doch nicht mehr würdig zu sein glaubte. Erst da schrieb sie ihnen vom Tod ihres Mannes. Es war derselbe Abend, an dem sie Belles neunten Geburtstag vorbereitete.

Meine Mutter, erzählte Belle später, *hatte, zum Preis von Gott weiß wie vielen Nächten – und ich wage nicht zu schätzen, wie vielen Nadelstichen –, den Kopf einer Chinesenpuppe gekauft und einen mit Werg gefüllten Puppenbalg dazu genäht. Wenn es Mathilda (so nannte ich die Puppe, es war der zweite Vorname meiner Mutter) vielleicht auch ein wenig an Grazie fehlte, so machte sie das doch durch ihre große Eleganz wett. Aus den Stoffresten der Kleider, die meine Mutter nähte, hatte sie für meine Puppe eine komplette Garderobe zurechtgezaubert. Richtige Kleider, die man an- und ausziehen konnte, spitzenbesetzte Unterwäsche, perfekt bis ins kleinste Detail, winzige Knöpfe, mit Borten bestickte Knopfleisten... John Lloyd hatte mir ein komplettes Puppengeschirr gekauft, mit Teekanne, Tassen und Untertassen. Aus Zigarrenkisten hatte er mir sogar einen kleinen Tisch gebastelt.*

Mein Geburtstag war bezaubernd. John, meine Mutter und ich setzten uns auf den Fußboden rund um das winzige Tischchen, und Mathilda übernahm den Vorsitz. Mein Geburtstagskuchen war eine kleine Sandtorte, die wir von dem Puppengeschirr aßen. Meine Mutter in ihrem strengen Kleid gab sich alle Mühe zu lächeln, und als ich sie fragte »Wie alt bist du?«, antwortete sie, daß sie älter sei als ein Vierteljahrhundert! John war sehr fidel und wirkte mit seinen geröteten Wangen und den Kringellocken fröhlich wie ein Kind. Ich denke, er hat wohl ebensosehr versucht, mich zu amüsieren wie meine Mutter aufzuheitern...

Fanny aufheitern. Ab und zu hatte John Lloyd damit sogar Erfolg. Aber weder er noch sie hatten Zeit für Nebensächlichkeiten.

Jawohl, er liebte sie. Er liebte sie um so mehr und um so inniger, je unerreichbarer sie ihm erschien. Wenn sie ihr Witwenkleid abgelegt hätte, wäre er sofort getürmt. Sie wußte das. Und er auch. Tagsüber arbeitete John als Laufbursche in einer Bank; nachts brachte er sich mit Hilfe von aus der Stadtbibliothek entliehenen Büchern Jura bei. Beide führten ein arbeitsames Leben. Ohne Luxus und ohne Hoffnung. Ein Leben, das sie schließlich nahezu ohne eine Spur von Auflehnung akzeptierte.

Und dann, in den ersten Oktobertagen, geschah das Wunder.

Ein Morgen wie jeder andere. Die Pension riecht säuerlich, beinahe betäubend nach Kohl und Gas. Von Ferne hört man eine Glocke schlagen. Irgendwo ist ein Feuer ausgebrochen. Fanny, die gerade im Begriff ist, ihre Tür abzuschließen, hebt den Kopf. Sie lauscht. Zählt. Fünf Schläge? Dann brennt es hier im Viertel. Vier? Oder sechs? Dann hat das Unheil in einem anderen Stadtteil zugeschlagen. Draußen, auf den hölzernen Gehwegen, ist das Donnern der Stiefel ebenfalls zum Stillstand gekommen. Ob sie auf einem Pferd sitzen, zu Fuß unterwegs sind oder in einem Bett liegen, überall zählen die Einwohner von San Francisco mit. Manche laufen so schnell wie möglich nach Hause, andere verlassen in größter Eile ihre Wohnungen. Im Sommer bringt die Glocke sie mehrmals täglich so in Aufruhr. Feuerwehrglocken sind die Erkennungsmelodie von San Francisco. Neun Schläge. Die Gefahr ist über sie hinweggezogen. Fanny schließt endlich die Tür. Die braunen Locken fallen ihr in die Stirn, am Handgelenk baumelt ihr Beutel, während sie die Tür ein wenig anhebt und genau im richtigen Moment den Schlüssel umdreht. Keine ganz einfache Angelegenheit. Das Schloß ist verbogen. Belle tritt bereits ungeduldig von einem Bein aufs andere.

Unten schlägt die Haustürklingel an. Ein Mann. Stetson tief in der Stirn. Langer Mantel, abgetretene Stiefel. Fanny hat den Schlüssel in ihrem Beutel verstaut, die Handschuhe angelegt, den Schleier heruntergezogen. Nun ist sie ausgehfertig. Ihr Reifrock streift leicht am Geländer entlang. Der Mann hebt den Kopf. Plötzlich ein Schrei:

»Fanny! Mein Baby!«

»Papa!«

Belle hat sich in seine Arme gestürzt. Aus Fannys Gesicht ist alle Farbe verschwunden.

Im Herzen macht sich ein so gewaltsames Glücksgefühl breit, daß es beinahe einem Schmerz gleichkommt. All das Leid. Jetzt fühlt es sich ähnlich an. Sam lebt. Sam lebt. Sam. Wie oft in diesen zwei Jahren hat sie von Sam geträumt, Sam würde noch leben, Sam würde zu ihr zurückkehren. Ihr schwinden die Sinne. Eine riesige Welle schwappt über ihr zusammen und trägt sie davon. Sie versinkt darin. Sam erstickt sie. Er schließt sie in seine Arme. Fanny rührt sich nicht. In ihrem Innern ist alles tot.

»Und dann?«

»Ja, was dann. Am selben Tag noch bin ich dem Tod viermal von der Schippe gesprungen! Zunächst einmal fanden Sam Orr und ich – Sam Orr, das ist mein neuer Partner – uns völlig auf uns allein gestellt in der Wüste wieder. Fragt mich nicht, wie es dazu gekommen ist, wir haben es selber nie ganz verstanden. Orr behauptet, daß wir im Sattel eingeschlafen sind! Schon möglich. Denn plötzlich war da vor uns kein Treck mehr. Die ganzen Karren waren einfach verschwunden. Wir schreien und rufen und machen uns auf die

Verfolgungsjagd. Aber vergebliche Liebesmüh. Wir hatten uns verlaufen, und das mitten in der Wüste... Nur deshalb sind wir davongekommen. Die Indianer haben nur ein paar Kilometer weiter angegriffen. Wir haben nichts gehört. Versteht ihr, wir waren nicht gerade in bester Verfassung. Kein Wasser. Keine Lebensmittel. Nichts. Selbst unsere Kompasse und die Karten waren mit den Karren verschwunden. Die Sonne brannte. Ringsum überall Felsen. Und sonst war nichts zu sehen. Nicht einmal ein Horizont, an dem man sich hätte orientieren können. Nichts als eine endlose weiße, kochende Weite. Die Pferde sind am nächsten Tag verdurstet. Ich mußte Myra den Gnadenschuß geben. Dann sind wir zu Fuß weiter. Die Sonne und der Durst haben uns so verrückt gemacht, daß wir beim Gehen ein Kleidungsstück nach dem anderen einfach fallengelassen haben. Wahrscheinlich dachten wir, daß uns nackt weniger heiß sein würde. Nach und nach habe ich alles weggeworfen bis auf eine einzige Sache ... Kannst du dir vorstellen, was das war, Belle? Nein, du weißt es nicht?«

Das Kind schüttelte verneinend den Kopf und schmiegte sich enger an seinen Vater. Genußvoll sog sie den süßlichen Duft seines Tabaks ein, spürte der Wärme seines Körpers und seiner Stimme nach, dieser zugleich ernsten und fröhlichen Stimme mit dem südlichen Singsang, dem Akzent von Kentucky, wo er geboren war. Ihr Vater, ein Gentleman. Trotz des struppigen Bartes und der langen, vom Wind zerzausten Haare hatte Sam noch immer etwas überaus Elegantes an sich. Diese Vornehmheit in den Bewegungen, für die Fanny immer so empfänglich gewesen war. Er zog ein kleines leinengebundenes Buch aus dem Hemd.

»Na, erkennst du es wieder? Hier, ich bringe es dir zurück.«

Die Kleine nahm das Buch sofort wieder in Besitz. Ob sie es wiedererkannte – was für eine Frage! Es war ihr Lieblingsmärchen, *Die Schöne und das Biest,* das sie ihrem Vater damals zum Abschied geschenkt hatte. »Hier, ich bringe es dir zurück.« Das war Sam, wie er leibte und lebte. Sentimental. Ritterlich. Und ein Charmeur. »Hier, ich bringe es dir zurück.« Mit einem Satz wischte er eineinhalb Jahre der Abwesenheit einfach weg.

»Und dann?«

»Und dann? Na, dann dachten wir, wir würden sterben. Ich sah euch, meine beiden Lieblinge, im Geiste auf Großvater Vandegrifts grünem Rasen sitzen... und plötzlich, da vorne, zwischen zwei Felsblöcken, da war doch tatsächlich ein kleiner Tümpel. Sehr klein. Aber ein Tümpel! Wasser! Wir schleppen uns hin. Ich bin noch vor Orr da und will gerade meinen Kopf hineintauchen, als Orr unvermittelt von hinten knurrt: ›Nicht bewegen!‹ Ich drehe mich um und sehe, nur ein paar Zentimeter entfernt, einer Klapperschlange direkt in die Augen. Orr schießt. Die Schlange ist getroffen. Aber ich bekomme einen aufstiebenden Stein an die Schläfe und verliere das Bewußtsein. Gerettet. Zum vierten Mal gerettet! Denn wenn ich auch nur einen Tropfen von dem Wasser getrunken hätte, wäre ich wohl zur Hölle gefahren. Das haben uns jedenfalls die Schürfer gesagt, die durch den Schuß auf uns aufmerksam geworden waren. Der Tümpel war kaliverseucht. Ein richtiger Glückstag, erst die Indianer, dann der Durst, dann die Klapperschlange und dann das Wasser. Der Tod hat mich offenbar einfach nicht haben wollen! Die Schürfer haben uns auf die Beine geholfen und mit sich genommen, und hier bin ich also ...«

Die Fortsetzung seiner Abenteuergeschichte ging im heillosen Durcheinander seiner verschiedenen Erinnerungen unter. Lange Märsche, Barbiere, Saloons, wieder lange Märsche. Für Fanny war daraus kein Grund ersichtlich, warum er so gar kein Lebenszeichen gegeben hatte. Lange Märsche, Barbiere, Saloons ... und warum hatte er nicht geschrieben?

»Meine Briefe müssen verlorengegangen sein.«

Was hatte er getan in all diesen Tagen, in all diesen Monaten? Achtzehn ganze Monate lang! Wenn er so redete, hörte es sich an, als hätte er sich in noch ganz anderen Wüsten verlaufen.

Sie ersparte ihm weitere Fragen. Sam bei ihr zu Hause. Sam ganz nah an ihrem Körper. Sam, der mit kräftiger Stimme eine Weihnachtsgeschichte vorlas. Sam, der die schlafende Belle auf seinen Armen trug. Am Weihnachtsmorgen hocken Fanny und Sam nebeneinander hinter dem Bett versteckt und beobachten, wie Belle ihren Haufen von Geschenken erkundet.

Verblendung. Verschmelzung. Familie. Alles wie früher.

Sie sprachen nicht über die Monate, die Sams Abreise damals vorausgegangen waren. Ab in die Mottenkiste mit der Witwe Kelly. Sie nahmen den Faden dort wieder auf, wo sie ihn im Lager von Austin verloren hatten. Eine Eintracht und ein Glück, das von widrigen Umständen nicht beeinträchtigt wurde.

Für ihre wirtschaftliche Situation brachte Sams Rückkehr erhebliche Verbesserungen. Seine gewandten Umgangsformen, sein freundliches Wesen und seine Bildung ließen ihn rasch Anschluß bei den Intellektuellen und den Abenteurern von San Francisco finden. Die Stadt war voll von ihnen, und sie waren alle nicht die schlechtesten Vertreter ihrer Gattung.

Dank seiner vielen Freundschaften hatte er schon innerhalb von vierzehn Tagen wieder eine Anstellung als Gerichtsschreiber gefunden und konnte seine Familie aus der freudlosen Pension herausholen, um sie in einem Häuschen in der 5. Straße unterzubringen. Alles wie früher. Und wie früher kam auch John Lloyd allabendlich zum Essen dorthin. Sams Rückkehr machte auch ihm das Leben leichter. Schluß mit dem ewigen Zögern, den ängstlichen Fragen: »Soll ich es wagen, oder wage ich es lieber nicht?« Als Angetraute seines besten Freundes wurde Fanny Osbourne wieder die unerreichbare Liebe. Das große Leid und der Rückhalt seines Lebens.

Alles wie früher. Es ist alles wie früher. Fanny schwebt auf einer Wolke der Glückseligkeit. Ein zärtlicher Sam. Ein verliebter Sam. Sam – wie früher. Bei den Osbournes treffen sich die jungen Gesellschaftslöwen der Stadt. Anwälte ohne Mandate, Maler ohne Aufträge, Bankiers ohne Kapital. Eine Art Boheme. Man diskutiert über Kunst, Politik und Minenspekulationen. Man musiziert mit Flageolett und Gitarre, die reizende Dame des Hauses kocht, lauscht und schweigt. Fannys Schweigen ist gefährlich.

Für jeden, der hinzuhören versteht, ist eine Veränderung in Fannys Stummheit unverkennbar. Sie lauscht und schweigt, aber mit einem Ingrimm, den Lloyd an ihr bisher noch nie bemerkt hat. Sie sammelt Informationen.

Ich nehme Unterricht in Aquarellmalerei, vertraut sie ihrer Schwester an. *Ich möchte gern lernen, wie man Photographien koloriert. Wenn ich je wieder in Not geraten sollte, könnte mir das nützlich sein. Die Nachfrage ist groß, die Farben kosten nicht viel, und die Arbeit geht mir schnell von der Hand. Alles, was man braucht, um seinen Unterhalt zu verdienen.*

Der Gedanke, ohne Sam durchkommen zu müssen, ist geboren. Noch verschweigt sie in den Briefen an ihre Schwestern, was sie und Sam in diesem Februar 1868 beschäftigt. Eine neuerliche Schwangerschaft. Niemand in Indiana weiß, und es wird auch niemand erfahren, daß sie wieder ein Kind erwartet. Dafür spart sie nicht mit Lobeshymnen auf John Lloyd.

Während ich Euch schreibe, sieht mich Papa von einem Photo an. Ich hatte nie einen Rahmen für dieses Photo, und so hat John es neulich heimlich mitgenommen und eingerahmt wieder zurückgebracht – ist das nicht sehr freundlich und aufmerksam von ihm? Dabei findet er sich selbst so häßlich, daß man ihn auch noch mit der kleinsten Anspielung auf die physische Erscheinung, sogar auf ein Photo, verschnupfen kann … Und er ist auch häßlich, darüber besteht gar kein Zweifel. Aber je besser man ihn kennenlernt, desto mehr faßt man Vertrauen zu ihm … Desto mehr entdeckt man seine Anständigkeit, seine freundliche Art, desto mehr liebt man ihn. Und dann findet man ihn immer schöner.

Kein Wort über den »schönen Sam«.

Alles wie früher. Ja, es ist wirklich alles wie früher – zur Zeit der Witwe Kelly. Während der Schwangerschaft seiner Frau hat Sam wieder angefangen, sich mit lockeren Weibern herumzutreiben. Diesmal bleiben Fanny seine Seitensprünge keine Sekunde lang verborgen. Sein Geruch, etwas Hektisches, Ausweichendes in seinem Blick. Sie schnuppert an ihm. Sie belauert ihn. Die Eifersucht hat sie gepackt, diese furchtbare Eifersucht mit ihrem Rattenschwanz von schlaflosen Nächten, Wutanfällen und endlosen Zweifeln.

Es ist das alte Drama. Sam kommt nachts nicht nach Hause, Sam hat eine Mätresse, eine geschiedene Frau, die er von ihrem Haushaltsgeld aushält. Ohne jede Bedeutung, sagt er, eine flüchtige Liebschaft, gar nichts, Geduld, Fanny, hab Geduld. Sie stellt sich vor, wie er sie in den Armen hält, ihr die gleichen Worte sagt …

»Entweder sie oder ich«, droht die Ehefrau auf gut Glück.

»Aber du bist doch die einzige, die zählt.«

Fanny wird immer fülliger. Sam bricht nicht mit der anderen.

Diesmal gibt es keinen Zweifel, Fanny hat Angst. Eine Furcht, die ihr ans Herz greift und sie nicht mehr loslassen will. Sie hat Angst, er könnte gehen. Angst vor dem Leben ohne ihn. Und Angst vor einem Leben unter dieser ständigen Bedrohung. Wenn sie daran denkt, wie unerträglich grausam diese beiden Jahre des Verlassenseins waren, sagt sie sich: »Nie wieder.« Die entsetzliche Furcht, ein weiteres Mal verlassen zu werden, läßt sie nicht mehr aus den Klauen.

Am 28. April 1868 wird im Häuschen der Osbournes ein kleiner Junge geboren.

Einen Monat später packt Fanny, eben dem Wochenbett entstiegen, ihre Koffer. Diesmal ist sie es, die Sam verläßt. Sie flüchtet. Vorbei die Illusion vom Glück und von der Liebe. Sie geht nach Indiana zurück.

Einen Neugeborenen an der Brust und ein kleines Mädchen von zehn Jahren am Arm, reist Fanny dritter Klasse hinunter nach Panama. Die Fieber von Aspinwall, die Tümpel, die Hängematten. Das Grauen. Nur in umgekehrter Richtung. Und diesmal ohne die Hoffnung. Dieses Mal hat Fanny Osbourne kein Ziel, dem sie entgegengeht.

Während der Reise tauft sie ihren Sohn auf den Namen Samuel Lloyd zur Erinnerung an die beiden Männer, die sie zurückgelassen hat, den einen, der sie liebt, und den anderen, der sie einmal geliebt hat. Zwei Wesen, die der Vergangenheit angehören. Zehn Jahre, von denen, wie sie glaubt, nichts geblieben ist. Das Kind wird überleben, aber der Vorname seines Vaters wird schon bald aus den Köpfen und aus den Urkunden verschwunden sein.

Ein ganzes Jahr wird sie am anderen Ende des Kontinents zubringen. Fern von Sam.

CLAYTON, INDIANA
Mai 1868 – Juni 1869

Ich muß wohl halb verhungert gewesen sein, als ich aus dem Wilden Westen eintraf, bekannte Fanny gegen Ende ihres Lebens, *um eine solche Erinnerung an das Essen in Indiana zu bewahren!*

Wer nie im Haus der Vandegrifts war, hat keine Vorstellung davon, wie wunderbar es sich dort leben läßt. Die Drehscheibe. Der Rettungsanker. Das Ziel aller Irrfahrten. Wie es da so an der Biegung des Weges steht, scheint es die Straße zu beiden Seiten hin zu versperren. Ein solider roter Backsteinbau, der sich vor den Horizont schiebt. Anheimelnd liegt die Farm auf einer weiten Rasenfläche, die zum Obstgarten hin abfällt. Säuberlich aufgereiht stehen die Apfelbäume vor einer gleichmäßigen Wiese, deren langes Gras sich zwischen den Nußbaumbosketten ausbreitet. Alles so natürlich vertraut, wie man es sich nur wünschen kann. Der absolute Gegensatz zu Nevada. Hinter einer buschigen Hecke führen drei weiße Stufen zu einem überdachten Eingang hinauf, unter den Schiebefenstern leuchtet ein über und über rotes Blumenbeet. Fannys heiß geliebte Tigerlilien.

Über dem Haus der Vandegrifts liegt ein besonderes Fluidum, es duftet gewissermaßen nach Frauen. Eine Mischung aus Bohnerwachs – Möbel, Parkett und Treppe werden jeden Tag damit bearbeitet –, in den Obstschalen vor sich hin reifenden Äpfeln und Pfefferkuchen, die im Holzofen im Salon goldbraun gebacken werden. Auch die Geräusche sind weiblich. Sieben Röcke rascheln. Man hört Armbänder klirren, untermalt vom Klappern der Scheren und Nadeln. Die Luft scheint süß wie aus Honig, das schwirrt und knistert und summt. All die Anspannung von Virginia City liegt unendlich weit entfernt. Von unter der Erde hört man das fröhliche Lachen der Kinder, die ihrer Großmutter in den Keller gefolgt sind. Jeden Abend führt Esther Vandegrift ihre Herde von Schäfchen zwischen die Fässer mit Apfelwein, die Weckgläser mit Kirschen, die Zwiebelzöpfe, den getrockneten Thymian und die von der Decke herabhängenden Schinken. *Und so sahen die Handbrote aus, die sie uns dort bereitete,* erzählte Belle später voller Begeisterung, *ein großes und dickes Stück Schlupfkuchen, das sie wie ein Brot auseinanderschnitt, und obendrauf kam dann eine ihrer Marmeladenschichten – mindestens drei Zentimeter! In die andere Hand bekam jeder ein Stückchen Frischkäse und eine dicke Gurke. In den Mund steckte sie uns noch einen Renettenapfel, und dann marschierten wir alle im Gänsemarsch nach oben, um zu Bett zu gehen. Wir, das waren mein kleiner vierjähriger Vetter George (der Sohn von Josephine und dem verstorbenen George Marshall), meine Tanten Cora, sechzehn, Nellie, dreizehn, und ich selber. Wir schliefen alle zusammen in einem Zimmer. Wir Mädchen trugen rosa Blümchennachthemden, die so lang waren, daß wir sie bis zu den Knien hochzogen, wenn wir auf die Veranda gingen, um Großvater einen Kuß zu geben, der dort seine Pfeife rauchte.*

Fanny stand gegen eine Säule gelehnt und betrachtete das Profil von Jacob Vandegrift. Die kurzgeschnittenen grauen Haare. Die Hakennase. Die sinnlichen Lippen. Jedesmal, wenn der Schaukelstuhl sich nach hinten bewegte, tauchte der so innig geliebte Kopf in den Schatten ein, um dann rot, kraftvoll und von einer Rauchwolke umgeben wieder hervorzukommen. Der Geruch seines Tabaks ließ sie an Sams Geruch denken. Ebenso dieser Gesichtsausdruck, das Beinahe-Lächeln, wenn er an seiner Pfeife zog. Jacob genoß diese Sommerabende, an denen sich seine Frau, seine Töchter, die Söhne und Schwiegersöhne um ihn versammelten. Jo hatte gerade einen langjährigen Nachbarn zum zweiten Ehemann genommen.

Langjährig ... Alle sind sie so jung! Keiner von ihnen auch nur dreißig Jahre alt. Fanny, mit ihren achtundzwanzig, ist die älteste. Die anderen: sechsundzwanzig, zweiundzwanzig, zwanzig, sechzehn. Fidel wie junge Hunde. Wenn sie bei Tisch saßen, zogen sie über einer Tasse Kaffee oder einem Bier irgendein Geschäft auf, machten Pläne für ein Picknick oder erinnerten sich gegenseitig an Erlebnisse aus ihrer Jugend.

»Weißt du noch, Fanny, wie wir Jake an den Baum gebunden haben und er ...?« fragt Jo beim Abräumen.

Natürlich weiß Fanny das noch! Aber das Verhältnis zwischen Fanny und Jo sonst? Eine tiefe Kluft. Sie haben sich nichts zu sagen.

Jo, ihre alte Vertraute, hat nicht einmal eine Ahnung von dem, was sie trennt. Ein Jahrhundert. Ein Kontinent.

Manchmal habe ich eine Vorahnung, als sollte ich Euch nie wiedersehen, hatte Fanny aus San Francisco geschrieben, *das Glück wäre einfach zu groß.*

Jetzt aber raubt ihr das Gefühl, eine Außenstehende ausgerechnet unter jenen zu sein, die ihr immer so lieb und vertraut erschienen waren, endgültig jede Freude. Vier Jahre lang hat sie an nichts anderes gedacht als das an Glück, sie wiederzusehen. Doch nun empfindet sie weder Glück noch Freude, nicht einmal Überdruß. Dabei haben sie sich gar nicht verändert. Sie sind sich gleichgeblieben: freundlich, umgänglich, unbeschwert. Sie für ihren Teil spürt immer noch den Geschmack von Alkalistaub im Mund, diesen pappigen Aschegeschmack, den sie nie kennengelernt haben. Der Sommer geht vorüber. Abend für Abend entfernen sie sich mehr voneinander. Sie weiß nicht, wie sie wieder zu ihnen durchdringen soll. Sie würde sie gerne teilhaben lassen. Also versucht sie zu erzählen, zu beschreiben. Sie spricht von den Landschaften, der Besessenheit der Goldsucher, den Indianersitten. Sie hören zu und sind sogar interessiert. Aber diesmal verliert Fanny den Faden. Ihr erzählerisches Talent läßt sie im Stich. Sie hält sich am Faßbaren fest. Praktischen Details, materiellen Dingen. Der Preis einer Winchester in Virginia City, was eine Spitzhacke in Austin kostet oder ein Seil. Den Mädchen erklärt sie die Rezepte von Frühlingsrollen und chinesischem Reis, wie man sie in San Francisco zubereitet. Aber das Wunder will partout nicht eintreten. Selbst ihr Verhältnis zu Belle bekommt einen Sprung. Die Kleine, von allen verhätschelt und liebevoll umsorgt, fügt sich problemlos in die neue Umgebung ein und steht ihren Tanten bald näher als Fanny.

»Hast du heute morgen gute Nachrichten von Sam bekommen?« murmelt Jacob und zieht an seiner Pfeife.

Sam. Sie denkt nicht mehr an ihn. Nie. Ein vergangenes Leben. Keine Nostalgie. Eigentlich auch kein Schmerz. Ein anderes Leben, das sie nichts oder doch nur sehr wenig angeht. Es war einmal in einem fernen Land ...

Ihre Witwenschaft in San Francisco, ihre Fron als Näherin, Sams wundersame Wiederauferstehung. Jacob spricht immer wieder davon, kommt immer wieder darauf zurück und tut, als wäre das alles ein völlig harmloses Gesprächsthema.

»Gehen seine Geschäfte gut?«

Alles, was sie noch fühlt beim Gedanken an Sam, ist diese nagende Pein der letzten Monate, die Gewißheit, nicht mehr geliebt zu werden, die Angst, ein weiteres Mal die Verlassene zu sein.

Fanny blättert im Familienalbum und findet den Bericht über ihre Hochzeit, der am 28. Dezember 1857 im *Indianapolis Star* erschienen war. *Im Angesicht einer zahlreichen und freudigen Versammlung, unter Anwesenheit des Herrn Gouverneurs und aller seiner Adjudanten, wurden am 24. dieses Monats Samuel Osbourne Esq. und Miss Fanny Vandegrift, Tochter des in unserer Stadt ansässigen Jacob Vandegrift, durch Reverend Foster einander vermählt. Mögen sich unsere Wünsche erfüllen, daß sie auf ihrer Lebensreise das Glück in der Ehe finden mögen, das einzige Glück, das uns aus dem Paradies geblieben ist. Das eheliche Glück als einziges Heil, das den Sündenfall überlebt hat.*

»Der Platz einer Frau ist an der Seite ihres Mannes, Fanny...«

Der da so auf sie eindringt, ist Jacob. Vater und Tochter sind miteinander allein. Ein wenig abseits rollt Fanny sich eine Zigarette, wie sie es sich unter den Minenarbeitern angewöhnt hat; Jacob wippt immer noch auf seinem Schaukelstuhl hin und her. Seine Lippen sind fest um den Stiel der Pfeife geschlossen, die Augen blicken unverwandt in die schwarze Weite.

»Was auch immer zwischen Sam und dir vorgefallen ist, Fanny, du mußt zurückgehen...«

»Wohin?«

»Nach Hause.«

»Aber das hier ist mein Zuhause!«

»Nein, und das weißt du auch sehr gut ...«

Bisher noch ohne leidenschaftlichen Unterton hallen ihre Stimmen durch die Nacht. Fanny drückt ihre Zigarette unter ihrer Stiefelsohle aus. Jacob nimmt ein paar Züge an seiner Pfeife.

»Es ist in San Francisco, bei deinem Mann.«

»Ich werde nicht dorthin zurückgehen.«

»Er liebt dich noch immer. Das hat er mir geschrieben.«

»Er will Belle und Samuel Lloyd wiedersehen, nicht mich!«

»Er liebt dich, Fanny.«

»Wenn er mich liebt, soll er herkommen.«

Jacob erhebt sich und baut sich vor ihr auf. Mit dem Blick seiner blauen Augen, der dem seiner Tochter an Starrheit in nichts nachsteht, nagelt er sie gleichsam an den Pfosten:

»Daß Sam an dir gefehlt hat, läßt sich nicht bestreiten. Aber mit dir zusammenzuleben, meine Kleine, ist auch nicht gerade einfach! Er ist ein guter Junge. Das hat er durch sein Verhalten beim Tod von George Marshall bewiesen. Er hat mir seine Abrechnungen geschickt. Er macht sich gar nicht mal so schlecht. Und vor kurzem hat er ein kleines Häuschen auf der anderen Seite der Bucht gekauft, direkt gegenüber von San Francisco. Ein eigenes Haus, Fanny, mit einem Garten, einer Küche ...«

»Das sagst du mir?«

Voller Bitterkeit mißt sie ihn von oben bis unten. Ihr Vater. Ihr Vater, der Ungezähmte, Unbezähmbare, der nie an etwas anderes geglaubt hat als den Intellekt, Empfindungen, Gefühle...

»Ausgerechnet du sprichst von Küche und eigenem Grund und Boden und einem Leben bis ans Ende aller Tage mit einem Mann, der mich betrügt und der mich nicht mehr liebt?«

Entweder Jacob ist alt geworden, oder Fanny hat noch immer nicht begriffen, was sie zu Recht vom Leben, und von sich selbst, erwarten darf.

Selbst in älteren Jahren, wenn es modern sein wird und die Bewegung zur Befreiung der Frau sich über die Vereinigten Staaten verbreitet, wird Fanny weder eine Feministin noch eine Suffragette sein. Sie wird nur mit den Schultern zucken, wenn von der »Gleichheit der Geschlechter« die Rede ist, und über das »Frauenwahlrecht« offen lachen. 1910 wird sie mit spöttisch blitzenden Augen und immer bereit zu einer abfälligen Bemerkung an einer Vortragsreise teilnehmen, die Belle, ihrerseits eine militante Verfechterin der Frauenrechte, als eine der ersten Vertreterinnen von Women's Lib unternimmt. *Meine Tochter elektrisiert diese Menge in Röcken mit dem Schrei »Emanzipation!«. Welch ein Talent, und welche Dummheit,* notierte diese unsolidarische alte Dame, die selber bei den Stammeskämpfen auf Samoa sieben Jahre lang eine politische Rolle gespielt hat und zur Zeit der Niederschrift mit einem Galan zusammenlebte, der ein halbes Jahrhundert jünger war als sie. *Ich selber kann über diese Theorien nur gähnen. Ich gebe zu, daß ich wahrscheinlich verkalkt bin. Aber die Forderungen von Belle und ihren Freundinnen langweilen mich zu Tode.* Eine überraschende Fehleinschätzung ihrer selbst, in der gleichzeitig ihr ganzes Wesen zutage tritt. Denn niemand hat das Recht auf Freiheit und darauf, eine Frau zu sein, vehementer für sich beansprucht als Fanny Vandegrift Stevenson. Man kann sogar sagen, daß ihr ganzes Leben nichts anderes war als eine lange, unermüdliche Suche nach Autonomie.

Und doch wird die dreißigjährige Fanny sich an alle Regeln halten. Sie wird ihrem Vater gehorchen und ihre Familie zur Ruhe kommen lassen; sie wird zu ihrem Mann zurückkehren und ihren Kindern ein Heim bieten. Aber was sie in diesem Mai des Jahres 1869 eigentlich aus Indiana vertreibt, ist weder der väterliche Druck noch der Wunsch nach Zustimmung. Nicht einmal die Tränen Belles und ihres kleinen Bruders, die beide den Vater brauchen. Es ist Sams Brief, der eines Morgens eintrifft:

Versuch es mit mir. Versuch es mit uns. Was hast Du zu verlieren? Das Wesentliche ist zwischen uns doch immer noch vorhanden. Ich warte auf Dich. Laß uns zusammen noch einmal von vorne anfangen.

Von vorne anfangen? Seit fast einem Jahr pflügt sie mit Händen und Füßen den Boden, pflanzt, sät, beschneidet, gießt, züchtet. Nie zuvor hat der Gemüsegarten so viele Tomaten hervorgebracht. Der Garten quillt über von Blumen, das Weinlaub sprießt bis zum Dach. Von vorne anfangen ... Und wenn es nun doch möglich wäre?

Schnell entschlossen packt Fanny ihre Koffer. Ein elfjähriges Mädchen an der Seite und ein Baby im Arm, macht sie sich wieder auf den Weg in die umgekehrte Richtung. Noch einmal wird sie achttausend Kilometer zurücklegen, um zu Sam zu gelangen. Aber dieses Mal fährt sie nicht über Panama. Schluß mit den Fiebern von Aspinwall!

Am 10. Mai 1869, also drei Wochen vor Fannys Reise, sind die Bahnstrecken, die den Osten und den Westen der Vereinigten Staaten miteinander verbinden, in den Bergen Nebraskas zusammengetroffen. Von nun an läuft ein Band vom Atlantik bis hinüber zum Pazifik. Die Transkontinentale Eisenbahn ist Wirklichkeit geworden! Eine Herkulesarbeit: sechs Jahre der Gefechte zwischen Investoren, der Unfälle und Mordanschläge; mehr als eine Million Männer haben daran mitgearbeitet; an die zehntausend von ihnen ruhen jetzt sechs Fuß unter der Erde. Zweihundert Stationen, rund dreißigmal umsteigen, eine Fahrt von zehn Tagen.

Der Eindruck der unberührten und entfesselten Landschaft wird sich Fanny für immer ins Gedächtnis prägen. Die Vorahnung einer im Entstehen begriffenen Zivilisation. Die Entdeckung einer Welt. Das extatische Gefühl unbegrenzter Kraft. Ihrer Kraft.

Fanny und Amerika.

Sechs Jahre später wird Robert Louis Stevenson das untrügerisch erkennen. Kaum daß er Mrs. Osbourne im Herzen des alten Europa kennengelernt hat, wird er sie seinen Freunden als Inbegriff eines neuen Frauenideals beschreiben: »*The American Girl*«. Er wird sich in die Freiheit, die Wildheit der grenzenlosen Prärien verlieben.

Die Frau, die Sam Osbourne im Juni 1869 in Sacramento vom Zug abholt, hat nur noch wenig gemein mit der schwärmerischen Gefährtin von Austin. Dieses Wesen ist noch jünger, eine Fanny vor der Mutterschaft, vor der Ehe, vor der Liebe. Ein Wesen voller Gier zu lernen, aus sich selbst heraus zu leben und alles in sich aufzunehmen.

REARDENS FREUNDIN

Die Gesetze in San Francisco sind
schändlich:
Wenn ein Mann seine Frau nicht so
behandelt,
wie sie es gern hätte, läßt sie sich
einfach scheiden
und sucht sich einen neuen Ehemann!

TIMOTHY REARDEN, Richter

EAST OAKLAND
1869 – 1875

Ein Gitternetz aus weißen Zäunen, Scheunen mit Walmdächern, mit quadratisch abgegrenzten Baumgruppen und staubigen Wegen inmitten eines Ozeans aus Grün, der die Flut seiner Blätter bis hin zum Pazifik ergießt. Ein hartes, blendendes Meer, das den flüchtigen Rauch der sich im Wasser der Bucht kreuzenden Fähren verschlingt. In der Ferne eine Anhäufung von ockerfarbenen Würfeln auf zerklüfteten Hügeln, auf denen Masten schwarz, aufrecht und in ungleichmäßigen Abständen emporsprießen. So ist der Blick auf San Francisco von Fannys Haus. Dieses von Garten und Meer untrennbare Wanderhaus, das in Einzelteilen im Bauch eines großen Schiffes hierhergekommen ist, wie Stevenson schreiben wird, besticht gerade durch seine abenteuerliche Vergangenheit. Ein kleines weißes Holzhaus, das durch die rauhe See um Kap Hoorn gekreuzt ist, aus der Tiefe des Laderaums die Seemannslieder der Matrosen und die Pfeife des Bootsmanns gehört hat, bevor es zwischen den hellen Palmen und dem Goldregen unter einer üppig sprießenden Decke aus roten Rosen verschwand.

Wie die beiden enormen Stöcke, die sich an die Veranda stützten, zur gleichen Zeit die Glut ihrer Blüten entfalteten, das war ein hin-

reißender Anblick, erinnerte sich Belle. *In Strohgelb und Blutrot hielten ihre verschlungenen Zweige die zarten Säulen am Eingang im Würgegriff, sandten ihre Ableger wie züngelnde Flammen im Zickzack zum Vordach hinüber, ergossen ihr Feuer über das Dach und fielen über den Schornstein her, von dem sodann goldene Raketen emporzuschießen schienen, die der Meereswind immer wieder nach unten gegen die drei Fenster mit den grünen Fensterläden im Obergeschoß drückte. Dann bedeckte ein sanfter Regen die Sonnenflecken zwischen den blühenden Bosketten im Rasen mit kupferfarbenen Tupfen.*

Fannys Garten in Oakland hatte mit allen ihren anderen Gärten eines gemeinsam: Es gab keine geometrische Aufteilung, keine rechten Winkel, keine klaren Begrenzungen. Man würde hier weder eine beschnittene Hecke finden noch etwa ein Labyrinth oder eine Umzäunung, dafür auf einer weiten Fläche versprengte Garben von Blumen und Büschen verschiedenster Art, ein buntes Gemisch aus Formen und Düften. *Verdeckt hinter einer dieser Baumgruppen nahmen geheimnisvolle Pfade ihren Anfang,* schreibt Belle weiter. *Sie schlängelten sich fort und verschwanden zwischen den Neigungen des Geländes. Hinter anderen Bäumen und Sträuchern versteckten sich Mutters Stall, ihr Schießstand, ihr Photolabor – eine Welt für sich, von der man, wenn man vom Haus herübersah, nichts ahnte.*

Drei Jahre, nachdem sie zu Sam zurückgekehrt ist, läßt Fanny den Sommer immer noch nicht zur Ruhe kommen. Schon im frühen Morgengrauen sitzt sie auf ihrem Pferd und galoppiert über die staubigen Pfade, übt in der Scheune Pistolenschießen auf dreißig Meter Entfernung, kocht Kürbisse ein, pfropft ihre Rosenstöcke und sammelt die schweren reifen Pfirsiche ein, die sie mit einer Vanillesauce übergießt und mit Kristallzucker bestreut. In der Küche, im Arbeitszimmer, im Garten, es gibt keine Stunde des Tages, an der sie nicht vollauf beschäftigt wäre. Nachts schneidert sie sich mondäne Kleider, die sie sehr frei aus Pariser Modemagazinen kopiert. Schleifen, Bänderverzierungen, Federn, Samtstoffe, Volants: Ihre Kleider zielen auf den Effekt ab. Nicht, daß Fanny einen wirklich schlechten Geschmack hätte, nur einen gewissen – unverkennbaren – Hang zum Überladenen. Auf den Boulevards von Paris würde man sie ganz sicher für eine Neureiche aus der Provinz halten. Oder für eine Amerikanerin! In Oakland macht Fanny bei allen Müttern in der Umgebung Furore mit der Eleganz ihrer Kinder. Belle mit langem Spitzenhöschen, Lloyd im Matrosenanzug. Mrs. Osbourne gilt als vornehme Dame. Ein Ruf, der Fanny mit Freude und Stolz erfüllt.

Auch dies ist wieder einer der Widersprüche ihrer Persönlichkeit. Fanny sieht sich als Musterbeispiel bürgerlicher Lebensideale!

Sie ist eine ausgezeichnete Köchin, eine gute, sparsame und reinliche Hausfrau. Sie hat nichts als Rezepte, Zubereitungsarten und Garzeiten im Kopf. Sie liebt ihre Nippessachen und all die anderen hübschen kleinen Gegenstände leidenschaftlich. Beim Gehen hinterläßt sie einen Duft nach Zimt und Möbelpolitur. Und ihre Geräusche? Das Klappern der Gabel und das Rattern der Nähmaschine.

Wenn ich mir Fannys zahlreiche Reisen und ihre hochmodernen Ansichten ins Gedächtnis rufe, habe ich Mühe, mir vorzustellen, wie sie sich jeden Morgen in ein Korsett zwängt, eine Tournüre um die Hüften schnallt, Leibchen, Unaussprechliche und Unterröcke übereinanderzieht, die fünfzig Häkchen des Mieders schließt und einen Rock mit Schleppe und Puff über dem Hinterteil anlegt.

Mrs. Osbourne ist voll und ganz ein Kind des Viktorianischen Zeitalters. »Außerdem stammt sie aus der Steinzeit!« werden ihre Verleumder sich bald die Mäuler zerreißen.

Kurze Fingernägel. Schlanke, feste Finger. Die gebogenen Daumen nach außen gespreizt. So schmale Handgelenke, daß man meint, sie könnten jeden Augenblick zerbrechen. Den Klumpen aus Mehl, Lehm oder Ton immer fest im Griff, bearbeiten Fannys Hände die zähe Masse. Sie tasten, kneten und streichen ohne Unterlaß. Es sind die Hände eines noch sehr jungen Knaben. Fannys Hände. Dunkel. Geschmeidig. Sachkundig. Und so verschieden die eine von der anderen, daß sie nicht zu derselben Person zu gehören scheinen.

Die rechte, eine quadratische Hand mit fast schon knotigen

Gelenken, greift tief in die Substanz und preßt und schlägt, während die linke, oval geformt und glatt wie das Innere einer Muschel, den Teig unter dem Handballen rollt und mit schlangenartigen Bewegungen glättet und poliert wie das Wasser einen Felsen.

Ein abschließender Schlag mit dem Daumen, ein letztes Streicheln, die Bewegungen diesmal synchron, und die Hände lassen von ihrer Arbeit ab, legen ihr Werk auf ein Backblech, schieben es in den Ofen und wenden sich einer neuen Aufgabe zu.

Aber später, wenn die Nachbarin, die immer so neugierig auf Fannys Geheimnisse ist, den Ofen öffnen wird, wird sie in ein Schreckensgeschrei ausbrechen, denn dort, mitten aus den Flammen, wird ihr ein bösartig grinsender Gorgonenkopf mit leeren Augenhöhlen entgegensehen, gar nicht unähnlich den Abbildungen auf antiken Münzen, die Fanny nie gesehen hat.

»Ist das eine Skulptur?« fragt Belle erschrocken.

»Dummkopf«, weist sie ihr Bruder Samuel Lloyd zurecht,»das ist das Brot fürs Abendessen.«

Fannys Gedankenwelt, die Sam so bezaubert, wird von Monstern, Angst und dem Hang zum Spielerischen belebt.

Fasziniert hat er beobachtet, wie sie sich auf dieses Stückchen Erde stürzte, daß er gekauft hatte, ohne allzuviel davon zu erwarten. Voller Inbrunst und mit frenetischem Eifer hat sie daraus dieses Paradies voll blühender Blumen, Früchte und Gerüche gemacht, das seine Kinder so sehr lieben. Daran hat er seine Freude. In ihm regt sich nicht ein Funke von Weiberhaß. Nach fünfzehn Ehejahren erstaunt Fanny ihn noch immer mit ihrer unerschöpflichen Energie. Er unterstützt ihre Vorhaben und ermutigt sie auch zu Dingen, die alle anderen als Schnapsidee abtun. Die Daguerreotypie ist zum Beispiel so eine Sache. Als Fanny sich nicht damit zufrieden geben will, die von ihr gezüchteten Blumen in Seidenstickereien festzuhalten und statt dessen beschließt, ihre Sträuße auf Säureplatten zu verewigen, wozu sie sich mitten in der Nacht zum Entwickeln der Negative in den hinteren Teil des Gartens zurückzieht, an diesen schwarzen und ekelhaft riechenden Ort, den sie pompös ihr »Laboratorium« getauft hat, ist er der einzige im gesamten Familien- und Freundeskreis, der nicht dagegen angeht. Eigene Bilder zu machen ist 1870 eine avantgardistische Leidenschaft, eine durch und durch ungewöhnliche Beschäftigung.

»Wer weiß, ob es dir nicht vielleicht eines Tages hilfreich sein wird in harten Zeiten? Eine Frau muß auch allein zurechtkommen können.«

Diese für einen Mann seiner Epoche sehr liberale Überzeugung hat Sam ja bereits in die Tat umgesetzt, als er damals einfach verschwand, ohne eine Adresse zu hinterlassen. Wenn Fanny auch glaubt, daß sie ihm vergeben hat, vergessen hat sie nichts.

Sam seinerseits hat dafür all die schlechten Jahre einfach und schnell aus seinem Gedächtnis getilgt. Wie mit einem großen Radiergummi. »Alles läuft wunderbar«, denkt er heiter bei sich. Die Kinder sind wieder bei ihm. Das Haus ist erfüllt von brodelndem Leben: Man bereitet eine Hochzeit vor. Fanny hat ihre kleine Schwester Cora aus Indiana mitgebracht, und der Backfisch hat sich vor gar nicht langer Zeit in Sams Bundesgenossen verliebt, den Mann, der gemeinsam mit ihm dem Blutbad durch die Indianer entronnen war, Sam Orr, den Gefährten im Abenteuer. Das verliebte Paar turtelt unter den Laubengängen, die Hunde tollen über den Rasen, Belle entwickelt sich zu einer bezaubernden jungen Dame, die der Vater von Zeit zu Zeit zum Diner ausführt.

Ich habe meinen Vater nie die Stimme erheben hören, erzählt sie. *Ich bin mir sicher, daß er mich nie ausgezankt hat... er hat mir noch nicht einmal Moralpredigten gehalten... Wenn ich eine Dummheit gemacht hatte, wenn ich zum Beispiel nicht folgsam gewesen war oder vergaß, ihm seine Knöpfe anzunähen, obwohl er mich darum gebeten hatte, steckte er, anstatt mich beim Kragen zu nehmen, wie es die meisten anderen Eltern taten, einfach einen kleinen Zettel an meinen Spiegel: »Hiermit ersuchen wir die Schönheitskönigin, ihre Aufmerksamkeit der sehr entknopften Weste ihres armen Herrn Papa zuwenden zu wollen.« Dann stürzte ich natürlich sofort zu meiner Nadel und gab ihm im Vorbeigehen einen Kuß.*

Belle wird Fanny immer ähnlicher. Zumindest äußerlich. Sie ist klein wie sie, hat ihren goldbraunen Teint und teilt mit ihrer Mutter den Hang zur Koketterie, ihre große Geschicklichkeit im Umgang mit Nadel und Faden und die Leidenschaft für ihren Vater. Die Erziehungsmethoden von Jacob Vandegrift und Sam Osbourne sind sehr ähnlich: »Lerne, den Augenblick zu genießen«, schärft Sam seiner Tochter ein. »Das Leben ist so kurz! Das Gestern liegt weit zurück, und das Morgen ist noch nicht herangekommen ...« Sam überläßt es Fanny, sich darüber Gedanken zu machen, was morgen kommen soll.

Sie ist unermüdlich wie ihre Pferde und Hunde und widersetzt sich dieser Aufgabe nicht. Sie nimmt sich nicht einmal mehr Zeit zum Schlafen. Sicher hat sie Angst, eines Tages wieder diese merkwürdige Unruhe zu verspüren, die in ihren Adern pulsiert. Dieses unbestimmte, aber beständige Gefühl, es könnte ihr gerade jetzt irgend etwas entgehen ... Was? Oder es könnte doch irgendeine wichtige Arbeit zu erledigen geben. Eine Arbeit, deren Sinn und Zweck sie nicht kennt.

Während der langen, goldenen Tage und der endlosen Nächte bohren plötzliche Anwandlungen und Hoffnungen in ihrem Innern, die sie nicht in Worte fassen kann, unausgegorene Träume wie die, die sie einst mit fünfzehn Jahren im Wald von Indianapolis geträumt hat. Sehnsucht nach Liebe? Sie liebt Sam, sie hat ihn lieb, sie liebt ihn ein bißchen weniger. Er ist nicht mehr der Nabel der Welt für sie. Aber was ist der Mittelpunkt ihres Lebens? Nicht die Leidenschaft für einen Mann, noch Belles und Samuel Lloyds Liebe. Und doch: In diesem Juni 1871 wird Fanny ihr drittes Kind zur Welt bringen. Nie zuvor hat sie eine so friedliche Schwangerschaft erlebt. Sie schränkt ihre Aktivitäten nicht ein, und sie verzichtet auch nicht auf ihre wilden Ritte, aber sie erwartet dieses Baby in einem Zustand vollkommener Zufriedenheit. Belles Geburt war die Erfüllung des Wunsches gewesen, Sam eine Tochter zu schenken. Die ihres Sohnes die Verheißung neuen ehelichen Glücks. Dieses Kind aber! Es bedeutet alle Zärtlichkeit dieser Welt, die Gewißheit, daß sie gemeinsam unverletzlich sein werden. Die absolute Geborgenheit in der mütterlichen Liebe.

»Bist du glücklich?« fragte Sam, als er ihr das Neugeborene in den Arm legte.

Sie nahm den Säugling begierig an sich, preßte ihn an ihre Seite, beugte ihre braunen Locken über seinen blonden Flaum und verlor sich in seiner Betrachtung.

Die gelben Rosen ließen ihre Blätter auf das Deckchen des Nachttisches fallen. Das Licht der Deckenlampe, zwei große Kugeln aus geschliffenem Glas, die beinahe das Fußende berührten, tauchte das Zimmer in einen warm schimmernden Glanz. Ein Doppelbett aus dunklem Holz mit hohen, gedrechselten Säulen zu beiden Seiten. An einer davon lehnte Sam und betrachtete seine Frau und seinen Sohn.

»Er sieht mir ähnlich!« rief er begeistert. »Es ist frappierend!«

Fanny sah zu ihm auf, ohne ihn wirklich zu sehen. Ihre sonst immer ein wenig schmollenden Lippen zeigten das Lächeln der Mona Lisa. Ihre wie reingewaschene, vom Zwielicht geglättete Stirn verriet nichts von ihren Gedanken.

»Das finde ich gar nicht«, murmelte sie.

Ihre Stimme, ihr Haar, ihr ganzer Kopf schienen zu schweben vor dem strahlenden Weiß der großen, mit Spitze besetzten Kopfkissen. Die Erschöpfung hatte ihre Züge geglättet, die Grübchen ausgelöscht, die Linien an der Nase verschwinden lassen. Das Oval ihres Gesichtes war makellos. In diesem Augenblick rief ihre absolute Reglosigkeit unangenehme Erinnerungen in Sam wach: die Maske der heidnischen Gottheit von Virginia City, die gefährliche Statue ihres ersten Ehekrachs, jene Frau, die am Morgen nach einer Liebesnacht die schneidenden Worte fallen ließ: »Ich will nicht mit einem Mann zusammenleben, den ich nicht respektiere.« Diesesmal lag nicht die Spur von Aggressivität in Fannys Ausdruck.

»Wie sollen wir ihn nennen?« fuhr er schlicht fort.

»Hervey.«

»Hervey? Was für ein komischer Name!«

»Hervey«, wiederholte sie mit einer Stimme wie perlendes Eiswasser.

»Wenn du es so willst«, lenkte er vorsichtig ein.

Auf ihrem Gesicht breitete sich ein engelsgleiches Lächeln aus, das er nie zuvor an ihr gesehen hatte. Ganz langsam, mit einer Hand, knöpfte sie ihr Hemd auf und hob gleichzeitig das Kind an ihre Brust. Von ihrem Hals, den Armen, den schweren Brüsten ging eine genießerische Lust aus, die Sam freudig und zur gleichen Zeit peinlich berührte. Mit einunddreißig Jahren schien Fanny zum erstenmal im Leben Mutter geworden zu sein. Er fühlte sich überflüssig und ging aus dem Zimmer.

Sam sollte bald, ohne daß es ihr auffiel, alle Zimmer verlassen, in denen sie sich aufhielt. Von einem Tag auf den anderen hatte sie den Mann, der der Vater ihrer Kinder war, einfach vergessen.

Herveys Geburt hatte sie weniger elastisch, beinahe träge gemacht. In diesem Herbst zeigte sich ihre Figur in ganz neuem Liebreiz, ihre Schultern und Hüften waren irgendwie rundlicher, fülliger geworden. John Lloyd, dem ewig Verliebten, der jeden Sonntag zum Mittagessen über die Bucht herüberkam, war dieses sanfte Wesen gar nicht geheuer. Die schöne Mrs. Osbourne erzitterte von innen heraus vor sinnlicher Freude, einem geheimen Glück, von dem sie ihn wie alle anderen ausschloß.

Unsere Mutter ist nie eine Gluckenmutter gewesen, erzählen Belle und Samuel Lloyd. *Sie liebte Kinder, aber sie verzärtelte sie nicht. Babys ließen sie eher kalt. Weil die Zeiten so hart gewesen waren, hatte sie mit uns nur selten spielen können, solange wir klein waren... Mit Hervey änderte sich alles! Von einem Ende des Gartens zum anderen hörte man sie fröhlich plappern und lachen, lachen! Im Grunde hatten wir sie niemals lachen gehört. Für uns war dieser Ausbruch von Fröhlichkeit ein großes Wunder und das Glück.*

»Es tut mir leid, Sam«, murmelte sie und rückte weit von ihm ab auf die andere Seite des Bettes. »Es tut mir leid, ich ...«

Sie rollte noch ein wenig weiter weg und hing, zwischen Laken und Deckbett geklemmt, schon halb über dem Boden. Dort blieb sie, an den Rand gedrängt und eingekeilt, und hoffte, daß er einschlafen würde.

»Willst du nicht?« fragte er dicht an ihrem Ohr.

Sie schob ihn weg.

»Ich kann nicht.«

»Was heißt das, ich kann nicht?«

Sie schwieg. Sie lauschte auf Herveys Bewegungen im Nebenzimmer.

»Ich kann nicht«, hauchte sie, als sie spürte, wie er sich wieder an sie drängte. Und plötzlich wiederholte sie mit unerwartetem Nachdruck: »Ja, genau, ich kann nicht.«

Widerwille? Rache? Sam ließ sie absolut kalt. Sie war so mit sich selbst beschäftigt, mit den Spielen ihres Körpers mit dem kleinen Jungen, daß keine andere Art der Zärtlichkeit sie erreichen konnte. Aber die Wangen ihres Kindes mit Küssen zu bedecken, den süßen Duft seiner Haut einzusaugen, seinen kleinen gedrungenen Körper fest in die Arme zu schließen und die unsägliche Anmut seines kleinen Nackens zu bewundern!

Sam ließ sich widerstandslos zurückweisen und schlief ein. Er haßte weibliche Verstimmungen, lange Erklärungen und Auseinandersetzungen. Und außerdem hatte er zuviel Erfolg bei den Frauen, um den Gedanken reizvoll zu finden, die eigene zu vergewaltigen.

Einen Monat lang faßte er sich in Geduld. Danach sah er sich seiner Verpflichtungen enthoben. In San Francisco richtete er einer Mätresse, die ihn anhimmelte, eine Wohnung ein, blieb bei ihr über Nacht und machte sich diesmal nicht mehr die Mühe, es zu verbergen. Für seine Freunde hatte er nun zwei Zuhause: eins in der Stadt, nur ein paar Schritte entfernt von dem Gericht, in dem er arbeitete, und eins in East Oakland, wo er seine Wochenenden verbrachte. Dieser erneute Treuebruch machte Fanny zur Furie. Sehr schnell entdeckte sie in sich die gleichen, unveränderten Gefühle des Leids, das ihr die Eingeweide verbrannte und ihr die Kehle zuschnürte, daß ihr übel davon wurde. Sie war nicht mehr sie selbst und verbrachte einige Monate, wie sie schon früher einmal gelebt hatte: Sie wartete auf Sam. Sollte das das letzte Aufflackern einer erstorbenen Liebe sein? Wenn Sam frisch und munter am Freitag abend in dem Haus erschien, das unter den vielen Rosen beinahe zusammenbrach, wenn er sie ostentativ vor den Kindern in seinen Armen erdrückte, ihnen – ganz der gute Vater und Ehemann – seine ganzen Wochenenden widmete, ihren Geschichten zuhörte, ihnen von seinen Abenteuern berichtete, verwandelte sich Fanny, von grauenhaften Haßgefühlen überwältigt, in eine Salzsäule.

In ihren einsamen Nächten sah sie sich auf einem entfesselten Ozean, an Bord eines Segelschiffes mit gebrochenen Masten. Auch Sam und die Kinder waren da. Sam wurde von einer mächtigen Woge erfaßt, das Meer zog ihn nach draußen, er ließ es geschehen, ließ sich einfach forttragen. Fanny sprang hinterher, ihn zu retten und kämpfte sich durch die Wellen, nur um festzustellen, daß er bis zur Taille in einer Tonne saß, ganz gemütlich auf der Oberfläche dahinglitt, mit der Hand im Wasser planschte und lächelte. Hinter ihr tanzte das Schiff auf den Wellen und trieb unaufhaltsam dem Riff zu. Die Kinder würden daran zerschellen. Fanny schrie aus tiefster Seele und schwamm, schwamm, ohne es einholen zu können. Immer hinterher.

Im Frühjahr tauschte sie ihre drei Ponys gegen einen Vollblüter ein, ihre Taschen-Derringer gegen ein Winchester-Repetiergewehr, ihre raschelnde Seidenwäsche gegen den guten alten grauen Minenarbeitertabak und fing wieder an zu reiten und zu kochen.

Mit einer Zigarette zwischen den Lippen und aufgekrempelten Ärmeln stand sie vor einer Batterie von Töpfen und Pfannen und rührte sich nicht mehr vom Herd weg. Mischte sie geheime Rezepturen zusammen, oder hatte es mit Magie zu tun? Diesmal jedenfalls erreichten ihre Cremesuppen und Chaudfroids, ihre Fonds und Braten einen Grad absoluter Perfektion. Die Zeiten, wo sie einfach ausprobiert hatte, waren vorbei. Von nun an ließ sie sich durch Abhandlungen inspirieren, die sie aus Frankreich kommen ließ und unter vielem Nachschlagen im Lexikon übersetzte. Sie führte einen Briefwechsel mit drei Küchenchefs in Louisiana, verglich ihre Methoden, Hilfsmittel und Zutaten. Es war eine weitere und für das 19. Jahrhundert keine geringe Absonderlichkeit Fannys, daß sie sich für die Küche aus aller Welt interessierte. Sie begeisterte sich für die asiatische Eßkultur und versorgte sich mit den nötigen Ingredienzien in dem wimmelnden Netzwerk der Gassen von Chinatown, wohin sich sonst keine Weiße wagte. Sie machte sich Notizen über ihre Nachforschungen, ihre Erfahrungen und Rückschläge, verzweifelte über ihren tastenden Versuchen, gab sich nur mit dem Besten zufrieden und bemühte sich, ohne sich dessen auch nur im geringsten bewußt zu sein, aus ihren Talenten eine Kunst zu machen.

Kunst, damit ist das Wort gefallen. Die innere Unruhe, das Nicht-stillhalten-Können, die Träume, der Eifer hatten endlich einen Weg gefunden, sich Luft zu machen.

Fannys Notizbuch, das mehr Ähnlichkeit mit einer Zauberfibel besitzt als mit einem Küchenratgeber, ist ein dicker Band aus rotem Saffianleder mit Goldschnitt, dessen Seiten beim Umblättern vielversprechend knistern. Aus diesen eng beschriebenen und immer wieder verbesserten Seiten, die nach Vanille und Schokolade duften, steigt eine üppig wuchernde Welt von Geschmacksrichtungen, Gerüchen und Worten auf.

Zwischen Zucker- und Obstflecken, Zahlenkolonnen, Mengenangaben und Garzeiten schlängeln und winden sich die Geschichten der Phantome, die Fannys Alpträume bevölkern, klammern sich an den Zeilen fest. Geschichten von Selbstmördern und Schiffbrüchigen oder Märchen moralischen Inhalts, Fabeln von Tieren und Pflanzen, kindliche Allegorien, die ihr helfen weiterzuleben. Über sich oder die Menschen, die ihr nahestehen, schreibt Fanny nichts. Nirgendwo nimmt die Zauberfibel den Charakter eines intimen Tagebuchs an. Am Rand überlagern sich Pastelle und Aquarelle. Farben, Maße. Fanny strichelt, skizziert, karikiert. Hier ist es die bauchige Form einer Teigschüssel, dort, bunt wie ein Kaleidoskop, eine Sorbetschale. Ein wenig weiter stößt man auf die entsetzten Profile ihrer Gäste angesichts einer Schweinepfote. Ihre Zeichnungen sind witzig, manchmal auch makaber. Das einzige, was diesem Gesamtkunstwerk fehlt, ist der Ton: Keine der vielen Eintragungen beschäftigt sich mit Musik.

Dabei hallte der ganze Garten von Belles Akkorden auf dem Klavier wider, es gab keinen Nachmittag, an dem Ruhe geherrscht hätte. Fanny selber versuchte sich auf der Gitarre. Weil sie nicht genug bekommen konnte, wurde sie Mitglied in einem Lesezirkel, der ihr aus New York eine Sammlung von »Klassikern« sandte. Es handelte sich um ausgewählte Stücke, gekürzte Fassungen, manchmal auch einfache Inhaltsangaben. Eine Art Vorläufer von *Reader's Digest. Ilias* und *Odyssee* und Balzacs *Menschliche Komödie* in einem einzigen Büchlein. Fanny las. Nach dem Zufallsprinzip.

Aber was sie im Jahr 1873 bis ins Innerste aufwühlt, ist nicht die Literatur, auch nicht die Konzertmatineen in San Francisco. Es sind die Spaziergänge, die sie, wie Hunderte anderer Besucher, jeden Sonntag mit ihren Kindern unternimmt.

An der Ecke Mission und 14. Street erstreckten sich über mehrere Hektar die Woodwards Gardens, ein wunderbarer Erlebnispark, in dem sich ein botanischer Garten, ein Zoo, ein Aquarium, künstliche Schwäne auf einem künstlich angelegten See und riesige, als Drachen verkleidete Chinesen ein Stelldichein gaben. Das Disneyland des 19. Jahrhunderts. Und als Krönung: die Kultur! *Ein auf der ganzen Welt einmaliges Spektakel*, rühmt sich die Werbebroschüre. *In einem hell erleuchteten Pavillon mit samtbezogenen roten Wänden, weichen Teppichen und komfortablen Puffs, damit sich der Besucher in aller Bequemlichkeit, bei gutem Licht und aus der rechten Perspektive der Betrachtung hingeben möge, finden sich hier, einzig und allein zur Freude der Einwohner von San Francisco, die historischen Meisterwerke versammelt. In Zukunft wird es nicht mehr nötig sein, die Weltmeere zu bereisen und sich in den alten Museen Frankreichs und Italiens zu vergraben: Die Woodwards Gardens bieten Ihnen die Reise für nur wenige Cents.* Die erste Kunstgalerie. Die erste Bilderausstellung im Fernen Westen.

Das ganze war dem Pinsel eines Künstlers zu verdanken, der den Ambitionen der Hausfrau aus Oakland eine neue Richtung geben sollte. Er hieß Virgil Williams.

Williams, der aus Neuengland stammte, hatte früher in Rom studiert und dort die Tochter eines amerikanischen Malers geheiratet, der in der Villa Medici Fuß gefaßt hatte. Eine unglückliche Ehe, die zehn Jahre später in eine Scheidung mündete. Der Künstler ließ sich in Boston nieder. Eines Tages war ein Mr. Robert B. Woodwards in seinem Atelier erschienen, ein Spekulant, der mit den Silberminen von Virginia City reich geworden war und nun in den Osten kam, um sich nach sicheren Investitionen umzusehen. Woodwards' Besuch endete zum Abend hin mit dem Ankauf des gesamten Ateliers; Wände, Gemälde, Kartons, Paletten, alles inklusive. Und mit einem Vertrag, der den Künstler verpflichtete, nach San Francisco zu kommen, um in seinem Erlebnispark eine Galerie ins Leben zu rufen, in der alle angesehenen Meisterwerke dieser Erde vertreten sein sollten. Über Monate hinweg war Williams auf Woodwards' Kosten durch zahllose Museen gezogen und hatte wie besessen kopiert. Zehn Jahre später hatte er nur noch einen einzigen Traum: alles zu verbrennen. Und nie wieder ein Wort von dieser Galerie zu hören, die ihm seine Seele und seine Kunst geraubt hatte.

Nachdem er nun *der* Maler von San Francisco geworden war, hatte sich Virgil Williams mit großem Elan der Gründung der ersten Art Association im amerikanischen Westen gewidmet. Erneut hatte er Kontakt mit den großen Museen Europas aufgenommen. Mit freundlichen Worten und als Ausdruck allgemeiner Solidarität hatte die Stadt Paris Abgüsse einiger Statuen aus dem Louvre nach San Francisco schaffen lassen. Höchlichst geschmeichelt hatten die Herren der Handelskammer die Kisten bei einer pompösen Festveranstaltung öffnen lassen und zu ihrem Entsetzen festgestellt, daß den Statuen verschiedene Körperteile fehlten, sogar Köpfe. Man zog den Transportunternehmer vor Gericht, und das Unglaubliche daran ist, daß die Handelskammer gewonnen hat: Die Transportfirma, in diesem Fall die Wells Fargo, sah sich dazu verurteilt, eine Entschädigung zu zahlen und für die fehlenden Arme der Venus von Milo aufzukommen.

Dadurch war Virgil Williams deutlich geworden, wie dringend notwendig es war, in San Francisco eine Kunstakademie zu eröffnen. Diese Schule, die er bis zu seinem Tod leiten sollte, war die späterhin berühmte *School of Design*.

Und als die sechzehnjährige und karikaturistisch sehr begabte Belle Osbourne ihren Entschluß verkündete, dort Stunden zu belegen, schrieb Fanny, der der Name des Leiters bereits bekannt war, sie unverzüglich ein... und sich selber gleich dazu!

Hier nehmen die seltsamen Überlappungen im Schicksal der beiden Frauen ihren Anfang, die Einflüsse, Echos, Zufälle. Während des halben Jahrhunderts, das nun folgen sollte, zogen sie sich, als Komplizinnen oder auch Rivalinnen, gegenseitig mit und folgten einander in allen abenteuerlichen Unternehmungen und über alle Ozeane.

Fürs erste aber hatte Fanny gerade ganz allein ihren vierunddreißigsten Geburtstag gefeiert. Sie begann zu leben.

SAN FRANCISCO SCHOOL OF DESIGN

1874 – 1875

So, genau so stellte ich mir das Paradies vor! sollte Belle später erzählen. *Ich wurde vom Lyzeum genommen, und nun überquerten meine Mutter und ich dreimal in der Woche die Bucht, um unsere Stunden zu besuchen. Auf der Fähre begann ich zu bemerken, wie sehr ihre Schönheit aller Aufmerksamkeit auf sich zog. In der Schule für Malerei gewann sie gleich beim ersten Wettbewerb die Siegermedaille. Damals schien sie das nicht besonders zu beeindrucken, aber nach ihrem Tode habe ich die Medaille in ihrer Schmuckschatulle gefunden. Eine kleine Kupferscheibe in einem schwarzen Etui. Sie hatte sie überallhin mitgenommen, bis zum Ende.*

Die Schule für Malerei überschaute den berühmten Californian Market an der Ecke Market und Pine Street. Die kleine Tür zum Treppenaufgang versteckte sich zwischen duftenden Melonen, schön gerundeten Avocados und Haufen von Krebsen und Langusten. In Fannys Arbeiten sind Lebensmittel immer präsent. Man stieg nur einige Stufen hoch, und schon war man von der belebten Straße in einen weiten, glasüberdachten Raum gelangt. Verschwenderisch fiel das Licht auf ein knappes Dutzend Statuenabgüsse auf ihren Sockeln. Inmitten der Staffeleien erhoben sich die Nike von Samothrake, der Diskuswerfer und die Venus von Milo.

Etwa zwanzig Studenten aller Altersgruppen und beiderlei Geschlechts scharten sich, in weiße Kittel gekleidet, um ihren Meister. Eine strahlende Erscheinung, kraftvoll, mit kurzgeschorenem Bart in Van-Dyke-Manier, schwarzen Augen, die einen aus ihren tiefen

Höhlen nachdenklich betrachteten, ein distinguierter, zurückhaltender Mann: Virgil Williams war ein Traum von einem Lehrer. Vor allem war er von einer leidenschaftlichen Liebe zu allem Schönen erfüllt und verstand sie an andere weiterzugeben. Er war das Produkt einer prüden protestantischen Erziehung, aber seinen Enthusiasmus verbot sie ihm nicht. Nichts machte Virgil Williams mehr Freude als die Entdeckung eines der Bewunderung würdigen Werkes, das er dann laut und in den höchsten Tönen pries. Durch seine Hände sollte die erste Generation der kalifornischen Landschaftsmaler gehen, die ihre Aufgabe darin fanden, die Farben der Wüste auf ihre Leinwand zu bannen, die Sonnenuntergänge im Tal des Todes, den Schimmer des Morgenrots auf den Felsen des Yosemite Parks. Virgil Williams' Schüler würden immer von seinem Unterricht geprägt bleiben und sich sehnsuchtsvoll daran zurückerinnern.

»Als Aufgabe für die Jahresabschlußprüfung möchte ich, daß Sie mir die rechte Hand der Venus von Milo zeichnen. So wie Sie sie sich vorstellen. An die Arbeit!«

Belle stürzte wie all die anderen jungen Leute zu ihrem Zeichenblatt, ohne lange nachzudenken. Fanny stand ganz allein noch immer reglos am Fuß der Statue. Ihre Augen glänzten, die Lippen waren halb geöffnet. Sie wirkte wie versunken in ein intensives körperliches Glücksgefühl.

»Gefällt sie Ihnen?« murmelte Virgil Williams mit einem Anflug von Zynismus.

»Ja«, antwortete sie, ohne ihn anzusehen, als fürchtete sie, sich von ihrer Freude ablenken zu lassen. »Dieses Licht, diese Bewegungen, dieses Material, es ist, als ob ich sie nie zuvor gesehen hätte. Geht es Ihnen nicht auch so?«

Er lächelte über ihre Naivität. Mrs. Osbourne gehörte zu seinen ältesten und begabtesten Schülern. Er war entzückt von ihrer absoluten Unwissenheit. Sie wußte im buchstäblichen Sinne gar nichts. Ein noch unbestellter Boden, in dem nun der bewegende, überwältigende Eindruck der Schönheit an sich unauslöschliche Spuren hinterließ. Die ideale Schülerin für einen Lehrer: die Jungfräulichkeit der Sinne verbunden mit der Reife eines erwachsenen Menschen.

Sie hatte keinen bestimmten Gedanken im Kopf, kein Bild, keine Bezugsgröße. Fannys Verwirrung war deshalb nur um so tiefer und schmerzlicher. Williams brauchte nur einen Blick auf ihre Zeichnungen zu werfen. Bei jeder Übung dieselbe Klarheit des Striches, dieselbe Kühnheit der Farben. Etwas zugleich Ungelenkes und Kraftvolles, das ihre Blätter unverwechselbar machte. Diese Freude an ästhetischer Vollkommenheit, die diese Frau, ohne es selber zu begreifen, auszudrücken vermochte – lag nicht darin der eigentliche Sinn der Kunst? fragte sich Williams zuweilen.

»Arbeiten Sie, Mrs. Osbourne. Arbeiten Sie!«

Die Sonne stand im Zenit. Es begann sehr heiß zu werden. Mit zusammengepreßtem Mund, von der Hitze angeklebten Locken und gebeugtem Rücken zog Fanny ihre Staffelei zur Venus hinüber. Ellbogen an Ellbogen mit ihrer Tochter und deren Kameraden machte sie sich an ihre Aufgabe.

Wie üblich wurde sie als letzte fertig. Nacht legte sich über die Statuen. Die Fähre würde nicht auf sie warten. Fanny fröstelte, warf ihr Tuch um die Schultern und durchquerte das verlassen daliegende Atelier. Ihre Stiefeletten wirbelten einen bläulichen Staub auf, der sie ganz umhüllte und zu verfolgen schien. Bei der Tür angelangt, streckte sie ihre eingerollte Zeichnung einer Gestalt entgegen, die sie in einem großen Sack verschwinden ließ.

»Und wenn ich nun nicht da wäre, um hinter Ihnen abzuschließen?«

Das war Dora Norton Williams: einen Federhut schräg über dem Auge, umhüllt von einem verschlungenen Gebilde aus Brokatstoffen und Seide, zehn Jettperlenketten um den Hals und am Gürtel eine Kette, von der klappernd die verschiedensten Dinge herabbaumelten, ein Haufen billiger Firlefanz, ein Taschenmesser, ein Zeichenetui, ein Geldbeutel und die fünf Schlüssel zum Atelier. Sie war einst Virgils Lieblingsschülerin gewesen, bevor sie vor drei Jahren seine zweite Ehefrau geworden war. Als recht mittelmäßige Portraitmalerin, aber sehr begabt, wenn es um Stilleben ging, nahm Dora Norton sich selber überaus ernst, sie hielt sich für eine Künstlerin und vertrat vollmundig ihren Anspruch auf künstlerische

Freiheit und ihr Recht auf freie Meinungsäußerung. *Sie war eine magere kleine Yankee-Frau und sehr diktatorisch*, wird sich Belle später äußern, der Dora offenbar einige verletzende Dinge über ihr Talent gesagt hatte. *Sie brüstete sich damit, daß sie immer die Wahrheit sage, und ihre angebliche Offenheit konnte in fürchterliche Grobheit umschlagen.*

»Ihre Augen sind ganz blutunterlaufen, Mrs. Osbourne«, bemerkte Dora, während sie den Schlüssel ein letztes Mal umdrehte. »Ihre Wangen und Hände sind auch ganz rot.«

»Ich habe mich aufgeregt ...«, gab Fanny entschuldigend zu. »Als ob etwas sehr Wichtiges auf dem Spiel gestanden hätte. Ich habe Sie warten lassen, und für was das alles? Nur um die Hand der Venus von Milo mehr oder weniger gut wiederzugeben! Ist es das Ergebnis denn wert?«

»Was hatten Sie erwartet?« bellte Dora sie an. »Eine ästhetische Freude ist doch kein Lohn, den man so einfach einstreichen kann. Wenn man einmal an ihr gekostet hat, muß sie vergehen wie ein Parfum, das sich verflüchtigt, ohne eine Spur zu hinterlassen.«

Diese Frau weit in den Vierzigern, die da mit ihrer trockenen Stimme diese Worte sprach, sollte sich mit ihrer Tapferkeit, ihrer Phantasie und den zehn Jahren, die sie ihr an Erfahrung in der Welt der Kunst voraushatte, Fannys ganzen Respekt sichern. Sie sollte der einzige Mensch weiblichen Geschlechts werden, dem Fanny sich, außer ihrer Tochter, anvertraute. Die Freundin eines ganzen Lebens.

Wenn ich die Daten miteinander vergleiche, muß ich erstaunt feststellen, daß das Abenteuer in der San Francisco School of Design nur ein Jahr dauert. Aber dieses Jahr wird Fanny im tiefsten Innern verändern.

Die Frau, die nie etwas sagte, sich nicht rührte und immer im Schatten blieb, die leidenschaftlich Liebende von Austin, die Hausfrau aus Oakland verwandelte sich in ein kokettes, überfeinertes Wesen, halb Blaustrumpf, halb Bohemienne.

Sicher doch. Mrs. Osbourne nimmt Malunterricht. Sicher, sie hat Talent. Aber zu dieser Zeit ihres Lebens läßt sich Fanny vor allem vom »Künstlerleben« fesseln. Unter Doras Ägide macht sie bei den Williams die Bekanntschaft anderer Maler, des Musikers Oscar Weil und des Dichters Charles William Stoddard, der jüngst von einer Pazifikreise zurückgekehrt ist und Pierre Loti die Geschichten seiner Liebschaften mit Eingeborenenmädchen berichtet. Tahiti, Hawaii, die Marquesasinseln, er ist der erste, der die südlichen Meere in Fannys Gedankenwelt einführt. Sie berauscht sich an seinen Erzählungen, an der Unterhaltung und an den Büchern, die man sich gegenseitig weitergibt und die sie verschlingt. Ein Jahr. In dieser kurzen Zeit knüpft sie die Verbindungen mit all jenen Menschen, die in ihrem Leben eine Rolle spielen werden, bis sie in die literarischen Kreise Londons Einlaß finden wird. Mit all jenen, die aus ihr eine Frau machen werden, die mit der sitzengelassenen Ehehälfte eines Gerichtsschreibers nicht mehr allzuviel zu tun haben wird. Dabei bewegt sich Sam mitten unter ihren neuen Bekannten. Virgil Williams kennt er schon seit langer Zeit. Ebenso einen anderen Mann, den Fanny zu ihrem Komplizen und Mentor heranzüchten wird: den Anwalt Timothy Rearden.

»So sehen Sie mich also, Mr. Rearden? Freundlich, romantisch und ein wenig unbedarft?«

Der Mann, dessen Büro über der großen Handelsbibliothek Fanny soeben im Sturm genommen hatte, las fließend Griechisch, übersetzte nur so zum Spaß Balladen aus dem Mittelhochdeutschen, versuchte sein dichterisches Talent an lateinischen Versen, kurz, er war die Personifizierung dessen, was man in San Francisco für den Inbegriff der Gelehrtheit hielt... und der Weiberfeindlichkeit. Mit achtzehn Jahren war Timothy Rearden aus Cleveland, Ohio, gekommen und hoffte wie alle anderen, im Westen sein Glück zu machen. Das Abenteuer faszinierte ihn, aber er liebte es nicht, und so hatte er sich eine Stelle als Buchhalter bei der Münze gesucht und seine Studien der Juristerei sehr gewissenhaft betrieben. Er ließ eine verwitwete Mutter und eine unverheiratete Schwester zurück, die er bei sich aufzunehmen gedachte, wenn er erst einmal zu Reichtum gelangt sein würde.

Das Schicksal wollte es, daß er nicht reich wurde, seine Familie in Ohio im Stich ließ und auch nie dorthin zurückkehrte. Von Schuldgefühlen geplagt, sollte er ihnen jedoch jeden Sonntag schreiben. Zwanzig Jahre lang. Und die beiden Frauen hoben alle seine Briefe sorgsam auf, die heute, zusammen mit ein paar Fotos, von der Bancroft Library in Berkeley verwahrt werden.

»Nicht wahr, Mr. Rearden, Sie halten mich für oberflächlich?«

Nachlässig warf Fanny ihren noch brennenden Zigarettenstummel in den Kamin und hinterließ dabei eine Aschespur auf einer der im Schachbrettmuster angeordneten Keramikkacheln vom Anfang des Jahrhunderts, auf die Rearden sehr stolz war.

»So hören Sie doch auf zu rauchen, Mrs. Osbourne. Es paßt nicht zu Ihnen. Ihr Mann sollte Ihnen diese Unart wirklich verbieten.«

»Wo wir gerade bei Unarten sind, Mr. Rearden. Meinem Mann kann es doch gar nicht vulgär genug sein. Das sollten Sie doch am besten wissen!«

Während seines Jurastudiums hatte Rearden den Waliser John Lloyd kennengelernt, der ihn seinem ehemaligen Partner Sam Osbourne vorgestellt hatte. Fanny befand sich weit weg in Indiana, und so hatten die drei Männer die Gewohnheit angenommen, sich jeden Sonntag zusammenzufinden und lange Gespräche zu führen. Die drei waren so unterschiedlich, wie man es sich nur denken kann – Osbourne war der Charmante, Lloyd der Nachdenkliche und Rearden der Intelligente der Gruppe –, aber sie teilten das Bedürfnis, ihre Gedanken auszutauschen in einer Welt, die ausschließlich der Geschäftigkeit hingegeben war.

Gemeinsam mit einigen Journalisten vom *Overland Monthly* riefen diese drei Gesinnungsgenossen schließlich einen der unzugänglichsten Clubs des gesamten Westens ins Leben, den Club, der heute Ronald Reagan, George Bush und auch die amerikanischen Präsidenten des 20. Jahrhunderts zu seinen Mitgliedern zählt: den Bohemian Club.

Alles hatte ganz bescheiden mit einer kleinen Kollekte angefangen, um einen Ort mieten zu können, wo man in angenehmer Umgebung über Musik, über Malerei und Literatur diskutieren konnte. Rearden hatte über dem Californian Market ein Obdach für den kleinen Zirkel gefunden, das aber so kostspielig war, daß man einen Teil davon an ein Mitglied untervermieten mußte: an Virgil Williams. Der hatte daraus seine Kunstschule gemacht. In kürzester Zeit war aus dieser einen Etage das kulturelle Zentrum der Stadt geworden.

Vom Abenteuer angezogen und vom immerwährenden Frühling der Westküste verführt, sollten gewisse europäische Maler über den Bohemian Club eine Ahnung vom wirklichen Bohemienleben, vom Quartier latin und von den Ateliers von Paris nach San Francisco tragen.

»Kennen Sie Paris, Mr. Rearden? Nein, natürlich nicht. Sie kennen nichts als Ihre Bücher, Ihre Einsamkeit, die Enttäuschungen Ihres Daseins als Hagestolz. Nur zu, steigen Sie schon auf Ihren Piedestal, werfen Sie sich in die Brust im Bewußtsein Ihrer Überlegenheit, verachten Sie ihre Mitmenschen ...«

Diesmal hatte er nicht übel Lust, ihr die Tür zu weisen. Er begnügte sich damit, die neue Zigarette, die sie sich gerade anstecken wollte, ins Feuer zu werfen.

»Es stört mich!« bellte er.

Sie ließ ihn gewähren und zuckte nur knapp mit der Schulter.

»Armer Freund!«

Sie saß mit übereinandergeschlagenen Beinen zurückgesunken in einem alten, lederbezogenen Lehnstuhl, streckte den einen Fuß ganz leicht in die Luft und betrachtete interessiert die Spitze ihrer Stiefelette.

»Geben Sie zu, daß ich Ihnen angst mache. Nun, kommen Sie ruhig näher, Mr. Rearden. Es sei denn, Sie fürchten, daß Sie sich meinethalben verspäten könnten. Sie treffen sich doch heute abend mit ihren kleinen Spielkameraden vom Bohemian Club, nicht wahr? Ich weiß schon: Mr. Osbourne hat es als Vorwand benutzt, um dieses Wochenende nicht nach Oakland zu kommen! Also, erzählen Sie mir, was auf der anderen Seite von meinem Atelier vor sich geht: Ich sterbe vor Neugier.«

Das »ich sterbe« brachte sie unter einem herzhaften Gähnen hervor, und Rearden war erneut versucht, sie hinauszuwerfen. Seit sie ihre Studien an der Zeichenschule aufgenommen hatte, war Mrs.

Osbourne nicht mehr dieselbe. Sie spielte Katz und Maus mit ihrer gesamten Umgebung. Mit ihm, Rearden, flirtete sie. Sam hatte einen großen Fehler begangen, als er seine Frau die Ateliers besuchen und ständigen Umgang mit Künstlern pflegen ließ. Ein Recht auf Ausbildung? Dummes Geschwätz! Fannys Metamorphose bestätigte nur Reardens Theorien. Im Juli 1868 hatte er im *Overland Monthly* einen Artikel zum Thema »*Favouring Female's Conventionalism*« verbrochen. Er ließ in seinen Ausführungen keinen Zweifel über die Sinnlosigkeit der Emanzipation der Frau.

»Also, Mr. Rearden, ich muß wirklich lachen, wie sehr Sie sich selber widersprechen. Wollen Sie mir vielleicht gütigst sagen, worin sich Ihre Mutter und Ihre Schwester von mir unterscheiden? Soviel ich höre, war es Ihre Mutter, die Sie am Leben erhalten hat! Sie hat gearbeitet. Für Sie. Für Ihre Ausbildung. Und was Ihre Schwester betrifft, ist sie meines Wissens nicht von Ihnen abhängig. Sie ist Lehrerin, verdient ihren Lebensunterhalt ganz allein. Und ich werde auch für mich selber aufkommen. Ich, nicht Mr. Osbourne, der sein Gehalt mit seinen Mätressen verpulvert, ich ganz allein werde eines Tages mit meinen Bildern meine Kinder ernähren.«

Der Mann, der die Angehörigen des anderen Geschlechts gewöhnlich schon auf den ersten Blick einer von zwei möglichen Kategorien zuordnete, wußte absolut nicht mehr, welche Art von Frau er da vor sich hatte. Zunächst hatte er in ihr die perfekte Hausfrau gesehen. Die Sorte, die man heiratet. Jetzt gehörte sie eher zu der, die man verführt. Um so mehr, als diese neue Mrs. Osbourne sehr anziehend auf ihn wirkte. Sie verwirrte und erregte ihn auf eine Weise, wie es die alte Fanny niemals getan hatte. Dieser kleine, geschmeidige Körper. Dieses Vogelgezwitscher. Ihre Seidentoiletten, ihr Parfum. Er blieb standhaft. Erstens war sie Sams Frau, und Rearden pflegte seine Freunde nicht zu verraten. Und zweitens wußte man ja nicht, wie seine Annäherungsversuche aufgenommen werden würden. Angesichts dieser Ungewißheit zog Rearden es vor, sich zurückzuhalten.

»Nicht wahr, Mr. Rearden, Sie halten mich für hysterisch!«

Er warf ihr einen argwöhnischen Blick zu:

»Aber nein, mein armes, gutes Kind! Der Himmel weiß, daß alle Weiber von San Francisco sich heute selber so nennen. Alle wollen sie für Hysterikerinnen gehalten werden! Eine Grille, eine Mode, und alle laufen sie hinterher. Mein Gott, wenn die Frauen nur endlich verstehen wollten, wie reizend sie sind, wenn sie nicht ständig alles komplizierter machen, als es ist. Schweigt. Zeigt eure angenehmen Seiten. Gebt euch mit dem zufrieden, was ihr habt. Dann werdet ihr ein schönes Leben führen…«

»Zufrieden? Dazu brauchen Sie aber erst mal jemanden, der Sie liebt und versteht…«

»Meine Liebe«, sagte Mr. Rearden. »Es ist dummes Zeug zu glauben, daß Menschen, die sich lieben, sich auch verstehen müssen… Man braucht sich doch nicht zu verstehen, um sich zu lieben. Genausowenig ist es nötig, sich zu lieben, um sich zu verstehen. Ich zum Beispiel…«

Er trat zu ihr heran, stützte sich mit weit ausgebreiteten Armen auf die Lehnen ihres Sessels und beugte sich herunter. Er war ein schöner Mann, mit sinnlichen Lippen. Die Nasenflügel bebten. Sie wich ihm aus und sprang auf.

»Sie? Sie sind ein Egoist, der niemanden liebt und niemanden versteht!«

Sie drückte ihren neuen Zigarettenstummel auf einer weiteren Kachel aus, was, wie sie sehr wohl wußte, Rearden zur Weißglut trieb, und flötete:

»Abgesehen vielleicht von der schönen Mona Wills, die sich gerade mit einem deutschen Geigespieler nach Europa davongemacht hat… Ach ja, Wien! London! Paris!« Sie lächelte. »Paris, Mr. Rearden!«

Er errötete. Sie hatte ins Schwarze getroffen. Die einzige Frau, in die Rearden sich je verliebt hatte, war in der Tat soeben mit einem anderen ins Ausland geflüchtet.

»Und nun, Othello, was geben Sie mir diese Woche zu lesen?«

»Für Mistreß Osbourne wird *Madame Bovary* genau das Richtige sein. Die Geschichte einer Gewitterziege, die ihrer Umgebung, und ganz nebenbei auch sich selbst, das Leben vergiftet. Das Buch kommt übrigens aus Paris, wovon Sie ja so zu schwärmen scheinen.«

Sie zuckte die Achseln, streckte die Hand aus, wog den Band in den Fingern und verließ den Raum ohne eine Wort des Dankes. Das Verhältnis zwischen ihnen beiden würde niemals herzlicher sein als in diesem Augenblick.

Schüchtern bis zur Peinlichkeit versteckten sie ihre gegenseitige Sympathie hinter ständigen Sticheleien, die zu richtiggehenden Wortgefechten anwachsen konnten, ohne daß sich auch nur einer der beiden erinnerte, wie es dazu gekommen war. *Sie fragen, was ich Rearden getan habe,* schreibt sie 1880 an ihre Freundin Dora Williams. *Fragen Sie ihn: Vielleicht weiß er es. Ich selber habe nicht die geringste Ahnung. Man weiß nie, was Rearden verärgern wird und was nicht,* räsonniert sie weiter. *Ich frage mich, warum er mich hinausgeworfen hat. Ob ich vielleicht »zuviel« für ihn war? Ich leugne ja nicht, daß er ein wenig verrückt ist. Aber die Gesellschaft der Menschen, die ein wenig verrückt sind, ist der der anderen um so unendlich viel vorzuziehen...* Rearden wird nicht immer so tolerant sein. In einem Brief an seine Mutter schreibt er zum Thema geschiedene Frauen: *Sie wecken in mir die gleichen Gefühle wie Kröten. Ich finde sie schleimig.*

Das wird ihn aber nicht daran hindern, später mit all seiner vollmundigen Gönnerhaftigkeit dem Wesen gegenüber, das er als *die kleine Frau, von der ich Euch erzählt habe*, bezeichnet, den Besitz in Oakland zu verwalten, Honorare abzulehnen, die Fanny ohnehin nicht zahlen kann, heimlich ein Bild mit ihrer Signatur zu völlig überhöhtem Preis zu erstehen und ihr immer wieder über finanzielle Engpässe hinwegzuhelfen. Und schließlich wird er sie, nach wie vor schimpfend und wetternd, bei ihrer Scheidung vor Gericht vertreten!

Was Fanny betrifft, so wird sie in ihrer gesamten Korrespondenz sein Loblied singen: *Ich kann nur sagen, daß ich für Rearden mehr empfunden habe als für irgend jemanden sonst. Sie,* so fügt sie hinzu, *Sie, Dora, und er, Sie sind die beiden einzigen Wesen, denen ich mich nahe genug fühle, um Dummheiten zu sagen.*

Während sie die kleine Treppe von Timothy Rearden hinabstieg und vor der Tür der Mercantile Library auf und ab ging, wo er den größten Teil seiner Tage verbrachte, wurde Fanny in diesem Dezember des Jahres 1874 von einer plötzlichen Traurigkeit erfaßt. »Rearden, dieser alte Zyniker, mag nur Drachen in Frauengestalt. Wenn ich nur ein bißchen freundlich wäre, würde er mich auf der Stelle zur Tür hinauswerfen. Was ihm wirklich an mir gefällt, sind meine Gemeinheiten. Das kann er haben!«

Fürs erste war das größte Problem der Status quo mit Sam. Er verschlechterte sich zusehends. *Wenn ich mit meinem Vater allein war,* erzählt Belle, *war er immer lustig und umgänglich. Aber sobald meine Mutter dazukam, wurde die Atmosphäre angespannt, voller unterdrückter Empfindungen, zurückgewiesener Gefühle... Eines Tages waren wir im Wohnzimmer unseres Häuschens in Oakland, meine Mutter nähte, und ich hockte zu Füßen meines Vaters, der aus Thackerays* Jahrmarkt der Eitelkeiten *vorlas... Er war gerade an der Stelle, wo Captain Osborne in den Krieg zieht und seine Frau entdeckt, daß er sie mit Becky Sharp betrogen hat. Ich hörte voller Interesse zu, als meine Mutter mit eisiger Stimme unterbrach:*

»Ich muß mich wundern, daß du die Stirn hast, deine eigene Geschichte zu lesen, Captain Osbourne!«

Mein Vater schreckte auf und wurde über und über rot:

»Herrgott im Himmel«, brüllte er, »kannst du denn nie etwas vergessen?«

Ich wurde auf mein Zimmer geschickt.

Ihre Rachsucht war ein Fehler, der Fanny teuer zu stehen kommen sollte. Dieses Mal aber hat es damit nichts zu tun, es handelt sich eher um eine ihrer berühmten »Kopfentzündungen«, die schon an Phobie grenzen. Sie braucht nur das unschuldige Dröhnen von Sams Stiefeln auf dem Fußweg zu spüren, zu hören, wie er nach seinen Kindern ruft, den Honigduft seines Tabaks einzuatmen, damit ihr Hals, ihr Herz, ihre Leber, überhaupt alles in ihr revoltiert und sich schmerzhaft zusammenzieht. »Da ist er... Er ist da.« Fanny haßt nicht, aber sie ist so voller lebhafter Anspannung und Widerwillen, daß ihr übel davon wird. Jedes Wochenende löst Sams Ankunft Fieberschübe bei ihr aus. Sie versucht, diese Gefühle abzuschütteln, nimmt sich zusammen, schwankt zwischen kühler

Höflichkeit, die sie für Selbstbeherrschung hält, und Anfällen von Aggressivität. An den Wochenenden ist das Häuschen in East Oakland Katastrophengebiet. Den Freunden muß man das nicht zweimal sagen. Selbst John Lloyd verzichtet auf seine sonntäglichen Mahlzeiten. Die Osbournes verbringen ihre Wochenenden, ohne auszugehen oder Besuch zu empfangen. Ein gemeinsames gesellschaftliches Leben, wo Sam seine Mätresse im gesamten Freundeskreis herumschleift – wozu? Bleibt nur das Familienleben. Die Kommunikation zwischen den beiden läuft ausschließlich über die Kinder.

»Übrigens, Belle, ist es nicht Zeit zum Abendessen?« fragt Sam, wenn er Hunger hat.

»Hervey, es ist kalt ... Sag deinem Vater, er soll dir deine Jacke anziehen!«

Sie bringt es nicht einmal mehr über sich, das Wort an ihn zu richten, er macht keine Anstalten, mit ihr zu sprechen, sie hat Angst davor, er hütet sich wohl. Keiner von beiden macht den Versuch einer Annäherung. Sie fürchten sich gegenseitig zu sehr, um auch nur eine Geste, ein Wort zu riskieren. In diesem einen, dem einzigen Punkt sind sie sich einig. Sam schleicht sich herum, stiehlt sich von einem Zimmer ins andere, »daß ja Fanny mich nicht bemerkt«! Sie zeigt sich überall, breitet sich aus, »daß nur Sam nicht bleibt!« Im Garten regen sich die ersten Blumen. Die Hunde spielen unter den Obstbäumen. Nie scheint es einen milderen April gegeben zu haben, nie haben die Schatten zwischen den Baumgruppen sinnlicher gewirkt.

Wenn Sam mit Fanny um das Wochengeld feilscht, legt sich ein unvorteilhafter, harter Zug um seinen Mund. Trotz seiner zur Schau getragenen Gutmütigkeit bereitet es ihm Vergnügen, ihr nie eine feste Summe zuzugestehen. Er wartet, bis sie das Geld einfordert. Er verlangt von ihr, daß sie jede Ausgabe, jede nötig werdende Anschaffung rechtfertigt, ihm ihr Haushaltsbuch vorlegt, den Inhalt ihres Portemonnaies zeigt, sonst bekommt sie keinen Cent. Erst wenn sie das alles hinter sich gebracht hat, gibt er nach. Diese Pfennigfuchserei hat nichts mit Geiz zu tun. Er gibt alles, was er verdient, für seine Freunde aus, für die Frau, die er liebt. Aber seine

Gefährtin in San Francisco kommt ihn teuer zu stehen. Um so mehr, als er auch selber Kapital braucht: Der Traum, mit Minen zu Reichtum zu kommen, hat ihn wieder ergriffen. Er spekuliert, legt sein ganzes Geld in den neuen Konzessionen in Nevada an und fühlt sich, je nach der Gunst der Stunde, als Millionär oder am Rand des Ruins.

Der Gedanke, daß Sam nach all den Katastrophen, die er erlebt hat, weiter dem Goldfieber seine Opfer darbringt und es sich darüber hinaus lieber mit seiner Mätresse behaglich macht als mit den eigenen Kindern, treibt Fanny zu Wutausbrüchen, die Sam endgültig zur Verzweiflung bringen. »Ein sehr intelligenter Junge …«, wird Timothy Rearden über ihn sagen, »aber ohne jeden Familiensinn.«

Eines Sonntag abends, die Kinder schliefen schon, Belle las noch in ihrem Bett, saßen sie sich nun unter vier Augen gegenüber. Normalerweise hatte einer es eiliger als der andere, sich in sein Zimmer zurückzuziehen. Es war eine kalte und graue Nacht, das Dunkel voller Feuchtigkeit. Nebel hüllte den Garten ein, von wo ein dumpfer Klang zu ihnen heraufdrang. Der Gesang einer Quelle unter der Erde. Die ersten Aufwallungen des Frühlings. Sie blieben, wo sie waren, jeder auf seiner Seite der Veranda auf die Ballustrade gelehnt. In der Luft zwischen ihnen schmolzen der Rauch seiner Pfeife und ihrer zahllosen Zigaretten ineinander. In der Ferne tanzte, wie gefangen in einer Wolke, der Glanz San Franciscos auf dem Ozean. Sie hätten es sich gut sein lassen können. Die unbeschwerte Ruhe dieses Augenblicks versetzte sie beide in den gleichen Zustand des Wartens. Sie fühlten sich im Innersten aufgewühlt, zwischen ihnen stand der Wunsch, sich in die Arme zu schließen, zu verschmelzen. Gleich würden sie aufeinander zugehen, sich umfassen. Es brauchte vielleicht nur eine Geste, um das Schicksal zu wenden … Beide hofften für die Dauer einer Sekunde, daß der andere den Arm ausstrecken, eine Hand ergreifen und drücken würde. Die Sehnsucht verging, noch bevor sie Zeit hatten, sie zu empfinden. Sie rührten sich nicht. Sie spürten nichts als eine unbestimmte Bitterkeit. Jetzt versuchte jeder, die Gegenwart des anderen zu vergessen und ganz allein für sich dieser Nacht eine kleine, geheime

Freude abzugewinnen. Sam grummelte »Gute Nacht« und verließ als erster die Veranda. Am nächsten Tag nahm er schon im Morgengrauen die Fähre. Zwei Stunden später nahm auch Fanny Reißaus.

Damit sich jemand um die Jungen kümmerte, während sie sich in San Francisco aufhielt, engagierte sie eine Gouvernante, die Timothy Rearden aufgetan und ihr empfohlen hatte. Ein Dienst mehr, den Rearden ihr erwiesen hatte! Miss Kate Moss, eine Frau mit vollem und straffen Busen und einem überdimensionalen Haarknoten, stammte wie er aus Ohio und war vor allem damit einverstanden, sehr unregelmäßig bezahlt zu werden und vom guten Willen Mrs. Osbournes abhängig zu sein, die sie geradezu vergötterte. Kate Moss war gebildet, autoritär und leidenschaftlich, aber von unscheinbarem Äußeren, und sie führte ein strenges Regiment. Sogar in Belles Leben hatte sie einen Hauch von Ordnung eingeführt, indem sie ihr gewaltsam die Grundbegriffe der französischen Sprache eintrichterte und verlangte, daß sie dreimal die Woche Klavier übte. Miss Kate konnte es gar nicht laut genug verkünden: Diese Kleine war viel zu sehr in das Leben ihrer Mutter eingebunden. Dieselben Aktivitäten, derselbe Stundenplan, dieselben Bekanntschaften. Und Belle war erst sechzehn! Fanny gehörte im Prinzip zu den Menschen, die Widerspruch absolut nicht vertragen können, aber wenn Miss Kate ihre Kritik anbrachte, hörte sie zu. Die beiden Frauen trafen sich in ihrer innigen Zärtlichkeit für das Kind mit den langen blonden Locken, das sich am Morgen seines vierten Geburtstags selber zum »Prinz der Wolken« gekrönt hatte.

»Sieh nur, Mama«, schrie Hervey, »die Dame da hinten … Ist die aber schön! Sie sieht aus wie eine Fee.«

Fanny saß auf den Stufen zur Veranda und zeichnete ein Portrait ihres Sohnes im Profil. Sie hob den Kopf. Eine junge Frau kam den Gartenweg herauf. Ein kleines Hütchen, das flach wie ein Teller auf einem enormen Haarteil schwebte, ein Kleid mit Turnüre, für eine Nachmittagstoilette viel zu aufwendig, rote Ziegenlederstiefel, gestreifte Strümpfe. Sie kam lächelnd näher. Fanny hatte sich aufgerichtet.

»Woher nehmen Sie das Recht, hier zu erscheinen?«

Die Frau zögerte und stammelte:

»Es gibt keinen Grund, warum ich nicht kommen sollte.«

»Es gibt sogar einen ganz vorzüglichen Grund. Hinaus!«

Die andere errötete und wich zurück.

»Sie könnten wenigstens ein bißchen höflich sein, also, ich bin nämlich, weil ich Ihnen ... einen Höflichkeitsbesuch wollte ich Ihnen abstatten. Ist doch nur in unserem Interesse, wenn wir beide uns verstehen, warum nicht? Sie könnten doch ab und zu mal mit den Kindern zu uns nach San Francisco kommen. Also, Sam würde das freuen. Wär doch besser für alle, nein, und doch auch ungeheuer viel manierlicher. Und überhaupt, für die Kinder ...«

Sie streichelte leicht über Herveys Wange, der sie fasziniert anstarrte. Fanny riß ihren Sohn an sich.

»Verschwinden Sie auf der Stelle!«

»Also hören Sie mal!«

»Miss Kate!« schrie sie, so laut sie konnte. Die behäbige junge Frau tauchte hinter dem Fliegengitter auf. »Holen Sie Hervey hinein!«

Die Gouvernante nahm das Kind und schloß die Tür. Im selben Moment rollte Fanny die Zunge zwischen den Zähnen ein, wie sie es bei den Schürfern gesehen hatte, und schleuderte ihrer Besucherin soviel Spucke entgegen, wie sie nur zusammenbringen konnte. Sie hatte aufs Gesicht gezielt, aber die Chose landete statt dessen sanft zwischen den Spitzen vorne am Rock. Die andere stand wie vom Donner gerührt und machte nur: »Oh!«

Sie sah an sich hinunter, wagte aber nicht, es wegzuwischen, dann straffte sie den Busen, als könne sie damit eine größere Distanz zwischen sich und dieses Mißgeschick legen, machte auf dem Absatz kehrt und verschwand mit hochgereckter Büste und in wildem Zickzack hinter ihr herfegender Schleppe die Allee hinunter. Fanny folgte ihr mit den Blicken. Und jetzt wurde sie von einem Krampf geschüttelt. Sie klammerte sich am Geländer fest und begann zu keuchen. Sie lachte. Und lachte. Ein unbezähmbares Kinderlachen. Sie hätte nicht geglaubt, daß sie zu einer derart unappetitlichen Geste fähig war! Sie konnte es nicht fassen. Wie hatte sie das nur wagen können? Um so mehr, als sie diese Frau nie zuvor gesehen hatte und gar nicht sicher sein konnte, ob sie auch wirklich diese

Kreatur von Sam war. Pure Intuition! Aber als sie das Schnappen des Gartentores hörte und das rote Hütchen und die Stiefel sah, gab es für sie keinen Zweifel: Das da also, das war die Frau, die Sam ihr vorzog. Ihr Lachen verstummte. Nicht einmal hübsch. In Gedanken ließ sie die stämmige Taille, die großen Hände und die gefärbten Haare Revue passieren. Und das hatte Sam ihr vorgezogen! Sie hatte sie sich vorgestellt wie die Witwe Kelly, blond, stolz und gefährlich. Ein Flittchen. Ein Fettkloß. Und das hatte Sam ihr vorgezogen! Sie freute sich diebisch über die Häßlichkeit ihrer Rivalin und war doch noch viel mehr von ihr enttäuscht. Mit dieser Schreckschraube verbrachte er also drei Viertel seiner Zeit. Ihr sollte es recht sein. Armselig. Sam war wirklich ein armseliger Mensch. Dieser Gedanke tröstete sie erst mal.

Sie sah sich um. Das kleine Haus, ihr geliebter abgeschlossener Garten.

Noch armseliger, als sie gedacht hatte. Plötzlich überwältigte sie der entsetzliche Gedanke, was Sam doch für eine Niete war. Und hier sollte sie nun ihr Leben verbringen. »Mrs. Osbourne, die Frau des Gerichtsschreibers, die sich irgendwelchen literarischen und künstlerischen Ambitionen hingibt.« Eingezwängt in die Rolle des Blaustrumpfs. Maßlos enttäuscht von der heillosen Untreue ihres Mannes. Und wenn sie sich einen Geliebten nähme, wie die Heldin dieses französischen Buches, das Rearden ihr geliehen hatte? Genau. Rearden. Warum nicht? Einen Moment stellte sie sich Rearden vor, wie er sie im Arm hielt, mit seiner schönen Hand ihre Brust umfaßte, seinen Schnurrbart auf ihrem Mund. Noch in der Sekunde, wo er sie besessen hätte, würde er sie als Schlampe behandeln. In den Augen aller hier würde sie nie etwas anderes sein als Mrs. O. Mehr oder weniger ehrsam und mehr oder weniger flatterhaft. In der Zeichenschule würde sie es bestenfalls zu einer annehmbaren Kunstgewerblerin bringen. Dann könnte sie Porzellanteller bemalen oder Illustrationen für Frauenjournale beisteuern. Wieder blickte sie sich in der Abgeschiedenheit ihres Gartens um. Die Tigerlilien ragten stolz empor. Die Rosen standen in Blüte. Was gab es hier noch für sie zu tun? Sie dachte an ihr Haus. Zehnmal hatte sie nun schon die Vorhänge gewechselt, ihr

Zimmer neu tapeziert, den Salon umdekoriert. Was gab es dort noch für sie zu tun?

Ihr Blick glitt über die Bucht von San Francisco, wo sich der Nebel rollend in Schichten übereinanderlagerte und sich zu einem Zylinder wie aus weißer Watte auftürmte. Die ganze Bucht leuchtete grell wie eine billige Reproduktion. Gleich würde eine Taube herabschweben und dem Schiff voranfliegen, während hoch über den Wolken Gott den Arm ausstreckte und mit dem Zeigefinger den Weg wies. In diesem Moment war die Idee geboren, der Entschluß gefaßt.

»Ich gehe weg, Mr. Rearden.«

»Ach so? Welche Erlösung.«

»Tim, hören Sie auf. Ich meine es ernst. Ich gehe weg.«

Sie hatte im Sturmlauf die Stockwerke bis zu ihm hinauf überwunden und war, ohne anzuklopfen, hereingeplatzt. Er saß mit der Pfeife im Mund am Feuer und arbeitete.

»In die Alte Welt«, pustete sie emphatisch.

»Nicht weit genug weg!«

»Tim, bitte ... Ich muß mit Ihnen sprechen, es ist wichtig, Sie müssen mir raten.«

»Zwei Ozeane reichen nicht als Abstand zwischen mir und Frauen von Ihrer Sorte ...«

»Tim!«

»Gehen Sie zum Teufel!«

Sie schwenkte herum, knallte die Tür hinter sich zu und sprang wenig später auf die fahrende Kabelbahn Nummer 10 auf. Sie hängte sich an die Haltestange und ließ ihre Röcke vom Trittbrett auf die Pflastersteine hängen, bis sie bei den Williams wieder absprang.

»Dora, ich gehe weg.«

»Ach so? Was für eine gute Idee! Und wohin reist ihr?«

»In die Alte Welt!«

»Wie originell«, war die ironische Antwort von Dora, die von Fanny in ihrer Küche überrascht worden war.

»Glauben Sie, daß Mr. Williams bereit wäre, mir ein paar Adressen zu beschaffen? Empfehlungen bei seinen Bekannten? Namen?«

»Aber ganz sicher!«

Dora bewaffnete sich mit der Teekanne, geleitete ihre Freundin in den Salon, bat sie, Platz zu nehmen, und begann einzuschenken.

»Wie ich Sie beneide, meine Liebe. Rom, das ist der einzige Ort, wo man richtig studieren kann! Rom oder Paris. Sie tun das Richtige. Bei Ihrer Begabung werden Sie mühelos auf sich aufmerksam machen. Ach, wenn ich könnte! Aber bei all den Verpflichtungen meines Mannes ... Wir werden Ihnen helfen! Wir werden Sie empfehlen! Wir werden einen Lehrer für Sie finden! Wir werden Ihre Arbeiten beim Salon unterbringen! Da drüben werden Sie schnell Fortschritte machen. Sehr schnell. Fern von materiellen Sorgen, Ihrem Haus, Ihrem Garten, die Sie allesamt viel zu sehr festgebunden haben. Ohne alle diese Kinder!«

»Meine Kinder? Die nehme ich mit!«

»Gott im Himmel! Wozu das denn?«

»Natürlich alle drei! John, Sie glauben doch etwa nicht, daß ich mich von meinen Kindern trennen werde?«

»Aber bei allem Respekt, Mrs. Osbourne, was werden Sie da drüben tun?«

»Ich werde malen.«

»Wovon wollen Sie leben?«

»Ich werde arbeiten. Es wäre nicht das erste Mal!«

John Lloyd wußte besser als jeder andere, auf welchen Lebensabschnitt Fanny anspielte.

»Aber damals hatten Sie keine drei Kinder zu versorgen. Sie lebten im eigenen Land. Wie wollen Sie sich da drüben verständlich machen?«

Sie zuckte die Achseln.

»Ich werde schon zurechtkommen!«

»Und Sam?«

»Was ist mit Sam?«

»Sam, die Kinder ...«

»Sam«, unterbrach sie ihn, »Sam führt sein Leben, und ich führe meines. Die Kinder? Sprechen wir doch von den Kindern! Er sieht sie nicht öfter als einmal im Monat! Und selbst das nicht immer! Also, ein bißchen mehr, ein bißchen weniger, für ihn wird das keinen großen Unterschied machen ...«

»Weiß er Bescheid über dieses Vorhaben?«

»Ich kann ihn nicht erreichen.« Diese Bemerkung machte Fanny schelmischen Spaß. Zum erstenmal seit langem zeigte sie ein richtiges Lächeln.

»Ich könnte vielleicht bei dieser gewissen Dame vorbeischauen und ihren – wie sagte sie doch so schön? – ihren Höflichkeitsbesuch erwidern.«

»Niemals!« brüllte Sam.

»Wenn nicht«, warf sie versuchsweise hin, »wenn nicht, verlange ich die Scheidung!«

»Du bist verrückt geworden, ich werde dich einsperren lassen! Total verrückt. Erst spuckst du den Leuten ins Gesicht, dann willst du die Kinder ihrem Heim entreißen, ihrer Familie, ihrem Vater. Deine Alte Welt kannst du im Irrenhaus sehen!«

»Oder in einem Sarg!« schimpfte sie. Dann, in anderem Ton: »Sam, hör mir zu. Wir können so nicht weitermachen«. Sie hatte wieder die alte, eiswasserklare Stimme, ihre Stimme von früher. »Ich bin müde ...«

Sie ließ sich aufs Kanapee sinken, ergriff ohne jede Aggressivität Sams Hand und nötigte ihn, sich neben sie zu setzen. Über ihnen prangte das dank John Lloyds Bemühungen in Gold gefaßte Foto von Jacob Vandegrift. Eine abgeschlossene Vergangenheit in diesem Raum. Ein ganzes Leben. Achtzehn Jahre ehelicher Erinnerungen. Über der Klappe des Holzofens verkündete eine blankgewienerte gußeiserne Platte: *home and comfort*. Auf dem Läufer davor hatte sich die Katze zusammengerollt. Die Muster der Teppiche paßten zu den Ranken der Tapeten, die wiederum auf die Möbelstoffe abgestimmt waren. In alle Schaukelstühle, selbst noch in den am rohesten gezimmerten, schmiegten sich die von Fanny und Belle bestickten Kissen. In den Vitrinenschränken standen die Tonarbeiten der einen und die Bilder der anderen aufgereiht. Lustige Zeichnungen aus dem Schürferloch Austin mit seinen schildergespickten Hügeln, seinen Zelten mit Fässern anstelle von Schornsteinen. Karikaturen von Sam und John Lloyd in Goldsucherverkleidung, Filzhut auf dem Kopf, verdreckte Stiefel, die Schaufel über die Schulter: Wir sind für körperliche Arbeit nicht geschaffen. Auf der Fransendecke über dem Klavier ein wenig versetzt die Fotos von Belle in ihrem ersten Kleid mit Turnüre und Hervey mit zwei Monaten. Und unter einem Glassturz ein Stück des einzigen Steins, in dem Sam je ein Fädchen Silber gefunden hat. »Ich ersticke«, sagte sie. »Ich muß allein sein. Ich brauche Zeit. Ich würde gern nach Indiana zurückkehren.«

»Fahr hin. Verbringe ein paar Monate bei deinen Eltern. Mir liegt dieser Ort auch sehr am Herzen. Vielleicht könnte ich sogar mit dir kommen.«

»Nein.«

Verärgert sprang er auf die Füße.

»Wir sind doch schließlich verheiratet!«

Sie ließ die Hand auf die Armlehne zurücksinken.

»So wenig... Sam, laß mich gehen.«

Er machte ein paar Schritte von ihr weg und drehte ihr den Rükken zu.

»Und die Kinder?«

Sie schwieg. Er drehte sich um und fragte noch einmal:

»Und die Kinder?«

»Für Belle, ihre Ausbildung, wird Europa eine wunderbare Erfahrung sein.«

»Wenn du fährst, Fanny, fährst du allein«, schnitt er ihr das Wort ab.

Sie senkte die Augen und murmelte:

»Ich kann ohne sie nicht leben.«

»Dann mußt du eben bleiben.«

Er war drauf und dran, das Zimmer zu verlassen.

»Sam«, schrie sie, »es sind meine Kinder, ich kann sie nicht aufgeben!« Leise fügte sie hinzu: »Und ich kann nicht bleiben!«

»Und ich, Fanny?« fuhr er sie an. »Ich? Es sind auch meine Kinder!«

»Wenn du sie denn mal siehst!« schnappte sie bitter zurück.

»Ja, glaubst du denn, es macht mir Spaß, am Wochenende hier rauszukommen? Dieses Haus ist die Hölle!«

»Ah«, triumphierte sie, »du siehst also ein, daß sich etwas ändern muß, daß ich gehen muß.«

Er schwieg. Sie drang weiter in ihn:

»Sam, geben wir uns ein Jahr. Es stimmt ja, daß ich schwierig werde, daß ich mich unangenehm verändert habe. Ich benehme mich wie eine Megäre, es ist ja wahr. Ich mag mich selbst nicht leiden, nicht mehr als du«, präzisierte sie traurig. »Aber du, du liebst diese Frau. Du hast dein Leben. Einen Beruf. Ich dagegen, ich habe nur meine Kinder. Laß mich gehen. Laß mich jemand werden! Wenn ich stolz auf mich selber bin, wird zwischen uns alles besser gehen.«

Im März 1875 pflanzt Fanny ihre Blumen ins Gewächshaus um und deckt ihr Labor mit Planen ab. Sie packt ihre Koffer. Sie schließt das Häuschen hinter sich zu. Die Nachbarn gießen die Blumen. Sam wird in San Francisco leben. Ein Jahr lang wird er ihr monatlich einen Wechsel schicken, auf eine bestimmte Summe hat er sich nicht eingelassen. Er wird es für die Kinder tun. Wie zum Teufel hat sie es nur fertiggebracht, ihn umzustimmen?

Der Mann, der Szenen verabscheut und Auseinandersetzungen und jeder Form von Drama weit aus dem Wege geht, erlebt keinen Augenblick der Ruhe mehr, seit Fanny sich in den Kopf gesetzt hat zu gehen. Und während sie ihn in Oakland löchert und bekniet, ist es in San Francisco nur noch schlimmer: »Soll sie doch abhauen mit ihren Gören, dieses hysterische Weib!« wettert die Geliebte, begeistert von der Aussicht, Mrs. Osbourne endlich los zu sein. Im Bohemian Club wird ein anderer Ton angeschlagen, aber auch hier verfolgt ihn Fannys Vorhaben. Rearden und Lloyd, die trotz ihrer reservierten Art nichts mehr lieben als ein Stück so richtig saftigen Klatsches, halten sich mit Kommentaren nicht zurück. Virgil

Williams für seinen Teil schweigt sich aus: eine mehr als verräterische Stummheit. Schon allein durch die Tatsache in seiner Eitelkeit gekränkt, daß irgend jemand woanders lernen möchte, begnügt er sich mit der Bemerkung, daß seine Schüler schließlich selbst entscheiden können, wen sie zum Lehrer haben möchten. Europa ist sicher keine schlechte Erfahrung. Und nicht ungeschickt betont er, daß er selber es in strahlendster Erinnerung hat. Auf dem Treppenabsatz hat sich Dora vorm Eingang zur Akademie postiert und versucht Hilfstruppen auszuheben:

»Mrs. Osbourne konnte schließlich nicht ihr ganzes Leben angekettet an diesen Versager verbringen, der ihr keinen roten Heller gönnt.«

Der Skandal, das Abenteuer, sie kann das nur richtig finden. Sie verkündet ihre Zustimmung so laut und unermüdlich, daß in der Schule, im Club und in ihrem eigenen Wohnzimmer von nichts anderem mehr die Rede ist als von der bevorstehenden Abreise von Mrs. Osbourne und ihrer drei Kinder.

Fanny wird von Zweifeln geschüttelt, kann nicht mehr schlafen, vertieft sich in ihre Vorbereitungen und hält sich ansonsten abseits.

Eines Abends aber, nach einer ihrer letzten Unterrichtsstunden, holt Timothy Rearden sie ab.

»Ich muß mit Ihnen sprechen«, grummelte er, während er sie zwischen den Paletten mit Bergen von Austern und Jakobsmuscheln hinter sich herzog.

»Ich dachte, es schickt sich nicht, mit mir zu reden. Schreiben Sie mir, Rearden, ich habe es eilig.«

Er hielt sie am Arm fest.

»Ich begleite Sie bis zum Bus an der Market Street.«

Sie gingen eine Gasse nach der anderen hinunter und wieder hinauf, während ihre Gesichter mal vom Schatten der Telegrafendrähte durchschnitten, mal vom goldenen Licht der Sonne überstrahlt wurden, überquerten Kreuzungen, tauchten unvermittelt in Schneisen blauen Himmels, stießen sich an Mauern, wenn der Anstieg zu steil war. Der eisige Wind vom Meer herauf ließ sie vor

Kälte erstarren, so daß sie sich fest in ihre Schals hüllten, dann wieder knöpften sie ihre Mäntel auf, weil sie schwitzten wie im Sommer.

»Es ist nicht schicklich für eine Frau, allein ins Ausland zu reisen.«

»Schicklich, ein anderes Wort kennen Sie wohl nicht. Sie werden noch mal an Ihrer Ehrbarkeit verrecken!«

»Sie aber auch, meine Liebe. Alle hier verurteilen Sie.«

»Sollten Sie etwa traurig sein, wenn ich wegfahre? Nanu, dieser Gedanke ist mir bisher nicht gekommen. Werde ich Ihnen fehlen?«

»Seien Sie still, und zeigen Sie ein einziges Mal in Ihrem Leben ein bißchen Grips. Sie werden Sam am Ende doch nicht wirklich verlassen!«

»Warum nicht?«

»Weil eine Dame Ihres Alters, Mrs. Osbourne, so charmant sie auch sein mag, ihren Mann nicht verläßt.«

»Stecken Sie Ihre Nase in Ihre eigenen Angelegenheiten!«

»Und Sie, sehen Sie sich doch an: Die Zeiger der Uhr haben ihre Kreise beschrieben, und sie tun es weiter. Ihre Jugend liegt hinter Ihnen. Bald, meine Liebe, werden Sie graue Haare bekommen!«

Rearden nahm nicht ohne Genugtuung zur Kenntnis, daß Mrs. Osbourne trotz ihrer Jahre noch rot werden konnte.

»Beruhigen Sie sich, meine Kleine. Sie sind noch immer schwarzhaarig wie eine Indianerin.«

Es hätte nicht viel gefehlt, und sie hätte ihm die Augen ausgekratzt oder diesen Schnauzbart ausgerissen, unter dem sich ein Lächeln verbarg. Sie beherrschte sich. Sie eilte weiter, als ob sie ihn abhängen wollte, und sagte dann in halb scherzhaftem, halb nörgelndem Ton:

»Hassen Sie die Frauen so sehr, mein armer Freund, daß Sie immer wieder versuchen müssen, sie zu erniedrigen? Was haben sie Ihnen nur getan? Und ich, was habe ich denn so Verwerfliches getan? Ich trenne mich nicht von meinem Mann, wie Sie unbedingt glauben wollen, ich verlasse Sam nicht. Ich verpulvere weder das Erbe meiner Kinder noch verkaufe ich irgend etwas, das Haus bleibt unangetastet, und das, obwohl ich weiß Gott Geld gebrauchen könnte. Ich mache mir nicht einmal die Mühe, das Haus während meiner Abwesenheit zu vermieten, ich will damit sagen: Ich gehe auf Reisen, das ist alles. Eine Studienreise. Was ist denn daran so schlimm?«

Soeben waren die vier Pferde des Omnibusses, der die Market Street mit dem Embarcadero verband, um die Ecke gebogen. An diesem Freitagabend war der Wagen überfüllt. Fanny blieb gar nicht erst an der Haltestelle stehen und ging zu Fuß weiter zwischen all den anderen Menschen, die es eilig hatten, zum Meer hinunter zu kommen. Rearden holte sie ein.

»Also, was diese Studien angeht, genau darüber ...«

Sie gingen an einer Gruppe von Chinesen mit rasiertem Schädel und langem Zopf im Nacken vorüber, mischten sich unter die malaiischen Kulis, die mexikanischen *vaqueros* und die orthodoxen Juden – alles Nationalitäten, Hautfarben, Rassen, die Rearden verabscheute.

»Ich will nichts mehr von Ihnen hören, Rearden. Ich hasse Ihre Engstirnigkeit und Grobheit.«

»Nur ein Wort noch ...«

»Genug!«

»Sie werden mir jetzt zuhören, meine Kleine. Ihre Begabung und ihre künstlerischen Ambitionen – alles Humbug, albernes Geschwätz! Nehmen Sie zur Kenntnis, daß Sie niemals eine große Malerin werden.«

Diesmal benahm es ihr den Atem. Sie mußte anhalten. Er hatte den Bereich angegriffen, der ihr von allen am wertvollsten war. Rearden zuckte nicht mit einer Wimper angesichts ihres flehentlichen Blickes.

»Und schließlich«, fuhr er fort, »möchte ich Sie daran erinnern, wie steinig der Weg ist für eine Matrone, die willentlich der Gesellschaft den Rücken kehrt. Sie hoffen im Einklang mit sich selbst zu leben, das ist es doch, oder etwa nicht? Ihren Instinkten folgen? Grenzen austesten? Dumme Gans! Lassen Sie es sich gesagt sein: Eine Frau, die den rechten Pfad verläßt, verliert sich auf immer. Wenn Sie gehen, wenn Sie Sam verlassen, sind Sie erledigt. So, jetzt habe ich alles gesagt. Und nun tun Sie, was Sie für richtig halten«, sagte er abschließend und zog ein kleines Päckchen aus seinem

Umhang. Ohne äußere Veränderung, immer noch mit der gleichen mürrischen Miene, hielt er es ihr hin. »Ich habe da etwas recht Annehmbares über Ihren Freund Rubens gefunden. Es ist ganz gut geschrieben für ein Buch dieser Art. Lesen Sie es aufmerksam, es wird Sie interessieren.«

Er ließ sie auf dem Bootsanleger stehen und machte sich auf den Rückweg.

Am liebsten wäre sie auf der Stelle mit irgendeinem Schiff in See gestochen, um zu verschwinden und noch einmal ganz von vorne anzufangen. Lange Zeit blickte sie auf das Schimmern der winzigen Wellen hinunter, die sich zu ihren Füßen totliefen.

Früh am nächsten Morgen hörte Fanny die Gartentür einschnappen. Sam ließ sich vor ihr auf eine der Verandastufen sinken. Er sah elend aus, die Augen waren blutunterlaufen, sein Atem roch nach Whiskey. Dann stieß er zwischen den Zähnen hervor:

»Ich komme wieder zu dir zurück.«

»Oh Sam«, seufzte sie.

»Ich habe diese Frau verlassen. Ich komme zu dir zurück!«

Sie betrachtete seinen gebeugten Nacken, die eingefallenen Schultern, seine herabhängenden Hände. Ein geprügelter Hund. Schwäche rief schon rein instinktiv Fannys Beschützerinstinkt wach. Ihr Vater erzählte immer wieder gern, wie sie als junges Mädchen bei den Pferderennen in Indianapolis die Favoriten regelmäßig ignoriert und ihr ganzes Vermögen auf die alte Schindmähre gesetzt hatte, die am meisten Ermutigung brauchte. Als sie Sam so am Boden zerstört sah, wurde sie von einer Woge der Gefühle erfaßt. Zuneigung? Mitleid? Angst?

»Ich komme zu dir zurück«, wiederholte er.

Die Stimme klang hart. Voller Haß. In seinem Blick keine Andeutung von Zärtlichkeit. Nichts als überwältigende Boshaftigkeit. Und Angriffslust. Sie dachte einen Augenblick nach.

»Es wird nicht gutgehen.«

»Und warum nicht? Es ist zehn Jahre lang gutgegangen!«

Sie zog die Schultern hoch und ging ins Haus. Er blieb sitzen, seine Hose längst vom feuchten Holz durchweicht, und drehte sich nur zur Tür um:

»Fanny!« donnerte er. »Du bringst meine Kinder schließlich nicht nur ein paar Meilen weit weg. Nicht für sechs Monate! Auch nicht für ein Jahr! Europa, das ist ein Kontinent, eine Welt, ein Leben! Du entreißt sie ihrer Heimat. Gegen ihren Willen. Gegen meinen Willen. Und warum das alles?«

»Warum?« Fanny blieb wie angewurzelt stehen. Warum?

»Aber damit sie eine Chance bekommen, etwas zu lernen. Damit Belle eine große Künstlerin werden kann.«

Sie spielte falsch. Und sie wußte es. Sie blieb, wo sie war, aufrecht im Flur stehend, von Angst überwältigt. Was tun? Bleiben? Wieder ein gemeinsames Leben mit Sam führen?

Spätestens in einem Monat würde er wieder mit so einem Mädchen am Arm spazierengehen, einer verflossenen oder einer neuen, würde wieder an den Sonntagen hier auftauchen, ums Haushaltsgeld feilschen und alles woanders ausgeben. Und ihr ganzes gemeinsames Leben lang würde er sie in diese Rolle der unzufriedenen Hausfrau drängen, unzufrieden mit sich und der ganzen Welt. Fanny betrachtete sein Bild, das der Standspiegel im Flur ihr zeigte. Zwei deutliche Falten zwischen seinen schwarzen Augenbrauen gaben seinem Gesicht einen gespannten Ausdruck. Die Umrisse seines Mundes zeigten zwei weitere Einkerbungen, die die von Natur aus schon fallenden Mundwinkel noch stärker herabzogen. Die Zeit stand nicht still, in diesem Punkt hatte Rearden recht.

Sie stellte sich vor, wie sie in ein paar Jahren sein würde. Es schien ihr, als würde sie dann keinen Tropfen Wasser mehr unter der Haut haben, kein Blut mehr im Herzen. Eine ausgetrocknete Hülle. Was tun? Wenn sie jetzt nicht ging, würde es zu spät sein. Sie wußte es genau.

»Du trägst ganz allein die Verantwortung, Fanny. Du stiehlst mir Sammys und Herveys Kindheit. Du stiehlst mir Belles Jugend. Du stiehlst mir meine Kinder!«

Am 28. April 1875 ist Fanny bereit. Sie hat das Häuschen abgesperrt und läßt ihre Reisekoffer zum Bahnhof von Valejo schaffen. Miss Kate und die Kinder sind am Tag zuvor informiert worden: Sie fahren nach Indiana. Von dort aus werden sie nach New York reisen, wo Miss Kate bei einer Tante zurückbleiben wird. Fanny wird sich mit Belle (sechzehn Jahre), Samuel Lloyd (sieben) und Hervey (vier) nach Belgien einschiffen. Ein Studienjahr an der berühmten Kunstakademie von Antwerpen.

Warum Antwerpen statt Rom oder Paris, wie Dora es vorgeschlagen hat? Wegen des Buches, das Rearden ihr geschenkt hat? Oder weil aus Sams Sicht eine Hafenstadt in Belgien ungefährlicher erscheint als eine große Hauptstadt? Weil man ohnehin über Antwerpen kommt, wenn man von New York nach Paris reist? Oder hat Fanny in ihrer Ungeduld das erste abgehende Schiff genommen?

Eines jedenfalls weiß ich genau: Fanny hätte Belgien auf keiner Karte wiedergefunden, geschweige denn sagen können, ob es sich um ein Königreich, eine Republik oder ein Kaiserreich handelte. Und die Sprache, die man dort spricht – keine Ahnung! Flämisch, Französisch, so oder so, sie versteht kein Wort davon. Darüber hinaus vergißt sie geflissentlich, daß Sam ihr kein Geld schicken wird, oder doch nur das absolut Notwendigste, und daß sie überhaupt keine Anlaufstelle in Europa hat, keine Freunde, keine Verwandten. Und vor allem weiß sie nicht, daß an der Akademie von Antwerpen keine Frauen zugelassen sind. Sie reist ins Nichts.

In der zweiten Hälfte des 19. Jahrhunderts sieht man in Europa viele solche Abenteurerinnen aus Amerika an Land gehen. Aber keine von ihnen ist über dreißig, hat eine Familie am Hals und dafür keinen Pfennig in der Tasche.

Zweiter Teil

DER STURMVOGEL

1875 – 1880

TROTZDEM!

Leben, das ist wie das Prickeln von Champagner, einfach leben!
FANNY OSBOURNE

AUF SEE
Juli 1875

Dicht an die Reling des Zweiter-Klasse-Decks gedrängt, steht sehr aufrecht eine Frau im gestreiften Baumwollkleid und hält ihre Kinder fest umschlungen. Eine hübsche Gruppe. Die Söhne, beide hellblond, streiten sich um ein Fernglas und erzählen sich gegenseitig, was sie über das Meer wissen. Der ältere, in Knickerbockern und Spencerjacke, mit brav gebändigten Locken und Fliege, macht einen beinahe zu vernünftigen und passiven Eindruck für einen Jungen seines Alters. Der kleine dagegen sprüht über vor Lebendigkeit. Mit seinem Matrosenanzug, den langen Korkenzieherlocken, einem dunklen und intensiven, von den dichten langen Wimpern fast gänzlich verschatteten Blick steht er da und hält das Gesicht in den Wind, bis ihm das Atmen schwer wird. Dann fährt er flink mit der Zunge über die Lippen und schmeckt das Salz, ohne dabei das Fernglas aus der Hand zu geben. Mit der anderen hält er sich an seiner Schwester fest. Die Schönheit dieses jungen Mädchens im Schottenkleid mit einem lässig über die Schulter zurückgeschlagenen Karoschal steht im krassen Gegensatz zum durchsichtig zarten Charme der Knaben. Sie ist sehr dunkelhaarig, sehr irdisch, lacht und wiegt sich hin und her, einzig und allein zur Freude der anderen Passagiere, die hinter ihr Shuffleboard spielen. Sie weiß, daß mit jedem Puck, der schurrend über das Holz der Brücke gleitet, der Blick eines Mannes an ihrer Taille hängenbleibt, an ihrem schimmernden Haar, das in zwei langen Locken bis zu den Hüften herabhängt. Für ein unschuldiges Kind weiß sie schon ziemlich gut Bescheid.

Nüchterner und insgesamt strenger, mit freiem Nacken und nackten Ohrläppchen, ein großes goldenes Kreuz als einzigen Schmuck am Kragen, wacht die Mutter über ihre Familie. Ihr cremefarbener Tüllschleier, der eng über die gerade Nase, die gewölbte Stirn und die schmalen Schläfen geweht wird, gibt der prächtigen, überglatten, ein wenig zu bräunlichen Haut, dem ganzen scharf geschnittenen Profil, das sich da hart vor dem Wasser des Ozeans abhebt, einen sanfteren Schmelz. Sie scheint reglos dazustehen, dennoch rührt und bewegt sich alles an ihr. Ihr Stiefel zuckt unter den Vibrationen des Schiffsmotors, die roten Rockschöße an der Taille flattern hoch und treffen sich in der Luft mit den Bändern des Hutes, die grau-beigen Streifen ihres Seidenkleides fließen über dem Faux cul zusammen, fallen unter dem Gesäßpolster zu einem Fächer auseinander und ergießen sich schließlich in einem Faltenmeer bis auf die Brücke hinab.

»Mama, ist es noch sehr weit?« fragt Hervey unvermittelt.

»Wo werden wir wohnen?« fügt Samuel Lloyd ungeduldig an.

»Und Papa?« erkundigt sich Belle.

»Papa wird nachkommen!« Fanny umfängt ihre Kleinen mit diesem eindringlichen Blick, dessen Nachdruck sie beruhigt und dessen Zuversicht sie mitreißt … »Wir«, murmelt sie mit ganz leiser Stimme, »wir werden Abenteuer erleben, die niemand in San Francisco je kennengelernt hat. Nicht einmal die Goldsucher!«

Mit ihrem verheißungsvoll raunenden Unterton, dieser eindringlichen, aber nicht geschwollenen Stimme, deren Flüstern ein Orakel aus alten Zeiten über das Meer zu tragen scheint, rührt Fanny bei ihren Kindern an ungeahnte Kräfte. Traum, Spiel, ein Blick in die Zukunft? Die Kinder rücken nah an sie heran und sagen kein einziges Wort.

ANTWERPEN
August – Oktober 1875

Am Ende hat sich alles so zugetragen, wie ich es vorhergesehen hatte, schreibt sie an Dora. *Wir sind verschwunden, ohne auch nur die Zeit zu finden, unsere Freunde davon in Kenntnis zu setzen.*

San Francisco – Antwerpen, via Indianapolis. Fünfundzwanzig Jahre, bevor die ersten Flugzeuge aufsteigen, ein halbes Jahrhundert vor Lindbergh scheint Fanny mit größter Leichtigkeit die Welt zu bereisen. Zunächst einmal ist sie mit der Western Pacific Railroad bis nach Vallejo gefahren, von dort mit der California Pacific bis Sacramento, dann mit der Central Pacific bis Ogden, mit der Union Pacific bis Omaha, umsteigen nach Chicago, von dort mit der Vandalia Railroad hinunter in Richtung Indianapolis, das letzte Stück mit dem Bummelzug bis Clayton oder Danville und schließlich mit dem Einspänner bis zur Farm der Vandegrifts.

Und am Ende dieser zwölftägigen Weltreise, die sie, eingeschnürt in ein Korsett auf ungepolsterten Sitzen, ohne Stütze für die Arme oder den Kopf verbracht hat, ohne eine Liege für die Nacht, begleitet von zwei Jungen im Kleinkindalter, nach zweihundert Stationen und einem verpaßten Anschluß in Omaha, wo sie daraufhin vierundzwanzig Stunden im Wartesaal herumsitzen muß, bleibt sie ganze acht Tage bei ihrer Familie. Dann schnürt sie von neuem ihr Bündel und begibt sich auf den nächsten Teil dieser Reise. Eine Reise, die ich aus meiner heutigen Sicht im Leben nicht machen würde, die sie aber bis ins hohe Alter, ohne zu zögern, immer wieder unternehmen sollte.

Die Überschwemmung hat uns länger in Indiana festgehalten, als mir lieb war, fährt sie unbeeindruckt fort. *Brücken und Stege waren fortgespült. Am Ende konnte ich einfach nicht mehr länger warten. Also engagierte ich einen Kutscher, der mir auf die Bibel schwören mußte, zu gehorchen, was immer ich auch befehlen würde. Ich habe ein altes Bauernfuhrwerk und zwei Pferde gemietet. Und dann habe ich mit meinen Kindern und meinen Koffern die Sintflut durchquert. Von durchgeweichten Uferböschungen sind wir in reißende*

Strömungen hinuntergerutscht. Wir hätten leicht mitgerissen werden und ertrinken können. Auf der ganzen Strecke gab es nur eine einzige Brücke, und dort verwehrten Patrouillen den Leuten den Zugang. Wir aber sind hinübergekommen. Eine Viertelstunde später brach sie zusammen. Ich glaube nicht, daß ich mich noch einmal auf ein solches Wagnis einlassen würde. Ich habe nicht nur mein Leben, sondern auch das meiner Kinder aufs Spiel gesetzt. Alles in allem war es vielleicht doch ein Glück, daß ich so ungeduldig war, denn ich hatte zu lange bei meinen Eltern ausgeharrt, und die Zugfahrkarten waren verfallen. Ich bin genau im richtigen Augenblick in New York eingetroffen. Das auslaufende Schiff war fast leer, und ich mußte für die ganze Fahrt bis Antwerpen nur hundertfünfundsiebzig Dollar für uns alle zusammen zahlen, und das für die beiden besten Kabinen. Ich werde nie wieder der Legende Glauben schenken, daß es den Engländern an Galanterie mangelte. Die Tatsache, daß Belle und ich allein unterwegs waren, zwei Amerikanerinnen ohne Begleitschutz, hat uns die allerrespektvollste Behandlung eingetragen. Von Liverpool aus hat uns ein Dampfboot über den Kanal gebracht. Gegen elf Uhr abends trafen wir in Antwerpen ein. Der Zoll kam an Bord, aber trotz all seiner Drohungen konnte der Kapitän die Leute nicht dazu bewegen, unser Gepäck noch in derselben Nacht abzufertigen. Es war sehr kalt und regnete, überdies gab es nicht genug Schlafplätze für alle Passagiere. Ich bin also auf den freundlichsten der Offiziere zugegangen, habe so hilflos wie möglich getan, was nicht besonders schwierig war, ich mußte mich nicht sonderlich verstellen, und gehaucht: »Ich reise ganz allein mit meiner noch sehr jungen Tochter und meinen beiden kleinen Söhnen. Sie können sich vorstellen, wie schwer es für uns wäre, die ganze Nacht hier verbringen zu müssen! Ich appelliere an Ihre Ritterlichkeit.« Unverzüglich wurden meine Koffer von Bord gebracht, die Schlösser geöffnet und wieder zugesperrt. Der Kapitän hat eine Kutsche gerufen, und wenig später fanden wir uns in einem Hotelzimmer wieder, einem einzigen für uns alle, weil das Hotel voll belegt war. Erschöpft haben wir uns erst mal eine Sekunde lang still hingesetzt. Genau in diesem Moment begann die Glocke der Liebfrauenkathedrale von Antwerpen die Mitternacht einzuläuten. Plötzlich wurde mir bewußt, daß wir angekommen waren. Ich hielt den Atem an, um zuzuhören. Meine Augen waren geschlossen. Ich glaube, ich empfand das gleiche wie Mr. Williams, als er zum erstenmal nach Rom kam. Ich werde diesen Augenblick mein Lebtag nicht vergessen. Ich war sentimental genug, mir einzubilden, daß die Alte Welt mich willkommen hieß.

Fanny gibt sich ganz und gar ihrem Enthusiasmus hin. Nicht einmal die Katastrophe, die Nachricht, daß ihre ganze Reise umsonst gewesen ist, kann sie aus dem Konzept bringen.

Aber, mein Gott im Himmel, hat der Direktor der Akademie ausgerufen, als ich am nächsten Tag bei ihm vorsprach, mein Gott, warum sind Sie kein Mann? Ich werde also weder an der Akademie noch in irgendeinem Atelier der Stadt meinen Studien nachgehen können, aber ich hoffe doch, meine Zeit nicht vollends vertan zu haben. Der Direktor rät mir zu Privatunterricht, sechs Monate intensiver Arbeit hier, zum Studium der Anatomie, anschließend ein Studienjahr in Paris und ein weiteres in Rom. Das hat er mir gesagt. Und genau das werde ich auch tun.

Mit welchem Geld? Fanny spricht das Problem nicht an. Alle talentierten jungen Damen, die tatsächlich Privatstunden nehmen, es vielleicht sogar zu einer Ausstellung bringen und Erfolge ernten – ich denke an die Amerikanerin Mary Cassatt, an Berthe Morisot, Eva Gonzales, Marie Bashkirtseff –, sie alle können zunächst auf ein privates Vermögen zurückgreifen. Ihr eigenes, das ihrer Familie oder ihrer Freunde.

Freunde? Aber ich doch auch, natürlich habe ich Freunde! ereifert sie sich voller Unschuld. *Die Besitzer des Hôtel du Bien-Etre, Papa und Maman Gerhardt. Die prächtigsten Leute, die man sich vorstellen kann. Sie haben uns buchstäblich mit Freundlichkeiten überschüttet, so daß wir uns kaum mehr rühren konnten. Sie werden mir bei meiner Karriere behilflich sein. Das alte flämische Muttchen, eine dicke Frau, legt ihre runden Arme um meine Schultern und spricht zu mir in ihrer Sprache, ich antworte in der unseren, und wir lachen alle herzlich. Ich habe ihnen gleich gesagt, daß ihre Preise zu hoch für mich seien, und so haben sie eine kleine Wohnung für mich gesucht. Sie haben eine gefunden, nach vielen Mühen, nur zwei Häuser von ihrem entfernt. Sie finden, daß ich besser allein lebe, statt mir eine Wohnung mit Zimmergenossen zu teilen. »Wissen Sie«, erklärt die alte Dame, »die anderen könnten sich beschweren, wenn die Kinder Lärm machen. Ich habe selber elf gehabt und weiß, wovon ich rede.« Natürlich hat man mir das übersetzt, ihr Mann spricht ein wenig Englisch. Belle läßt Ihnen sagen, daß Antwerpen aus einem Wirrwarr von gewundenen Gäßchen mit Kopfsteinpflaster besteht, die sich wie Schlangen um sich selbst winden. Wir gehen in einer Richtung los und finden uns plötzlich in der anderen wieder, während sich die obersten Geschosse der Häuser über unseren Köpfen ein Stelldichein geben. Nichts ist wie bei uns zu Hause! Hier gibt es Hunde mit Maulkörben, die kleine Wagen oder einen Milchkarren ziehen, an jeder Straßenecke stehen von Kerzen erhellte Statuen von Heiligen und Madonnen, aber das Ungewöhnlichste bei alldem ist doch die Kleidung der Menschen. Was für ein Mummenschanz! Die Männer tragen Hosen von ungeheurem Ausmaß, die Frauen ausladende Hauben mit Ohrenklappen und weite Umhänge. Inmitten dieser Bevölkerung von verkleideten Riesen, die uns für Zwerge oder Kinder halten, sind wir auf hundert Meter Entfernung auszumachen. Belle ist gerade heimgekehrt, nachdem sie sich zum dritten- oder viertenmal die* Kreuzabnahme *von Rubens angesehen hat. Sam ist ganz verrückt nach Rubens. Hervey hat seit unserer Ankunft hier ein wenig Fieber. Im Augenblick schlägt er auf einer Trommel herum und macht einen ganz grauenvollen Krach, was Ihnen hoffentlich gewisse Ungereimtheiten meines Briefes verständlich macht. Von Belle soll ich Ihnen sagen, daß unser Haus ein vierstöckiges Gebäude mit unverputzten Steinwänden ist. Innen ist es geschwärzt vom Alter und vom Staub, und jede Etage hat nur ein einziges Zimmer. Ja, es gibt insgesamt überhaupt nur fünf Zimmer, die kleinsten, die man sich vorstellen kann, und einen winzigen Vorflur. Unter uns gesagt: Die Zimmer sind so klein, daß wir im Grunde alle im selben wohnen werden –*

und ich fürchte, die dicke Miss Kate wird wohl unter der Tür stehen bleiben müssen. Sie fragen sich sicher, wie Miss Kate hierher kommt...

Miss Kate? Wollte Fanny die Kinderfrau nicht bei Verwandten in New York zurücklassen?

Hier bahnt sich die erste der seltsamen Beziehungen an, die Fanny mit den Menschen in ihren Diensten knüpft. Fanny. »Gehaßt oder überschwenglich verehrt. Gleichgültigkeit ausgeschlossen«, so wird Stevenson sie beschreiben, und so sehen sie ihre Bediensteten, die ihr bis ans Ende der Welt folgen. Miss Kate eröffnet den Reigen der Beispiele übertriebener Unterwürfigkeit mit einem leichten Hang zum Melodramatischen.

Als man am 2. August bei der Abreise aus New York vor der *City of Brooklyn* mit Bestimmungsort Liverpool stand, hatte sie sich nicht von Fanny und den Kindern losreißen können.

»Nehmen Sie mich mit!« hatte sie gebettelt.

»Aber, Miss Kate, Sie wissen doch, daß ich Sie mit dem wenigen, was mir mein Mann nach Europa schickt, nicht bezahlen kann.«

»Dann arbeite ich umsonst!«

»Meine gute Miss Kate, ich könnte Sie noch nicht einmal ernähren!«

»Dann esse ich eben nicht.«

Fanny hatte einen ungläubigen Blick über Miss Kate schweifen lassen. Eine Statur wie ein Mann, raumgreifende Hüften und ein noch viel aufnahmefähigerer Mund.

»Passen Sie gut auf sich auf, liebe Miss Kate. Aus Freundschaft zu uns. Sobald wir zurück sind, gebe ich Ihnen Nachricht, und dann kommen Sie zu uns nach East Oakland. Adieu!«

Sie hatte erfolglos versucht, die Gouvernante zu umarmen, die sich schluchzend von ihr losmachte und davonging. Traurig hatte sie der immer kleiner werdenden Gestalt hinterhergesehen.

Während der Überfahrt ließen Fanny und Belle sich auf dem Zweiter-Klasse-Deck von einem ganzen Schwarm junger Männer den Hof machen, von denen zwei sie noch über Jahre hinaus mit ihrer Verehrung bedrängen sollten. Der erste, ein reicher Südstaatler, Baumwollpflanzer aus Kentucky, setzt sich in den Kopf, die Tochter zu freien; der andere, ein Chirurg aus New York, macht die ersten Anstalten, die Mutter zu verführen, als plötzlich eine Dame von beeindruckender Körperfülle auf der Bildfläche erscheint und sich ihnen zu Füßen wirft.

»Ich liebe Sie! Lassen Sie mich bleiben! Verzeihung, Verzeihung. Seit zwei Tagen verstecke ich mich im Laderaum. Ich habe auf eigene Kosten eine Fahrkarte dritter Klasse gekauft. Ich bleibe bei Ihnen. Sie können mich nicht mehr von Bord werfen.«

Erstaunt, ein ganz klein wenig entsetzt, aber auch mit einem Anflug von Gerührtheit hebt Fanny Miss Kate auf. Die beiden Frauen schließen sich in die Arme.

Gemeinsam werden sie endlose Nächte durchwachen. Ein Alptraum, von dem sich weder die eine noch die andere je erholen wird.

PARIS

Oktober 1875 – April 1876

Paris, ein Chaos, eine Schutthalde, eine einzige Baugrube, ein Massengrab. Paris. Vier Jahre nach den Massakern der Kommune – an die zwanzigtausend Opfer, mehr Tote in einer einzigen Woche als in sechs Jahren Französischer Revolution – trifft Fanny auf einem Bahnsteig an der Gare du Nord ein.

Unsere letzten Tage in Antwerpen waren recht unruhig, erzählt Belle. *Kaum hatten wir uns in unserem Puppenhäuschen so richtig eingerichtet, wurde mein kleiner Bruder krank. Der Arzt, ein uns von Papa Gerhardt empfohlener Franzose, sah nur zu, wie er langsam dahinsiechte: »Ich verstehe nicht, was er hat«, gab er schließlich zu. »Bringen Sie dieses Kind nach Paris. Die Spezialisten dort werden ihn spielend wieder gesund machen.« In wenigen Tagen packte meine Mutter erneut unsere Koffer. Sie verkaufte das wenige, was wir besaßen, übergab das Haus und entriß uns alle den Armen der Familie Gerhardt. Eine Woche später waren wir in Pa-*

ris. Wie hat sie es fertiggebracht, in dieser großen Stadt, in der wir absolut niemanden kannten, ein Dach über dem Kopf für uns zu bekommen?

Von den Preußen bombardiert. Von den Kommunarden in Brand gesteckt. Von Hausmanns Baumaßnahmen zerstückelt. Was Fanny in Paris vorfindet, ist der Charme einer Stadt in Ruinen.

Mauerreste, klaffende Risse. Verkohlte, rußbedeckte Gebäude, die Tuilerien in Schutt und Asche, das Hôtel de Ville, die Präfektur, das Nationalarchiv, das Palais d'Orsay – Steine, Gruben, Löcher. Kein Baum mehr aufrecht. Rue Royale, Rue de Rivoli, Rue de Lille – aufgeborsten eine wie die andere. Insgesamt zweihundert rettungslos zerstörte Gebäude.

In der Avenue de l'Opéra stürzen die Häuser zu den Schreien der heimatlos Gewordenen zusammen, die ihre Besitztümer auf offener Straße versteigern. Weiter oben, auf dem Montmartre, schichten sich, verborgen hinter einem gigantischen Bretterzaun, die weißen Steine von Sacré-Cœur aufeinander. Eine gesegnete Epoche für jeden, der sich für die Malerei interessiert! Millet, Corot, die Vorläufer der Schule von Barbizon, sind zwar gerade Anfang des Jahres gestorben, aber im letzten Frühjahr wurde zum erstenmal das Wort »Impressionismus« ausgesprochen. Und im folgenden Jahr wird Monet seine Bilderserie über die Gare Saint-Lazare beginnen. Renoir wohnt in der Rue Saint-Georges, Degas in der Rue de Douai, wo Henry James Turgenjew seinen Besuch abstattet, und eine gewisse Mrs. Samuel Osbourne richtet sich nur wenige Schritte entfernt in einer armseligen kleinen Wohnung im Quartier de l'Europe häuslich ein. Sie kommt gerade im aufregendsten Moment. Genau zu dem Zeitpunkt, als sich die Kunst Hals über Kopf ins zwanzigste Jahrhundert stürzt. Fanny wird von alldem nichts mitbekommen. Und wie sollte sie auch?

Sie trägt auf einem ganz anderen Schlachtfeld einen Kampf aus, der sowohl ihren Körper als auch ihren Geist voll in Anspruch nehmen wird, bis zur endgültigen Niederlage.

Von dieser ersten Begegnung, ihrer entsetzlichen Niederlage, wird Fanny all jene Züge zurückbehalten, die ihre Verleumder gegen sie aufbringen werden. Die fixe Idee, alle zu »retten«, die sie liebt. Die manische Angewohnheit, ständig Krankheiten zu diagnostizieren, die Angst vor schlechten Vorhersagen. Der glühende Eifer einer Krankenschwester, die damit beschäftigt ist, dem Schicksal ein Schnippchen zu schlagen. Selbst ihre Freunde werden ihr diese Beharrlichkeit vorwerfen, mit der sie immer wieder die Krankenwärterin spielt, sich in düsteren Prophezeiungen ergeht und schließlich in Verzweiflung darüber ausbricht, daß man sie nicht ernstgenommen hat.

Für den Augenblick läßt sich Fanny in ihren Briefen an Dora Williams und Timothy Rearden nichts anmerken. Nicht nur, daß sie sich nie beklagt, sie beschönigt. Dora bewundert, Rearden tadelt sie: Sie blufft. Wie könnte sie ihnen auch zugeben, wie sie in Wirklichkeit ihre Tage in Paris verbringt? Fannys Schweigen ist immer bedeutsamer als die Sätze, die sie von sich gibt. Wer zwischen den Zeilen zu lesen versteht, ahnt die Herzensangst.

Fanny an Dora
Oktober 1875

Liebe Mrs. Williams,
letzte Nacht habe ich von Ihnen und Ihrem Gatten geträumt, und auch wenn der Traum nicht sehr angenehm war (ich träumte, daß ich eine Auseinandersetzung mit Ihnen hatte), so hat er mir doch dazu gedient, mich daran zu erinnern, daß ich Ihnen einen Brief schuldig war.

Wir sind, ich nehme an, das wissen Sie bereits, inzwischen in Paris. Ich denke mir auch, daß Sie mit dem Gedanken spielen, eines Tages hierherzukommen, und so wird es Sie interessieren, was für ein Leben wir hier führen. Nun denn. Wir wohnen in einem Appartement. Die ganze Etage steht uns allein zur Verfügung, und wir haben es hier so ruhig, als würden wir ein eigenes Haus bewohnen. Für fünfzehn Dollar im Monat, zuzüglich zwei Dollar für den Concierge, haben wir zwei große Zimmer, einen hübschen kleinen Salon, einen winzigen Vorraum und ein sehr elegantes Eßzimmer mit einem Porzellan-Kachelofen, in jedem Zimmer riesige Spiegel, nicht zu reden von der Küche mit ihrem kleinen Kohleherd. Unsere Mö-

bel, die ich weitgehend mit meinen eigenen Händen fabriziert habe, sind äußerst primitiv. In der Küche gibt es einen Hahn, aus dem wir kostenlos Wasser entnehmen können, das nicht aus der Seine kommt wie in den meisten Häusern, sondern aus einem artesischen Brunnen. Es ist klar und eiskalt. Und wenn wir erst die Mittel haben werden, es zu bezahlen, bekommen wir auch noch Gasbeleuchtung.

Ich fühle mich sehr zur Malweise der Franzosen hingezogen, aber ich verstehe nicht viel davon und kann es nicht wirklich beurteilen. Ich habe noch nicht alle von den besten Gemälden gesehen. Bisher gibt es nichts, was ich Rubens vorziehen würde. Belle und ich werden, nachdem wir uns beim Konsulat erkundigt haben, in der Akademie von M. Julian studieren. Sein Atelier, das vor gut fünfzehn Jahren in der Rue Fontaine gegründet wurde, macht überall in der Stadt Zweigstellen auf. Und eine davon, o Wunder, ist Frauen vorbehalten. Sie kommen aus allen Teilen der Erde dorthin. Das verspricht aufregend zu werden.

Fanny an Rearden
Oktober/November 1875

Lieber Mr. Rearden,
alles ist in schönster Ordnung.
Seit wir in Paris eingetroffen sind, hat sich unser aller Gesundheit verbessert. Wegen Herveys Krankheit konnte ich die Akademie Julian bisher nicht besuchen. Aber es geht ihm besser. Ich finde trotz allem, daß sie hier ungeheure Dosen von Chinin verabreichen. Hervey schluckt gleich mehrere Pulverkapseln auf einmal, und wenn es im Wasser aufgelöst ist, füllt das Chinin den ganzen Löffel. Das arme Kind hat soviel gelitten, daß es den bitteren Saft gierig trinkt, in der Hoffnung, er werde seine Schmerzen lindern. Obwohl er immer noch sehr blaß und mager ist, bin ich nicht mehr ganz so beunruhigt.

Fanny an Dora
November 1875

Sie fragen nach Neuigkeiten aus meinem Bohemienleben. Ich habe eine Menge zu berichten! Belle, die jeden Tag ins Atelier geht, erzählt, daß M. Julian nächsten Montag einen Kostümball für die Da-

menklasse gibt, vorausgesetzt, daß niemand aus der Männerklasse erscheint. Junge Mädchen dürfen nicht ohne Anstandsdame teilnehmen. Belle würde es natürlich das Herz brechen, wenn sie nicht hinginge. Also werde ich sie begleiten, aber nicht im Kostüm, das schwöre ich! Es wird ein künstlerisches Ereignis. Oben auf der großen Treppe wird ein vollkommen nackter Mann als Statue mit einer Lampe auf dem Kopf posieren. Die Gänge werden von Lampions beleuchtet sein, und man wird überall Pagen in mittelalterlichen Kostümen postieren, damit sich niemand verläuft. Das Souper, das in M. Julians Privaträumen serviert werden wird, besteht nur aus Brioches, Kuchen, Wein und Früchten, aber die Kargheit des Mahles findet ihren Ausgleich durch die Uhrzeit, zu der man das Festessen eröffnen wird: zwei Uhr morgens, très à la mode. *Ich glaube, wir werden uns sehr amüsieren!*

An Ihrer Stelle würde ich den Dummheiten, die Rearden über mich erzählt, keine Beachtung schenken. Er war immer gegen meine Reise. Hören Sie nicht auf ihn. Er ist schon das, was Sie von ihm sagen, aber ich für meinen Teil bewundere ihn für andere Eigenschaften als seine Intelligenz. Ich bewundere ihn für seine Großzügigkeit, seine Zärtlichkeit gegenüber Kindern, für seine distinguierte Art und eine ganz eigene Unschuld, etwas Kindliches in seinem Verhalten, das in krassem Gegensatz zu seinem schwierigen Charakter steht. Er ist schon eine seltsame Kreatur.

Die Nachricht von der Vermählung Ihrer Cousine hat mich nicht übermäßig erstaunt. Sie haben völlig recht, zu denken, daß so etwas für Belle ganz ausgeschlossen ist. Und doch hat sie auf dem Schiff eine ähnlich vorteilhafte Offerte gehabt. Ein Baumwollpflanzer aus Kentucky hat bei mir um ihre Hand angehalten. Sie hat nichts davon erfahren. Der Antrag des Plantagenbesitzers war sogar noch vielversprechender als der, von dem Sie mir berichtet haben! Ich werde Ihnen eines Tages mehr darüber erzählen, aber sprechen Sie bitte mit niemandem über diese Heirat. Nicht eine Sekunde habe ich sie ernsthaft in Erwägung gezogen, und nicht wenige Mütter hätten gierig diese Gelegenheit beim Schopf ergriffen, ein paar Tausend Dollar in die Familie einzuführen. Sprechen Sie vor allem mit meinem Mann nicht davon, er würde den Antrag annehmen!

Mein kleiner Hervey ist noch immer sehr krank. Der Arzt meint, daß ich für die nächsten drei Monate noch mit keiner maßgeblichen Besserung rechnen kann. Schreiben Sie mir schneller als bisher. Denken Sie daran, wie weit ich entfernt bin und wie einsam.
Immer die Ihre *Fanny M.*

Fanny an Rearden
November 1875

Lieber Mr. Rearden,
alle außer Miss Kate und mir sind bereits zu Bett gegangen. Mein kleiner Hervey ist noch immer sehr krank. Ich habe einen der besten Ärzte von Paris kommen lassen, der gesagt hat, daß mein Kind von vielen Krankheiten befallen sei und von der Knochentuberkulose bedroht. Die Behandlung ist sehr schmerzhaft und unangenehm für den Jungen. Wir müssen einen Monat lang jeden Abend seinen Leib mit einer Arznei bestreichen, die so stark riecht, daß sie jedem im Raum die Tränen in die Augen treibt.

Natürlich fällt es mir schwer zu studieren. Ich bin müde. Dennoch bin ich bis vor drei Tagen jeden Tag zur Akademie Julian gegangen. Sie scheint für Frauen wirklich das beste Maleratelier auf der Welt zu sein. Schwedinnen und Russinnen lernen dort und auch vier oder fünf andere Amerikanerinnen.

Das Atelier befindet sich in der Passage des Panoramas, es sind zwei Zimmer, sehr viele Leute und sehr verraucht. Die Modelle stehen auf einer Art Balustrade. Man muß sehr früh morgens dort sein, um einen guten Platz zu bekommen, sonst sieht man gar nichts. Mit Herveys Krankheit fällt mir das schwer.

Morgens haben wir immer ein Modell, das für Kopf- oder Handstudien posiert, und nachmittags ein anderes für Aktzeichnungen. Jede zweite Woche haben wir ein männliches Modell. Die Männer sind nur spärlich bedeckt, die Frauen völlig hüllenlos. Das Aktzeichnen stört mich nicht im geringsten, aber ich muß zugeben, wenn die Frau mit M. Julian lacht und scherzt, während sie auf dem Podium sitzt, oder wenn sie vor unseren Augen ihre Unterkleider anlegt und dabei immer noch mit ihm spricht, dann hört sie auf, ein Modell zu sein, dann wird sie wieder eine Frau, und diesen Moment schätze ich ganz und gar nicht. Gestern, als M. Julian zu Ohren kam, daß das Modell, ein sehr hübsches Mädchen, tanzen konnte, hat er sie, nackt wie sie war, im Walzertakt herumgeschwenkt. Wäre das in San Francisco nicht einfach schockierend? Zwei späte Mädchen aus Amerika waren ganz aus dem Häuschen.

Das Arbeiten macht uns sehr viel Spaß. Bis zum Sonnabend. An diesem Tag kommt früh morgens um neun M. Tony Robert Fleury, der schreckliche Korrektor. Er gehört zur Jury des Salons, malt das Hôtel de Ville neu aus, das zur Zeit wieder aufgebaut wird, und gilt als einer der größten Maler Frankreichs. Ich für meinen Teil finde ihn außerordentlich eitel und durch und durch unsympathisch. Seine Aufgabe besteht darin, die Fehler unserer Arbeiten herauszuheben, und er tut es auf das salbungsvollste. Wenn er etwas wirklich Schlechtes gefunden hat, ist er absolut entzückt. Also wird er mit eisigem Schweigen empfangen und hinterläßt eine Grabesstimmung. Ausgerechnet jetzt hat mir das gerade noch gefehlt. Also habe ich meine Staffelei der Wand zugedreht, damit er mich nicht bemerkt. Als er schon gehen wollte, hat meine Nachbarin gemeinerweise seine Aufmerksamkeit auf meine Zeichnung gezogen. Zu meiner großen Überraschung – und der meiner Denunziantin! – hat er sie mehr gelobt als alles, was im Atelier entstanden war, indem er sagte, meine Arbeit sei so unschuldig, so natürlich und frisch, daß ich mir diesen Stil unbedingt bewahren solle, ich sollte mich nur nicht um das scheren, was er den anderen sage. Was sagen Sie nun, mein guter Rearden, Sie meinten doch, ich sei völlig unbegabt!

Seien Sie nett, und lassen Sie uns in unseren Briefen nicht mehr über John Lloyd reden. Ich würde dieses Thema lieber umgehen. Es scheint mir ungerecht, daß wir uns auf seine Kosten lustig machen. Ich bin mir durchaus bewußt, daß seine Empfindungen mir gegenüber keine Zukunft haben, aber zu wissen, daß ich auf dieser Welt einen Freund habe, ist ein wunderbares Gefühl, und eben das, einen Freund, das habe ich in John. Und da ist er wahrlich der einzige.

Um auf Ihre Frage zu antworten: Sicher glaube ich an die Rechte der Frau im allgemeinen, aber nicht, sofern es mich betrifft. Die Natur hat aus mir eines dieser Wesen gemacht, die von bedeutenden Geistern verabscheut werden und die sie »unverwüstlich« nennen. Und doch wäre ich viel lieber nicht die viel zu standhafte Eiche, die sich ganz aus eigener Kraft aufrecht hält. Es macht mich traurig, sie mir ohne schützendes Dach vorzustellen, ohne andere Hilfe als die, die sie sich selber schafft.

Bei uns hier herrscht eine beißende Kälte. Es ist der härteste Winter seit zwanzig Jahren. Wir waren gezwungen, in einem der Zimmer ständig ein Feuer zu unterhalten, und wir können gar nicht mehr richtig warm werden. Die Kinder sind ganz starr vor Kälte. Ich reibe sie tüchtig ab. Nichts hilft. Sie schlottern unter ihren Bettdecken mit sämtlichen Gliedern. Die Kälte gehört in der Tat zu den Dingen, die ich zutiefst verabscheue.

Wenn Sie diesen Brief erhalten, wird es Weihnachten sein. Ich wünsche Ihnen ein sehr, sehr frohes Fest. Ich wünschte mir, Sie wären nur für einen ganz kurzen Augenblick ein wenig traurig bei dem Gedanken, daß ich so weit fort bin, oder wenigstens, weil Ihre Freundin Miss Kate so weit fort ist.

Sie schreiben, all die netten Dinge, die Sie mir sagen, seien ernst gemeint. Auf der Suche nach ihnen habe ich den Brief noch einmal ganz durchgelesen. Ohne Erfolg. Haben Sie vergessen, dieses Blatt mit in den Umschlag zu tun? Auf jeden Fall schreiben Sie mir, egal was. Niemand sonst schreibt mir, und Ihre Briefe sind doch immerhin etwas.

PS: Nachdem ich diesen Brief geschrieben habe und vergaß, ihn abzuschicken, erhielt ich Ihren Einschreibebrief. Ich danke Ihnen vieltausendmal, daß Sie mich nicht vergessen haben. Und Dank für das Geschenk. Ich hatte mein Geld, alles, was ich besitze, auf dem Schoß und rechnete mit Papier und Bleistift nach, ob ich für Belle und die Kinder etwas kaufen könne. Mein Mann schrieb mir in seinem letzten Brief, daß er mir über das übliche hinaus nichts, aber auch gar nichts schicken könne, und schon das reicht kaum, um unsere Ausgaben zu decken. Voller Kummer hatte ich soeben beschlossen, daß ich Weihnachten wohl vorüberziehen lassen müsse, als ob überhaupt nichts wäre.

Ich bin sicher, Sie werden nichts dagegen haben, wenn ich das Geld für die Kinder verwende. Es macht mir um so viel mehr Freude, es auf diese Weise auszugeben, und ich weiß, daß es in Ihrem Sinne ist.

Fanny M. O.

Fanny an Rearden

Januar 1876

Lieber Mr. Rearden,
wie freue ich mich, daß Sie meinen Brief komisch fanden. Das ist mehr, als ich von dem Ihren behaupten kann. Meine Tage verlaufen so eintönig und die Nächte so beschwerlich, daß ich mittlerweile froh bin, überhaupt Post zu bekommen, egal welche. Ich würde sogar einen Almanach lesen oder ein Gesangbuch.

Wenn Sie meinen, mir sei nicht zu trauen, man müsse mir einmal die Krallen stutzen, so ist daran doch nur, wie Sie es selber einmal formulierten, eine durch und durch weibliche Schwäche schuld, eine angesichts der Umstände nicht sonderlich überraschende Schwäche. Wie schärfen Sie Ihre Krallen? Auf dem Rücken Ihrer Freunde?

Wegen Herveys Krankheit bin ich schon seit geraumer Zeit nicht mehr in der Zeichenschule gewesen. Während der vergangenen zwei Wochen sind Miss Kate und ich nie vor dem frühen Morgen zu Bett gegangen, und selbst dann haben wir uns mit sehr wenig Schlaf begnügt. Es geht Hervey ein wenig besser. Obwohl es erst sieben Uhr abends ist, wird Miss Kate sich jetzt hinlegen. Denken Sie nur, wie nett ich bin, weiter an Sie zu schreiben.

Haben Sie schon einmal etwas von Herveys Arzt gehört? Er lebt nun schon seit fünfundzwanzig Jahren in Paris, aber er stammt aus Ihrer Heimatstadt, und sein Vater war ebenfalls Arzt. Er heißt Johnstone und ist hinlänglich berühmt. Was halten Sie davon? Ich glaube, ich vertraue ihm. Sicher bin ich nicht. Ich bin mir überhaupt in nichts mehr sicher. Ist Hervey gut versorgt? Schreiben Sie mir rasch, was Sie von ihm halten. Es ist dringend.

Fanny an Dora
Februar 1876

Sie fragen, mit wem wir Bekanntschaft pflegen? Mit niemandem. Wir kennen hier keine Menschenseele. Die Abende sind lang für Belle und Sammy, die am Krankenbett ihres kleinen Bruders Wache halten. Bitte erzählen Sie Rearden nichts von alledem, es würde ihn zu sehr freuen. Wenn Sie schon unbedingt die Wahrheit wissen wollen: Wir sind sehr arm. Meinen Kindern ist unablässig kalt. Ich kann sie nicht mehr ausreichend ernähren. Belle, die sich von nichts unterkriegen läßt, kommt einigermaßen damit zurecht. Selbst mit leerem Bauch geht sie noch regelmäßig in die Akademie Julian. Sie hat sich mit ein paar Händlern am Weg angefreundet, die sie für ein kleines Dienstmädchen halten und ihr die eine oder andere Leckerei zustecken. Meine Tochter ist mit einer glücklichen Natur gesegnet. Das Schicksal kann ihr nichts anhaben. Sie wird immer obenauf bleiben. Sammy dagegen – wenn ich sehe, wie er sich unglücklich vor den Schaufenstern der Bäckereien herumdrückt, weiß ich, daß mein kleiner Junge beständig Hunger leidet. Ich habe ihn in der Grundschule angemeldet. Wegen seiner blonden Haare und seines fremdländischen Akzents wird er dort als Preuße behandelt. Er beklagt sich nicht. Aber er verliert schnell den Mut, er, der doch so empfindsam ist und so voller Phantasie. Und jetzt auch noch so mager und blaß. Er hustet viel.

Alles Geld, das mein Mann mir schickt, geht für Herveys Medikamente und die Ärzte hin. Ich habe versucht, Arbeit zu finden, aber wer soll sich dann um mein krankes Baby kümmern? Miss Kate kann nichts mehr vorstrecken. Sie hat selber mindestens zehn Kilo abgenommen. Ich versuche meinen Jüngsten mit Trauben und Kuchen zu locken, das ist teuer. Er kann nichts mehr schlucken. Seine Augen glänzen fiebrig. Er zittert ununterbrochen. Ich habe meine letzten Besitztümer verpfändet.

Mr. Osbourne tut zweifellos, was er kann, aber es fehlt uns an allem. Er macht sich keinen Begriff! Nein, er macht sich keinen Begriff davon.

Fanny an Rearden

Februar 1876

Bitte hören Sie auf, mich auszuschelten. Ich fühle mich so schon einsam und traurig genug. Sie schreiben mir Ihre sarkastischen Bemerkungen, um mir weh zu tun, ich aber pfeife drauf! Ich war krank. Ich bin so in Sorge, so voller Panik ob der Gesundheit meines kleinen Kindes.

Was Sie mir in Ihrem Brief sagen, ist grausam. Aber Sie haben recht. Es ist alles mein Fehler. Ich weiß nicht mehr, was ich tun soll. Sie haben recht. Es stand mir nicht zu, meine Kinder so weit fortzubringen. Ich bin schuld. Ich hätte sie niemals von ihrem Vater trennen sollen. Wir fehlen ihm. Wir fehlen Sam sehr. Ich hatte keine Ahnung, daß wir ihm so sehr fehlen würden.

Ich dachte, daß wir nur eine Belastung für ihn wären, daß unsere Abreise ihn erleichtern würde. Seine Briefe rühren mich an. Wie gern würde ich ihm ein wenig Mut machen. Bedauerlicherweise glaube ich nicht, daß es mir mit meinen Briefen gelingt, so sehr ich mir auch Mühe gebe. Ich kann den Gedanken nicht ertragen, als Egoistin dazustehen, und doch bin ich genau das gewesen. Zu denken, daß er so unglücklich ist über unsere Abwesenheit. Ich wußte nicht, daß er mir in einem solchen Maße fehlen würde. Es ist grauenhaft, meinen kleinen Hervey nach ihm rufen zu hören. Er hört nicht auf, aus seinem Delirium heraus nach seinem Vater zu rufen. Ich habe kein Recht dieser Welt, ihn so weit entfernt zu behalten. Und ich kann ihn nicht mehr zurückbringen.

Ich flehe Sie an, schreiben Sie mir keine Beschimpfungsbriefe mehr. Wenn Sie das tun, werde ich bestimmt weinen müssen. Dieses eine Mal brauche ich Hilfe.

Fanny an Rearden

März 1876

Seit sechs Wochen bin ich nun schon nicht mehr vor dem Morgengrauen zu Bett gegangen. Hervey war sehr krank. Für den Augenblick ist er, glaube ich, außer Gefahr. Beunruhigen Sie seinen Vater nicht.

Bei all der Angst und Ermüdung bin ich so mager geworden, daß mein Charme nicht mehr, wie Sie zu sagen pflegen, ausschließlich auf meinen Augen und meinen Formen beruht, sondern nur noch auf meinen Augen. Um die Wahrheit zu sagen: Alles, woraus ich noch bestehe, sind die Augen. Haben mich die Damen in der Schule doch gebeten, für die Pieta Modell zu sitzen! Wenn M. Julian mich bezahlt, bitte sehr. Ich habe Geld so dringend nötig. Es wäre wirklich das erste Mal, daß meine Schwierigkeiten zu irgend etwas nütze wären. Niemals wäre ich auf die Idee gekommen, daß meinen Zügen irgend etwas Tragisches anhaftet, ich hätte eher das Gegenteil angenommen. Aber ich denke, man sieht sich selber nicht. Das gilt auch für Sie, mein Guter, Sie sehen sich auch nicht!

Sie sagen, ich soll mich wegen Hervey nicht von den Ärzten verrückt machen lassen. Dazu brauche ich wahrlich keine Ärzte. Und der sich um Hervey kümmert, ist so freundlich und gütig, daß er mir noch sehr viel besser gefallen würde, wenn er Ihnen nicht äußerlich so ähnlich wäre.

Was Ihre Skizze vom Fries des Pantheon betrifft, werden Sie warten müssen, bis ich erst wieder das Haus verlassen kann. Ich gehe üblicherweise gegen drei oder vier Uhr morgens zu Bett, schlafe in kurzen Nickerchen von zehn Minuten bis zum Morgengrauen, erhebe mich wie eine Schlafwandlerin, verabreiche Hervey sein medizinisches Bad, lege seine Verbände an, stelle seine Medikamente für den Tag zusammen, frühstücke, schlucke ein wenig Guaranapulver, um mich auf die Beine zu bringen. Dann sitze ich bis zum Abend ganz allein am Krankenbett meines Kindes und zeichne, nehme mein Abendessen ein und wache eine weitere Nacht. Und da fragen Sie sich, warum ich ein wenig seltsame Briefe schreibe?

Zu meinem großen Kummer gehe ich schon seit zwei Monaten nicht mehr ins Atelier. In meinem ganzen Leben werde ich keine solche Gelegenheit mehr bekommen, zu lernen, zu arbeiten. Belle dagegen geht täglich hin und macht große Fortschritte. Ich bin sehr stolz auf meine reizende, so talentierte und hübsche Tochter. Es will mir scheinen, als gäbe es auf der ganzen Welt keine so wunderbaren Kinder wie die meinen. Wahrscheinlich denken alle Mütter so. Aber finden Sie nicht, daß Belle den meisten jungen Mädchen überlegen ist? Und daß sie ganz anders ist als meine Söhne? Glauben Sie nicht, daß diese Kinder ausreichen, um das ganze Leben einer Frau mit Glück zu erfüllen? Ich würde sterben, müßte ich eines von ihnen verlieren. Aber ich vergesse, daß Sie es sind, dem ich da schreibe, Sie können mich nicht verstehen.

Telegramm aus Paris, Fanny an Sam
1. März 1876

Nächste Woche werde ich jeden Tag mit Hervey aus der Stadt herausfahren, damit er frisches Blut trinkt.

Während ich schreibe, haben sich seine Symptome verschlechtert. Ich hoffe, es wird vorübergehen. Sein Husten sitzt entsetzlich tief. Er leidet. Er leidet.

Telegramm aus Paris, Fanny an Sam
1. März 1876

Hervey nicht transportfähig. Komm. Koste was wolle. Komm schnell.

Telegramm aus Montreal, Sam an Fanny
14. März 1876

Eintreffe Paris Dienstag in vierzehn Tagen.

Telegramm aus Liverpool, Sam an Fanny
29. März 1876

Bitte Nachrichten von Hervey telegraphieren.

Telegramm aus London, Sam an Fanny
29. März 1876

Abfahre heute abend nach Newhaven und Dieppe. Ankomme morgen früh.

Fanny an Sam
Am selben Tag

Noch am Leben.

Timothy Rearden an Fanny
Ende März 1876

Liebe Mrs. Osbourne,
nun sehen Sie, was es eine Frau, eine Mutter, kostet, wenn sie sich aufführt wie ein kleines Mädchen! Wenn Sie brav zu Hause geblieben wären, wie ich es Ihnen geraten habe, wäre das alles nicht passiert. Wie konnten Sie nur Ihre Kinder in ein solches Abenteuer entführen! Und jetzt sind Sie seit fünf Monaten in Paris, mit einem kleinen kranken Jungen, den Sie nicht einmal richtig pflegen können! Und, lese ich richtig, Sie studieren weniger als in San Francisco? Ich gratuliere zu diesem Ergebnis. Was für eine Verschwendung. Hervey wird sich erkältet haben, wenn er sich nicht gar auf dem Schiff oder in Belgien irgendeine ansteckende Krankheit geholt hat. Lassen Sie es sich als Lehre dienen!

Nun, da das Unglück einmal geschehen ist, können Sie auch ebensogut in Europa bleiben. Lernen Sie doch ein bißchen Anatomie in Frankreich; mischen Sie Ihre Farben, es ist doch ohnehin schon egal.

Sie haben sich für stark gehalten, als Sie Ihr Land verließen, dabei waren Sie nur verantwortungslos. Unter uns gesagt, meine Gute, was Ihnen zustößt, haben Sie selber herausgefordert. Sie haben Courage mit Unbedachtsamkeit verwechselt, und diese Blindheit hat Sie ins Verderben gestürzt. Machen Sie endlich Schluß mit Ihren Verrücktheiten, und retten Sie Ihre Kinder!

Paris, Sam an Timothy Rearden
5. April 1876

Mein lieber Tim,
neulich sah ich, wie der Concierge einen Brief von Dir brachte, und Mrs. Osbourne hat ihn am Bett eines sehr kranken kleinen Jungen gelesen. Irgend etwas darin hat sie zutiefst verletzt. Ich bin sicher, das war nicht Deine Absicht. Allein, es kam zu einem denkbar schlechten Zeitpunkt.

Unser kleiner Junge ist heute morgen um fünf gestorben, und seine Mutter ist vor Kummer wie gelähmt. Ich werde bei ihr bleiben, bis ihr Zustand sich so weit gebessert hat, daß man sie wieder allein lassen kann. Dann kehre ich so rasch wie möglich zurück. Ich werde wohl auch nicht viel später eintreffen als dieser Brief, aber ich fand es wichtig, daß Du unsere Nachricht bald erhältst. Ich schreibe Dir also als erstem unter all jenen, deren Mitgefühl ich in unserem großen Kummer suchen werde. Schreibe Du an Mrs. Osbourne. Nie hat sie Zuspruch und Freundschaftsbeweise so nötig gehabt wie jetzt.

Fanny an Rearden

Einige Wochen später

Lieber Mr. Rearden,
in einem Ihrer letzten Brief schrieben Sie mir, ich solle meinem Kind die Locken abschneiden, damit er ein wenig männlicher aussieht, so wie Sammy. Ich habe seine blonden Locken abgeschnitten. Es ist alles, was mir von meinem Kinde bleibt. Wegen seines hübschen Gesichts und seiner Locken dachten Sie, er sei nicht so männlich wie Sammy. Sie haben sich geirrt. Auf der ganzen Welt hat es nie einen tapfereren kleinen Jungen gegeben. Sein Tod war grauenvoll, sein Sterben eine Folter. Er sah so schrecklich aus, daß Fremde ihn gar nicht anschauen mochten, und Sammy hatte Angst vor ihm. Obwohl ich versucht habe, seinen Vater darauf vorzubereiten, hat er einen Schrei des Entsetzens ausgestoßen und ist mit vors Gesicht geschlagenen Händen auf die Knie gesunken. Und mein kleiner tapferer Junge, der wußte, aus welcher Welt er noch einmal aufgetaucht war, denn er ist im Tode sehr weise geworden, hat versucht, seinen Vater zu trösten. Mit seiner kleinen Hand hat er ihm den Kopf gestreichelt und ihm ein schmerzliches Lächeln geschenkt.

Die Ärzte meinten, es sei ein sehr interessanter und sehr außergewöhnlicher Fall, dieses Kind, das trotz seiner so ungeheuren Schwäche einen Monat zum Sterben gebraucht und sich nur kraft seines Willens am Leben gehalten hat. Ich war Tag und Nacht bei ihm, ausgenommen nur an seinem Geburtstag, wo ich zum Spielzeughändler gegangen bin und ihm ein paar Kleinigkeiten mitgebracht habe. Was für ein schrecklicher, fürchterlicher Geburtstag!

Ich wagte nicht, von seiner Seite zu weichen, jede Stunde blutete er an einer anderen Stelle. Niemals werde ich den Geruch des Blutes vergessen. Plötzlich sagte er: »Das Blut, Mama. Hol die Apparate, und warte, bis ich soweit bin.« Dann verschlang er die Hände ineinander, schloß die Augen und sagte: »Jetzt.« Er biß die Zähne zusammen und wartete, und er gab kein Wimmern von sich, nicht einen Schrei, und er rührte sich nicht, obwohl er hinterher immer schreckliche Schmerzen hatte. Wenn er das Wort »Blut« aussprach, verließen alle in höchster Eile das Zimmer. Einmal blieb sein Vater zurück, bis er die Sonde gesehen hat, da wurde auch er blaß und flüchtete. Kein Mensch macht sich eine Vorstellung von dem, was mein Kind erlitten hat. Aber in seiner ganzen Leidenszeit ist er immer klar bei Verstand geblieben. Wieviel lieber hätte ich ihn nicht bei Besinnung gesehen. Wenn während seiner heftigen Krämpfe die Knochen krachend und rasselnd zerbrachen wie bei einem Skelett oder aus den Gelenken sprangen, warf er sich in meine Arme, sah mir in die Augen und lauschte auf meine Worte. Ich konnte ihn neben diesen Schmerzen nicht auch noch diese schreckliche Angst erleiden sehen und versuchte, ihm ermunternde Worte ins Ohr zu flüstern. Er konnte mich kaum hören, der Blutfluß hatte seine Trommelfelle platzen lassen.

Aber niemand macht sich eine Vorstellung von diesem schrecklichen Todeskampf, und er hat Tage um Tage gedauert. Seine Knochen hatten die Haut durchstoßen. Sie lagen völlig frei. Mein Kind äußerte noch immer keine Klage. Nur den Himmel und die grünen Wiesen wollte er noch einmal wiedersehen, das war das einzige, worum er bat, und wir beide warteten gemeinsam auf den Frühlingsmorgen, an dem sein Vater ihn für einen Spaziergang nach draußen tragen sollte.

Eines grauenvollen Tages stieg mir der Geruch von Blut in die Nase, ohne daß ich feststellen konnte, woher es kam. Mein Kind wurde von Stunde zu Stunde schwächer. In der Nacht habe ich mir vorne alle Haare verbrannt, während ich mit einer Kerze in seinen Rachen sah, aber ich fand noch immer nicht das Blut, dessen Geruch ich doch so deutlich wahrnehmen konnte. Er hatte eine innere Blutung. Er bat seinen Vater, ein Lied zu singen, das er vor langer Zeit gehört hatte, irgend etwas mit einem Wiedersehen mit dem alten Haus, sagte er, mit Abschied von den jungen Kameraden, die um die kleine Hütte herum spielten. Und dann wachte er in einem jähen Moment auf und sagte zu mir: »Leg dich neben mich.« Danach hat er nicht wieder gesprochen.

Sam hat versucht, mich zu trösten, indem er mir sagte, er sei doch so ruhig gestorben. Aber ich, ich habe gehört, wie er einen Schluchzer ausstieß, einen erschütternden Schluchzer, der ihm just im Moment des Todes entfuhr. Mein tapferer kleiner Junge, der nicht ein einziges Mal geweint hatte! Da wußte ich, daß er starb und diese Träne floß, ohne daß er es merkte. Hätte er gewußt, daß ich ihn hören konnte, hätte er niemals diesen Schrei ausgestoßen. Für mich gibt es keinen Trost, es kann keinen geben. Aber gebt mir mein Kind zurück!

Das Wetter ist umgeschlagen, der erste Frühlingstag. Mein kleiner Junge ist hinausgegangen, wie ich es ihm versprochen hatte, aber er ist ganz alleine umhergewandert, und er ist nie wieder zurückgekehrt.

Weihnachten haben Sie mir Geld geschickt, damit ich mir etwas kaufe. Ich habe es für die Kinder ausgegeben. Hervey hatte einen hübschen Anzug gesehen, also habe ich ihn ihm gekauft und ihm gesagt, daß es ein Geschenk von Mr. Rearden sei. Er hat ihn sorgsam aufbewahrt, um ihn bei seiner Rückkehr zu tragen, damit Sie ihn darin sehen könnten. Nun trägt er ihn, und Sie werden ihn in seinem hübschen Anzug nie zu Gesicht bekommen. Er hatte mich gebeten, Ihnen dafür zu danken, ebenso wie für die Plüschtiere, die Sie ihm geschenkt haben, und er bat mich, Ihnen von ihm auf Wiedersehen zu wünschen. Er hat sich von allen verabschiedet. Daß mein Kind tot ist, es ist zu grausam. Sie versuchten mich zu trösten, indem sie sagten, dort, wo er jetzt sei, ginge es ihm besser, und daß er, wenn er überlebt hätte, taub, stumm und verkrüppelt gewesen wäre. Das, ja, gerade das bestärkt mich in dem Gefühl, daß er diese Rückenlage längst leid sein und ich ihn unbedingt ausgraben muß, um ihn umzudrehen. Und dann reden sie vom Paradies. Was für ein Paradies soll das sein für mein Baby, ganz allein, ohne seine Mutter? Ich kann nicht glauben, daß er tot ist, obwohl sein Tod mich ständig begleitet, im Schlaf wie im Wachen. Während ich ihm zu seinem Grabe folgte, während ich hinter diesem kleinen weißen Sarg herging, können Sie glauben, daß ich da versuchte, seine Aufmerksamkeit auf die Schneeflocken zu lenken, die ringsum zu Boden fielen?

Am Morgen des 8. April 1876, dem Tag der Beerdigung, schlug ein eisiger, beißender Wind den Gesichtern entgegen und fuhr mit Macht in die Wipfel der Bäume. Im Herzen des Friedhofs von Saint-Germain-en-Laye suchten fünf Menschen ihren Weg. Sie stapften zwischen den erschwinglicheren Gräbern und Gruften im Umkreis von Paris herum, weniger teuer als die auf den Friedhöfen von Montmartre oder dem Père Lachaise. Aber die Osbournes sind so arm, daß sie ihrem Kind selbst jetzt noch nur eine provisorische Ruhestätte schaffen können. Zehn Jahre später wird man Herveys brüchige Knochen in ein anonymes Massengrab werfen.

Im November 1884, und noch einmal im April 1886, schickt Robert Louis Stevenson, der inzwischen ihr Ehemann geworden ist, Schreiben über Schreiben an seinen Anwalt: *Bei allen Heiligen, kümmere Dich sofort um das Grab von Hervey Osbourne in Saint-Germain-en Laye. Finde die Adresse des Steinmetzes heraus. Und veranlasse, daß die Liegedauer verlängert wird. Kümmere Dich umgehend darum. Ich bin so gut wie sicher, daß die Frist bald abläuft. Die Sorge der armen Mutter ist unbeschreiblich.*

Vom Tod ihres Kindes wird sich die im Grunde körperlich robuste Fanny nie wieder erholen. Sie wird ihre bewundernswerte Pioniersfrauengesundheit ebensowenig zurückerlangen wie ihr seelisches Gleichgewicht. Sie hat Halluzinationen, Gedächtnislücken und Schwindelanfälle. Es gelingt ihr auch nicht, zu Sam zurückzufinden. Jeder von ihnen durchlebt seinen unermeßlichen Schmerz für sich allein. Und als Sam einen lahmen Anlauf macht, sie zur Rückkehr mit ihm zu bewegen, hat sie nichts darauf zu sagen. Sie spürt, daß der Gedanke, ihr gemeinsames Leben wieder aufzunehmen, ihn diesmal nicht einmal andeutungsweise mit Begeisterung erfüllt. Um so weniger, als er seine neueste Mätresse in dem oaklandschen Häuschen untergebracht hat. Fanny weiß es von den Nachbarn.

Hand in Hand gehen Sam und Belle traurig durch die frühlingshaften Straßen von Paris. Fanny bleibt im Hause, niedergeschmettert. Noch 1911, drei Jahre vor ihrem eigenen Tod, wird sie schreiben: *Mein kleiner Hervey wäre heute ein Mann von vierzig Jahren. Ich trauere noch immer um ihn, als wäre er gerade erst gestorben. Mein kleines Kind fehlt mir. Es gibt keinen Tag, keine Nacht, in der ich nicht die Erinnerung an mein Baby in mir trage.* Und als wäre diese unsagbare Trauer noch immer nicht genug, zeichnet sich ein weiterer Verlust am Horizont ab. Der Mann, an dem Fanny stärker hängt als an jedem anderen Menschen. Ihr Vater.

Jacob Vandegrift verliert den Verstand. *Ich wäre nicht im mindesten überrascht, wenn mir der nächste Brief die Nachricht von seinem Tode brächte*, schreibt sie im Frühling an Rearden. *Vor einiger Zeit ist seine Lieblingsschwester, der ich übrigens sehr ähnlich bin, ebenfalls verrückt geworden. Sie hat sich so lange eingeschlossen und nichts mehr zu sich genommen, bis sie starb. Aber ich vergesse, wie immer in meinen Briefen, daß Sie sich ja nur für amüsante Dinge interessieren!*

Die Familie Vandegrift scheint unter einer gewissen seelischen Anfälligkeit gelitten zu haben. Mehrere ihrer Mitglieder haben sich das Leben genommen. Einer von Fannys Vettern hat sich erhängt. Sie selber wird mit ihren »Kopfentzündungen« mehr als eine Krise durchmachen, bei denen vorübergehende Geistesabwesenheiten nur zu den unbedenklichsten Symptomen zählen.

Diesmal ist ihr der endgültige Irrsin hart auf den Fersen. Ein Phantom. Fanny kann einem Angst einflößen. Auch Sam, der ihre Gedanken kennt. Er liest sie in ihren Augen:

»Wenn du nicht alles für deine Mätresse ausgegeben hättest, wenn du uns Geld zum Leben geschickt hättest, und sei es noch so wenig, ich hätte Hervey retten können.«

»Wenn du nur nicht fortgegangen wärst«, denkt er bei sich. »Diese Reise, Fanny, die Reise hat unseren Sohn getötet.«

»Ich habe so sehr gekämpft! Wenn du nur wüßtest. Aber du hast es nicht wissen wollen! Warum hast du mir nicht geholfen? Warum hast du mich so allein gelassen?«

»Du hättest nur zu bleiben brauchen!«

Sie geben sich gegenseitig die Schuld. Verschanzen sich hinter ihrem Schweigen. Zwei Felsen aus Leid und Haß. Bis eines Tages der Arzt, der Hervey behandelt hat, beim Anblick von Sammy die Bemerkung fallen läßt:

»Madame, dieses Kind muß unverzüglich aufs Land gebracht werden, sonst droht ihm die Tuberkulose!«

In Angst und Schrecken bei dem Gedanken, auch ihren zweiten Sohn zu verlieren, reagiert Fanny sofort. Ein Amerikaner, der ihr flüchtig bekannt ist, empfiehlt ihr Grez-sur-Loing, ein kleines verschlafenes Dorf in der Nähe von Barbizon. Es ist das Hauptquartier einer Gruppe angelsächsischer Künstler. Unglücklicherweise sind Familien an diesem Ort nicht gern gesehen. Ehefrauen, oder doch wenigstens den tugendhaften unter ihnen, bereitet man einen wenig freundlichen Empfang. Bürger und ihre Bälger werden von den Künstlern stehenden Fußes von ihrem Hoheitsgebiet vertrieben. Aber das Hotel ist erschwinglich, das Essen gesund, die Landschaft erholsam. Eines Sonntags besteigen Fanny und Sam an der Gare de Lyon den Zug nach Bourron-Marlotte und fahren von dort mit der Postkutsche bis Grez. Dieser Tag zu zweit bringt sie einander nicht näher. Bei ihrer Rückkehr löst Fanny statt dessen ihre Bleibe in der Rue de Naples auf, gibt ihre wenigen Besitztümer zur Aufbewahrung und begleitet Sam zum Zug nach Le Havre, wo er sich am 14. April 1876 auf der *Péreire* einschiffen wird.

Am selben Tag noch setzt eine Postkutsche sie und ihre Familie im Hof einer Dorfherberge am Rande des Waldes von Fontainebleau ab. Nun endlich wird Fanny ihrem Schicksal begegnen.

GREZ-SUR-LOING – ERSTER SOMMER
Mai – September 1876

»Mrs. Osbourne«, stieß Miss Kate heftig hervor, als sie an diesem Morgen herunterkam, »ich muß mit Ihnen reden.«

Die Holztreppe stöhnte unter ihrem Gewicht. Ihre Stiefel klapperten auf den ausgekühlten Dielen des großen Speisezimmers. Schwarz und aufrecht im Zwielicht des Raumes, streckte Fanny ihre Hände vor den Kamin, in dem über knisternden Ästen ein Feuer flackerte. Vor dem Fenster blakte mit ersterbender

Flamme eine Öllampe und überzog die Scheiben mit einem goldigen Hauch. Ernestine, eine Nichte der Wirtsleute, verteilte die Frühstücksschalen auf dem langen Tisch. Aus der Küche ließ sich das Klappern der zinnernen Milch- und Kaffeekannen vernehmen.

»Was ist los, Miss Kate?«

»Dieser Ort scheint mir zu unbequem, um länger zu bleiben, das ist los. Es ist einfach primitiv hier!«

»Primitiv?« lachte Fanny auf und zog sich mit der Stiefelspitze einen Schemel heran. »Aber, Miss Kate, wo haben Sie denn nur Ihren wunderbaren Pioniergeist gelassen?«

Sie setzte sich, und die Gouvernante trat näher heran. Nach einem Räuspern fragte sie:

»Warum sind Sie nicht mit Mr. Osbourne zurückgekehrt? Wie ich bereits an Timothy geschrieben habe, der mir seinerseits in seinem Brief mitteilte...«

»Ich möchte Sie doch wirklich bitten, sich um Ihre eigenen Angelegenheiten zu kümmern!«

»Rearden ist mein Freund, und das hier sind meine Angelegenheiten: Wollen Sie mir vielleicht mal erklären, was wir in diesem Loch eigentlich tun?«

»Ihre Koffer packen. Das können Sie tun. Wenn Sie das wollen. Ich halte Sie nicht zurück.«

»Aber Ihre armen Kinder, die halten Sie zurück! Schließen sie ein zwischen Wänden, die mit diesen gräßlichen schwarzen Schmierereien bedeckt sind. Belle schläft unter einer nackten Frau. Ja, sogar nackte Männer sind dabei!«

»Die Lockungen der Sünde vernebeln Ihnen die Sinne.«

»Schreckliche Kohlezeichnungen!«

»Farbskizzen von Schülern oder Karikaturen von französischen Politikern.«

»Es ist skandalös! Wie können die Besitzer nur dulden, daß diese Vandalen die Wände mit solchen Grauslichkeiten bekritzeln?« Mit wütenden Bewegungen klopfte Miss Kate auf ihrem Rock herum. »Es bleibt ständig was an einem hängen. Und das da, auf meinem Ärmel? Ist das nun Kreide oder vielleicht gar Ölfarbe?«

»Miss Kate«, seufzte Fanny, »was ist Ihnen denn heute morgen?«

»Es gibt nur ein Badezimmer für die ganze Etage!«

»Das ausschließlich von Samuel Lloyd, Belle, Ihnen und mir benutzt wird.«

»Ja, jetzt. Aber Mutter Chevillon hat mir gestern gesagt, daß noch vor Ende der Woche das Hotel bis zum Dach voll sein wird mit einem Dutzend Stammgästen, die das ganze Quartier Latin im Schlepptau hinter sich herziehen. Eine bärtige, haarige Bande. Und dreckig dazu! Haben Sie sich mal überlegt, wie das sein wird, wenn all diese Männer nachts auf unserem Flur herumgrölen?«

»Der kleine Maler, den wir bei unserer Ankunft hier vorgefunden haben, schien mir nicht besonders störend.«

»Weil er Amerikaner ist. Er bleibt für sich. Und er wäscht sich. Aber warten Sie nur ab, bis erst die Engländer hier sind!«

»Was ist dann?«

»Nichts als Trunkenbolde, die ihre Hunde und Frauen zum Trinken zwingen. Unter diesem Tisch hier sind zwei Bullterrier verendet, weil sie ihnen den ganzen letzten Sommer über Absinth eingetrichtert haben. Und außerdem deprimieren mich diese unablässig über uns hinziehenden Wolken, der graue Himmel, die grauen Dächer, diese grauen Mauern.«

»Wie eigenartig«, murmelte Fanny, »mir gefällt die Landschaft.«

»Hier gibt es eben keine hohen Berge, die sich vor dem kristallklaren und makellos blauen Himmel unserer Sierras abzeichnen. Bei uns zu Hause, da ist es schön!« ereiferte sich Miss Kate. »Da ist alles groß. Aber hier ist alles beklemmend und mickrig.«

»Ich glaube, mir gefällt es hier«, nahm Fanny wieder das Wort. »Die Steinbrücke mit ihren Rundbögen, die Turmruine, die alte Kirche und dieser Garten, dessen Spaliere sich bis zum Wasser hinziehen. Diese Ruhe, diese Einsamkeit. Ich mag es, wenn vom Fluß das Plätschern zu mir heraufdringt oder die Stimmen von der Waschstelle hinter der Kirche. Laken, die hier gewaschen werden, sind bestimmt viel frischer und weicher.«

»Offen gesagt, Mrs. Osbourne, bin ich wahrlich nicht nach Frankreich gekommen, um zuzuhören, wie Bäuerinnen mitten zwischen Fischen und Seerosen ihre Wäsche klopfen!«

»Und warum sind Sie gekommen?« fragte die langsam ungeduldig werdende Fanny.

»Um Ihnen zu dienen!« bellte Miss Kate. »Und ich meine, daß ich bereits mehr getan habe, als man von mir verlangen konnte.«

»Hat irgend jemand das Gegenteil behauptet?«

»Sie könnten wenigstens ein bißchen dankbar sein!«

»Miss Kate, Sie kriegen mit Ihrem Dickschädel offenbar ungefähr genausoviel mit wie das Schwein draußen auf dem Wirtshausschild!«

»Mag sein, Mrs. Osbourne, aber wie wären Sie wohl ohne mich zurechtgekommen, als die Wunden des armen Hervey...«

Die Kinderfrau brach ab, senkte die Augen und ließ einen tiefen Seufzer hören. Ernestine machte sich am Tisch zu schaffen, ohne auch nur ein Wort von dem zu verstehen, was die beiden Frauen da erzählten. Fanny wurde bleich und schwieg.

»Ich glaube, Sie versuchen mir etwas zu sagen«, brachte sie schließlich mühsam hervor.

»Sie brauchen mich nicht mehr. Sammy läuft in der Gegend herum und angelt Forellen. Belle durchstreift die Schloßruinen und träumt vor sich hin. Und Sie, ob der Wind weht oder ob es regnet, Sie nehmen bei Anbruch des Tages Ihre Farben und den Sonnenschirm und machen sich fort, um irgendwo zu malen. Ich langweile mich.«

»Ich verstehe«, sagte Fanny.

»Ich habe eine Tante in Paris. Eine reiche Tante. Sie hat mir eine Stellung als Gesellschafterin angeboten.«

»Und Sie haben angenommen.«

»Ich wollte erst sehen, wie es hier ist.«

»Und nun haben Sie es gesehen?«

Miss Kate nickte, ohne ein Wort zu sagen. Fanny erhob sich. Sie ging ans Fenster und legte die Stirn gegen die geschlossene Scheibe. Das Licht draußen sah aus wie in den Spinnweben gefangen, und auf den silbrig glänzenden Ranken des wilden Weines zitterten die letzten Regentropfen. Die sie da verließ, war ihre letzte Verbindung mit Hervey. Miss Kate, die Zeugin, die Weggefährtin, die Frau, mit der sie soviel Liebe für dieses Kind geteilt hatte. Wie zwei Verbündete, die das Grauen der Niederlage gemeinsam nicht ertragen können, zerfleischten sie sich in ihrem Kummer gegenseitig. Der schreckliche Ausgang hatte eine Trennung unausweichlich gemacht. Trotz des Aufruhrs ihrer Gefühle fand Fanny in sich weder die Kraft noch den Wunsch, Miss Kate aufzuhalten. Sie empfand nur die Trauer um ihren Sohn.

Wenige Stunden später wurde ein weißes Taschentuch aus dem Fenster des schlichten Pferdekarrens geschwenkt, der Miss Kate zum Zug nach Paris brachte. Sie hatte sich einen ehrenwerten Abgang verschafft und unter Tränen versprochen, daß sie schreiben würde. Madame Chevillon und ihre Nichte, in Häubchen und Holzschuhen, Fanny und Belle in Trauerkleidung und Sammy mit Angelrute und Fischkorb in den Händen sahen zu, wie der rundliche, winkende Arm allmählich zwischen den Ulmen verschwand. »Sie hat uns Unglück gebracht«, kommentierte der kleine Junge lakonisch.

»Sam«, rief Belle entrüstet, »so was kannst du doch nicht sagen!«

»Wenn es doch wahr ist!«

Keine drei Tage waren in Grez vergangen, bis die herrschsüchtige Gouvernante dieser ganz neuen Freiheit, die das Kind gerade entdeckt hatte, auch schon wieder Fesseln angelegt hatte. Und dabei fühlte er sich hier zum ersten Mal glücklich. Seit Herveys Tod widmete sich ihm seine Mutter mit einer liebevollen Hingabe und Zärtlichkeit, die er gebührlich auskostete. Mit ihren schrecklichen Unkenrufen über den Einfall der Barbaren, die sie aus dem Paradies vertreiben würden, und ihren nicht enden wollenden Klageliedern über den Mangel an Komfort in ihrer Herberge war Miss Kate nahe daran gewesen, ihm die ganze Freude zu verderben. Arme Miss Kate. Und überdies stand sie mit ihren Klagen über Grez gar nicht so allein. Schon dreizehn Jahre vor ihr hatten die Brüder Goncourt über die harten Betten bei den Chevillons gejammert. Wie hätte eine Amerikanerin aus Ohio auch ahnen können, daß sich ausgerechnet in diesem Hotel, das sie als Loch bezeichnete, die Creme der Boheme aus dem Quartier Latin zusammenfand.

»Entdeckt« worden war der entlegene Winkel von zwei italienischen Malern, die sich einst im Wald von Fontainebleau ergingen. Als Mitglieder der Akademie und Offiziere der Ehrenlegion wurden sie am Hofe Napoleons III. empfangen, aber trotzdem richteten sie sich 1863 bei Jules Chevillon ein. Der jüngere, Giuseppe Palizzi, ließ sich auf dem zum Gasthof gehörigen Gelände sogar ein Atelier bauen. Zu der Zeit, als Fanny eintraf, war er noch immer dort. Im Gefolge der beiden Italiener emigrierten andere Landsleute, einige Spanier und bald die gesamte ausländische Kolonie, die den Winter über in den Pariser Ateliers ihren Studien nachging, nach Grez. Der Ort lag nur zweieinhalb Zugstunden von der Hauptstadt entfernt, war aber geruhsamer und diskreter als Barbizon, wo durch den Aufenthalt von Diaz, Millet und Corot, den anerkannten Meistern, auch Hunderte von Schülern angezogen wurden.

In Grez konnte man sich ungestört an den Ufern des Loing ausbreiten – für Landschaftsmaler der Fluß an sich. Das Spiel von Licht und Wasser eröffnete dem fleißigen Maler ein unerschöpfliches Übungsfeld. Wer es eher sportlich oder auch untätig liebte, konnte sich den Freuden des Schwimmens und Kanufahrens hingeben. Aus welcher Himmelsrichtung man auch stammte, welcher Stilrichtung oder Altersgruppe man auch angehörte, in einem waren sie sich alle einig: Für Großtuer, Touristen und langweilige Bürger würde in dem Hotel nie ein Zimmer frei sein. Tatsächlich sollte die Familie Chevillon vierzig Jahre lang, bis zum Ersten Weltkrieg, ganze Generationen von Künstlern durchfüttern, bemuttern und umsorgen. Schriftsteller, Maler und Musiker, deren Heimatländer sie heute stolz für sich beanspruchen.

Von den Palizzi-Brüdern zu den Brüdern Goncourt, von August Strindberg zu Robert Louis Stevenson, von Theodore Robinson zu Carl Lindström, zwischen all diesen zu Hause Berühmten knüpft sich ein gemeinsames Band. Ein Leitfaden. Ein ihnen allen eigener Ort. Der Gasthof der Chevillons. In Paris und New York stellen die Galerien fortan aus, was man in Zukunft gemeinhin »die Schule von Grez« nennen wird.

In der fahlen Maisonne stecken die ersten Blumen ihre blauen oder weißen Köpfe aus der noch harten Erde der Hohlwege. Am Flußufer stehen die reglosen Pappeln wie aufgereiht. Der Loing windet sich träge um seine Inselchen. Unter den Seerosen schnellen Fische durchs Wasser. In der Ferne läßt sich unter einem der Brückenbögen die rötliche Silhouette einer gierig trinkenden Kuh ausmachen. Die feierliche Stille der Mittagszeit liegt über dem Land. Im Schutze eines großen, cremefarbenen Sonnenschirms sitzt Fanny in aufrechter Haltung auf ihrem Klappstuhl, hält die Palette weit von sich und versucht, die Zartheit dieses Frühlings im Bild festzuhalten. Sie hat ihre Staffelei an der Uferböschung aufgestellt, ihre Stifte gespitzt und die Farben gemischt. Von der Brücke her kann sie Sammys Stimme hören, der dort mit Mimi und Kiki Chevillon, seinen neuen Spielkameraden, steht und angelt. Neben ihr, vom selben Sonnenschutz beschirmt, beugt sich Belles eifriges Profil über eine Zeichnung, die sie ihrem Vater schicken will. Fanny erwacht zu neuem Leben.

»Aber wer hat ihnen denn diese Adresse gegeben?«

»Ich«, gestand ein gutaussehender Amerikaner mit Monokel, der in seinem ganzen Gehabe sichtlich darauf bedacht war, daß man ihn als einen Neuengländer erkannte, und auf den gallischen Namen Pasdessus hörte.

Dieses Eingeständnis auf dem Perron des Bahnhofs von Bourron löste eine Welle des Protestes aus, und dann drückten sich fünf oder sechs junge Männer auf dem Bahnsteig herum und waren sich unschlüssig, wohin sie nun ihre Sommerfrische verlegen sollten. Ganz abgesehen davon, daß sie allesamt heftig gestikulierten, lautstark auf englisch verhandelten und sich ständig beim Vornamen anriefen, hatten sie auch noch ihre seltsame Kleidung gemeinsam. Man konnte meinen, sie gingen zum Kostümball, ohne daß sich dabei allerdings genau hätte sagen lassen, wen oder was sie denn vorstellen wollten. Und doch erlaubte ihre bis ins Detail ausgesuchte Garderobe eine unmittelbare Zuordnung, denn man legte es darauf an, »unverwechselbar« zu sein. Von Barbizon bis Cernay-la-Ville, von Montigny bis Grez wußte man in den Künstlerkolonien, daß die blaue Kappe und der dornenbewehrte Knüppel zu niemand anderem gehören konnten als zu dem irischen Maler O'Meara. Der Mann mit dem breitrandigen weichen Filzhut, den ledernen Knickerbokkers und den unglaublichen rotgestreiften Strümpfen war natürlich der Landschaftsmaler Stevenson, der Schotte mit den Zigeunerallüren. An schwarzer Cordweste und Rucksack erkannte man seinen Cousin und Alter ego, den, der als *der andere Stevenson* bezeichnet wurde. Durch einen Mißgriff in der Familie hießen sie beide Robert, wobei der ältere, den wir hier sehen, Robert Alan Mowbray Stevenson, kurz »Bob« genannt, in Paris dem Studium der Malerei nachging, während der *andere*, Robert Louis Stevenson, drei Jahre jünger und gemeinhin nur als »Louis« angesprochen, sich mehr für die Literatur interessierte und sich immer nur vorübergehend in Frankreich aufhielt. Zur Zeit blies er gerade Trübsal bei seinen Eltern in Edinburgh. Und der vor der Brust gekreuzte gelbe Schal? Der war dazu da, den anfälligen, asthmakranken Maler Robinson vor der feuchten Luft des Waldes zu schützen.

»Du warst das, Pasdessus«, röhrte O'Meara und schwang seinen Prügel.

»Sie haben in der Passage des Panoramas gearbeitet, gleich über mir, bei Julian«, erklärte er.

»Sie? Wieviele?«

»Zwei.«

»Alter?«

»Mutter und Tochter.«

»Na wunderbar: eine alte Vettel und das heiratsfähige Fräulein Tochter. Großartig, Pasdessus, eine tolle Leistung!« grunzte Stevenson.

»Und so ein Blag ist auch noch dabei!«

»Also, wenn das Mädchen wenigstens noch alleine wäre...«

»Aber so, von der alten Glucke beaufsichtigt, was kann man da schon mit ihr anfangen.«

»Sie haben viel Unglück hinter sich«, erklärte Pasdessus, »sie suchten einen ruhigen Ort, es war noch früh im Jahr, ich konnte doch nicht ahnen, daß sie sich häuslich einrichten würden!«

»Barbizon«, unterbrach Robinson freundlich, »das letzte Mal, als ich in Barbizon war, wimmelte es nur so von Engländerinnen. Ich habe mich zurückgezogen.«

»Wenn diese Frauen erst Wurzeln schlagen«, drohte O' Meara, »müssen wir uns was anderes suchen.«

Mit ihren Farbkästen auf dem Rücken und den Klappstühlen unter dem Arm hatte die Gruppe das Gleis überquert, um sich im Café de la Gare niederzulassen. Seite an Seite um einen Tisch geschart, bildeten der Amerikaner, der Schotte und der Ire ein ansehnliches Grüppchen: drei Charakterköpfe von einer männlichen Schönheit, bei der sich Jugend und Kraft die Waage hielten. Der rothaarige O'Meara war klein und stämmig. Stevensons Aussehen geradezu Angst einflößend: schwarz und geschmeidig, mit glühenden Augen und einem spöttischen Mund unter dem Schnurrbart. Pasdessus mit seinem blonden Kopf wie von einem sportbegeisterten Bildhauer war größer, schwerfälliger und vielleicht auch ein wenig langweiliger. Mit kräftigen Zügen leerten die drei einige Flaschen herben Weines, und der Kellermeister, der schon mit ihren Vorlieben vertraut war, beeilte sich, Nachschub zu holen. Stevenson schnalzte mit der Zunge.

»Es waren viel Takt und viel Zeit nötig, bis wir diese Kolonie geschaffen hatten.«

»Wir mußten erst mal die Einheimischen erobern.«

»Den Wirt dazu bringen, daß er uns vertraut.«

»Ihm beibringen, was ein unbegrenzter Kredit ist.«

Stille trat ein. Jeder sinnierte vor sich hin.

»Pasdessus' Weiber werden die Preise in die Höhe treiben mit ihren Ansprüchen und ihrem Geld.«

»Den Kredit sinken lassen.«

»Und aus ist es mit der Freiheit.«

»Die Damen machen mir keinen unangenehmen Eindruck«, wagte ein junger Mann schüchtern einzuwenden, dessen Erscheinung sich durch eine Glatze, auffallende Wohlgenährtheit und absolut durchschnittliche Bekleidung auszeichnete.

»Bloomer«, fuhr O'Meara auf, »du läufst zum Feind über?«

»Er ist verliebt!« spottete Stevenson.

»Ich dachte, du liebkost nur deine Leinwand.«

Der kleine Herr lief rot an und schwieg: Er war der Gast, auf den

Miss Kate angespielt hatte, der einzige Gast der Herberge, als die Osbournes Anfang Mai eingetroffen waren. Innerhalb eines Monats hatte Fanny nicht ein Wort mit ihm gewechselt. Hätten sie abends miteinander geplaudert, jeder an seinem Ende des Tisches in einem Dorf irgendwo tief in Frankreich, hätten sie eine gemeinsame Vergangenheit entdeckt: Bloomer stammte aus Kalifornien und kannte Virgil Williams. Heute hängen die Werke beider Künstler an den Wänden des Museums von Oakland.

»Pasdessus, du bist verantwortlich für diese Katastrophe, also wirst du jetzt auch die Arbeit machen«, befahl Stevenson, ganz Fürst der Boheme. »Ich werde bei Mutter Antony in Moret auf Nachricht von dir warten. Ihre Klitsche kann es mit dem Hotel Chevillon nicht aufnehmen, aber man ist wenigstens ungestört beim Arbeiten. Mir ist jedes Mittel recht, das du anwenden willst. Wenn es sein muß, dreh ihnen den Hals um.«

Er warf das Geld für die Runde auf den Tisch, die letzten Pfennige, die ihm geblieben waren von einem längst ausgegebenen Vermögen. Dann ging er mit großen Schritten in Richtung Wald.

»Ich komme mit dir«, rief O'Meara und schwang seinen Knüppel.

Gemeinsam verschwanden die beiden Gestalten hinter der Biegung des Weges.

Pasdessus und Robinson nahmen den Pferdekarren, mit dem Bloomer aus Grez gekommen war. Keiner von ihnen hatte eine Ahnung, mit welchem Gefühl der Beklemmung die vielbesprochenen Damen ihre Ankunft erwarteten. Sie wünschten diese Frauen, diese Eindringlinge, zum Teufel; die Abneigung bei der Gegenseite war, wenn möglich, noch heftiger.

In der letzten Maiwoche ließen sich weder Mutter noch Tochter auch nur ein einziges Mal blicken. Obwohl man sich alle Mühe gab, bis zum frühen Morgengrauen soviel Rabatz wie möglich zu veranstalten, standen sie früh auf und verschwanden in der Natur, noch bevor einer der Männer die Augen geöffnet hatte. Nur die Bauern, die in kleinen Gruppen auf dem Weg in die Felder waren, begegneten irgendwo in grüner Flur zwei flüchtigen dunklen Silhouetten.

Den Spazierstock in der Hand, den Strohhut in die Stirn gedrückt und die Röcke bis zum Rand der Stiefeletten geschürzt, so trugen sie ihre Arbeitsutensilien, quer über den Rücken geschnürt wie ein Reisigbündel, mit sich fort. Klappstühle, Sonnenschirme, Staffeleien, Leinwände, Farbkästen. Um die Hüfte schlang sich ein Quersack mit Feldflasche und Picknick. An der Taille waren ein Plaid und ein Umschlagtuch befestigt. Den ganzen Tag über malten sie an einem geheimnisvollen Ort irgendwo im Wald und tauchten erst bei eintretender Dunkelheit wieder auf. Dann quietschten ihre Schritte im feuchten Gras, und ihre murmelnden Stimmen durchdrangen sanft die Frische des Abends. Seite an Seite kamen sie heran. Jetzt etwas langsamer. Im Vorübergehen grüßten sie mit einem kaum merklichen Kopfnicken die Bauern vom selben Morgen, trabten geduldig hinter den Kuhhirtinnen her, die ihre Herden zum Fluß hinuntertrieben. Zuweilen strich die »schöne Amerikanerin«, wie man sie fortan im Dorf nannte, flüchtig über die Kruppe eines der Tiere, während ihre Tochter an der Uferböschung Blumen pflückte. Sie hielten sich nicht lange auf.

Was war das für eine Geheimtür, durch die sie sich unbemerkt ins Innere des Gasthofs schlichen? Welches Bündnis hatten sie mit den Chevillons geschlossen? Was hatten sie bei ihnen für einen Stein im Brett? Warum erschienen sie nicht, wenn Ernestine die Glocke läutete? Woher bekamen sie ihr abendliches Mahl, wenn sie doch nicht zum Essen herunterkamen?

Diese geheimnisumwitterte Gegenwart von etwas Weiblichem erregte die Neugier der jungen Männer, denen Pasdessus, um doch noch Gnade bei ihnen zu finden, nun eröffnete, daß diese Röcke, die man da im ersten Stock knistern hörte, doch mit recht viel Grazie geschwungen würden.

»Der kleine blonde Junge, der immer mit den Chevillon-Söhnen auf der Brücke zu sehen ist, läßt angenehme Rückschlüsse auf ihr Äußeres zu ... Sind sie hübsch?«

»Aber das Kind ist gar kein Vergleich!« lautete die kluge und mehrdeutige Antwort von Bloomer, der sich eines gewissen Vorteils gegenüber seinen Kameraden erfreute: Er hatte sie gesehen.

Diese Damen sorgten dafür, daß man sie nicht vergaß – aber sie störten auch nicht. Der Gasthof füllte sich, und das Leben nahm seinen Lauf nicht anders als die Jahre zuvor. Bis zur Eröffnung des Salons im Mai, wenn die Jury zur Beratung zusammentrat und die Auszeichnungen verteilte, hielten sich die Maler nur an den Wochenenden in Grez auf. Sobald aber die Akademie der Schönen Künste und die Privatateliers ihre Pforten schlossen, machten sie sich zu Hunderten in ihre Sommerquartiere rund um Paris auf. Zum Kuckuck mit der künstlichen Beleuchtung. Sollen die professionellen Modelle sehen, wo sie bleiben. Drei Monate lang war das Quartier Latin auf Motivsuche. Die Zeichnungen, Studien und Skizzen würden im folgenden Winter im Atelier ausgearbeitet werden. Gegen Mitte Juni waren sämtliche Dörfer im Wald von Fontainebleau mit Staffeleien gespickt.

»Aber wo ist der Ehemann?« nahmen die Neuankömmlinge das Fragespiel wieder auf.

»Irgendwo in Kalifornien.«

»Ist die Mutter auf Männerfang?«

»Wer weiß? Möglich ist alles«, ließ sich Pasdessus vernehmen, der großen Wert darauf legte, die pikante Seite der Angelegenheit zu betonen.

Bloomer schüttelte den Kopf.

»Nicht prüde, aber auch nicht leicht zu haben.«

»Also anständig?«

»Anders. In früheren Zeiten wäre diese Frau etwas ganz Besonderes gewesen. Eine Medici vielleicht oder eine Bonaparte. Eine Verschwörerin, eine Aufrührerin. Man hätte sie beschützen und ihr gehorchen müssen. Also, auf mich wirkt sie ungeheuer phantasieanregend. Wenn sie nur damit einverstanden wäre, würde ich sie als Königin malen, als gefangene Königin. An ihr ist nichts, aber auch gar nichts Durchschnittliches!«

»Und die Tochter?«

»Ganz entzückend!« setzte Pasdessus noch einen drauf. »Ihr Kindergesichtchen scheint aus nichts als schwarzen Augen zu bestehen. Und ein Mund! Die ganze Frische von siebzehn Lenzen. Und volle Lippen dazu!«

»Die Kleine gefällt dir wohl, Pasdessus?«

Diese Frage war von einem Neuankömmling gestellt worden, einem schottischen Landschaftsmaler und Freund der beiden Stevensons, der bei Carolus Duran am Boulevard Montparnasse den richtigen Umgang mit Farben erlernte, Mr. William Simpson. Um ihn von seinem Bruder Walter zu unterscheiden, wurde er Willie Simpson der Ältere genannt. Das Markenzeichen von Simpson dem Älteren war ein Affe, den er lässig auf der Schulter mit sich herumtrug. Auch der arme Bullterrier, auf den Miss Kate angespielt hatte und der im Jahr zuvor unter dem Tisch den Säufertod gestorben war, hatte ihm gehört. In diesem Sommer hatte er ihn praktischerweise durch ein alkoholbesessenes Pinseläffchen ersetzt.

»Also, natürlich ist mir die Gesellschaft von Affenweibchen um einiges lieber als die von Frauen, aber – wenn wir die Damen nun zum Diner bitten? Eine Einladung in aller Form, bei der wir ihnen den Hof machen. Pasdessus wird sich bei der Tochter sicher gern dieser Aufgabe widmen. Und Bloomer bei der Mutter. Wir haben unseren Spaß, machen ihnen Komplimente, umschmeicheln sie ordentlich, und – zack! – wenn sie am wenigsten damit rechnen, schmeißen wir sie raus!«

Dieser Vorschlag, aufgekommen zwischen diversen Lagen von Absinth und Wermut an einem der runden Tischchen im Garten, fand allgemeine Zustimmung. Man richtete also auf allen Zugangswegen zum Gasthof, am Fluß und in der Küche Beobachtungsposten ein. Wenn Fanny und Belle von einem ihrer Ausflüge zurückkamen, sollten sie ihnen nicht durchs Netz gehen. Der asthmatische Robinson mit seinem gelben Wickeltuch war der Glückliche, der sie abfangen durfte.

»Meine Damen, meine Freunde und ich würden uns sehr geehrt fühlen, wollten Sie sich dazu finden können, heute abend das Souper mit uns zu teilen.«

»Das ist sehr freundlich von Ihnen, Monsieur, aber meine Tochter und ich suchen die Ruhe.«

»Und wir schätzen unsere Einsamkeit«, fügte Belle mit ihrer schönen klaren Stimme noch hinzu.

Er mußte zur Seite treten. Sie gingen an ihm vorüber und verschwanden.

Robinsons schüchterner und so überaus höflicher Vorstoß zog dennoch die allerseits gefürchtete Annäherung nach sich.

»Aus ist es mit der Freiheit!« Am ersten Abend, als die beiden Osbourneschen Damen sich am Kopfende des Tisches niederließen, verbreiteten ihre Stummheit und ihre äußerste Zurückhaltung eine derart eisige Stimmung, daß die Maler sich nach dem Essen im Hof zusammenfanden.

»Unerträglich! Wir müssen auf dem schnellsten Wege Stevenson aus Moret zurückholen. Ihm wird schon was einfallen, wie man die beiden los wird. Und O'Meara soll auch antreten.«

»Es ist eilig. Der andere Stevenson kommt Anfang Juli aus Edinburgh.«

»Er wird wie üblich wenig Zeit haben.«

»Diese beiden Salzsäulen sind ja blind, stumm und taub, abgeschottet bis ins letzte. Sie werden ihn in die Flucht schlagen.«

»Und er zieht schon jetzt Barbizon unserem Grez vor.«

»Also, Barbizon ist so oder so erledigt«, murmelte Robinson, der sich noch immer nicht von dem Schrecken erholt hatte, daß das Reich seines großen Vorbilds Millet von englischen Malschülerinnen usurpiert worden war.

»Wenn auch nur einer der beiden Stevensons Chevillon im Stich läßt, haben wir alle beide verloren, und dann ist Grez erledigt!«

Man schickte also einen Dorfburschen mit dem Esel nach Moret, um ein Hilfegesuch zu überbringen.

Das Mahl am darauffolgenden Abend erschien ihnen schon weniger fürchterlich. Die Eindringlinge sprachen nicht, aber in ihrem Schweigen lag nichts Feindseliges. Es wirkte auch nicht prüde oder hochmütig. Sie hörten zu. Sie waren interessiert. Man muß so eine Unterhaltung an der Gasttafel der Chevillons einmal gehört haben! Ein Feuerwerk. Ein Turm von Babel. Wild gestikulierend diskutieren fünfzehn junge Männer in allen erdenklichen Sprachen über die Rolle der Kunst. Franzosen, Schweden, Schotten, Amerikaner; die einen verschlucken das r, die anderen rollen es, andere wieder geben einen eher schnarrenden Laut von sich. Rolle der Kunst, Kunstverstand, Stil, Form. Von überall auf der Welt kommen sie zum Studium nach Paris, auf der Suche nach ihrem ästhetischen Ideal. Dafür haben sie Opfer gebracht, von denen keiner unter ihnen je spricht. Söhne einfacher Familie, andere mit wohlsituiertem oder kleinbürgerlichem Hintergrund, sie alle tauschen ihre Gedanken miteinander aus und sind dabei felsenfest überzeugt, daß von ihren Bekenntnissen, ihrer Arbeit die Geschichte der Kunst abhängen wird. In sich tragen sie eine Mischung aus Anmaßung und tiefer Verehrung für die großen Meister, aus Enthusiasmus und Zweifel. Auf den von Skizzen, Porträts und Kritzeleien übersäten Wänden des Speisezimmers spiegelt sich ihr Können oder auch ihr Mangel an Talent. Von den Kerzen tropft der Wachs auf den Tisch hinunter, die Flammen flackern in der Nacht. Diesen Männern steht eine glühende Inbrunst auf die Stirn geschrieben, die in Fannys Augen ihren Widerschein findet, ein Echo in Belles Herzen. Sie spüren das.

Schon am dritten Tag sprechen sie in ihrer Gegenwart völlig frei, sprechen für sie. Der Salon, die Jury, Auszeichnungen, die Karriere. Sie schenken sich ein, streicheln die Katzen, rauchen, machen kleine Skizzen.

»Robinson, wo hast du heute gearbeitet?«

»Im Niemandsland zwischen dem Hier und Jetzt, aber ich konnte nichts tun. Ich hatte kein Weiß. Und du?«

»Ich habe auch nicht gearbeitet. Ich war auf Motivsuche.«

»Und Sie, meine Damen?« fragt Pasdessus.

»Im Wald.«

»Für den Wald ist es noch zu früh. Der Sommer läßt auf sich warten. Die Bäume sind noch nicht so schön, das wird bald anders werden.«

»Für mich hat der Wald um diese Jahreszeit einen ähnlich pikanten Beigeschmack wie ein herbes Bier«, murmelt Fanny.

»Hübsch gesagt«, begeistert sich Pasdessus. »Und was macht Mademoiselle?«

In den dunklen Augen des jungen Mädchens blitzt es lustig auf.

»Ich? Ach, ich gehe dahin, wo meine Mutter ist!«

Den Tag über werden sie wieder stumm und machen sich unsichtbar. Ihre Gewohnheiten bleiben unverändert. Noch immer stehen sie früh auf und nehmen allein für sich irgendwo in Wald und Wiese ihr Picknick ein. Beim Abendbrot sitzen sie weiter am Kopfende des Tisches.

Belle antwortet, Fanny lauscht. Eine Sphinx. Sie nimmt keinen Anteil an der Konversation. Ihre Stummheit stört die jungen Männer nicht im geringsten, im Gegenteil, sie finden sie interessant. Sie sind zwanzig, fünfundzwanzig Jahre alt und ebenso empfänglich für weibliche Aufmerksamkeit wie die Goldsucher von Austin. Wenn die Damen zugegen sind, liefert man sich nur um so lautstärkere Wortgefechte, und manchmal sogar um so brillantere. Alle brennen sie darauf, den Blick der »schönen Amerikanerin« auf sich zu ziehen, ihr ein Lächeln zu entreißen. Und vor allem: die Tochter zu erobern.

Belle ist in der strahlenden Blüte ihrer siebzehn Jahre ebenso verführerisch oder vielleicht sogar verführerischer als Fanny. Auf jeden Fall wird man sie immer für leichter zu erobern halten.

Von Sam hat Belle den Optimismus geerbt, die Leichtigkeit und die Unbekümmertheit über das, was morgen kommt. Als erwachsene Frau wird sie eine charmante und fröhliche Freundin und eine angenehme Lebensgefährtin für ihre Ehemänner sein. Eigenschaften, die man ihrer Mutter in ihren Beziehungen kaum nachsagen kann! Sie hat weder Fannys Intelligenz noch ihr Format, aber sie hat ihren Schneid, ihre Phantasie und die gleiche Art von Schönheit.

Sie sehen sich ähnlich. Belle, von üppiger Gestalt und romantisch. Fanny, eine Frau von dramatischer Ausstrahlung. Dieselben übergroßen, glühenden Augen in einem kleinen Zigeunergesicht. Dieselbe Geschmeidigkeit. Dieselbe Sinnlichkeit. Belles Tischgenossen tun es dem Plantagenbesitzer aus den Südstaaten nach, der um ihre Hand angehalten hatte: Ihre Herzen schlagen, als wollten sie zerspringen.

So vergeht die zweite Hälfte des Juni. Madame Chevillon hat es übernommen, die Maler von dem Unglück zu unterrichten, das die Familie Osbourne befallen hat. Die Trauer macht diese beiden Gestalten, die, den Rücken unter der Last ihrer Arbeitsutensilien gekrümmt, gerade die Brücke von Grez überqueren, noch anrührender. Die jungen Männer bemühen sich, mit besonderer Freundlichkeit den Kummer um das verlorene Kind zu mildern. Belle nimmt die dargebrachten Huldigungen gnädig entgegen. Fanny duldet sie. Weder die eine noch die andere läßt sich auf eine nähere Verbindung ein.

Als der düstere Stevenson herbeigeeilt kam, um seinen Gefährten die erflehte Hilfe zu bringen, sollte sich alles noch einmal ändern. Am Morgen des ersten Julitages traf er bei den Chevillons ein.

»Mama, ich habe ihn gesehen!« brüllte Belle und kam aufgeregt ins Zimmer gestürzt.

»Wissen wir schon«, meinte Samuel Lloyd, »wir haben dich nämlich durchs Fenster gesehen. Du hast mit ihm geredet.«

»Und?« fragte Fanny.

»Er hat mich auf dem Hof angesprochen.«

Die »beiden Stevensons« schwebten bedrohlicher über ihnen als je zuvor. Während der vergangenen Wochen hatten die Maler die jungen Bürgerssöhne aus Edinburgh als die bohemienhaftesten und talentiertesten Anführer ihres kleinen Haufens geschildert. Simpson der Ältere mit seinem Affen und der unvermeidlichen Absinthflasche ließ Schlimmstes vermuten, was die Exzentrizitäten der beiden Schotten betraf! Magier, ja, es hieß wirklich, sie seien mit magischen Kräften begabt und furchtbar menschenfeindlich.

»Und?« wiederholte Fanny.

»Und ... also, er ist sehr schön!«

»Dumme Gans«, meinte Sammy.

»Er hat seinen Hut gezogen, als er mich ansprach, und dann hat er eine Verbeugung gemacht und sich vorgestellt. Er heißt Bob.«

Sammy zuckte mit den Schultern.

»Er sah nicht so aus, als würde er sich sonderlich für dich interessieren.«

»Aber ja doch! Er hat sehr freundlich gelächelt.«

»So ein Quatsch. Die Zähne hat er gebleckt. Er sah aus wie der Wolf mit dem kleinen Rotkäppchen. Jederzeit bereit, sich auf dich zu stürzen und zu fressen, liebste Schwester.«

»Sammy, schweig!« befahl Belle und gab ihm einen Schubs. »Also, seit er mit diesem Kiki Chevillon verkehrt…«

Ihre drei bewegten Schatten vermengten sich an der weiß geschlämmten Wand mit den Karikaturen von Thiers, Gambetta und einigen anderen Lokalmatadoren. Fanny beugte sich über eines der Betten und suchte die Sachen für den Tag zusammen. Dann plazierte sie mit Effet eine Kreissäge auf dem Kopf ihres Sohnes und schlang die Bänder ihres Hutes unter dem Kinn zusammen.

»Gehen wir!«

Hell und klar schallte ihre Stimme durch den Sommermorgen. Belle hob den Kopf. Auf den Lippen ihrer Mutter schwebte der Anflug eines Lächelns, ein gleichzeitig herausfordernder und gut gelaunter Ausdruck, der das junge Mädchen überraschte.

»Na, was soll sein?« hatte Fanny auf die unausgesprochene Frage ihrer Tochter zur Antwort. »Wir werden uns durch diesen verrückten Schotten nicht von hier vertreiben lassen!«

Belle ließ ein kleines, rauhes Lachen hören. Es war das erste Mal seit Herveys Tod, daß sie Fanny einen Wunsch aussprechen hörte. »Bleiben«. Zum allerersten mal zeigte sie wieder Schwung, ein Bedürfnis, eigenen Willen. »Grez«. An diesem Tag ließen sie beim Durchqueren des Ganges ihre Hacken laut über das Parkett klappern.

Ich bin ihm auf eine Weise begegnet, wird Fanny an Rearden schreiben, *die Sie wohl als gewagt einstufen würden. Als ich Sammy beim Angeln half, warf ich die Leine für ihn aus und harpunierte damit einen Gentleman am Kragen seines Hemdes, der gerade auf dem Fluß in einem Kanu vorüberfuhr. Halb erwürgt mußte er an Land gehen und mich bitten, ihn »vom Haken zu nehmen«. Es wollte mir nicht gelingen. Also mußte er sich vor meinen Augen ausziehen. Keine Angst, ich habe nicht hingesehen! Belle hat die Szene in einer Reihe von humoristischen Skizzen festgehalten, die sie ihrem Vater schickt.*

Einhundertdreißig Jahre danach gibt es diese Serie noch immer. Die Bildlegende lautet: *Mama macht Bekanntschaft mit dem Engländer.* Es folgen andere Zeichnungen: *Abenteuer in Grez.* Aufrecht im selben Kanu stehend, paddelt ein Gentleman pfeifend vor sich hin.

Hinter ihm sitzen, eine hinter der anderen, zwei weibliche Figuren und lassen sich kutschieren. Die eine, deren Profil von einem enormen Hut verdeckt wird, sitzt tadellos gerade, während die barhäuptige andere halb zur Seite gefallen ist. Untertitel: *Wir machen eine Bootsfahrt.*

Es ist ein Ausflug in gefährliche Gewässer. Aber – wer hätte das gedacht? – es wird der Navigator sein, der sich, von seinen zwei Sirenen in den Bann geschlagen, von der Strömung mitreißen läßt.

Bob Stevenson. Maler. Musiker. Philosoph. Kunstkritiker. Inhaber eines Abschlußdiploms der berühmten Universität von Cambridge. Seinen Kameraden gilt er als Genie. »Ein Genius im ureigensten Sinne«, pflegen sie zu sagen.

Er hatte etwas Mystisches an sich, sollte der Dichter Henley schreiben, der Kipling, Conrad und Barrie entdecken würde. *So sehr wir beide auch ein Herz und eine Seele sein mochten, habe ich doch diesen einen Bereich nie ganz durchdringen können. Mystisch. Mythisch. Magisch … Und viele Jahre später, da ich hier sitze und sie alle beide beweine, denke ich, daß die Menschheit einst zehn, ja, hundert Robert Louis Stevensons kennen wird, aber nur einen Bob Alan Mowbray Stevenson … Nie wieder traf ich einen Menschen wie ihn oder der ihm auch nur nahe gekommen wäre.*

Bob Stevenson. Ein Mann mit den selbstverständlich lässigen Umgangsformen eines Gentleman und der freien Lebensart eines Zigeuners. Zum Träumen schön: sonnengebräunte Haut, schwarz blitzende Augen, ein langer Schnurrbart. Man dichtet ihm Abenteuer und geheimnisvolle Ausschweifungen an, sieht in ihm den Liebling der Götter. Belle hält ihn für einen polnischen Prinzen, der inkognito reist. Sammy für einen schreckenerregenden Cowboy aus Mexiko. Seine Freunde in Grez erzählen, er habe einst sein väterliches Erbe in zehn gleiche Teile aufgeteilt. Jedes Jahr gebe er nun einen davon aus, und am Ende des zehnten Jahres werde er sich dann umbringen. *Ich habe ihn nie ein paar Geldstücke auf den Tisch werfen, Tabak kaufen oder eine Runde bezahlen sehen, ohne zu erschauern bei dem Gedanken, daß er seinem Leben eigenhändig ein Ende setzen würde!* schrieb Samuel Lloyd später. Bob Stevenson, der Gefährte, dessen Gegenwart die Luft mit Elektrizität erfüllte.

Ein begnadetes Wesen. Fanny bleibt dies keineswegs verborgen. *Man nennt ihn auch Adonis oder Apoll wegen seiner Geschmeidigkeit und seines makellosen Körpers,* verfällt sie Rearden gegenüber wieder in den alten, nicht ganz unbedenklichen koketten Unterton. *Er ist genau wie einer dieser Romanhelden. Eine eiserne Hand, von Samthandschuhen bedeckt, und so weiter und so weiter. Er ist der beste Maler in Grez. Er glänzt bei allen Geschicklichkeitsspielen. Er spricht sämtliche Sprachen. Und er hat nicht den geringsten Ehrgeiz. Seltsamerweise erinnert er uns, mich und auch Belle, an Sie.*

Ist das nun ein Kompliment an Bob Stevensons Adresse oder an die von Timothy Rearden?

Fanny hat natürlich keine Ahnung, daß der Gentleman sich, während er sich unter dem Laubengang vorstellte, während er im Hof der Herberge mit einer der Damen Osbourne plauderte und dabei ihr Lachen vernahm, in Belle verliebt hat. Bob Stevenson gehört zu denen, die sich rückhaltlos hingeben. Und er steht an einem Punkt seines Lebens, wo er sich einfach fallen läßt.

Nichts Alarmierendes, schreibt er an seinen Cousin, den »anderen Stevenson«, der irgendwo in Frankreich auf die Nachricht von der Austreibung wartet. *Nichts Alarmierendes. Du kannst kommen.*

Aber bevor dieser in Erscheinung treten kann, wird sich das Spiel durch die Ankunft eines weiteren Spießgesellen noch einmal verkomplizieren. Ein schräg über dem Auge sitzendes blaues Käppi und ein Dornenknüppel: O'Meara, der heißblütige Ire. Frank für seine Freunde.

»Ohne uns hätte Lincoln den Krieg niemals gewonnen. Nicht ohne den Wagemut, die Kaltblütigkeit und das strategische Genie der Iren. Glauben Sie mir, Miss Osbourne, ein paar Iren mehr oder weniger, und das Kriegsglück wechselt die Lager.«

Eine tiefe, warme Stimme, die die Liebe und den Tod im frühen

Morgengrauen preist. Ein Schopf unbändiger Locken. Stahlblaue, von dichten roten Wimpern bekränzte Augen mit geradem, lebenssprühendem Blick. Eben zwanzig Jahre. O'Meara verfügt über all die Geradlinigkeit, das Feuer und die Reinheit, die es braucht, um den Frauen zu gefallen. Er ist ein glühender Katholik und besitzt eine gewisse Neigung zur Arroganz, die ihn dazu treibt, sich als Aristokrat aufzuspielen, obwohl er dem Mittelstand von Dublin entstammt. Er ist der jüngste Sohn einer sehr zahlreichen und sehr verarmten Familie. O'Meara liebt Grez mit der größten Inbrunst. Er kommt sogar im Winter, um lange, einsame Monate nur seiner Arbeit zu widmen. Seine Treue zum Gasthof ist unverbrüchlich: Er wird ohne Unterbrechung elf Jahre lang dort absteigen. »In der Begegnung mit der Natur fühle ich mich wie neugeboren«, vertraut er der Mutter Chevillon an, die diesem Kindskopf eine ganz eigene Zärtlichkeit entgegenbringt. Was O'Meara in Grez sucht, sind die vielen Abstufungen von Grau, die so wichtig sind für seine Inspiration. Der wasserblaue Himmel. Die bläuliche Milde des Nebels. Die Luft in allen Schattierungen von Violett. Der leichte Strich des Schilfrohrs und der Weiden.

Bei schönem Wetter bleiben seine Pinsel unberührt. Als ausgemachter Gegner der impressionistischen Schule meidet er krasse Linien, verachtet sich deutlich abzeichnende Schatten und lehnt es rundheraus ab, in der prallen Sonne zu arbeiten. Für alles andere ist er deshalb während der Sommerszeit nur ein um so angenehmerer Gefährte.

Während er auf trübe Morgen und regnerische Tage wartet, die seine Kollegen gerade so sehr fürchten, übernimmt er freimütig die Organisation von Bootsschlachten auf dem Loing, Ausflügen in den Wald und lautstarken Gesangswettbewerben am Kaminfeuer.

»Lieben Sie *Carmen*, Mademoiselle? Von Bizet?«

»Ach wissen Sie, ich verstehe nichts von französischer Musik. Genau genommen kenne ich mich in der Musik überhaupt nicht aus. Übrigens auch nicht in Frankreich.«

»Aber Sie spielen Klavier, nicht wahr?«

»Na ja, ich klimpere ein bißchen.«

Belles natürliche Art, ihr absoluter Mangel an intellektuellen

Ambitionen, gepaart mit einem unfehlbaren Gespür für Kunst, nehmen das jungfräuliche Herz des Iren im Sturm. Umgehend nimmt O'Meara die kulturelle Erziehung dieser kleinen Amerikanerin, die mit so reizender Bescheidenheit von sich behauptet, nichts zu wissen, in sein Programm sommerlicher Vergnügungen auf. Welch ein Gottesgeschenk für einen Puristen wie ihn! Noch ehe Bob Stevenson seine kunstvollen Annäherungsversuche abschließen kann, nimmt er das junge Mädchen unter seine Fittiche und schwingt sich zu ihrem Führer und Mentor auf. Er hat sich ein hohes Ziel gesteckt: Sie soll noch einmal eine grundlegend neue Erziehung erhalten, sowohl religiös als auch ästhetisch.

»Man sagt *yes*, nicht *yeah*, Sie haben einen furchtbaren Akzent, Miss Osbourne! In jedem Satz machen Sie Fehler. Unsere Sprache ist so reich: Benutzen Sie sie richtig!«

Sein wohlwollender Tonfall und diese männliche Autorität lassen in Belle eine bisher ungekannte Saite anklingen, und so korrigiert sie bereitwillig das Wort, das sie mit zu schleppender Stimme gesprochen hat, die verschluckte oder genuschelte Silbe, den Ausdruck aus der Umgangssprache, den man als vulgär empfindet, wenn er aus ihrem Mund kommt. Sie nimmt seine Vorwürfe um so selbstverständlicher hin, als er seinen Knüppel inzwischen am Taillenband seiner Malerschürze festgebunden hat. Statt dessen trägt er ihren Schirm, klappt ihr den Malhocker auf, mischt die Farben für sie. Ob im Keller, wo das junge Mädchen seiner neuen Vertrauten Ernestine beim Entrahmen der Milch hilft, oder in der Küche, wo sie unter der strengen Aufsicht von Mutter Chevillon in die Kunst des Kaffeemahlens oder des Eieraufschlagens für ein Omelett eingeführt wird, Frank O'Meara weicht nicht von ihrer Seite. Geschickt entzieht er das junge Mädchen Fannys Aufsicht und schafft es immer wieder, mit Belle allein zu sein.

Trotz der Unordnung, der herumliegenden Flaschen und Zigarettenstummel, der Holzpantinen, Pinsel und trocknenden Leinwände erinnert die Atmosphäre im Gasthof mehr an einen Club als an eine Kneipe. Die kleine Kolonie hält sich strikt an einen bestimmten Lebensrhythmus und unausgesprochene Regeln. Arbeit. Geselliges Beisammensein. Unternehmungsgeist. Anstreben eines ästhetischen Ideals. Keine revolutionären Hirngespinste, nichts Anarchistisches. Einzig Bob Stevensons Eingebungen, seine Kenntnisse selbst auf den entlegensten Gebieten und seine ungeheure Intelligenz, die auch noch in der beiläufigsten seiner Bemerkungen aufblitzt, lassen am Gasttisch der Chevillons einen leichten Hauch von Verrücktheit aufkommen.

»Sie lächeln?« triumphiert er eines Abends, als sein Blick auf Fanny fällt. »Warten Sie nur, bis Louis hier ist! Er hat wirklich Humor. Ich bin nichts anderes als ein Besserwisser, aber er ist geistreich!«

In diesem Punkt wird Mrs. Samuel Osbourne absolut nicht seiner Meinung sein.

»Finden Sie nicht, daß die Luft heute etwas Romantisches hat? Es duftet geradezu nach Liebe«, murmelte Pasdessus in einer lauen Sommernacht in Belles Ohr. Es war der 6. Juli 1876.

Sein Annährerungsversuch, den er unermüdlich jeden Abend und mit gleichbleibend unbefriedigendem Ergebnis wiederholte, wurde von O'Meara unterbrochen, der am Klavier saß und mit kräftigen Akkorden ein Liebeslied intonierte. Sein Gesang, eine Hymne auf eine Revolutionärin mit dunklem Haar und glutvollen Augen, erfüllte den Raum. Auf dem Klavierschemel schräg nach hinten geneigt, hing er mit den Augen an Belles Gesicht und betonte jedes einzelne Wort. Er sang nur für sie. Errötend und verzaubert versuchte sie, seinen Blicken standzuhalten.

Sowohl Bob Stevenson als auch Fanny, die die kleine Szene beobachteten, fühlten, daß sie diesem sonderbaren Ereignis beiwohnten, daß sie in ihrer Unruhe und Machtlosigkeit »die Geburt der Liebe« nannten. Sie sagten sich, daß der erste Flirt nie von nachhaltiger Bedeutung ist, daß schließlich alles irgendwann einmal einen Anfang nehmen muß, dieses Gefühl da würde jedenfalls vorübergehen. Deprimiert mußte Bob Stevenson zur Kenntnis nehmen, daß dieser O'Meara eine überraschende körperliche Schönheit ausstrahlte, eine Kraft, die nur dem jungen Mädchen galt. Das Klavier verstummte.

Bevor der Applaus losbrach, entstand eine kurze Pause absoluter Stille, und genau diesen Moment suchte sich eine Katze aus, um einen durchdringenden Schrei von sich zu geben, einen Schrei voller Verzweiflung und gleichzeitiger Sehnsucht, einen anhaltenden Klageruf, der die Stille über dem Fluß zerriß und sich weit ins Land auf der anderen Seite des Wassers fortzusetzen schien.

»Wenn das keine Liebe ist, verstehe ich nichts davon«, behauptete Pasdessus.

»Hör auf, von Liebe zu reden, wo du sie doch nie kennengelernt hast«, warf O'Meara dazwischen und setzte sich ostentativ zurück auf seinen angestammten Platz neben Belle.

»Was weißt du denn schon?«

»Nur ein gebranntes Kind scheut das Feuer«, spottete Bob mit dämonisch breitem Grinsen. »Wie soll man von einem Blinden erwarten, daß er sich von der Romantik eines Sonnenuntergangs beeindrucken läßt?«

»Und wer sagt euch, daß ich nicht ganz verrückt bin nach unserem jungen Fräulein?« warf der Bildhauer scherzend ein und tat so, als wolle er Belles Hand küssen.

»Gib es auf, Pasdessus!« mischte sich Stevenson noch einmal ein. »Wie viele Menschen, die einander verdient hätten, verpassen sich oder treffen unter unglücklichen Vorzeichen aufeinander. Auf dich trifft das auch zu.«

Ernestine trug den Kaffee in hohen, blau glasierten Bechern auf. Die rauchenden Öllampen auf dem Tisch, die Zigaretten und Pfeifen und der Dampf des Kaffees hüllten die Abendgesellschaft in einen bläulichen Dunst. Draußen strichen die Schwalben dicht über der Uferböschung hin. Zwischen den Wolkenbänken ging mit violettem Schimmer die Sonne unter. Eine leichte Brise wehte den Nebel vom Fluß her gegen die Fensterscheiben.

»Ich muß doch sehr bitten! Die Liebe ist das sämtlicher Logik entkleidete Abenteuer an sich, das einzige, das wir übersinnlich zu nennen geneigt sind. Was sollte Mademoiselle hindern, mich zu lieben?«

Belle, der das alles ein wenig peinlich war, blickte hilfesuchend zu ihrer Mutter hinüber. Aber Fannys Augen blickten ins Leere, über den Schlag der halbhohen Tür hinweg, der zur Straße hin offenstand. Im Schein der Hoflaternen sah man das Gesicht eines Mannes.

Eine langgezogene Physiognomie, sehr langgezogen sogar und zusätzlich betont durch glattanliegendes aschblondes Haar. Ein dichter Schnurrbart, dessen Enden wie Hanfseile über dem mutwilligen Lächeln herabfallen. Die Nase ist fein und gerade, aber die hohen geröteten Wangen betonen die ungewöhnlich weit auseinander stehenden Augenbrauen. Die großen, mandelförmigen braunen Augen mit den fahlgelben Reflexen glitzern im Widerschein des Lichts. Auffälliger als alles andere an ihnen aber ist die Wärme in ihrem Blick, als sie auf Fanny Osbourne ruhen.

Jahre später sollte er behaupten, daß ihn dort in der Nacht der Blitz getroffen habe. Er wird sagen, daß er sich auf der Stelle in diese junge Frau verliebt habe, als er sie durch den offenen Türspalt so natürlich, nobel und würdig in ihrer schwarzen Trauerkleidung zwischen den herumgestikulierenden Künstlern sitzen sah. Er wird die geheimnisvolle Milde ihres angedeuteten Lächelns beschreiben, die goldenen Augen, in denen die Flammen der Kerzen leise tanzten. Und Belle würde hinzufügen, daß auch sie diesen besonderen Ausdruck bei ihrer Mutter bemerkt hatte, so intensiv und wie hypnotisiert. Eben dieser Blick von Fanny habe dem jungen Mädchen das Wesen enthüllt, das ihr ganzes Leben verändern sollte.

In Wirklichkeit sollte die Realität erst lange Zeit später einen anderen Weg einschlagen.

»Louis Stevenson!«

»Da ist er ja!«

»Wo zum Teufel hast du nur gesteckt?«

»Wir hatten dich schon vor einem Monat erwartet!«

Er stützte sich auf den unteren Türflügel und sprang leichtfüßig ins Zimmer.

Ein Meter siebzig, fünfzig Kilo, fünfundzwanzig Jahre alt, dünn, lang und jung, so wird er sein Leben lang aussehen.

Derbe, abgetretene Wanderschuhe. Nachlässig über die gekrümmten Schultern geworfener Rucksack. Eine alte Samtweste ohne Knöpfe oder Futter, kragenloses, offenes Hemd. Keine Kravatte.

Robert Louis Stevensons nachlässige Erscheinung hat ihm bereits mehr als eine Festnahme durch übereifrige Landgendarmen und so manche Nacht im Bau wegen Herumvagabundierens eingebracht. Wer richtig hinzusehen versteht, bemerkt dennoch, daß er sich trotz allem das selbstbewußte Auftreten eines Bohemiens aus guter Familie bewahrt hat. Nachdem er im Jahr zuvor in die Anwaltskammer von Edinburgh aufgenommen wurde, hat er sich nun von seinem Vater einen Vorschuß auf seine Erbschaft auszahlen lassen, ein hübsches rundes Sümmchen, das er mit vollen Händen ausgibt, verleiht und mit anderen teilt. In seinen Augen hat Geld keine Bedeutung. Auch Komfort nicht. Aber die Freiheit, die ja. Sein Rucksack enthält einen Band mit Gedichten von Charles d'Orléans, eine Flasche ganz exzellenten Cabernet-Sauvignons, Tabak, Tinte, eine Feder und Papier. Keinen Kamm, kein Rasiermesser, keine Wäsche zum Wechseln. Er läßt sich unterwegs vom Dorfbarbier den Bart scheren oder von einer Wäscherin die Wäsche bleichen. Wenn sein Hemd zu abgetragen ist, wirft er es weg. Diese Praxis ist kostspieliger, als wenn er sich den Luxus eines Koffers leistete! Und doch besitzt Robert Louis Stevenson nichts. Er hat nichts bei sich. Und woanders hat er auch nichts. Dieses leichte Gepäck hindert ihn indessen nicht, gut zu leben. Seine Bildung, seine Manieren und seine geistreiche Konversation haben ihm die Mitgliedschaft in einem der exklusivsten Clubs von London eingebracht, wo er ab und an logiert. Seinen Mentor, seines Zeichens Konservator am British Museum, hat er sich unter den herausragendsten Köpfen der englischen Intelligenzia ausgewählt. Seine ersten Artikel veröffentlicht er in dem überaus vornehmen *Cornhill Magazine*, dessen Chefredakteur Leslie Stephen, Thackerays Schwiegersohn und der zukünftige Vater von Virginia Woolf, sich nicht davor scheut, ihn gemeinsam mit der berühmten Schriftstellerin George Sand zu empfangen. Mal hier, mal dort, macht er plötzliche Überraschungsbesuche, bleibt ein paar Tage oder auch ein paar Wochen, und verschwindet dann wieder. *Du darfst Dich nicht grämen, wenn ich so lange fort bin,* schreibt er an seine Mutter. *Du mußt begreifen, daß ich mehr oder weniger mein ganzes Leben lang ein Nomade bleiben werde. Du weißt nicht, wie sehr ich immer davon geträumt habe zu reisen. Früher habe ich die Züge an mir vorbeifahren lassen, und dann träumte ich davon, mit ihnen fortzuziehen.*

Als einziger Sohn ist er das Hätschelkind der Familie und fühlt sich den Eltern, mit denen er als Heranwachsender immer wieder schwer aneinandergerät, eng verbunden. In dem stattlichen Haus im besten Wohnviertel von Edinburgh spielen sich heftige Szenen ab, nahezu unglaubliche Melodramen zwischen einem fanatisch gläubigen Vater und diesem unsicheren Jungen voller Selbstzweifel. *Nun, da ich meine Gesundheit zumindest andeutungsweise zurückerlangt habe, mußt Du mein Vagabundendasein hinnehmen als einen Teil von mir,* bittet er seine Mutter weiter. *Warte nur, bis ich meinen Rhythmus gefunden habe, Du wirst schon sehen, dann werde ich mehr Zeit bei Dir verbringen als irgendwo sonst. Nur, nimm mich, wie ich bin, und hab Geduld.*

London, Paris, Menton, Montigny, Barbizon, Grez. Robert Louis Stevenson ist ein großer Wanderfreund und reist zu Fuß, allein oder in Begleitung eines Freundes. Freundschaft ist ihm lebenswichtig.

Großes Hallo in der Herberge von Grez, alles stürzt nach vorne, klopft ihm freundschaftlich den Rücken, umarmt ihn, man bereitet ihm einen Empfang wie dem lange vermißten Lieblingskind. Er scheint eine Stellung irgendwo zwischen Maskottchen und Heldenfigur einzunehmen. Bob legt ihm den Arm um die Schulter, führt ihn zum Tisch, bietet ihm seinen Platz neben Mrs. Osbourne an und stellt ihn feierlich vor:

»Mein Cousin, Mr. Stevenson, ein junger Mann, der schreibt.«

Robert Louis Stevenson knickt seine magere Gestalt zu einer Verbeugung zusammen, wedelt abwehrend mit den endlos langen Daumen und korrigiert:

»... der schreiben will. Oder besser: der hofft, eines Tages zu schreiben.«

»Hören Sie nicht auf ihn, Mrs. Osbourne«, wirft Bob dazwischen. »Der Junge ist ein Genie. Er ist der Talentierteste von uns allen. Und im übrigen weiß er das auch. Er ist so eingebildet und selbstgefällig wie jeder dahergelaufene Normalbürger. Im stillen ist er davon überzeugt, daß man eines Tages sogar seinen Briefwechsel veröffentlichen wird, da bin ich mir ganz sicher. ›Die Briefe Robert

Louis Stevensons‹. Aber ja doch, du wirst schon noch zu Ruhm gelangen, mein Söhnchen. ›Was‹, werdet ihr sagen, ›berühmt, Louis? Dieser einfache, fröhliche, natürliche Junge. So ein anständiger Kerl. Auch nicht anders als wir, nur freundlicher.‹ Hütet euch wohl! Er mag ruhig schwächlich wirken, in Wirklichkeit ist er stark und so hart wie der Granit der Leuchttürme, die seine Vorväter bauten! Seht ihn euch an mit seinen lebenssprühenden Augen, dem gekräuselten Schnurrbart... im Geiste kann er schon jetzt die Titel seiner Bücher auf den Rücken der Plakatträger von London sehen.«

»Bob, du bist ein Ungeheuer, aber ich liebe dich!« ruft Louis unter Lachen und umarmt ihn. »Ich war schon immer davon überzeugt, und bin es noch heute, daß die Götter es mit mir besonders gut gemeint haben, als man dich mir als Lehrmeister und Wegbegleiter an die Seite gestellt hat. Mein fürchterlicher Cousin«, fährt er, zu Fanny gewendet, fort, deren Glas er beinahe umstößt, »erstaunt Sie sicher durch sein Klavierspiel, seine Malerei, seine Schriften. Aber wenn er sich erst mal jedes kleine Fitzelchen des Universums zwischen den Zähnen zergehen läßt, es mit Worten auseinandernimmt, als hätte er es selbst geschaffen, wenn er es dreht und wendet, um alle seine Facetten zu betrachten und dabei den Widerschein allen Lebens darin findet, welch ein Genuß! O ja, Madame, seine unvergleichlichen Gedankenexperimente – so verrückt sie Ihnen auch vorkommen mögen und wenn seine Argumente manchmal auch wirken wie im Fieberwahn gesprochen –, seine Beweisführungen kommen über uns wie die hellen Momente eines Schwachsinnigen, und er wird Sie damit entzücken! Ich verdanke ihm alles. Als ich in meinem Bett in Edinburgh dahinvegetierte, hat er mich fortgezerrt und an die frische Luft geführt, er hat mir gezeigt, daß das wahre Leben sich draußen abspielte, daß der wahre Gott nicht nach Bürgerart gemacht ist, mittelmäßig, daß man seine Seele und seinen Geist von vorgegebenen Gewohnheiten, Prinzipien und Regeln reinigen muß. Er hat mich gelehrt, meinen eigenen Weg zu finden. In Freiheit. Manchmal ist er in die Unendlichkeit eingetaucht.«

Robert Louis Stevenson redet wie ein Wasserfall, wedelt mit den Händen, steht auf, setzt sich wieder hin.

»Und dein Vater?« unterbricht Bob.

»Immer noch der alte. Er meint immer noch, daß nur ein Lump, ein Verrückter oder ein Idiot nicht an Gott und die Kirche glauben kann. Er klagt und schreibt das, was er mein ›Vom-Rechten-Wege-Abkommen‹ nennt, meiner Jugend zu. Aber wenn die Jugend schon nicht immer recht hat, möchte ich doch einiges wetten, daß das Alter auch nicht gerade immer viel scharfsinniger ist. Ein Mann entdeckt, daß er sich auf jeder einzelnen Stufe seiner Lebensleiter geirrt hat, und zieht am Ende seiner Jahre daraus den Schluß, daß er insgesamt recht behalten hat. Was für ein Fazit!«

An diesem Abend sollen die beiden Osbournes der Konversation nur mit Mühe folgen. Fanny wird nicht empfänglich sein für den Charme dieser Stimme, diesen Schwung, diesen Hang zum angeregten Plaudern, den doch alle anderen so unvergleichlich finden. Sie wird Robert Louis Stevenson nur irgenwie »komisch« finden, das hat sie mit den Landgendarmen gemeinsam. Und wenn er dann mit weit aufgerissenem Mund aus vollem Halse lacht und wahre Salven von Glückslauten in den allerhöchsten Tönen von sich gibt, wird sie ihn rundheraus als Hysteriker abstempeln. Allein die gegenseitige Bewunderung der beiden Cousins und ihre so offen zur Schau getragene Zärtlichkeit wird einige Gnade vor ihren Augen finden. Aber derjenige von den beiden Stevensons, dem sie diesen ganzen Herbst über den Vorzug geben wird, ist Bob.

»Mama, er ist wunderbar!«

»Wer?«

»Louis!« ruft Samuel Lloyd.

»Es heißt nicht ›Louis‹, sondern ›Lewis‹«, korrigiert Belle ungehalten mit einem tadellosen, wenn auch ein wenig irisch-schottisch eingefärbten Akzent. »Lou – is«, wiederholt sie schulmeisternd.

»Bist du blöd«, gibt Sammy zurück und wendet sich ab. »Er ist genauso lustig wie Bob, Mama! Sogar noch mehr! Louis ist vorbeigekommen, als wir mit Mimi und Kiki auf der Brücke waren. Und weißt du, was er gemacht hat? Er hat uns in seinem Boot mitgenommen. Es war herrlich! Er hat alle Kanus hintereinandergebunden, und dann haben wir uns im Boot hingelegt, die Augen zugemacht und uns einfach mit der Strömung treiben lassen. Rate mal, wo wir wieder aufgewacht sind! Wo die unterirdischen Gänge anfangen, die zum Schloß der Reine Blanche führen! Heute Abend nehmen wir Laternen, und dann werden wir sie erkunden. Darf ich mit? Ach, bitte. Louis wird gleich kommen und dich um Erlaubnis fragen. Sag doch ja, Mama!«

Frauen, die ihm gefallen, mit Hilfe ihrer Sprößlinge zu verführen, ist eine altgewohnte Taktik bei Robert Louis Stevenson. Eine Art Urinstinkt. Vor einiger Zeit hat er die Methode bei zwei zur Sommerfrische in Menton weilenden russischen Damen angewendet, deren kleine Töchter ihm nahezu verfallen waren. Diese leidenschaftliche Liebe zu Kindern, das Verständnis für ihre Welt und ihre Träume wird ihm Glück bringen: Für Sammy, um ihm eine Freude zu machen, ihn zu zerstreuen, wird Stevenson bald das Buch schreiben, das ihm Ruhm und Reichtum einbringen wird, *Treasure Island – Die Schatzinsel.*

Robert Louis Stevenson behandelte Kinder allzeit mit äußerster Hochachtung, auch wenn dabei manchmal ein kleiner amüsierter Funke in seinen glänzenden braunen Augen blitzte, wird Samuel Lloyd erzählen. *Ich hielt vom ersten Moment an große Stücke auf ihn.*

Da war Sammy nicht der einzige. Vor ihm hatte sich bereits ein anderer kleiner Junge von diesem Spielkameraden so sehr bezaubern lassen, daß er seine Vorzüge seiner Mutter pries, der sehr schönen und sehr intellektuellen Mrs. Sitwell. Der ersten Liebe Robert Louis Stevensons.

Dieser Frau schreibt Louis seit drei Jahren jeden Tag einen Brief. Sie ist ihm Vertraute, Muse und Madonna. Eine verheiratete Frau. Mit einer Familie belastet. Getrennt lebend von ihrem Mann, den niemand kennt. Sie ist älter, sehr viel älter als ihr junger Bewunderer, denn sie zählt inzwischen sechsunddreißig Jahre, also elf Jahre mehr als er. Wie Fanny. Zu der Zeit, als Mrs. Osbourne und Mrs. Sitwell heirateten, spielte Louis noch mit Zinnsoldaten. Zur gleichen Zeit, als sie, eine wie die andere, Reisen auf großen Segelschiffen unternahmen, die sie ans andere Ende der Welt trugen, beugte er sich in seinem Zimmer in Edinburgh über seine Karten und träumte von weiten Fahrten um den Erdball. Auch Mrs. Sitwell hat das harte Leben der Siedler kennengelernt. Sydney, Kalkutta, Bombay. Sie hat einiges gesehen! Mit ihrem Mona-Lisa-Lächeln und dem starren Blick hält man sie für reserviert. Ihre Bewunderer finden, sie habe den Charme einer indischen Rani. Winzige Hände und Füße. Haare und Augen schwarz wie Kohle. Eine schmale, leicht gebogene Adlernase, bernsteinfarbene Haut. Wie Fanny. Unglücklich in ihrer Ehe, versucht sie sich selber durchzubringen, unterrichtet Literatur und gibt sich den Freuden des Geistes hin. Unter schrecklichen Umständen hat sie eines ihrer Kinder verloren, einen Sohn.

Aber damit hört die seltsame Verkettung von Übereinstimmungen, die das Schicksal dieser beiden Frauen miteinander verbinden, nicht auf... Der Vorname von Mrs. Sitwell, eingetragen in sämtlichen Papieren, lautet wie? Frances. Fanny Vandegrifts Taufname! Und der Kosename, der einzige, unter dem ihre nähere Umgebung sie kennt? Fanny natürlich.

Fanny Sitwell. Fanny Osbourne. Die Engländerin. Die Amerikanerin, zwei Gesichter eines einzigen Traums von der Liebe?

Fürs erste hat Louis weder die Zeit noch die Muße, Fanny O. zu verführen. Er bleibt nur drei Tage in Grez, bevor er zu neuen Abenteuern aufbricht. Aber er läßt ihr seinen wirkungsvollsten Propagandisten zurück, Bob, der, da kann er sicher sein, nicht mit Elogen auf ihn sparen wird.

Bob verbringt den Sommer im Gasthof. Er wird Leben in das friedliche Dorf am Ufer des Loing bringen.

Balladen mit Gitarrenbegleitung. Ausfahrten in der Barke. Ausgedehnte Mittagsschläfchen in Hängematten. Fanny läßt ihren zierlichen Fuß herunterbaumeln und streichelt damit das Gras oder streift die Wasseroberfläche. Er ist gebräunt, leicht gewölbt – und nackt. Unter den Blicken von fünfzehn verehrungsvollen Bewunderern läßt sie ihre Melancholie hinter sich. Sie lebt auf. Sie amüsiert sich. Sie spielt. Sie freut sich ihres Lebens. Sechsunddreißig Jahre. Fanny Osbourne ist wieder das junge Mädchen, das sie vor ihrer

Heirat war. Mit ihren purpurroten Leinenschuhen, dem bereits dicht unter dem Knie endenden Rock, der nichts verhüllt, und ihrem roten Hüfttuch bietet sie einen herrlichen Anblick. Niemand ist mit soviel Elan dabei, wenn es darum geht, sich in das Wirrwarr der Kanus zu stürzen, die Jolle des Gegners zum Kentern zu bringen, die Stromschnellen hinunterzujagen, und das, wo sie doch gar nicht schwimmen kann. *Sie haben mir eine eigene Barke gegeben, und ich bändige sie wie ein wildes Pferd,* brüstet sie sich gegenüber Rearden.

Sie malt. Die anderen springen ins Wasser. Sie fällt ins Wasser. Sie retten sie. Abends werden die Arbeiten des Tages im Herbergshof ausgestellt. Man betrachtet, kritisiert, diskutiert unter dem Laubengang über Kunst, Literatur, Geschichte, Moral. Streitigkeiten werden auf dem Fluß bei wilden Seeschlachten ausgetragen. Fanny lebt wie im Traum: Sie regiert über einen ganzen Clan junger Männer. Sie hält hof unter ihrem Baum, sitzt der gemeinsamen Tafel vor. In den Abendstunden ist für sie ein Thron nahe dem Feuer reserviert.

Schlichter Landwein, Kaffee, den man mit halbgeschlossenen Augen aus großen Bechern trinkt, sonnengereifte Aprikosen. Die Fäden zahlreicher Liebesverwicklungen spinnen ein wirres Netz. Fanny fühlt sich von Bob angezogen. Bob von Belle. Belle von O'Meara. Niemand eröffnet sich, die Gefühle kommen und gehen, stehen für einen Moment still und schwirren weiter wie die ungezählten Libellen über dem Loing.

Glatt und ockerfarben erstreckten sich die abgemähten Wiesen. Fanny und Bob waren den Weg in die Felder hinuntergegangen. Die Erde zu ihren Füßen brannte in der glühenden Mittagshitze. Über den stacheligen blauen Disteln und dem blutroten Klatschmohn lag ein gräulicher Staubfilm. Sie bogen in einen Feldweg ein und gingen an den steil aufragenden Wänden der Maisfelder entlang. Am wolkenlosen Himmel folgte ihnen eine Lerche, deren schrilles Zwitschern sie zu ihr aufblicken ließ.

»Sie begleitet uns«, bemerkte Fanny zufrieden.

Bob warf dem Vogel einen Blick zu. Ein Glücksversprechen... Fanny fühlte sich wohl. Erst dieser lange Spaziergang in der Sonne und nun etwas Leuchtendes in Bobs Augen, etwas Liebevolles in der Art, wie er mit ihr über die Zukunft sprach, eine gewisse Fürsorglichkeit, die sie so lange schmerzlich vermißt hatte. Unter den neugierigen Blicken der kleinen Gruppe hatten sie sich zur Zeit der Mittagspause gemeinsam auf den Weg gemacht. Schweigend waren sie nebeneinander hergegangen, dann hatte Bob zu sprechen begonnen. Klatschgeschichten und Kommentare über die Künstler, die die beiden Damen Osbourne diesen Winter gewiß, oder vielleicht auch nicht, in Paris wiedersehen würden.

»Pasdessus ist kein Mann für Sie. Auf den ersten Blick wirkt er ganz annehmbar, aber Sie dürfen ihm nicht trauen. Er ist niemals und in absolut keiner Hinsicht ein Gentleman.«

»Wer ist ein Gentleman?«

»Louis Stevenson, mein Cousin, von dem Sie anscheinend so wenig halten.«

Sie zuckte nur mit der Schulter.

»Und Sie?« fragte sie.

Er lachte.

»Ich am allerwenigsten. Ich bin das schwarze Schaf der Familie. Noch auf seinem Totenbett hat einer unserer jungen Vettern meinen Onkel, Louis' Vater, zu sich gerufen, um ihn zu warnen. Ich brächte das Unglück in sein Haus. Meine eigene Familie hat es zu keinem sonderlichen Wohlstand gebracht. Mein Vater war dreizehn Jahre lang von der Neurasthenie ans Haus gefesselt.«

Fanny sagte darauf nichts. Sie kannte die Gerüchte über die beiden Stevensons. Man erzählte sich, daß sie die Erben eines enormen Vermögens waren, in dessen Genuß sie nie gelangen würden. Die Männer dieser Familie starben jung und geistig umnachtet, eine traurige Folge inzestuöser Eheschließungen über Generationen hinweg.

»Auch mein Vater wird geistig umnachtet sterben«, bekannte sie. »Wer weiß, ob ich es ihm nicht nachtun werde?«

»Selbstmord scheint mir die bessere Lösung.«

Sie zwangen sich zu einem Lachen.

»Einer meiner Freunde, der Ihnen übrigens recht ähnlich ist, schrieb mir heute morgen, ich sei bereits jetzt eine zahnlose Alte, der es besser zu Gesichte stünde, wenn sie sich endlich von der Bildfläche zurückziehen würde.«

»Hören Sie gar nicht hin, Mrs. Osbourne. Bleiben Sie, wie Sie sind, leben Sie! Dieser Kerl hat doch längst vergessen, was leben heißt.« Er nahm sie am Arm und zog sie unter die jungen Kiefern. »Glauben Sie mir. Und wenn mein Cousin zurückkehrt, schenken Sie ihm ein wenig Beachtung. Er könnte Ihnen einiges beibringen.«

»Was zum Beispiel.«

»Nun, wie wäre es mit Lesen?«

»Herzlichen Dank, aber ich kann schon buchstabieren.«

»Stellen Sie sich nicht dümmer, als Sie sind! Dafür sind Sie doch nach Europa gekommen, oder? Lernen. Weil Sie Ihrem Schönheitsideal auf die Spur kommen wollten. Sie glauben doch an Ihre Kunst, oder etwa nicht? Louis hält die seine in höchsten Ehren! Ich glaube, er ist ein Literat bis in den letzten Zentimeter seiner langen Beine. Ja, die Literatur, niemand liebt sie mehr als er, niemand hat mit soviel Leidenschaft und Aufrichtigkeit über sie nachgedacht.«

»Und Sie?« wiederholte sie.

Bob zuckte die Achseln. Seine Augen blinzelten abschätzig.

»Gar kein Vergleich. Ich bin eine Feder im Wind, ein Phantast, genial – aber faul. Manche Künstler verbringen ihre Zeit damit, optimale Bedingungen um sich herum zu schaffen, um arbeiten zu können. Ausgeglichenes Klima, gute Gesundheit, tausend Pfund Rente im Jahr, klösterliche Ruhe und allgemeine Anerkennung. Sie spitzen unablässig ihre Bleistifte zur Vorbereitung. Andere husten sich die Lunge aus dem Leib, haben unweigerlich eine Meute von Gläubigern im Nacken und arbeiten überall, auf dem Boden eines Bootes, unter einer Brücke. Ich gehöre zur ersten Kategorie, Louis zur zweiten. Er hat praktisch seine ganze Jugend im Bett verbracht, eingesperrt in seine vier Wände oder von einem Luftkurort zum anderen gekarrt, und doch: geistig ist er ein Herkules! Ich glaube, er hat immer nur getan, was er wollte.«

»Und Sie?« beharrte sie.

Bob dachte einen Moment nach. Seine Stiefel knirschten auf den Steinen.

»Ich genauso. Ich habe auch nur gemacht, was ich wollte. Aber was will ich? Sämtliche Abenteuer, sämtliche Phantasien, ich gehe mal hierhin, mal dahin. Vielleicht bin ich tatsächlich ein Genie, aber Genie ohne Talent, was ist das schon?«

»Ich würde eher sagen, daß Talent ohne Genie...«

»Weit gefehlt! Louis hat Talent. Ungeheuer viel Talent sogar. Auf ihn kann man sich verlassen. Sie sollten ihn in Paris besuchen!«

»Und Frank O'Meara?« fragte sie unvermittelt. »Sollten wir auch O'Meara besuchen?«

Bob beugte sich hinunter und schaute ihr ins Gesicht. Sie kannte diesen seltsamen, beinahe feindseligen Blick bei den Männern. Es war der Ausdruck, den sie von Rearden kannte, wenn sie ihn verletzt hatte. Sie erbleichte.

»Diese Frage, Madame, sollten Sie besser Ihrer Tochter stellen.«

»Belle ist jung«, antwortete sie leichthin. »Woher sollte sie das wissen?«

»Ja, sie ist jung.«

Fanny las ein solches Leid, eine solche Anspannung in Bobs Gesicht, daß es ihr das Herz zusammenzog. Zugleich überrollte sie eine Woge der Trauer, die ihr wohlvertraut war. Es war dieses alte Gefühl, einen Menschen verloren zu haben, den sie seit Jahren begehrte, seit der Geburt ihrer Tochter, seit Sam in den Bürgerkrieg gezogen war.

»Lassen Sie uns aus dem Wald hinausgehen«, sagte sie, »die Atmosphäre hier bedrückt mich.«

Sie gingen zum Fluß hinunter. Zwischem dem Stechginster, dem Schwirren und Summen der Insekten war es ihr gleich ein wenig wohler. Sie verstand ja, was in Bob vorging. Waren diese Gefühle des jungen Mannes nicht vorhersehbar? Er war achtundzwanzig. Sie sechsunddreißig. Aber sie empfand einen ähnlichen Schmerz wie einst als betrogene junge Frau. Als Sam sie nicht mehr beachtete, als er eine andere liebte. Keine Eifersucht diesmal. Nur eine überwältigende Sympathie für die Verwirrung ihres Begleiters. Sofortige und restlose Hinnahme ihrer Niederlage als Frau.

Um dem Wasser, der Erde näher zu sein, dieser warmen, brodelnden, fruchtbaren Natur, strich sie mit den Händen durch das Schilf. Belles Name wurde nicht ausgesprochen.

»Bei Pasdessus«, sagte Bob nur, »ist die Liebe nichts als eine Gefühlsverirrung. Bei Simpson dem Älteren ein Flirt. Bei O'Meara eine fixe Idee. Bei mir aber«, sagte Bob, »bei mir ist sie eine Krankheit, und wo Sie nun schon wissen, daß man mich für verrückt hält, ist Ihnen sicher auch nicht unbekannt, daß die Liebe gerade bei dieser Art von Leuten eine schwere Krankheit ist.«

Sie tauschten einen kurzen Blick, und dabei sah Fanny zum ersten Mal in ihrem Leben Tränen in den Augen eines Mannes. Sie stützte sich auf Bobs Arm, der ihn sogleich anwinkelte und die kleine Hand fest an sich preßte.

»Gehen wir zurück«, sagte er. »Die anderen werden glauben, daß ich sie vergewaltigt habe oder gar umgebracht.«

Sie lachten ein bißchen, dann machten sie, einer sich am anderen festhaltend, kehrt.

In dieser Nacht ging Fanny wie üblich allein in den Garten, um ein wenig frische Luft zu schnappen. Der Wind trug den warmen Duft der an diesem Tag geschnittenen Maiskolben zu ihr herüber. Hinter ihr öffnete sich die Tür. Sie hörte das Lachen, die Rufe und die Gespräche im Speisezimmer. Das Gras raschelte. Ein ihr wohlbekannter, eiliger Schritt. Bob. Ihre Wangen röteten sich. Die Finger ihrer auf den Armlehnen ruhenden Hände zeichneten krampfhaft das Muster des Weidengeflechts nach. Der Schritt hielt inne, dann entfernte er sich wieder, wieder hörte sie das Schnappen des Türschlosses, die lachenden Stimmen, dann schloß sich die Tür. Bob hatte keinerlei Bedürfnis gehabt, ihr zu begegnen. Sie war alt. Rearden sollte triumphieren. *Eine zahnlose Alte.* Sie war so müde.

»Sollten Sie etwa traurig sein, Mrs. Osbourne?« fragte eine Stimme neben ihr.

Es war die des Cousins, des »anderen Stevenson«, der am selben Nachmittag in Grez eingetroffen war. Er hatte eine abenteuerliche Reise im Kanu von Antwerpen nach Pontoise hinter sich und von dort den Loing entlang. Sein gemeinsames Erscheinen mit Walter, dem Bruder von Simpson dem Älteren, hatte im Gasthof einen wahren Aufruhr hervorgerufen. Plötzlich waren sie am Fuß des Gartens aufgetaucht, aufrecht im Bug ihrer Kähne mit den schönen Namen *Aréthuse* und *Cigarette* stehend, die üppig unter ihren gestreiften englischen Collegemützen hervorwuchernden Haare boten einen wilden Anblick. Vierzehn Tage auf den Kanälen von Frankreich und Belgien. Schiffbrüche, Unwetter, Einsamkeit und Traumbilder. Der Inhalt des ersten von Robert Louis Stevenson veröffentlichten Buches: *An Inland Voyage.*

»Sollte ich lustig sein?«

Sie sah ihn nicht an. Louis Stevenson ließ sich im Schneidersitz zu ihren Füßen nieder.

»Sie denken an Ihren Gatten?«

»An ihn. An meine Kinder. An mich.«

»Und?«

Er drehte sich eine Zigarette, wandte sich halb zu ihr um und hielt sie ihr hin. Instinktiv nahm sie sie entgegen. Ihre Gesichter trafen sich über der Flamme. Der Blick aus Louis' zu ihr aufschauenden Augen umhüllte sie wie mit einer warmen Woge.

»Und ...« sie nahm einen Zug und zögerte, »... ich habe gedacht, daß ich eigentlich alles falsch gemacht habe.«

»Unsinn!«

Mit einem Satz sprang er auf seine langen Beine. Rauchend und gestikulierend, wobei die eine Hand unablässig seinen Schnurrbart befingerte, während die andere ungeduldig durch die Luft fuhr, begann er ihren Stuhl zu umkreisen.

»Ich habe gesehen, wie Sie sich im Juli schon bei Morgengrauen auf den Weg gemacht haben. Sie arbeiten.«

»Nicht genug.«

»Ich habe Ihre Arbeiten gesehen, diese *Brücke von Grez*, die zum Trocknen da drüben an der Wand lehnt ...«

Sie versuchte dieser wild hin und her springenden Gestalt mit den Augen zu folgen. Aber es war ein wahrer Veitstanz. Sie gab es auf. Ihr wurde schwindlig vom Zusehen.

»*Die Brücke von Grez*, jawohl, wie viele tausend Male ist die wohl schon gemalt worden?«

»Ja, sicher. Und wenn schon! Ich habe sie an den Wänden des Salons in der Akademie gesehen und in den Zeichenmappen sämtlicher Malschüler des Quartier Latin. Aber ich sage Ihnen ganz unter uns: Keine Brücke von Grez hatte eine solche unverdorbene Frische wie Ihre.«

»Ist das eine wohlwollende Umschreibung für Naivität?«

Er brach in sein unbändiges Lachen aus und kam nun erst richtig in Fahrt. Immer weiterredend lief er, mal vor, mal hinter ihr, mit großen Schritten von einem Baum des Gartens zum anderen.

»Das Leben eines Menschen, der Anspruch auf irgendeine Form des Künstlertums erhebt, ist von wenigen kleinen Inseln des Erfolges inmitten eines Meeres der Niederlagen gekennzeichnet. Man muß das alles ertragen. Es ist wie eine einzige Kampfbahn. Auf der ersten Etappe spielt der Maler oder Schriftsteller noch mit seinem Gegenstand wie ein Kind, das sein Kaleidoskop auseinandernimmt. Etappe Nummer zwei: Das Spiel nimmt geordnete Formen an. Das Kind legt die verstreuten Glasstückchen zu Mustern zusammen. Das ist eine lange, qualvolle Phase. Die wenigen, die je darüber hinausgelangen, lassen sich an den Fingern einer Hand abzählen. Im Stadium Nummer drei heißt es, seinen Bildern Leben einzuhauchen, dem Geschaffenen einen Sinn zu verleihen.«

»Sie haben meine Arbeiten doch gesehen. Glauben Sie, mein Talent würden es rechtfertigen, daß ich den kommenden Winter über in Paris bleibe?«

Einen Moment lang blieb Robert Louis Stevenson regungslos stehen. In seinen Augen tanzte so etwas wie ein Lächeln.

»Hüten Sie sich vor den Speichelleckern, Madame!« spottete er und nahm einen letzten Zug von seinem Zigarettenstummel, der seinen Schnurrbart rot aufleuchten ließ.

Sie blieb beharrlich:

»Bob behauptet, daß Sie gute von schlechter Arbeit unterscheiden können. Er rühmt Ihren kritischen Geist. Ich muß es wissen! Denn wenn ich dieses bestimmte Talent nicht besitze, ist mein Aufenthalt in Europa durch nichts zu rechtfertigen. Das wäre ein zu teurer Preis für meine… meine…«, sie zögerte, »für meine übertriebenen Ambitionen. Den noch dazu andere zahlen müssen.«

Mit seinem lebensprühenden Blick musterte Louis das Gesicht dieser von Zweifel, Angst und der wilden Entschlossenheit fortzufahren geplagten Frau.

»Sie allein werden diese Frage eines Tages beantworten können«, sagte er schließlich mit tiefem Ernst in der Stimme. Er begann wieder umherzugehen. »Aber eines kann ich Ihnen doch sagen. Wenn man mir ins Gesicht lacht: ›Du verlierst doch nur deine Zeit mit deinem Geschreibsel! Warum schreibst du keine Artikel? Warum veröffentlichst du denn kein richtiges Buch?‹, dann nehme ich mich in acht! Wenn mein Schutzengel mich im Stich ließe, wenn ich zu schnell dem Wunsch nach Größe verfiele, ohne noch die nötigen Grundbegriffe meiner Kunst zu beherrschen, käme ich in Gefahr, meinen Stil für alle Zeit zu verderben. An dem fürchtenswerten Tag, an dem man zum erstenmal etwas erschafft, an dem man sich ins Ungewisse stürzt, neigt man immer entweder zur Hast oder zu übermäßigem Zögern. Das heißt: Weder in der Malerei noch in der Literatur gibt es einen Mozart. Lassen Sie sich Zeit. Arbeiten Sie. Lernen Sie. Kopieren Sie die großen Meister. Eignen Sie sich die Technik an. Im Moment gehören Sie zu jenen Künstlern, die in Grez den idealen Unterschlupf gefunden haben. In unserer kleinen Kolonie haben wir für sie ein besonderes Wort: die ›Schlafwandler‹. Das Schlafwandeln gehört zur künstlerischen Ausbildung. Aber in der Gesamtheit des großen Abenteuers ist es nur eine Etappe.«

»Ich will während meiner Jahre in Frankreich lernen, das Leben darzustellen. Das ist mein Ziel.«

»Die Wette haben Sie schon jetzt verloren. Das Leben ist vielschichtig, unendlich, alogisch. Ein Kunstwerk aber ist klar, rational und sinnvoll beschränkt.«

Sie lächelte.

»Wenn Sie an die Überlegenheit des Lebens gegenüber der Kunst glauben, warum zum Teufel wollen Sie dann schreiben?«

Er antwortete ihr, ohne sein Herumlaufen zu unterbrechen:

»Um zu suchen.«

»Dann ist Ihre Freude an dieser Suche also ein Selbstzweck?«

»Aber sicherlich.« Er wiederholte noch einmal: »Die Freude an den Dingen ist ein Selbstzweck. Und Sie?« fragte er und baute sich plötzlich vor ihr auf.

Sie sah hoch.

»Was, ich?«

»Natürlich Sie. Sie stellen Fragen, Sie hören zu, aber selber steuern Sie nicht viel bei. Für ein richtiges Gespräch braucht man schon zwei, die reden.«

»Ich habe nichts zu sagen.«

»Was soll das heißen, nichts zu sagen? So eine Frau wie Sie ist mir wirklich noch nicht begegnet. Sie sind so ... so anders. So amerikanisch!«

Verärgert drückte sie ihre Zigarette aus.

»Und was soll das nun wieder heißen?«

»Sie sind die Verkörperung der neuen Welt, mit all ihrer Dramatik und ihren Traumvorstellungen. Zum Beispiel jetzt: Hier sitzen wir im gepflegtesten Garten des ganzen Planeten und plaudern über ›Ästhetik‹, und mir will der Gedanke nicht aus dem Kopf, daß Sie irgendwo in Ihrem Mieder Ihr Schießeisen versteckt haben. Sie kommen aus einer anderen Welt! Ihr Universum sind die Goldsucher, die Berufsspieler und Trapper. Sie können mit Ihren zehn Fingern alles tun. Töten oder erschaffen. Wenn Sie gehen, meint man einen Wildbach rauschen zu hören. Sie duften nach Lagerfeuer und Salbeibüschen. Wer von Sierras, Canyons und weiten Wäldern träumt, muß Sie einfach lieben.«

Sie seufzte, blieb aber weiter stumm. Die Blicke der beiden richteten sich starr auf die dunkle Mauer der Bäume.

»Dieser Wald dort ist ein überdimensionaler Jungbrunnen«, rief er aus. »Franz I., Ronsard, wie viele enttäuschte Männer haben sich nicht dorthin zurückgezogen? Von allen versteckten Winkeln Europas ist er vielleicht derjenige, wo man am besten wieder zu Atem kommen kann. Sie haben ganz recht, wenn Sie jeden Tag zum Arbeiten dorthin gehen. Im Wald lernt der Künstler, die Poesie des Lebens und der Erde nicht zu vergessen. Das Erzittern angesichts der Natur, das man nur selbst erleben kann. Wenn Sie Ihre Kunst erst beherrschen, wird die Erinnerung an genau dieses Erlebnis Sie davor schützen, einfach nur eine traurige Reproduktion des Lebens zu erschaffen.«

»Die Trauer scheint in Ihrem Universum nicht vorzukommen«, sagte sie ein ganz klein wenig feindselig.

»Ich erlebe hier einen Moment des Friedens, der Freiheit. Im Augenblick. Das ist vielleicht kein besonders hochgestecktes Ideal, aber es ist schlicht und erreichbar. Wenn ich genug davon habe, werde ich wieder mein Bündel schnüren und mich auf den Weg machen.«

»Was für ein Moralist! Sie reden genau wie eine Betschwester aus Indiana!«

Er ließ sein kindliches Lachen aufklingen.

»Dann hören Sie mir erst mal morgen zu. Da steige ich in die Kanzel. Ist alles schon mit dem Pfarrer abgesprochen. Eine Predigt. Wenn mein Vater mich hören könnte, würde ihn der Schlag treffen! Werden Sie kommen? Es wird eine total absurde Vorstellung.«

September. Die Bäume färben sich gelb. Einer nach dem anderen kehren die Künstler in ihre Ateliers zurück. Bobs Worte haben Fanny nicht ungerührt gelassen. Vielleicht ist es ein erstes Zeichen der Reife, jedenfalls hat sie jäh darauf verzichtet, ihre Zuneigung zu ihm in Liebe umschlagen zu lassen. Statt dessen befolgt sie seinen Rat und wendet ihre Aufmerksamkeit dem »anderen Stevenson« zu, dessen Fröhlichkeit sie wenigstens zerstreut.

Sein Frohsinn war seine größte Tugend, wird sein Freund, der Dichter Edmund Gosse, schreiben. *Er schien von Berg zu Berg zu hüpfen und auf den Gipfeln des Lebens zu tanzen. Die ihm innewohnende Jovialität siegte immer wieder über seine Ernsthaftigkeit und seine Leidenschaft für das Abstrakte, und wenn er gerade eine seiner intellektuellen Sandburgen errichtet hatte, kam jedesmal eine große Welle des Humors und spülte alles wieder fort. Ich kann mich an keinen seiner Scherze erinnern, und würde ich sie einfach so niederschreiben, kämen sie mir wahrscheinlich nicht einmal lustig vor. Louis war weniger geistreich als voller Menschlichkeit. Ein für alles aufgeschlossener Blick, dem nichts von dem Drama entging, das sich um ihn herum abspielte. Eine natürliche Begabung, die Dinge des Lebens richtig einzuordnen. Ich wünschte, seine fröhliche Art, seine ständige Bereitschaft zu einem Lachen würden nie in Vergessenheit geraten.*

Fannys Neugierde ist geweckt. Sie läßt ihn ihren Klapphocker tragen, ihren Kasten, ihren Schirm. O'Meara folgt der Tochter. Louis der Mutter. Er begleitet sie, wenn sie zum Malen in den Wald geht. Er liest im Schutz des großen Sonnenschirms, schreibt zu ihren Füßen. Bei Tisch setzt er sich neben sie. Abends, wenn der eine seinen Artikel, die andere ihre Skizze zu Ende gebracht hat, setzen sie sich ab, um unter den Weiden am Fluß miteinander zu plaudern. In Robert Louis Stevenson hat sie einen ebenso wertvollen künstlerisch-literarischen Mentor gefunden wie in Rearden. Ohne dessen Aggressivität.

Von Stufe zu Stufe, in denen Lust und Scham sich vermengen und aneinander wachsen, kann jeder von ihnen in den Augen des anderen den Ausdruck der eigenen Empfindungen lesen. Eine Erklärung braucht es nicht, schreibt Louis im Oktober in einem Essay, den er mit dem Titel *On Falling in Love* überschreibt. Ein verheißungsvoller Titel. Die Würfel sind gefallen. Was Fanny betrifft, so eröffnet sie Rearden mit dieser seltsamen Mischung aus Schamgefühl, Feindseligkeit und Verschmitztheit, die ihre Freundschaft charakterisiert: *Sie haben vollkommen recht, mein Freund: Wenn ich nach Hause kommen werde, werden mir meine Boheme-Freunde fehlen! Allen voran diese beiden verrückten Stevensons, die bei allen ihren dummen Streichen so voller Freude und voller Leben sind, daß allein schon ihre Gegenwart einen aufmuntert. Ich habe weder den einen noch den anderen je ein zynisches oder kleinliches Wort sagen hören. Ich habe sie nie etwas tun sehen, was nicht großherzig und nett gewesen wäre. All den Schauermärchen zum Trotz, die man mir über sie erzählt hat, halte ich sie nach wie vor für die galantesten Männer, die mir je begegnet sind.*

Soll diese Lobeshymne Rearden eifersüchtig machen? Oder zeigt sich in ihr nur der Beginn der Faszination, die Fanny befallen hat?

Wie dem auch sei, die kleine Gruppe in Grez weiß längst nicht mehr, wen von den beiden Stevensons die schöne Amerikanerin denn nun bevorzugt. Die Gerüchteküche brodelt: Die Cousins, Frank O'Meara und die Familie Osbourne verlängern ihren Aufenthalt weit in den Herbst hinein.

Als sie dann wieder in Paris sind, werden Fanny und ihre Kinder die Einsamkeit von mittellosen Fremden nicht noch einmal erleben müssen.

Noch bin ich nicht kräftig genug, ein Haus zu führen, deshalb werden wir mit einer anderen Familie in der Rue de Douai 5 auf dem Montmartre zusammenziehen. Meine Gesundheit erholt sich langsam, und der Arzt sagt, daß meine Geistesabwesenheiten ein Rückschlag vom letzten Winter sind und daß es sich um eine Reihe von nervösen Anfällen handele, schreibt sie an Rearden. *Sie in ihrer gewohnten Zuvorkommenheit sagen natürlich, daß nervöse Anfälle eine Alterserscheinung sind und ich meine Ohnmachten meinem fortgeschrittenen Alter verdanke. Und doch leidet auch Mr. Louis Stevenson unter nervösen Anfällen, obwohl er bekanntlich um so vieles jünger ist als ich. Ich wünschte ja, er würde nicht immer gerade dann heftig zu stöhnen anfangen, wenn man am wenigsten damit gerechnet hat. Es ist so peinlich! Wenn er in Tränen ausbricht, weiß ich nie, was ich tun soll, ihm ein Taschentuch reichen oder besser aus dem Fenster sehen. Da mein Taschentuch aber ohnehin meistens voller Zeichenkohle ist, wähle ich die zweite Möglichkeit. Ich mag ihn sehr, er ist so ungeheuer lustig, aber manchmal ist seine Gesellschaft auch ein wenig blamabel. Neulich, als wir mit der Droschke an den Fluß fuhren, fing er plötzlich furchtbar an zu lachen. Er lachte immer weiter. Er war gar nicht mehr zu bremsen. Also bat er mich, ihm die Finger zu verdrehen, was ich natürlich nicht tun wollte, und da lachte er nur noch mehr! Und dann sagte er, ich täte besser daran, seinen Vorschlag zu befolgen, sonst würde nämlich er mir die Finger verdrehen und womöglich brechen. Er nahm meine Hand und fing an, mir weh zu tun, und ich konnte mich ihm schließlich nur entziehen, indem ich ihm bis aufs Blut in den Handballen biß. Auf der Stelle kam er zu sich und verlor sich in Entschuldigungen. Aber meine Hand war zwei Tage lang nicht zu gebrauchen.*

Was für eine seltsame Begebenheit. Fanny übertreibt. Sie dramatisiert die kleine Szene. Das ist ihre ganz eigene Art, ihre Verwirrung auszudrücken, ihre Furcht einem Mann gegenüber, der aus sich herauszugehen wagt. Im Weinen wie im Lachen. Ohne falsche Scham.

Und dann beginnt, erzählt Robert Louis Stevenson, *die Geschichte zweier Wesen, die sich Schritt für Schritt in der Liebe vorantasten wie zwei Kinder in einem dunklen Zimmer.*

EINE LEIDENSCHAFTLICHE FREUNDSCHAFT

Der wichtigste Bestandteil der Liebe
ist die Freundschaft.
Vielleicht sogar ihre beste Definition.
Eine leidenschaftliche Freundschaft …
Freundschaftliche Zuwendung, die in
Sturm umschlägt, bedrängend wird
und unaufhaltsam.

ROBERT LOUIS STEVENSON

PARIS – ZWEITER WINTER

Oktober 1876 – April 1877

»Belle, komm hierher.«

Wenn das junge Mädchen, das unter Beachtung aller Vorsichtsmaßregeln die Wohnungstür öffnete, geglaubt hatte, unbemerkt in ihr Zimmer gelangen zu können, so hatte sie sich umsonst so viel Mühe gegeben. Eine knarzende Bodendiele hatte sie verraten. Sie schlug also die Tür zu, stellte geräuschvoll ihren Zeichenkasten unter der Garderobe ab, öffnete die zwanzig Knöpfe ihres Umhangs, entknotete die Bänder ihres Hutes und legte ihn auf die Konsole. Dann trat sie etwas näher an den Spiegel heran und betrachtete forschend ihr Gesicht. Ihre Lippen waren geschwollen, der Mund zu rot, die Augen zu glänzend.

»Belle, ich warte!« drang die ungeduldige Stimme ihrer Mutter aus dem Salon.

»Ich komme!« Sie warf noch einen prüfenden Blick in den Spiegel, ordnete die Fransen ihres kurzen Ponys, rückte die oberste Schleife ihres Mantelkleides zurecht und beugte sich ein wenig nach vorn, um die anderen, insgesamt sieben große Schleifen aus marineblauem Samt, die in einer geraden Linie vom Hals bis zu den Stiefeln hinunterreichten, zu inspizieren. Das Mieder und der glatte, blaugestreifte Rock ohne Falten und Rüschen umspielten ihre Formen, ließen Brust und Hüften hervortreten und verliehen dem Popo eine perfekte Rundung. In Kniehöhe fiel der Rock in einem Faltenwurf aus dunklerem Baumwollstoff auseinander.

»Belle!«

Mit schwingenden Hüften glitt sie den kleinen Flur entlang, von dessen Wänden die Tapete mit dem Rankenmuster in Fetzen herunterhing. Mottenzerfressene Wandbehänge, eine neogotische Anrichte, ein Kamin aus falschem italienischen Marmor, so bescheiden sie auch sein mochte, diese Einrichtung war kein Vergleich mit der Mansarde vom Vorjahr. Sam schickte regelmäßig seinen Unterhalt. Eine geringfügige Summe, aber pünktlich. Die Osbournes hatten das Elend mit der Bequemlichkeit einer durchorganisierten Armut eingetauscht. Die Tür zur Wohnung, die in der letzten Etage direkt unter den Dienstbotenzimmern lag, aber immerhin über die Haupttreppe zu erreichen war, öffnete sich zunächst auf zwei Zimmer, die von zwei Amerikanerinnen aus Illinois bewohnt wurden, einer gewissen Margaret Wright und ihrer Tochter, auch sie Bekannte des Bildhauers Pasdessus, der seinerzeit die Adresse des Chevillonschen Gasthofs preisgegeben hatte. Die beiden Damen Wright, die ihrerseits einen kleinen Jungen in ihrer Begleitung und ebenfalls von künstlerischen Ambitionen erfüllt ihren Weg nach Paris gefunden hatten, drangen dennoch nicht direkt in Fannys und Belles Territorium ein. Sie zogen die Strände der Normandie dem Wald von Fontainebleau und die Schule von Honfleur der von Barbizon vor und taten eine Sommerfrische an den Ufern des Loing als provinziell ab. Man teilte sich die Küche und den Salon ohne größere Unstimmigkeiten. Die Mütter, Töchter und Söhne waren jeweils etwa im gleichen Alter und hatten dementsprechend ähnliche Interessen. Der kleine Gang hallte wider von raschelnden Kleidern, Lachen und dem Läuten der Türglocke. Die Besucher gaben sich die Klinke in die Hand, und im Salon mischte sich die angelsächsische Boheme vom linken Seine-Ufer unter das amerikanische Kleinbürgertum von Montmartre. Belle war auf der Schwelle zum Gemeinschaftswohnzimmer stehengeblieben. Fanny stand mit dem Rücken zum Kamin und sah ihr entgegen.

»Weißt du, wie spät es ist?« fragte sie mit eisiger Stimme.

»Zehn Uhr, glaube ich«, antwortete das junge Mädchen leichthin.

»Ich dachte, wir hätten uns geeinigt, daß dein Ire dich vor Einbrechen der Nacht nach Haus bringen würde.«

»Nenn ihn bitte nicht ›dein Ire‹, Mama. Er heißt O'Meara!«

»Weich nicht vom Thema ab«, befahl Fanny, ohne die Stimme zu erheben. »Wir haben eine Verabredung getroffen. Du hältst dich nicht daran. In Zukunft werde ich dich nach dem Atelier mit mir nach Hause nehmen müssen.«

»Mama!«

Belle glitt auf ihre Mutter zu, um sie zu beruhigen. Aber die wildledernen Korsettplatten und das komplizierte System aus Bändern und Schnüren, das den Rock in Form hielt, behinderten sie beim Gehen. Wie lange ist es doch her, daß die Frauen ihre Hüften unter dem weiten Käfig einer Krinoline versteckten, dachte Fanny. So lange. Wie weit lag doch ihre Jugend zurück. Belle versuchte, ihre Mutter sanft in einen Sessel zu nötigen, sich zu ihren Füßen niederzulassen und den Kopf in ihren Schoß zu legen. Fanny wehrte sich.

»Spar dir deine Schmeicheleien. Bei Gott, du würdest mit jedem flirten!«

Mutter und Tochter, beide in Blau, beide mit der gleichen gebräunten Haut, beide gleich zierlich, gleich groß und gleich stark, kämpften eine kurze Zeitlang ein wenig miteinander. Dann ließ Fanny sich in den Sessel fallen.

»Belle! Es ist mir ernst! Setz dich anständig hin! Und jetzt hör mir mal zu ...«

»Hör du mir zu, Mama. O'Meara und ich tun nichts Unrechtes. Soll ich dir sagen, warum ich zu spät gekommen bin? Wir haben im Louvre vor Velazquez gestanden und darüber ganz die Zeit vergessen.«

»Vergessen? So so. Im Louvre? Und um zehn Uhr abends?«

Fanny machte sich von ihrer Tochter frei. Belle hockte sich auf den Boden und hob ihr ihr kleines Gesichtchen entgegen, in dem sich Schalkhaftigkeit und Unschuld die Waage hielten.

»Nach dem Louvre sind wir bis zum Jardin du Luxembourg gegangen.«

»Belle, erzähl mir doch keine Märchen. Der Jardin schließt um sechs Uhr!«

»Und dann sind wir weitergegangen bis Montparnasse. O'Meara wollte mir das Atelier von Carolus Duran zeigen, wo er mit Bob arbeitet. Sargent war auch da, einer ihrer Freunde, ein Amerikaner aus Boston. Wir sind zu ihnen hinaufgegangen.«

»Belle«, schrie Fanny, »du bist zu O'Meara aufs Zimmer gegangen?«

»Aber Mama, wir waren doch zu dritt! Sie wohnen alle zusammen über dem Atelier. Genau wie wir bei Julian, müssen sie sich montags morgens ganz früh einschreiben, damit sie für die Woche einen guten Platz bekommen. Die französischen Schüler aus dem Viertel sind ihnen immer zuvorgekommen. Da haben O'Meara, Bob und Sargent das Problem gelöst, indem sie ganz einfach ins selbe Haus gezogen sind. Jetzt können sie sich schon sonntags abends einschreiben. Ob die anderen nun schon um vier Uhr morgens erscheinen oder sonstwann, O'Meara und die anderen haben immer die besten Plätze. Wir sollten es genauso machen. Irgendwas Möbliertes in der Passage des Panoramas. Das wäre besser, als morgens und abends eine Stunde zu verlieren und im Dunkeln durch Paris zu ziehen!«

»Red keinen Unsinn! Wir brauchen kaum zwanzig Minuten bis zur Passage des Panoramas. Und dich, mein Fräulein Tochter, scheint es offenbar nicht sonderlich zu stören, mitten in der Nacht in Paris herumzulaufen!«

»Dich aber auch nicht, Mutter. Mir ist, als wärest du am Dienstag mit Louis auch erst sehr spät nach Haus gekommen.«

»Belle, das reicht jetzt!«

»Und du hast mir nicht einmal gesagt, wo ihr beide hingeht«, antwortete sie in neckendem Tonfall.

Fanny zögerte. Mit welchem Recht konnte sie ihrer Tochter denn noch Vorschriften machen? Und warum zwang sie sich dazu?

»Ich habe Angst um dich, Belle. Du bist so... so jung.«

»Aber Mama, du bist doch auch jung! Was fürchtest du denn!«

»Daß du dein Herz verlierst, Belle!«

»Mama, er liebt mich!«

»Diese Jahre in Frankreich werden ein Ende haben. Es darf so nicht weitergehen! Wir werden abreisen, Belle.«

»Wann?« fragte das junge Mädchen unruhig.

»Eines Tages ... bald.«

»Aber wann?«

»Sobald dein Vater uns kein Geld mehr schickt. Sobald er unsere Rückkehr verlangt. Diese Zeit hier hat keine Bedeutung. Sie war nur ein Ausflug. Unser richtiges Leben ist drüben! Eines Tages werden wir uns von allen unseren Freunden hier trennen müssen. Und dann sehen wir sie nie wieder. Verstehst du?«

Belle schüttelte den Kopf.

»Nein. O'Meara liebt mich, und wenn ein Ire liebt, dann gilt das auf Lebenszeit.«

»Hat er um deine Hand angehalten?«

»Mama!«

»Was, ›Mama!‹? Hat er dich gebeten, ihn zu heiraten oder nicht?«

»Aber das kann er doch nicht!«

»Wie das?«

»Er hat kein Geld, das weißt du doch!«

»Die Armut hat noch nie einen jungen Mann davon abgehalten, eine Familie zu gründen.«

»Und seine Karriere? Er muß erst mal Erfolg haben ... Seine Karriere! Und seine Familie ...«

Fanny nahm den Kopf ihrer Tochter zwischen beide Hände.

»Du hast meine Frage schon beantwortet, Belle. Mit O'Meara ist es wie mit allem hier, ein Provisorium. Du darfst diese Tatsache nie aus den Augen verlieren, mein Liebling. Es ist nur provisorisch.« Mit einer bedauernden Geste sagte sie:

»Alles hier! Paris ...«

»Und Louis?«

»Bob und Louis auch.«

Belle machte sich von ihr los.

»Ich will dir nicht mehr zuhören, Mama. Du sagst immer nur das Schlimmste voraus.«

»Das ist nicht das Schlimmste, Belle.«

Das junge Mädchen wurde blaß und rückte noch etwas weiter ab.

»Du wirst mich nicht mehr mit O'Meara zusammenkommen lassen?«

»Nein, das würde nichts nützen. Du würdest ihn nur heimlich treffen. Ich will nicht, daß du mich belügst. Ich will nicht, daß du betrügst. Ich vertraue dir. Du kannst O'Meara sehen. Ich verlange nur, daß du die Bedingungen unserer Verabredung einhältst. Du wirst nicht nach zehn Uhr abends heimkommen, du wirst nicht zu ihm hinaufgehen, und du wirst das Letzte, was nicht wiedergutzumachen ist, nicht tun. Hast du mich verstanden? Nichts, was nicht wiedergutzumachen wäre ... jedenfalls nicht, bevor du mit mir darüber gesprochen hast.«

Das junge Mädchen stimmte jeder dieser Bedingungen mit Feuereifer zu.

Fanny blieb beharrlich:

»O'Meara ist jung, und du, Belle, du bist ganz hin und weg.«

»Ach, Mama, sei doch nicht so naiv! Ich flirte gern, aber ich gehe doch nicht so weit, mich ihm hinzugeben, wenn es das ist, was du andeuten willst.«

Fanny fühlte sich fast ein wenig beschämt und wollte schon leugnen. Statt dessen schwieg sie. Belle fuhr fort:

»Hör zu, ich werde dir jetzt beichten. Er gefällt mir besser als die anderen, das ist schon wahr. Aber ich habe mich nur von ihm küssen lassen, mehr nicht. Das einzige, was mir wichtig ist, ist, daß ich eine große Künstlerin werden will. Wie soll ich dir das erklären? Er und ich, wir haben dieselben ästhetischen Vorstellungen. Wenn ich den ganzen Tag hart im Atelier gearbeitet habe, ist es wunderbar, am Ausgang seine Gestalt stehen zu sehen! Ich weiß, daß ich von ihm noch etwas lernen kann. Wenn wir nebeneinander durch die Straßen von Paris gehen und er mich Kunstgalerien entdecken läßt, deren Existenz mir nicht einmal bekannt war, wenn er mir seine großen Vorbilder unter den Alten Meistern erklärt, du kannst dir nicht vorstellen, wie glücklich ich dann bin. Nie zuvor habe ich etwas Vergleichbares gefühlt. Im Louvre lehrt er mich Velasquez verstehen, und er unterrichtet mich über Dürer. Im Musée de Cluny erzählt er mir die ganze schreckliche Geschichte der Französischen Revolution. Er kennt jedes Drama, das sich damals abgespielt hat, jeden einzelnen Mord. Er spricht mit mir über seinen Glauben, öffnet mir die Pforten von Notre-Dame. Er taucht meine Hand in das eisige Weihwasserbecken und zündet dem heiligen Antonius eine Kerze an, und dann sprechen wir beide, jeder für sich, im stillen einen Wunsch, und ich bin sicher, wir wünschen uns beide dasselbe. Verstehst du, Mama?«

Fanny streichelte ihrer Tochter über die Wange.

»Ich verstehe. Wenn du wüßtest, wie sehr ich das verstehe. Und jetzt geh schlafen. Wir stehen morgen früh um fünf Uhr auf.«

»Und dann schreiben wir uns als erste ein und bekommen die besten Arbeitsplätze, und diesen Monat, Mama, werden wir uns die Medaille holen, und die schicken wir dann an Papa!«

»Genau, die schicken wir dann an deinen Vater.«

»Das ist das erste Mal, daß ich für Frauen sitze, und ich schwöre bei Gott, und wenn ich Hungers sterben müßte, es ist auch das letzte Mal.«

Die Dornenkrone auf dem Kopf und mit wehenden Haaren stürzte Balducci, der berühmteste Christus von ganz Paris, hinaus in die Passage des Panoramas. Mit einem Knall fiel die Tür zum Atelier hinter ihm ins Schloß.

Man muß allerdings auch zugeben, daß die Damen bei Julian ihre Modelle gehörig piesackten. Dabei gab es strikte Regeln: Die Dauer einer Pose durfte vier Stunden nicht überschreiten, mit fünfminütigen Unterbrechungen zu jeder Stunde für männliche Modelle, alle halbe Stunde für die weiblichen. Aber das interessierte diese Damen überhaupt nicht! Sie verlangten unmöglich über längere Zeit auszuhaltende Positionen, vorzugsweise völlig verdrehte Stellungen, zurückgeworfener Kopf, vorgestreckte Hüften, angewinkelte Arme. Nirgendwo sonst in der ganzen Welt der Kunst traf man auf soviel Arbeitswut, Konzentrationsfähigkeit und Wetteifer. Der große Saal war brechend voll mit Frauen. An den Wänden vollführten die Nachbildung einer Hand ohne Haut, ein Torso und Dantes Totenmaske einen befremdlichen Reigen. Die Atmosphäre im Atelier war so gespannt, daß eine unbedachte Geste, ein falscher Blick auf den Bogen der Nachbarin genügt hätte, um die Flut von Staffeleien wie die Steinchen in einem Dominospiel umfallen zu lassen. Für diese ungeheure Spannung gab es einen ganz schlichten Grund: Man hatte nichts zu verschwenden.

Die Herren Professoren aus der »Männerabteilung« verstreuten im Austausch gegen ein paar hilfreiche Pinselstriche bei Monumentalgemälden oder offiziellen Auftragsarbeiten großzügig ihr Wissen; die männlichen Schüler mußten nur die Kosten für die Modelle und die Saalmiete aufbringen. Die Damen aber hatten für alles zu zahlen. Die Schule, die Modelle, die Lehrer. Also wollten sie auch etwas haben für ihr Geld, das sie schließlich über Jahre hinaus Pfennig für Pfennig mühsam zusammengekratzt hatten.

Einsam und allein kamen sie aus allen Teilen der Welt nach Paris, um zu lernen. Wohlhabende Künstlerinnen, mit Ausnahme der russischen Aristokratin Marie Bashkirtseff, zogen Einzelstunden dem Gedränge der Ateliers vor. Spanierinnen, Schwedinnen, Schweizerinnen, Engländerinnen, Amerikanerinnen; blonde Locken, graue Knoten, Korkenzieher, Brillen; Frauen jeden Alters, jeder Statur, nicht eine unter ihnen, die nicht eine Familie, ein Land, einen Ehemann aufgegeben hätte um der Leidenschaft für das Schöne willen. Nicht eine, die etwa der Sicherheit vor dem Ideal den Vorzug gäbe. Das Damenatelier der Akademie Julian war ein Netz kleinmütiger Rivalitäten und eine Heimstatt größten Heldenmutes.

Sie arbeiteten fünfzehn Stunden am Tag. Zu zweit, zu viert teilten sie sich eine Unterkunft, schlossen sich zu Interessengemeinschaften, Clans und Cliquen zusammen. Um die Aufmerksamkeit des Korrektors auf sich zu lenken und sich bei ihm einzuschmeicheln oder um Konkurrentinnen auszuschalten, deren Talent sie in den Schatten zu stellen drohte, schreckten sie vor nichts zurück. Mit der fixen Idee im Kopf, daß sich etwas von der inneren Schönheit einer künstlerischen Natur immer auch in ihrem Äußeren ausdrückt, kultivierte jede von ihnen ihre ganz persönliche Eigenart und stilisierte sich zu einem »Typ«, der möglichst mit dem Stil ihrer Arbeiten korrespondierte. Die dunkelhaarige Spanierin entdeckte ihre Begeisterung für Raffael und ließ sich flugs die Haare in venetianischem Blond färben. Die Schweizerin, die sich in El

Greco verliebt hatte, hungerte sich zu Tode. Die Engländerin trug eine Brille und betont derbe Schuhe, damit auch alle sehen konnten, daß sie sich nur für ihre Arbeit interessierte. Und was die älteste der Schwedinnen betraf, so erschien sie im Atelier mit einem Tuch um den Kopf, das sie um das Gesicht geschlungen und hoch oben zu einer Schleife gebunden hatte wie ein Osterei. Sie bestand darauf, daß sie unter fürchterlichen Zahnschmerzen litte und dennoch heldenmütig zur Arbeit erschiene. Sie arbeiteten bis zur Mittagsstunde, gönnten sich nur eine Stunde für ihr Mahl, machten weiter bis fünf und nahmen dann in ihrem Übereifer auch noch Abendstunden. Während der Pausen standen sie in kleinen Grüppchen im Vorzimmer herum. Die einen wuschen ihre Pinsel im großen Becken aus, andere schälten Orangen. Sie saßen über die Tische gebeugt oder einfach auf dem Fußboden, nagten an ihren Vesperbroten und besprachen die Rangeinstufung vom letzten Wochenende. Ungerecht wie immer! Oder sie verglichen die Marktpreise in der Rue des Martyrs mit denen in der Rue de Buci. Man unterhielt sich über die hohen Lebenshaltungskosten in Paris und die Tausende von kleinen Tricks, sich für wenig Geld gut anzuziehen. Jede rühmte sich, sparsamer zu sein als die andere. Eine erstaunliche Rivalität, bei der zudem künstlerische Exaltiertheit mit einem ganz banalen Sinn fürs Praktische in Wettstreit trat. Nur ein einziger Mensch konnte Gnade vor ihren Augen finden. Sophie, das Dienstmädchen, das das Feuer im Ofen schürte, die Kreidestummel wegfegte und zwischen zwei Sitzungen eben schnell die Kissen auf dem Podium aufschlug und die Tücher wechselte. In der Kunst, Robert Fleury, den Korrektor, auszuspionieren, hatte sie es zu wahrer Meisterschaft gebracht. Wenn er Monsieur Julian gegenüber die Fortschritte von Frau Soundso kommentierte, beeilte sie sich, den Betreffenden alles brühwarm zu hintertragen. Von Sophies Lauschergebnissen hing die seelische Ausgeglichenheit der Damen für die ganze nächste Woche ab.

An einem Dezembermorgen geriet der Wald aus Staffeleien gerade kurz vor der Mittagspause in die übliche aufgeregte Bewegung. Die Schülerinnen hatten hinter der Tür den schweren Schritt Robert Fleurys erkannt. Das Modell, das eine Bacchantin darstellen sollte, streckte lasziv die Hüften vor. Man konzentrierte sich auf seine Arbeit. Der Korrektor betrat das Zimmer und ging von Staffelei zu Staffelei, kommentierte eine Linie, beäugte kritisch eine Proportion, fuhr mit einem dicken Kohlestrich über einen Umriß, korrigierte hier und da eine Zeichnung, zerriß, radierte, verstreute ein paar »nicht schlecht« und verschwand wieder mit einem »Guten Tag, meine Damen!«, das nichts als ungläubiges Staunen zurückließ.

»Wir sollten ihm Blumen schenken«, flötete die blondgefärbte Spanierin, eine der wenigen, die ein »nicht schlecht« abbekommen hatten.

»Glauben Sie immer noch, daß Bestechungsgeschenke etwas ausrichten können?« fuhr Fanny sie an, die zu ihrem Kummer einen Tadel des großen Meisters hatte einstecken müssen.

»Es ist unverkennbar«, hatte er laut und deutlich herausposaunt, »daß Sie für das Zeichnen nicht soviel Talent haben wie für die Malerei. Das Malerische, die Farben – das geht ganz von allein. Aber Ihr Bildaufbau macht keine Fortschritte. Dabei hängt genau davon alles ab! Von der Form. Sie haben den Wagen vor den Ochsen gespannt. Und nun treten Sie auf der Stelle. Die reinste Zeitverschwendung. Jawohl, Sie verheddern sich, das ist unübersehbar! Das ärgert mich ganz besonders. Sie sind doch nicht ungeschickt!«

Vor Scham hatte Fanny heftiges Herzklopfen bekommen.

»Ich bin auch nicht glücklich damit, aber ich weiß nicht, wie ich es ändern kann.«

»Ich wollte schon seit langem mit Ihnen darüber sprechen. Man muß jede Möglichkeit nutzen, um aus dieser Sackgasse herauszukommen.«

»Sagen Sie mir, was ich zeichnen soll. Eine Körperstudie, eine Perspektive? Ich male alles, was Sie mir auftragen.«

»Schön, schön. Kommen Sie am Sonnabend zu mir. Dann sprechen wir darüber.«

»Und das ist nun dabei herausgekommen«, gestand sie Louis Stevenson kläglich, der in die Rue de Douai gekommen war, um sie zum Abendessen abzuholen. »Ich bin heute morgen bei Robert

Fleury vorbeigegangen, er wohnt ganz in der Nähe, Nummer 69, da war es keine große Sache. Man hat mir ausrichten lassen, ich solle meine Zeichnungen dalassen. Monsieur Tony Robert Fleury weilt bis zum 8. Januar im Urlaub.«

Jeden Abend kamen O'Meara, Bob und Louis vom linken Ufer über die Seine und stiegen die vier Stockwerke zu den Osbournes hinauf. Dann ging man alle gemeinsam oder zu zweit aus, und Bob, der Übriggebliebene, schloß sich einem der beiden Paare an.

Zwar ist einer der beiden Stevensons in die Mutter verliebt, der andere in die Tochter, aber die Gründe für ihre Zuneigung sind dieselben. Fanny und Belle sind weder Kurtisanen noch Unschuldslämmchen. Sie verkörpern einen bisher nie gekannten Frauentypus, eine neue Klasse, die die beiden Männer verwirrt und anzieht.

Wohlanständige Bürgerstöchter haben weder Bob noch Louis je besonders interessiert. Beide bevorzugen ein wenig leichtlebigere Damen. In Edinburgh erzählt man sich hinter vorgehaltener Hand, daß Louis sich so sehr von einer Prostituierten habe einnehmen lassen, daß er seinem Vater schon die Verlobung mit ihr angekündigt habe. Leeres Gewäsch, aber eines ist sicher: Mit sechsundzwanzig liebt Louis entweder Freudenmädchen oder Intellektuelle. Letztere verfallen seinem charmanten Witz; sie raten ihm, beschützen ihn, formen seinen Charakter und drängen ihn zur Arbeit. Aber sie geben sich ihm nicht hin. Sie bleiben die Ehefrauen seiner Freunde, die Lebensgefährtinnen seiner Lehrer. Die sehr viel älteren Frauen. Selbst Mrs. Fanny Sitwell, mit der er täglich korrespondiert, verweigert sich ihm nach wie vor.

Für diesen Sohn aus reichem Hause in Edinburgh gehört Fanny Osbourne keiner benennbaren Kaste an, schon gar nicht der Viktorianischen Gesellschaft. Als Frau, die man weder als Bürgerliche noch als Prostituierte, noch als Aristokratin oder auch als Blaustrumpf einstufen kann, bewegt sie sich in einem *no man's land*, einem geheimnisvollen und entrückten Universum, das seine Phantasie schürt. In seinen Augen ist Fanny das Abenteuer schlechthin.

Sie wiederum, die vernachlässigte Gerichtsschreiberseehefrau aus Oakland, entdeckt in der nervösen Unruhe dieses jungen Mannes, in seinem Enthusiasmus, seiner Vorliebe für das Spiel mit Gedanken und Worten, in seinem unermüdlichen Bemühen, ein den eigenen hohen Ansprüchen genügender Schriftsteller zu werden, die Verkörperung jener künstlerischen Sensibilität, die so lange ihr Ziel gewesen ist.

Sie sprechen viel miteinander. Ja, sie tun eigentlich nichts anderes: reden und gehen. Sie hört ihm mit jener faszinierten Aufmerksamkeit zu, die auf Männer so ungeheuer verführerisch wirkt. Louis erzählt ihr von seiner Kinderzeit als einziger, stets kränkelnder Sprößling der Familie, von der außergewöhnlichen Güte seiner Eltern, aber auch davon, daß sie seinen Wunsch zu schreiben radikal mißbilligen. Er zieht sie über seine religiösen Konflikte ins Vertrauen, die für seinen Vater so schmerzliche Proportionen annehmen. Während er davon spricht, welches Leid er einem anderen, geliebten Wesen zufügt, bricht Louis in Tränen aus. Er durchlebt eine seiner hysterischen Krisen, wie Fanny sie Rearden beschrieben hat. Allerdings verheimlicht sie ihrem Freund in San Francisco, daß sie selber, wenn sie Stevenson zuhört, beinahe in sein Weinen mit einstimmt. Fanny kennt das Gefühl, wenn man nicht verhindern kann, seinen Lieben wehzutun, und sie kennt auch die daraus erwachsenden unerträglichen Gewissensbisse. Aber bisher hatte sie, die doch an die rauhe Art der Abenteurer gewöhnt war, niemals einen Mann kennengelernt, der es wagte, in ihrer Gegenwart zu weinen. Weit entfernt, darin eine Schwäche zu sehen, legte sie es ihm eher als Beweis für seine Courage aus. Der Mut, Gefühle zu zeigen, ist der bestimmende Charakterzug Robert Louis Stevensons. Wenn Fanny Rearden gegenüber das Ausmaß ihrer Verwirrung herunterspielt, so wird sie es doch den ganzen Winter über im Atelier Julian zum Ausdruck bringen, indem sie die Ufer des Loing malt, die Brücke von Grez und den Garten des Chevillonschen Gasthofs. Sie merkt nichts von der drohenden Gefahr. Sie hält sich für tugendhaft, vernünftig und stark genug, diesem überwältigenden Lebensdrang Robert Louis Stevensons, seinem Drang zur schöpferischen Tätigkeit mühelos zu widerstehen. Sie läßt sich mitreißen in seinem Kielwasser, folgt ihm blind. Louis ist begnadet, genau wie Bob. Jeder, der ihm begegnet, fällt dem verführerischen Charme seiner Worte und seiner freundlichen Art zum Opfer. Fanny beantwortet Louis' Briefe, nachdem er wieder nach Schottland abgereist ist. Erklärungen sind nicht notwendig. Mit der Entfernung treten die Gefühle deutlich zutage. Wenige Tage nach Weihnachten, am 2. Januar 1877, eilt Louis in die Rue de Douai. Mrs. Osbourne läßt sich überreden, bis zum Ende der Atelierferien gemeinsam mit ihm Paris zu durchstreifen. Arm in Arm durchstöbern sie die Auslagen der Bouquinisten an den Quais, soupieren in den kleinen Restaurants am Montparnasse, ziehen ihre Bahnen durch die Straßen von »Neu-Athen«, der Hochburg der Impressionisten.

»Normalerweise stört mich der Gedanke nicht, daß man mich mißversteht oder ich mich vielleicht nicht exakt genug ausgedrückt habe«, sagte er, als sie den Laden des Farbenhändlers an der Ecke Rue des Martyrs verließen, bei dem sie ihre Leinwände und Farbtuben kaufte.

Sie gingen an Notre-Dame-de-Lorette vorbei und bogen in den Faubourg Montmartre ein in Richtung auf die Grands Boulevards. In dem engen Straßengeflecht kamen die Omnibusse kaum vorwärts. Die Pferde tänzelten nervös, als jemand versuchte, sich auf seinem Hochrad einen Weg zwischen den Handwagen und Karren hindurch zu bahnen.

»Die Wahrheit zwischenmenschlicher Beziehungen ist so schwer zu vermitteln«, fuhr er fort, »sie ist so unfaßbar, so vergänglich! Die meisten Leute bringen nicht viel mehr als ein einigermaßen anständiges Leben zustande, und das ist im Grunde auch nicht furchtbar wichtig, aber was ich wirklich nicht mehr ertragen kann, ist der Gedanke, Sie zu täuschen ... daß ich mich Ihnen nicht so zeige, wie ich wirklich bin. Das ist wie ein starker Schmerz ... der Gedanke, daß Sie mich nur aufgrund eines Mißverständnisses lieben könnten. Für Eigenschaften, die ich gar nicht besitze!«

»Aber wer sagt Ihnen denn, daß ich Sie liebe?«

Wie Bob im letzten Sommer preßte Louis die kleine Hand, die auf seinem Arm lag, mit dem Ellenbogen eng an seinen Körper und hielt sie ganz fest in der Wärme seiner Samtjacke. Aber dieser Gefühlsausbruch hatte mit der Freundschaftlichkeit des Cousins nichts gemein. Fanny wagte nicht, ihm ihre Hand zu entziehen. Sie errötete. »Und wenn es nun doch so wäre?« dachte sie bei sich.

Plötzlich befiel sie ein überwältigendes Glücksgefühl. Wenn es so wäre, wenn es endlich wahr würde, dieses eine, das sie nun schon so lange begehrte, das ihr fehlte, wonach sie sich sehnte, das, was sie mit Herveys Geburt zurückerlangt und mit seinem Tod auf immer verloren geglaubt hatte.

Sie wurde ganz heiter bei dem Gedanken, daß sie eine unbestimmte Kraft ausstrahlte. Sie wurde geliebt. Geliebt von einem jungen und überaus intelligenten Mann. Viel intelligenter als Sam. Und sogar als Rearden! Voller Bewunderung sah sie auf zu diesem ausgemergelten Gesicht, das da gar nicht so weit über ihr schwebte.

Die Collegemütze schräg über dem Auge, ein rotes Seemannstuch um den Hals geschlungen, ein offenes Flanellhemd, das die von der Kälte gerötete Brust sehen ließ, Cordweste, eine kurze Pelerine, wie sie Polizisten trugen oder Postbeamte – Robert Louis Stevensons seltsame Kluft, sein Lachen, seine ausladenden Gesten zogen die Aufmerksamkeit aller Passanten auf sich. Die Gemüsehändler, die die schlammige Straße heraufkamen, murmelten unverständlich in ihren Bart, wenn er an ihnen vorbeikam; die Friseusen und Ladenmädchen, die schwatzend den Bürgersteig bevölkerten, prusteten bei seinem Anblick laut los und rollten erstaunt die Augen. Fanny, die gewöhnlich sehr auf ihre äußere Erscheinung hielt, fühlte sich durch den originellen Aufzug ihres Begleiters nicht im mindesten gestört.

»Ich liebe Sie sehr«, gestand sie. »Und ich liebe Sie nicht. Sind wir uns einig?«

Er lachte.

»Selbstverständlich nicht!«

»Ich könnte Ihre Mutter sein«, hauchte sie kokett.

»Meine Mutter wollte aus mir einen Ingenieur machen. Sie nicht. Wenn ich Ingenieur wäre, würden Sie mich nicht lieben. Oder? Ingenieur wie ihr Mann. Meine Eltern lieben sich wie am ersten Tag. Wer einem liebenden Paar geboren wird, ist ein Waisenkind. Wohlgemerkt, ich verstehe Mutters Bewunderung für meinen Vater völlig: Er war manchmal sehr lustig. Wenn er sich nicht zur Strenge verpflichtet glaubt, ist er von einer ungeheuren Zärtlichkeit. Und so intelligent. Seine Leuchttürme und die Sichtgeräte, die er entwikkelt hat, retten jedes Jahr Tausenden von Seeleuten das Leben. Mein Vater hat das Leben der Menschen ein wenig besser gemacht. Er wird nicht umsonst gelebt haben. Ich dagegen habe nichts getan, als ihm Kummer zu bereiten.«

»Jedem das Seine. Ihre Essays sind wunderbar. Ihr Artikel über den Wald von Fontainebleau zum Beispiel, ich habe nie zuvor etwas so gut Geschriebenes gelesen!«

Er lächelte.

»Sie schmeicheln mir. Aber«, fuhr er, wieder ernst geworden, fort, »wenn ich Ihnen zuhöre, ist meine Eitelkeit wie weggeblasen. Ich glaube gar, ich könnte mich dem gefährlichen Wunsch hingeben, Ihnen alle meine Fehler und Schwachpunkte aufzuzählen, nur um zu hören, wie Sie sie mir einen nach dem anderen erklären … und vielleicht auch entschuldigen.«

»Zum Beispiel?«

»Ich bin kein Herkules. Meine angeschlagene Gesundheit zwingt mich, jeden zweiten Tag im Bett zu verbringen.«

»Aber das ist doch kein Fehler! Sie ertragen das alles ohne Klage. In Grez habe ich Sie ganze Nächte hindurch husten hören. Es war zum Herzerweichen! Und am nächsten Tag waren Sie der Fröhlichste und Angeregteste von der ganzen Korona. Das nenne ich Courage!«

»Welch wunderbarer Klang in meinen Ohren! Sie verteidigen mich!« jubilierte er mit dem befriedigten Gesichtsausdruck eines Kindes, das sich einmal richtig an Süßigkeiten satt essen darf. »Nur mehr davon! Also, ich bin faul!«

»Faul? Sie? Man sieht Sie nie ohne Papier und Bleistift. Sie schreiben ununterbrochen. Sie arbeiten mehr als jeder andere von uns!«

»Ich habe einen schlechten Charakter.«

»Ihre …« Fanny dachte einen Augenblick nach. »Nein, mit dem schlechten Charakter haben Sie wahrscheinlich recht. Sie sind aufbrausend. Aber nur, wenn es eine gerechte Sache zu verteidigen gilt!«

Sie gingen immer weiter und warfen sich leuchtende Blicke zu. Einer bewunderte am anderen diese lebendige Kraft, die ihnen beiden durch die Adern floß. »Bob hat ganz recht«, dachte er, »diese Frau hat Geist!« – »Bob hat recht«, dachte sie, »innerlich ist dieser Junge ein Fels in der Brandung!« Wenn ein solcher Mann sie liebte, gedachte sie diese Liebe auch auszukosten. Was hatten sie schon zu fürchten? Sie war elf Jahre älter als er. Sie fühlte sich alt genug, ihn im Zaum zu halten. Ja, sie war alt. Sie war vernünftig. Hatte sie nicht auch John Lloyds Liebe widerstanden, als sie sich Witwe glaubte? Und hatte sie etwa nicht Reardens Minnesang widerstanden, als sie sich gedemütigt und betrogen fühlte? Welches Risiko ging sie mit Louis schon ein? Er war so unendlich jung. Fast noch ein Halbwüchsiger. Wo war da das Risiko? Eine unmögliche Liebe. Aber sie würde andauern. Wenigstens bis zur Trennung, der unvermeidlichen Trennung. Sie würde alles tun, damit nichts Häßliches, Niedriges und Falsches ihre Zuneigung befleckte. Die Zärtlichkeit zwischen ihnen würde allein ihr Werk sein wie die Tigerlilien, die »Fanny-Lilien«, die sie den Chevillons in den Garten gepflanzt hatte und die nun vielleicht im nächsten Frühjahr dort blühen würden. Belle und O'Meara würden sich ebenfalls lieben. Mit der gleichen Reinheit. Was gab ihr das Recht, sie derart zu überwachen? Warum legte sie es unbedingt darauf an, ihnen die Freude zu verderben? Welcher Angst, welcher Schwäche gab sie da nach? Wovor mußte sie Angst haben? Was fürchten? Belle würde ihr Herz verschenken. Und weiter? Das war es doch, der Sinn des Lebens, daß man sich Menschen anschloß, die dieser Liebe würdig waren. O'Meara war ihrer würdig. Zum Teufel mit den Konventionen! Wagen. Lieben. Und dann, wenn die Zeit gekommen sein wird, gehen. Den Zauber der durchlebten Momente mit sich nehmen, nichts davon zurücklassen, und weitermachen.

Nach dieser Gewissensprüfung setzte Fanny ihren Weg über das schlammverkrustete Pflaster der Straßen von Paris entschlossen fort.

Für die ganze Familie Osbourne entwickelte sich dieser Winter zu einem wahr gewordenen Traum.

Herrn L. Stevenson, 5, Rue de Douai, Paris (9ᵉ)

Obwohl Louis, wie es den Gepflogenheiten eines Vagabunden vom linken Seine-Ufer entsprach, von einem Hotel zum anderen zog, war sein Verhältnis zu Mrs. Osbourne inzwischen so intim, daß er sich die Freiheit nahm, sich seine Post an ihre Adresse nachschikken zu lassen. Fanny, der Heimathafen, der Rettungsanker? Beiden kam es gar nicht erst in den Sinn, daß er sie vielleicht kompromittieren könnte.

Als sie an jenem Abend heimkam, legte sie das Bündel mit Briefen für Louis in dem kleinen Vorraum ab und ließ auch alle anderen einfach liegen. Sie hatte die Handschrift auf einem an sie adressierten Umschlag nur allzu gut erkannt.

Sie machte Feuer an im Salon, setzte sich mit unter ihre weiten Röcke geschlagenen Beinen auf den Boden, verteilte ihre Zeichnungen um sich herum, rollte sich mit ihren vergilbten Fingern eine Zigarette nach der anderen und betrachtete kritisch das Ergebnis ihrer Arbeit. Schwach, sehr schwach. Sie kam einfach nicht über das Stadium einer netten Freizeitbeschäftigung für Damen hinaus. Die farbigen Arbeiten, die Aquarelle, das Stilleben dort, die blaue Vase, das ockergelbe Büchlein da hinten – das alles mochte ja noch hingehen. Aber die Zeichnungen! Keine Flächenaufteilung, keine Proportionen.

Vornübergebeugt, einen Zigarettenstummel zwischen den Lippen, hielt sie die Blätter näher ans Feuer, um besser sehen und sich Rechenschaft ablegen zu können. Die Flammen ließen ihre Wangen erglühen, warfen einen bernsteinfarbenen Schimmer auf ihre Stirn und röteten die Haare ihres Ponys, wo sich bereits die ersten weißen Haare zwischen die schwarzen Locken gestohlen hatten.

Angetan mit einem seidenen Hauskleid, trat Belle neben ihr vor den Kamin.

»Für dich«, sagte sie betont und hielt ihr den Umschlag hin.

»Er ist von Papa.«

Fanny öffnete ihn mit zitternden Fingern.

Danke für Deinen Brief und die guten Nachrichten. Auch hier läuft alles bestens! Das Haus ist nach wie vor in gutem Zustand, und wenn auch der Garten nicht so hübsch ist wie sonst, so hält er sich doch wacker. Die Börsenkurse in San Francisco sind weiter gesunken, deshalb werde ich Dir diesen Monat keinen Unterhalt anweisen können. Ich hoffe, Du wirst das verstehen. Ich werde versuchen, im Frühling herüberzukommen. Wenn ich ein paar Meter meiner Ader an der Comstock Lode verkaufe, können wir uns eine schöne Zeit machen. Sage Belle, daß ich sie ins Theater ausführen werde. Und sag Sammy, daß ich für ihn ein großes Kansas-Pony aufziehe, das im Stall auf ihn warten wird, wenn er heimkommt. Solange ich die beiden noch nicht in meine Arme schließen kann, werde ich ihnen schreiben. Im Juni fahren wir dann alle gemeinsam zurück. Das ist die beste Zeit zum Reisen. Mrs. Williams läßt Dir die besten Grüße ausrichten, ebenso John Lloyd und Rearden.
Immer der Deine *Sam*

»Was schreibt er?« fragte Belle.

»Daß er dir schreiben wird.«

»Ja, und weiter?«

»Daß er diesen Monat kein Geld schickt... und daß er kommen wird.«

»Er kommt! Ist das wahr?« Das Gesicht des jungen Mädchen leuchtete vor Freude. »Wann?«

Mit einem Schulterzucken deutete Fanny an, daß sie es nicht wußte. Sam. Sie hatte nicht mehr an ihn gedacht, seit... ja, seit der letzten Unterhaltszahlung. Er war irgendwo in einer staubigen Ecke ihres Gehirns abgelegt gewesen. Dieser Brief, der ihr seine Existenz wieder in Erinnerung rief, erstaunte sie. Er drang in ihre Welt ein. Völlig unerwünscht! So, so, Sam würde also kein Geld schicken? Wie üblich! Wie letztes Jahr. Wollte er sie wieder einmal verhungern lassen? Und die Miete? Wie sollte sie die Miete bezahlen? Und das dritte Trimester bei Julian? Sam wollte also in die Rue de Douai kommen. Fanny ließ einen Blick durch das Zimmer schweifen. Es war so lebendig, so anheimelnd mit dem roten Marmorkamin, den durchgesessenen Sofas und dem einbeinigen Tischchen, das ständig wackelte. Zum erstenmal fiel ihr auf, was für ein reizendes Zimmer das doch war. Sammy streckte sich vor dem Kamin aus, um zu ihren Füßen mit seinen Zinnsoldaten zu spielen. Belle lief zur Wohnungstür: O'Meara war gerade gekommen! Fannys Familie. Ihre Welt. Ihre Freunde. Als der Verehrer ihrer Tochter, der schöne rothaarige Ire, sich zur Begrüßung vor ihr verneigte, wurde sie von einer Welle der Zuneigung ergriffen. Dem allen wollte Sam sie also entreißen! Sie sah zu, wie Belle voller Ungeduld, mit ihrem Angebeteten auszugehen, ihren Umhang umwarf und den Hut festmachte.

In ihrer wehmütigen Stimmung versuchte Fanny, diese Szene fest in ihrem Gedächtnis zu verankern. Dabei wurde ihre Freude durch die Angst gesteigert, das alles verlieren zu müssen. Sie hörte die Tür gehen. Jemand lief eilig über den Flur. Das altersschwache Parkett stöhnte und ächzte unter seinen Schritten.

»Haben Sie das gelesen?«

Rot im Gesicht und völlig aus der Puste, erschien Robert Louis Stevenson im Türrahmen und brüllte mit seinem schottischen Akzent, in dem die rs nur so rollten und holperten, seine Worte in den Raum.

»Haben Sie das gelesen?« schrie er noch mal. »Eine Kritik zu meinem Artikel!«

»Welchem?« fragte Belle, die sich viel darauf zugute hielt, daß sie über die Arbeit der ihr nahestehenden Menschen immer gut Bescheid wußte.

»On Falling in Love – Vom sich verlieben *letztes Jahr im* Cornhill. *Hören Sie sich das an: Dieser empfindsame und scharfsinnige Essay ist vielleicht die glänzendste Analyse dieses Themas, die je zu Papier gebracht wurde. Man kann dem Leser gar nicht genug ans Herz legen, die Augen offen zu halten für das vielversprechende Talent eines gewissen Stevenson.*«

Fannys Augen leuchteten. Sie wußte nur zu gut, von wem Louis sich hatte inspirieren lassen. Während sie ihre Augen auf die Flammen gerichtet hielt und ein Lächeln ihre Lippen umspielte, strahlte sie vor Stolz. Und wenn sie ihn auch an diesem Abend nicht mit weiteren Lobpreisungen bedachte, so nannte sie ihn doch fortan nur noch voll zärtlicher Ironie *einen gewissen Stevenson.*

Februar 1877

Würden Sie sich über mich lustig machen, wenn ich Ihnen sagte, daß ich mitgewirkt habe, eine sehr konservative englische Zeitung mit Namen London *ins Leben zu rufen? Die beiden ersten Nummern sind bereits erschienen und verkaufen sich allem Anschein nach gut. Ich selber habe nichts geschrieben, aus dem einfachen Grunde, daß ich dies auch gar nicht könnte, aber ich habe doch geholfen, die regelmäßigen Mitarbeiter auszuwählen, deren Artikel ich geprüft habe. Manche Blätter habe ich angenommen, andere zurückgewiesen, ja, ich habe sie sogar korrigiert.*

Ein gewisser Stevenson, der eine von den beiden Verrückten, die ich die Ehre habe zu meinen Bekannten zählen zu dürfen, war hier. Er war sehr krank. Ich mußte ihm seine Korrespondenz vorlesen und an seiner Statt antworten.

Sekretärin. Krankenschwester. Mitarbeiterin. Kritikerin. In diesem Brief an Rearden beschreibt Fanny bereits bis ins kleinste das Leben, das sie die nächsten zwanzig Jahre führen wird.

Und den halben Tag lang male ich, wirft sie abschließend hin. Nur den halben? Ein derartiges Dilettantentum kann in den Augen ihrer amerikanischen Freunde eine Verlängerung ihres Aufenthaltes in Paris keineswegs rechtfertigen. Eine Halbtagsbeschäftigung bei Julian? Wenn man bedenkt, mit welcher Genauigkeit die anderen Damen im Atelier ihren Arbeitsrhythmus einhalten, muß man sich doch über die Leichtigkeit wundern, mit der Fanny Osbourne sich von ihrer Aufgabe abbringen läßt. *Ich glaube nicht, daß aus mir eine große Malerin werden wird. Das habe ich nie geglaubt. Dafür reicht mein Talent nicht. Ich male und lerne ausschließlich zu meiner eigenen Freude. Ich weiß genau, was ich wert bin*, schreibt sie noch. Ist das etwa das verschämte Eingeständnis einer Niederlage? Was ist aus der unerschütterlichen Überzeugung von der eigenen Berufung geworden? Der Tag ist nicht mehr fern, an dem Fanny glattweg bestreiten wird, jemals einem Studium der Malerei nachgegangen zu sein. Künstlerin? Ich? Was für eine absurde Idee!

Es ist ein ergreifender Verzicht, dessen sie sich selber noch nicht bewußt ist. Ohne Bedauern – jedenfalls sieht es nach außen hin so aus. Fanny scheint während dieser Zeit kein Gefühl der Niederlage empfunden zu haben. Sie widmet sich voller Enthusiasmus einer neuen Aufgabe: sich für Louis' Talent einzusetzen. Fanny ist gleichzeitig verwirrt und berauscht von dieser überwältigenden intuitiven Gewißheit, daß an ihrer Seite ein Werk im Entstehen begriffen ist, das ihre eigenen Fähigkeiten und die aller um sie herum weit übersteigt. Ihr aber gebührt das Verdienst, diese Tatsache erkannt zu haben, denn mit siebenundzwanzig Jahren ist Robert Louis Stevenson ein Niemand. Seine Schriften, auch wenn sie von der Kritik positiv aufgenommen wurden, lassen bei weitem noch keine Rückschlüsse auf die Zukunft zu.

Artikel, Essays, Gedichte, Entwürfe, Fanny liest, spürt, ahnt voraus. Ihre eigene Person nimmt sie immer mehr zurück. Aber sie läßt nicht locker. Ihrer Demut liegen die gleichen Antriebskräfte zu Grunde wie eh und je. Der immer gleiche Wunsch, das einzige Bedürfnis, das sie nie verlassen hat: etwas erschaffen.

An der Gründung einer Zeitschrift beteiligt zu sein, die von allen Intellektuellen Englands wahrgenommen werden wird, das ist ein Abenteuer, das sich die Gerichtsschreibersgattin aus Oakland nicht hatte träumen lassen. Um so mehr, als Henley, der Chefredakteur, in der ersten Ausgabe auch noch ein Loblied auf sie singt. Für Robert Louis Stevenson ist William Ernest Henley einer der größten Dichter seiner Zeit. Louis hat Fanny viel von der Freundschaft erzählt, die ihn mit dem anderen jungen Mann verbindet. Eine zugleich schmerzliche und romantische Begegnung. Henley leidet an einer Knochenkrankheit. Mit achtzehn hat man ihm einen Fuß amputiert. Seine wenigen Gedichte fallen Stevensons Mentor auf, Leslie Stephen vom *Cornhill Magazine.* Bei einem Besuch in Edinburgh macht Stephen seine beiden Schützlinge miteinander bekannt: Er führt Stevenson an das Bett des Kranken in einem schottischen Hospital. Die beiden Jünglinge sind auf den ersten Blick voneinander fasziniert. Fortan macht Stevenson täglich seinen Krankenbesuch bei diesem Giganten, der auch unter größten Schmerzen noch seine Verse schmiedet. Als Henley fürs erste außer

Gefahr ist, stürzt er sich kopfüber ins literarische Leben. Louis hat ihm, als er auf Besuch aus Grez bei ihm war, von seiner stürmischen Begegnung mit der Amerikanerin erzählt, ihm die Frau beschrieben. Henley verfällt ihr schon aufgrund dieser Schilderung und veröffentlicht daraufhin eine Serie von Gedichten zum Ruhme großer Damen seiner Zeit. Das erste dieser Gedichte trägt den Titel *Die Kalifornierin*. Ohne sie je gesehen zu haben, preist er ihr exotisches Äußeres, die Art, wie sie ihre schlanke, feste Taille wiegt, und das gefährliche Blitzen ihrer kupferbraunen Pupillen, *aus denen eine Katze gar bedenklich grausam ihre Blicke schickt*. Er fühlt sich angezogen und doch auch abgestoßen von dieser Unbekannten, die seinen Freund verführt hat. Es ist das erste-, aber auch das letztemal, daß Henley Fanny Osbournes Vorzüge preist.

Es schmückt sie eine Leidenschaft, und doch
Bleibt sie eiskalt, wenn sie nicht Anteil nimmt.
Vorurteilslos, gleichgültig ist sie, frei.
Alles verzeihend, wagt sie das Leben ganz.
Das, seht ihr, ist ihr Bild!
Ich frage mich, wird sie es anerkennen?
Und glaube doch, sie wird nur drüber lachen
Und kühl wie stets uns seine Fehler nennen.

Ein sehr getreues und bildhaftes Porträt, in dem sich Louis' Liebe spiegelt. Ansonsten irrt sich Henley gewaltig. Fanny wagt zwar, aber sie verzeiht nichts. Eine Kritik, eine Beleidigung, so etwas vergißt sie nicht. Henley übrigens auch nicht. Zwischen diesen beiden Titanen der Rachsucht wird bald Krieg ausbrechen.

Im April 1877 tut eine solche Ehrung ein übriges, um Fanny endgültig zu verzaubern. Durch Louis hat sie Zugang zu einer Welt gefunden, von der nicht einmal die brillantesten unter ihren amerikanischen Freunden eine Vorstellung haben. Virgil Williams und Timothy Rearden, die sie doch stets so bewundert hat, versinken in der Mittelmäßigkeit.

»Die Sommersonne, die die Impressionisten ja die ›wirkliche Sonne‹ zu nennen belieben, nimmt in der Galerie Durand-Ruel geradezu lächerliche Formen an!« brüllte O'Meara.

»Ich bitte vielmals um Verzeihung«, entgegnete Bob und stocherte im Feuer herum, »aber es ist doch gerade in unserer langweiligen Epoche, in der absolut nichts passiert, ganz im Gegenteil eine angenehme Überraschung, ja, ein Geschenk, ein Wunder, daß plötzlich in jeder Hinsicht neue Ideen aufkommen! Manet, Renoir, das ist doch wenigstens mal was Originelles!«

»Daß ich nicht lache! Das Mysterium, das ja schließlich einen großen Teil der Anziehungskraft der Kunst ausmacht, ist doch bei Renoir gänzlich verlorengegangen! Die schöpferische Einbildungskraft ist der Begeisterung für das Tatsächliche gewichen. Das ist das Ende der Kunst!«

Über den kleinen Salon in der Rue de Douai brach die Nacht herein. Beim Schein der Öllampen thronte Fanny schweigend über der Versammlung, während Belle den eigentlichen Vorsitz führte. Man hatte sich ein letztes Mal zusammengefunden, bevor die Gruppe sich in alle Winde zerstreuen würde. Im Mai wollte man in Grez erneut zusammenkommen. Louis fuhr morgen wieder nach England. Edinburgh, London, Paris. Er war den ganzen Winter über hin und her gereist. Jetzt fuhr er erst mal nach Hause. Auf unbestimmte Zeit. Und bei seiner Rückkehr? In welcher Stimmung würde er Fanny dann vorfinden? Und vor allem: Wer konnte schon mit Sicherheit sagen, daß er sie überhaupt noch vorfinden würde? In wenigen Wochen kam Sam, der sie mit sich zurücknehmen wollte.

Der Gedanke an den Ehemann quälte sie beide gleichermaßen. Aber die Gründe dafür waren nicht dieselben, und so fand die Angst ihren Ausdruck in äußerster Gereiztheit. Und dabei hatten sie sich doch weiß Gott genügend Vertrauensbeweise gegeben. Hatte Fanny es etwa nicht geschehen lassen, daß Louis ihr letztes Trimester bei Julian bezahlte? Und hatte er nicht auch die Miete für den März beglichen? Daß sie sich die Kosten teilten und eben der für die anstehenden Ausgaben aufkam, der gerade die nötigen Mittel dafür besaß, kam ihnen beiden nur natürlich vor. Bis vor ein paar Tagen, als sie sich ohne ersichtlichen Grund beide wie Austern verschlossen hatten und sich fortan nur noch gegenseitig auf die Nerven gingen.

So kurz vor Louis' Abreise und Sams Eintreffen stieg die Vergangenheit wieder herauf. Sie konnte wieder ganz deutlich Herveys süßen Duft spüren, fühlte die Babylocken an ihrer Wange, wie er ihr über das Gesicht streichelte und mit seinen ungeschickten, pummeligen Händchen nach ihrem Mund grapschte. Als die Glieder aus den Gelenken sprangen und die Knochen brachen, waren diese Händchen nicht mehr pummelig gewesen. Ihr kleiner Junge fehlte ihr, als wäre er gerade erst von ihr gegangen. Belles Lachen holte sie in die Wirklichkeit zurück. Es war wie eine Folter. Belle oder das Vergessen. Fanny verübelte dem jungen Mädchen dieses Glück, diese Liebe, die es verströmte. Wie konnte sie vergessen, daß es bald genau ein Jahr her sein würde, daß sie ihren kleinen Bruder begraben hatten?

Stevenson trug ebensowenig zur Unterhaltung bei wie Fanny. Er war verärgert über die bevorstehende Ankunft des Ehemannes. Sam Osbourne. Allein der Name versetzte ihn in Rage. Die Frau, die er liebte, gehörte Sam Osbourne. Er war eifersüchtig. Aber mit welchem Recht? Was war er denn für sie? Nichts. Weder ihr Freund noch ihr Liebhaber. Kein Liebesschwur. Kein Kuß. Sie hatten nicht einmal oberflächliche Zärtlichkeiten ausgetauscht. Belle ließ sich vielleicht in dunklen Ecken von O'Meara küssen, Louis aber hatte Fanny nie angerührt.

Seltsamerweise hatte keiner von ihnen das Bedürfnis einer körperlichen Vereinigung verspürt. Bis der Ehemann seine Ankunft angekündigt hatte. Die plötzliche Vergegenständlichung dieses Mannes hatte in Louis ganz unerwartet heftige Vorstellungen und Traumbilder ausgelöst. Der gräßliche Gedanke, daß Fanny ein Leben vor ihrer Begegnung gekannt hatte, daß sie geatmet hatte, bevor sich ihre Blicke kreuzten, ja vor allem, daß sie vor dieser Julinacht im Gasthof der Chevillons geliebt hatte, verfolgte und quälte ihn.

Und Fanny? Was empfand sie? Als er sie da so düster und undurchdringlich über der Versammlung thronen sah, ohne einen Blick für ihn, ohne ein Wort für ihre Freunde, stellte er sich zum erstenmal diese Frage. Was empfand sie? Eine Zärtlichkeit nicht ganz ohne Ironie? Mütterliche Nachsicht? *Leidenschaftliche Freundschaft?* Herveys Tod hatte eine Lücke zurücklassen müssen. Hatte Louis nur dazu gedient, die Leere zu füllen?

Stevenson war ein optimistischer Mensch. Deshalb glaubte er üblicherweise automatisch, daß seine Gefühle erwidert würden. Aber was konnte eine Mutter, eine Ausländerin, eine verheiratete Frau von siebenunddreißig Jahren an einem so jungen Mann schon Besonderes finden? Körperliche Anziehungskraft? Die Tatsachen bewiesen eher, daß ihre enge Verbindung nichts mit unabwendbarer Leidenschaft zu tun hatte. Also was, liebte sie ihn nun oder nicht? Nein. Wie konnte sie denn auch. Wo sollte sie Platz in ihrem Herzen finden für ein solches Gefühl? Sie dachte an ihr totes Kind. Sie dachte an ihren Mann. Sie dachte an die Rückkehr.

Louis versuchte ihren Blick aufzufangen, aber es war vergebliche Liebesmüh.

Die Augen fest auf einen entfernten Punkt gerichtet, die Mundwinkel nach unten gezogen, hatte sie die Füße übereinandergeschlagen und umklammerte mit den Händen die Griffe der Armlehnen. Sie war für ihn nicht mehr erreichbar. War die Intimität der letzten Monate am Ende nur ein Trugschluß gewesen? Mit ihrem Mann hatte sie eine fünfzehn Jahre währende Vergangenheit gemeinsam, sie hatten die Geburt dreier Kinder durchlebt und dieselbe Trauer ertragen müssen. Wenn man alles aufwog, hatte Robert Louis Stevenson nicht viel in die Waagschale zu werfen. Eine angegriffene Gesundheit, ein verschwendetes Vermögen und eine literarische Karriere, die noch kaum begonnen hatte. Sam der Abenteurer gegen Louis den Bohemien, der keine Lebenserfahrung besaß und sich auch mit Frauen nicht eben gut auskannte. Stevenson gab ein ziemlich trauriges Bild ab.

Aber wie war es denn mit ihm? Liebte er sie? Plötzlich zweifelte er daran. Fannys Stummheit und ihre Kälte stießen ihn ab und ließen ihn an Flucht denken. Er hatte sein Ticket nach London in der Tasche. Sie hatte ihn nicht davon abgehalten. Sie wußten beide, daß Sams Gegenwart in Paris die Karten neu aufmischen und die Einsätze verdoppeln würde. Entweder Mrs. Osbourne würde in diesem Sommer nach Kalifornien zurückkehren – Ende der amerikanischen Liebesgeschichte –, oder Louis würde Fanny in Grez wiedersehen. Dann würden sie einander gehören.

»... aber in der Farbgebung haben die Impressionisten eine schier wunderbare Entdeckung gemacht«, brüllte Bob und wedelte wild mit den Armen. »Vor ihnen hatte nur Velasquez richtig erkannt, daß das Licht den Farben die Leuchtkraft nimmt! Was meinst du, Louis?«

»Es ist mir vollkommen gleichgültig«, antwortete er trocken. »Bin ich etwa Maler? Ich versuche nur zu schreiben.«

Er wandte sich Fanny zu. Sie reagierte nicht. Sie hatte gar nicht hingehört. Sie hatte Sams Bild vor Augen. Sam, wie er in O'Mearas Alter gewesen war, wie sie ihn in Austin vorgefunden hatte, am Ende einer Reise um die halbe Welt über die Landenge von Panama. Sam in Goldschürferkleidung, mit Texasstiefeln, dem Filzhut schräg im Gesicht, der Spitzhacke an der Hüfte, dem Schießeisen im Holster und als Dreingabe einem Haufen Papiere in der Hand, seine Besitzanteile an den Silberadern. Was zum Teufel wollte dieser Cowboy, dieser Gerichtsschreiber aus Oakland in Paris? Was konnte er denn schon begreifen von der Gedankenakrobatik der Mitglieder ihres kleinen Kreises?

Fanny schämte sich schon jetzt für diesen Tölpel, den sie den Künstlern von Grez als ihren Ehemann würde vorstellen müssen. Und sie verwechselte dieses Gefühl der Nervosität mit der ungeheuren Wut, die ihr den Schlaf raubte: Sie machte Sam nach wie vor für Herveys Tod verantwortlich. Er hatte ihrer beider Kind unter seiner eigenen Gleichgültigkeit und Pfennigfuchserei leiden lassen. Während Hervey sich in Schmerzen wand, hatte Sam sich in den Bars von San Francisco betrunken, hatte sich im Theater oder mit fremden Weibern vergnügt und in ihrem Häuschen glückliche Tage mit der einen oder anderen seiner Eroberungen verbracht. Vielleicht brachte er seine Mätressen sogar in den Zimmern der Kinder unter? In Herveys Zimmer?

Wenn dieser Mann glaubte, er könnte sie in dieses Haus zurückbringen, in dem ihr Sohn geboren worden war, wenn er darauf rechnete, sie zwischen den weißen Zäunen von Oakland einsperren zu können, dann hatte er sich gewaltig getäuscht!

Er sollte nur kommen! Sie war vorbereitet. Sie würde nicht zurückgehen. Nicht in diesem Jahr und nicht im nächsten. Und sie schwor sich: »Niemals!«

Fanny und R. L. Stevenson trennten sich ohne ein Wort. Sie machten keinen Versuch, sich auszusprechen. Eine stumme Übereinkunft? Ein Mißverständnis? Louis reiste am 2. April ab. Fanny blieb in der Rue de Douai.

Wenn sie sich die Mühe gemacht hätten, ein wenig Verständnis aufzubringen, hätten sie im Augenblick des Abschieds die gleiche tobende Ungeduld in den Augen des anderen entdeckt. Die Ungeduld, entweder auseinanderzugehen oder sich für immer zu vereinen.

Im Mai traf Sam in Paris ein.

Er überrascht sie. Er ist eleganter, zivilisierter, ja selbst distinguierter als die Künstler, mit denen sie den Winter über Umgang gepflegt hat. Inmitten der Menge auf dem Bahnsteig kommt er ihr entgegen. Die Anstrengungen der Reise sind ihm nicht anzumerken. Ein helles, strahlendes Gesicht. Er erreicht sie, nimmt sie hoch, schließt sie in seine Arme. Hält sie ganz fest. Sie läßt es geschehen, läßt sich einfach fallen. Ohne jeden Widerstand. Was für ein wohliges Gefühl. Sie schließt die Augen. Hingegeben. Beruhigt. Plötzlich ist das alte, vertraute Gefühl wieder da. Zwischen ihnen existiert ein unverbrüchliches Band. Fanny sperrt sich nicht mehr.

In Belles Erinnerung ist diese Woche in Paris eine Zeit des Glücks, wie sie sie nie zuvor erlebt hatte. Die vier Osbournes verbringen ihre Tage heiter und fern von der Welt in der Rue de Douai. Wie durch ein Wunder sind die Damen Wright in die Normandie ausgeflogen. Nichts stört sie also in ihrem Liebesglück. Aus den weit offenstehenden Fenstern sieht man über die Dächer von Paris, Yankee-Lieder klingen durch die Wohnung, von Fanny auf der Gitarre begleitet, Belle bringt ihrem Vater irische Liebeslieder bei. Man veranstaltet romantische Abendessen auf dem Wohnzimmerteppich, ein Picknick auf dem Balkon, die Familie unternimmt Streifzüge über den Montmartre und das Viertel der Impressionisten. Unter dem Geplätscher der Fontäne an der Place Saint-George vernimmt Fanny erstaunt, wie der Mann, den sie für einen rettungslosen Ignoranten gehalten hat, ihr Tausende von Fragen stellt. Wem gehört dieses Haus? Wer ist M. Thiers? Warum hat man sein Haus niedergebrannt? Wie hat er es fertiggebracht, es im alten Zustand und noch dazu auf Kosten der Republik wieder aufbauen zu lassen?

Sam will alles sehen von Paris, alles wissen, alles verstehen. Mit einem einzigen Besuch des Louvre gibt er sich nicht zufrieden. An drei aufeinanderfolgenden Tagen kundschaftet er jeden einzelnen Saal aus, bis geschlossen wird. Er geht mehrmals nach Notre-Dame und kann gar nicht genug davon bekommen. Er besucht die dritte Ausstellung der Impressionisten und ist begeistert von den einfachen Themen und der Natürlichkeit der Ausführung. Zur allgemeinen Überraschung interessiert er sich so sehr für moderne Kunst, daß er sogar ein Gemälde ersteht: die Darstellung eines Gartens. Überdies hat er nach San Francisco telegrafiert, damit man ihm Geld schickt, das allerdings nie eintreffen wird.

Sams Charme! Seinem geliebten Sohn erzählt er die aufregenden Lebensgeschichten der Desperados, die am Gerichtshof von San Francisco verurteilt werden. Und er immer dabei. Seiner herzallerliebsten Tochter macht er den Hof und versichert sie der unverbrüchlichen Treue ihrer Verehrer von ehedem. Seiner Frau berichtet er von den letzten künstlerischen Ereignissen, an denen er beteiligt war.

»Ich habe gerade eine Ausstellung des Bildpanoramas von Muybridge in den Räumen des Bohemian Club veranstaltet. Stell dir vor, Fanny, es ist acht Meter zwanzig lang! Sechzehn Fototafeln aneinandergereiht und darauf die ganze Stadt, die Bucht und der Tamalpais. Einfach herrlich! Du solltest wieder mit dem Fotografieren anfangen.«

Die wunderbare Harmonie hielt genau eine Woche.

Am letzten Abend im Mai hatte Belle sich einschmeichelnd auf den Schoß ihres Vaters gesetzt.

»Weißt du, mein lieber kleiner Papa, ich möchte so gern, daß du einen unserer Freunde kennenlernst, von Mama und mir.«

»Jemand, der dir am Herzen liegt, mein Liebling?« Sams Augen blitzten schalkhaft. »Ist es vielleicht ein Ire?«

Belle war rot geworden.

»Du weißt schon alles?«

»Ich? Ich weiß überhaupt nichts! Also, du willst mir einen Iren vorstellen. Schmutziges Gesindel.«

»Papa, hör auf, dich über mich lustig zu machen. Er wartet im Eingang.«

»Dann laß ihn reinkommen, kleine Närrin!«

Fanny beobachtete nicht ohne eine gewisse Nervosität, wie ihr Mann einem der vehementesten Verteidiger von Grez die Hand schüttelte. Da trafen zwei Welten aufeinander. Die beiden Teile in ihrem eigenen Innern, von denen sie selber noch nicht wußte, welcher den Sieg davontragen würde. Zurückfahren? Bleiben?

»Mein Herr«, hatte der Ire gesagt, »wir sind eine kleine Gruppe von Künstlern, die die Natur lieben und das Frühjahr in einer Herberge an einem Wasserlauf verbringen. Am Wochenende werden wir dort ein Fest veranstalten. Würden Sie uns die Ehre erweisen, sich zu uns zu gesellen?«

Sam spürte keinerlei drohende Gefahr. Hätte er das Gesicht seiner Frau gesehen, hätte er vielleicht abgelehnt. Grez. Der eine Ort auf der Welt, wo Fanny sich zu neuem Leben erwachen fühlt. Ihr Hoheitsgebiet. Ihre Zufluchtsstätte. Instinktiv mißfällt ihr der Gedanke, daß Sam Grez kennenlernt. Sie will den Gasthof, den Garten, den Fluß für sich behalten. Die Erinnerung daran trägt sie sicher gehütet tief in ihrem Innern. Ja, sie könnte es hinnehmen, die Uferböschungen des Loing und den Turm der Reine Blanche niemals wiederzusehen. Aber daß Sam Grez kennenlernt, kommt einer Entweihung gleich.

»Ich bin erst einmal dort gewesen und fand die Gegend ganz bezaubernd«, sagte er.

»Mein Mann möchte sich bestimmt lieber die Hauptstadt ansehen.«

»Aber ganz und gar nicht. Ich nehme herzlich gerne an!«

»Aber Sam, in Grez gibt es doch nichts zu tun. Du hast doch nicht einen ganzen Kontinent durchquert, um dich in einem kleinen Dorf zu vergraben.«

»Warum nicht? Dir hat es doch gut gefallen, dieses Dorf. Du verbringst dein Leben dort.«

»Aber ich arbeite!«

Er lachte.

»O ja, richtig, meine Frau Gemahlin ist eine Künstlerin. Eine geistige Leuchte. Eine Denkerin.« Sam ließ seine blauen Augen auf ihr ruhen. »Aber Fanny«, platzte er los, »du und eine Denkerin. Was zum Teufel ist deiner Meinung nach so Besonderes an Grez? Ist da irgendwo im Wasser oder in der Erde ein Schatz vergraben?«

»Jedenfalls bestimmt kein Gold!« fiel sie ihm schneidend ins Wort.

Halb amüsiert, halb haßerfüllt, für einen Moment unschlüssig, ob sie nun lachen oder sich anschreien sollten, maßen sie sich mit den Blicken.

»Du fürchtest wohl, daß ich nicht feinsinnig genug bin, um es zu schätzen?« fragte er dann mit plötzlich bitterem Tonfall.

»Das wollte ich damit nicht sagen. Nur, das Leben, das wir in Grez führen, ist ganz anders, es wird dir nicht gefallen.«

»Wer weiß? Ich für meinen Teil würde diesen Ort sehr gerne wiedersehen, den du so leidenschaftlich verteidigst. Sie muß ja ganz entzückend sein, deine Herberge, daß du sie unserem Haus in Oakland vorziehst, und außerordentlich komfortabel, wo sie doch den ganzen Unterhalt verschlingt, den ich dir für die Sommermonate schicke!«

Unter der vorgeblich fröhlichen Miene grinste wieder das alte Ressentiment von früher hervor, aus der Zeit, wo Sam sich an seiner Frau rächte, indem er Rechenschaft über jede Ausgabe verlangte, bevor er ihr auch nur einen Cent für den Unterhalt der Kinder zugestand.

»Was will denn dieser Ehemann hier?« grummelte Simpson der Ältere und blickte hinunter zum Fluß.

Sam war in den Kahn gesprungen, mit dem Louis im letzten Jahr gefahren war. Er war ein exzellenter Ruderer und paddelte jetzt geschickt auf die Brücke zu. Sein Sohn und die kleinen Chevillons knieten auf den Sitzbrettern und beugten sich zu den sich im Wasser spiegelnden Brückenbögen hinunter, unter denen die Fische hin und her glitten.

»Das war die Idee von diesem Schwachkopf O'Meara«, gab Bob zurück. »Er hielt es wohl für angemessen, seinen zukünftigen Schwiegervater hierher einzuladen.«

Die beiden Schotten saßen im Hof über dem Loing im Schatten einer Tanne und schlürften ihren Absinth. Bei jedem Schluck geriet das Pinseläffchen von Simpson dem Älteren aus dem Gleichgewicht, quiekte und krallte sich mit beiden Händen an der weißen Drillichweste seines Herrchens fest.

»Ich habe es ja immer gesagt«, meinte Simpson der Ältere besserwisserisch. »Warum, zum Teufel, habt ihr diese beiden Spinatwachteln letztes Jahr nur hierbleiben lassen? So was ist der Anfang vom Ende! Es war ja vorherzusehen, daß die Touristen dann nicht mehr weit sind.«

»Er ist doch gar nicht so unsympathisch, der Herr Gemahl«, meinte Bob mit einem blutrünstigen und verächtlichen Grinsen.

»Ein richtig netter Kerl«, stimmte Simpson zu, »und so fröhlich!«

»Dieses breite Eingeborenenlächeln kann einem richtig das Herz erwärmen. Wie ein Primatenaffe.«

»Und sie? Wie denkt sie darüber?«

Mit dem Kinn hatte Simpson zum anderen Flußufer hinüber gedeutet, wo sich zwischen den Weiden und Binsen zwei blaue Silhouetten unter großen Sonnenschirmen abzeichneten. Fanny und Belle sahen zu, wie der Kahn unter der Brücke hindurchfuhr.

»Mama!« schrie Sammy und winkte wild zu ihnen herüber. »Wir werden die Stromschnellen hinunterfahren. Papa nimmt uns mit zum Angeln bei den Wasserfällen. Dann bringen wir euch das Mittagessen mit.«

»Sie?« sagte Bob sinnend, ohne die Augen von der kleinen Gruppe abzuwenden. »Das soll einer wissen! Es ist mir ein Rätsel, was eine solche Frau je an so einem Kerl gefunden haben kann!«

Wenn man ihn gefragt hätte, Simpson hätte nicht sagen können, ob Bob nun von Sam oder von O'Meara sprach, von der Mutter oder von der Tochter.

Die beiden Frauen entfernten sich und gingen den Treidelpfad entlang. Von den Gräsern, Bäumen und Blumen strömten Tausende von Düften auf sie ein. Vom Fluß her drang das beruhigende Murmeln der Wassertiere zu ihnen herauf. Eine flüchtige Bewegung. Ein platschendes Geräusch. Eine Ratte verschwand unter der Oberfläche. Das Gras zitterte unter ihren Schritten. Eine Schlange glitt unter einen Felsblock.

»Ich hatte ganz vergessen, wie sehr Papa Kinder liebt«, bemerkte Belle, ohne den Kahn aus den Augen zu lassen, der gerade hinter einer Biegung des Flusses verschwand.

Sam saß mit dem Rücken zu ihr. Unter seinem ausladenden, strohgelben Hut bewegten sich die kraftvollen Schultern. Sam. Mehr als je zuvor wirkte er wie die Verkörperung von Jugend und Kraft.

»Er mag sie genauso gern wie Louis«, fuhr das Mädchen fort. »Findest du nicht auch, daß die beiden sich sehr ähnlich sind, Mama?«

»Wer?«

»Papa und Louis.«

Fanny war gänzlich überrascht und warf Belle einen nahezu entsetzten Blick zu.

»Aber überhaupt nicht!«

»Aber ja doch, ich versichere dir ... Sie gehören beide zum gleichen Typ Mann.«

»Sie haben nichts miteinander gemein. Rein gar nichts!«

»Papa ist sehr schön und Louis eher häßlich, aber davon abgesehen ...«

»Davon abgesehen ist dein Vater vierzig Jahre alt. Und Mr. Stevensons Schwindsucht ...«

»Er hat die Schwindsucht?« rief Belle entgeistert.

Fanny machte eine ungeduldige Geste.

»Das habe ich nur so dahingesagt. Er hustet viel. Ich nehme an, er spuckt Blut. Das ist doch so ähnlich. Jedenfalls bestimmt seine schwache Gesundheit sein ganzes Leben. Ich bezweifle, daß er je so alt wird wie dein Vater. Mager, wie er ist.«

»Ich sage ja nicht, daß Papa und Louis sich äußerlich ähneln!

Aber ihre Fröhlichkeit, ihr Optimismus, ach, ich weiß nicht. Sie haben beide diese Art, das Leben immer von der besten Seite zu nehmen. Wenn ich mit ihnen zusammen bin, habe ich immer das Gefühl, daß alles möglich ist. Mit Louis oder mit Papa kann einfach nichts Trauriges passieren. Bei ihnen ist man vor jedem Unglück gefeit.«

»In Sicherheit? Mit deinem Vater?«

An dem ungläubigen Zweifel und der Schärfe in ihrem Ton konnte das Mädchen erkennen, daß die Harmonie, die während der ersten Tage zwischen ihren Eltern geherrscht hatte, schon wieder getrübt war.

Sie verließen die Uferböschung und gingen auf den Wald zu. Mit kleinen Schritten überquerten sie die Ebene, wobei sie mit den Stiefeln immer wieder gegen die Feldsteine auf ihrem Weg stießen, erklommen einen jähen Anstieg und gingen auf der anderen Seite, einer Wagenspur folgend, wieder hinunter. In der Ferne erhoben sich ein paar kleine Wäldchen aus dem Erdreich, eine Felsenansammlung und einige blütenüberzuckerte Apfelbäume. Hellgrün strebten die gefurchten Kornfelder dem weißen Horizont entgegen, knickten dann im rechten Winkel ab und wanden sich um die fernen Anhöhen. Krass hoben sich die beiden Gestalten vor der feierlichen Stille der Wiesen ab. Klein und verloren vor der unendlichen Weite der Natur und dennoch von seltsamer Bedeutung.

»Aber in Paris sah es doch so aus ...«, setzte Belle an.

»Das war etwas anderes. Dein Vater war anders.«

Belle fragte nicht weiter nach. Fanny schwieg. Sie dachte an das Glück, das sie empfunden hatte, als sie wieder nach Grez gekommen war. Fünf Tage war das her. Ein Jahrhundert.

Als die Postkutsche aus Bourron in die Hauptstraße eingefahren war und die Fensterreihen des Hotel Chevillon mit dem einen Rundfenster hinter der Wegbiegung auftauchten, als Fanny schließlich die vertrauten Gestalten von Madame Chevillon und Ernestine in ihren Schürzen und weißen Häubchen auf der Vortreppe stehen sah, war sie von einem überwältigenden Glücksgefühl erfaßt worden. In diesem Moment hatte sie sich auf den Aufenthalt in Grez in Begleitung ihres Mannes gefreut.

Was für ein Irrtum. Diesesmal wollte sich kein Wunder einstellen. Schon am ersten Abend riß Sam die Unterhaltung an sich und trank mehr, als ihm zuträglich war. Ein solcher Irrtum. Bei Ernestine hatte er zwar einen Stein im Brett, aber die beiden Chevillons waren sich einig, daß er seiner Frau nicht wert war. In der Küche fand man ihn »banal«. Bei Tisch wurde er als »schwerfällig« abgetan. Fanny entging davon nichts.

Sam spürte die Blicke aller auf sich und meinte wohl, daß man von ihm ein seiner Rolle entsprechendes Benehmen erwartete. Fortan gab er den Abenteurer, den Goldsucher. Er schüttete sich aus vor Lachen über seine eigenen Scherze, erzählte von schauderhaften Mordkomplotten, gab Schilderungen von Raubüberfällen zum Besten, die er nie erlebt hatte, kurz, er prahlte ununterbrochen und machte sich allgemein unbeliebt. Die Gegenwart der beiden schönen Frauen, deren Schweigen und Zurückhaltung sie vor allem für sich einnahmen, hatten die Maler im letzten Jahr ja noch hingenommen, aber dieser großmäulige Tourist war einfach nicht zu ertragen. Bob und Simpson der Ältere, die sich zu Wortführern der Unzufriedenen aufgeschwungen hatten, mäkelten im Chor: Papa Osbourne, Mama Osbourne und dazu die kleinen Osbournes. Sams Gegenwart verlieh dem Garten in Grez genau diese gewisse bürgerlich-familienfreundliche Note, die sie alle zutiefst verabscheuten. Dieser Amerikaner, der sich ununterbrochen selber auf die Schulter klopfte, weil man bei den Chevillons so gut essen konnte und noch dazu zu so gemäßigten Preisen, würde bestimmt bei seinen sämtlichen Kumpels in Oakland damit hausieren gehen. Und dann würde bald ganz Kalifornien in Grez einfallen! Das war der Anfang vom Ende! Simpson schilderte die Gefahr in übertrieben düsteren Farben, und Bob war einfach beständig schlechter Laune. Aber beide taten sie ihr möglichstes, um Sam Osbourne einen sicheren Platz in der Kategorie der »Unerwünschten« zu verschaffen.

Langweilte Sam sich in Grez? Wahrscheinlich. Spaziergänge im Wald. Auf Motivsuche gehen. Das richtige Fleckchen finden. Den

Sonnenschirm verankern. Die Staffelei aufbauen. Den Klappstuhl hinstellen. Und dann den ganzen Tag an dieser einen Stelle bleiben, ohne etwas zu tun, als sich des schönen Anblicks zu freuen, ja, nicht einmal vom großen Geld ließ sich dabei so richtig träumen – was für eine monotone Beschäftigung! Wenn der einsame Wanderer in diesen lichten Wäldchen sich wenigstens noch auf einen Banditenüberfall hätte gefaßt machen müssen. Aber so? In punkto Abenteuer war Grez eine absolute Niete.

»Sieh doch nur«, rief Fanny. »hast du schon jemals einen so schönen Wald gesehen? Der Wald hier ist wie das Meer. Er sieht zu jeder Stunde des Tages anders aus. Er bewegt sich. Er lebt.«

»Genau wie bei uns.«

Sie zuckte die Achseln.

»Bei uns zu Hause stammen die Kirchtürme nicht aus dem 12. Jahrhundert, und es gibt keine alten Gemäuer, in denen der Geist der Königin Blanche umgeht.«

»Mag sein. Aber unsere Kirchen und unsere Häuser können es doch mit diesen Ruinen hier allemal aufnehmen!«

Nur drei Tage hatten sie am Ufer des Loing verbringen müssen, damit sich zwischen ihnen ein tiefer Graben auftat. Von da an machte Sam nur noch alles falsch.

Nicht genug damit, daß er regelmäßig zu tief ins Glas schaute, brachte er es auch noch irgendwie fertig, sich Zutritt zu den Bauernhäusern in der Umgebung zu verschaffen. Ohne auch nur ein Wort Französisch zu sprechen, lief er jedem Weiberrock hinterher und eroberte so manches Herz. Ein unverzeihlicher Verstoß gegen den Ehrenkodex der Grez-Liebhaber! Die Künstler skizzierten die Schäferinnen oder warfen eine kleine Farbstudie von den Waldarbeiterinnen aufs Blatt, ja, manchmal trieben sie die Kühnheit gar so weit, daß sie Bäuerinnen bei der Arbeit auf ihrem Hof oder die Spitzengardinen in ihrem Kammerfenster malten, aber die Töchter und Frauen der Bauern zu verführen war absolut tabu. Man respektierte den ländlichen Lebensrhythmus. Diese goldene Regel erklärte das gute Einvernehmen zwischen den Künstlerkolonien und den Einheimischen. Sam hatte sie durchbrochen.

Aber bei diesem Schnitzer sollte es nicht bleiben. Sam ließ sich per Expreßboten einen zartblauen Brief aus Bourron zustellen, der nach Lavendel duftete und ihm aus Paris nachgesandt worden war. Er kam aus San Francisco. Sam ließ ihn in seiner Brieftasche verschwinden, um ihn heimlich zu lesen, aber er konnte niemanden über die Natur dieser Korrespondenz hinwegtäuschen. Und als Sam sich schließlich bei dem kleinen Fest, zu dem der Ire ihn eingeladen hatte, in einer von ihm so geschätzten kameradschaftlichen Männerrunde glaubte und begann, seine Liebesabenteuer auszubreiten, um sich schließlich auch noch in detaillierte Beschreibungen seiner jüngsten Eroberungen zu ergehen, hatte er allen überdeutlich und endgültig vor Augen geführt, daß man ihn von hier vertreiben mußte. Seiner Ehe hatte er damit den Todesstoß versetzt.

»Verwechselst du Grez mit einem Saloon?«

Voller Mitleid hatte Fanny Sam dabei beobachtet, wie er sich immer mehr in seinem vulgären Verhalten verstrickte, das sie nun doch wieder als »chronisch« empfand. Sie fühlte keine Wut. Auch keine Eifersucht. Nur eine unüberwindliche Verärgerung.

Das Einverständnis in Paris war nur eine Illusion gewesen. Ein Strohfeuer. Wie ein erloschener Glutfunke fiel die Liebe wieder zur Erde zurück. Was blieb, war nichts als ein Haufen Asche. Sie gestand es sich rückhaltlos ein. Ohne jede Auflehnung. Zum erstenmal hatte sie mit Sams Verhalten nichts zu schaffen. Es war seine Schande, und sie schützte sich dagegen, indem sie sich gleichgültig stellte. Aber diese letzte Betrinkerei und seine letzten Prahlgeschichten ließen sie endlich explodieren.

»Bist du wirklich dumm genug, um mich vor meinen Freunden zu erniedrigen? Und du glaubst auch noch, daß ich wieder mit dir dorthin zurückkommen werde? Zu deinen Bettgeschichten?«

Sam hörte ihr zu, ohne sich zu wehren. Sie redete sich in Rage. Es war ein heißer Nachmittag. Im Schatten des Schilfs unter den Birken störten nur dieses heftige Murmeln, das Summen der Insekten oder der unerwartete Sprung eines Karpfens die ländliche Stille. Fanny ging mit großen Schritten am Ufer auf und ab, wobei sie von Zeit zu Zeit mit dem Fuß im Schlamm ausglitt und ihr Kleid sich an einer Wurzel verhedderte. Sam lehnte an einem Baumstamm, kaute auf einem Blatt herum und schaute zum Himmel hinauf. Mit gesenktem Kopf immer weiter marschierend, setzte sie ihre Tirade fort, ohne ihn eines Blickes zu würdigen:

»Ist es das, was du dir vorgestellt hast? Ich kann in Oakland sitzen, und du machst dir solange in der Stadt ein schönes Leben mit deinen Flittchen?«

»Wie lange soll ich denn noch für deine dummen Faxen aufkommen?« fiel er ihr schneidend ins Wort. »Deine Faxen und die von Belle dazu!«

Sie blieb stehen und sah ihm direkt ins Gesicht.

»Was willst du damit sagen?«

»Daß du meine Tochter schlecht erziehst!«

Das hatte gesessen. Sie begann zu schwanken.

»Ich dachte, du verstehst dich gut mit O'Meara.«

»Darum geht es nicht. Ich habe die Nase voll, immer nur zu zahlen. Ich nehme Sammy und Belle mit mir nach Hause. Es steht dir frei, uns zu folgen.«

»Frei? Du treibst ein falsches Spiel! Du tust so, als ob du mich wieder mit zurücknehmen möchtest, du wahrst den Schein, aber du treibst ein falsches Spiel! Wenn du mich wirklich hättest mit zurücknehmen wollen, hättest du dir nicht die Briefe dieser Frau hierher nachstellen lassen! Du hättest nicht getrunken! Wie könnte ich zu so etwas zurückkehren wollen?«

Von Verzweiflung übermannt, krallte sie sich an seinen Arm:

»Wie soll man zu so etwas zurückkehren? Du hast mir jede Lust dazu gründlich verdorben!«

Er stieß sie weg und ging ins Haus hinauf, um sich in seinem Zimmer einzuschließen.

Fortan schien auch ihn jegliche Lust verlassen zu haben.

Der Brief, der ihm am nächsten Tag, übrigens neben einer weiteren zartblauen Botschaft, überbracht wurde, lieferte ihm den willkommenen Vorwand zur Abreise. Er war von Harry Muir unterzeichnet, seinem neuen Kompagnon, der ihn drängte, umgehend nach San Francisco zurückzukehren. An der Börse stand es wieder einmal schlecht, und weder Harry noch Lloyd oder Rearden konnten die Verantwortung übernehmen, in seinem Namen zu verkaufen. Osbourne mußte das erste Schiff nehmen, das er kriegen konnte. Wenn er noch länger fortbliebe, würde er unweigerlich sein gesamtes Kapital verlieren. Der Bankrott war vorprogrammiert.

Zum großen Kummer ihres Vaters nahm Belle seinen Vorschlag, ihn zu begleiten, nicht an. Ihre Überredungskünste waren so überzeugend, daß er versprach, bis zum Ende des Unterrichts im Atelier Julian weiter jeden Monat eine Unterhaltszahlung zu schicken. Zum Ausgleich dafür verlangte er von seiner Frau und seiner Tochter den feierlichen Schwur, daß sie im nächsten Sommer nach Oakland zurückkehren würden. Was immer auch geschehen möge. Sie schwörten. Im Juni 1878 würden die Osbournes wieder in Kalifornien vereint sein.

Belle brach in Tränen aus, als sie ihn die Postkutsche nach Bourron besteigen sah. Sie fühlte sich hin- und hergerissen zwischen ihrer großen Liebe zu ihrem Vater und dem leidenschaftlichen Wunsch, Künstlerin zu werden. Weder Sam noch Fanny hatten ihre Verbindung mit dem Iren zur Sprache gebracht.

Am 9. Juni 1877 traf Sam Osbourne in London ein, von wo er sich, via Montreal, zur Fahrt nach San Francisco einschiffte. Am 19. Juni erreichte Louis Stevenson London, von wo er sich, via Paris, zur Fahrt nach Grez aufmachte.

Pasdessus, Simpson, Robinson und Bloomer fuhren mit ihm. Der bunte Haufen war wieder komplett. Unter der hellen Julisonne konnten die großen Gelage unter den Laubengängen, die Bootsschlachten auf dem Loing und die Kunstausstellungen im Herbergshof wieder fröhlich ihren Lauf nehmen.

Aber in diesem Sommer würde die große Zahl ihrer Verehrer für Fanny und Belle keinen Schutz vor der Liebe mehr bedeuten.

GREZ-SUR-LOING – ZWEITER SOMMER
Juni – September 1877

»Na, Madame Osbourne, ist er weg, der Herr Gemahl?« ließ sich die rauhe Stimme von Mutter Chevillon vernehmen.

Die Wirtin saß mit unter dem grauen Rock leicht gespreizten Knien im kühlblauen Schatten der Tanne im Hof und polierte voller Inbrunst die Henkel einer großen Kupferschüssel. Bei jeder Armbewegung zitterten die Flügel ihrer Marmotte, des traditionellen Tuches, das ihren Kopf umhüllte, und wackelten wie zwei kleine Hasenohren. Der indigoblaue Stoff ließ das gutmütig-listige Gesicht der Bäuerin noch brauner erscheinen. Mutter Chevillon schwenkte mit der einen Hand ihre Schüssel, daß sie in der Sonne blitzte, stemmte die andere Hand in die Taille und stand mit einem lauten Stöhnen auf.

»Männer! Je weiter weg, desto besser. Ich kann ein Liedchen davon singen. Na, und Sie doch auch, stimmt's?« Die beiden Frauen tauschten einen verschwörerischen Blick. »Also, das ist jedenfalls meine Meinung!«

Über Fannys Lippen breitete sich ein geheimnisvolles Lächeln, als sie zusah, wie die gedrungene Gestalt unter dem Vordach verschwand.

Erleichtert. Befreit. Erlöst. Seit Sams Abreise streifte sie herum wie ein junges Mädchen, das voller Begeisterung die Gerüche und Geheimnisse, den ganzen Zauber des altbekannten Ferienhauses wiederentdeckt. Schritt für Schritt nahm sie ihr Dorf wieder in Besitz, an dem sie sich nicht einen Moment lang hatte erfreuen können, solange ihr Mann sich dort aufgehalten hatte. In Sams Gegenwart hatte sie sich berufen gefühlt, ständig die Vorzüge von Grez hervorzuheben, als wolle sie ihre endlose Abwesenheit von Oakland durch ihre Leidenschaft für diesen Ort rechtfertigen.

Nun, da der Juni schon fast vorüber war, nahm sie alles wieder in Besitz, das graue Pflaster, die netzförmig angelegten schmalen Gäßchen, die geduckten Türen in den berühmten Sandsteinmauern mit den roten Ziegeln als krönenden Abschluß, die, alle parallel angeordnet, dem Fluß entgegenwuchsen. Fanny konnte gar nicht genug davon bekommen, immer wieder die Strecke abzugehen, die zur Herberge führte:

Die Hauptstraße von Grez hinunter, abbiegen in Richtung Brücke und dann, unter dem Wirtshausschild mit dem heiligen Antonius und dem Schwein, nach links. Den Duft des Geißblattstrauchs inhalieren, der sich am Vorbau emporwindet, und hinein in den Hof. Schnell die Gartentreppe hinunter und an der kleinen Allee mit den vier Kastanien vorbei zum Loing. Auf den aufgebockten Booten trocknen die Badekleider, die Ruderblätter stehen an den ersten Brückenpfeiler gelehnt. Der Fluß verliert sich zwischen den kleinen Inseln, umspielt die tief herabgezogenen Dächer der Waschhäuser und Bootsstege und verläuft sich schließlich stromabwärts in einem Tunnel aus Grün. Zurück durch den Garten bis zur Herberge hinauf. Die kleine Treppe zum Hof wird im Sprung genommen. Hinein durch die Fenstertür in der Mitte. Rechts sieht man den Speisesaal mit der langen Tafel. Links den Schankraum mit dem Lehmfußboden und dem enormen Kaminsims, auf dem sich Pokale, Flaschen und Becher in allen Formen und Farben aneinanderreihen. Tief den Duft von verbranntem Holz einatmen, den Geruch von Rauch und Wein, der schwer zwischen den runden Tischen und den Peddigrohrstühlen hängt. Weiter durch die feuchte Halle und die kühle Steintreppe zum ersten Stock hinauf. Den Flur entlang, an den links zur Straße hin liegenden Zimmern vorbei, anhalten vor der Nummer 12 auf der rechten Seite, die Hand auf den kühlen Porzellanknopf legen, öffnen, einen Schlüssel braucht man nicht, ohne anzuhalten das hellweiße Zimmer durchqueren und am Fensterkreuz stehenbleiben. Aus dem Garten, der mit seinen blauen Flecken unter den Kastanienbäumen und den goldenen Rabatten in den Alleen schon eher wie ein Park aussieht, steigt der feuchte Duft der Rosen und des Flusses herauf. In klarem, hartem Kontrast leuchten zwischen den Pappeln am anderen Flußufer die blitzenden weißen Tupfen der Sonnenschirme im Licht dieses ersten Sommermorgens.

»Glauben Sie, daß sie den Schritt gewagt hat?« erkundigte sich der Bildhauer Pasdessus, der seine durchaus eigenen Gründe hatte, sich für die Tugend von Mrs. Osbourne zu interessieren, mit nahezu priesterlicher Würde.

Er stand aufrecht, ohne Kopfbedeckung im Fluß, hatte die Arme ausgebreitet und ließ sich von den sachten Wellen hin und her wiegen. Sein schöner blonder Bart zitterte bei jedem Windstoß.

»Würde mich wundern«, brummte Robinson, der sich am Ufer ausgestreckt hatte.

Trotz der Hitze ragte sein Charakterkopf aus einem dicken, kreuzförmig geschlungenen gelben Schal hervor. Wer hätte damals wohl voraussagen mögen, daß Robinson von all den Malern der kleinen Gruppe am berühmtesten werden würde? Stilistisch eher mit dem Monet von Giverny zu vergleichen, ist er auf dem Kunstmarkt bis heute der angesehenste unter den amerikanischen Impressionisten.

»Und wann läßt sie ihn endlich zum Zug kommen?« hakte Pasdessus noch einmal nach.

Es war kurz vor dem Mittagsmahl, die Zeit, zu der man noch schnell ein Bad nahm, und wo sich die Künstler am Loingufer zusammenfanden, um die Arbeit des Morgens zu beurteilen und die Vergnügungen für den folgenden Abend durchzusprechen.

Klatsch und Tratsch – und Sie hatten behauptet, das Tratschen wäre eine Spezialität der Frauen! schreibt Fanny an Rearden. *Meine Freunde hier beschäftigen sich mit nichts anderem: Sie zerreißen sich die Mäuler. Es ist ihre absolute Lieblingsbeschäftigung. Sie stecken zu zweit oder zu dritt die Köpfe zusammen, und dann reden sie über die anderen.*

Natürlich war ihr klar, daß all das viele Gerede um ihre Keuschheit kreiste. Als Louis eingetroffen war, hatte er sie vom ersten Moment an mit Beschlag belegt. Für die kleine Gruppe stand damit ein für allemal fest, welchen von den beiden Stevensons »die schöne Amerikanerin« bevorzugte. Er las und schrieb zu ihren Füßen. Bei Tisch hielt sie den Stuhl neben ihrem Thron für ihn frei. Abends sonderten sie sich von den anderen ab.

»Also, ich sage, daß Sie völlig auf dem Holzweg sind. Die Sache hat längst stattgefunden«, schwadronierte Pasdessus vor sich hin und streichelte die Seerosen. »Was glauben Sie denn, was er bei ihr in der Rue de Douai die ganze Zeit gemacht hat?«

Simpson der Ältere beugte sich über eines der Boote, nahm ein paar Züge aus seiner Pfeife und ließ den Rauch langsam in den blauen Himmel steigen.

»Es wird erst soweit kommen, wenn Louis wieder zurück ist.«

»Er geht weg?« riefen die anderen.

Simpson warf einen langen Blick zu den Staren hinauf, die hoch über ihnen unermüdlich ihre Kreise zogen.

»Keine Aufregung. Noch nicht. Er fährt im August ein paar Tage weg, zur Hochzeit unseres gemeinsamen Freundes Charles Baxter. Er ist sein ältester Kumpan. Sie haben schon zusammen die Universität unsicher gemacht. Bestimmt haben sie gemeinsam den ersten Rausch ihres Lebens durchgestanden, und das erste Mädchen haben sie bestimmt auch gemeinsam verführt. Charles Baxters Hochzeit muß ein schwerer Schlag für ihn sein. Sie bedeutet das Ende einer Ära. Der Übergang ins Erwachsenenalter. Sogar Henley vom *London Magazine* hat diesen Winter geheiratet. Alle seine Freunde laufen in den Hafen der Ehe ein. Das gibt ihm zu denken, unserem Louis, er denkt an die Liebe. Ja, ich möchte wetten, daß es dazu kommen wird, wenn er von dieser Hochzeit zurück ist. Wenn er den glücklichen Baxter mit seiner Frau vor Augen gehabt hat. Die Liebe, wie wir alle wissen, ist ebenso ansteckend wie eine Epidemie. Die Eifersucht übrigens auch: Sehen Sie sich nur an, meine Herren!«

»Ich halte die Wette«, sagte Pasdessus. »Eine Flasche Champagner, daß Louis die Türen zum Himmelreich bereits geöffnet hat!«

»Zwei Flaschen, daß er es erst bei seiner Rückkehr soweit bringt.«

»Drei, daß er niemals Mrs. Osbournes Geliebter wird!« warf der ritterliche Robinson dazwischen, der sich nicht einmal ein Bier leisten konnte.

Angenehme Wärme drang durch die Spaliere der Laube. Auf dem Tisch tanzten und zitterten kleine Lichtfunken und die zerstückelten Schatten der Weinblätter und wilden Trauben. Über den letzten Tropfen Rotwein in den Gläsern schwirrten dicke Hummeln. In der duftgeschwängerten Luft mischte sich das Parfum von üppigen Rosen, die den Gasthof wie mit einem Meer von rotem Schaum überwachsen hatten, mit dem kräftigen Geruch von eben aus dem Ofen genommenem Brot, Tabak und frisch gemahlenem Kaffee. In diesem Jahr verbrachten die Künstler, angetan mit kurzärmeligen Badekostümen und barfuß oder in Leinenschuhen, lange Stunden in der Gartenlaube. Belle, die zwischen Pasdessus und O'Meara saß, hatte den Kopf auf die Rückenlehne sinken lassen und drehte ihn lachend hin und her. Fanny, in einem ausladenden Sessel am Kopfende thronend, führte den Vorsitz. Der Stuhl zu ihrer Rechten war leer. Sie hatte die Knie unters Kinn hochgezogen, ihr Kopf ruhte auf ihrem üppigen purpurroten Rock. Ganz still kauerte sie da und starrte mit ihren zu Schlitzen zusammengezogenen schwarzen Augen auf all das Licht. Eine Katze auf der Lauer.

»Wo sind unsere Schotten?« erkundigte sich ein Neuankömmling, ein Mann in mehr als fortgeschrittenem Alter, der über den Rasen auf den Tisch zuschlenderte.

Mit seinem weißen Schnurrbart, seinem breiten Panamahut, dem Dreiteiler und der Rosette der Ehrenlegion am Revers wollte er so gar nicht ins Bild passen. Er erinnerte mit seiner nachlässigen Eleganz eher an einen englischen Major auf Heimaturlaub aus den Kolonien. Es war der Italiener Giuseppe Palizzi, der Maler, der vor nun bald fünfzehn Jahren Grez »entdeckt« hatte. Palizzi bewohnte einen kompletten Trakt der Herberge, den er zu seinem Atelier hatte umbauen lassen. Dort empfing er die Neuzugänge der Kolonie, denen er seinen Keller und seine Zeichenmappen öffnete. Sie umfaßten ein halbes Jahrhundert der Malerei, sein gesamtes Werk – ein Besuch bei Palizzi nahm mehrere Tage und Nächte in Anspruch. Fanny, die gut zuhören konnte, hatte den alternden Maler restlos bestrickt.

»Ist Louis nicht da?« fragte er erstaunt und küßte die Hand, die sie ihm spielerisch überlassen hatte.

»Er fährt Ende des Monats nach Edinburgh. Im Moment ist er in Moret.«

»Was zum Teufel will er in Moret, wenn Sie in Grez sind, meine Liebe?«

Belle beugte sich dem schwerhörigen Palizzi zu und schrie ihm ins Ohr:

»Louis kauft ein Hausboot.«

»Sakrament! Ein Hausboot? Wozu das denn?«

»Zum Wohnen,« antwortete das junge Mädchen.

»Eine gute Idee«, bemerkte Fanny. »Finden Sie nicht, Monsieur Palizzi?«

»Ich dachte, er wäre arm wie eine Kirchenmaus.«

»Immer diese bürgerlichen Bedenken«, trompetete O'Meara.

»Genau«, sagte Belle, die ihre Lektion gut gelernt hatte.

»Warum soll man sich an einen einzigen Ort binden?« fuhr der Ire fort. »Immer an derselben Stelle bleiben wie jeder stinknormale Bankangestellte? Was meinst du, Pasdessus? Du hast doch sonst zu allem deine eigene Meinung.«

»Ich?«

Die beiden jungen Männer maßen sich feindselig über Belles Kopf hinweg. Beide verfolgten das junge Mädchen wie die Schoßhündchen. Beide hofierten sie, als wäre ihre ständige Gegenwart nur allzu selbstverständlich, und beide mußten feststellen, daß sie ihre Aufmerksamkeiten in der Tat als Selbstverständlichkeit hinnahm. Aber O'Meara betrachtete sie als sein Eigentum, und Pasdessus war in diesem Punkt gänzlich anderer Meinung. Bei jeder Mahlzeit redete der Bildhauer mit gleichbleibender Freundlichkeit, aber auch mit einer gewissen Brutalität, als wollte er jeden anderen, egal wen, daran hindern, das Wort an sie zu richten, unablässig auf sie ein. In seiner rasenden Eifersucht wehrte sich O'Meara nur mit groben Scherzen und überschüttete seinen Gegner mit einer Kanonade unpassender Bemerkungen. Pasdessus ließ sich nicht lumpen und bedachte ihn seinerseits mit einem Schwall von Andeutungen.

»In der Tat«, sagte er gerade, »wir leiden vielleicht unter einer Überbevölkerung, aber die Kanäle dieser Welt stehen uns zum Glück noch offen.«

»Meine Freunde, es ist vollbracht! Alle Papiere unterzeichnet. Fall abgeschlossen.«

Laufend, rauchend und gestikulierend war Louis aus dem Nichts aufgetaucht. Es ließ sich nie genau feststellen, woher er gerade kam.

Aus der Herberge? Vom Fluß? Vom Garten? Sein Erscheinen war jedesmal eine Überraschung.

»Es ist vollbracht!« wiederholte er aufgeregt. »Die Dame aalt sich ein paar Kilometer von hier auf dem Loing, stets bereit zum Aufbruch. Sie wartet nur noch, bis wir soweit sind.«

Er baute sich vor Fanny auf, die die Augen ein wenig öffnete und zu ihm aufsah. Sie sagte kein Wort. Pasdessus und O'Meara beobachteten die beiden. Louis saß schon wieder rittlings auf dem leergebliebenen Stuhl und zeichnete mit der Gabel Linien in die Tischdecke.

»In diesem Winter fangen wir im Süden an. Wir fahren ganz langsam auf den Kanälen durch Südfrankreich nach Norden, durchqueren das ganze Land, und im Mai sind wir dann in Paris. Rechtzeitig zur Eröffnung des Salons. Dann legen wir an der Place de la Concorde an!«

Sie liebte ihn, ja, sie liebte ihn, diesen Strudel aus unmöglichen Träumen, der durch Louis Stevensons Kopf sprudelte. Anders als die meisten setzte dieser Mann sogar die verrücktesten Pläne in die Tat um. Trotz seiner angeschlagenen Gesundheit und der Geldprobleme, die ihn zu erdrücken drohten, machte er sich einfach auf. Wie Don Quijote, dem er im übrigen ziemlich ähnlich sah, dachte sie. Dann korrigierte sie sich schelmisch: »Eine Mischung aus Don Quijote und dem guten Samariter«. Louis spannte eine ganze Armee von Kampfrössern vor den Karren, wenn es anderen zu helfen galt. Ja, sie liebte diese Großzügigkeit, die ihn eine komplette Truppe fahrender Sänger nach Grez schleusen ließ, die aus sämtlichen Herbergen in der Region fortgejagt worden waren, und die ihn dazu brachte, diesen Vagabunden seine sämtlichen Autorenrechte an der Erzählung anzubieten, zu der sie ihn inspiriert hatten. Wäre er wirklich reich gewesen, wäre das alles Fanny nicht so sehr zu Herzen gegangen. Aber so? Er opferte heimlich die letzten Pfennige seiner Erbschaft, um Bloomer eine neue Garderobe zu kaufen, der wegen seiner abgerissenen Kleidung aus dem Louvre gewiesen worden war. Er hatte viel zu dünne Arme und unendlich schmale Schultern. Aber in Fannys Augen war er die Verkörperung von Mut und Lebenskraft.

»Wir werden Wein haben und Bücher«, begeisterte er sich. »Einen Garten Eden, wo Künstler aller Überzeugungen frei miteinander leben werden!«

»Und wie heißt denn Ihr Hausboot?« fragte Belle überwältigt.

»*Les Onze Mille Vierges de Cologne.* Die elftausend Jungfrauen von Köln.«

»*Rumsauen in Köln?*«

»Jungfrauen, Monsieur Palizzi, Jungfrauen!«

»Ah, sehr schön.«

Das Hausboot, das die beiden Stevensons sich da erträumt haben, wird nie vom Stapel laufen. Im September wird der Schiffszimmermann aus Moret es pfänden lassen. Mittellos, wie sie sind, werden die jungen Leute ihm sogar die *Aréthuse* und die *Cigarette* überlassen müssen, die Kanus, mit denen Louis und Simpson die Kanäle von Antwerpen bis Pontoise hinuntergefahren sind. Aber fürs erste stört nichts die allgemeine gute Laune.

»Ich werde Mitte August zurück sein. In etwa zehn Tagen. Werden Sie auf mich warten?«

Louis und Fanny hatten sich angewöhnt, nach dem Frühstück, das sich bis in den Nachmittag hinzuziehen pflegte, einen Spaziergang zu machen. Die anderen, die sich auf ihr Nachmittagsschläfchen im Gras oder in einer der Hängematten vorbereiteten, sahen ihnen nach, wie sie davongingen. Auch Belle machte sich auf den Weg, wie immer flankiert von O'Meara und Pasdessus. Die beiden Männer standen sich in ihrer Beharrlichkeit in nichts nach, und gerade deshalb würde keiner von beiden dem jungen Mädchen wirklich gefährlich werden. So hoffte Fanny wenigstens.

Weiter unten in den Obstgärten wurden schon die ersten Aprikosen gepflückt. Der Wind trug einen fruchtigen Hauch zu ihnen herüber. Der blaue Himmel, an dem sich große weiße Wolken zu Herden zusammenrotteten, spiegelte sich im Wasser. Die Kirchglocken läuteten zum Vespergottesdienst. Über den Feldern stieg Nebel auf und hüllte die Landschaft in einen warmen Schleier. Seite an Seite schlenderten Louis und Fanny die Hauptstraße nach Nemours entlang.

Von hinten gesehen, war der Kontrast zwischen diesen beiden Gestalten mit den riesigen Hüten so enorm, daß das Bild fast schon an eine Karikatur grenzte. Sehr kurz, sehr lang. Braun, blond. Sie glichen sich in nichts. Ein kleiner roter Fleck, ein endlos langer weißer Strich. Ihr Nacken mit den Ringellöckchen schien direkt auf den zu rundlichen und breiten, verglichen mit der Zartheit ihres Begleiters beinahe männlichen Schultern zu sitzen. Selbst voll aufgerichtet reichte sie Louis kaum bis zu den Schulterblättern, die sich spitz wie Vogelknochen unter dem dünnen Hemd abzeichneten. Sie schien wie auf Rollen dahinzugleiten, ohne irgendeine Bewegung der Arme oder in den Hüften; er bewegte sich stoßweise fort, wobei der Vogelkopf auf dem langen Hals unkonrolliert nach links und rechts taumelte. Und dennoch waren ihre Schritte im Einklang. Ohne jede Anstrengung hielten sie beim Gehen denselben Rhythmus, miteinander verschmolzen gerade aufgrund ihrer Verschiedenheit.

Sie bewegten sich auf den Wald zu, gingen quer über die Felder, bogen in einen Heidepfad ein und verschwanden im Wald. Louis knöpfte sein Halstuch auf und atmete tief durch. Auf seinem Gesicht lag ein Ausdruck kindlicher Freude. Er zog einen Kiefernzweig zu sich heran und sog in langen Zügen sein Aroma in sich ein.

»Was für ein wunderbarer Duft. Es gibt doch nichts Lebendigeres als einen Baum!«

Fanny lächelte. Sie gingen weiter den Waldweg entlang.

»Die Abwesenheit ist eine tödliche Distanz für eine Beziehung, und dennoch werde ich Ihnen nicht schreiben«, sagte er. »Briefe tragen nichts dazu bei, Intimität zu vertiefen. Zwischen zwei Menschen, die sich verstehen, sind sie unnötig.«

Dieser Verlauf des Gespräches war ihr peinlich. Sie unterbrach ihn:

»Sehen Sie nur die Glockenblumen dort im Moos ... und da, Erdbeeren!«

Er reichte ihr sein Tuch. Mit Feuereifer machte Fanny sich daran, Walderdbeeren zu pflücken, und ließ mit kurzen knappen Gesten die Früchte in der improvisierten Tasche verschwinden. Dann nahmen sie ihren Weg wieder auf und hingen ihren Gedanken nach.

»Ja, das ist wirklich das Beste!« rief sie unvermittelt aus. »Einige Spritzer Zitrone, ein wenig Minze, Mutter Chevillon bitte ich um ein bißchen Sahne, und dann essen wir ... «

»Haben Sie etwa daran die ganze Zeit gedacht?« fiel er ihr erstaunt ins Wort. »An die Erdbeeren?«

»Überrascht Sie das? Ich denke gern ans Essen. Sie nicht?«

»Doch, doch«, grummelte er gereizt, »aber ich hatte doch gehofft, sie würden an etwas anderes denken.«

Sie lachte.

»Was sind Sie doch für ein scheinheiliger Patron, Louis! Bei jeder Mahlzeit sehe ich, wie Ihnen das Wasser im Munde zusammenläuft. Essen, Trinken, das lieben Sie doch!«

»Lieben aber auch.«

»Ich dachte immer, daß wahrhaft Liebende es nicht nötig hätten, darüber zu reden«, versetzte sie ein wenig mürrisch.

Einen Moment lang herrschte Schweigen zwischen ihnen. Dann fragte Louis in ernstem Ton:

»Warum haben Sie ihren Mann nach Grez gebracht?«

Sie zuckte die Schultern.

»Ich hatte keine Wahl.«

»Es war taktlos!«

»Sind Sie mir böse?«

»Ja.«

Eine erneute Stille.

»Es ist wohl so«, nahm er mit einem Lächeln das Gespräch wieder auf, »daß die Eifersucht mit zur Liebe gehört.«

»Ein schändliches Gefühl!«

»Warum schändlich? Sie gehört dazu, das ist alles. Obwohl es sich im vorliegenden Falle natürlich nicht wirklich um Eifersucht handelt.«

»Worum dann? Was werfen Sie mir vor? Wem gegenüber soll ich denn nun unehrenhaft gewesen sein? Meinem Mann? Oder Ihnen?«

»Ich stelle keineswegs Ihre Ehrbarkeit in Zweifel! Jeder Verdacht sei fern von mir. Es ist nur ein so schmerzlicher Gedanke für mich, daß Sie ohne mich haben leben können. Ich hätte mir gewünscht, daß wir die Welt gemeinsam entdecken.«

»Dummes Klischee!«

»Sie haben schon zuviel von der Welt gesehen, Fanny, und dabei doch das Eigentliche verpaßt.«

»Und was, bitteschön, ist das ›Eigentliche‹?«

»Freundschaft. Voller Freundschaft lieben.«

»Ja, das wäre schön«, sagte sie schlicht. »Aber in der Liebe gibt es keine Freundschaft.«

»Warum es leugnen?« sagte er plötzlich, und seine Worte überschlugen sich. »Warum wollen Sie mich unbedingt quälen?«

»Wenn ich Sie quäle, muß ich gehen«, schnitt sie ihm das Wort ab und beschleunigte ihre Schritte.

Heftig hielt er sie am Arm zurück.

»Hören Sie endlich mit diesem Liebesgeplänkel auf!«

Sie machte sich von ihm los.

»Sie wollen von Liebe sprechen? Gut. Bitte sehr. Reden wir doch davon. Ich zum Beispiel will eine Liebe, die niemand anderem etwas wegnimmt. Und entgegen dem, was Sie vielleicht glauben mögen, denke ich dabei nicht an meinen Mann. Sein Aufenthalt hier in Grez, den Sie mir so zum Vorwurf machen, hat unsere Beziehung endgültig beendet. Es ist vorbei.«

»Er weiß das?«

»Vermutlich.«

Sie sprachen halblaut und wie gehetzt.

»Werden Sie stark genug sein, ihn zu verlassen?«

»Stark genug?« lachte sie laut heraus. »Stark genug! Sie, Sie sind stark. Sie können jederzeit umkehren. Eines Tages werden Sie ein junges Mädchen Ihres Alters und Ihrer Gesellschaftsschicht heiraten, die auch Ihrem Vater gefallen wird. Und ich, ja, ich bin auch stark. Auf meine Weise. So stark, wie man es eben ist in den Sierras, wenn man einen langen Weg hinter sich hat und einen Haufen Träume vor sich.«

Sie hielt inne, im unklaren über ihre Träume.

»Das Beste ist doch«, nahm sie den Faden wieder auf, »lange auf das Glück zu warten. Wenn es dann kommt, dann soll es intensiv und schnell sein und verlöschen, wenn es am schönsten ist. Danach würde ich zu meinem Mann zurückkehren und den Rest meiner Tage still und im Verborgenen verbringen.«

»Aber das ist ja entsetzlich, was Sie da von sich geben.«

»*C'est la vie*«, sagte sie auf französisch. »Und es ist immer noch besser als gar nichts.«

»Also, die Art, wie Sie Ihren Mann in jedem Gespräch unterbringen und mit dem Gedanken an Trennung spielen, unserer Trennung, schockiert mich und stößt mich geradezu ab!«

Wieder wurde es still zwischen ihnen.

»Sie haben recht«, murmelte sie. »Werden Sie mir verzeihen?«

Er lachte sein Jungenlächeln.

»O Dame meines Herzens, so weit ich auch im Leben vorangekommen sein mag, habe ich doch nie das Geheimnis des Verzeihens entdecken können. Ich werde also weiterhin meine Meinung kundtun, daß Sie taktlos waren.«

»Aber verstehen Sie mich wenigstens ein bißchen?«

»Das weiß Gott allein. Ich selber halte es für höchst unwahrscheinlich.«

Enttäuscht und verärgert ging sie wieder schneller.

»Und was soll dann dieses ganze Gerede?«

Sie durchpflügte mit großen Schritten das Dickicht, und plötzlich fing sie an zu laufen und eilte zwischen den Baumstämmen hindurch dem Licht entgegen. Er folgte ihr und holte sie ein. Seite an Seite liefen sie den Hang hinunter, der sie wieder zurück zu den Feldern brachte. Sie spürte, wie der Atem ihres Begleiters immer unruhiger wurde. Er begann zu husten. Dann mußte er anhalten. Ein schrecklicher Hustenanfall wollte ihm schier die Brust zerreißen. Seine Augen füllten sich mit Tränen. Er wurde weiß wie ein Laken. Entsetzt versuchte sie, ihn ins Moos zu ziehen. Er ließ sich einfach fallen. »Mein Gott, das ist alles meine Schuld!« rief sie voller Aufregung. Sie kniete neben ihm nieder, nahm seinen Kopf in ihren Schoß, wischte ihm die Stirn ab und flüsterte ihm, tief über ihn gebeugt, beruhigende Worte ins Ohr wie bei einem Kind. Genauso, wie sie es einst mit Hervey getan hatte. Louis blieb mit geschlossenen Augen ausgestreckt liegen. Seine Stirn war übersät mit kleinen Schweißperlen. Der Mund unter dem hängenden Schnurrbart war fest zusammengekniffen. Die Nasenflügel zogen sich krampfhaft zusammen. »Und wenn er nun stirbt?« Sie hatte Angst. Ganz sanft streichelte sie ihn immer weiter. Dieses abgezehrte Gesicht erinnerte sie an das Antlitz ihres tapfer gegen den Schmerz ankämpfenden kleinen Sohnes.

Nach und nach wurde sein Atem ruhiger. Schließlich holte Louis einmal tief Luft, und Fanny hörte ihn murmeln: »Atmen, was für eine Wonne!« Er lächelte, als wäre er eben aus einem Traum erwacht, und schlug die Augen zu ihr auf. Ein frischer, fröhlicher, jugendlicher Blick.

»Geht's wieder?« spottete er. »Fühlen Sie sich jetzt besser?«

»Ich?« pustete sie.

»Sie sind ganz grün im Gesicht. Sie haben wohl gedacht, ich kratze Ihnen hier ab.«

»Ich habe gesehen, wie sehr Sie gelitten haben.«

Er wurde wieder ernst.

»Als ich hier lag und Sie meinen Kopf in Ihren Schoß gebettet haben, habe ich alles mitbekommen. Ich habe gemerkt, wie Sie mir das Haar aus der Stirn strichen, als Sie sich über mich beugten. Ihre Hände haben gezittert.«

»Ich hatte Angst um Sie.«

»Auch das habe ich gemerkt. Ihr Mitleid hat mich geradezu unter sich begraben.«

»Pssst! Ruhen Sie sich aus.«

Er lächelte ihr zärtlich und zufrieden zu, sprang auf die Füße, hielt ihr die Hand hin und zog sie hoch. Dann preßte er sie an sich. Verstört versuchte sie sich loszumachen.

»Sehen Sie mich an«, befahl er.

Sie sah mit unruhigem Blick zu ihm auf. Louis glaubte, darin eine Bitte lesen zu können. Er nahm sie nicht in die Arme. Noch nicht.

»Könnten Sie mich eines Tages lieben?« fragte er nur. »Könnten Sie es?«

Fanny senkte den Kopf. Sie fühlte das Herz des jungen Mannes an ihrer Brust schlagen. Kleine, aufgeregte Schläge, die ihr durch und durch gingen. Diese Erregung rührte sie so sehr, daß sie wieder zu ihm aufsah. Ihr Blick war voller Zärtlichkeit, ihr Gesicht wieder heiter, friedlich und ohne Arg.

»Ja, das kann ich«, flüsterte sie.

»Dann ist alles gut.«

Beide stießen einen tiefen Seufzer der Erleichterung aus, und dann machten sie sich ohne ein weiteres Wort auf den Rückweg.

»Bob?«

»Salut, Louis. Wie geht's?«

»Was machst du denn hier?«

»Mittagsschlaf. Aber, so setz dich doch!«

Beide Arme hinter dem Kopf verschränkt, machte Bob Anstalten, ein wenig zur Seite zu rücken. Sein nackter brauner Körper unter dem blauen Bauernhemd verschwand vollständig im Gras. Nur sein Gesicht mit den geschlossenen Augen und die beiden großen hellen Holzschuhe schauten heraus. Louis in seinem Anzug setzte sich daneben. Seltsam, dachte Bob, wie die Gegenwart von Louis doch gleich einen Hauch von Boheme verbreitet.

»Und wirst du die *Onze Mille Vierges de Cologne* nun umbauen?« fragte Bob.

»Warum bist du nicht in Moret oder in Grez? Das Hausboot war deine Idee, Bob. Ohne dich ist es nichts damit.«

»Ich halte hier Mittagsschlaf«, wiederholte er, »und außerdem treibe ich meine Studien. Ich will das harte, fast phosphoreszierende Licht der Gegend erforschen. Und die erfreulich fetten Bäuerinnen. Wenn man immer nur den Loing malt, fällt einem ja langsam der Pinsel aus der Hand.«

»Und wo wohnst du? Warum bist du nicht bei den Chevillons abgestiegen?«

»Es ist nicht gerade angenehm, der unvermeidliche Bob zu sein. Montparnasse, Montmartre, Moret, Grez, wo man auch hingeht, Bob stellt sich ein.«

»Was ist denn mit dir los?«

Louis bedachte seinen Cousin mit einem prüfenden Blick.
»Ich wohne in der Pension Laurent. Das ist vernünftiger.«
»Für wen?«
Ohne die Augen zu öffnen, schob Bob abwägend das Kinn vor.
»Für alle. Die O'Mearas, die Pasdessus, für die ganzen Poussierstengel! Ich kann sie nicht mehr sehen, alle wie sie da sind! Irgendwann werde ich dem einen die Fresse polieren und den anderen ersäufen ... Belle hat noch nicht mal eine Ahnung von meinen Gefühlen!«
»Sie ist erst achtzehn, Bob. Weißt du nicht mehr, wie sehr man mit achtzehn mit den eigenen überschwenglichen Gefühlen beschäftigt ist? Wenn du nicht mit ihr redest, woher soll sie es dann wissen?«
»Du weißt ebensogut wie ich, daß sie O'Meara liebt. Aber du könntest etwas für mich tun.« Bob blinzelte mit seinen schwarzen Augen und schaute nachdenklich in den Himmel. »Du hast doch einigen Einfluß auf die Mutter, wenn ich nicht irre.«
»Könnte man so sagen.«
»Belle ist doch wie Fanny, oder? Wenn sie sich ein wenig zurücklehnt ... Und diese Brustpartie, diese Linie am Halsansatz ... So was vergißt man nicht so schnell. Ach, und dieser Goldflaum im Nacken! Diese matte Haut, die aussieht, als würde darunter Honig fließen statt Blut. Und diese Arme!«
»Ich weiß«, seufzte Louis Stevenson. »Wenn du von einer solchen Frau erst mal gefangen bist, dann muß etwas geschehen. Sie ist dem Körper nach eine Frau, aber im Herzen ein Mann, irgendwie seltsam ... eine Art Hermaphrodit.«
»Wenn eine solche Frau sich in deine Vorstellungskraft eingeschlichen hat«, meinte Bob, »muß man sie besitzen.«
»Noch besser heiraten.«
Bob sah Louis ungläubig an.
»Heiraten?« rief er. »Machst du Witze?«
»Aber klar.«
»Du denkst ans Heiraten? Ausgerechnet du?«
»Theoretisch.«
»Du hast es aber eilig. Ich mache dich darauf aufmerksam, daß

deine Zukünftige nicht mehr die allerjüngste ist. Verheiratet, Familienmutter, Amerikanerin, alles, was man braucht.«

»Kann ich mit deiner Unterstützung rechnen?«

»Sicher. Und wenn sich alles zum Besten findet, wäre es mir eine außerordentliche Ehre, dich zum Schwiegervater zu haben. Aber das hängt wohl alles von der fraglichen Dame ab. Weiß sie Bescheid?«

»Nein. Aber neulich im Wald habe ich die Zuneigung in ihren Augen lesen können, und ich glaube, daß wir uns bald einigen werden.«

»Louis, du bist verrückt.«

»Ich weiß«, gab er zu. »Aber ich glaube, diese Frau ist die Gefährtin, die Gott oder der Teufel mir zugedacht haben. Nein, ich bin mir sogar sicher, und zwar seit beinahe einem Jahr.«

»Aber deshalb gleich ans Heiraten zu denken!«

Louis lächelte und gab einen Seufzer von sich:

»In dieser Hinsicht ist ein Mann nicht viel wert, solange er nicht alles gewagt hat.«

Der Fluß wirkt wie aus Blei. In gleichsam magischer Erstarrung gleitet das sich vom Ufer entfernende Boot über die Oberfläche. Wie der Wind, der sich ganz plötzlich gelegt hat, hat Louis seine Zappeligkeit, die abgehackten Bewegungen und sein konvulsivisches Lachen von einem Moment zum anderen abgestreift. Lautlos durchschneiden die Ruderblätter das Wasser. Den Hut tief ins Gesicht geschoben, betrachtet er zärtlich den braunen Körper, der ihm gegenüber am Steuer sitzt. Fanny trägt ein helles Kleid, unter dem sich ihre Brust deutlich abzeichnet. Ihre schmalen, aber muskulösen Arme bewegen sich geschmeidig, ihre vollen roten Lippen zittern. Die Sonne strahlt ihr aus den Augen, sie hat sie in sich aufgenommen, in ihre Haut, ja sogar ins Blut. Der Kahn gleitet dahin, ohne die Wasseroberfläche aufzuwühlen. Sie schweben, außerhalb von Zeit und Raum, zwischen zwei Himmeln. Ganz allmählich verengt sich der Flußlauf. Die Zweige der Weiden, die sich weit zu den Seerosenfeldern herabneigen, streicheln mit immer gleicher, sanfter Bewegung ihre Gesichter, Schultern und Rücken. Sie biegen in einen

Seitenarm ab und gleiten nun langsam voran unter einer grünen Kuppel. Mit einer langsamen Bewegung legt Fanny das Ruder aus der Hand. Sie steht auf, hält sich wie eine Schlafwandlerin an Louis' Schulter fest und läßt sich bäuchlings neben ihm nieder. Mit ausgestreckten Armen über den Bootsrand gebeugt, pflügt sie die Wasserlinsen und Schlingpflanzen zur Seite, die sich vor dem Bug um ihre Hände winden.

Louis steht inzwischen in der Mitte des Bootes und dirigiert mit der Stange ihren Weg. Aus dem Augenwinkel schätzt er die Wassertiefe und den Neigungswinkel des Gewölbes ab, das sich weiß schimmernd zwischen den grünen und rosafarbenen Blüten im Wasser abzeichnet. Die Strömung ist jetzt so schwach, daß sie sie kaum noch voranträgt. Mit letzter Kraft läuft das Boot auf einem Kiesbett auf Grund. Dann liegt es regungslos am Rand des engen Kanals. Louis macht es an der Wurzel einer Weide fest und setzt sich neben die Gestalt, die sich bei alldem nicht gerührt hat. Fannys in sich gekehrtes Gesicht, ihre Locken und ihre Hände schwanken sanft im Spiegel der Wasserfläche. Insekten machen sich einen Spaß daraus, ihr Bild erzittern zu lassen. Ringsumher flattern die Libellen. Fanny stützt das Kinn auf die Hände und zieht die Beine an, richtet sich aber nicht auf. Sie spürt ihr Herz gegen die Bootsplanken schlagen, so heftig, daß Louis es bestimmt hören kann. Er betrachtet ihren Nacken mit den braunen Ringeln. Dann streckt er die Hand aus und legt ganz sacht seine langen Finger auf ihre Halspartie. Er erzittert.

»Fanny«, murmelt er, »wir können so nicht weitermachen.«

»Nein, so können wir nicht weitermachen.«

Da dreht Louis sie vorsichtig zu sich herum und schließt sie in seine Arme.

Das Quaken der Laubfrösche kündigte bereits den Abend an, als er sie wieder aus seiner Umarmung entließ. Ganz ruhig geworden, schmiegte sie ihren Kopf an seine Brust.

»Hör nur, da ist ein Tier. Da!«

Irgendwo bewegten sich die Blätter eines Busches, und zwischen den Seerosen erschien der Kopf eines Fischotters, der sogleich wieder abtauchte. Das Wasser schillerte in Rosa- und Goldtönen. Auf der glatten Oberfläche des Kanals spiegelten sich nun die Blätter in einem tiefdunklen Blau. Feuchte Schwaden stiegen vom Fluß auf, in dem eine unsagbar blasse Mondsichel glänzte. Erschöpft und glücklich machten sie sich auf den Heimweg.

In Louis' Abwesenheit fegt ein anderer Wind über Grez hinweg. Die Atmosphäre scheint elektrisch geladen. Der Sturm kann jeden Moment losbrechen. Am Abend des 5. August 1877 geht das Unwetter schließlich über dem Gasthof der Chevillons nieder. O'Meara versetzt Pasdessus eine schallende Ohrfeige. Der Bildhauer schickt ihn mit einem rechten Haken vor dem Kamin zu Boden. Belle wirft sich schluchzend auf ihr Bett. Simpson der Ältere und Bloomer stellen die Sekundanten und verkaufen das Klavier, um Waffen zu besorgen. Ort und Stunde des Duells werden bestimmt. Pistolen. Im Morgengrauen des 10. August auf einer Lichtung im Wald von Fontainebleau. Mit sarkastischen Bemerkungen, Strafpredigten und Witzeleien gelingt es Bob und Fanny, die ganze Affäre ins Lächerliche zu ziehen und im letzten Moment das Blutbad abzuwenden, aber schon ertönt der nächste Theaterdonner, um die Leidenschaften in Wallung zu bringen: Völlig unerwartet fällt der Südstaatler, den sie auf dem Schiff nach Europa kennengelernt haben, der Plantagenbesitzer aus Kentucky, in Grez ein. Als fürsorgliche Mutter hat Fanny brieflich Kontakt mit ihm gehalten. Sie hatte ihm verboten, vom Heiraten anzufangen, bevor Belle achtzehn Jahre alt sein würde. Als es soweit war, hatte sie ihm die Adresse der Herberge zukommen lassen. Da ist er also höchstpersönlich, um seine Bitte vorzutragen.

Unter den Augen von Bob, O'Meara und Pasdessus, die diese neue Paarung durchs Fernglas beobachten, stehen Belle und ihr Verehrer plaudernd am Fuß des Turmes. Der Südstaatler bietet ihr seine Hand und all seinen Reichtum: »Sie können sogar weiter malen«, gesteht er ihr noch zu. »Ich bin nicht unbedingt dagegen!«

Mit einer Entschlossenheit, die sie ansonsten ihren Galanen gegenüber wahrlich nicht auszeichnet, gibt Belle ihm einen Korb. Zur ungeheuren Erleichterung von O'Meara. Und zum großen Bedauern von Mrs. Osbourne, die genau weiß, daß sich eine solche Gelegenheit kein zweites Mal bieten wird.

Fortan sind alle Gäste von Grez wie von einer fixen Idee besessen. Und alle geben sich ihr rückhaltlos und mit schönster Regelmäßigkeit hin. O'Meara, Pasdessus und Bob lieben Belle und hassen sich gegenseitig. Belle liebt O'Meara, aber sie ist fasziniert und verwirrt von der Begehrlichkeit in Pasdessus Augen, wenn sein Blick auf sie fällt. Wo diese Augen doch im allgemeinen so unbeteiligt schauen. Bob? Ja, der bringt sie zum Lachen. Und dann wieder, wenn er sich über sie lustig macht und O'Meara und Pasdessus mit seinen Bosheiten übergießt, muß sie weinen. Selbst Fanny weiß nicht mehr, welchen Weg sie einschlagen soll. Wie soll sie sich ihrer Tochter gegenüber verhalten? Und wie gegenüber O'Meara oder Pasdessus? Hin- und hergerissen zwischen ihrer Verantwortung als Mutter und dem verständnisvollen Mitgefühl als Frau, zwischen der Vernunft und den Träumen, die sie verfolgen, tritt sie die Flucht an. Aber sie flieht nach vorn.

In den heißen Nächten, die niemanden in der Herberge zur Ruhe kommen lassen, glaubt sie Louis' schweren Atem zu hören, sie spürt die Sehnsucht nach ihm wie eine glühende Hand, die ihr durch den Körper fährt. Sie geht zum Fluß hinunter. Aufrecht und regungslos läßt sie die kühle Abendbrise ihren glühenden Körper umspielen. Der Loing preßt seine kleinen schwarzen Wellen um ihre Füße und Knöchel, als ob auch er sie begehrte.

Mama wird mit jedem Tag schöner, schreibt Belle an Rearden. Und wie auch nicht? Die Wiederentdeckung des Glücks scheint Fanny gut zu bekommen. Das ist jedenfalls Louis' Meinung, als er am 16. August 1877 zu ihr zurückkehrt.

Seine wundertätige Gegenwart gibt Grez die ganze gewohnte Leichtigkeit zurück. Er nimmt sich aller an, tröstet Belle, bemuttert Bob, hält Pasdessus auf Abstand und treibt O'Meara zum Arbeiten an.

Sein Verhältnis mit Fanny ist eine regelrechte Osmose. Vergessen sind die Wortgefechte, Streitereien und die Schmollarien, die früher ihre Freundschaft gekennzeichnet hatten. Hinter ihnen liegt eine lange Werbungszeit. Nun ist die Verschmelzung unmittelbar und ohne Vorbehalte. Ihre Vereinigung, ihr Einverständnis ist ohne Fehl. Wer braucht da schon große Liebeserklärungen? Sie sprechen ununterbrochen miteinander, aber die Liebe ist dabei kein Thema. Keine Geste, kein Wort könnte ihre Zuneigung verraten. Kein Liebesgezwitscher, kein Getändel, und dennoch bleibt die Verbindung zwischen Louis und Fanny niemandem verborgen. Es wird getuschelt und auch gelästert. Und der ritterliche Robinson hat seine Wette verloren. Wie soll man unter solchen Umständen auch nur annähernd Ordnung in Belles Liebesverstrickungen bringen?

Für Mrs. Osbourne ist es der Sprung ins Ungewisse. Ein Sturz. Indem sie Louis Stevensons Geliebte wird, reiht sie sich in die Kolonne all der vielen Frauen ein, die in Paris ihr Leben mit irgendeinem Künstler teilen. In Zukunft unterscheidet sie nichts mehr von den kleinen Putzmacherinnen und den Modellen, die sich zu Hunderten in den Ateliers herumtreiben. Die Künstler, im Grunde konservativ bis auf die Knochen, lieben diese Dämchen einen Sommer lang. Ja, sie lieben sie, aber sie respektieren sie nicht. Wenn Fanny bisher über Grez regieren konnte, wenn sie den Mahlzeiten vorsaß und bei Spielen das Wort führte, dann lag das daran, daß sie niemandem gehörte. Und daran, daß sie arbeitete. Indem sie sich über sämtliche Konventionen hinwegsetzt, verliert Mrs. Osbourne alles. Grez, Paris und San Francisco. Reardens schlimmste Prophezeiungen bewahrheiten sich. Hatte er denn etwa nicht vorausgesagt, daß sie sich vom lockeren Leben in den Ateliers verderben lassen und der Sünde verfallen würde wie ein dummes kleines Mädchen?

Es läßt sich kaum glauben, daß Fanny den letzten Streifen sicheren Bodens unter den Füßen ohne jedes Zögern verlassen zu haben scheint. Und doch macht sie sich ohne einen Anflug von Bedauern von allem frei, was sie noch halten könnte.

Und als in diesem Jahr die schweren dunklen Pflaumen eine nach der anderen zu Boden fallen, der wilde Wein am Haus sich immer mehr mit Herbstrot überzieht und der regenschwere Wind die vier Kastanien im Garten durchpeitscht, hält es sie nicht länger am Ufer des Loing. Sie packt ihre Koffer für die Rückreise nach Paris. Zum großen Kummer ihres Sohnes Sammy, den sie bei der Abfahrt mit den Worten tröstet: »Weißt du, *Luly* bleibt auch nicht in Grez.« Luly, das ist der Kosename, den der junge Osbourne seinem erwachsenen Freund gegeben hat. »Luly kommt auch mit!«

PARIS – IM DRITTEN WINTER
1877 – 1878

Sie lieben sich von einem Tag zum andern, denn die Aussichten für Fanny und Louis sind in dieser puritanischen Epoche nicht die rosigsten. Mrs. Osbourne repräsentiert alles andere als die unbescholtene junge Dame, in die man sich ungestraft verlieben kann. Sie ist eine Frau im reifen Alter von siebenunddreißig Jahren, hat eine heiratsfähige Tochter, einen kleinen Sohn und einen Mann, zu dem sie irgendwann zurückkehren muß. Gleichzeitig ist sie weder die typische Kurtisane mit dem großen Herzen, noch zählt sie zu den Frauen, die es sich zur Aufgabe gemacht haben, unerfahrene Jünglinge in die Wonnen der Liebe einzuführen. Und dennoch wird ihre Leidenschaft von keinerlei Zweifel getrübt. Sie durchleben, was sie schon damals eine *»Romance of Destiny«* nennen. Wie in Grez geben sie sich auch in Paris rückhaltlos den fleischlichen Freuden hin. Aber es soll nicht lange währen. Von Oktober an ist Louis ans Bett gefesselt, und zwar nicht durch die Liebe, sondern durch eine eitrige Bindehautentzündung. Nun hält Fanny sich nicht einmal mehr damit auf, den Anschein zu wahren. Sie nimmt ihn in die neue möblierte Wohnung auf, die sie gemeinsam mit den beiden Wrights in der Rue Ravignan 5 bezogen hat. Vor aller Augen bewohnt nun Robert Louis Stevenson ihr Schlafzimmer und teilt mit ihr das Bett.

Sie pflegt ihn, obwohl sie sich selber auch nicht viel besser fühlt. Bei der letzten Seeschlacht in Moret, als das letztemal die Boote kenterten, wurde ihr Fuß, und übrigens auch der von Bob, zwischen zwei Kanus gequetscht. Während Bob seinen betrüblichen Sommer mit einer gebrochenen großen Zehe zurückgezogen bei seiner Schwester in Schottland ausklingen läßt, humpelt Fanny, die sich eine Gelenkzerrung und einen Wadenriß zugezogen hat, an Krükken. Mit jedem Tag schließen sich Louis' Augen ein wenig mehr. Die eine hinkt, der andere kann nichts sehen, was für ein aufmunternder Anfang für eine Romanze. Eine Liebe mit Hindernissen, die sich durch nichts unterkriegen läßt.

Im November spitzt sich die Situation zu. Louis' Lider schwellen immer mehr an und nässen, Fannys Knöchel will nicht heilen. Sie gerät in Panik. Wen kann man um Rat fragen? Welchen Arzt soll sie holen lassen? Wie sehr erinnert sie doch diese Machtlosigkeit an Herveys Krankheit. Und wenn Louis nun blind würde? Was für ein Wahnsinn, diesen Jungen bei sich aufzunehmen, wo sie selber nicht einmal gesund genug war, sich um ihn zu kümmern. Ihre Telegramme an Bob bleiben unbeantwortet. Was tun?

Wieder einmal setzt Fanny sich über alle Konventionen hinweg und hinterläßt Sammy und Belle der Obhut der Wrights, um ihren jugendlichen Liebhaber nach London zu bringen, zu Sydney Colvin, Louis' geistigem und moralischem Mentor. Mr. Colvin ist zur damaligen Zeit Professor an der Universität von Cambridge und wird bald zum Konservator am British Museum aufsteigen, ein Gründungsmitglied des Savile Club. Nicht gerade die Sorte Mann, die sich mit den Mätressen ihrer Schützlinge abgibt. Fanny läßt sich davon nicht aufhalten.

Zwei Monate nach ihrer ersten Umarmung lernt Fanny Osbourne das Leben kennen, das sie die nächsten zwanzig Jahre hindurch führen wird: Allen Hindernissen zum Trotz wird sie mit Robert Louis Stevenson die halbe Welt bereisen. Auf der Suche nach der Gesundheit. Um ihm das Leben zu retten. Um jeden Preis.

Sicher wird Sie nichts von dem, was ich zu erzählen habe, interessieren, schreibt sie im gewohnten aggressiven Tonfall an Rearden. *Aber ich habe alle Bücher gelesen, und es ist langweilig, wenn man so lange liegen muß! Stellen Sie sich nur vor: In drei Monaten habe ich nicht mehr als ein paar Stunden außerhalb meines Sessels ver-*

bracht. Es ist nervtötend! Der Arzt sagt, daß ich in einem Monat wieder laufen kann, wenn ich schön artig bin. Ein Monat ist eine lange Zeit. Eine sehr lange Zeit!

Die Freunde des armen Jungen, der bei mir fast erblindet ist, wollten mich nicht wieder aus London fortlassen. Jedenfalls nicht sofort, nachdem ich ihn bei ihnen abgeliefert hatte, wie es meine Absicht gewesen war. Sie haben mir von ihrem eigenen Chirurg den Fuß operieren lassen, einem sehr guten englischen Arzt. Trotzdem bin ich sogar noch kränker geworden und mußte drei Wochen lang bei ihnen das Bett hüten!

Was sind diese Londoner Intellektuellen doch für seltsame Leute. Sie sind die Anführer einer Horde von Puristen, und ich fühlte mich in ihrer Wohnung derart deplaziert, daß sie mir ein kleines Eckchen nur für mich eingerichtet haben, oder besser gesagt: Sie haben alles gründlich umgestellt ... Sie haben mich in große farbige Tücher gewickelt, ein Tigerfell auf das mir zugedachte Sofa geworfen und eins über mich. Alles andere, die Wände, die Tischdecken, die Vorhänge, alles war zartblau und wassergrün. So sah ich denn mit meinen Tierhäuten und den gelben Schals aus wie ein Primatenaffe, dem man in einer Ecke seine Höhle rekonstruiert hat. Nichts schien unpassender als das Auftauchen des sehr ehrenwerten Mr. Colvin und der sehr ehrenwerten Mrs. Sitwell, die sich zu mir setzten, um sich im feinsten Englisch und mit makellosem aristokratischen Akzent mit mir über Literatur und Kunst zu unterhalten. Eigentlich flößten sie mir eher Angst ein, aber das schienen sie nicht zu bemerken, wenn sie sich auch manchmal auf mein Niveau herabließen und mit mir poussierten, wie man es mit einer kleinen Katze tut. Sie haben mich sofort mit Fanny angeredet, haben mich aber ihrerseits nie gebeten, Sydney oder Frances zu ihnen zu sagen, geschweige denn »Syd« und »Fanny«. Ich mußte es mir verkneifen, dabei wäre es so schön unschicklich gewesen.

Aber trotz allem, diese Leute waren sehr nett. Noch bevor ich ihnen begegnete, hatte man mir gesagt, in ihrer Gegenwart um Himmels willen nur keine Zigarette anzuzünden. Ein Rauchwölkchen, und ihre hübsche kleine Wohnung wäre für alle Zeiten verpestet. Aber als ein gewisser Mr. Henley, der, der letzten Sommer ein Ge-

dicht auf mich geschrieben hat, ohne mich überhaupt zu kennen, mich mit einem gewissen Mr. Leslie Stephen, dem Schwiegersohn von Thackeray, besuchen kam, war ich so fasziniert von ihrer Unterhaltung, daß ich ganz darauf vergaß, wo ich mich befand, und mir eine Zigarette nach der anderen ansteckte. Man tat, als merkte man nichts. Als Mr. Henley und Mr. Stephen gegangen waren, hat Mr. Colvin, anstatt mich zu lynchen, türkischen Tabak und Zigarettenpapier besorgt und mich gebeten, ihm und auch Mrs. Sitwell zu zeigen, wie man Zigaretten rollt! Das nenne ich wahre Höflichkeit.

Der erste Kontakt mit den Menschen, die einen Großteil der großen englischen Schrifsteller ihrer Epoche »entdecken«, mit den Männern, die die Werke von Kipling, Conrad, Harding, Wells, Yeats und Shaw veröffentlichen werden und die von Robert Louis Stevenson. Dieser intellektuelle Zirkel wird noch über seinen Tod hinaus sein Werk beeinflussen und zensieren. Es sind Fannys zukünftige Rivalen, die Leute, die sie schon bald als *als Freunde verkleidete Amöben, Faustschläge, die sich als Kameradschaft ausgeben,* abqualifizieren wird. In zehn Jahren wird sie Henley und Stevenson auseinanderbringen und damit den Literaturstreit der Jahrhundertwende heraufbeschwören. Fürs erste aber kehrt sie geheilt und beschwingt ins Atelier Julian zurück.

Welchen Eindruck hat sie wohl bei den Gönnern ihres jungen Liebhabers hinterlassen? Was empfand die keusche, feingeistige Fanny Sitwell dieser ruchlosen Fanny Osbourne gegenüber, ihrer Rivalin, die ihren Platz im Herzen Louis Stevensons eingenommen hatte? Ich denke, Colvin wird dieser Frau ein gewisses Erstaunen entgegengebracht haben, eine Spur Gönnerhaftigkeit, einen leisen Hauch von Sympathie, kurz, einen ganzen Cocktail widersprüchlichster Gefühle, bei dem Amüsement und Gleichgültigkeit die Hauptingredienzien bildeten.

Mrs. Osbourne steht mit beiden Füßen fest auf dem Boden. Sie kümmert sich um die Gesundheit des Jungen und scheint trotz ihrer Extravaganzen mit einem ausgeprägten Sinn fürs Praktische begabt zu sein. Was kann man von einer Geliebten mehr verlangen? Diese Verbindung mit einer älteren Frau kann Louis nur ruhiger und gesetzter machen. So jedenfalls läßt sich Mrs. Sitwell vernehmen, die mit ihrer Klugheit und Vernunft bei den Eltern Stevenson hohes Ansehen genießt. Voller Edelmut setzt sie sich für die Sache ihres Schützlings ein, denn der Vater, den diese endlosen Aufenthalte in Frankreich langsam beunruhigen, droht, Robert Louis Stevenson den Geldhahn zuzudrehen und jede Verbindung zu ihm abzubrechen, wenn er nicht unverzüglich nach Edinburgh zurückkehrt.

Weder Sydney Colvin noch Mrs. Sitwell ahnen auch nur im entferntesten, daß ausgerechnet diese Fanny eine deutliche Spur in ihrem Leben hinterlassen wird, daß man in Zukunft mit ihr wird rechnen müssen, mit ihrem literarischen Geschmack, ihrem Einfluß, und das die nächsten vierzig Jahre hindurch.

»Morgen kommt mein Vater in die Rue Ravignan!«

»Was?« schrie sie auf.

»Du weißt doch, daß ich ihm geschrieben habe, um ihm von dir zu erzählen.«

»Aber ich habe doch nicht ernsthaft gedacht, daß er hierherkommen würde!«

»Ich war es, der ihn gebeten hat, diese Reise zu unternehmen. Ich wünsche, daß er dich kennenlernt, ich möchte, daß er Belle und Sammy sieht!«

»Aber das ist Selbstmord!«

»Nein, das ist Chuzpe.«

»Dein Vater kann mich doch gar nicht akzeptieren! Ich bin verheiratet, ich bin alt, ich bin Amerikanerin. Das ist alles eine ganz unmögliche Geschichte. Wozu soll dieses Zusammentreffen gut sein, kannst du mir das vielleicht mal sagen?«

»Es ist der Versuch, ehrlich zu sein mit den Menschen, die wir lieben. Den Dingen ins Gesicht zu sehen. Ich werde in Zukunft weder dich im Verborgenen halten noch meinen Eltern etwas vormachen. Ich will reinen Tisch machen mit der Welt. Du sagst, es ist eine unmögliche Geschichte. Schön, dann leben wir also eine unmögliche Geschichte. Basta.«

»Genau das! Nach der Szene mit deinem Vater ... «

»Werden wir wissen, woran wir sind. Entweder, es wird mir dann leichter fallen, für den Unterhalt deiner Kinder aufzukommen, oder ich sitze auf der Straße. Aber da bin ich ja dann nicht alleine. Mit gefangen, mit gehangen, Fanny!«

Doch Fanny ist vorsichtig. Sie läßt sich nicht in die Rolle der Kameliendame drängen. Sie wird dem Vater ihres Geliebten nicht gegenübertreten. Statt dessen wartet sie zu Hause auf den Ausgang dieser Begegnung, während Louis an einem Tischchen in irgendeinem Café vor seinem Vater die Tatsachen ausbreitet, die er schamhaft als »die neuen Komplikationen meiner Existenz« bezeichnet. Die Unterredung trägt eher zur Beruhigung des älteren Stevenson bei. Der Skandal spielt sich fern von Edinburgh ab, und zudem hat die Dame ja noch irgendwo einen Ehemann. Wozu die Dinge überstürzen? Louis' Leidenschaft für eine zehn Jahre ältere Matrone wird vorübergehen. Und überhaupt: Früher oder später wird die Amerikanerin schon in ihr fernes Kalifornien zurückgehen. Nur Geduld!

Gerührt von der Aufrichtigkeit seines Sohnes, macht der alte Herr ihm weiter keine Vorwürfe und läßt sich sogar darauf ein, ihm noch einmal einen Vorschuß auf sein Erbe zu zahlen. Die beiden kommen überein, daß Louis Weihnachten bei der Familie verbringen wird. Louis hätte es nicht besser erhoffen können. Er hat gewonnen. Alle haben Zeit gewonnen. Aber wieviel?

Bis zum Frühling vergessen sie ihre Geldsorgen, ihre gesundheitlichen Probleme, ihre Ängste, ihre Trennungen. Wenn sie nicht den Unterricht bezahlen und die Kinder ernähren müßten, könnten sie auch vergessen, daß es einen Sam gibt. Sogar das feierliche Versprechen, im Juni nach Amerika zurückzukehren, könnte man aus dem Gedächtnis streichen.

Belles Romanze ist auf ihrem Höhepunkt angelangt. Das junge Mädchen hat sich heimlich mit O'Meara verlobt. In allen Köpfen schwirrt der Gedanke an Ehe.

Anfang März heißt es wieder, sich den Realitäten stellen. Sam Osbourne behält den mageren Unterhalt zurück. April. Mai. Noch immer nichts. Sie sind finanziell nah an der Katastrophe. Wie durch ein Wunder findet Louis eine Anstellung, die sein Bleiben in Paris rechtfertigt. Er verdingt sich als Privatsekretär bei einem seiner früheren Professoren, einem Ingenieur und Mitglied der Jury für die Weltausstellung im Palais du Trocadéro, das eigens für dieses Ereignis errichtet wurde. Und da einer guten Sache meistens auch gleich eine andere folgt, bringt ihm die Veröffentlichung seines ersten Buches, *An Inland Voyage* (es ist der Bericht seiner abenteuerlichen Fahrt mit Simpson die Kanäle von Antwerpen hinunter), zwanzig Pfund Sterling und einige gute Kritiken ein. Er selber beurteilt sich nach dem strengen Maßstab, den er nur an sich anlegt: *Nicht unbedingt schlecht geschrieben. Dünn. Mäßig amüsant, ein wenig seicht.* Mag er seine Arbeit nur geringschätzen, immerhin lassen sich mit seinen Einkünften dieses Jahres Fannys drängendste Schulden begleichen. Sie fordert bei Sam keine Nachzahlung ihres Unterhalts ein. Auch im Juni kommt weder eine Anweisung noch eine Nachricht. Sam dreht ihr den Geldhahn zu und bricht den Kontakt ab. Er stellt sich tot.

Am 1. Juli erreicht sie die so gefürchtete Weisung. Ein Telegramm. *Kommt zurück.*

Fanny ignoriert das Ultimatum und fährt nach Grez. Die Familie Osbourne nimmt wieder ihre Sommerplätze in den Hängematten unter den schattig-blauen Weiden ein. Aber Sammy und Belle sollen die einzigen sein, die sich an der Schönheit des Gartens erfreuen können.

Der Winter hat Fanny verändert. Er hat sie selbstsicherer gemacht. Und sehr viel demütiger.

Im Zusammensein mit Robert Louis Stevenson, den sie beim Schreiben, Korrigieren und beim erneuten Lesen von *An Inland Voyage* beobachtet hat, mit diesem Stevenson, dem Arbeit und Leben zu einer einzigen Existenz verschmelzen, ist ihr klargeworden, daß sie ihre Farben mischen, sie aber auch genausogut in ihren Tuben lassen kann, ohne daß der Unterschied sich sehr bemerkbar machte. Sicher, sie hat Talent, Energie, Durchhaltevermögen. Aber ihr fehlt die Kraft, die Leidenschaft! Sie ist eine Amateurin. Wie kann sie ihren Aufenthalt in Paris rechtfertigen, wie kann sie weiter die Akademie Julian besuchen in dem Wissen, daß sie bestenfalls nette Fingerübungen produzieren wird? Fanny macht die unerträgliche Entdeckung ihrer eigenen Mittelmäßigkeit.

Und sie entdeckt auch, daß ihre Stellung unter den Malern von Grez nicht mehr dieselbe ist. Die Künstler haben sie paradoxerweise nur von gleich zu gleich behandelt, solange sie sie für »tugendhaft« hielten. Von nun an rechnen sie Fanny mit zu den Mädchen, mit denen man sich die Zeit vertreibt, denen eben, die in Grez unerwünscht sind. Bald würde der Chevillonsche Gasthof für sie verschlossen sein. Und wenn schon, denkt sie. San Francisco auch. Um so besser. Aber Indianapolis! Edinburgh! Louis in seiner jugendlichen Verve kann noch so oft wiederholen, daß es so etwas gibt wie Scheidung, daß er sie heiraten wird, daß er seine Frau in England einführen wird, Fanny weiß doch nur zu gut, daß der Skandal einer Scheidung sie alle beide von ihrer bisherigen Welt abschneiden würde. Und weiter im Konkubinat zu leben, würde bedeuten, auf immer ihren Ruf und ihre mütterliche Autorität zu verspielen. Sie würde Schande über ihr Haupt bringen und über das ihrer Kinder. Und überhaupt, wer weiß, ob Louis sich nicht eines Tages in ein junges Mädchen aus seinem Land und seiner Gesellschaftsschicht, und vor allem seines Alters, verlieben wird, wie sie es ihm einmal vorausgesagt hat? Und selbst wenn er Fanny Osbourne weiter liebte, nachdem sie ihm alles geopfert haben würde, mit welchem Geld würde er Belle und Sammy am Leben erhalten?

GREZ-SUR-LOING – DRITTER SOMMER
Juni – Juli 1878

Je frischer der Abend wurde, desto deutlicher spürte man die Gerüche des Sommers, die von den Uferböschungen und den Feldern herüberwehten. Der Duft der Rosen am Spalier war nicht betörend wie sonst, sondern hinterließ nur eine leichte Übelkeit. Fanny saß fröstelnd in ihrem großen Korbstuhl und schaute zum Fluß hinunter.

Hinter sich hörte sie das Klirren von Gläsern und stellte sich vor, wie Ernestine in ihrer Spitzenhaube und Mutter Chevillon mit ihrer blauen Marmotte sich im flackernden Licht der Öllampen am Tisch zu schaffen machten. Sie legten nur für vier Personen auf. Der Sommer nahte, und die Herberge war immer noch leer. Das Klavier, das im letzten August verkauft worden war, hinterließ ein graues Loch zwischen den Skizzen und Zeichnungen. Pasdessus, Bob, die beiden Simpsons, Bloomer und Robinson hatten aus den Verwicklungen des letzten Sommers ihre Lehren gezogen und deshalb ihre Staffeleien diesmal achtzehn Kilometer weiter bei Mutter Antony in Moret aufgestellt. Vorläufig überließen sie O'Meara das Feld, der bei Belle den Sieg davongetragen hatte. Die beiden jungen Leute waren so mit ihrer Liebe beschäftigt, daß ihnen der verwaiste Zustand der Herberge gar nicht auffiel.

Vom frühen Morgen bis zum Sonnenuntergang war Fanny mit den Augen ständig auf der Suche nach den beiden. »Was macht Belle?« Im Zwielicht des Abends konnte sie nur noch die Pappelreihe erkennen, die ihr wie ein Zaun aus spitzen Lanzen die Sicht aufs andere Ufer versperrte. Eben hatte dort etwas geschrien, eine Katze vielleicht, ein Vogel oder eine Ente. Fanny schreckte auf. Es war der gleiche drängende Schrei, die gleiche endlose Klage, die an jenem Juliabend die Nacht zerrissen hatte, als Robert Louis Stevensons Gesicht plötzlich unter der Tür aufgetaucht war. Ein Ruf der Verzweiflung. Ein Gesang von Liebe und von Haß. Der Brief, den sie an Sam schreiben würde, mußte ähnlich wirken wie dieser Schrei. Sie würde schon die richtigen Worte finden, die genauso ungeduldig, verzweifelt und böse klangen wie dieser Klageruf des Tieres dort drüben auf der anderen Seite des Wassers.

Am zehnten Morgen in Grez hatte Fanny sich in die Laube gesetzt. Ein weiterer Versuch, Sam zu schreiben. Aus ihrem schattigen Versteck heraus tauchte ihr Blick in die irgendwie rote Sonnenwelt hinaus und blieb an ihrem Beet mit den Tigerlilien hängen. Es wollte ihr ebensowenig gelingen, sich den Garten in Oakland ins Gedächtnis zu rufen wie die Wohnung in der Rue Ravignan. Zurückgehen? Bleiben?

Sie nahm die Feder wieder auf und zog einen dicken vertikalen

Strich über das weiße Blatt. Ans obere Ende der beiden Spalten setzte sie zwei Namen. Sam. Louis. Vorzüge, Nachteile. Wieder versuchte sie nachzudenken, aber es wollte ihr nichts, aber auch absolut gar nichts einfallen. In ihrem Kopf herrschte gähnende Leere. Ein Loch. Nicht ein Gedanke darin. Einzig die Ankunft von Louis, den sie für den heutigen Tag erwartete, würde sie aus dieser schrecklichen Starre erlösen können. Aus diesem Abgrund von Zweifeln, die sie in ihrer Bedrängnis nicht einmal mehr formulieren konnte. Ein Höllenschlund.

Louis. Sie ließ ihren Kopf gegen die Lehne sinken. Was genau liebte sie an Louis? Das durchdringende Feuer in seinen dunklen, weit auseinanderstehenden Augen? Die feinen Linien seines Gesichtes? Dieses weiche, unwiderstehliche Etwas in seinem Lächeln? Seine langen sehnigen Hände, die nie stillhielten? Die Zigarette, die, mit der Asche immer kurz vor dem Runterfallen, unweigerlich zwischen Zeige- und Mittelfinger klemmte? Seinen eiligen Gang, die weltentrückte Grazie seines elastischen und so zerbrechlichen Körpers, dem trotzdem eine eiserne Zähigkeit innewohnte? Seine Tapferkeit angesichts seiner Gebrechen? Die Tatsache, daß er nicht ein einziges Mal geklagt hatte, als er glaubte, das Augenlicht verlieren zu müssen? Daß er überhaupt nie von seiner Gesundheit sprach? Von seinen Leiden? Seiner anzunehmenden Schwindsucht? Oder liebte sie seine Charakterstärke? Seine Art, sich jeder Situation und ihren Konsequenzen zu stellen?

Sie bewunderte ihn dafür, wie er seinem Vater gegenüber diese Liaison verteidigt hatte, die er nicht einmal hätte aufdecken müssen. Wieviele an seiner Stelle hätten einfach geschwiegen, sich versteckt? Louis aber war immer bereit, für seine Fehler zu zahlen, er wollte Klarheit in seinen Beziehungen zu anderen Menschen … Was liebte sie an Louis? Sie öffnete den Tabakbeutel, rollte mit ihren geschickten Fingern eine Zigarette, fuhr einmal mit der Zunge am Papierrand entlang und lehnte sich dann wieder zurück, um sich dem flüchtigen Genuß der ersten Züge hinzugeben. Was liebte sie an Louis? Seine Menschlichkeit. Seine Lebendigkeit. Stevenson war hundertmal lebendiger als alle anderen Menschen, die sie je kennengelernt hatte! Er war unkonventionell, natürlich und frei von jeder Affektiertheit. Er hielt sich an keinerlei gesellschaftliche Absprachen, pfiff auf Konventionen und jede Art von Verhaltenskodex. Das liebte sie. Sie liebte sein Mißtrauen gegenüber »vernünftigen« und einengenden Konventionen, es sei denn, sie standen im Einklang mit seinem Gewissen. Louis' Gewissen. Eine durch und durch persönliche Angelegenheit. Dieses Gewissen, das er ohne Unterlaß befragte. Fanny liebte auch das, diesen beständigen Wunsch, mit sich selber im Einklang zu leben. Bei anderen, dachte sie, würde diese Angewohnheit, sich selber zu betrachten, sich zu beobachten und immer wieder in Frage zu stellen, unweigerlich den schönsten Narzißmus produzieren. Bei Louis führte das Posieren vor dem Spiegel zu nichts anderem als überwältigender Großzügigkeit. Der Dichter, dem die Welt zu einem Rausch romantischer Verzauberung wird. Der Künstler, der gegen den Kleinmut ankämpft, gegen eine negative Weltsicht, gegen das Lebendig-Begraben-Sein, der von einem wilden Haß gegen die von allen so hochgehaltene Göttin der Achtbarkeit angetrieben wird und von dem Schrecken vor ihrem unvermeidbaren Begleiter, dem Gott der Bequemlichkeit. Louis. Der Freigebige, der Heroische, der Zärtliche. Ein Gefühlsmensch ohne auch nur die geringste Gefühligkeit. »Tätig sein, Fanny, man muß tätig sein!« Ein Abenteurer, der sich an jede Art von Erfahrung heranwagt, nicht nur an die angenehmen. Alles, was den Menschen fühlen läßt, was ihn ganz sicher sein läßt, daß er tatsächlich lebt. Sie dachte wieder an die Beziehung, die er zu seiner überaus konventionsgebundenen Familie aufrechterhielt. Im Grunde liebte Louis nichts mehr, als sich mitten auf dem Schlachtfeld aufzuhalten, umgeben von Gewissenskonflikten, in einer sozial nicht eben unkomplizierten Stellung, und das alles nur zu seinem Privatvergnügen: damit er sich mit sich selber herumschlagen konnte, sich auf den Prüfstand stellen, damit er sich vergewissern konnte, daß er sich seinem eigenen Kodex von Ehre, Pflicht und Freundlichkeit entsprechend verhielt. Dieses Bedürfnis nach ständigem Kampf war auch Fanny nur allzu gut bekannt. Aber nun ausgerechnet bei Louis, in diesem Körper, diesem so zerbrechlichen Gebilde, empfand sie eine solche Streitbarkeit doch als einigermaßen verwirrend.

Der Kontrast zwischen der körperlichen Schwäche dieses Mannes und seiner inneren Stärke rührte ihr ans Herz. Fanny nahm einen Zug aus ihrer Zigarette und senkte den Kopf.

Wenn man es sich recht überlegte, was war denn überhaupt so tragisch an ihrer Situation? Sie wäre nicht die erste Frau, die sich von ihrem Mann trennte, und auch nicht die erste Mutter, die mit ihrem Geliebten zusammenlebte. Und der Skandal, das hatte Louis' Vater schon ganz richtig erkannt, der Skandal spielte sich fern des Familienkreises ab, dort würde man nichts davon spüren. Und was Sam betraf ... Was konnte er ihr wohl schon vorwerfen? Lebte er nicht vor den Augen von ganz San Francisco in aller Offenheit mit seiner Mätresse zusammen? In Fannys Überlegungen schlich sich langsam der Gedanke ein, daß dieser arme kleine Betthase ihres Mannes ziemlich schlecht behandelt wurde. Noch nachträglich errötete sie vor Scham bei dem Gedanken, daß sie selber ihr ins Gesicht gespuckt hatte. Jawohl, sie wurde schlecht behandelt. Und von Sam als allererstem! Wie würde Louis sich in seiner Situation verhalten? Fanny wischte diese Frage beiseite. Nicht zu vergleichen, man konnte die beiden Fälle nicht miteinander vergleichen.

Wie würde sie für ihre Kinder sorgen? Wie würde sie für Sammys Ausbildung aufkommen? Na, sie würde eben arbeiten! Es wäre nicht das erste Mal, daß sie ihr Leben meistern mußte. Also arbeiten. Und was? Ihr Talent ließ nicht gerade auf eine große Karriere hoffen. Aber sie könnte Teller bemalen. Prozellanmalereien waren sehr beliebt. Allerdings schienen die Heimarbeiterinnen, deren sich die Künstler bei Gelegenheit gern als Modell bedienten, nach allem, was sie über ihre finanzielle Situation hatte sehen können, einige Schwierigkeiten zu haben, über die Runden zu kommen. Aber da waren ja noch ihre Nähkünste. Warum zum Teufel hatte sie daran nicht gleich gedacht? In Virginia City hatte ihr ihre Fertigkeit im Umgang mit der Nadel einen kleinen Notgroschen und einen sehr guten Ruf eingetragen! Aber in Paris? Die kleinen Näherinnen dort verdarben sich Augen und Gesundheit, um ein paar Sous zu verdienen. Ach was, Fanny Osbourne würde immer irgendwie zurechtkommen! Sie lächelte bei dem Gedanken, daß sie mit Louis, seiner Phantasie, seiner Energie und seinem Sinn für Humor nicht gerade

Gefahr lief, in Trübsinn und Langeweile zu versinken. Sie nicht. Aber was war mit Belle? Und Sammy? Ohne Sams Unterhaltszahlungen würde ihnen die Armut im Nacken sitzen, eben die Armut, die Hervey das Leben gekostet hatte! Sollte sie sich denn ein zweites Mal auf einen Flirt mit dem Tod einlassen? Wie konnte sie bewußt einen Schritt tun, der die beiden Kinder, die ihr geblieben waren, zurück ins Unglück stürzen würde? Ach, Unsinn, so groß war die Gefahr doch nun wirklich nicht. Den Eltern Stevenson mangelte es weder an Herzensgüte noch an Geld. Und er, er ... Die Kritiken zu seinem ersten Essay, die Lobpreisungen, mir denen sein erstes Buch aufgenommen worde war, der Respekt, mit dem ihm Männer wie Henley und Colvin begegneten, bestätigte sie in ihrer Gewißheit: Er, dieser Mann, war ein Genie!

Was liebte sie an Stevenson? Fanny war mutig genug gewesen, sich diese Frage zu stellen. Ja, was denn wohl? Er war ein schöpferischer Geist!

Ihre Empfindungen bei der Lektüre seiner ersten Texte, die Begeisterung über die Reinheit seines Stils, seine Feinheit in der Argumentation, all das war überwältigend. Fanny war im Innersten überzeugt, daß sie der Geburt eines der ganz großen Schriftsteller beiwohnte.

Ihr selber hatten die Götter, oder vielleicht auch der Teufel, die Gabe versagt, ein Kunstwerk zu schaffen. Sie gehört zu der Kategorie von Künstlern, die das Fortgeschrittenenstadium nie überschritten, zu jenen, die Stevenson die »Schlafwandler« nannte. Gut, war sie eben eine Schlafwandlerin. Aber selbst in ihrem halbwachen Zustand mangelte es Fanny Osbourne weder an künstlerischer Urteilskraft noch an der Sehnsucht nach dem Ideal. Niemand konnte besser als sie in einem ungelenken Entwurf oder der Linie einer Skizze die Schönheit des zukünftigen Bildes erkennen. Sie hatte die nötige Phantasie und Intuition. Stevenson selber sprach ihr einen unfehlbaren Blick für den Charakter der Leute, ihren menschlichen Wert und ihre künstlerischen Fähigkeiten zu. Und er hielt sie für unfehlbar, wenn es darum ging, das Talent eines anderen zur Entfaltung zu bringen.

Wer weiß, vielleicht würde sie ihn mit ihren klugen Ratschlägen und ihrer unerschütterlichen Unterstützung bis ganz an die Spitze führen? Sie sah ihn bereits im Pantheon der Unsterblichen. Wie konnte sie es wagen, auch nur einen Moment zwischen ihrem Gärtchen in Oakland, ein paar Aktien in Sams Minen und auf der anderen Seite dem größten Abenteuer, das es überhaupt geben kann, zu zögern?

Sie nahm die Feder wieder auf: *Lieber Sam* … Mit einer ärgerlichen Bewegung drückte sie ihre Zigarette aus und griff nach dem Tabakbeutel, um sich eine neue zu drehen. In diesem Moment sah sie Belle zwischen den Bäumen am Flußufer. O'Meara hielt sie eng umschlungen und küßte sie mitten auf den Mund. Sie hielten es nicht einmal mehr für nötig, sich zu verstecken. Plötzlich überfiel sie der Gedanke, daß ihre Tochter den letzten Schritt getan haben könnte, daß sie fortan dem Iren angehörte und gleichzeitig zu den Flittchen, den Kokotten – so wie sie –, und sie war ganz sicher, daß O'Meara sie nicht heiraten würde, aber vielleicht würde er sie schwängern. Es war nicht auszudenken! Ihr schlechtes Beispiel war schuld. Sie allein war für das alles verantwortlich. Sie trieb ihre eigene Tochter in die Katastrophe. Genügte Herveys tragisches Ende ihr etwa immer noch nicht? Ihr war, als könnte sie Reardens Stimme hören, und diese Stimme klagte sie an.

Einen kurzen Moment lang wollte es ihr scheinen, als würde der Einfluß des Anwalts sie in die Tiefe ziehen, während der Stevensons sie über sich erhob. Rearden stand für die Angst. Louis für die Hoffnung. Die Hoffnung? Sie lachte hämisch. Welche Hoffnung? Die, das Glück ihrer Tochter zu verspielen? Die, daß das Mädchen gemeinsam mit ihr untergehen würde? Und da war sie wieder, die Erinnerung an Hervey, und eine Welle des Schuldgefühls, dieses Kind in ein solches Abenteuer mit hineingezogen zu haben, brach über ihr zusammen.

Was war das doch für eine Verantwortungslosigkeit, was für ein Egoismus, den sie da an den Tag legte? Nur weil sie sich mit ihrem biederen amerikanischen Ehemann gelangweilt hatte, weil sie unbedingt den Ozean überqueren mußte, um sich als Künstlerin aufzuspielen, weil sie sich zum Zeitvertreib einen Geliebten angelacht hatte, nur weil sie sich in etwas hatte hineinziehen lassen, was sie für Leidenschaft hielt, sollte sie jetzt seelenruhig dabei zusehen, wie Belle ihre Zukunft zerstörte? Fanny Vandegrift hatte ihr Leben hinter sich. Sie hatte es vermasselt, schön und gut. Aber war das ein Grund, auch noch die Zukunft ihrer Kinder aufs Spiel zu setzen? Diese ganze Komödie hatte lange genug gedauert! Sie mußte die Bombe entschärfen, die Maschine stoppen, solange noch Zeit war.

Fanny griff nach einem neuen Blatt und schrieb: *Wir werden wie abgemacht im August zu Hause sein.*

Sie steckte das Blatt in den Umschlag und lief mit dem Brief in der Hand so schnell sie konnte auf ihr Zimmer.

Ohne Belle oder Sammy eine Erklärung abzugeben, nimmt Fanny von einem Tag auf den anderen ihre Kinder und verläßt Grez. Sie fährt nach Paris, packt ihre Sachen, übergibt die Wohnung und macht die Anmeldung im Atelier rückgängig.

Und sie bricht das Herz ihrer Tochter, die ihr diese übertriebene Hast und Rücksichtslosigkeit nie vergeben wird.

»Ihr seid verlobt, um so besser. Heiratet er dich nun oder nicht? Er muß sich jetzt entscheiden.«

»Mama, nicht sofort, das ist unmöglich!«

»Also reisen wir ab. Dein Vater erwartet uns. Es ist höchste Zeit.«

»Warum sollte ich mit O'Meara brechen? Weil deine Beziehung mit Louis nirgendwohin führt?«

»Ich verlange nicht von dir, daß du mit ihm brichst, sondern daß du ein ordentliches Leben führst.«

»Du wagst es, mir das zu sagen? Ausgerechnet du?«

Das tut weh. Entsetzt und unsicher geworden, richtet Fanny sich steif auf.

»Das Pariser Abenteuer ist vorbei. Du hast bei Julian alles gelernt, was du lernen konntest. Es wird Zeit, daß du deine Fähigkeiten zu Hause unter Beweis stellst. Wir werden sehen, was Virgil Williams zu deinen Fortschritten sagt.«

Dann versucht sie einzulenken und murmelt ein wenig sanfter:

»Ich will doch nur dein Bestes, Belle. Wenn O'Meara dich zu seiner Frau macht, werde ich meine Einwilligung geben. Auch wenn das bedeuten würde, daß du weit von mir entfernt lebst. Auch wenn es bedeutete, daß du in Frankreich bleibst.«

»Du lügst! Du kannst es nur nicht ertragen, daß ich glücklich bin! Weil du dein Leben hinter dir hast, willst du jetzt meines zerstören. Du bist von Eifersucht zerfressen, weil ich jung bin und hübsch und weil O'Meara mich liebt! Immer beschuldigst du Papa, er sei scheinheilig, aber in Wirklichkeit bist du es gewesen, Mama, die von Anfang an ein falsches Spiel getrieben hat!«

»Geh mir aus den Augen, oder ich gebe dir eine Ohrfeige! Es ist höchste Zeit, daß dir jemand Manieren beibringt. Ich habe dich schlecht erzogen, meine Kleine, und dafür bekomme ich jetzt die Quittung.«

Belle sah sich gezwungen, ihrem Liebhaber die Pistole auf die Brust zu setzen. Heirat oder Trennung. Vor diese schicksalsschwere Alternative gestellt, machte der Ire einen Rückzieher. Er liebte Belle, er liebte sie bis zum Wahnsinn, aber wenn man ihn schon so fragte, zog er die Arbeit, die Stille und die grauen Himmel von Grez den ständigen Aufregungen mit den Osbourneschen Damen allemal vor. Belle war verzweifelt. Sie fühlte sich von allen Menschen verraten, die sie liebte. Beim Abschied auf einem Bahnsteig der Gare du Nord opferte sie O'Meara, ihre erste Liebe, der Tyrannei ihrer Mutter. Sie sollten sich niemals wiedersehen.

NIEMANDSLAND – LONDON
Juli – August 1878

Ich erlebe die letzten Tage meiner leidenschaftlichen Liebe. Sie sind entsetzlich, schreibt Stevenson an Baxter. *Danach wird alles aufgezehrt sein.*

Sie verbringen diese letzten Tage in einer bescheidenen Familienpension in Chelsea. Der letzte Aufenthalt auf dem Weg nach Liverpool, wo das Schiff nach New York wartet.

Von dem ganzen Aufenthalt in England wird Fanny sich nur an diese beiden weit auseinanderstehenden Augen erinnern, die in den ihren versinken. Und an dieses Lachen, dieses Kinderlachen, auf das sie beständig hofft und das sie doch schon jetzt nicht mehr zu hören bekommt. Sie ist so durcheinander, daß es ihr beinahe scheinen will, als stürbe Hervey zum zweitenmal.

»Ich kann dich nicht aus meinen Gedanken verdrängen. Wirst du mit deiner Familie reden?«

»Ja, ich rede mit meinem Mann.«

»Ich bin dein Mann, Fanny, ich! Du bist Mrs. Robert Louis Stevenson.«

»Ja«, antwortet sie mit unendlicher Trauer in der Stimme, »in gewisser Weise.«

»Wenn ich dich gehen lasse, dann nur, damit du die Scheidung verlangst!«

»Ach bitte, laß doch.«

Louis ist erschüttert von dem Leid, das dieses kleine Frauenantlitz verzerrt, von dem ausweichenden Blick, der doch sonst so furchtlos ist, er ist in Angst und Schrecken wegen ihrer Ausflüchte. Deshalb hakt er nach:

»Schwöre mir, daß du nur fortgehst, um die Situation zu klären. Du gehst nur, um frei zu mir zurückzukehren.«

»Aber ja doch, sicher, bestimmt.«

Er sieht sie forschend an und sagt dann schließlich:

»Ich komme mit dir! Ich werde dich mit diesem Mann nicht allein lassen! Ihr werdet euch aussprechen, und dann nehme ich dich wieder mit mir zurück.«

Sie lächelt, ein trauriges, anmutiges und dankbares Lächeln.

»Mit welchem Geld?«

»Laß mir Zeit bis September. Dann habe ich genug Geld beisammen, damit wir fahren können. Mein Entschluß steht fest. Ich komme mit dir!«

»Nein, auf gar keinen Fall! Deine Gegenwart würde alles nur gefährden. Sam wäre außer sich. Nein. Ich muß meine Angelegenheiten alleine in Ordnung bringen. Ich werde in Indiana Station machen und mit meiner Familie reden, mit meiner Mutter und mit meinen Schwestern. Wenn nur ... wenn ich doch nur meinen Vater sehen könnte! Wenn ich ihm erklären könnte ... wenn er nur ... «

Tränen steigen ihr in die Augen. Sie senkt den Kopf. Im August 1876, auf den Tag genau vier Monate nach Herveys Tod, ist Jacob Vandegrift gestorben. Ihr Vater. In dem Abgrund von Trauer, in dem Fanny sich damals befunden hatte, hatte sie darüber nur einen unbestimmten Kummer verspürt. Und nun wird sie die Farm wiedersehen, das große Backsteinhaus, die Hunde, die Pferde ... aber ohne ihn. Sie kann ihn vor sich sehen, wie er da wie angewachsen an der Wegbiegung stand, als sie ihn verließ. Ein Mann voller Lebenskraft, im besten Alter. Der Rettungsanker. Der Hafen, in dem man sich verstecken kann. Das Haus der Vandegrifts. Ohne ihn. Wie ist das nur möglich? Beim Abschied von Louis, in dem Moment, wo sie die große Liebe ihres Lebens verliert, wird Fanny plötzlich bewußt, wie sehr ihr Vater ihr fehlt. Jacob hätte einen Ausweg gefunden. Jawohl, einen Ausweg!

»Zurückkehren ... Aber was soll ich denn anderes tun?« ruft sie mit hochrotem Kopf und heftig atmend. »Was soll ich anderes tun?« Sie fängt an zu laufen, geht immer auf und ab. In ihrer Erregung übernimmt sie Louis' Angewohnheiten, bleibt unvermittelt stehen, um sich sofort wieder in Gang zu setzen. »Du fürchtest, daß ich nicht über eine Scheidung nachdenke? Aber ich denke an nichts anderes! Ich denke an nichts anderes«, wiederholt sie. »Kein Tag vergeht, keine Nacht, kein einziger Augenblick, in dem ich nicht von diesem Gedanken verfolgt werde und all meine Kraft aufbieten muß, ihn zu verjagen, wenn ich nicht verrückt werden will. Ich habe Angst, ich habe Angst, den Verstand zu verlieren, genau wie mein Vater.«

Über ihre Augen hat sich ein Schleier gelegt, in dem Louis das ungeheure Ausmaß ihrer Befürchtungen erkennt.

Er fühlt sich nicht mehr selbst, nur noch mit ihr. Seine Sätze sind ihm abhanden gekommen, seine Worte. Er hat all seine Beredsamkeit verloren. In ihm ist nichts mehr als diese rasende Anspannung, diese stumme kontrollierte Wut, die Fannys Wesen ausmacht.

»Aber laß uns einmal ernsthaft überlegen«, sagt sie mechanisch. »Überlegen wir. Mit welcher Begründung ließe sich eine Scheidung erreichen? Sam wird nicht einwilligen. Er hat viel zuviel Angst vor seiner Familie, auch wenn er sie nie sieht. Und er will seinen Freunden nicht mißfallen, seinem Club, Rearden. Eine Scheidung? Nein, er wird niemals seine Zustimmung dazu geben. Also brauche ich etwas, womit ich gegen ihn ankämpfen kann. Aber alle Schuld liegt bei mir! Ich habe den ehelichen Hafen verlassen. Ich habe ihm die Kinder entrissen. Und ich«, stößt sie verzweifelt hervor, »ich betrüge ihn!«

»Fanny, beruhige dich! Niemand kann dich zwingen, gegen deinen Willen verheiratet zu bleiben.«

»Glaubst du das tatsächlich?« Sie lacht bitter auf. »Ganz im Ernst?«

Starr vor Angst, sich trennen zu müssen, krallen sie sich aneinander fest. Sie sind unfähig, sich zu rühren. Sie können sich nicht einmal mehr lieben. Louis ist der erste, der sich wieder in die Gewalt bekommt.

»Schwöre mir, daß du mich rufen wirst, wenn du mich brauchst. Schwör es mir! Das ist meine einzige Bedingung: Wenn du mich rufst, komme ich!«

»Ich werde dich rufen. Aber das sind unsere letzten Tage, Louis. Die Zukunft ist ohne Bedeutung. Laß uns das wenige genießen, was uns noch bleibt. Wir haben nichts anderes. Laß es uns genießen.«

In ihrem Zimmer in Chelsea finden sie Vergessen in der Arbeit. Louis liefert zahlreiche Artikel für Henleys *London Magazine*. Er gibt nicht eine Zeile mehr heraus, die er nicht vorher Fanny vorgelesen hätte. Sie hört zu, korrigiert, macht Vorschläge. Jedes Wort, jeder Satz muß erst einmal ihre strenge Zensur passieren. Ihre Intuition, ihre Einwände tragen beträchtlich dazu bei, Louis' Werk zu verbessern.

Dieses erfolgreiche Zusammenspiel, die Intensität dieser letzten Erfahrung bestätigen die beiden noch einmal in der festen Überzeugung, daß ihre Verbindung einzigartig ist. *A perfect relation*, schreibt Louis an Baxter. Die Übereinstimmung ihrer Gefühle und ihrer Körper wird – wenn das überhaupt möglich ist – von ihrem intellektuellen Einverständnis noch übertroffen.

Währenddessen kam der Augenblick der Trennung immer näher, wird Fannys Sohn fünfzig Jahre später schreiben. *Ich hatte nicht im mindesten bemerkt, in welcher Sackgasse sich meine Mutter befand, und ebensowenig von den Gewissensqualen der beiden. In meiner Begeisterung, nach Hause zurückzukehren, und der Aufregung über die Reisevorbereitungen plapperte ich ohne Unterlaß und zappelte herum. Ich war ungeduldig. Der Tag der Abreise wollte einfach nicht schnell genug herankommen. Für sie aber bedeutete der August das Ende all ihrer Hoffnungen. Dieser Monat nahm ihnen jeden Grund zu leben.*

Als es schließlich soweit war, bekam ich dann doch noch einen Einblick in die Dramatik des Geschehens.

Ich sehe diese Szene vor mir, als wäre es gestern gewesen. Wir standen vor unserem Zugabteil. Der Moment des Abschieds war gekommen. Er war kurz, entsetzlich kurz. Brutal und endgültig. Bevor ich noch verstehen konnte, was vor sich ging, sah ich Robert Louis Stevenson auch schon den Bahnsteig hinuntergehen, eine traurige Gestalt, die immer kleiner und kleiner wurde. Von ganzer Seele hoffte ich, daß er sich noch einmal umdrehen würde. Aber er tat es nicht. Er verschwand einfach in der Menge. Es gibt keine Worte für das überwältigende Gefühl der Verlassenheit und des Verlustes, für diesen Tod, der mein Kinderherz befiel. Ich dachte, ich würde ihn nie mehr wiedersehen.

Der ratternde Zug trägt den Leichnam einer Frau dem Meer entgegen. Der gegen die Wand zurückgelehnte Kopf rollt hin und her. Das Gesicht mit den geschlossenen Augen ist ausdruckslos. Herabgezogene Mundwinkel, verkniffene Nase, eingefallene Wangen. Fanny hat aufgehört zu leben.

Neben ihr hat ein junges Mädchen den Kopf gegen die Scheibe gelegt und weint. Im nächsten Monat wird sie zwanzig Jahre alt werden. Sie schluchzt vor Wut, Auflehnung und Leid.

Ihre Mutter läßt sich willenlos durchschütteln. Sie ist eine Matrone, eine Megäre, eine reife, ungeliebte Frau, die an der Seite eines verabscheuten Mannes sterben wird. Was war diese Reise nach

Frankreich doch für ein gräßlicher Reinfall! Und doch hat sie in der Ferne gefunden, wonach sie ausgezogen war. Ein ihr angemessenes Schicksal. Das Leben hat sie besiegt. Sie gibt auf.

Talentlos, ohne Karriere, ohne Hervey und ohne ihren Vater treibt Mrs. Osbourne dem Nichts entgegen. Zurück zum Ausgangspunkt. Diesmal ohne die Hoffnung.

A ROMANCE OF DESTINY

Die Kraft der Hoffnung hat über die Angst gesiegt.
ROBERT LOUIS STEVENSON

SAN FRANCISCO
Winter 1878 – 1879

»Und wie ist das werte Befinden von Mrs. Osbourne heute abend?« erkundigte sich Virgil Williams, als er im Salon seiner Frau Platz nahm. »Was sagt der Arzt?«

Dora hob die Augenbrauen und ließ den Arm sinken. Für dieses eine Mal enthielt sie sich jeden Kommentars. Ihre enganliegende Frisur mit dem Mittelscheitel glänzte auf, und die Ketten und Anhänger klapperten und rasselten, als sie einzuschenken begann.

»Das war vorherzusehen«, knurrte Rearden und rührte in seiner Tasse.

Alle waren sie da. Fannys alte Freunde, ihre ehemaligen Verehrer und Komplizen hatten sich geschlossen zur berühmten Teezeremonie bei den Williams eingefunden. Nur Sam fehlte, der durch den Prozeß einer Frau bei Gericht aufgehalten wurde, die alle sechs Schüsse aus ihrer Derringer auf ihren Ehemann abgefeuert haben sollte.

»Armer Sam!« seufzte Rearden zwischen zwei Zügen aus seiner Pfeife, die wie angewachsen zwischen seinen Zähnen steckte.

»Arme Fanny!« gab Dora heftig zurück, denn die unverbesserliche Menschenfeindlichkeit des Anwalts rief jedesmal sämtliche Verteidigungsinstinkte in ihr wach.

Unter Reardens angegrautem Schnurrbart machte sich so etwas wie ein Lächeln breit. Er liebte es, wenn Dora sich provozieren ließ. Sie war wirklich beunruhigt durch Mrs. Osbournes hochgradige Erschöpfung, diese Krankheit, die gar kein Ende finden wollte, diese unbestimmbare Dementia, die sich in der Verwirrung all ihrer Sinne zeigte. Für Rearden, der gerade seine erloschene Pfeife wieder anzündete, war das gar keine Frage: Fanny stand am Rande des Wahnsinns. »So ergeht es Frauen eben, die ihre Grenzen austesten wollen. Der Mechanismus geht kaputt. Und wie üblich müssen die Männer drunter leiden!«

»Rearden, Ihre bösartige Ironie ist durchaus nicht witzig.«

»In der Tat«, stimmte er zu. »Die Sache ist sogar sehr traurig. Die Ehefrau eines anständigen Jungen läßt ihn einfach im Stich«, Rearden legte besonderen Wert auf das »im Stich«, »sie verschwindet für drei Jahre, enthält ihm drei Jahre lang seine Kinder vor ... und als sie wiederkommt, fehlt einer von den Kleinen, und die Gnädigste schmollt. Und fortan irrt man wie ein Geist durchs eigene Haus.«

»Dieser ›anständige Junge‹, wie Sie sich auszudrücken belieben, schien mir während dieser ach so langen Abwesenheit nicht sonderlich zu leiden. Er hat sich doch im Gegenteil überaus schnell getröstet. Oder hat er seine Frau etwa nicht durch ein kleines Theatermädchen der allerschlimmsten Sorte ersetzt, das Sie, meine Herren, einstimmig für die Verführung an sich erklärt haben?«

Die drei Männer, Virgil Williams, John Lloyd und Timothy Rearden, denen diese Bemerkung gleichermaßen unangenehm war, wichen ihren Blicken aus.

»Und hat die ›Dame‹«, fuhr Dora gnadenlos fort, »etwa nicht das kleine Haus Ihres Freundes vom Keller bis zum Dach umgekrempelt? Absolut alles! Das eheliche Schlafzimmer, das Atelier der Ehefrau, ihr Fotolaboratorium, ihren Salon. Warum hat sie einzig Herveys Zimmer verschont? Können Sie mir das vielleicht mal sagen?«

»Zur Erinnerung?« schlug John Lloyd vor, der bei aller Anhänglichkeit an seine alte Liebe doch froh war, sich nicht an diese Frau gebunden zu haben. Eine vertrackte Person.

»Ach was, aus Rache! Aus Sadismus. Sie sollte sich schuldig fühlen. Man kann sich regelrecht beglückwünschen, daß Sam sie, nur so ›zur Erinnerung‹, nicht gleich umgebracht hat!«

Aus Freundschaft ließ sich Dora dazu verführen, die Tatsachen ein wenig zu verdrehen. Auch der Hang zum Theatralischen mochte seinen Anteil daran haben. Fanny hatte es keineswegs die Sprache verschlagen, als sie das Zimmer ihres Sohnes wiedersah. Ihre geistige Umnachtung hatte nicht mit demselben Tag begonnen, als sie zu Sam zurückkehrte. Hätte jemand ihr Wiedersehen auf dem Bahnhof in Sacramento beobachtet, hätte er darin, wenn nicht eben überschwengliche Freude, so doch wenigstens Friedfertigkeit und Freundschaft erkannt. Welch ein Irrtum!

Dabei hatte Sams Mutter, die aus Indiana zu Besuch war, ihren Sohn gründlich auf das vorbereitet, was ihn erwartete. Sie zeigte sich empört über Fannys offensichtlich nicht gerade ausgeprägte Begeisterung beim Gedanken an die Rückkehr zu ihrem Mann, klagte über ihre Gleichgültigkeit und legte Wert auf die beunruhigende Feststellung, wie sehr sie sich doch äußerlich zu ihrem Nachteil verändert habe. Und in der Tat hatte Fanny, was die Wandlung ihres Erscheinungsbildes anbetraf, nicht mit Maßnahmen gespart. Sie hatte etwas getan, was man für die siebziger Jahre des 19. Jahrhunderts nur als Wagemut bezeichnen kann: Sie hatte sich die Haare abgeschnitten. Und zwar kurz. Sehr kurz. War die Opferung ihres Haupthaars ein Zeichen der Trauer? Fühlte sie sich als Witwe ihrer begrabenen Liebe? Als Witwe ihres Vaters? Oder wollte sie – wie so viele Frauen vor ihr – ihre innere Rebellion durch ein äußerliches Zeichen zum Ausdruck bringen?

Kein Wort über ihre ehebrecherische Liebesbeziehung zu einem jungen schottischen Schriftsteller. Nicht einmal eine Andeutung ihrer Mutter oder ihren Schwestern gegenüber, selbst Jo nicht, ihrer alten Vertrauten. Allein das Wort »Scheidung« würde sie entsetzen. Und Dora? Würde sie es vielleicht verstehen? Hat sie sich durch ihre Heirat mit Virgil Williams nicht selbst an einen geschiedenen Mann gebunden? Aber wozu? Was gibt es zu beichten? Die Vergangenheit ist tot, und Fanny mit ihr. Belle allein kennt ihr Geheimnis. Um dem Zusammensein mit dem jungen Mädchen aus dem Weg zu gehen und ihre Feindseligkeit nicht mehr spüren zu müssen, hat Fanny die zweiundzwanzigjährige jüngste Vandegrift-Tochter Nellie mit sich nach Kalifornien gebracht. Tante Nellie und ihre Nichte Belle sind ein Herz und eine Seele.

Mrs. Osbourne richtet sich ein. Man besucht die Nachbarn, man empfängt Gäste, man kümmert sich um den Garten. Alles geht seinen Gang, als wäre Fanny nie fort gewesen. So jedenfalls sieht es nach außen hin aus.

Sam übernachtet in der Stadt. Am Wochenende kommt er heraus und bringt Rearden, Lloyd und Williams mit, die jeden Sonntag zum Essen erscheinen. Wieder sitzt Fanny einer langen Tafel vor. Aber verglichen mit Louis' Intelligenz und dem sprühenden Geist von Bob, erscheint ihr das Geplauder der Freunde von Sam Osbourne als die leibhaftige Dummheit, Schwerfälligkeit und Langeweile. Und? Was macht es schon? Fanny wirft keinen Blick zurück, und die Zukunft interessiert sie nicht. Sie schreibt nicht an Louis. Auch nicht an Bob. Sie schreibt an niemanden. Zumindest in den ersten sechs Monaten herrscht absolute Stille.

Und ganz allmählich, Schritt für Schritt, versinkt sie im Trübsinn. Eine schwere Depression senkt sich über sie nieder. Und zwar gründlich. Hör- und Sehstörungen. Bewußtseinstrübungen. Wechsel zwischen tiefster Niedergeschlagenheit und hysterischen Anfällen. Fanny entwickelt alle Symptome einer schweren Neurose. Ihre Verleumder werden behaupten, sie leide an schleichender Geisteskrankheit. An Schizophrenie. Die Krise, die sie durchlebt, ist nur eine in einer langen Reihe von mehr oder weniger schwerwiegenden Anfällen.

Sei dem, wie es will. In diesem Fall haben die Anstrengung, Robert Louis Stevenson zu verlassen, und ihr Verzicht auf Selbstverwirklichung zu der »Kopfentzündung« geführt, wie sie ihren Zustand ihr Leben lang vorsichtig bezeichnen wird. Und dieses Mal ist es wie ein schwarzes Loch, ein ganzer Sturzbach von Wahnvorstellungen verzehrt ihren Körper und ihren Geist.

»Es ist alles vorbei«, sagt sie sich während ihrer endlosen Nächte immer wieder vor. »Es ist alles vorbei.« Sie sieht Grez vor sich, den Fluß, das Boot, in dem sie sich zum ersten Mal geliebt haben. Sie spürt die Küsse ihres Liebhabers auf ihrer Schulter. Sie legt sich hin. Sie steht wieder auf. Sie geht den Gang entlang. Bleibt vor Herveys Zimmer stehen. Wartet. Nein, sie wird nicht eintreten. »Es ist unmöglich.« Sie geht zurück ins Bett. Hervey. Louis. »Was ist denn unmöglich? Ist denn wirklich alles vorbei? Nein. Louis wird kommen! Aber warum sollte er?« Sie wird ihm schreiben! Ja, sie wird ihm schreiben! Sie steht wieder auf, geht zum Tisch, öffnet das Tintenfaß. »Ich tue nur, was er von mir verlangt hat. ›Schwöre mir, daß du mich rufen wirst, wenn du mich brauchst ... Wenn du mich rufst, komme ich.‹ Und wenn er doch nicht käme? ›Wenn du mich brauchst ...‹ Aber habe ich mich denn heute überhaupt frisiert?« Sie legt die Feder nieder und tastet sich zum Spiegel. Sie hört nicht, wie die Uhr im Salon zwölfmal schlägt. Mitternacht. »Ich muß doch gekämmt sein, wenn er kommt. Er darf mich nicht mit roten Augen sehen.« Sie geht ganz nah an den Spiegel heran, weicht erschrocken zurück. Dieses aufgedunsene Gesicht, diese Ringe unter den Augen, diese hohlen Wangen – wer ist das? Sie nimmt die Haare zurück, streicht die Locken aus der Stirn. »Aber das bin ja ich! Ich muß mich kämmen. Schnell, schnell, bevor er kommt.« Sie fährt sich mit bloßen Händen durch die Haare. Dann hält sie inne. »Werde ich denn verrückt?«

Zu Tode erschrocken läuft sie weg und klettert wieder in ihr großes leeres Bett.

»Was zum Teufel ist in Paris denn nur vorgefallen?« fängt Dora wieder an und gibt einen tiefen Seufzer von sich.

»Wir hatten ja alle keine Ahnung, wie sehr Herveys Tod sie aus der Bahn geworfen hat.«

»Hervey wäre heute sieben Jahre alt geworden«, rechnet John Lloyd nach, der einmal mit großer Zärtlichkeit an Fannys Kindern gehangen hat.

In diesem Moment geht die Tür auf. Sam und Belle treten ein. Vater und Tochter sind unzertrennlich. Ein schönes Paar. Er wirkt noch immer wie die leibhaftige Verführung. Die Zeit scheint ihm nichts anhaben zu können. Fotos aus diesem Lebensabschnitt zeigen noch immer dasselbe Gesicht mit dem blonden, kurzgetrimmten Bart, den sinnlichen Mund darunter und dieselben Augen mit ihrem gutmütigen, verschmitzten Blitzen. Manchmal allerdings geht ein seltsames Zucken durch diesen allzu blauen Blick, ein flüchtiger Ausdruck, der vermuten läßt, daß das Leben für diesen

Mann nicht immer so einfach ist, wie es vielleicht scheinen mag. Davon könnten auch die heimlichen Besäufnisse zeugen, zu denen er sich immer wieder in die finstersten Ecken der Vergnügungsviertel von San Francisco zurückzieht. Jedem im Raum ist klar, daß Osbourne keineswegs jeden Abend brav zu seiner Mätresse nach Hause geht, sondern sich statt dessen in sehr viel übleren Häusern herumtreibt. Zwar kann er manchmal über Monate hinweg ohne Frauen und Alkohol auskommen, dafür durchlebt er dann aber wieder Phasen der Ausschweifung, in denen er zu den besten Kunden der übelsten Spelunken von Chinatown gehört. Er spricht nie von diesen geheimnisvollen Ausflügen in die Unterwelt. Er stürzt sich hinein und taucht irgendwann wieder auf. Seinen Freunden ist er ein charmanter und offenherzig-fröhlicher Gesellschafter, und das Wissen, daß in seiner Seele schwere Kämpfe ausgetragen werden, macht ihn ihnen nur sympathischer. Belle macht aus ihrer Zärtlichkeit und grenzenlosen Bewunderung für ihren Vater kein Hehl. Sie stellt ihre Gefühle betont zur Schau, um ihre Mutter damit zu quälen.

»Sie übertreibt«, beantwortet Belle die Fragen der Freunde. »Sie allein macht sich krank. Sie gibt sich überhaupt keine Mühe!«

»Sie bekommt Beruhigungsmittel«, nimmt Sam den Faden auf, »aber unser kleiner Quacksalber in Oakland kriegt natürlich überhaupt nichts mit!«

»Zu verstehen gibt es da nichts«, belfert Rearden.

»Lassen Sie doch mal sehen, was Sie heute für uns in ihrer Zeichenmappe haben«, fordert Virgil Williams mit einem Lächeln, denn er ist durchaus nicht darauf erpicht, diese unerquickliche Unterhaltung noch weiter fortzuspinnen.

Das junge Mädchen zieht die Schleife auf und nimmt ein paar Zeichnungen heraus. Die gesamte School of Design von San Francisco ist sich einig, daß sie in Frankreich Fortschritte gemacht hat, ja sogar eine spektakuläre Entwicklung. Diese Studienreise war unbestreitbar ein Erfolg.

»Sehr interessant, diese Anatomiestudien«, lautet der Kommentar von Mr. Williams. »Wenn wir für unsere Schule nur auch solche Lehrer vom Kaliber Ihres M. Robert Fleury finden könnten.«

»Na also«, bemerkt Dora trocken. »Ende gut, alles gut.«

Sam bemerkt nichts von dem Sarkasmus. Er sieht voller Anbetung seine überaus reizende Tochter an: Wie um alles in der Welt hätte er sie zurückbekommen sollen, wenn Fanny, diese Verrückte, beschlossen hätte, in Paris zu bleiben? Seinen eigenen Kindern den Geldhahn zudrehen? Zu welchem Preis? Mrs. Osbournes nervöse Befindnis läßt das Schlimmste befürchten, sie wäre dem Wahnsinn verfallen und hätte Sammy und Belle mit sich in den Abgrund gerissen. Osbourne läßt einen langen, einen unendlichen Seufzer der Erleichterung hören.

Mehr als zehntausend Kilometer entfernt sitzt ein schottisches Ingenieursehepaar unter Familienportraits und silbernen Leuchtern vor einem Marmorkamin und seufzt nicht weniger erleichtert. Die Geduld der Stevensons hat sich gelohnt. Die Entfernung wird ihren einzigen Sohn und diese alte amerikanische Frau für immer voneinander trennen. Jetzt muß er nur noch zerstreut und beschäftigt werden.

Darum kümmert Robert Louis Stevenson sich schon selbst. Vierzehn Tage, nachdem er Fanny Osbourne an den Zug zum Schiff gebracht hat, fährt er wieder nach Frankreich. Er will zu Fuß durch die Cevennen, ein für ihn nicht ungewöhnlicher Marsch. Diesmal aber macht er sich allein auf den Weg. Weder Simpson noch Bob noch irgendein anderer seiner üblichen Reisebegleiter zieht mit ihm auf diese große Tour. Er wird eine der ärmsten, wildesten und schönsten Regionen seiner Wahlheimat durchqueren, mit einem Schlafsack und einem pelzgefütterten Mantel als einzigem Gepäck. Er schläft unter freiem Himmel. Sein Proviant besteht aus Mortadella, Schokolade und Wasser. Vierzehn Tage lang allein auf sich gestellt. *Aber während ich mich noch überschwenglich meiner Einsamkeit freute,* schrieb er in seinem zweiten Buch, *Travels with a Donkey, hatte ich doch das seltsame Gefühl, daß mir etwas fehle … Ich hätte mir gewünscht, daß eine gewisse Begleiterin neben mir ausgestreckt läge, ganz still und regungslos unter den klaren Sternen, aber nahe genug, daß ihre Hand über die meine streichen könnte … Denn es gibt eine Kameradschaft, die süßeste Seelenruhe fühlen läßt und, wenn man behutsam mit ihr umgeht, eine besondere Einsamkeit schenkt, die alles andere noch übertrifft. Mit der Frau, die man liebt, unter freiem Himmel zu leben, ist die vollendetste und freiheitlichste aller Lebensformen.*

Fürs erste muß er sich mit Gesprächen und Auseinandersetzungen mit Modestine begnügen, seiner Eselin. Unter einem bestimmten Blickwinkel erinnert auch sie ihn an eine Dame seiner näheren Bekanntschaft. Diese beschwerliche Reise wird ihn zu einem charmanten und sehr liebevoll erzählten Bericht inspirieren. *Lauter Eselsgeschichten,* schreibt er mit einem Anflug von Humor an Bob, *die doch nur immer nichts anderes sind als ein Ausdruck meiner Liebe zu F.*

Louis' Schmerz wird auch durch die Zeit nicht gelindert. Fannys unglaubliche Vitalität, ihre zahllosen Widersprüchlichkeiten, ihr Schweigen, ihr Glaube an ihn, ihre Begeisterung für das literarische Arbeiten: Es fehlt ihm einfach alles. Jede neue Woche der Abwesenheit scheint ihm unerträglicher als die vorangegangene. Und doch gesteht er Colvin: *Ich schreibe nie an Fanny. Alles, was Menschen sich von Briefen erwarten, ist zwischen uns längst vorhanden … Selbst wenn ich mich von Grund auf wandelte, würde sie mich durchschauen und alle meine Gedanken kennen.*

Louis bleibt stumm. Was für eine Metamorphose. Es sieht dem liebenden Robert Louis Stevenson so gar nicht ähnlich, die Feder unberührt zu lassen. Hat er doch Dutzende von Tintenfässern leergeschrieben, um Mrs. Sitwell seine sämtlichen Seelenregungen mitzuteilen, und seien sie noch so geringfügig. Der Briefwechsel umfaßt mehrere Bände.

Nun legt Louis eine ungewohnte Verbissenheit an den Tag. Er kann nicht mehr sprechen. Es fällt ihm schwer zu arbeiten. Er denkt nur noch an ein Wiedersehen mit ihr. Wozu hat sie sich entschlossen, so weit von ihm entfernt? Denkt sie immer noch an Scheidung? Oder hat sie ihre Meinung geändert, nun, da sie wieder mit dem Vater ihrer Kinder vereint ist? Wird sie bei Sam Osbourne bleiben? Die Ungewißheit macht ihn ganz krank. Wird er sie je wiedersehen? Und wenn ja, was hat er ihr zu bieten? Wird sie sich denn überhaupt auf ein Leben mit ihm einlassen wollen, auf seine unsichere Existenz? *Neulich ist er bei mir zusammengebrochen,* schreibt Colvin an Henley. *Ich habe ihn einigermaßen wieder aufgerichtet … Mit Müh und Not.*

Alle seine Freunde in London und Edinburgh warten ungeduldig darauf, daß er diese Liebschaft endlich überwindet. Im Februar 1879 indessen befällt ihn abgrundtiefe Verzweiflung. *Ich will eine Atempause. Ich will, ich will, ich will. Ich will glücklich sein. Ich will die Sonne oder den Mond oder sonst irgend etwas. Verflixt noch mal, ich will das Objekt meiner Zuneigung …,* schreibt er an Edmund Gosse, einen seiner Dichterfreunde. *Ich neide Dir deine Frau,* schreibt er weiter, *ich neide Dir Dein Haus, ich neide Dir Dein Kind – beinahe hätte ich auch noch geschrieben, daß ich Dir Deine Katze neide. Ich würde mir auch Katzen halten, wenn ich mir ein Haus leisten könnte. Du sagst, ich sei für dich das Leben selbst, aber mein Leben ist ein einziges Warten.*

»Warten? Worauf soll ich denn warten? Und du, Fanny, worauf wartest du?«

Sie warf Sam einen haßerfüllten Blick zu.

»Auf das Ende.«

Peinlich berührt, versuchte er zu lachen.

»Da könntest du eventuell lange warten!«

Sie verzog keine Miene. Osbourne saß am Fuß ihres Bettes, des Bettes mit den gedrechselten Säulen, in dem Hervey geboren worden war und in dem Sam andere Frauen geliebt hatte, und machte einen letzten Versuch zur Versöhnung. Himmel, seine Frau konnte einen aber auch wirklich wahnsinnig machen. Dabei war sie früher so beschwingt und temperamentvoll gewesen. Man mochte ihr gar nicht ins Gesicht sehen. So mager. Und gelb. Ihre lächerlichen kurzen Haare klebten ihr an der Stirn, die seit ihrer Rückkehr irgendwie niedriger aussah und ein wenig dümmlich. Ja, sie raubte ihm den letzten Nerv. Sie war eben nicht einfach nur ein anmaßender Blaustrumpf. Sie war verrückt. Offenbar mußte sie sich unbedingt selbst zerstören, nur um andere damit quälen zu können.

»Laß doch endlich das Getue! Du hast nichts. Der Arzt sagt, daß dir absolut nichts fehlt! All deine Wehwehchen, diese Schwindelanfälle, deine Wahnvorstellungen, deine Gedächtnislücken, das ist alles nur Einbildung!«

»Und die vierzig Grad Fieber letzte Woche?« murmelte sie. »Die habe ich mir doch nicht eingebildet. Nellie hat jeden Abend meine Temperatur gemessen. Sie kann es dir bestätigen. Ich hatte vierzig Grad Fieber, ich habe phantasiert.«

»Heute hast du kein Fieber, du phantasierst nicht, und du wirst jetzt hier weggehen!«

»Und wo soll ich hin?«

Sam machte eine unbeholfene Geste.

»Es gibt doch mehr als genug Möglichkeiten. Kalifornien ist groß!«

Fanny kroch noch ein wenig tiefer unter ihre Bettdecken. »Laß mich in Frieden. Geh weg! Geh weg«, wiederholte sie mit einer angstvollen Handbewegung, »oder ... «

Unter den gesenkten dunklen Augenlidern blitzte es mutwillig auf. Sie öffnete die Augen und durchbohrte ihn mit einem todeswütigen Blick. Sie maßen sich, als machten sie sich auf ein neues Kräftemessen gefaßt. Aber diesmal schien Sam absolut furchtlos. Ihr schwante plötzlich, daß er im Grunde die ganzen letzten zwanzig Jahre hindurch unablässig Angst gehabt hatte. Angst vor ihren Forderungen, ihrem schwierigen Charakter, Angst vor ihren Widersprüchen. Angst vor ihr. Früher hätte er diese Szene um alles in der Welt zu vermeiden gesucht. Jetzt ließ er sich seelenruhig auf einen Kampf ein.

Ihr wurde bewußt, daß sie ihm nichts mehr bedeutete, in keinerlei Hinsicht, auch die Vergangenheit hatte keine geheimnisvolle Macht mehr über ihn. Diese Erkenntnis erschütterte sie in ihren Grundfesten.

»Oder?« wiederholte er.

»Oder«, sagte sie mit vor Aufregung brechender Stimme, »oder gib mir meine Freiheit zurück!«

Sam senkte den Kopf und seufzte.

»Als du gehen wolltest, habe ich dich gehen lassen. Ich habe dich meine Kinder mit dir nehmen lassen! Du machst dir, glaube ich, keinen Begriff von den Qualen, die diese Entscheidung – deine Entscheidung, nicht meine – für mich bedeutet hat. Es kommt dir gar nicht in den Sinn, daß ich vielleicht gelitten haben könnte. Im übrigen ist dir das ja auch völlig egal! Die Gefühle anderer sind dir doch mehr als gleichgültig. Aber du wirst mich kein zweites Mal einwickeln. ›Laß mich gehen‹, hast du immer wieder gesagt. ›Laß mich jemand werden. Wenn ich erst stolz auf mich sein kann, wird auch zwischen uns alles wieder besser sein.‹ Und ich bin drauf reingefallen«, ergänzte er bitter. »Bist du jetzt stolz auf dich? Glaubst du wirklich, daß es besser geworden ist zwischen uns? Zu deinem und meinem eigenen Unglück habe ich damals auf dich gehört, Fanny. Und das ist nun das Ergebnis. Ganz wunderbar! Aber jetzt entscheide ich. Wenn ich mich dir gegenüber schuldig gemacht habe, hast du dich erfolgreich gerächt. Ich habe auch ein Wörtchen mitzureden. Und ich schlage dir folgendes vor: Wir haben noch etwa zwanzig gemeinsame Jahre vor uns. Wir sollten Sie uns so angenehm wie möglich machen.«

Sie lachte auf:

»Angenehm, Sam? Was nennst du angenehm? Wenn einer den anderen betrügt? Wenn wir uns gegenseitig Hörner aufsetzen?«

»Du bist in Paris wirklich vulgär geworden.«

»Nicht vulgärer als dein Verhalten. Ich habe nichts getan, was du nicht tagtäglich praktiziertest. In Frankreich ... «

»Ich will gar nicht erst wissen, wie du dich da drüben benommen hast!«

»Wie bitte? Hat deine reizende Tochter dich etwa nicht informiert?«

»Schweig! Und laß Belle aus dem Spiel! Du hast jeden Sinn und Verstand verloren.«

»Ach, sieh mal an, jetzt bin ich wieder verrückt. Vorhin hast du doch noch behauptet, mir fehle nichts, ich würde mir meine Krankheit nur einbilden!«

»Versteh mich richtig: Wenn du gehen willst, ich halte dich nicht. Aber dann sieh nur zu, wie du alleine durchkommst mit deinen vierzig Jahren. Dann wirst du auf deinen Charme angewiesen sein, ich bin sicher, du hast so was Ähnliches. Von mir bekommst du jedenfalls keinen Pfennig. Und ich behalte Belle und Sammy. In dem Zustand, in den du dich hineinmanövriert hast, bist du unfähig, deinen Sohn aufzuziehen und deine Tochter zu verheiraten. Sie bleiben bei mir!«

Aufs äußerste gespannt und konzentriert, versuchte sie, zu verstehen, was er ihr da erklärte. Ihr armer Geist war von monatelangem Leid so erschöpft, daß sie nicht mehr logisch denken konnte. Ihr brannte nur eine einzige Frage auf den Lippen, die sie aber kaum zu formulieren wagte.

»Soll das«, setzte sie an, »soll das heißen, daß ... « Sie richtete sich in ihren Kissen auf. »Soll das heißen, daß du in die ... die Scheidung einwilligst?«

»Daran brauchst du nicht einmal zu denken.«

Diese Antwort hatte sie erwartet, nein, gefürchtet.

»Warum?« fragte sie schüchtern.

Aber sie hörte ihm schon nicht mehr zu.

»Belle und Sammy haben genug durchgemacht. Ich werde sie nicht auch noch dem Skandal eines Scheidungsprozesses aussetzen. Auf keinen Fall werden meine Kinder als Kinder geschiedener Eltern gebranntmarkt sein.«

Sams Antwort wurde gewissermaßen apathisch aufgenommen. Sofort nutzte er seinen Vorteil.

»Dieses Kapitel ist abgeschlossen«, sagte er mit ungewohnter Bestimmtheit. »Ich schlage dir also den Versuch einer Versöhnung vor. Aber ich sehe ein, daß das hier, in diesem Haus, nicht ganz einfach ist. Laß uns gemeinsam eine Woche wegfahren. Ohne Belle, ohne Sammy und ohne deine Schwester Nellie. Laß uns Urlaub machen. Wir können südlich von San Francisco an die Küste fahren. Wind, Meer und frische Luft. Das ist es, was du brauchst, Fanny. Reiten ... im Freien schlafen. Da draußen wirst du zur Ruhe kommen.« Und ich auch, fügte er bei sich hinzu.

Louis hat einen Brief bekommen, der beinahe Sinn macht, schreibt Colvin am 6. Februar 1879 an Henley, *eine fast verständliche Nachricht von einer Adresse in Spanisch-Kalifornien. Nach fürchterlichen Auseinandersetzungen, Fluchtplänen und Gott weiß was für Dramen sonst noch, befindet sie sich jetzt bei alten Freunden ... Was nun werden wird? Wer weiß?*

MONTEREY – SÜDKALIFORNIEN
Februar – Oktober 1879

»Es ist die schönste von den alten kalifornischen Städten, aber bitte, sagen Sie das bloß niemandem! Wenn die Reichen sie entdecken, lassen sie die Straßen pflastern, reißen die alten Häuser ab und bauen Hotels und Geschäfte. Fünf Jahre, und das Paradies wäre dahin! Und dann adieu, schönes Monterey!«

Joseph Dwight Strong, ein ehemaliger Schüler von Virgil Williams, sprach diese prophetischen Worte, auf dem Trittbrett des Bummelzugs stehend. Er war sechsundzwanzig Jahre alt. Seine Freunde nannten ihn Joe. Gerade hatte er an der Endstation der Bahnlinie einen Jugendflirt wiedergetroffen, eine kleine Person, die seinerzeit sein Herz hatte höher schlagen lassen. Ihr Name war Belle Osbourne. Sie war von oben bis unten voller Staub und stieg soeben mit ihrer jugendlichen Tante und ihrem kleinen Bruder aus dem Zug.

Kein Bahnhof. Kein Perron. Kein Depot. Am einzigen Waggon warten zwei Karren. Männer reiten vorbei, in mexikanischen Sätteln und mit großen Sombreros auf dem Kopf. Man hört Befehle und Geschrei in spanischer Sprache. In der Ferne erstreckt sich ein weites Halbrund aus weißem Sand, das von schwarzen Zypressen begrenzt wird. In der kleinen Bucht dämmert ein verschlafenes Dörfchen vor sich hin.

Nicht einmal zweihundert Kilometer von San Francisco, und man ist in einer anderen Welt. Eine Expedition in ein fremdes Land. Mitten in Amerika ein Sprung in die Vergangenheit: Monterey. Die ehemalige Hauptstadt Kaliforniens ist stolz auf seine hundertjährige, spanische, mexikanische und neuerdings amerikanische Geschichte. Sie war die erste Stadt, die von Piraten angegriffen wurde, und hier gab es die erste Zeitung westlich des Mississippi, den ersten Gerichtshof, die erste Konstitution, das erste Hotel, die erste Hafenmole – und den ersten Billardtisch.

Mein Vater und meine Mutter hatten sich für eine Woche gemeinsam aus dem Staub gemacht, erzählt Belle. *Und wir waren sehr überrascht, als uns in Oakland ein Telegramm erreichte, in dem sie uns baten, zu ihnen nach Monterey zu kommen. Mein Vater erwartete uns am Zug. Während der Fuhrmann unser Gepäck auflud, erzählte er uns, daß er einen ganzen Flügel der Casa Bonifacio, eines riesigen Hauses, gemietet hatte, wo meine Mutter sich einrichten würde, daß ihr Urlaub zu zweit gut verlaufen sei, daß es ihr besser ging, daß es ihre Idee gewesen war, hierzubleiben und uns nachkommen zu lassen. Einer der Reiter, die im Galopp an uns vorbeizogen, sprang ab und kam zu uns herüber, um uns zu begrüßen. Mit seinen kurzgeschorenen Haaren und dem üppigen blonden Schnurrbart sah er aus wie ein Deutscher. Es war Joe Strong, der bekannteste junge Künstler von ganz Kalifornien. Der König von Monterey, dessen Charme sämtliche Türen zur alteingesessenen spanischen Gesellschaft öffnete.*

Belle und Joe waren sich also sechs Jahre früher, nämlich 1873, auf der Fähre von Oakland nach San Francisco schon einmal begegnet. Belle, die damals gerade einmal vierzehn Lenze gezählt hatte, war, ohne Anstandsdame, aber immerhin in Begleitung einer Klassenkameradin, auf dem Weg zu einer Matinee im Baldwin Theater gewesen. Die beiden Mädchen waren ungeheuer stolz auf ihr erstes langes Kleid, das erste Korsett und den ersten Puff und widerstanden deshalb der Versuchung, sich Bonbons zu kaufen, um statt dessen zum Klang der Marschmusik auf dem Deck hin und her zu paradieren. *Wir sprachen gerade davon, was für ein wunderbarer Tag vor uns läge,* erinnert sich Belle, *als wir bemerkten, daß an der Reling zwei junge Männer lehnten, die uns aufmerksam beobachteten … Ich ließ mir nichts anmerken, sah aber aus den Augenwinkeln, daß der größere der beiden mein Portrait zeichnete … Als das Schiff gerade anlegen wollte, erschien einer unserer Mitschüler, und ich bat den Jungen, den Künstler in meinem Namen zu fragen, ob ich mir sein Werk wohl ansehen dürfe. Das war ein sehr gewagter Schritt, ich durchbrach damit sämtliche Regeln der Konvention, aber die Neugierde war stärker … Der Künstler signierte die Zeich-*

nung und gab sie meinem Kameraden, der sie uns mit den besten Empfehlungen seines Auftraggebers überreichte ... Die Signatur unter der Zeichnung lautete: Jos. D. Strong Jr.

Belle war zwar erst vierzehn, aber sie verlor schon damals keine Zeit. Die Geschichte auf dem Schiff war nämlich damit noch nicht zu Ende. Die beiden jungen Männer folgten den kleinen Fräuleins ins Theater, man machte sich bekannt, und kurz darauf schickte Joe Strong den Vater seines Freundes Reginald Birch, der zu den Honoratioren von Oakland gehörte, zu den Eltern der jungen Dame, um ihnen seine Aufwartung zu machen. Der alte Herr hatte eine Botschaft zu überbringen. Ob Mrs. Osbourne wohl erlauben würde, daß die kleine Belle in dem Atelier, das sein Sohn mit Herrn Strong teile, Modell sitze. Um seiner Bitte Nachdruck zu verleihen, erinnerte er daran, daß der letztere gerade das Porträt des Bürgermeisters von Oakland fertiggestellt habe. Das Bild war derart begeistert aufgenommen worden, daß die Stadt eine Sammlung veranstaltet hatte, um den Künstler zum Studium nach München schicken zu können.

So hatte Belle also, diesmal allerdings von Miss Kate eskortiert, den beiden jungen Männern bis zu deren Abreise nach Deutschland regelmäßig ihren Besuch abgestattet. Ende der ersten Episode.

Jahre später war Joe, der gerade, nur kurze Zeit vor den Damen Osbourne, aus Europa zurückgekehrt war, dem dringenden Ruf eines anderen Freundes gefolgt. Der Dichter Charles Warren Stoddard zählte wie er selber und wie Sam Osbourne zu den Stützpfeilern des Bohemian Club. Stoddard, der eines Tages Robert Louis Stevenson die Augen für den Charme der Pazifischen Inseln öffnen sollte, brauchte zum Schreiben seiner Elegien immer eine ruhige, verträumte und exotische Umgebung. *Verlasse umgehend San Francisco und komm hierher,* schrieb er an Joe Strong. *Dieser Ort ist ideal für die Landschaftsmalerei. Es ist alles da! Fischerboote am Strand, Walfangkähne, Felsenriffe – und allem voran die Ruinen einer alten spanischen Kirche, der unglaublich malerischen Mission von Carmel.* Joe ließ nicht lange auf sich warten und brachte gleich noch ein paar lustige Gesellen aus dem Bohemian Club mit. Sie mieteten sich bei Privatleuten auf den Haziendas ein. Und so wurden sie zu den Begründern der ersten Künstlerkolonie jenseits der Rocky Mountains. Ein weiteres Grez, das Mrs. Osbourne, ihre Tochter und ihre Schwester mit ihrer Leidenschaft beleben sollten. Aber ein weniger frauenfeindliches.

Fanny ist wieder mal die Mitbegründerin einer Mode. Als erste Frau steht sie am Anfang einer langen Reihe von Künstlerinnen, die dem Charme von Carmel und Monterey verfallen. Sie ist die erste, die sich an diesem inzwischen legendär gewordenen Ort niederläßt. Ganze Generationen nach ihr werden die Halbinsel zu ihrem Aufenthaltsort wählen. Aber es sollte nicht mehr lange dauern, bis eine ganz bestimmte Korona hier auftauchen würde, die sich einen gewissen Robert Louis Stevenson zum Helden auserwählt hat. Und Jack London zum Anführer.

Wir fuhren an einem Vorbau vorbei, und dann sah ich zwischen Obstbäumen hindurch meine Mutter unter einer Rosenlaube sitzen und mit Axt und Hammer Möbelstücke zusammenzimmern. Ihre Wangen waren gerötet, auf ihren Lippen spielte ein Lächeln. Sie schien zum ersten Mal seit Monaten lebendig.

Haben der salzige Geruch des Meeres, der Duft von Zypressen und Harz, die Blumen, die selbst auf den Mauern wachsen, hat der Frühling von Monterey diese innere Ruhe und die Wiederbelebung von Fannys überreiztem Geist bewirkt?

Die Erinnerung an Grez verfolgt sie noch immer, aber hat sich das Wunder des ersten Sommers am Loing jetzt erneut vollzogen?

Für Belle ganz gewiß! Sie wird sich wieder verzaubern lassen. O'Meara, seine Liebesschwüre und sein Verrat sind vergessen.

Wie in Grez erwirbt sich Belle mit ihrer fröhlichen Art und ihrer Schönheit die Huldigungen der ganzen kleinen Gemeinde. Sie schließt Bekanntschaft beim Lebensmittelhändler, hält ein Schwätzchen auf der Straße und bändelt mal mit dem einen, mal mit dem andern an. Sie stolziert am Strand auf und ab und flirtet freimütig. Und sie verliebt sich, auch das ganz wie in Grez, wobei sie selbstverständlich dem Charme des Königs der kleinen Schar verfällt. Joe Strong.

Und Nellie mit ihren Zöpfen und ihren kindlich-braven Vorstellungen, die bedächtige, ihrer älteren Schwester so ergebene Nellie bleibt auch bald nicht mehr bei Fanny und sucht sich einen eigenen Verehrer. Sie hängt ihr Herz an einen Freund von Joe, den schönen Adolfo Sanchez. Er ist der letzte Nachkömmling einer mexikanischen Adelsfamilie und betreibt im Ort einen Saloon.

In Monterey hatten unterschiedliche Gesellschaftsklassen keine Bedeutung, erzählen Belle und Nellie. *Man tanzte, und das mit großer Begeisterung, mit dem Schlachter, dem jungen Bäcker oder dem ach so verführerischen Barmann.*

Mondscheinsonaten, Fandango unter Zypressen, Picknickausflüge ans Meer. Die Luft ist erfüllt von Lachen, die Herzen schlagen höher. Fanny verbindet nichts mehr mit diesen jungen Leuten. Sie teilt kein Geheimnis mehr mit ihrer Tochter, weiß von keiner Freude, keinem Vorhaben. Belle schließt sie bewußt von allem aus. Von jetzt ab gehört Mrs. Osbourne unwiderruflich der älteren Generation an. Belle gibt es ihr zu fühlen. Überdies ergreift das junge Mädchen in den Auseinandersetzungen, die erneut die Ruhe in den weiten Räumen zwischen den weiß geschlämmten Mauern stören, ganz offen Partei für Sam. *Wenn ich heute daran zurückdenke, bin ich schockiert über meine Unbedachtsamkeit. Ich war so mit meinen Liebesgeschichten beschäftigt, daß es mir kaum auffiel, daß mein Vater, der wieder zum Arbeiten nach San Francisco gefahren war, immer seltener zu uns herunterkam. Anfang des Frühlings kam er noch jedes Wochenende, doch dann wurden die Abstände zwischen seinen Besuchen von Mal zu Mal größer. Schließlich vergingen mehrere Wochen, bis er sich wieder einmal blicken ließ. Meine Mutter war erleichtert, daß er nicht da war. Sie hatte wieder angefangen zu arbeiten. Im Garten der Casa Bonifacio malte sie Miniaturen, kleine, sehr naturgetreue Portraits. Die Zeichnungen von mir aber zeigten ein abschreckendes Gesicht. Als ich mich selbst betrachtete, so wie sie mich sah, mußte ich meine Tränen zurückhalten.*

SCHOTTLAND – SWANSTON COTTAGE VOR DEN TOREN VON EDINBURGH – DAS LANDHAUS DER STEVENSONS

Juni 1879

»Es ist unehrenhaft, es ist eine Schande! Mein eigener Sohn benimmt sich wie der schlimmste Philister und hängt einer Ehebrecherin an den Rockschößen, fordert sie auf, ihren Mann zu verlassen und ihre Kinder zu verraten!«

Draußen regnete es ununterbrochen. Das Wasser lief nur so an den Fensterscheiben der beiden Erker hinunter, die auf den Rasen hinausgingen. Ein verregneter Sommer. Vor dem alten Landhaus stand das Wasser in Pfützen, es sickerte in die Grundmauern und durchweichte die Gartenumfriedung, die sich bereits aufzulösen begann. Die Steine rollten den weißen grasenden Schafen zwischen die Füße. Das Gras war mager, so mager, daß es in der Sonne gelb ausgesehen hätte. Aber von Sonne konnte in diesem Jahr in Schottland keine Rede sein. Die tiefhängenden Wolken lasteten schwer auf den vier eckigen Kaminschloten des Schieferdachs. Im Salon, im Eßzimmer und auch in allen Schlafräumen wurde das Feuer ständig in Gang gehalten. Thomas Stevenson litt unter Rheumatismus, seine Frau Margaret hustete, und ihr gemeinsamer Sohn kam halb um vor Ungeduld. Von ihr hatte er seine schwache Konstitution und den unerschütterlichen Optimismus geerbt; von ihm die Heftigkeit seiner Überzeugungen und die ständige Besorgnis, ob man sich auch ja ehrenhaft verhielt.

»Du widersprichst dir, Vater!« sagte Louis erregt. Er stand auf und durchmaß mit großen Schritten das Eßzimmer. Aufgeregt ging er zwischen seinen Eltern hin und her, die jeder an seinem Ende des Tisches saßen. »Wie oft habe ich dich nicht die Rechte der Frau verteidigen hören! Du hast von ihrem Recht auf Freiheit gesprochen, von ihrem Recht auf Glück.« Er beugte sich zu seinem Vater hinunter. »Ich dachte immer, du seist in diesem Punkt ebenso großzügig und fortschrittlich wie in vielen anderen Dingen! Manche deiner Ideen kamen mir so revolutionär vor. Hast du nicht immer gesagt, daß eine mißhandelte Frau das Recht haben müßte, sich scheiden zu lassen, ohne daß ihr Mann überhaupt gefragt wird? Erst sprichst du den Frauen allein das Recht auf Scheidung zu, und jetzt behauptest du ... «

» ... daß es dir nicht ansteht, in eine Ehe einzubrechen und den Frieden eines fremden Heims zu stören. Wenn du weiterhin auf deinem unehrenhaften Verhalten bestehst und dieses verachtungswürdige Ziel verfolgst, war mein gesamtes Leben ein Fehlschlag!«

Thomas Stevenson ist weder engstirnig noch kleinkariert. Er ist auch nicht borniert. Die Biographen, für die Louis' Vater nichts weiter ist als ein typischer Bürger, tun ihnen beiden unrecht.

Sein kantiges Gesicht mit dem wallenden Backenbart und den buschigen Augenbrauen wurde von einem durch und durch jugendlichen Blick belebt, einem Ausdruck, in dem Neugierde und Zärtlichkeit sich mischten oder eher miteinander kämpften. Sicher, Thomas Stevenson war konservativ. Und er war Calvinist. Wie sein Sohn, mit dem er trotz aller Liebe immer wieder aneinandergeriet, suchte er ständig, den eigenen Ansprüchen, seinem persönlichen Ehrenkodex und seinem Glauben zu genügen. Sein strenger Glaube grenzte an Fanatismus. Er war Theologe, Physiker, Ingenieur, ein Mann in Bewegung, auf der Suche, ein Mann, der unsicher sein konnte, zweifelte und sich manchmal irrte. Er besaß einen trockenen Humor, Phantasie und war zuweilen recht exzentrisch. Und doch waren alle diese Eigenschaften nur Begleiterscheinungen seiner Unnachgiebigkeit und seines Starrsinns.

»Ich bitte dich inständig«, flehte er, »füge mir nicht das größte Leid meines ganzen Lebens zu. Zwinge mich nicht, dich zu verstoßen!«

»Lou«, mischte sich die Mutter ein, eine elegante, fromme und heitere Dame, die ihren Mann anhimmelte.

Margaret Balfour Stevenson kam aus einer alten schottischen Bürgersfamilie. Sie war nicht eigentlich hübsch, aber ihre irgendwie träge Eleganz verlieh ihr einen ganz besonderen Charme. Sie hatte ein schmales Gesicht mit einer Adlernase und graue Augen, aus denen es zuweilen versteckt aufblitzte. Zudem zeigte sie sich durchaus geistreich und hatte sich immer eine bezaubernde jugendliche Spontaneität bewahrt. Manche behandelten sie wie ein hilfloses Vögelchen. Andere als Heilige. Einzig ihre Hustenanfälle, die langen Phasen der Schwermut bei ihrem Mann und die heftigen Meinungsverschiedenheiten mit Louis konnten eine Sorgenfalte auf dieser glatten gewölbten Stirn hinterlassen. Alles andere ließ sie unberührt.

»Lou«, wiederholte sie zärtlich, »setz dich.«

Sie zwang ihn, wieder neben ihr Platz zu nehmen. Und damit er nicht so viel herumzappelte, legte sie ihre durchscheinende Hand auf seinen Arm. An ihrem Handgelenk trug sie ein großes Medaillon mit einem Bild von »Lou mit vier Jahren«, ein Emailleporträt, das von einem Armband aus geflochtenen Haaren gehalten wurde, Louis' blonden Kinderlocken.

»Liebling, versuche doch, deinen Vater zu verstehen. Er kann es nicht ertragen, dich leiden zu sehen.«

»Und wenn?« fiel Thomas ihr bitter ins Wort. »Das ist ihm doch ganz egal! Ich habe mich an seine Hiebe gewöhnt und an seine Gleichgültigkeit, aber daß er dieser Frau gegenüber, die er zu lieben behauptet, daß er sich ihr gegenüber so egoistisch zeigt!«

Mit einer bühnenreifen Geste erhob Thomas seinen schweren Körper vom Stuhl und kam über die ganze Länge des Zimmers auf seinen zartgliedrigen Sohn zu. Anklagend und nicht ohne Gespür für die Dramatik der Szene, baute er sich vor Louis auf.

»Wie kannst du es wagen, sie dazu drängen zu wollen, daß sie ihre Familie opfert, ohne ihr irgend etwas dafür bieten zu können?«

»Ich muß doch sehr bitten: Ich will sie heiraten!«

»Wie großzügig! Aber man muß schon einen Beruf haben, mein Sohn, wenn man den Pater familias spielen will. Und Geld. Und vor allem ein gewisses Verantwortungsgefühl, daß dir allerdings völlig zu fehlen scheint. Du bist jetzt neunundzwanzig Jahre alt, Louis, und du lebst immer noch von den Zuwendungen, die ich dir gewähre, und von den Vorschüssen auf deine Erbschaft.«

Bei diesem Satz hatte Louis sich von seiner Mutter freigemacht und war aufgesprungen. Zitternd vor Wut standen Vater und Sohn sich Auge in Auge gegenüber. Massig, hochroten Kopfes und mit bebendem Kinn unter dem Kranz des Bartes der eine, mit vor Beschämung purpurnem, schmalen Gesicht und blutunterlaufenen Augen der andere.

»Du kannst dein ganzes Vermögen deinen Wohltätigkeitsvereinen hinterlassen«, brüllte er los. »Ich will keinen Pfennig davon! Ich wäre der erste, der sagt, daß ein Kind, das die Überzeugungen der Eltern nicht teilt, auch kein Recht auf ihr Bankkonto hat. Ich habe deine Großzügigkeit immer als ein Lehen verstanden. Ich führe genauestens Buch darüber, und bei meiner Ehre, ich werde dir alles bis auf den letzten Heller zurückzahlen, das kannst du mir glauben!«

Thomas hatte seinen wunden Punkt getroffen. Im Gegensatz zu anderen jungen Leuten seiner Generation und seiner Herkunft machte sich Robert Louis Stevenson ein denkbar schlechtes Gewissen daraus, Geld auszugeben, das er nicht selber verdient hatte. Zu einer Zeit, da die meisten Söhne aus guter Familie von ihrem Vermögen lebten, betrachtete er die zahlreichen Vorzüge seiner Geburt als Leihgaben der Gesellschaft, die er früher oder später zurückzahlen zu können hoffte.

»Wirklich vermachen könntest du mir nur deine Überzeugungen«, sprach er verärgert weiter. »Davon will ich nichts haben.«

»Aber Lou, Lou, das wollte dein Vater doch gar nicht sagen!«

»Es würde mich doch sehr interessieren, was du bisher insgesamt mit deiner Tätigkeit als Autor verdient hast.« Thomas ließ nicht locker.

Wenn der alte Stevenson erst einmal die Wahrheit beim Schopf zu halten glaubte, ließ er sich durch nichts davon abbringen. Ebensowenig wie Louis.

»Na, was haben dir deine *Travels with a Donkey* denn eingebracht, hm?« fragte er gnadenlos. »Dreißig Pfund? Wenn du diese Frau wirklich liebtest, würdest du sie in Ruhe lassen. Oder, mein Kleiner, oder du würdest diese Kupferplatte hier am Haus wieder anbringen lassen, eine Anwaltskanzlei eröffnen und deinen Lebensunterhalt verdienen! Was aber diese arme Familienmutter am anderen Ende der Welt angeht … «

» … die sicher ganz reizend ist, mein Liebling, daran zweifeln wir nicht einen Augenblick. Aber denk doch einmal, Lou, in zehn Jahren wird sie so alt sein wie ich jetzt!«

Louis warf seiner Mutter einen dankbaren Blick zu. Er wußte, daß sie, obwohl sie mit ihrem Mann einer Meinung war, versuchte, diese Auseinandersetzung, die einen so gefährlichen Verlauf nahm, in andere Bahnen zu lenken. Er nutzte die Gelegenheit.

»Aber du bist bezaubernd, Mama!«

»Stell dich nicht dümmer, als du bist. Du weißt genau, was ich sagen will«, fuhr sie fast schon im Plauderton fort. »Ich verstehe ja, daß dich gewisse junge Damen von Welt herzlich wenig interessieren. Aber die Schwester deines Freundes Walter Simpson zum Beispiel ... Sie ist sehr eigenständig und kommt dabei doch aus einer ausgezeichneten Edinburgher Familie.«

»Eve Simpson ist überaus geistreich, Mama, das gebe ich dir gerne zu. Sie ist gebildet, intelligent, vielleicht sogar intelligenter als Fanny, aber ...«

»Aber was?« unterbrach Thomas, der sich in die hinterste Ecke des Raumes zurückgezogen hatte, um sich zu sammeln. »Es wäre dir wohl zu einfach, dich in eine Frau zu verlieben, die gleich um die Ecke wohnt? Eines sage ich dir, mein Kleiner, wenn du dieser Amerikanerin hinterherläufst, bist du für mich gestorben!«

Seine Stimme zitterte ein wenig. Sein Mund schien sich schmerzlich zu verziehen.

»Zwinge mich nicht, dich zu verstoßen, mein Sohn!«

Angesichts dieses von heftiger Erregung und Furcht verwüsteten Gesichts des alten Mannes gab es für Louis keinen Zweifel mehr, daß es seinem Vater bitter ernst war. »Er hat Angst«, dachte er. »Jetzt, in diesem Moment, hat er solche Angst um mich, daß er weinen würde, wenn er es wagte. Das ist von allem wirklich das Schlimmste: Er hat Angst. Und ich bin es, der ihn foltert!«

Thomas schüttelte den Kopf, faßte sich und murmelte:

»Ich bitte dich darum, Louis.«

Die beiden Männer tauschten einen flehentlichen Blick.

MONTEREY – CASA BONIFACIO

Juli 1879

Allein. Fanny ist allein. Sie hat Unterstützung bei ihrer Mutter gesucht, sie hat ihren Schwestern gebeichtet, daß sie sich scheiden lassen will. Allgemeines Protestgeschrei. Die Familie Vandegrift hat Sam zwar nie für die Reise seiner Frau nach Europa verantwortlich gemacht, aber jetzt ist sie ihm böse, daß er sie hat gehen lassen. Diese Trennung – da liegt doch der Grund für all ihre Schwierigkeiten! Und was diese Sache betrifft, die Fanny sich da in den Kopf gesetzt hat, »die Scheidung«, pfui Teufel, wie kann man nur an so etwas denken!

Sicherlich, die Schwestern können nicht leugnen, daß Sam ein wenig leichtlebig ist, ja doch, bisweilen auch verantwortungslos, na, vielleicht auch untreu ... Aber welches Paar hätte solche Probleme nicht? So etwas gehört eben zum Eheleben, zum Leben überhaupt. Warum um alles in der Welt muß Fanny plötzlich unbedingt soviel Gewese um eine Situation machen, von der es sich nicht einmal zu sprechen lohnt? Scheidung? Welche Schande! Wie kann sie es nur wagen? Ihr armer verstorbener Vater, Gott sei seiner Seele gnädig, würde sich im Grabe umdrehen. Seine Töchter haben die Pflicht, sein Andenken und seinen Namen in Ehren zu halten.

Die Vandegrifts, die Osbournes und die Stevensons sind vollkommen einer Meinung. Drei Familienclans, die drei verschiedene Welten repräsentieren, aber die Reaktion ist überall dieselbe: absolute Verbissenheit und hochgezogene Augenbrauen. Aus Indiana regnet es Briefe. Indignierte Briefe.

Und auch das Verhältnis zwischen Fanny und Belle verhärtet sich noch mehr.

»Ich möchte nicht, daß du dich weiter mit diesem Joe Strong herumtreibst. Er ist ein Tunichtgut. Du verschwendest mit ihm nur dein Talent und deine Jugend!«

»Und wenn er mir nun aber gefällt?«

»Du wirst ihn schnell vergessen, Kleines. Genau wie den anderen, deinen Iren. Wie diesen armen O'Meara, der angeblich die große Liebe deines Lebens gewesen ist. Wahrhaftig, was für eine Aufregung um nichts! Ich weiß schon, was dir fehlt. Ich habe für dich eine Verbindung im Auge, die sehr viel besser für dich ist als der Umgang mit diesem Haufen von verhinderten Künstlern!«

Woher diese plötzliche Verachtung für die Boheme? Dieser heftige Wunsch nach Ehrsamkeit? Will Fanny ihrer Tochter den Irrtum ersparen, den sie mit ihrer Liebe zu Robert Louis Stevenson begangen hat? Will sie sie vor ihren eigenen Qualen schützen, vor ihren Zweifeln und dem Meer von Ängsten, mit denen sie sich herumschlagen muß? Mit diesem Argument jedenfalls verteidigt sie vor sich selber diese strenge Haltung einer Mutter, die sich einzig und allein für das materielle Wohl ihrer Tochter interessiert. Das materielle Wohl? Konventionen? Fanny selber ist das nach wie vor egal. Aber sie fürchtet, Belle könnte sich zu schnell auf eine neue Affäre einlassen. Sie weiß, die junge Dame hält nicht viel von leidvollem Verzicht, wo man sich doch so schön vergnügen kann, und sie kennt ihre leidenschaftliche Begeisterung für die Liebe. Als reife Frau hat sie im glutvollen Joe Strong zwar das Talent erkannt, gleichzeitig aber auch den Blender. Aus Angst sagt sie Katastrophen voraus und begeht eine Taktlosigkeit nach der anderen. Sam ergreift selbstverständlich Partei für seine Tochter. Er ist der Meinung, Belle habe schließlich auch ein Recht auf Glück.

»Glück«, Fanny lacht hämisch auf, »was versteht denn dein Vater vom Glück?«

»Jedenfalls mehr als du! Wenn du mich vielleicht mit diesem Plantagenbesitzer aus Kentucky verheiraten willst, den nehme ich nicht. Er langweilt mich, er ist dumm!«

»Weniger dumm als dein Joe Strong! Er spielt sich als Anführer auf und hält sich für einen großen Maler. Aber ich gebe ihm längstens fünf Jahre, hörst du, fünf Jahre, bevor er zusammenfällt wie ein poröser Luftballon, wohlgemerkt ein Luftballon, den man mit Alkohol gefüllt hat. Mit achtzehn war er vielleicht noch ganz talentiert. Und selbst da! Er hat keine Disziplin, er hat keinen Charakter, er hat keine Ausdauer. Er ist ein Versager. Du wirst schon sehen. Eine Null, ein Niemand!«

Belle hört gar nicht hin und macht weiter wie bisher.

Anfang Juli läßt die brave Nellie die nächste Bombe hochgehen. Sie verkündet ihre Absicht, Adolfo Sanchez zu heiraten. Belle ihrerseits verlobt sich heimlich mit Joe Strong. Und sie wird noch einen draufsetzen ...

Unruhig ging Fanny in ihrem großen Zimmer im Erdgeschoß der Casa Bonifacio auf und ab. Barfuß lief sie in immer kleiner werdenden Kreisen über die kalten Dielen, vom großen Himmelbett zum marmornen Waschtisch, vom Wasserkrug aus Porzellen zu der bemalten Holztruhe, in der ihre Kleider verstaut waren. Über sich hörte sie das deutliche Gemurmel von Nellie und Belle. Schlafen. Wie gerne hätte Fanny geschlafen! Aber sobald sie sich auf ihrem Bett ausstreckte, spürte sie eine Bedrohung. Irgend etwas oder irgend jemand stürmte auf sie ein. Sie mußte wachsam sein. Wachsam sein und ja nicht einschlafen. Plötzlich bauschten sich die Vorhänge im Luftzug. Schritte im Garten. Da draußen kam jemand näher. Sie öffnete ihre Nachttischschublade, holte ihre Derringer heraus, spannte den Abzug und zielte auf das Fenster. In der lauen Nacht erklangen die Töne einer Gitarre. Ein spanisches Liebeslied, ein rauher und unbändiger Schrei. Die Stimmen von vier jungen Männern sangen ein Fenster im oberen Stockwerk an. Deutlich war der volle Bariton von Adolfo Sanchez herauszuhören. Oben liefen trippelnde Schritte zum Fenster. Ein Streichholz glomm auf, man stellte eine Kerze auf den Sims, und dann gab man sich schmachtend dem Liebeswerben hin. Diese dummen Gänse! Fanny wurde von Ekel geschüttelt. Diese dummen Gänse! Würden ihre Seele verkaufen für diese lächerliche Gefühligkeit, ihr ganzes Leben zerstören. Nichts als Unsinn im Kopf! Mußte man sie beschützen? Und vor was? Was sollte sie tun? Sollte sie ihnen diesen Moment verderben? Der Serenade ein Ende bereiten? Die jungen Männer verjagen? Über ihren langen Schatten auf der Mauer zeichneten sich die Umrisse ihrer Gitarren ab. Sie legte die Pistole zurück und machte die Schublade wieder zu.

Dann blieb sie aufrecht am Fuße des Bettes stehen. Ihre Arme hingen schlaff an ihrem Nachthemd herunter. Ein züchtiges Altfrauennachthemd. Sie war mindestens hundert Jahre alt! Warum blieb sie hier? Niemand hier brauchte sie. Ach ja, richtig, sie blieb, um ihren Sohn aufzuziehen und ihre Tochter zu verheiraten. Warum konnte sie nicht zu dieser warmen Zärtlichkeit zurückfinden, die ihrem Leben einmal einen Sinn gegeben hatte? Zärtlichkeit? Ihr Mann liebte sie nicht. Ihre Tochter haßte sie. Es gab für sie keinen Grund mehr zu leben. Nur der kleine Sammy brachte ihr noch Zuneigung entgegen. Aber auch er trieb sich lieber mit Pferden und Jungen in seinem Alter herum. Sie war so müde. Wenn doch bloß dieses Geplärre aufhören würde! Sie warf sich auf ihr Bett, vergrub den Kopf in den Kissen und stopfte sich die Zipfel in die Ohren. Sie wollte an Louis denken. Wenn er doch käme, ach ja, wenn er nur käme! Sie versuchte ihn sich vorzustellen. Ein Jahr waren sie nun schon getrennt. Was wäre, wenn er käme? Skandal! Drama! Belle würde ihr wieder Vorwürfe machen. Auch die Möglichkeit, daß Louis zu ihr käme, konnte sie nicht beruhigen. Sie konnte noch nicht einmal in ihre Träume flüchten. Was wäre, wenn er käme? Sie verscheuchte den Gedanken. Sie wollte an etwas durch und durch Friedliches denken, etwas, wobei man absolut nichts entscheiden mußte, etwas, was ihr niemand übelnehmen konnte. Zum Beispiel das rote Blumenbeet mit den Tigerlilien im Garten des alten Vandegriftschen Hauses, ein rotschillerndes Meer, das sich vor ihr erstreckte und ihr die Sicht auf alles andere versperrte.

Sie mußte eingenickt sein, denn als sie wieder zu sich kam, waren die Gitarren verstummt. Auch die Männerstimmen und das Gemurmel der Mädchen waren nicht mehr zu hören. Stille. Aber da saß jemand regungslos am Fußende ihres Bettes und beugte sich über sie. Louis! Sie kannte diese magere Gestalt mit den eingesunkenen Schultern. Louis! Die dunklen Schatten, die seine Augen waren, starrten sie unverwandt an. Sein Mund öffnete sich und ließ ein trockenes Husten hören, als würden nur die Zähne aufeinanderklappern. Ein Totenkopf! Louis, ein Fremder. Louis, der sie bedrohte. Ein Skelett, das sich anschickte, sie mit sich zu nehmen.

»Was ist los?« fragte sie.

»Nichts. Ich komme, um dich zu holen. Ich nehme dich wieder mit mir zurück.«

Die Stimme war die von Sam. Diese schleppende Stimme mit dem Südstaatenakzent, der die Silben verschluckte. Sam hatte sie eingeholt. Er hielt sie fest.

»Du hast doch gesagt, es wäre alles gut«, murmelte sie.

»Aber Fanny, es ist alles gut!«

Sie richtete sich auf, bereit, mit ihm zu streiten, wie sie es immer tat, ihn zu beschuldigen, ihm Beschimpfungen an den Kopf zu werfen. Leer. Das Zimmer war leer! Sie war wieder von ihrem schrecklichen Traum eingeholt worden. Morgen, jawohl, morgen würde sie allem ein Ende machen. Morgen würde sie an Louis schreiben.

Am frühen Morgen des 30. Juli 1879 fand sich Fanny Osbourne vor dem Telegrafenamt von Monterey ein. Sie diktierte zehn Worte, adressiert an Swanston Cottage.

Was stand in diesem Telegramm? Niemand kennt den Inhalt dieser Botschaft. Robert Louis Stevenson hat sie zerstört, nachdem er sie gelesen hatte. Hat Fanny von Wahnsinn und Tod gesprochen? Hat sie ihm ihren Wunsch anvertraut zu sterben? Oder wollte sie ihn aus ihrem Leben vertreiben? Wollte sie mit ihm brechen?

Ich halte es für einigermaßen wahrscheinlich, daß sie Robert Louis Stevenson anflehte, sie vor sich selber zu retten!

Wie auch immer das Telegramm lauten mag, die Nachricht muß sehr beunruhigend gewesen sein, denn Louis antwortete noch am selben Tag: *Halte durch. Ich werde in einem Monat bei dir sein.*

SWANSTON, EDINBURGH, LONDON, GLASGOW, NEW YORK, SAN FRANCISCO – Louis' Pilgerfahrt

August 1879

Er verläßt Swanston Cottage, fährt in Edinburgh vorbei und eilt nach London, wo er von seinen Freunden das nötige Geld für die Überfahrt zu leihen hofft. Aber weder Colvin noch Henley und Mrs. Sitwell sind mit dieser Reise einverstanden. Es ist der erste Konflikt in einer langen Reihe von Rivalitäten zwischen Fanny Osbourne und den alten Freunden von Robert Louis Stevenson. Sie versuchen alles, um ihn zurückzuhalten. Sie sagen, er werde seine literarische Karriere zerstören, wenn er England verläßt. Er wird seine wenigen Verlagskontakte verlieren. Und vor allem überwirft er sich mit den Eltern! Und was zum Teufel will er denn überhaupt tun in Monterey, beim Ehemann?

Um ihn an der Abreise zu hindern, verschließen ihm seine Freunde ihre Geldbörsen und verweigern jede Unterstützung. Aber Stevenson gelingt es, einen kleinen Vorschuß auf zukünftige Artikel herauszuschlagen. Er kauft eine Fahrkarte zweiter Klasse und begeht eine der wenigen Grausamkeiten seines Lebens, indem er seine Eltern in dem Glauben läßt, er werde am nächsten Tag zu ihnen in die Ferien fahren.

An diesem nächsten Tag aber, dem 7. August 1879, schwimmt er, zusammen mit den Emigranten auf dem Zwischendeck, auf der *Devonia* New York entgegen. In der Tasche trägt er ein kleines schwarzes, in Saffianleder gebundenes Buch bei sich, die von seinem Vater verfaßte theologische Abhandlung. Von Glasgow nach New York und von Monterey nach San Francisco werden die religiösen Überlegungen dieses geliebten Wesens, an dem er nun einen solchen Verrat begeht, immer bei ihm sein. Neun Monate später wird er sie dem einzigen Menschen schenken, der ihm dessen würdig erscheint. Dem Pastor, der ihn mit Fanny Osbourne traut. Zwischen diesem Tag und dem seiner Abreise wird Robert Louis Stevenson erwachsen geworden sein. Die Reise nach Amerika wird seinen Stil und seine Weltsicht nachhaltig verändern.

Nun ist er also aufgebrochen in den Fernen Westen, krank und unter Umständen, die ihn nur noch kränker machen können, schreibt Colvin an Henley. *Wenn sein Gesundheitszustand nicht so bedenklich wäre, würde mich seine Abreise nicht weiter aufregen. Selbst wenn der Körper sich bisher noch immer seinem Kopf und seinen Launen unterordnet, so wird ihm dieser Körper doch eines Tages seine Gefolgsamkeit aufkündigen, und dann werden wir ohne unseren Freund dastehen. Wenn er natürlich überlebt, wird er alles tun, um diese Geschichte zu einem guten Ende zu bringen. Aber all das viele Palavern ist unnütz, man kann nur hoffen.*

Trotz seines Mitgefühls wird Colvin sich strikt weigern, sich ein Bild von der Odyssee seines Schützlings zu machen. Er wird es sogar ablehnen, zuzuhören, wenn Stevenson später versucht, ihm davon zu erzählen.

Mir ist, als wäre ich gestern abend gestorben, schreibt ihm Louis am Morgen seiner Abreise. *Ich kann Dir ganz ehrlich sagen, daß ich keine Hoffnung habe, keine Angst und keinerlei Wunsch. Nur eine unbestimmte Lust auf Wein, der ich aber widerstehen muß. Soeben habe ich mein Testament gemacht. Wie dumm es doch bestellt ist um diese Welt!*

Der Himmel gebe, daß Ihr bei guter Gesundheit bleibt, das ist die einzige Bitte der leeren Hülle, die einmal »R.L.S.« enthielt.

Bob ist der einzige, bei dem Louis von Fanny zu reden wagt. Während das Schiff den Anker lichtet, schreibt er: *F. ist sehr krank. Ich muß es versuchen, ich muß sie dazu bringen, daß sie sich entscheidet und wieder aus dieser Sackgasse herauskommt. In ein oder zwei Monaten werde ich zurück sein ... Aber die Welt ist eben groß!*

Auf der Suche nach der Frau seines Herzens wird R.L.S. einen ganzen Kontinent durchqueren. Er wird sich mit unzähligen anderen Passagieren in den Zügen drängen, die dem Westen entgegeneilen, wird die Great Plains, die Berge und Wüsten Amerikas sehen und lernen, was Kälte, Hunger und Zusammengepferchtsein bedeuten. Von seinen Abenteuern berichtet er in zwei Büchern, die absolut nichts beschönigen. Zwei kleine Meisterwerke: *The Amateur Emigrant* und *Across the Plains.* Seine Freunde werden sich standhaft weigern, ihren Wert zu erkennen, und sein Vater wird sie beim

Verlag beschlagnahmen lassen, weil er sie für seines Talentes unwürdig hält. Robert Louis Stevensons Welt kann sich nicht damit abfinden, daß er freiwillig, aus Liebe und ganz allein in die Niederungen des Lebens hinabsteigt.

Die Bedingungen seiner Reise werden in der Tat so fürchterlich gewesen sein, daß selbst Fanny nicht mehr den romantischen Bohemien in ihm wiedererkennt, sondern nur noch das Skelett ihrer Alpträume.

Um zu ihr nach Monterey zu gelangen, wird Robert Louis Stevenson in nur dreiundzwanzig Tagen acht Kilo abnehmen und sich eine Krankheit holen, die sie von nun an beim Namen nennen müssen: Tuberkulose.

Am 18. August 1879 schreibt er aus New York an Henley: *Ich bin bis auf die Knochen durchnäßt und habe schlechte Neuigkeiten … Schicke meine Post bitte an die Adresse von Joseph D. Strong, Monterey, Cal.*

Der Gipfel der Ironie! Um Sams Eifersucht nicht zu wecken, deckt Joe Strong die Liebschaft seiner zukünftigen Schwiegermutter.

MONTEREY
August 1879

In dem kleinen in der Sonne brütenden Ort erhitzen sich die Leidenschaften. Während der eine Liebhaber sich am anderen Ende der Welt auf den Weg macht, die Mutter zu gewinnen, entführt der unerwünschte Nachbar die Tochter. Die Osbourneschen Frauen und ihre seltsamen Liebschaften! Am 9. August, also zwei Tage, nachdem Robert Louis Stevenson sich auf der *Devonia* eingeschifft hat, schreitet Joe Strong zur Tat.

Meine Mutter hatte eine Bombe hochgehen lassen, schreibt Belle in ihrer Autobiographie, *indem sie Joe wissen ließ, daß sie sich für mich um eine reiche Heirat bemühte. Entsetzt über diese Nachricht, war er in aller Eile hinauf nach San Francisco gefahren, um mit meinem Vater zu reden. Auf dem Rückweg nach Monterey hatte er in Salinas Station gemacht und eine Heiratslizenz für uns besorgt. Er holte mich bei meiner Mutter ab und nahm mich mit zu einem Strandspaziergang. Dort sagte er mir dann, daß mein Vater ihm seine Einwilligung und seinen Segen erteilt hatte. Er flehte mich an, ihn auf der Stelle zu heiraten und mit niemandem darüber zu reden. Aufgeregt kletterten wir die Felsen hinauf und kamen zur Pacific Grove Retreat, einer Art kleiner religiöser Gemeinschaft. Dort führte Joe mich zu einem Häuschen, wo bereits ein Pastor und seine Frau auf uns warteten. Bevor ich mir noch klar werden konnte, was da überhaupt mit mir geschah, waren wir auch schon verheiratet. Ich trug ein altes graues Kleid und völlig zertretene Leinenschuhe, die ich nur am Strand benutzte. Wir wollten uns schier ausschütten vor Lachen über mein Hochzeitskleid. Ich hatte noch nicht einmal eine Handtasche dabei!*

Und dazu muß man sich nun vorstellen, daß Belle an diesem Abend ganz brav zum Schlafen unter das Dach ihrer Mutter zurückkehren wird. Beinahe einen Monat lang hat Fanny nicht die leiseste Ahnung, daß ihre Tochter, ihre Verbündete und Gefährtin, von nun an eine verheiratete Frau ist.

Was die Widersprüchlichkeiten in ihrem Verhalten angeht, nehmen sich die beiden wirklich nicht viel.

Beide sind zwischen Ungeduld und Angst hin- und hergerissen, jede behält ihre Geheimnisse für sich. Beide warten. Fanny sehnt ihren jungen Liebhaber herbei, kündigt seine Ankunft aber niemandem an. Belle zählt die Tage bis zu ihrer Volljährigkeit, um sich mit ihrem rechtmäßig angetrauten Ehemann aus dem Staub zu machen. Die Atmosphäre in der Casa Bonifacio in diesem August des Jahres 1879 möchte man sich lieber nicht vorstellen!

Um so mehr, als die Gefühlsverwirrungen sich durch die scheinbar harmlose Liebelei zwischen Tante Nellie und dem schönen Alfonso noch zusätzlich verkomplizieren: Ihre Verlobung macht das Familiendrama komplett. Nellie hat den Vandegrifts ein Foto ihres mexikanischen Verlobten geschickt. Allgemeines Entsetzen! Das Nesthäkchen will einen Schwarzen heiraten! Die Schwestern machen die unmögliche Fanny für diese neuerliche Katastrophe verantwortlich.

Zur gleichen Zeit überbringt Joe Strong so unauffällig wie möglich ein Telegramm von Stevenson. Er kommt! Seinen Besuch nun noch länger zu verheimlichen würde nur Verdacht erregen. Er kommt! Aber was tun? Was sagen? Und wem? Fanny sucht sich Rearden aus, um Sams Freunde mit den nötigen Informationen zu versorgen. Er hat dafür genau das richtige Maß an Intelligenz und Bosheit.

Es scheint, schreibt sie ihm, *daß mein geistreicher Freund, sie wissen schon, der nette Junge aus Schottland, es scheint tatsächlich, daß er sich auf eine Vortragsreise durch Amerika eingelassen hat. Ich halte das für eine große Dummheit seinerseits und habe ihm geschrieben, um ihn davon abzubringen. Außerdem habe ich ihm geraten, sich gar nicht um die Kritiken zu kümmern, sondern an seinem eigenen Stil festzuhalten. Er besitzt einen besonderen, ganz eigenen Ton! Er wäre verrückt, diese literarische Stimme für Geld und einige schmeichlerische Worte aufzugeben! Ich bin ganz sicher, daß er später, wenn er weiter arbeitet, und wenn er überlebt, zu großem Ruhm und Reichtum gelangen wird. Er muß nur weitermachen, denn wenn er überlebt, erwartet ihn ein großes Schicksal.*

Vertrauensbekenntnis und Lügengespinst, Ernsthaftigkeit und List in einer seltsamen Mischung. Belle läßt sich nichts vormachen. Ende des Monats trifft der Rivale ihres Vaters in Monterey ein.

MONTEREY
Freitag, 30. August 1879 – 17 Uhr 30

Ich höre noch den Aufschrei meiner Mutter, als sie ihn sah, wird Fannys Sohn vierzig Jahre später schreiben, *ihre gestammelten Sätze, das Lachen, die Tränen liefen ihnen herunter, sie waren verrückt vor Wiedersehensfreude.*

Fanny saß mit dem Rücken zur Sonne am Ostfenster und bediente mit größter Gleichmäßigkeit das Pedal ihrer Nähmaschine, um eine Spitzenapplikation auf einem Kleid zu befestigen.

Sie trug einen granatfarbenen Rock, dazu eine pflaumenviolette, bis zum Kinn durchgeknöpfte Korsage mit gestärkten Manschetten und weißem Kragen, aus dem die Kette mit dem goldenen Kreuz herausschaute. Dieser Aufzug verlieh ihr etwas Braves, Ernsthaftes und irgendwie auch Friedliches. »Es ist seltsam. Seit ich weiß, daß Louis in New York eingetroffen ist, erwarte ich ihn nicht mehr mit der gleichen Ungeduld! Im Grunde bin ich mir gar nicht so sicher, ob ich mir sein Kommen wirklich wünsche.«

Wären da nicht ihr schwarzer Lockenkranz, das klargeschnittene Profil, die etwas zu gerade Nase und der verbitterte Mund gewesen, Fanny hätte als das Idealbild weiblicher Sanftmut durchgehen können. Auch die nikotingelben Finger und die Zigarette, die unablässig irgendwo zwischen dem Gewusel aus Garnrollen, Nähnadeln und Stoffbahnen qualmte, taten das ihre, um diesen Eindruck zu zerstören. »Wie bei den Kranken, deren Symptome verschwunden sind, sobald der Arzt eintrifft, scheint mir sein Besuch nun nicht mehr notwendig.«

»Sammy, arbeitest du auch?« fragte sie das Kind, das zu ihren Füßen ausgestreckt auf dem Fliesenboden lag. »Sag mir deine Deklinationen auf ... übrigens, ich glaube, Luly kommt uns besuchen.«

Diese scheinbar harmlose Bemerkung hatte sie schon am Vortag gemacht, ein in eigenartigem Tonfall hingeworfener Satz, begleitet von einem irren Flimmern in ihrem Blick: »Ich habe gute Nachrichten für dich: Luly kommt hierher!«

»Wann?« rief Sammy auch diesmal wieder aufgeregt.

»Bald.«

»Wie lange bleibt er?«

»Das weiß ich nicht ... Also, was ist jetzt mit diesen Deklinationen?«

Sammy setzte sich auf und betete seine lateinischen Vokabeln herunter, die er sich mit Hilfe dicker Wörterbücher anzueignen versuchte, die Timothy Rearden ihm geschickt hatte.

Die Nähmaschine ratterte vor sich hin, und so hörten sie weder die Schritte ihrer Wirtin noch das leise Klopfen an der Tür oder das Geräusch der Klinke, bis die Señorita sie mit den laut heraustrompeteten Worten erschreckte:

»Da ist Besuch für Sie!«

Sie hatte sich noch nicht ganz umgedreht, da lag der Stuhl schon am Boden. Sie brauchte ihn nicht zu sehen, um loszulaufen. Louis stand im Gegenlicht. Sie registrierte, wie abgewetzt sein bescheidener blauer Anzug aussah und wie die Pelerine, die er über dem Arm trug, vor Schäbigkeit glänzte, der Strohkoffer zu seinen Füßen ging schon halb aus dem Leim. Sein von der seltsamen Melone auf seinem Kopf überschattetes Gesicht konnte sie nicht erkennen, aber als sie sich in seine Arme warf, dachte sie, daß sie sich gar nicht erinnern konnte, daß er schon immer so überaus lang und zerbrechlich gewesen war. Sie hielten sich umschlungen, weinten alle beide, lachten, murmelten unzusammenhängende Worte.

Bis zu diesem Moment, schreibt Sammy, *hatte ich an ihn nie als an einen Invaliden gedacht. Ganz im Gegenteil! Er übertraf alle anderen jungen Leute in Grez an Tatkraft und Lebendigkeit ... Jetzt aber sah Robert Louis Stevenson selbst für meine Kinderaugen krank aus. Seine übermäßig glänzenden Augen betonten nur noch, wie mager und blaß er war. Seine Kleider erschienen mir plötzlich nicht mehr romantisch. Schmutzig und zerrissen hingen sie armselig an seinem hinfälligen Körper herunter.*

Sammy sagt hier allerdings nicht dazu, daß Nacken und Ohren Robert Louis Stevensons von Pusteln übersät waren. Auf seinen geschwollenen Händen zeichneten sich große rote Flecke ab. Überall hatte er kleine Pickel, an denen er unablässig herumkratzte, ohne es überhaupt noch zu merken.

Er ließ Fanny nicht aus den Augen.

»Sammy, mein Liebling«, stammelte sie, »geh schnell den Wein und die *tacos* holen, die ich beim Lebensmittelhändler bestellt habe. Und hol Belle und Nellie her. Sag ihnen, daß Luly da ist!«

Dann standen sie sich Auge in Auge gegenüber, von ihren Gefühlen wie gelähmt. So, ohne daß ein Dritter zugegen gewesen wäre, spürten sie plötzlich eine eigenartige Scheu, sich zu umarmen.

»Bist du enttäuscht?« fragte er mit einem gezwungenen Lächeln.

Sie zögerte. Die Sekunde, die sie brauchte, um antworten zu können, zerriß dem Reisenden das Herz. Sie erriet, welchen Schlag ihm ihr Schweigen versetzte, und drängte sich, von einer Welle des Gefühls überwältigt, nun doch an ihn.

»Sei nicht dumm. Aber ich hatte doch nicht erwartet, dich schon so früh zu sehen. Nicht heute abend. Es ist Wochenende«, rief sie dann theatralisch, »morgen kommt Sam!«

»Gut. Wir werden keine Zeit verlieren.«

Er schloß sie wieder in die Arme, und diesmal küßte er sie auch. Dabei glaubte er zu fühlen, daß sie keinerlei Freude bei dieser Zärtlichkeit empfand. Er irrte sich. Aber aus unerfindlichen Gründen meinte Fanny, sich bezwingen zu müssen. Sie rang um Fassung. Er hielt sie fest. Sie machte sich von ihm los.

»Deine Zärtlichkeiten tun mir weh«, flüsterte sie, »ich liebe dich so sehr.«

»Also werde ich dir erst mal richtig weh tun und dich so lange an mich drücken, bis sich deine Knochen in meiner Haut abzeichnen.«

Sie lachte verschämt.

»Das wäre gar nicht so einfach. Ich bin dicker geworden, nicht wahr? Seit ich dein Telegramm erhielt, habe ich wieder zugenommen. Aber jetzt laß du dich erst mal anschauen.«

Sie trat zurück, senkte ihren kleinen Kopf, kniff die Augen zusammen und begutachtete ihn, wie sie es mit einem Gegenstand tat, bevor sie ihn malte. Bei dem Anblick zog sich ihr das Herz schmerzhaft zusammen.

»Du kannst dich jedenfalls nicht über zuviel Speck auf den Knochen beklagen«, sagte sie betont leichthin. »Aber ich werde dich schon wieder aufpäppeln!«

Sie war wieder ganz die Hausfrau und Mutter und holte nun Gläser und Teller hervor. Dann führte sie ihn zum Tisch.

»Ich wette, du hast den ganzen Tag noch nichts gegessen.« Sie stellte eine Schale mit *guacamole* vor ihn hin. »Hast du schon mal Avocados probiert?«

»Ich hatte ganz vergessen, was für eine gute Schauspielerin du bist! Damit wir gar nicht erst von uns sprechen, lockst du mich auf dein Terrain.«

»Das ist ein mexikanisches Rezept … «

»Ah, Fanny«, lachte er, »du wirst dich niemals von der Liebe aus dem Tritt bringen lassen. Du bleibst mit deinen spitzen Absätzen immer gut auf festem Boden verankert. Ein treues Pferdchen, aber du läßt dich immer wieder vor denselben Karren spannen!«

»Und du, du bist ein Vogel, der immer wieder zu der Sonne auffliegt, an der er sich gerade die Flügel verbrannt hat. Erzähl mir von deiner Reise, deiner Arbeit. Willst du mir etwas Neues zeigen, bevor die anderen kommen?«

»Ich bin geradezu in Tinte ertrunken, so viel habe ich geschrieben! Von New York aus habe ich Colvin die längste Erzählung geschickt, die ich je geschrieben habe, *The Story of a Lie – Die Geschichte einer Lüge.*«

»Du mußt sie mir vorlesen.«

»Aber nicht jetzt.« Er bedachte sie mit einem forschenden Blick: »Hast du solche Angst vor meiner Nähe, daß du jetzt sonstwas erfindest, nur um mich beschäftigt zu halten?«

Sie antwortete nicht.

Sie berührten sich nicht mehr. Er hatte seinen Arm von Fannys Schulter genommen. Sie war ein wenig von ihm abgerückt. Seite an Seite saßen sie auf der Bank am Tisch und unterhielten sich wie alte Bekannte. Der eine verletzt durch ihre Zurückhaltung, die er für Gleichgültigkeit nahm, die andere verunsichert durch die Erschöpfung ihres Tischgesellen. Beide taten so, als würden sie die Unterhaltung dort wieder aufnehmen, wo sie sie im vergangenen August unterbrochen hatten.

Diese beiden Menschen, die so schmerzlich aufeinander gewartet hatten, ließen sich jetzt viel Zeit. Beide fühlten sich von derselben Furcht und Trauer bedrängt.

»Ich hatte mir diese Emigranten immer wie ein Wikingervolk vorgestellt, das zur Eroberung der Neuen Welt auszieht«, sagte Stevenson schon etwas belebter. »Aber die, mit denen ich auf der *Devonia* in Dreck und Elend gereist bin, sahen eher nach allem anderen aus. Es ist kein Spaß, wenn man alkoholabhängig ist, Fanny, und Armut ist nicht gerade ein besonders großer Anreiz dafür, sich selbst zu übertreffen.«

Sie nickte.

»Das weiß ich.« Und um ihn nicht vom Thema abkommen zu lassen, fragte sie nach:

»Und weiter?«

»Nun ja, verglichen mit den Passagieren der ersten Klasse sind die Ausreißer, Verlierer und Verzweifelten aus dem Laderaum doch um einiges menschlicher und ehrwürdiger. Ich bin der festen Überzeugung, daß ein Mensch ebensoviel wert ist wie ein anderer, und ich war nie ein radikaler Verfechter der sozialen Sache, aber, mein Gott, als die schönen Damen und ihre Herren Kavaliere uns ihren Besuch abgestattet haben, war ich maßlos erstaunt, was für eine unerträgliche Beleidigung allein ihre Gegenwart in unserer Mitte für uns bedeutete. Ich hätte sie am liebsten verprügelt, diese reichen Fatzken mit ihrer Neugier und ihrem Mißtrauen, die es auch noch für besonders höflich hielten, daß sie ihre Gefühle hinter einem mitleidigen Lächeln verbargen. Wahrscheinlich habe ich bei dieser Reise eine ganze Menge gelernt. Dein Land, Fanny, übertrifft alle Herrlichkeiten, die man sich in seinen kühnsten Träumen vorstellen kann! Ich bedaure nicht, daß ich gekommen bin«, fügte er dann hinzu, als müsse er sich selber vergewissern. »Es hieß jetzt oder nie. Komme, was wolle. Ich habe die Nabelschnur durchschnitten. Nun kann ich nur noch auf mich selbst zählen. Dafür war es höchste Zeit! Ich muß endlich allein zurechtkommen. Ich sehe den Weg, der hinter mir liegt, ganz klar ... und den vor mir auch.«

Sie lächelte zögernd.

»Was auch immer kommen mag«, sagte er wieder, »ich bereue nichts.«

Die Furcht in diesem letzten Satz schien Fanny zu rühren. Sie ließ sich gegen ihn sinken.

»Es behauptet doch niemand, daß du besser nicht hättest kommen sollen. Niemand!«

Diesmal war sie es, die die Lippen auf den ausgetrockneten Mund des jungen Mannes preßte. Er umschlang ihren kleinen Körper, der sich jetzt nicht mehr wehrte. Nun nahm ihnen die Liebe doch noch den Atem. Aber nicht für lange, denn schon flog die Tür auf.

»Die vielen Monate und Minuten müssen wohl aufgeholt werden«, bemerkte Belle beißend. »Guten Tag, Louis. Ich wußte nicht einmal, daß Sie in Amerika sind!«

Nellie und Sammy drängten sich hinter ihr ins Zimmer.

Fanny fand die Sprache wieder und sagte grollend mit der gewohnten mütterlichen Strenge:

»Wo warst du?«

Belle antwortete im selben Tonfall:

»Bei meiner Tante.«

Die blonde, rundliche Nellie tat so, als bemerke sie nichts vom derangierten Zustand ihrer Schwester und Belles Aggressivität, und nahm die Hand, die Stevenson ihr entgegenhielt.

»Fanny hat mir viel von Ihren Fähigkeiten erzählt. Es sieht so aus, als würden Sie der Walter Scott unserer Generation werden. Ich liebe Walter Scott ungemein.«

»Und ich, Miss Vandegrift, bin noch keine Stunde hier und habe doch schon überall Ihren Charme rühmen hören!«

Begeistert, seinen großen Freund wiederzuhaben, kletterte Sammy auf »Lulys« Knie und bettelte: »Erzähl uns von deinen Abenteuern! Was wirst du jetzt tun? Bleibst du lange?«

Er gab vor, sich über das Leben der Immigranten informieren zu wollen, aber er war nur gekommen, weil er Fanny Osbourne liebte, kommentiert Belle. *Und all seine Erzählungen waren an sie gerichtet. Er sprach nur für sie. Nellie, Sammy und ich waren für ihn gar nicht vorhanden.*

Erlag Belle an jenem Abend Louis' Charme? Und hatte die junge Miss Osbourne nicht zwei Jahre zuvor an Rearden geschrieben: *Der andere Stevenson ist nicht gerade schön, nein, wirklich, schön ist er ganz und gar nicht. Aber sobald er den Mund aufmacht, sobald er etwas sagt, ist er für mich der verführerischste Mann, den ich je kennengelernt habe!*

Die Nacht zum 31. August 1879 ließ niemanden in der Casa Bonifacio Schlaf finden. Im ersten Stock konnte Belle in dem großen

Bett, das sie mit ihrer Tante teilte, vor Wut keinen Schlaf finden. So war das also, ihre Mutter, diese scheinheilige Person, wollte sie daran hindern, Joe Strong zu lieben, während sie für sich selber den Herrn Liebhaber kommen ließ. Keine Woche länger würde Belle unter diesem Dach verbringen! Sie würde bald mit Joe fliehen. Sie würden ihre Sachen aus Oakland holen und bei ihrem Vater in San Francisco unterschlüpfen. Von diesem Fluchtplan sollte nicht einmal Nellie etwas erfahren. Nellie, die doch tatsächlich darauf bestand, daß dieser kränkelnde Schotte nichts weiter sei als ein Schützling von Fanny. »Eine literarische Freundschaft.« Also wirklich, was für ein Unschuldslamm! Sollte sie doch damit glücklich werden, diese Nellie, dieser Blaustrumpf. Aber sie sollte lieber zusehen, daß sie nicht mehr bei ihrer Schwester lebte, wenn der Skandal erst richtig losging. Dann wäre es nämlich plötzlich die Familie Sanchez, die einiges gegen ihre Heirat mit Adolfo einzuwenden hätte.

Fanny hörte das Gemurmel der beiden jungen Mädchen diesmal nicht. Sie lag in voller Kleidung ausgestreckt auf der Patchworkdecke ihres Bettes und dachte nach. Und was dabei herauskam, ließ sie vor Angst erstarren. »Er ist da. Er ist da! Ich müßte doch vor Glück zerspringen! Aber ich fühle nichts. Vertrocknet, ich bin innerlich vertrocknet. Und ich bin hart und gemein. Belle hat vollkommen recht. Da habe ich das Glück, einen Mann zu kennen, der aus Liebe zu mir um die ganze Welt fährt, und mehr Glück empfinde ich darüber nicht? Dabei bewundere ich ihn doch. Ich respektiere ihn. Er ist der großmütigste und tapferste aller Menschen. Seine Familie hat ihn enterbt. Meinetwegen. Und das ist mein Empfang für ihn? Er ist Tage und Nächte lang gereist, hat sich nicht einmal die Zeit genommen, auch nur eine Nacht in einem richtigen Bett zu schlafen, dann kommt er hier an, krank und voller Hoffnung, und das ist mein Empfang für ihn! Was ist nur mit mir los?« Sie war unfähig, sich zu rühren. Ihre Hände und Füße waren eiskalt. »Er, ja, er ist seiner Sache sicher! War es denn nicht das, was ich immer wollte? Jemand, der weiß, was er will! Er ist gekommen, um meine Trennung von Sam zu betreiben. Habe ich ihn denn nicht selber darum gebeten? Jetzt ist er hier bei mir, der einzige Mensch, dem meine Existenz irgend etwas bedeutet. Der einzige! Und so muß er sich von mir behandeln lassen! Der Mann, der mir Kraft gibt, der mich beschützt...«

Sie zog die Knie an, umschlang sie mit den Armen und saß jetzt zusammengekauert in der Mitte des Bettes. »... mich beschützen? Wie könnte er mich schon beschützen? Er ist arm. Und krank. Vielleicht sogar todkrank!« Sie erschauerte. »Ha! Warum sollte er mir auch nicht seine Hand und seine Zukunft bieten? Seine Hand ist voller Krätze, und eine Zukunft wird es nicht geben. Sicher, er ist ein talentierter Junge, nein, er hat Genie, das weiß ich, da bin ich mir absolut sicher! Aber wird uns überhaupt genügend Zeit bleiben, es unter Beweis zu stellen? Wenn er nun stirbt? Was wird dann aus Belle und Sammy? Einmal angenommen, ich lasse mich wirklich von Sam scheiden, und dann stirbt Louis ... Rearden würde sich königlich amüsieren! Was soll ich tun, wenn Louis stirbt?« Sie sah zum Baldachin ihres Himmelbettes auf und verlor sich in der Betrachtung der Trotteln und Falten, ohne wirklich etwas davon zu sehen. »Sam ist gar kein so schlechter Vater. Er schenkt uns Pferde, damit wir ausreiten können. Er zahlt die Miete für das Haus hier. Ihm gehört das Haus in Oakland. Wie will denn Louis, der so arm ist, daß er selber bald Hungers sterben wird, meinen Sammy ernähren? Werde ich zusehen müssen, wie mein Sohn ebenfalls in einem Monat sieben Kilo an Gewicht verliert? Und dieser Husten! Werden die Pickel, die seinen Körper bedecken, bald die süßen Händchen meines Kindes zerfressen? Was soll ich tun? Was gebietet mir die Pflicht? Oh, mein Gott, wenn ich doch nur spüren könnte, zu wem ich halten muß!«

Sie war wütend auf sich selbst und begann zu schimpfen: »Außerdem hatte ich ihn nicht so früh erwartet! Er schneit hier einfach herein, ohne jede Vorankündigung! Er muß mir doch ein bißchen Zeit lassen! Damit ich wenigstens Belle vorbereiten kann.«

Zwei Straßen weiter lag Robert Louis Stevenson in dem kleinen Zimmer bei Señorita Reese, das Joe Strong für ihn besorgt hatte, und konnte ebenfalls keine Ruhe finden. Der Ekel im Gesicht seiner Wirtin, als sie die sieben Dollar Vorschuß aus seiner kranken Hand entgegengenommen hatte, hatte ihm deutlich genug gezeigt, welchen Eindruck er im Augenblick auf Frauen machte. Sieben Dollar! Er war pleite. Länger als eine Woche würde er hier nicht bleiben können. Er dachte weder an Fannys Kälte noch an Schottland oder auch an die Zukunft. Ebensowenig dachte er an das, was seine Freunde ihm vorausgesagt hatten: »Und wenn du erst da bist, Louis, was willst du dann tun?« Diese ewigen Geldschwierigkeiten! Wenn Henley doch nur das Stück an den Mann bringen würde, das sie gemeinsam geschrieben hatten. Wenn nur Colvin dreißig Dollar für *The Story of a Lie* schicken könnte. Und wenn es Baxter gelänge, seinem Verleger die fünfzig Dollar aus der Nase zu ziehen, die er ihm noch schuldete. Louis kam es so vor, als befände er sich noch immer nicht auf festem Boden, als würde immer noch unter ihm der Zug rattern. Er sah wieder die weiten Landschaften an sich vorbeiziehen und hörte das dumpfe Rollen der Achsen und die Schreie der Lokomotiven.

Lange Wochen hindurch hatte ich ungeduldig darauf gewartet, daß mein Vater uns besuchen kommen würde, erzählt Sammy. *Und als dieses Wochenende dann kam, war alles für mich sehr verwirrend. Er war so sehr mit seinen eigenen Gedanken beschäftigt, für mich hatte er dabei gar keine Zeit! Für Stunden schloß er sich mit meiner Mutter ein, und ich hatte striktes Verbot, sie zu stören. Einmal, während ich meine Lektionen durchging, hörte ich, wie ihr sonst gleichmäßiges Geflüster seltsam anschwoll. Sie machte ihm Vorwürfe, und daraufhin gab er ihr geradezu beängstigende Erklärungen über seine finanziellen Schwierigkeiten zu jener Zeit, als mein kleiner Bruder gestorben war. Plötzlich brach meine Mutter in Tränen aus und bat ihn mit einer Intensität, die mir durch und durch ging: »Oh, Sam, verzeih mir!«*

»Komm nicht näher! Ich bitte dich, geh weg!«

Überrascht und entsetzt blieb Robert Louis Stevenson unter dem Laubengang stehen, der zur Casa Bonifacio führte. Nun war eingetroffen, was er so sehr gefürchtet hatte! Sie verstieß ihn. Es traf ihn so hart, daß er keine Luft mehr bekam. Die Hände auf den Bauch gepreßt, krümmte er sich vor Schmerzen. Die Anspannung des letzten Wochenendes, die Gegenwart des Ehemannes in Monterey, all die Unsicherheit, wie man sich am besten verhalten sollte – sollte er sich Sam vorstellen oder diskret das Ende der Unterredungen abwarten? –, die Furcht hatte seine Züge gezeichnet. Sein ovales Gesicht schien noch länger geworden, der Schnurrbart sah schmaler und spärlicher aus.

»Ich bitte dich, geh weg«, wiederholte sie. »Du mußt sofort abreisen! Nellie ist krank, Diphterie! Ich habe Sammy und Belle ins Hotel geschickt. Ihr Vater ist wieder nach San Francisco gefahren, er zahlt das Zimmer. Die Kinder dürfen nicht hier wohnen, solange ich Nellie pflege. Diphtherie ist furchtbar ansteckend! Man kann daran sterben! In deinem jetzigen Zustand würdest du sie sofort bekommen! Sie hat dicke Beläge im Hals, die ich ihr alle halbe Stunde abbrennen muß, Tag und Nacht. Wenn sie jetzt weit weg von zu Hause stirbt, bin ich schuld, weil ich sie hierhergeholt habe. Wenn es meiner Schwester wieder besser geht, werde ich es dich wissen lassen. Ich bitte dich, komm nicht rein! Die Diphtherie würde dich umbringen.«

»Und du?« fragte er und trat dennoch einen Schritt näher.

»Ich?« Sie lachte auf. »Ich bin unverwüstlich!«

Fünfzehn Jahre später, am Vorabend seines eigenen Todes, wird Robert Louis Stevenson einem seiner Freunde seine Frau so beschreiben: *Eine Naturgewalt, eine Höllenglut, die von Wochen über Wochen völliger Tatenlosigkeit abgelöst wird. Sie pflegt jeden; Dich wird sie auch pflegen, wie alle anderen, aber sich selber pflegen zu lassen erträgt sie nicht.*

Robert Louis Stevenson verläßt die Stadt. Er hat nicht genug Geld, um in Monterey zu bleiben, und er ist sich auch darüber klar, daß dieser Aufenthalt hier ihm langsam den Rest gibt. Außerdem denkt er sich, daß es seinen Reiseberichten nur guttun kann, wenn er sich ein wenig im Land umsieht. *Ich brauche immer noch dreißig Pfund Sterling,* schreibt er am 9. September an seinen Freund Baxter. *Es wäre schön, wenn Du mir von meinen restlichen hundert Pfund fünfzig nach San Francisco schicken könntest, per Anweisung oder irgend etwas Ähnliches. Was es Neues zu berichten gibt? Nichts! Ich weiß nichts. Ich gehe zelten, das ist alles, was ich Dir sagen kann. Nachher werde ich aufbrechen und dann wahrscheinlich drei Wochen in den Bergen verbringen. Von dort, wo auch immer das sein mag, werde ich Dir einen etwas weniger trübseligen Brief als diesen hier schicken. Und jetzt grüßen wir Dich, mein Ekzem, mein gebrochenes Herz und ich.*

Er reist ins Landesinnere und stürzt sich mitten ins Abenteuer. Joe Strong ergreift die Gelegenheit, sich bei Fanny beliebt zu machen, die immer noch nicht die geringste Ahnung hat, daß sie seine Schwiegermutter ist, und besorgt einen Wagen und zwei Pferde. Die jungen Männer ziehen zusammen bis an den äußersten Rand der Zivilisation. Hinter der letzten Ranch beginnt die Wildnis. Die beiden sind vom Alter her nur drei Jahre auseinander und haben vieles gemeinsam. Beide schlagen sie sich mit schier unlösbaren Gefühlskomplikationen herum, die die Mutter und die Tochter betreffen. Jeder ist auf seinem Gebiet der König über eine kleine Gefolgschaft, jeder nimmt seine Kunst äußerst ernst. Warum sollten sie nicht zusammenarbeiten? Zum Beispiel eine Serie mit Texten über die USA von »R.L.S.«, illustriert von »J.D.S.«? Während sie zehn Jahre später den Samoa-Inseln entgegensegeln, werden sie diese Idee wieder aufnehmen.

Aber schon jetzt hält Stevenson Strong auf Distanz. Er läßt den Maler zurück und macht sich zu Pferd in die Canyons auf.

Der schottische Bürgerssohn und Bohemien von Grez verwandelt sich in einen einsamen Cowboy. Bei ihrer ersten Begegnung war Fanny für ihn der Inbegriff von Abenteuer, endlosen Weiten und einem Leben in freier Natur gewesen. Einen Teil ihrer Versprechungen löst sie nun ein: Robert Louis Stevenson macht sich auf ihren Spuren auf in den legendären Westen. Seine Freunde, denen er nach wie vor schreibt, werden sich keinen Begriff machen von der Bedeutung dieses Schrittes. Wo ist denn schon der Unterschied zwischen Louis' einsamen Märschen durch die Cevennen und dieser Reise durch die Sierras? Der Unterschied ist der Flirt mit dem Tod.

Der Kopf schwindelt ihm. In seinen Ohren dröhnt es. Seine Beine halten ihn nicht mehr im Sattel. Die Steine tanzen vor seinen Augen. Louis gleiten die Zügel aus der Hand. Er fällt zu Boden. *Drei Tage und Nächte bin ich dort in einer Art Erstarrung unter einem Baum liegengeblieben,* schreibt er einen Monat später an den Dichter Gosse. *Ich phantasierte wirres Zeug zusammen und wäre dieses Mal wohl beinahe gestorben … Ich konnte gerade noch ein wenig Wasser für mein Pferd herbeischaffen, ein Feuer anzünden und ein bißchen Kaffee kochen. Das war aber auch schon alles. Dann blieb ich einfach da, ohne zu essen, ohne zu schlafen. Ich hörte nichts anderes als überall Schafsglocken und das Quaken von Kröten. Diese Geräusche machten mich verrückt. Wie durch ein Wunder ist ein Bärenjäger vorbeigekommen. Er fand mich in verzweifelt krankem Zustand und hat mich auf seine Ranch mitgenommen.*

Das ist doch ein interessanter Neuanfang, oder etwa nicht? erzählt er Colvin. *Mehr als dreißig Kilometer von Monterey entfernt wohne ich jetzt auf einer Ranch in den Bergen von Santa Lucia und führe ein Leben zwischen Angoraschafen. Als ich mein Lager aufgeschlagen hatte, haben mich zwei Rancheros aufgesammelt und mich zu sich genommen, um mich gesund zu pflegen. Der eine ist ein alter Bärenjäger, zweiundsiebzig Jahre alt und ehemaliger Offizier der mexikanischen Armee. Der andere gehörte zu Fremonts Männern, als Amerika Kalifornien erobert hat.*

EAST OAKLAND

Mitte September 1879

Die Haustür fiel ins Schloß. Belle, die gerade damit beschäftigt war, den Inhalt ihrer Frisierkommode in eine Strohtasche zu leeren, schreckte hoch. Einen Moment lang war sie drauf und dran zu fliehen. Aber schon stand Fanny auf der Schwelle. Ihr Gesichtsausdruck bot keinen schönen Anblick. Aufgelöst vor Wut, die Lippen grau vom Reisestaub, herabgezogene Mundwinkel, ein starrer Blick, in dem es unruhig zuckte, man wußte nicht, waren es Blitze des Zorns oder des Wahnsinns. Sie mußte bei ihrer Verfolgungsjagd von Monterey nach Oakland immer gerade so eben den nächsten Anschluß bekommen haben. Damit hatte Belle nicht rechnen können. Ebensowenig war sie darauf gefaßt, wie schnell Fanny nun den letzten Meter überwand, der sie noch trennte. Mit der einen Hand entriß Fanny ihr die Strohtasche, und mit der anderen gab sie Belle, einmal rechts, einmal links, die fürchterlichsten Ohrfeigen ihres ganzen Lebens. Die ersten Ohrfeigen, die sie überhaupt je bekommen hatte. Sie verlor das Gleichgewicht und stieß dabei das kleine Tischchen um. Bis unters Kinn beladen mit den Kleidern seiner Frau, erschien Joe Strong aus dem Ankleidezimmer.

»Unterstehen Sie sich!« donnerte er seine Schwiegermutter an.

Der kurze Blick, mit dem sie ihn bedachte, zeigte mehr als deutlich, was sie von ihm hielt: unbedeutend. Mit so jemandem redete sie erst gar nicht.

Dabei bot Joe Strong in seinem Reisemantel sogar ein recht eindrucksvolles Bild. Fotos aus dieser Zeit zeigen ihn, wie er stolz einen enormen gewachsten Schnurrbart vor sich her trägt, einen gestutzten Bart und kurze, akkurat gekämmte Haare. Vielleicht ein bißchen gar zu schön für einen Mann? Ein wenig zuviel ostentativ zur Schau getragene Überlegenheit in seiner ganzen Haltung? »Ein Schwächling«, das war Fannys Meinung, »ein Wurm, ein Blutsauger.«

Seine Freunde sahen das ganz anders. Bei all seiner unbekümmerten, geselligen Art fanden sie ihn wirklich nett und umgänglich und schätzten seinen ausgeprägten Kameradschaftssinn. »Nichts als Vergnügungssucht«, brachte seine Schwiegermutter die Sache auf den Punkt. »Ich erwarte von dieser Art von Männern nur Unglück und alle möglichen Katastrophen. Ein falscher Fuffziger! Er wird Belle tüchtig ausnehmen und ihr nur die Haut auf den eigenen Knochen lassen!« Sie vergaß bei alldem nur, daß Joe Strong wirkliches Talent besaß. Mehr Talent als alle Osbournes zusammengenommen. Und im übrigen konnte er sich gut verkaufen. Nur wenige Künstler haben sich je solcher Beliebtheit erfreut wie er bei den jüngst etablierten Honoratioren von San Francisco. Man riß sich seine Porträts förmlich aus der Hand. Es regnete Aufträge. Joe wollte allen gefallen und paßte seine Kunst den Wünschen der Käufer an. Er machte alles, was man von ihm forderte. In reiferem Alter würde diese erstaunliche Liebenswürdigkeit in kriecherischen Diensteifer umschlagen.

»Wie konntest du es nur wagen?« fragte sie ihre Tochter, ohne ihn weiter zu beachten.

Belle schielte sie wütend von unten an, rieb sich die Wange und schrie:

»Ich tue, was ich will! Ich bin volljährig!«

»Als dieser Schwachkopf dich entführt hat, warst du das noch nicht.«

»Ich hatte Vaters Einwilligung!«

»Von deinem Vater?« Fanny war blaß geworden, dieser Schlag traf sie hart.

»Er hat von Anfang an alles gewußt«, triumphierte Belle.

»Er wußte Bescheid?«

»Nicht nur das! Joe hat bei ihm um meine Hand angehalten. Papa hat zugestimmt und uns seinen Segen gegeben.«

»Verräter!« explodierte Fanny, ohne daß Belle hätte sagen können, wen sie eigentlich damit meinte.

So war das also. Während all der Gespräche des letzten Wochenendes, während sie ihm ihre Liebschaft gebeichtet, ihn um Verzeihung angefleht hatte, während dieser ganzen Zeit hatte Sam immer noch falsches Spiel mit ihr getrieben! Er wußte, daß ihre Tochter verheiratet war, und hatte ihr nichts davon gesagt. Er hatte dieser Heirat zugestimmt, ohne sich die Mühe zu machen, mit ihr darüber zu reden. Der Verräter!

»Dein Vater hat mal wieder keine drei Minuten nachgedacht. Das kennen wir ja schon. Er ist wohl zu allem bereit, um nur ja als der liebe gute Herr Papa dazustehen! Selbst wenn er deine Zukunft dafür opfern muß.«

»Er hat eine Wohnung neben seinem Büro für uns gefunden«, schob Belle noch nach, die genau wußte, welche Hiebe sie da austeilte.

Ihre Mutter würde ihr nie verzeihen, daß sie sich gegen sie gestellt und bei Sam Zuflucht gesucht hatte, daß sie ihm, ausgerechnet ihm, Dinge anvertraut hatte, die sie ihr vorenthielt.

»Zwei große hohe Räume mit einer kleinen Küche und einem Badezimmer«, präzisierte Joe Strong, dem es darum zu tun war, zu zeigen, daß er gut für Belle sorgen würde.

»Wenn du uns mal besuchen willst, wir wohnen in der New Montgomery Avenue 7 ... Du kannst vorbeikommen, wann immer du willst«, fügte das junge Mädchen noch hinzu, ohne dabei selber genau zu wissen, ob sie damit die Friedensfahne schwenken oder im Gegenteil ihren Auftritt mit einem letzten Donnerschlag beenden wollte.

»Ihr seid alle beide Nieten.« Fanny verzog das Gesicht. »Eine wie der andere. Du kannst dir nicht vorstellen, Tochterherz, wie sehr mich deine Heirat erleichtert!«

Nach dieser unangenehmen Begegnung mit meiner Mutter, erzählt Belle, *gingen wir zu meinem Vater. Mein geliebter Vater. Wenn ich an ihn denke, sehe ich ihn immer mit weit geöffneten Armen, jederzeit bereit, mich darin aufzunehmen und zu trösten. Er half uns beim Einrichten unserer Zweizimmerwohnung, und dann lud er uns zum Abendessen bei »Frank« ein. Als wir uns schließlich trennten, steckte er mir noch zwanzig Dollar in Goldstücken in meine kleine Tasche. Gesegnet sei mein Vater.*

»Ein für allemal, nehmen Sie endlich zur Kenntnis, daß Sie nicht der Nabel der Welt sind! Daß Ihr armer Mann in ein Geheimnis eingeweiht gewesen sein konnte, ohne daß Sie selber etwas davon ahnten, das ist es doch in Wirklichkeit, was Sie verrückt macht!«

»Da irren Sie sich, Rearden. Ich habe mich nie ruhiger gefühlt. Die Heirat ändert alles für mich. Was mich die ganze Zeit so gequält hat, war der Gedanke, die Ehre der Familie retten zu müssen. Ich war besessen von der Idee, Belle unter die Haube zu bringen. Durch ihre Heirat bin ich jetzt davon befreit. Und außerdem habe ich doch nun ein Maul weniger zu stopfen. Ist das etwa nichts?«

Sie gingen nebeneinander den endlosen weißen Strand mit den

herumliegenden Walfischknochen entlang. Bald würde es dunkel sein. Sie fing wieder an:

»Und hören Sie bloß auf, Sam als meinen ›armen Mann‹ zu bezeichnen!«

»Was soll ich denn sonst sagen, meine Liebe?«

Sie zuckte die Achseln:

»Mann, Ehemann, das ist Sam doch nie so richtig gewesen. Noch nicht einmal über unsere Kinder konnten wir miteinander reden.«

»Belles Heimlichtuerei trifft Sie doch nur in Ihrer Frauenehre!«

»Und in meinen Gefühlen als Mutter«, ergänzte sie nachdenklich.

»Wenn Sie darauf bestehen wollen«, gestand er ihr zu. »Aber jetzt hören Sie auf, beleidigt zu sein wie eine alte Indianersquaw! Ich nehme doch an, daß Sie nicht von mir verlangt haben, vier verschiedene Züge zu nehmen und zwei Tage zu verlieren, nur damit Sie mir Ihr gekränktes Mutterherz ausschütten können! Unter uns gesagt, Sie haben sie offenbar schlecht erzogen, ihre Tochter, sonst würde sie sich nicht mit dem erstbesten Dahergelaufenen davonmachen. Eigentlich folgt sie doch nur Ihrem Beispiel!«

»Das glauben Sie doch selber nicht«, versetzte sie trocken. »Wenn ich Sie hergebeten habe ...«

»Dann, weil Sie etwas von mir wollten. Sie erinnern sich immer nur an mich, wenn Sie mich brauchen. Was kann Ihr ergebenster Diener denn diesmal für Sie tun, meine Gnädigste?«

Erst war Fanny schwer gekränkt, dann nahm sie sich zusammen und sagte in betont lockerem Tonfall:

»Erinnern Sie sich noch an diesen langen Spaziergang, den wir beide früher einmal gemacht haben? Es war kurz bevor ich nach Europa gereist bin.«

»Ja, und weiter?« brummelte er unwirsch.

»Sie haben sich damals über meine künstlerischen Ambitionen lustig gemacht. Sie sagten mir voraus, daß ich nie eine große Künstlerin werden würde. Sie hatten vollkommen recht!«

»Freut mich zu hören.«

»Aber der junge Mann, von dem ich Ihnen erzählt habe, sie wissen schon, mein Freund aus Schottland, also ich wünschte, Sie würden einmal seine Bücher lesen. Ich möchte, daß Sie ihn kennenlernen. Er arbeitet ununterbrochen! Seinen Reisebericht hat er schon fast wieder fertig. Ich möchte, daß Sie mir sagen, was Sie davon halten. Es ist gut. Ich glaube, sogar sehr gut. Bestimmt könnten Sie ihm ein paar Ratschläge geben, wo er seine Artikel unterbringen kann. Während meine Schwester an Diphterie erkrankt war, hat er in den Bergen gezeltet. Jetzt ist er wieder zurück in Monterey. Beinahe wäre er übrigens gestorben. Wenn er nicht mehr lebte, Rearden, hätte ich alles verloren, was …«

»Was schert es mich, was Sie verloren hätten? Wofür halten Sie mich? Ihren Beichtvater?«

Sie warf ihm einen ängstlichen Blick zu und sagte sehr schnell:

»Sie müssen mir das Sorgerecht für meinen Sohn verschaffen!«

»Herr im Himmel, Mrs. Osbourne, wovon reden Sie denn da?«

»Von Sam will ich nichts. Ich überlasse ihm meine Mitgift und die tausend Dollar, die er meiner Familie schuldet. Aber ich will meinen Sohn! Und das Recht, ihn in Europa aufwachsen zu lassen.«

Rearden war über und über rot geworden. Das alles war ihm peinlich. Er dachte an nichts anderes mehr, als sie so schnell wie möglich loszuwerden. Für den Anfang beschleunigte er erst mal seine Schritte.

»Und was haben alle Ihre unseligen Machenschaften mit mir zu tun?«

»Ich berufe Sie zu meinem Anwalt, Rearden. Ich habe bei meiner Eingabe vor Gericht Ihren Namen angegeben. Ich bitte Sie inständig: Verteidigen Sie mich. Ich weiß, was Sie jetzt sagen werden«, fuhr sie fort und überschüttete ihn mit einem Schwall von Worten, damit er nur nicht antworten konnte. »Ich kenne alle Ihre Argumente, vor zwei Tagen habe ich sie mir sämtlich selber aufgesagt. Heute kann ich auch nicht mehr dazu sagen, was aus mir werden soll. Ich weiß noch nicht einmal, ob das Klappergestell, mit dem ich mich in Zukunft verbinden will, auch nur bis zur Hochzeit überleben wird. Nur eines weiß ich ganz sicher: Dieser Mann ist es wert, daß man für ihn alle Gefahren auf sich nimmt. Ich bitte Sie herzlich: Lernen Sie ihn kennen. Dann dürfen Sie über uns richten.« Sie brach in ihr altes eiswasserklares Lachen aus. »Soll ich Ihnen sagen, was Sie dann tun werden, verehrter Herr Rechtsanwalt? Sie werden uns höchstpersönlich die Hände ineinanderlegen!«

Er stieß sie zurück.

»Ihr kokettes Getue beleidigt mich, ich bin fassungslos über Ihre Dummheit, und Ihr vulgäres Benehmen ist mir peinlich. Ich weiß nicht, was ich zu diesem bodenlosen Unsinn sagen soll. Man könnte sich ausschütten vor Lachen, wenn es nicht so traurig wäre! Sie werden noch an Ihrer eigenen Lächerlichkeit ersticken.«

»Und Sie an Ihrer Angst, Rearden.« Diesmal stellte Fanny sich ihm in den Weg. »Sie haben die Hosen so gestrichen voll, daß Sie noch daran verrecken werden. Lachen Sie nur«, sagte sie schneidend, »lachen Sie, soviel Sie wollen: Sie sind tot, aber ich lebe!«

Mit einer abrupten Bewegung drehte sie dem Meer den Rücken zu und ließ ihn einfach stehen. Sie stapfte über die Dünen auf den Kiefernwald zu. Wider Erwarten kam er hinter ihr her.

»Und ich habe etwas gefunden, was Ihnen mit Ihrer ganzen Weisheit nie begegnen wird!« schrie sie gegen den Wind an, der den Sand aufpeitschte und über die Zypressen hin wehte, die hoch über ihr auf dem Kap standen. »Steigen Sie wieder in Ihren Zug, und fahren Sie zurück zu Ihren Büchern.«

Rearden, der hinter ihr den Abhang hinaufkam, hatte Schwierigkeiten, sich auf den Füßen zu halten. Ohne auf ihn zu warten, bog sie in den Küstenweg am Rande des Waldes ab. In dieser Höhe schwoll das Rauschen des Meeres zu einem gewaltigen Getöse an, das immer unheimlicher und bedrohlicher wurde. In der Ferne strichen die Lichtsignale des Leuchtturmes über die dichten Nebelschwaden hin, die unaufhaltsam auf die Küste zurollten. Zwischen den Bäumen brach sich der Schaum der turmhohen Wellen an den schwarzen Felsen, die die Bucht von Monterey von allen Seiten umschlossen.

»Von mir aus können Sie so viele Risiken eingehen, wie Sie wollen!« brüllte Rearden, um die Sache zum Abschluß zu bringen. »Aber mich lassen Sie, bitteschön, in Zukunft heraus aus Ihrem Schlamassel! Und zwar ein für allemal!«

Sie seufzte und murmelte, plötzlich besänftigt:

»Die Risiken, wie Sie sich ausdrücken, ja glauben Sie denn, die kenne ich nicht? Der Altersunterschied. Der ewige Geldmangel. Die Krankheit. Selbst wenn ich eines Tages Mrs. Robert Louis Stevenson würde, ist es doch für mich so oder so vorbei mit dem Vergnügen.«

Rearden meckerte boshaft:

»Ich nehme an, Sie kommen sich dabei auch noch großartig vor – was für eine Selbstaufopferung!«

Sie dachte nach, bevor sie ihm halblaut antwortete:

»Und diese Angst, die Sie starr macht, Rearden, die gleiche Angst kenne ich doch auch. Ich habe Angst, den einzigen Mann zu verlieren, der mich je geliebt hat. Angst, den großmütigsten Mann zu verlieren, den die Erde je hervorbrachte. Natürlich bin ich auch verliebt ... aber mehr noch als meine Liebe zu ihm wächst meine Bewunderung, sie wächst Tag für Tag. Er vergilt Böses mit Gutem, die Luft, die er atmet, ist sauber und rein, keine Bosheit kann sie verpesten, nicht einmal Ihre! Er würde tausend Entschuldigungen finden für Ihr Verhalten heute abend. Ich habe keine Wahl, Rearden. Ich habe Angst, aber ich habe keine Wahl. Ich füge mich dem Unvermeidlichen. Mein Entschluß steht fest.«

»Na, dann viel Vergnügen! Bringen Sie sich doch um, wenn Sie wollen! Aber haben Sie auch mal darüber nachgedacht, was die anderen dazu sagen werden?«

»Welche anderen?« gab sie zurück und äffte ihn nach. »Wer denn? Die Schafe von Monterey? Die Kühe von San Francisco? Himmel! Was werden wohl die Heuschrecken von Indiana dazu sagen?«

Sie warf ihm einen Blick zu, dessen Bedeutung ihm nicht so ganz klar war. Rearden meinte doch tatsächlich in der Dunkelheit erkennen zu können, daß sie lachte!

Es war richtig, herzukommen! beglückwünscht sich Louis in einem Brief an Baxter, den er ihn vertraulich zu behandeln bittet. *Nicht nur, daß meine Ankunft Fanny wieder auf die Beine gebracht hat, meine Gegenwart hat auch endlich Klarheit zwischen uns geschaffen.*

Fannys Entschluß läßt sich nicht mehr ins Wanken bringen. Nun, da sie den Fehdehandschuh einmal aufgenommen hat, läßt sie ihn nicht mehr los. Im Alter von vierzig Jahren alles aufzugeben für einen Sterbenden – was für ein Wagnis im 19. Jahrhundert, noch dazu für eine Frau! Aber die Angst, daß man ihr ihre Rechte als Mutter aberkennen könnte, verfolgt sie auch weiterhin. Sie wird sie bis ganz zum Schluß im Würgegriff halten, aber Fanny springt dennoch kopfüber ins Ungewisse. Die Hoffnung hat die Angst besiegt.

Wenn alles gutgeht, wird die Scheidung im Januar ausgesprochen, schreibt Stevenson triumphierend ... *Und dann wird der Unterzeichnende ein verheirateter Mann sein, sobald es das Gesetz und die guten Sitten erlauben.*

Das Gesetz? Die guten Sitten? Rearden hat sich einfangen lassen! Während einer zweiten Reise nach Monterey hat er »Mrs. Osbournes literarischen Freund« kennengelernt. Sie haben weder von Geld noch von Liebe oder von der Zukunft gesprochen. Was genau haben sie einander wohl zu sagen gehabt? Auf jeden Fall beginnt der Anwalt sich im Lauf dieses Gespräches zu fragen, wie es sich wohl zugetragen hat, daß ein Mann von solcher Intelligenz und derart erstaunlicher Kultur sich für diese kleine Frau aus Indiana interessieren konnte. Aber wie auch immer, wenn sich diese Leute unbedingt am selben Baum aufhängen wollen, ist das schließlich ihre Sache. Seine Aufgabe wird allerdings von nun an darin bestehen, ihnen die Schlinge um den Hals zu legen.

»Schluß mit den Bohemeallüren! Von nun an ist es aus mit den kurzen Haaren, den Zigaretten, dem Gemale. Finito! Jetzt werden Sie mir gehorchen und sich in Bescheidenheit üben!«

Fanny hatte eine schreckliche Nacht in der Casa Bonifacio hinter sich gebracht, von der sie Rearden nie etwas erzählte. Der Weg schien endlich für sie frei zu sein, Nellie war gerettet, Belle verheiratet, sie selber war sich nun darüber klar geworden, daß ihre Verbindung mit Louis eine Schicksalsfügung war, da mußte sie sich dem Gedanken stellen, daß er wahrscheinlich in den Bergen den Tod gefunden hatte. Aber wenn Fanny glaubte, daß das Schlimmste überstanden wäre, da sie nicht mehr an sich selber zweifelte, irrte sie sich gewaltig!

Es sieht ganz so aus, als wollten die Tage, die ihr nun bevorstehen, sie endgültig in den Abgrund stürzen. Für Mrs. Osbourne hat der Zermürbungskrieg gerade erst begonnen.

Rearden verlangt, daß sie sich während der gesamten Prozedur nicht mit Robert Louis Stevenson trifft. Und niemand weiß, wie viele Monate das dauern kann. Er besteht unerbittlich auf der Trennung der Liebenden: Sie werden sich nicht wiedersehen. Louis bleibt in Monterey. Sie fährt zurück zu Sam.

»Bitte, verlangen Sie nur das nicht von mir!« fleht sie ihn an. »Nicht jetzt! Jetzt, wo Louis … wo wir … wo wir endlich vereint sind! Er wird sterben, wenn ich ihn jetzt verlasse!«

»Sie könnten wenigstens ein bißchen Grips und Anstand beweisen. Sie müssen Ihrem Mann in Oakland allein gegenübertreten. Er ist verwirrt. Unentschlossen. Bringen Sie ihn nicht auch noch gegen sich auf, indem Sie ihn demütigen! Sie dürfen das alles nicht öffentlich machen! Oder Sie bekommen Ihre Freiheit und Ihren Sohn nie! Sie haben einen schlechten Ruf, meine Liebe. Ihr lasterhafter Lebenswandel würde es ohne weiteres rechtfertigen, daß man Ihnen Sammy wegnimmt. Ich kenne sogar ein paar Leute, die darüber entzückt wären. Nach all dem, was Sie getan haben. Einfach die Kinder ihrem Vater zu entreißen und sie nach Paris zu verschleppen! Belle macht die Dinge auch nicht gerade einfacher für Sie. Wenn Sie hierblieben oder wenn Sie Ihre ›literarische Bekanntschaft‹ mitnähmen, würden gewisse Freunde von Sam – wenn auch die weniger feinsinnigen, das gebe ich Ihnen gerne zu –, einige von Sams Freunden also würden sich ein Fest daraus machen, Sie zu teeren und zu federn, bevor Sie ihm Sand in die Augen streuen können! Habe ich mich klar ausgedrückt?«

Jetzt bin ich ganz allein in Monterey, schreibt Stevenson an Colvin. *Ich liege mit einer Rippenfellentzündung darnieder.*

Aus Stolz beschönigt R.L.S. die Wahrheit. Er liegt, nur in eine Decke gehüllt, am Boden, stirbt vor Hunger und spuckt Blut.

Wieder einmal wird er sein Leben nur dem entschlossenen Handeln eines Fremden verdanken. Jules Simoneau aus Monterey, der Gastwirt, bei dem Louis täglich seine einzige Mahlzeit einnimmt, wird sich erlauben, seine Tür aufzubrechen, nachdem er zwei Tage hintereinander nicht bei ihm erschienen ist. Er wird ihn bewußtlos vorfinden, mit zu sich nach Hause nehmen, bei ihm Wache halten und ihm das Leben retten.

Zweihundert Kilometer entfernt sitzt Fanny eingeschlossen hinter den weißen Zäunen ihres kleinen Anwesens und leidet darunter, daß sie nicht selber diesen Zweikampf mit dem Tod ausfechten kann, der ihr jeden Moment ihren Geliebten zu entreißen droht. Sie fühlt sich hilflos und gefoltert. Simoneau wird sie aus dieser Zeit eine unverbrüchliche Dankbarkeit bewahren. Ob von Edinburgh, Davos, Hyères oder von Samoa aus, immer wird sie ein Auge auf ihn haben. Als alte Dame wird sie ihm eine Rente aussetzen, seine Beerdigung bezahlen und auf seinem Grab ein Monument errichten lassen.

Was meine arme Literatur angeht, fährt Louis an die Adresse von Henley fort, *mache Dich nur darauf gefaßt, daß sie noch eine ganze Weile immer schlechter werden wird ... Für den Augenblick kämpfe ich mit Zähnen und Klauen, und zwar beidhändig. Ein schwerer Kampf. Aber daß ich all meine Kräfte dareinsetze, kann wahrscheinlich auch nicht verhindern, daß meine Arbeit keinen Pfifferling wert ist. Nur sag, wenn Du meine* Travels with a Donkey *wirklich so verabscheut hast, warum hast du es nicht gleich damals gesagt, als sie erschienen sind? Warum eröffnest Du mir nun Deine Kritik, als wäre es eine plötzliche Entdeckung? Ausgerechnet in dem Moment, wo meine Gesundheit und meine Finanzen und meine Hoffnungen zusammenbrechen?*

Pathetische Fragen eine Mannes, der von den Seinen verlassen wurde.

Fanny wird ihre Grausamkeit niemals vergessen, wo sie auch ist. Dagegen wird sie sich immer an den Großmut der Ärmsten und Schwächsten erinnern, an den portugiesischen Matrosen, die beiden italienischen Fischer und den mexikanischen Cowboy, die im Winter

1879 ihr bißchen Geld zusammenkratzen, um diesen schottischen Schriftsteller durchzubringen, der ihnen doch eigentlich nichts bedeutet. Es muß an Robert Louis Stevensons erstaunlichem Charisma liegen! Sein Charme wirkt eben nicht nur auf Londons Intelligenzia. Diese Leute, wird seine Frau sagen, diese »Faustschläge, die sich als gute Freunde ausgeben«, haben ihn nie geliebt. Sie haben sich seiner bedient, ihn für ihre eigenen Zwecke benutzt, zum eigenen Ruhm.

Stevensons Biographen werden sich nicht einig werden über die Rolle, die der Journalist William Ernest Henley, Professor Colvin, der Dichter Gosse und so viele andere in seinem Leben gespielt haben. Die einen, die »Fanny-Befürworter«, werden ihnen vorwerfen, eigene Interessen verfolgt und Stevenson finanziell schwer übervorteilt zu haben. Die anderen wiederum, die »Fanny-Gegner«, werden ihr Eifersucht und ein insgesamt grobes Verhalten diesen Männern gegenüber vorwerfen, denen doch nur die Karriere ihres Mannes am Herzen lag.

Trotz all seiner Entsetzensschreie, trotz seiner Kritik und seiner Tratscherei hat Henley unermüdlich weiter darum gekämpft, die mit »R.L.S.« signierten Artikel unterzubringen und einen anständigen Preis dafür herauszuschlagen. Hätte er einen Anteil an den Rechten akzeptiert, wie Stevenson es ihm wiederholt vorschlug, wäre ihre Verbindung sicher weniger schmerzlich verlaufen. Aber ganz offiziell der »Agent« des eigenen Freundes sein? Da greift man ihm doch lieber gleich so ins Portemonnaie, diese kleine Freiheit wird ja wohl erlaubt sein, wo man ihm so viele wertvolle Dienste erwiesen hat!

LONDON – SAVILE CLUB
Winter 1879

»Man muß ihm den Geldhahn zudrehen! Er darf keinen Pfennig mehr bekommen. Daß bloß niemand hier auch nur eine Zeile von ihm veröffentlicht, damit er endlich versteht, daß wir endgültig genug haben von diesen ständigen Manuskripten aus Amerika!« donnerte Henley und ließ sich mit dem ganzen Gewicht seiner hünenhaften Gestalt in einen bedenklich unter ihm ächzenden Sessel fallen.

Seine Stentorstimme schallte durch das getäfelte Eßzimmer des Savile Clubs. Hinter den von üppig gerafften Vorhängen umrahmten hohen Fenstern zeichneten sich schemenhaft die Säulenreihen der Savile Row und die schmiedeeisernen Gitter und die Fensterscheiben der gegenüberliegenden Häuser ab, die wie Metallplatten in der Londoner Nacht glänzten. Eine gedämpfte Atmosphäre, in der normalerweise nur das leise Klirren von Gläsern und das Gemurmel ausschließlich männlicher Stimmen zu hören war. Der Club war von einer Gruppe von Intellektuellen als ein Ort gegründet worden, an dem begabte Redner und Männer von Geist ohne Ansehen ihres gesellschaftlichen Ranges und ihrer finanziellen Verhältnisse zusammenfinden konnten. Die Beiträge des Savile wurden so niedrig wie möglich gehalten, um möglichst viele junge Leute aus den verschiedensten Bereichen anzuziehen; aber der Club wurde mit der Zeit immer bürgerlicher. Die traditionelle Gasttafel, an der die Mitglieder einstmals festgelegte Menüs zu festgelegter Stunde und festgelegten Preisen zu sich zu nehmen pflegten, gehörte längst der Vergangenheit an. Zwar prangte der Tisch noch immer in der Mitte des Raumes, aber die befrackten Herren, die nach dem Theater zum Souper herüberkamen, konnten sich auch zu zweit oder zu sechst an kleineren Tischen niederlassen. Man führte ein üppiges Leben. Die Rosenbouquets, das Tafelsilber und das eilfertige Kommen und Gehen der zahlreichen Bediensteten legten ein beredtes Zeugnis davon ab.

Der Butler, der keinen der Spleens und Sonderwünsche der Mitglieder je vergaß, verstaute Mr. Henleys Krücken unter dem Tischchen und stellte ihm eine Karaffe mit Whiskey in Reichweite. Bis zum Ende der Mahlzeit pflegte der Journalist sie geleert zu haben, wobei er von Glas zu Glas lauter, gefühlvoller und zungenfertiger wurde. Und wenn man dann beim Dessert angelangt war, überstürzten sich die Gedanken und sammelten sich zu einer gewaltigen Explosion von Worten, einem Feuerwerk der Ideen, denen zuweilen sogar ein Hauch von Genie anhaftete. Henley war ein fesselnder Mann, aber empfindlich wie eine alte Frau. Und er war nicht ungefährlich. Mit seinem roten, nach Art von Rodin, mit dem er in Paris verkehrte, eckig gestutzten Bart und dem Beinstumpf, den er mit allergrößter Selbstverständlichkeit mit sich herumtrug, stürmte er durch Theatersäle, Zeitungsredaktionen und Bars, wofür er sich von seinem Bruder, dem Shakespeare-Darsteller Teddy Henley, einen unfehlbaren Sinn für beeindruckende Auftritte und dramatische Effekte abgeguckt hatte. Unglücklicherweise waren die Stücke, die er schrieb und von denen er unverbesserlich den Durchbruch zu großem Reichtum erwartete, bei weitem nicht so gut wie seine Kritiken und Gedichte.

»Der erste Teil von *The Amateur Emigrant,* den ich gestern bekommen habe, taugt nichts. Absolut nichts! Schlecht geschrieben und ohne jedes Interesse. Wer will schon etwas wissen von seinem Sammelsurium von Anekdoten über die Vereinigten Staaten? Die amerikanische Fauna ist mir schnurzpiepe!«

Professor Sydney Colvin und der Dichter Gosse seufzten zustimmend. Obwohl sie allesamt bescheidener Herkunft waren, gehörten diese drei Männer verschiedenen Bürgerschichten an, die üblicherweise nicht miteinander verkehrten. Sie trafen sich in ihrer Leidenschaft für die Literatur und der nicht weniger leidenschaftlichen Sympathie für Robert Louis Stevenson. Jeder einzelne von ihnen rühmte sich, den jungen Schotten entdeckt und seine Karriere maßgeblich beeinflußt zu haben.

Colvin war ihm als erster begegnet. Fünf Jahre zuvor hatte er durch ihre gemeinsame Freundin Mrs. Sitwell, die ein inniges Verhältnis zu einer von Louis' Cousinen unterhielt, seine Bekanntschaft gemacht. Colvin hatte ihn in seinen Freundeskreis eingeführt und ihn hier im Savile Club durchgesetzt, zu dessen Gründungsmitgliedern er gehörte. Stevenson wiederum hatte Henley als neues Mitglied geworben, der ihm vom Chefredakteur des *Cornhill Magazine* vorgestellt worden war. Louis war, wie sich herausstellte, der »clubtüchtigste« aller Männer hier und hatte genau an diesem Tisch Freundschaft mit Edmund Gosse geschlossen, der den Räumen des Clubs von der Bibliothek bis zum Rauchersalon mit nie versiegendem Eifer seinen Besuch abstattete.

Im Gegensatz zu Louis' Freunden aus Kindertagen waren diese

drei Männer Engländer, über dreißig und Autoren von Texten, die sie mit schönster Regelmäßigkeit in jedem Jahr veröffentlichten. Colvin legte wissenschaftliche Schriften vor und hielt Vorträge. Henley ging in den Redaktionen aus und ein. Edmund Gosse, der zum engeren Kreis um die Präraffaeliten gehörte, schrieb Gedichtbände, von denen er sich allerdings nicht zu leben traute. Er bekleidete im Handelsministerium einen Posten als Übersetzer.

»Ich weiß nicht, was ich ihm antworten soll«, seufzte Colvin. »Er macht keine Fortschritte, sondern er wird schlechter.«

Der pedantische, höfliche und ein wenig gezierte Professor Colvin stand in beinahe lächerlichem Kontrast zu dem Journalisten Henley. Er war im gleichen Maße peinlich genau, wie Henley schlampig sein konnte, seine Intelligenz blieb bar jeden Anflugs von Genie, dafür gerierte er sich aber so taktvoll und einfühlsam, daß er damit vorteilhaft gegen seinen großmäuligen Kollegen abstach. Im übrigen konnte er im richtigen Moment durchaus auch seine grausame Seite hervorholen, und dann waren seine mit Andeutungen gespickten Seitenhiebe weit verletzender für das arme Opfer als Henleys schwungvolle Übertreibungen.

»Was er da geschrieben hat«, sagte er sanft und faltete bedächtig die Hände, »scheint mir nicht zu seinen besten Texten zu gehören. Er muß doch sehr krank sein. Die körperliche Schwäche beeinträchtigt sein Schreiben. Das beunruhigt mich sehr. Er ist tief, tief gesunken.«

»Als ich ihn das letztemal sah«, fiel Gosse ein, »es war am Tag vor seiner Abreise, habe ich um einen Sixpence mit mir selber gewettet, daß wir ihn nie wiedersehen würden!«

Gosse war nicht ganz so intim mit Stevenson wie die beiden anderen und konnte sich eine größere Milde erlauben.

»Lewis muß zurückkommen! Lewis muß einfach einsehen, daß er bei diesen Wilden nichts Vernünftiges zustande bringen wird!« rief Henley, der den abwesenden Gegenstand ihrer Unterhaltung niemals anders als bei seinem Taufnamen nannte.

»Lewis«, der Name, den die Eltern Stevenson schon vor langer Zeit französisiert hatten, den alle Welt nur noch Louis schrieb, dieser Name war der Meilenstein, das Zeichen, der unwiderlegbare

Beweis für die Intimität ihrer Freundschaft. Noch lange nach Robert Louis Stevensons Tod sollte Henley jede andere Schreibweise glattweg ignorieren. »Lewis, der Lewis, wie ich ihn gekannt habe ...«, wiederholte er dann gern mit einem Lächeln der Erinnerung.

»Louis ist viel zu krank, als daß man ihm die traurige Wahrheit eröffnen könnte«, raunte Colvin.

»Im Gegenteil!« fiel Henley ihm ins Wort. »Im Gegenteil. Wir müssen seine Krankheit nutzen, um ihm begreiflich zu machen, daß es England ist, was er braucht, England ganz allein! Wenn er sich schon keinen großen Namen machen kann, aber doch wenigstens Geld verdienen will mit seiner Literatur, dann muß er zurückkommen. Stampfen wir alles, was er schreibt, in Grund und Boden, damit er wiederkommt! Ob mit oder ohne Ehefrau, ist mir egal. Hauptsache er arbeitet in England! Ich glaube nicht, daß wir mit unseren Briefen seine Heirat verhindern können. Er ist schon zu weit gegangen, nun kann er nicht mehr zurück. Das hat er sich alles selbst zuzuschreiben. Mußte ja unbedingt den Kavalier spielen! Wahrscheinlich hält er sich auch noch für einen Helden. Aber ganz unter uns, wenn er tatsächlich so krank ist, wie er vorgibt, ist diese Frau doch ein verdammtes Luder, ihn in diesem Loch alleinzulassen!«

»Was denken Sie, Colvin? Ist sie hinter dem Geld der Stevensons her?« erkundigte sich Edmund Gosse, dem man selber nachsagte, er habe sich durch eine vorteilhafte Heirat saniert.

Gosse zeichnete sich durch einen dichten, grau durchzogenen Blondschopf aus, den er mit lässigem Schwung aus dem Gesicht gestrichen und in der Mitte gescheitelt trug, durch eine kleine, goldgefaßte Brille und durch seine übertrieben dandyhafte Eleganz. Die einzige Leidenschaft, die er je kennenlernen würde, war seine intime Verbindung mit einem erfolgreichen Bildhauer. Auch wenn er seine Homosexualität nicht offen zur Schau trug, gaben seine freundschaftlichen Beziehungen zu anderen Männern doch viel Anlaß zu Gerede.

»Dieser gewisse vulgäre Touch der Amerikanerinnen ist zur Zeit sehr en vogue«, fuhr er fort. »Die Mode wird nicht andauern. Allerdings haben die Töchter Bostons und Philadelphias doch wenigstens ihren Reichtum und ihre Jugend vorzuweisen! Aber dieses Exemplar ist doch nichts als eine schreckliche Abenteurerin.«

»Ich habe lange darauf gehofft, daß sie barmherzig, großmütig genug sein würde, auf Lewis zu verzichten,« schimpfte Henley wieder. »Sie hätte sich seiner würdig erwiesen, wenn sie sich für immer aus seinem Leben verabschiedet hätte. Aber reden wir nicht mehr davon, diese Art von Großmut besitzt die Dame natürlich nicht. Aber er muß ein für allemal zur Kenntnis nehmen, daß aus Monterey nie etwas Interessantes kommen wird!«

MONTEREY – EAST OAKLAND
18. Dezember 1879 – 18. März 1880

Vater sehr krank. Komm umgehend zurück.

So hieß es in dem Telegramm, das Margaret Stevenson am Heiligen Abend losschickte.

Rückkehr unmöglich. Meine Frau auch sehr krank.

Mit diesen Worten antwortete R.L.S.

Seine Frau? Nur von einem moralischen Standpunkt!

Weil Osbourne mit uns Katz und Maus spielt, schreibt er an Baxter. *Er will herausfinden, mit wem er es zu tun hat. Mal verlangt er Geld, mal will er, daß man ihm Respekt erweist. Je nachdem.*

Jeder von ihnen ist allein mit seinem Kampf und seinen schwindenden Widerstandskräften.

Stevenson leidet unter der Malaria, die er sich höchstwahrscheinlich bei seiner Fahrt durch die Great Plains geholt hat. Und nun kommt zu dem »Fieber« auch noch die Rippenfellentzündung, die ihm schier die Lunge zerreißt, ein Ekzem, das ihn halb zerfrißt, und Zahnschmerzen, die auch den stoischsten Spartaner zum Wahnsinn treiben würden. Dazu die schlechte Ernährung. Und die Einsamkeit. Und die Angst. Das Ergebnis ist ein Haufen Knochen, der von ein bißchen Haut und Blutgefäßen zusammengehalten wird.

Und Fanny? Sams Zögerlichkeit, die lautstarken Vorwürfe von Belle, die sich einer Scheidung ihrer Eltern vehement entgegenstellt, die Trennung von Louis und die allmorgendliche Angst, daß man ihr an diesem Tag seinen Tod mitteilen könnte, stürzen sie wieder in tiefe Depression. Zu den schon bekannten Bewußtseinstrübungen, den Phantasien und den Schwindelzuständen gesellen sich nun noch lange Ohnmachtsanfälle, aus denen sie ihre Schwester Nellie nur mit größter Mühe herausholen kann.

»Das ist Erpressung!« empört sich Rearden. »Das reinste Affentheater! Dummes Weibergetue! Sie wollen Ihren Liebhaber nach San Francisco kommen lassen? Sie werden schon sehen, was Sie sich damit einhandeln, denn das eine sage ich Ihnen gleich: Er wird keinen Fuß nach East Oakland setzen. Und wenn er im Sterben läge, ich verbiete Ihnen einfach, in seine Nähe zu kommen, bevor Sie rechtmäßig geschieden sind. Wenn Sie irgend jemand zusammen sieht, würde die Abmachung, die wir Sam eben erst abgerungen haben, sofort annulliert werden. Ihr Mann, ja, der weiß, wie man sich benimmt! Er hat sich darauf eingelassen, daß wir eine Scheidung im beiderseitigen Einvernehmen anstrengen, unter der einzigen Bedingung, daß Sie sich an die Konventionen halten. Der arme Sam, das ist ja wohl das mindeste! Selbst wenn Sie im Frühjahr frei sein werden, vor Ablauf eines Jahres kann von einer Wiederverheiratung keine Rede sein! Werden Sie mir das versprechen?«

»Und Sammy?«

»Ihr Mann wird für seinen Unterhalt aufkommen. Er ist ein großartiger Mensch, wir alle bewundern seine Güte! Nun zeigen Sie sich ihm wenigstens ebenbürtig!«

Ein schlechtes Gewissen. Nun gesellt sich zu all ihren Schwierigkeiten auch noch dieser unselige Zustand: Ihre Liebe, selbst die Freude darüber, daß sie gewonnen hat, wird von dem beißenden Gefühl der Schuld überdeckt. Die Akteure tauschen die Rollen. Sam spielt sich als Grandseigneur und edler Ritter auf; Louis ist der Bösewicht, der mißratene Sohn. Sein armer, kranker Vater wird möglicherweise einsam und verlassen in Edinburgh dahinsterben, weil sein einziger, über alles geliebter Sohn ihm selbst diese letzte

Gnade einer Versöhnung verweigert. »Ich würde soviel Zeit für die Rückreise brauchen«, rechnet Stevenson ungerührt vor, »daß mein Vater bei meiner Ankunft entweder bereits tot oder wieder gesund wäre … Und wenn ich abreise, was wird dann aus Fanny?«

Ein schmerzhafter Entschluß: *Ich werde von nun an als der größte Egoist dieser Erde gelten.*

Fanny hat in ihrem Leben selten ihr Gewissen eingehend befragt, aber Louis, der Kasuist, der seine Tage in ständiger Selbstbetrachtung verbringt, quält sich entsetzlich: *Wie schwer es doch ist, sich anständig zu benehmen. Ich bin zunehmend unzufrieden mit mir selbst …*

Und wie soll er es auch mit einiger Gelassenheit hinnehmen, daß sein Feind sich um das Wohlergehen von Frau und Kind sorgt und sogar auf beide verzichtet? Dieser moralische Zwiespalt verschlimmert, wenn überhaupt möglich, noch zusätzlich seinen Zustand absoluter körperlicher Zerrüttung. Alles an Stevenson zittert und bebt. Ihm schwirrt der Kopf. Gleichzeitig mit dem beängstigenden Gedanken, daß Osbourne ihm überlegen sein könnte, macht er eine andere Entdeckung: Zwischen ihm und diesem anderen Menschen, den er so abgrundtief haßt, gibt es eine unerträglich lange Reihe von Übereinstimmungen. Ist Sam Louis' Alter ego?

Zwei Jahre zuvor hatte Belle ihrer Mutter gegenüber in aller Unschuld eine Bemerkung darüber gemacht: »Ich hatte ganz vergessen, wie sehr Papa Kinder liebt«, hatte sie gesagt, als sie ihm in Grez beim Rudern zusah. »Er liebt sie ebensosehr wie Louis … Findest du nicht, daß sie sich ähnlich sind?« Ihr ganzes Leben lang wird Fanny sich weigern, auch nur eine einzige Ähnlichkeit zwischen ihren beiden Ehemännern anzuerkennen. Sie leugnet, aber die Tatsachen sind unübersehbar.

Gestern hat Chinatown gebrannt, schreibt Sam. *Die Weißen sind stehengeblieben, um zuzusehen. Nicht einer von ihnen hat auch nur einen Finger gerührt, um diesen armen Menschen zu helfen, ihre Sachen in Sicherheit zu bringen.*

Ist es Sam oder Louis, der fortfährt: *Von allen törichten Gefühlen scheint mir der Rassismus, den meine weißen Mitbrüder den*

Chinesen entgegenbringen, das schändlichste und dümmste zu sein?

Ist es Sam oder Louis, der an den jungen Sammy schreibt: *Welche Entscheidung auch immer vom Gefühl her die richtige sein mag, vergiß nie, daß die wahre Weisheit darin besteht, beide Seiten anzuhören?* Ist es Louis oder Sam, der den prahlerischen Sohn zurechtstutzt: *Es ist schön, wenn man auf die Landschaften seines eigenen Landes stolz ist, aber ebenso wichtig ist es, zuzugeben, daß es auch anderswo genauso schöne, ja sogar schönere Dinge gibt?*

Wie soll man ein Wesen verachten und bekämpfen, gar verletzen, das einem selber so nahesteht, ohne sich selbst zu treffen?

Dieses Doppelgängermotiv der vertauschten Rollen und des falschen Scheins wird Robert Louis Stevensons gesamtes Werk durchziehen. Nicht ein Roman, in dem nicht die Freundlichkeit des Helden an bestialischen Egoismus grenzte, nicht einer, in dem der Bösewicht dem Leser nicht seltsam sympathisch würde. Er spielt mit Licht und Schatten und beleuchtet alle Seiten seiner Figuren, deren Charaktere nie ganz so rein und auch nie so rabenschwarz sind, wie der Erzähler uns zunächst glauben machen will.

SAN FRANCISCO
Ende Dezember 1879 – Ende März 1880

Ist die Scheidung Mitte Januar ausgesprochen worden? Ein paar Wochen früher? Einen Monat später? Niemand weiß es. Beim großen Erdbeben 1906 fiel das Stadtarchiv von San Francisco dem Feuer zum Opfer. Alle offiziellen Unterlagen gingen in Flammen auf. Es kennt also niemand das genaue Datum der Scheidung zwischen Samuel Osbourne und Frances Mathilda Vandegrift. Und keiner von beiden teilt es seiner Familie mit. Eine Scheidung im geheimen. Ebenso wie Belle fast einen Monat lang weiter ihr Leben als Tochter der Familie geführt hat, obwohl sie ganz rechtmäßig verheiratet war, bleibt Fanny auch nach ihrer Scheidung für ihre Familie und die Nachbarn bis zu ihrer Wiederverheiratung in ferner Zukunft »Sams Frau«.

Eine Epoche ist zu Ende gegangen. Die nächste beginnt unter schrecklichsten Vorzeichen.

Stevensons Bemühungen, eigenständig für sich zu sorgen und ohne väterliche Unterstützung zurechtzukommen, enden im Winter 1880 mit einem Fehlschlag. Er kann sich seinen Lebensunterhalt nicht verdienen. Sämtliche Redaktionen, vom *Overland Monthly* bis zum *Lark*, Tageszeitungen, Wochenblätter, Monatsschriften: Er hat sie alle abgeklappert, ohne irgendwo eine Stelle zu bekommen. Hier und da bringt er schon mal ein Gedicht, einen Artikel oder eine Chronik unter, aber das reicht kaum, um sein Zimmer zu bezahlen. Wenn die Welt seine intellektuellen Fähigkeiten nicht nutzen will, was soll dann aus ihm werden? *Louis ist ein Mann ohne Hände*, wird Fanny gutmütig über ihn sagen. Er besitzt keinerlei handwerkliches Geschick. Wenn er nur einen Nagel einschlägt, verletzt er sich schon den Daumen. Er kann nicht die einfachste Rechenaufgabe lösen, vergißt, sich Schecks auszahlen zu lassen, verliert dauernd etwas.

Stevenson ist ein Mann von verführerischem Geist, das steht fest. Aber im täglichen Leben ist R.L.S. eine Katastrophe. Fanny sitzt in Oakland und malt ohne Unterlaß. Sie versucht sogar zu schreiben. Hatte sie denn etwa nicht vor sechs Monaten eines ihrer Märchen, das sie auch selbst illustriert hatte, erfolgreich bei einer Kinderzeitschrift untergebracht? Und hatte sie sich nicht in einem Brief an Rearden gerühmt, ganz allein dreihundertfünfzig Dollar verdient zu haben? Alles nur Bluff? Übertreibung? Jedenfalls wird sich dieses Wunder nicht wiederholen. Ihre Werke werden ihr fortan keinen Cent mehr einbringen. Konnten sie unter diesen Umständen denn überhaupt in Kalifornien bleiben? Sollten sie nicht besser anderswo ihr Glück suchen? Aber wo? Zurück nach Edinburgh und sich geschlagen geben? Was sollte aus Sammy werden, wenn Louis' Arbeiten weiterhin weder in London noch in New York angenommen würden? Wo würden sie leben? Sollten Reardens Unkenrufe sich wieder einmal bewahrheiten?

Eines Tages schließlich stellt Fanny ihrer geschätzten und gefürchteten Vertrauten Dora Williams ihren Liebsten vor, diesen jungen Wunderknaben, der fortan allgemein »der Verlobte« genannt wird. Sie tut es mit mehr als gemischten Gefühlen. Verglichen mit Sam, macht er nicht gerade viel her!

Er machte wirklich einen sehr verwunderlichen Eindruck mit seiner Cordjacke, der grauenvollen Krawatte, die ihm seine Mutter gestrickt hatte, seinem schottischen Akzent und seinen ständig herumgestikulierenden, mageren Gliedmaßen, wird Dora später wiederholt erzählen. *Und doch hatte er unleugbar etwas von einem Gentleman an sich. Am Tag nach dieser ersten Begegnung, bei der er nicht ein einziges Mal den Mund aufgemacht hatte, kam er noch einmal ohne Fanny zurück, um seinen Überzieher zu holen, den er vergessen hatte ... Er vergaß ständig irgend etwas ... Zufällig kam mein Mann gerade zur selben Zeit nach Hause. Wie er mir später erzählte, dachte er zunächst, ein Vagabund hätte sich bei uns eingeschlichen und ich wüßte nicht, wie ich ihn wieder loswerden sollte, als er diesen Fremden sah, der da an unserem Kamin lehnte und vor sich hinmonologisierte. Ich beeilte mich, die beiden bekannt zu machen. Sie sprachen von Kunst und Literatur. Aber Stevensons Hauptthema an diesem Nachmittag war die Absurdität des Verhaltens Englands gegenüber seinen Kolonien. Mr. Williams teilte seine Ansichten. Von diesem Tage an kam Stevenson oft zu uns, um uns exklusiv über dieses große Ereignis auf dem laufenden zu halten, das er mit der leidenschaftlichen Besessenheit aller Liebenden »die Hochzeit« nannte.*

Ich dachte, er sei ein Sterbender, der sich aus dem Krankenhaus davongeschlichen hat, erinnert sich die einfache Besitzerin eines schmucklosen Holzhauses mit zwei erst nachträglich aufgesetzten Stockwerken.

Seit 1972 macht eine Tafel auf den vorübergehenden Aufenthalt von Robert Louis Stevenson in der Bush Street 608 in Downtown San Francisco aufmerksam. Darauf steht zu lesen, daß Stevenson hier »Essays, Gedichte, eine Autobiographie und Erzählungen« schrieb. Was für eine Arbeit in nur drei Monaten! Dieses eindrucksvolle Werkverzeichnis, die Sorgen und Entbehrungen, überhaupt der ganze Winter 1880 legten den Grundstein für Stevensons Gebrechlichkeit, die ihn sein Leben lang von einem Ort zum anderen treiben sollte. *Unter seinen eingefallenen Wangen zeichnete sich jeder Zahn einzeln ab. Seine langen Hände wirkten wie durchsichtig. An seinem Überzieher fehlten sämtliche Knöpfe,* erzählt Mrs. Carson geläufig, als zu Beginn des Jahrhunderts unzählige Journalisten bei ihr auftauchen, um sie zu interviewen. *Er sah so beängstigend aus, daß ich nicht die geringste Lust hatte, ihn als Mieter aufzunehmen. Er muß es wohl gemerkt haben, denn er hat mich so verzweifelt und so freundlich angesehen, daß ich nicht umhin konnte, ihm die Unterkunft trotzdem zu zeigen. Ein Zimmer mit zwei Fenstern. Nichts Luxuriöses. Der Tisch schien ihm besonders zu gefallen, und der Kamin. Seit November regnete es in San Francisco ununterbrochen. Der Wind vom Meer war niemals stärker gewesen. Die Berichte in den Zeitungen waren alarmierend für die Lungenkranken, die umfielen wie die Fliegen. Der Fremde sagte, er würde wiederkommen. Und am Nachmittag kam er dann tatsächlich mit einem Rucksack voller Bücher über die Geschichte der Vereinigten Staaten und einem kleinen Koffer. Ich hatte nicht das Herz, ihn zurückzuweisen. Und am Ende habe ich ihn geliebt wie meinen eigenen Sohn! Ich muß schon sagen, daß er sehr zurückgezogen lebte. Er empfing niemanden. Weihnachten hat er ganz alleine verbracht. Ich glaube nicht, daß er während der Festtage auch nur mit einem einzigen Menschen gesprochen hat. Seit Ende Januar kam zwei-, dreimal die Woche eine Dame und besuchte ihn. Sie gingen zusammen die Stadt erkunden. Er führte sie in die verrufensten Gegenden, nach Chinatown, überall dorthin, wo es aufregend war und vor Menschen wimmelte. Das entzückte ihn. Manchmal brachte sie eine andere Frau mit, ich glaube, das war ihre Schwester, und dann aßen sie zusammen in irgendeinem billigen Restaurant. Meistens sahen sie sich abends. Er hatte sehr strikte Angewohnheiten. Sein Frühstück nahm er gegen acht in dem Lokal an der Ecke, kam zurück und schrieb bis zwei, und dann ging er wieder aus, um Gott weiß wo herumzulaufen, wenn er nicht gerade im Hof Holz hackte für sein Feuer oder bis in die Nacht hinein weiterarbeitete. Gegen sechs Uhr ging er zum Abendessen. Tatsächlich sparte er jeden Cent und ließ Mahlzeiten aus. Er lebte von fünfundvierzig Cent am Tag, fünfund-*

vierzig Cent, um sich zu ernähren: Dafür bekommt man noch nicht mal zwei Flaschen Milch! Der arme Junge, manchmal war er so geschwächt vor Hunger, daß er das Bett nicht verlassen konnte. Dann mummelte er sich ein, stopfte sich die Kissen in den Rücken und schrieb weiter. Wenn ich ihn fragte, woran er denn arbeitete, sagte er: »Ach, so Sachen.« Es heißt, daß viele bedeutende Männer solche Zeiten der Armut durchgemacht haben. Und viele Schriftsteller haben wohl in Mansarden gearbeitet und, von Hunger und Kälte gequält, ihre Werke erschaffen. Aber ich glaube, nur wenige waren so nahe daran wie er, buchstäblich Hungers zu sterben! Im Februar wog er vierzig Kilo. Und trotzdem: Als Robbie, mein kleiner vierjähriger Sohn, der ihn abgöttisch liebte, sich eine Lungenentzündung holte, da hat er, der Mieter aus dem zweiten Stock, alles Menschenmögliche getan, um ihn zu retten, und hat für mehr als eine Woche seine Manuskripte im Stich gelassen, von denen er doch soviel erhoffte, um Tag und Nacht am Bett meines Kleinen zu sitzen. Dank seiner Pflege hat Robbie überlebt. Aber dann ist er zusammengebrochen! Diesmal, hat der Arzt gesagt, sei er verloren. Das war im März. Die Frau, die ich schon öfter gesehen hatte, kam nun jeden Tag im tosenden Sturm über die Bucht herüber. Durchnäßt bis auf die Knochen kam sie hier an, um ihn zu pflegen. Sie verbrachte den ganzen Tag an seinem Lager und ging erst spät. Sie nahm immer ihre Fähre über das wilde Meer, aber schon am frühen Morgen fand ich sie wieder vor. Das Fieber schüttelte ihn. In seinem Delirium erkannte er sie nicht einmal mehr. Obwohl der Arzt eine Verlegung des Kranken streng untersagte, nahm sie ihn eines Tages mit, brachte ihn auf die Fähre und nahm ihm ein Zimmer in einem Hotel in East Oakland. Nach dem, was ich später gehört habe, durfte sie ihn nicht in ihrem eigenen Haus pflegen, weil es immer noch ihrem Ex-Ehemann gehörte. Aber wovon sollte sie das Hotel bezahlen? Sie hatte nichts. Anscheinend hatte ihr Mann kurz vor der Scheidung seine Anstellung am Gerichtshof von San Francisco verloren.

Im Grunde war Osbourne ein Schwätzer, vertraut Dora Williams zehn Jahre später einem Journalisten vom *Indianapolis Star* an. *Seine gefälligen Umgangsformen machten ihn überall beliebt. Aber die*

Leute haben schließlich doch herausgefunden, daß er sich zu Hause bei weitem nicht so angenehm aufführte. Er verdiente fünfzehntausend Dollar im Jahr, mit denen er für das Wohl wer weiß welcher Familien sorgte, nur nicht für das seiner eigenen. Er hatte sich verpflichtet, finanziell für seinen Sohn aufzukommen. Mr. Stevenson schickte ihm also entsprechende Papiere, damit er dem Kind eine Rente aussetzte. Osbourne hat die Papiere nie unterzeichnet, und Sammys Unterhalt blieb allein Stevenson überlassen.

Wenn Louis schon nicht allein über die Runden kommen kann, wie soll er dann von dieser lächerlichen Summe die Kosten eines Hauses, das Schulgeld für ein Kind und die medizinische Behandlung bestreiten? Fannys Unruhe kennt keine Grenzen.

»Heiraten Sie ihn auf der Stelle«, rät Dora. »Wenn er stirbt, ist er wenigstens Ihr Ehemann!«

Nette Aussichten. Und der Arzt in Oakland hält, ebenso wie sein Kollege in San Francisco, einen solchen Ausgang für sehr wahrscheinlich.

Das schreckliche Weihnachtsfest 1879, das er einsam und darbend verbracht hatte, war der Meilenstein für das Ende eines Lebensabschnitts gewesen. Es folgte die Scheidung, und Ostern 1880 begann eine neue Phase, die erst auf dem Gipfel eines die Südsee überragenden Berges ihr Ende finden sollte. April: In Tubb's Hotel in East Oakland erleidet Robert Louis Stevenson eine Lungenblutung, die erste von vielen in seinem Leben. Erst die Rippenfellentzündung, dann die Malaria, und nun ist sie da, die Krankheit, die alle, seine Eltern, seine Kinderfrau und seine Freunde, seit jeher gefürchtet haben. In zwanzig Jahren hatte sich keiner der vielen Ärzte, die an sein Krankenbett gerufen worden waren, mit Gewißheit über die Gründe seiner »Lungenschwäche« äußern mögen. Dieses Mal gibt es nichts zu deuteln. Doktor Bamford diagnostiziert eine galoppierende Schwindsucht. Fanny glaubt alles verloren. Louis würde seinen dreißigsten Geburtstag nicht erleben. *Selbst wenn Dir der Arzt nur noch ein Jahr gibt,* schreibt er an Colvin, *selbst wenn er Dir nur zögernd einen Monat zugesteht, kämpfe, stürze Dich hinein und beweise Dir, was Du in einer Woche alles vollenden kannst.*

In dieser Woche des Kampfes, der Woche im April und den vielen anderen, die noch folgen, werden Fanny und Louis eine Gnadenfrist von vierzehn Jahren erstreiten.

Komme, was wolle. Zur Hölle mit Rearden, den Nachbarn, der lieben Verwandtschaft und den Konventionen! Sie bietet ihnen allen die Stirn. Sie wagt alles. Fanny holt Louis in Sams Haus und verspielt damit die Sympathie ihrer letzten Verbündeten, Nellie, denn sie gefährdet deren Heirat mit Adolfo Sanchez. Und wenn! Sie schlägt ihrem Geliebten im Salon ein Bett auf und trägt ihre eigene Matratze hinunter.

Und dann pflegt sie ihn, sie ganz allein. Er spuckt Blut. Er übergibt sich. Er hat Durchfall. Bettzeug und Wäsche sind von kaltem Schweiß durchtränkt. Er verbeißt im Krampf die Kiefer. Hustenanfälle erschüttern seinen spindeldürren Körper. Er kann nicht mehr sehen. Er kann nicht mehr sprechen. Sie benetzt unablässig seine Lippen, tupft ihm die Schläfen ab, sie weiß nicht mehr, ob sie wacht oder schläft. Hervey! Ihr Kind. Ein zweites Mal wird sie es nicht gehen lassen. Sie trägt ihn, wechselt seine Wäsche, setzt ihn auf. Hervey. Sie geht zum Schlachthaus, um Blut zu holen, sie hebt sein Gesicht, stützt den unsicheren Kopf, sie flößt ihm die Flüssigkeit ein, sie lüftet, sie geht vom Fenster zum Bett und wieder zurück, immer wieder. All diese Handgriffe, mit denen sie im Frühjahr begonnen hat, tut sie jetzt jeden Tag und jede Nacht, und sie wird während ihres ganzen Ehelebens nicht wieder damit aufhören.

EAST OAKLAND
April – Mai 1880

Als sie mit dem schweren Tablett auf dem Arm aus der Küche trat, sah sie schon sein Bild vor sich, dieses Gesicht, das sie schon gekannt hatte, als er noch ein junger Mann gewesen war, und das sich in den letzten Wochen vor ihren Augen so sehr verändert hatte. War das das Zeichen des nahenden Todes, oder war es ein letztes Aufbäumen des Lebens, das ihm diesen wunderlichen Ausdruck von Frieden und Reife verlieh? Oder war es einfach nur so, daß der Mann, der sich neuerdings für das Geschick der ethnischen Minderheiten und der Arbeitslosen interessierte, der im Fieberwahn ein Krankheitssymptom des Hungers nach dem anderen aufzählte, war es so, daß dieser Mann einfach mit dem Bürgerssohn aus Edinburgh nichts mehr gemein hatte? Was verband ihn denn noch mit dem Bohemien, der sich, zum Spaß, aber auch, weil es ihm dort gefiel, in billigen Spelunken und den übelsten Vierteln herumtrieb? Oder hatte er gar in sich Welten entdeckt, deren Geheimnis ihr verschlossen blieb? Man kommt nicht unbeschadet aus dem Reich der Schatten zurück.

Barfuß und in einem langen weißen Nachthemd trat sie auf die Veranda und ging an den geschlossenen Fenstern des Hauses entlang. Über ihr schlief Nellie hinter dem Gewirr der Rosenranken, die an den Fensterläden vor Belles ehemaligem Zimmer emporkletterten. Sammy, der über die Osterferien aus dem Internat gekommen war, bewohnte das große Kinderzimmer im ersten Stock, das er einst mit seinem Bruder Hervey geteilt hatte. Louis hatte sie in dem großen Zimmer im Erdgeschoß untergebracht, dem einzigen Raum mit direktem Zugang zum Garten. Jeden Morgen gab sie sich dem Traum hin, ihn dort hinauszuführen. Ja, wenn das Wetter es zuließe, würde sie ihm bestimmt schon morgen ein Plätzchen im Garten einrichten.

Mit ihrem Tablett bewaffnet, stieß sie mit dem Fuß den Fensterladen zur Seite. Er saß, den Rücken von Kissen abgestützt, mit zurückgelehntem Kopf und geschlossenen Augen der Verandatür direkt gegenüber aufrecht in seinem Bett. Er döste. Einen Moment blieb sie auf der Schwelle stehen und sah ihn an. Sein schmaler Schnurrbart war so ungehindert gewachsen, daß nun ein hufeisenförmiger Schatten seine verkniffenen Lippen einrahmte. Seine langen, durchsichtig weißen und erschreckend dürren Finger hielten die Decke über der Brust fest. Der leicht angewinkelte Ringfinger verlieh der ganzen Hand die schmale Form einer spitz zulaufenden Muschel. Über seine eine Wange lief ein kurzes, kaum merkliches Zucken. Er schlief nicht! Er kämpfte gegen irgendeinen Schmerz an!

Wo tat es ihm weh? Sie eilte auf das Bett zu. Über Louis prangte Jacob Vandegrifts Foto in dem Goldrahmen, den John Lloyd ihr einst geschenkt hatte. Er öffnete die Augen und folgte ihr mit den Blicken. Woran dachte er? Sie setzte das Tablett auf dem Nachttisch ab. Langsam wandte er ihr sein Gesicht zu. Versuchte er, den ganzen Salon mit allen Gegenständen darin mit dem Blick zu umfassen? War das die Bedeutung dieser ungewohnten Langsamkeit? Sah er Sams Porträt zwischen den beiden Fenstern? Die Karikaturen von Sam in Goldgräberverkleidung in der Vitrine? Den Stein, in dem Sam einst seine erste Spur Silber gefunden hatte? Die Zeichnungen aus dem Camp von Austin, das Aquarell von Virginia City? War dieser Blick, der an jeder Einzelheit hängen blieb und dabei Zeugnisse aus fünfundzwanzig Ehejahren eines anderen Menschen erfaßte, der Blick eines Genesenden? Sacht trat sie an ihn heran und legte ihm die Hand auf die Stirn. Wenn nur die angstvolle Anteilnahme, das Erbarmen und das Mitgefühl für die Leiden anderer ihn nicht so sehr schwächten! Sie begegnete seinem Blick und versuchte sich an einem Lächeln. Er wollte etwas sagen. Seine Stimme, diese warme Stimme, war die gleiche geblieben.

»Ich habe auf das Rascheln deiner Röcke gehört und deine Schritte draußen. Wenn deine kleinen, eiskalten Füße so auf mich zukommen, das ist ein so verheißungsvolles leises Tapsen.«

Er seufzte, dann nahm er ihre Hand und legte sie auf seine unrasierte Wange.

»Verzeih mir«, sagte er mit einem glühenden Blick.

Von einer neuen Unruhe erfüllt, sah er sie prüfend an. Sie versuchte, sich von ihm loszumachen.

»Himmel, wofür denn?« gab sie leichthin zurück und wandte sich auch schon dem Tischchen zu. »Es gibt ein Mitternachtsessen! Eine Hühnerbouillon wie die in der Crémerie in der Rue Ravignan. Die mochtest du doch immer so gern.«

»Das Schlimme daran ist«, sagte er, indem er wieder nach ihrem Handgelenk griff, »daß du dich für alle Zeit an einen Mann bindest, der noch nicht einmal auf sich selber aufpassen kann!«

»Ich habe ein paar Spargelköpfe dazugetan, natürlich nicht die dicken weißen, nur die kleinen grünen, die sind zarter.«

»An einen Mann, der nie in der Lage sein wird, für dich zu sorgen!«

Sie nahm das Tablett mit dem dampfenden Teller und stellte es ihm auf die Knie.

»Das ist eben mein Los. Daran bin ich schon gewöhnt. Niemand hat je wirklich für mich gesorgt. Weißt du, als ich klein war, hat mich das ganz traurig gemacht. Ich wollte nicht die starke Eiche sein, die ganz allein zurechtkommt. Ich wollte nicht ohne Hilfe und Unterstützung sein ...«

»Dann sieh mich mal an«, fiel er ihr bitter ins Wort, »ich kann machen, was ich will, ich werde immer zur Rasse der Parasiten gehören! Irgendwie komme ich immer wieder auf die Beine. Aber bisher haben die Füße dazu meinem Vater gehört, und jetzt sind es deine, Fanny, jetzt stehe ich auf deinen Füßen!«

Sie zuckte die Achseln.

»Schnickschnack! Soll ich dir mal sagen, warum ich dir gefalle? Weil ich gar nicht so stark bin, wie es immer aussieht. Wäre ich wirklich eine Eiche gewesen oder irgendein anderes unerschütterliches Gewächs, ich bin mir nicht sicher, ob du mir dann auch bis hierher gefolgt wärest. Warum ich dir gefalle? Weil ich ein geprügelter Hund bin. Weil ich etwas ... etwas Morbides habe, das nur für dich sichtbar ist! Und bei dir ist es genau umgekehrt«, fuhr sie fort, »was verbirgt sich für eine große Kraft unter deinem gebrechlichen Äußeren! Und das weißt du auch.« Sie hielt ihm den Löffel hin, und er nahm ihn. »Der kleine grüne Spargel bewahrt die ganze Würze und Kraft der Erde!«

»In Ordnung«, nickte er und führte eine Spargelspitze zum Mund. Schelmisch schloß er die Augen und murmelte: »Oh, ja, ich spüre sie, ja, ich spüre sie gut, die Kraft der Erde!«

»Mach du dich nur lustig!«

»Und ich hatte meine Zukünftige für eine Künstlerin gehalten, eine Literatin, eine Intellektuelle. In Wirklichkeit, Dame meines Herzens, sind Sie eine schlichte Bäuerin!«

»Ganz genau. Und wenn ich etwas pflanze, bin ich auch mit dem Herzen dabei. Und wenn ich dann die zarten grünen Blätter hervorkommen sehe, fühle ich mich Gott ganz nah.«

Er hörte ihr gierig zu. Fanny. Fannys Freuden, Fannys Geheimnisse. Fannys Wünsche? Was wußte er bisher schon davon?

Sein Blick blieb an der winzigen Faust hängen, die ihm das Kissen aufklopfte, diesem kleinen dunklen Fleck, honiggelb vor dem weißen Leinen, dieser geschickten Hand mit den kurzen, spitz zulaufenden Fingern und dem knabenhaften Ringfinger, den bald ein Ehering zieren würde.

»Du hast ganz recht«, fuhr sie belebter fort, »ich kann vor Freude vergehen vor einem Erbsenbeet. Ich stelle mir meine Erbsen vor, wie sie rund und grün in ihren Schalen sitzen. Und wenn meine Rosen an der Veranda aufblühen, macht mich das beinahe ebenso glücklich, wie wenn du mir eins deiner Gedichte vorliest!«

Er legte den Löffel wieder hin und schob das Tablett weg.

»Ich kann nicht schlucken. Vergib mir, aber es geht nicht.«

Sie machte ein so enttäuschtes Gesicht, daß er ausrief:

»Du darfst das nicht mißverstehen! Ich will nicht sterben! Schon allein aus einem ganz einfachen Grund: Ich habe in meinem Leben bisher nichts geleistet, was mir einen ehrbaren Abgang erlauben würde. Ich werde leben, Fanny, und ich habe keine Angst mehr um meine Arbeit! Ich bekomme eine andere Sicht der Dinge, das sage ich dir nun schon seit so langer Zeit, aber ich denke, daß ich nur eine neue Ader suche – und ich werde sie finden! Ich weiß, daß ich bald besser schreiben werde als je zuvor. Egal, was sie alle sagen, Colvin, Henley …«

»Sie sind nur eifersüchtig auf dein Talent. Sie wissen eben, daß sie selber nie etwas Schöpferisches zustande bringen werden.«

»Etwas Schöpferisches«. Die beiden waren vom gleichen Rausch erfaßt, der gleichen Vision, demselben Glauben.

»Aber achte auf meine Worte! In Zukunft werde ich anders schreiben als bisher. Meine Sympathien, meine Vorlieben, meine Instinkte, mit dir hat sich alles verändert. Es hat sich hier alles geändert! Ich weiß nicht, ob ich immer noch derselbe Mann bin. Ob sie mich da drüben wohl überhaupt wiedererkennen würden? Vielleicht kann ich nicht mehr mit Recht behaupten, daß ich meine Freunde kenne, seit ich mit dir zusammenlebe. Meine Familie? Mein Vater? Dabei liebe ich ihn. Du und er, ihr seid die Menschen, die ich auf der Welt am meisten liebe! Aber ich habe den Kopf gewendet und sehe nun in eine andere Richtung. Als ich in den Zügen saß, die mich zu dir brachten, fühlte ich mich entwurzelt, von meiner gesamten Vergangenheit abgeschnitten, und gleichzeitig fragte ich mich mit Erstaunen, warum ich darüber keine größere Freude und auch keinen tieferen Schmerz empfand. Die menschliche Natur ist zu unglaublicher Härte und geradezu grausamer Gleichgültigkeit fähig! Ich werde keine Reiseberichte mehr schreiben. Von jetzt an interessieren mich nur noch Texte, in denen man dem Leser dramatische Verstrickungen, Konflikte und eine innere Moral vermitteln kann. Die Kunst kann mir gestohlen bleiben, genauso wie das Pittoreske oder das Schöne. Außer wenn es mir bei Menschen begegnet!«

Die Bucht von San Francisco trennte sie nicht mehr. Nebeneinander auf ihren Matratzen liegend, schmiedeten sie ganze Nächte lang Pläne. Und dabei redeten sie nicht einmal über ihre Leidenschaft. Nicht von Glück und nicht von Zukunft. Sie schrieb nieder, was er diktierte, er korrigierte das Geschriebene, sie las es noch einmal durch.

Von nun an würde Robert Louis Stevenson keine Zeile, keinen Absatz, keine Seite, geschweige denn ein Buch mehr schreiben, das er nicht vorher Fannys Kritik vorgelegt hätte.

Fanny. Sie war unermüdlich und voller Zärtlichkeit. Von ihrer Liebe sprach sie kein Wort, aber wenn sie ihm beim Aufstehen half, stützte er sich mit seinem ganzen Gewicht auf diese kleine dunkle Gestalt, die er so gerne umfangen hätte. Würde er je wieder ein richtiger Mann sein können? Wie sollte er sie nur für diese körperliche Schwäche um Verzeihung bitten?

Und doch hatte die Atmosphäre im Haus nichts Deprimierendes, wird Nellie berichten, *denn er weigerte sich, den Kranken zu spielen. Während seiner Genesungszeit arbeitete er täglich mindestens einige Stunden. Ich nahm sein Diktat auf, um ihm die körperliche Anstrengung des Schreibens zu ersparen. Auf diese Weise entstand die erste Fassung von* Prince Otto *... Beim Diktieren hatte er seine Angewohnheit wieder aufgenommen, im Zimmer herumzulaufen. Je weiter sich die Geschichte fortspann, desto mehr kam er in Erregung und beschleunigte seine Schritte. Meine Schwester hatte große Angst vor der Anstrengung, die ihm diese Bewegung bereitete. Um ihn zu größtmöglichem Stillhalten zu zwingen, nahm sie ihre Zuflucht zu folgendem: Sie stellte ihm Stühle, Tische, irgendwelche Gegenstände in den Weg. Jedesmal, wenn er nun Anstalten machte, sich zu erheben, fiel er, entmutigt von den vielen Hindernissen, in seinen Sessel zurück. Wenn ich bedenke, wie viele schlaflose Nächte und endlose Stunden des Wachens Fanny an seiner Seite verbrachte, ist es wohl nicht übertrieben zu behaupten, daß die Welt nur ihr die Tatsache verdankt, daß dieser Mann überlebt hat und seine bedeutendsten Werke schreiben konnte.*

»Lies«, forderte er erregt. »Ich verlange, daß du ihn mir vorliest! Lies weiter, sage ich! Was auch immer meine Mutter schreibt, ich will es hören!«

Wenn R.L.S. diesen Befehlston anschlug, tat man gut daran, ihm zu gehorchen. Fanny fürchtete einen Ausbruch, und so seufzte sie und machte den Umschlag wieder auf.

Wir können einfach nicht verstehen, warum Du nie auf unsere Fragen über Deine Zukunft geantwortet hast, entzifferte sie mit möglichst neutraler Stimme, die nach und nach so leise wurde, daß man sie kaum noch hören konnte. *Ich muß Dir noch einmal wiederholen, was wir Dir schon oft und oft gesagt haben: daß wir niemandem Dein Verhalten erklären können, weil wir nichts wissen! Wir kennen nicht einmal die Namen Deiner Freunde in San Francisco. Darum bitte ich Dich, teile uns Deine Version der ganzen Geschichte mit, damit wir doch wenigstens etwas sagen können. Seit Du uns verlassen hast, hast Du Dich auf ganz unverständliche Weise betragen, hast Gefahren auf Dich genommen, für die Du nicht geschaffen bist. Du hast mich vor den Kopf gestoßen und enttäuscht: Ich dachte, Du hättest endlich gelernt, allein auf Dich aufzupassen.*

»Ich kann sie einfach nicht erreichen«, unterbrach Louis mit einer ungeduldigen Handbewegung. »Sie verstehen das nicht. Sie werden nie verstehen, was ich mit meinem Leben vorhabe ... Lies weiter!« befahl er dann.

»Trink wenigstens Champagner, das ist ein ausgezeichnetes Stärkungsmittel.«

Bei diesem Satz prusteten beide laut los vor Lachen.

»Sie liegen wirklich total daneben!« wieherte Louis.

»Aber man muß sie doch aufklären!« empörte sie sich. »Sie glauben, daß du deinen Zustand absichtlich herbeigeführt hast, daß deine ganze Not nur künstlich ist.«

»Seit zwanzig Jahren versuche ich nun schon, mich ihnen verständlich zu machen! Sie hören mir nicht zu. Sie sehen mich nicht, wie ich bin. Ich kann schreien und herumfuchteln, soviel ich will, sie kennen mich einfach nicht. Kann man sich denn so sehr lieben und trotzdem so wenig voneinander verstehen?« seufzte er. »Sie geben mir keine Chance!«

Es sind in der Tat fürchterliche Mißverständnisse. Henry James wird wohl der einzige sein, der die Ahnungslosigkeit auf seiten der Familie anprangert: *Mein Besuch wurde ein wenig durch die eher lastende Gegenwart der Eltern überschattet,* wird er in acht Jahren an Sydney Colvin schreiben. *Sie halten sich zu lange bei ihm auf... Ich verstehe nicht, warum sie nicht merken, wie sehr sie ihn ermüden!*

Ahnungslos, nun gut. Aber auch sie sind unverstanden. Zweimal haben sie Geld geschickt, das zurückgekommen ist. Gleich am Tag nach der Abreise ihres Sohnes haben Thomas und Margaret einen Brief nach New York geschickt, postlagernd, denn Louis hatte ihnen ja keine Adresse hinterlassen. Er hat seine Post nie abgeholt und wird vielleicht niemals etwas von ihrer Fürsorglichkeit erfahren haben.

Fanny errät, was für moralische Qualen er durchmacht, daß seine Schuldgefühle die feste Überzeugung ins Wanken bringen, das Richtige getan zu haben, wie sie seine Auflehnung und seine Wut, daß man ihn nicht versteht, zermürben. Diese Konflikte, die durch die ständigen Geldsorgen auch nicht gerade gelindert werden, verzögern und gefährden insgesamt seine Gesundung. Fanny muß dem unbedingt Einhalt gebieten! In Zukunft wird sie sich immer als Krankenschwester und Vermittlerin sehen: Um ihm das Leben zu retten oder es zu erleichtern, wird sie sich radikal in alles einmischen, wird zu seinem Wohl alle Weichen in seinem Leben stellen, den Schutzwall bilden zwischen dem Mann, den sie liebt, und den Widrigkeiten dieser Welt. Ob nun aus Selbstaufopferung oder aus Schwäche, ihre Rolle als Tempelwärterin wird Mrs. R.L.S. viel Ärger einbringen. Sie wird sie ihren Ruf kosten. Zu Stevensons Wohl und aus Treue zu seinem Andenken opfert Fanny bedenkenlos ihre eigene Geschichte.

Und da der Gedanke, daß sie es vielleicht an Takt fehlen lassen könnte, sie nicht einen Moment lang von irgend etwas abbringen kann und die Worte »Zartgefühl« und »Diskretion« in ihrem Vokabular gar nicht erst vorkommen – irgendwo muß Fannys berühmter Wagemut, den Rearden so tadelt, ja herrühren –, wird sie etwas tun, was ebensogut in die Katastrophe führen könnte, zu einer blutigen Fehde mit Louis, einem irreparablen Bruch mit Edinburgh.

Heimlich schreibt sie an die Eltern Stevenson. Die Schwierigkeit, einen solchen Brief zu verfassen, kann ihren Schwung nicht maßgeblich bremsen. Jeder andere würde Stunden und Tage brauchen, um den richtigen Ton zu treffen. Fanny denkt nicht einmal darüber nach! Soll sie sich als potentielle Schwiegertochter an Thomas wenden? Als liebende Frau? Als Familienmutter? Als Krankenschwester? Wird sie die väterliche Verzeihung erbitten? Soll sie in eigener Sache sprechen? Demütig? Wütend?

Der Brief ist nicht erhalten geblieben. Ich kann also nur Vermutungen anstellen. Ich denke, sie wird ohne viel Federlesens zur Sache gekommen sein, wie ein behandelnder Arzt, der mit dem Familienoberhaupt spricht. Und man wird wohl annehmen dürfen, daß sie ein schauerliches Bild der Leiden und Qualen ihres gemeinsamen Schützlings gezeichnet hat.

Die Atmosphäre über dem kleinen Haus in Oakland ist voller Geheimnisse. Die gefährlichen Briefschaften von Jacobs Töchtern quillen aus sämtlichen Schubladen. Fanny ist nicht die einzige, die heimliche Botschaften verschickt. Nachts, wenn sich die Dunkelheit über ihr Zimmer gesenkt hat, läßt Nellie mit frenetischem Eifer die Feder über das Papier fliegen. Unbemerkt sendet sie Brief für Brief an die Vandegrifts in Indiana. Durch Sam Orr – Sams alten Freund – haben die Mutter und die Schwestern erst vor kurzem die skandalöse Nachricht von der Scheidung erhalten. *Ihr werft mir vor, daß ich Euch vieles verheimlicht habe,* beklagt sich das junge Mädchen. *Es ist ja wahr, aber ich mußte es tun, und zwar aus zwei Gründen. Erstens, weil ich glaubte, gewisse skandalöse Geschehnisse verhindern zu können, und daß es deshalb unnötig sei, Euch zu beunruhigen, indem ich Euch wissen ließ, welche Gefahren über der Familie schwebten. Der zweite Grund ist, daß ich nicht den Mut fand, Euch diese unseligen Vorgänge zu berichten. Heute weiß ich, daß ich reden muß, da ich doch nichts aufhalten konnte. Also zunächst einmal die Scheidung. Ich wage Euch nichts über die Gründe zu sagen, die dazu geführt haben. Aber die Scheidung ist noch das geringste unserer Probleme. Das schlimmste ist, daß Fanny Louis Stevenson zu heiraten gedenkt, von dem sie Euch so oft berichtet hat. Sie hat mich nie über ihre Absichten informiert und hat diesen Plan so lange geheimgehalten, wie es nur möglich war … Sowie ich dahinterkam, habe ich, wie Ihr Euch denken könnt, alles getan, was ich konnte, um sie an einer solchen Dummheit zu hindern. Aber es hilft alles nichts. Ich gebe auf. Ich kann Euch meine Qualen und die dramatischen Szenen, die sie mit ihrer Haltung heraufbeschwört, gar nicht beschreiben. Adolfo meint, alles wird besser werden, wenn wir erst verheiratet sind und ich dieses Haus verlassen haben werde. Dieser ganze Skandal ist für ihn ebenso schwer zu tragen wie für mich, denn nach Meinung seiner Familie ist Fannys Betragen schlimmer als der Tod … Ich muß Euch sagen, daß Mr. Orr mir seine Tür gewiesen und mir verboten hat, je wieder seine Schwelle zu betreten, sollte ich nicht auf Adolfo verzichten. Niemals werde ich auf einen Mann verzichten, der mich mit einer solchen Hingabe liebt und trotz aller Prüfungen zu mir steht. Auch muß ich hinzufügen, daß es mir sehr schwerfällt, derart schlecht von Fanny zu reden. Trotz meines Zorn erkenne ich doch, daß sie immer sehr gut zu mir gewesen ist. Und ich muß Euch auch sagen, daß sie eine gute Frau ist, da bin ich mir ganz sicher, sie ist nur schwach und un-*

glücklich. Ich wünschte, Ihr würdet meine Einschätzung teilen. Was Louis Stevenson angeht, so kommt er aus guter Familie, ist durch und durch ehrenhaft und sehr talentiert ... Wären die Umstände nicht dieselben, hätte ich nichts gegen ihn einzuwenden. Ihr werdet mir nicht glauben, aber wir können diese Heirat nicht mehr aufhalten! Ich schwöre Euch: Wenn ich schon nichts ausrichten konnte, wird es Euch auch nicht gelingen! Im übrigen wäre der Skandal beim gegenwärtigen Stand der Dinge nur noch größer, wenn sie ihn nicht heiratet. Einer der Gründe, weswegen ich Euch nicht früher von diesem ganzen Drama berichtet habe, war der, daß ich ganz sicher glaubte, Mr. Stevenson werde sterben und die Frage wäre infolgedessen von allein gelöst. Aber ich fürchte, er ist auf dem Wege der Besserung. Ich weiß, daß diese Nachricht Euch einen furchtbaren Schlag versetzen wird, aber Ihr könnt mir glauben, ich habe alles getan, um diese Heirat zu verhindern, und nun: Nach mir die Sintflut!

Zwei Tage nach diesem Brief, der auf den 19. April 1880 datiert ist, traf ein Telegramm für Mr. Robert Louis Stevenson in dem Garten in Oakland ein.

An diesem Morgen hatte Fanny beim ersten Sonnenstrahl die Möbel auf den Rasen getragen. Sie hatte eine schlaflose Nacht hinter sich, in der düstere Vorahnungen ihre Phantasie quälten. Stumm und mürrisch hatte sie Louis und Nellie ihr Frühstück alleine beenden lassen, während sie selber Decken in der Sonne verteilte, den Schaukelstuhl, den Tisch, das Schreibzeug und den Korb mit den Arzneien herbeiholte. Lautlos und mit raschen, gleichmäßigen Schritten ging sie zwischen der Veranda und dem Rasenstück hin und her. Ihre Gestalt war über den Winter breiter, die Brustpartie fülliger geworden. Ein abrupter und schonungsloser Übergang. In weniger als einem Jahr war aus der schlanken jungen Fanny von Grez eine reife Frau mittleren Alters geworden. Zu Beginn des Frühlings war sie so mit Louis' Pflege beschäftigt gewesen, daß sie ihren Geburtstag glatt vergessen hatte. Fanny war am 10. März vierzig

Jahre alt geworden. Alle ihre charakteristischen Merkmale bekamen mit der Zeit eine schärfere Ausprägung, ihr Kameenprofil, die regelmäßigen Züge. Die ersten grauen Strähnen über ihrer Stirn ließen das Gesicht noch dunkler erscheinen, ihr Teint sah noch bernsteinfarbener aus. Vierzig Jahre. Was bedeutete das schon? Ihr Blick war so durchdringend und unbeirrbar wie eh und je. Heute morgen, wo sie so schlechte Laune hatte, wirkte er sogar beinahe bösartig.

Aufrecht unter dem riesigen roten Sonnenschirm stehend, den sie gerade aufgespannt hatte, sah Fanny die Person vom Ende der Allee herankommen, auf die sie gewartet hatte. Sie schlich sich unauffällig fort, verschwand zwischen den Baumgruppen und tauchte erst weit entfernt gleich bei der Gartenpforte wieder auf.

»Das ist gestern abend gekommen«, sagte der Briefträger. »Für den Herrn, der bei Ihnen wohnt.«

»Ich werde es ihm selber geben. Vielen Dank. Auf Wiedersehen.«

Sie steckte das Papier in ihre Schürzentasche und ging mit zögernden Schritten wieder zum Haus hinauf. Eine warme Brise fuhr raschelnd zwischen die dichtstehenden Tulpen am Weg. Ihr Gesicht war verschlossen, der Kopf gesenkt. Sie ging langsam weiter. Nun war also eingetroffen, was sie die ganze Nacht lang beschäftigt hatte. Sie hatte es gewußt. Sie hatte gewußt, daß heute die Antwort kommen würde. Warum zum Teufel hatten die Eltern nicht an sie geschrieben? Was in diesem Telegramm stand, konnte ihn umbringen! Sie würde es öffnen. Sie würde erst nachsehen. Und wenn die Reaktion des Vaters ihr nicht gefiel, zur Hölle mit ihm, dann hätte er seine Beleidigungen genausogut in den Wind schreiben können, dafür würde sie schon sorgen!

Fannys Blick fiel auf Louis, der in dem von ihr vorbereiteten Stuhl hin- und herschaukelte. Ihm war es egal, wo sie sich befand, er machte sich weder Gedanken über das, was sie tat, noch was sie dachte. Da saß er mit Nellie in der Sonne und deklamierte, gewaltig sein r rollend, einen Monolog aus einem Stück von Lope de Vega. Nellie lag zu seinen Füßen bäuchlings auf einer der Decken, die Fanny doch extra über Louis' Beine gebreitet hatte, und krümmte sich vor Lachen. Daß bloß seine Füße trocken blieben, damit er sich nicht erkältete! Das war doch bestimmt ein Liebesmonolog! Wie hübsch Nellie heute morgen aussah. Ihr Turnürenkleid modellierte die schmale Taille und ließ die Hüften hervortreten. Ihre langen blonden Zöpfe glänzten in der Sonne. Bei jeder Vorwärtsbewegung seine Stuhls beugte Louis sich über sie. Die üppigen Falten, die Schnüre und Troddeln, die vielen Rüschen am Puff, das alles konnte seinem Blick doch gar nicht entgehen. Und Nellie? Sie blätterte eifrig in ihrem Wörterbuch, schlug dabei die Unterschenkel übereinander und ließ ihre kleinen Stiefel in der Luft zappeln, wodurch natürlich die Strümpfe zu sehen waren. Louis und Nellie, das war eine Generation. Nellies Geburtsjahr war ... Fanny rechnete nach. Kaum fünf Jahre jünger als er. Und intelligent dazu! Die Intellektuelle in der Familie. Nellies Bibliothek enthielt mehr Romane als sämtliche Regale im Salon. Warum hatte Louis sich nicht in Nellie verliebt? Oder in Belle? Seine wenigen Freunde in San Francisco gehörten alle derselben kleinen Gruppe an. Der Gruppe um Joe Strong. Seit seiner Genesung suchte er die Gesellschaft von Leuten in seinem Alter. Wie konnte er sich nur mit diesem Nichtsnutz von Strong so problemlos verstehen?

Wenn Fanny glaubte, die Krankheit habe ihn verändert, war sie im Irrtum. Er hatte mit seiner Gesundheit nur die alte Unbekümmertheit zurückgewonnen. Als sie wieder den Kopf hob, konnte sie die beiden, Nellie und Louis, miteinander lachen sehen. In diesem Moment fühlte sie sich wie eine alte Dame, die ihren kleinen Spaziergang in der Sonne macht, um sich ein wenig aufzuwärmen. Sie würde sie ihrem Amüsement überlassen. Wozu sollte sie zu ihnen hinübergehen? Sie brauchten sie doch nicht. Selbst Chuchu, die Promenadenmischung mit einem Schuß Setter und ein bißchen Spaniel im Blut, war ihr nicht auf ihrem Weg durch den Garten gefolgt! Da hinten lag er auf der Decke, friedlich zusammengerollt. Wenn Chuchu die Gesellschaft der beiden vorzog, na bitte, sollten sie sich doch um ihn kümmern! Krankenschwester, Küchenmädchen, Gefängniswärterin – Fanny war gut genug, die Hunde zu füttern und die Kranken gesund zu pflegen! Aber wenn es ans Lachen und Spaßhaben ging? Kaum fühlten sich alle wieder besser, interessierte sich keiner mehr für sie. Ärgerlich ging sie die Zäune entlang ums Haus herum, holte Wasser vom Brunnen und trat in ihren

Gemüsegarten. Sie hatte ihre säuberlichen Kohlreihen während Louis' Krankheit sträflich vernachlässigt. Gemächlich schlenderte sie die schmalen Pfade entlang und begoß ihre Beete. Aber mit den Augen war sie anderswo. Sie sah zu dem Paar auf dem Rasen hinüber. Was erzählten sie sich? Flüsterte Stevenson gerade Nellie ins Ohr: »Die schönsten Dinge kommen nie zu einem Ziel, die schönsten Gedanken kennen keine Zukunft … Und die schönsten Abenteuer sind immer die, die wir nicht unternehmen«?

Fanny stellte die Gießkanne hin, richtete sich auf und fuhr sich mit einer leidenden Geste über die Stirn, die sie sich während Louis' Krankheit angewöhnt hatte. Wenn er nun gestorben wäre wie Hervey? Sie fuhr sich mit der Zunge durch den Mund. In der Nase hatte sie wieder den salzigen Geruch von Blut. Er verursachte ihr Brechreiz. Louis saß nur wenige Meter von ihr entfernt auf dem sonnenbeschienenen Rasen. Er lebte! Und was jetzt in ihr gärte, war dieses schändliche Gefühl, das sie zwanzig Jahre lang Sam gegenüber empfunden hatte! Eifersucht! Wie konnte sie es wagen, diese beiden Männer so zu verwechseln? Wie konnte sie nur an Louis zweifeln? Was für ein Wahnsinn, was für eine Schande, sich mit solchen quälenden Gedanken selbst zu erniedrigen! Armer Louis. Arme Nellie. Die beiden deklamierten immer noch laut aus dem spanischen Theaterstück, blätterten in Wörterbüchern und Grammatiken, zankten sich und prusteten vor Lachen.

Sie sahen sie nicht kommen, aber als sie vor ihnen stand, riefen beide wie aus einem Munde:

»Ist der Brief für mich?«

Sie hatte mit allem gerechnet, nur nicht mit dieser Frage. Da hatten sie sie nun auf dem falschen Fuß erwischt, und in ihrer Not begann sie zu lügen:

»Das ist kein Brief …«, sie errötete, verhedderte sich und stammelte, »sondern ein Telegramm.«

»Von Baxter … Er schickt Geld.«

»Ich glaube nicht.«

»Und für mich?« unterbrach Nellie.

»Nichts.«

Die beiden Frauen sahen Louis den Brief aufreißen.

Ich erinnere mich, schreibt Nellie, *ich erinnere mich noch an den Tag, an dem die Nachricht von seinem Vater kam.*

»Hör nur«, brüllte er plötzlich los, »hör doch nur, Fanny!« Er stand da und schlotterte am ganzen Körper. Seine Stimme war ganz hoch vor Rührung. »*Solange wir auch nur einen Penny besitzen*«, las er vor, »*soll es Dir an nichts mehr fehlen. Vor vollendete Tatsachen gestellt, werden wir unser Möglichstes tun. Wir werden Deine Frau empfangen. Komm zurück. Du kannst*«, nun liefen ihm die Freudentränen über das Gesicht, »*Du kannst mit zweihundertfünfzig Pfund jährlich rechnen!*«

Nichts würde je Fannys Erleichterung überbieten können. Nichts konnte Louis' Freude gleichkommen. Dieses eine Mal stellte sich die Welt ihrer Verbindung nicht entgegen. Und sie wiederum verweigerten sich nicht der Verzeihung und der Unterstützung, die die Welt ihnen bot. Thomas Stevenson hatte soeben seinen Sohn gerettet, Fanny triumphierte, sie hatten gewonnen!

MITTWOCH
19. März 1880

Mit hinter dem Kopf verschränkten Armen und weit geöffneten Augen lag Fanny rücklings auf dem Säulenbett in ihrem ehemaligen Schlafzimmer und beobachtete, wie der Tag ihrer Hochzeit heraufzog. Hell schien das Licht durch die flieder- und ockerfarbenen Vorhänge und ließ Koffer und Kisten aus dem Schatten hervortreten. Sie war bis spät in die Nacht hinein mit ihren Vorbereitungen beschäftigt gewesen. Alleine. Louis war am Dienstag über die Bucht gefahren. Gestern also. Er begrub sein Junggesellenleben bei seiner Wirtin in der Bush Street und regelte in San Francisco die letzten Formalitäten. Mit einem Pastor übereinkommen, der der Konfession seines Vaters angehörte. Zu einem annehmbaren Preis zwei Eheringe auftun, vielleicht zwei Silberreifen bei einem chinesischen Juwelier. Eine Heiratslizenz kaufen. Fünfzehn Dollar an die Witwenkasse des schottischen Anwaltsvereins schicken.

Ich war nicht auf der Suche nach Glück, als ich heiratete, wird er einmal schreiben. *Meine Verehelichung war eine Verbindung in extremis. Und wenn ich stehe, wo ich heute bin, verdanke ich das der Pflege einer gewissen Dame, die bereit war, mich zu heiraten, als ich nicht viel mehr war als eine Mischung aus Husten und Knochen und eher wie ein Abbild des Todes aussah als wie ein typischer Bräutigam.* Jawohl, fünfzehn Dollar gehen an die Witwenkasse, damit Fanny nach der Beerdigung eine kleine Rente beziehen kann. Aber wer weiß? dachte sie und streckte sich. Irgendwie fühlte sie sich heute erfüllt von einem ungewohnten Optimismus. Wer weiß denn schon, ob Louis nicht ewig leben wird? Der Brief seines Vaters hatte mehr für seine Wiederherstellung getan als alle Spezialisten mit ihren Verschreibungen zusammengenommen.

Als sie an die Großzügigkeit der Eltern dachte, weitete sich Fannys Herz vor Dankbarkeit ... und hüpfte vor Angst! Diese puritanischen Schotten schienen sie zu akzeptieren, sie, die alte, noch dazu geschiedene Amerikanerin. Aber sie akzeptierten sie nur aus der Ferne. Und nun hatte Louis vor, heimzufahren! Er war so über alle Maßen dankbar, daß er sogar bei ihnen zu leben gedachte! Im Herbst wollte er seinen Plan verwirklichen. Sie sollten alle zusammen in dem alten Haus in Edinburgh wohnen, Sammy, der Vater, die Mutter, sie ... Wie würde es da drüben werden? Man dachte lieber gar nicht erst darüber nach!

Fanny war sich darüber im klaren, daß Louis' innere Ruhe in Zukunft vom väterlichen Einverständnis abhängig sein würde. Sie wußte auch, daß sie sich keine zweite gescheiterte Ehe leisten konnte. Aller Erfolg hing davon ab, was für einen Eindruck sie machen würde. Wie würden sie sie empfangen, mit ihrem Yankee-Akzent, ihrem Kranz von grauen Locken, ihrem Zigeunerinnenteint, der so dunkel war, daß man sie in Monterey für eine Mestizin gehalten hatte, mit ihrem Schießeisen im Strumpfband und ihrem Schlingel von einem Sohn im Schlepptau?

Sie schob diese Gedanken fort und erhob sich. Zum Teufel, irgend etwas hatte sie bestimmt vergessen! Sammy. Sammy und Chuchu würden zu ihr in die Berge vor San Francisco kommen, sowie sie einen Ort gefunden hatte, wo sie ihre Flitterwochen verbringen konnten. Noch einmal richtige Sonne, bevor man in das

Grau in Grau von Schottland fuhr, noch einmal ein trockener Wind vor dem Dauerregen in England. Das war das einzig Richtige, um die Heilung zu einem guten Abschluß zu bringen. Noch etwas? Große weiße Überwürfe waren schützend über die Möbel gebreitet. Wie am Tag vor ihrer Abreise nach Antwerpen hatte sie die Pflanzen umgetopft und in das Gewächshaus gebracht. Sam hatte versprochen, ihr das Haus zu überschreiben. Hatte er es denn nicht mit ihrer Mitgift gekauft? Aber was galten schon Sam Osbournes Versprechungen? Es hieß, er sei jetzt viel mit einer Dame zusammen, die seiner ersten Frau sehr ähnlich war. Ganz klein und dunkel. Sam und die Frauen. Auch daran wollte Fanny nicht mehr denken! Die Nippessachen. Belle würde im Lauf der Woche vorbeikommen und sie abholen. Ihr Klavier und die Dinge aus ihren Kindertagen, die ihr besonders am Herzen lagen, hatte sie schon vor einiger Zeit einmal mitgenommen. Nellie würde bis zu ihrer eigenen Hochzeit im September bei den Strongs wohnen. Sie würde eine der Katzen mit nach Monterey nehmen, die andere blieb hier. Clavel, ihr Pony, war verkauft. Clavel. Das Pony war vielleicht das einzige, was sie vermissen würde. Seit sie sich Gedanken darüber machte, was für ein Leben sie in dem alten Familiensitz in Edinburgh erwartete, hatte sie dieses große Bedürfnis nach freier Luft, diese Sehnsucht nach einer heftigen Bewegung, einem letzten wilden Ritt. Sie konnte nur noch einschlafen, wenn sie sich vorstellte, wie sie auf dem Rücken eines galoppierenden Pferdes hin und her gewiegt wurde.

Zwei Uhr mittags – die Zeit schien ihr lang und lastend, als sie auf die Fähre wartete. Im Hinterland brannte ein Wald. Selbst die Luft vom Meer war rauchgeschwängert. Die Passagiere schauten forschend zum Himmel auf und fragten sich ängstlich, wie wahrscheinlich es wohl sein mochte, daß jetzt, zum Ende des Monats Mai, Regen fallen würde. Jetzt ist es soweit, sagte sie sich, um sich selbst zu überzeugen. Heute ist der Tag, an dem ich Louis heiraten werde. Sie fühlte sich wie am Vorabend einer Prüfung im Atelier Julian. Zu weich in den Knien, um auch nur einen Stift auszuwählen. Zu schwer, den Arm zu heben. Zu leer, um sich ihre Zeichnung vorzustellen. Sie konnte nicht mehr denken. Sie wußte nichts.

Traumlos und ohne irgendeinen Gedanken im Kopf saß sie im Wartesaal und starrte auf das Bild, das sie schon im letzten Winter immer gesehen hatte, wenn sie Tag für Tag mit der Fähre über die Bucht gefahren war, um Louis zu pflegen, und an so vielen Tagen längst vergangener Winter, als sie die Bucht überquert hatte, um ihre Kurse in der School of Design zu besuchen. Das Bild zeigte einen Zweimaster, dessen Segel, vom frischen, ungestümen Seewind gebläht, sich vor einem mit kleinen grauen Wölkchen gesprenkelten Himmel abzeichneten. Die bronzegrünen, schaumlosen Wellen hoben sich gleichmäßig und kräftig, als wären sie der sichtbar gewordene Atem des Meeres. Dieses Bild, Fanny erinnerte sich genau, dieses Bild hatte zum erstenmal den Wunsch in ihr geweckt, Sam zu verlassen, den Wunsch, unabhängig zu leben, den Wunsch, der sie nicht mehr losgelassen hatte, nach Antwerpen zu fahren. Am unteren Rand des Rahmens befand sich ein Schild. Und darauf war ein Name eingraviert. Die *Casco.*

Und dann sah sie, ganz nah, die hügelige rote Masse von San Francisco und die vor Karren, Pferden und Packen überbordenden Quais mit den wimmelnden Menschen, die dort im Morast standen und warteten. Zwischen den Chinesen, den Kanaken, den Matrosen und Cowboys erkannte sie die schmale Gestalt Robert Louis Stevensons, der sich einen Weg durch die Menge bahnte. Sie hatte ihn immer für groß gehalten. Seine Magerkeit ließ es so aussehen. In Wirklichkeit war er wohl kaum einen Meter siebzig groß. Er war barhäuptig, sein glattes Haar, wie immer in der Mitte gescheitelt, fiel ihm bis auf die Schulter herab. Er trug seinen blauen Reiseanzug. Mit der einen Hand, die die unvermeidliche Zigarette hielt, strich er sich über den Schnurrbart, die andere steckte in der Hosentasche, während er mit langen Schritten auf den Anleger zustürmte. Sein schlaksiger Gang gab einem den Eindruck, als würde bei ihm alles verkehrt herum funktionieren, immer entgegengesetzt und ein Körperteil unabhängig von dem anderen. Fanny ließ das Geländer los, eilte die Treppe hinunter und betrat die Gangway.

»Ich habe alles«, rief er triumphierend, als er sie erkannte.

Sie begrüßten sich nicht. Weder mit einem Kuß noch mit einer Umarmung. Kein Zärtlichkeitsbeweis irgendeiner Art. Er nahm sie nur ungezwungen am Arm und zog sie hinter sich her die Mole entlang.

»Also mit dem Pastor habe ich es wirklich gut getroffen! Nicht genug damit, daß er der Konfession meines Vaters und der Kirche von Schottland angehört, er heißt auch noch Scott und hat elf Bücher veröffentlicht, eine Kathedrale erbaut und wäre dreimal beinahe gelyncht worden! Ein erhängter Pastor – endlich ein Prediger nach meinem Herzen! Er erwartet uns.«

»Jetzt gleich?« schrie sie auf.

Ihr Fuß war zwischen zwei Planken geraten, sie blieb wie angewurzelt stehen. Er wollte ihr helfen. Sie konnte weder vor noch zurück. Mit einem überraschten Blick sah er sie an.

»Waren wir nicht übereingekommen, daß wir heute heiraten wollten?«

»Doch, aber...«

Er lächelte:

»Ach so ... Du hast Angst! Ausgerechnet du? Wenn ich das gewußt hätte...«

»Wir haben keine Zeugen«, sagte sie schnell.

»Stimmt. Daran hatte ich nicht gedacht.«

»In Amerika braucht man zwei Zeugen. Sonst geht es nicht. Man braucht mindestens zwei Zeugen.«

»Also, in der Straße, wo der Reverend Scott seinen Sitz hat, gibt es eine Menge Stadtstreicher«, grinste er.

Sie rührte sich immer noch nicht. Unter ihr brach sich die Brandung an der Stützpfeilern der Mole. Er nahm wieder ihren Arm und versuchte sie zum Gehen zu bewegen.

»Woran um alles in der Welt hast du gedacht, so ganz allein am Bug des Schiffes?«

»An nichts.«

»Was hast du gefürchtet? Was hast du dir vorgestellt?«

»Ich habe den Möwen hinterhergesehen.«

»Die Williams werden unsere Zeugen sein. Die Straßenbahn hält direkt vor ihrer Haustür. Wir lesen sie im Vorbeifahren auf. Komm«, befahl er.

Seite an Seite saßen sie in der Kabelbahn und sprachen kein

Wort. Es war heiß. Der Wagen schien vertikal gegen den bleiernen Himmel anzusteigen. Fanny saß mit verschlossenem Gesicht in ihren Sitz gepreßt und sah aus, als führte man sie zur Notschlachtung statt zu ihrer eigenen Hochzeit. Ihre Stirn war übersät von winzigen Schweißperlen. Erst Doras munteres Geplapper löste sie aus ihrer Erstarrung.

»Ihr wollt euch trauen lassen? Was für eine entzückende Idee! Meine Kleinen, ich freue mich so für euch! Ihr habt so lange auf diesen Augenblick gewartet! Und wenn ich nur denke, wieviel Blut und Tränen und wie viele Opfer er euch gekostet hat!«

Unter dem heftigen Geklapper ihrer vielen Anhänger griff die magere kleine Dame nach Hut, Schirm und Überwurf.

»Ich hätte mir ja nie träumen lassen, daß ich in meinem Alter noch mal eine Brautjungfer werden würde! Ach Gott, in unserem Alter, meine Liebe!« Sie brach in ihr metallisches Lachen aus, das auch nicht viel anders klang als ihr Blechschmuck am Gürtel. »Wie schade, daß Mr. Williams heute nicht in der Stadt ist! Ich schlage Rearden als Brautführer vor. Er würde doch recht gut ins Bild passen!«

»Er redet nicht mehr mit mir seit der Scheidung. Er bewirbt sich gerade für einen Richterposten, da bin ich kein passender Umgang für ihn«, grollte Fanny.

»Also, dieser verflixte Rearden«, gluckste Dora fröhlich. »Immer noch der alte unangenehme Patron! Und dabei weiß ich doch, daß er euch ein äußerst kostbares Hochzeitsgeschenk zugedacht hat.«

»Das hat er mir geschickt: eine Urne!«

»Damit Sie immer Louis' Asche bei sich tragen können?«

»Finden Sie das etwa komisch?«

»Es sei denn, er hat das Gefäß für Ihre eigenen sterblichen Überreste geplant. Aber auf jeden Fall, da können Sie seinem Herzen trauen, ist das Stück authentisch!«

Schwatzend gingen sie die Straße entlang und schwenkten unternehmungslustig die Arme, während sie dem Ereignis entgegeneilten, das sie, wie Dora so äußerst treffend und zartfühlend bemerkt hatte, »soviel Blut und Tränen« gekostet hatte. Woran dachte der fast schon zu scharfsichtige Liebende, der ein Jahr zuvor bei seiner

Überfahrt auf der *Devonia* geschrieben hatte: *Die Frau, die ich liebe, ist mehr oder weniger meine eigene Schöpfung. Das Zeichen des großen Liebenden – wie das eines Großen Malers – ist eben diese Fähigkeit, sein Objekt dadurch zu verschönern, daß er es zu einem übermenschlichen Wesen gestaltet. Sie kann ruhig weiter eine ganz normale Frau sein, sie kann ihren wahren Charakter zeigen, kleinlich und boshaft sein und vulgäre Wünsche hegen. Nichts davon wird den Liebenden erschüttern, der sie immer weiter anbetet, ohne daß die gigantische Diskrepanz zwischen dem erträumten Bild und der realen Frau ihn auch nur in irgendeiner Weise stören könnte.*

Solche und ähnliche Abhandlungen und das fast gänzliche Fehlen weiblicher Hauptpersonen im Werk Robert Louis Stevensons haben so manchen seiner Biographen dazu verleitet, ihm eine unglückliche Ehe anzudichten. Manche behaupten sogar mit aller Entschiedenheit, er hätte Fanny Osbourne nie geliebt und sei ihr nur aus Ehrgefühl in die Vereinigten Staaten gefolgt, weil er sich verpflichtet sah, aus der unglücklichen Geliebten eine ehrbare Ehefrau zu machen.

Es gab nicht einen Stevenson-Bewunderer, der, als er von meinen Forschungsergebnissen über seine umstrittene Ehefrau erfuhr, nicht diese Frage gestellt hätte:

»Nun sagen Sie mal ganz ehrlich: Glauben Sie wirklich, daß seine Ehe glücklich war?«

»Er hat es selbst gesagt. Und immer wiederholt: *Meine Ehe ist die beste Entscheidung, die ich je getroffen habe. Das Intelligenteste, was ich in meinem ganzen Leben getan habe!*«

»Meine Freunde, wir sind heute hier zusammengekommen, um im Angesicht Jesu Christi unseres Herrn und dieser edlen Versammlung …«

Die edle Versammlung beschränkte sich auf das absolute Minimum.

»Nimmst du, Fanny Vandegrift Osbourne, diesen Mann, Louis, zu deinem rechtmäßigen Ehemann, in Gesundheit und Krankheit, in guten wie in bösen Tagen, und willst du allen anderen Männern entsagen, bis daß der Tod euch scheidet?«

»Ja.«

»Nimmst du, Robert Louis Balfour Stevenson ...«

Die schweren, grünen Vorhänge waren zugezogen. Kein Lichtstrahl spielte in den Troddeln der Lampen oder auf der hölzernen Wandtäfelung im Salon des Pastors. Auf einem runden Tisch mitten im Zwielicht stand ein Tablett mit blauem Teegeschirr, dessen Goldränder sanft schimmerten. Noch war die kleine Zeremonie nicht beendet. Die Sonne beschien einzig eine Handvoll Menschen, die sich am anderen Ende des Zimmers vor dem Kamin versammelt hatten. Sie sahen alle ein wenig rot aus, denn das Licht kam durch die gefärbten Butzenscheiben des neogotischen Westfensters.

»Im Namen des Vaters erkläre ich euch zu Mann und Frau. Und nun, Mr. Stevenson, dürfen Sie die Braut küssen!«

Aufrecht standen sie nebeneinander und machten keine Anstalten, sich zu umarmen. Bestimmt empfanden sie es als überflüssig, ihre Leidenschaft so öffentlich zur Schau zu stellen. Und sich selber hatten sie sie hinreichend bewiesen. Ihr Bund wurde besiegelt durch einen zärtlichen Blick und ein triumphierendes, glückseliges Lächeln.

Drei lange Jahre hatten sie um diesen Moment kämpfen müssen. Und nun war in zehn Minuten alles vorbei!

Sechs Jahre später, im Oktober 1886, würde ein dicker Umschlag auf dem Brieftischchen einer stattlichen Villa in Bournemouth eintreffen. Ein Brief von Dora. Und einige Zeitungsausschnitte. Ob in einer kurzen Notiz oder unter einer fetten Schlagzeile, überall wurde dieselbe Frage gestellt: *Was ist aus Sam Osbourne geworden?*

Dort heißt es, daß Sam Osbourne, der in zweiter Ehe mit einer Frau verheiratet war, die seiner ersten Gemahlin aufs Haar glich, nach einer Sitzung des hohen Gerichts von San Francisco nicht wieder zu Hause erschienen sei. An diesem Herbstabend sollte seine Frau vergeblich auf ihn warten.

Hat er noch einmal ein neues Leben begonnen? Hat er sich heimlich auf einem Segelschiff davongemacht? Ist er betrunken gemacht worden, niedergeschlagen und dann mit Gewalt in den Laderaum eines Schiffes verschleppt, um bei irgendeinem dunklen Vorhaben als Zwangsmatrose zu dienen? Wurde er auf dunkler Straße vor einer Spelunke ermordet und ins Meer geworfen?

Oder haben schließlich doch seine Instabilität, seine Ängste, die dunklen Regungen, die sein Leben lang seine Seele beschwerten, die Oberhand gewonnen? Hat Fanny Vandegrifts Ehemann am Ende Selbstmord begangen?

Wenige Tage nach seinem Verschwinden findet man am Strand ein ordentlich zusammengelegtes Paket mit Kleidern, die ihm gehört haben könnten. Aber niemand kann diese Überreste mit endgültiger Sicherheit als die seinen identifizieren.

Diesmal wird der einsame Cowboy nicht wieder auftauchen. Seine Kinder erfahren niemals, was aus ihrem innig geliebten Vater geworden ist.

So endet diese lange Geschichte von der Liebe und dem Haß zweier Menschen, die einander einst im Angesicht Gottes an einem eisigen Weihnachtsabend verbunden wurden.

Wenn man einmal darüber nachdenkt, ist das Ende der beiden Ehemänner unserer Fanny doch recht romantisch! Jeder entgeht auf seine Weise der Vergessenheit, jeder entflieht dem Grab. Und beide lassen ihre eigene Fabel Wirklichkeit werden. Sam der Abenteurer, Sam der Unersättliche behält sein Geheimnis auf immer für sich.

Während der zwanzig folgenden Jahre tauchen immer wieder neue Gerüchte über ihn auf. Belle wird erzählen, daß man Sam Osbourne während des Ersten Weltkriegs in Südafrika gesehen haben will. Andere werden ihr schreiben und versichern, Sam Osbourne sei bei den Pferderennen in New Orleans aufgetaucht. Was soll man glauben? Für das kleine Mädchen, das gesehen hat, wie sein Vater unversehrt von einem Indianerüberfall zurückkehrte, kann es kein Ende der Hoffnung geben.

Sein Tod oder seine Flucht läßt einen anderen Menschen verzweifelt zurück – und mittellos. Seine zweite Frau, Rebecca Paul, von Freunden Paulie genannt.

Paulies Not bestätigt Fanny sicherlich in der Überzeugung, den richtigen Schritt getan zu haben, gleichzeitig weckt sie aber auch ihr Mitgefühl. *Ich hätte an ihrer Stelle sein können!* vertraut sie Dora an. Fanny wird Paulie eine Rente aussetzen. Sie ist durch nichts dazu verpflichtet. Aber als Dame von Welt setzt sie Sams Witwe in einem Anfall überwältigender Großmütigkeit eine Rente auf Lebenszeit aus, eine nette kleine Summe, die ihr ein angemessenes Auskommen sichert. Welche Genugtuung: Mrs. R.L.S. rettet Mrs. O.!

Darüber hinaus wird sie sich den Luxus erlauben, ihre Geschichte neu zu schreiben. In erbarmungslosem Haß auf Sam, den sie beschuldigt, sich nie um den Unterhalt seines Sohnes gekümmert zu haben, tilgt sie seinen Namen aus sämtlichen Papieren. Von nun an heißt der kleine Sammy nur noch Lloyd. Lloyd Osbourne, den Namen, den der Leser neben dem von Robert Louis Stevenson auf den Büchern finden wird, die Stiefvater und Stiefsohn gemeinsam signieren werden.

Fanny freut sich zu früh: Diese Runde wird sie verlieren!

Sam Osbourne wird im Alter von achtundsechzig Jahren, kurz vor dem Zweiten Weltkrieg, noch einmal Vater eines kleinen Sohnes. Und welchen Namen wird er diesem Kind wohl geben? Samuel Osbourne!

Fürs erste stürzt die Vergangenheit in ein Niemandsland, in dem Miss Vandegrifts erste Verliebtheiten keinen Platz mehr haben. Es ist unbedeutend, daß Belle einem kleinen Osbourne-Strong das Leben schenkt, völlig unbedeutend, daß Fanny kaum ein Jahr nach ihrer eigenen Heirat Großmutter geworden ist. Sie gibt alles hin: ihre Geschichte, ihre Geheimnisse, ihre Träume, ihr Wohlergehen, ihre Gesundheit. Sie ist so damit beschäftigt, sich zwischen ihren Mann und den Tod zu stellen, daß sie darüber ihre eigenen Bedürfnisse und Wünsche ganz vergessen wird, ja, sogar die Freude an der Verführung. Fanny, die einst so gern mit den Malern von Grez kokettiert, sich ein bißchen verrucht gegeben und spaßeshalber mit Rearden getändelt hat, wird in ihrem Leben mit Louis auf all diese kleinen weiblichen Freuden verzichten müssen.

Hat Stevenson je das Ausmaß dieses Opfers erfaßt? War ihm bewußt, daß sie beide, während sie gemeinsam daran arbeiteten, diesen großen Autor hervortreten zu lassen, der ihre Träume beherrschte, ein anderes Wesen verstümmelt haben, eine Seele, die auch hätte überleben sollen? Was soll man von dieser Neigung halten, eigene Wege zu gehen, sowie er nicht mehr auf ihre Dienste angewiesen war? Von seinen verbissenen Alleingängen, sobald er sich gesund genug dazu fühlte? Unabhängigkeitsdrang? Narzißmus? Härte? Er wird sich diese Frage noch stellen müssen.

Mein kleiner Liebling, schreibt er ihr im Mai 1888, als sie beide kurz vor dem großen Abenteuer in der Südsee stehen, *diese Zeilen werden Dich erst erreichen, wenn unser Hochzeitstag schon verstrichen ist. Nicht daß ich zuviel Wesens um dieses Datum machen wollte. Müßte ich mir einen besonders bedeutenden Tag aussuchen, würden mir viele in den Sinn kommen. Zum Beispiel der Tag, an dem ich Dich zum ersten Mal durch das Fenster in Grez sah, der Tag, an dem wir uns nach unserer ersten Trennung in Paris wiedergesehen haben … Aber das Datum unserer Hochzeit kennen wir ja, und für mich war das jedenfalls ein verflixter Glückstag. Ich wünschte, ich könnte mir sicher sein, daß es Dir genauso geht …*

Er soll sich nur nicht zu viele Gedanken machen. Seine Frau gibt zwar alles, aber sie verliert dabei doch nie das eigentliche Ziel aus den Augen: etwas erschaffen. Sich selber überleben und den eigenen Tod überdauern. Fanny lebt geradewegs auf die Unsterblichkeit hin.

Dritter Teil

DIE LÖWIN

1880 – 1914

MRS. ROBERT LOUIS STEVENSON

Wild und gefühlvoll, ehrenhaft und voller Glut,
Von Liebe beseelt, die das Leben nicht aufzehrt,
Der Tod nicht beendet,
Noch das Höllenfeuer zerstört,
So ist die, die der Allmächtige Schöpfer
Mir schenkte.

ROBERT LOUIS STEVENSON

LONDON – SAVILE CLUB
18. August 1880

»Nun?« erkundigte sich der Dichter Edmund Gosse, als er in einem der großen Sessel des Rauchersalons Platz nahm.

»Je nun. Also, wenn ich gewußt hätte, daß die alten Eltern extra aus Edinburgh herunterkommen würden, um sie vom Schiff abzuholen«, seufzte Sydney Colvin und legte seine Zeitung beiseite, »wäre ich nicht eine ganze Nacht lang von London nach Liverpool gefahren!«

Er hob sein zierliches Sherryglas an die Lippen und nahm einen kleinen Schluck.

Gosse räkelte sich in einem der neuen, angenehm weiträumigen und tiefen Ledersessel, die der Club gerade angeschafft hatte. Aus dem Halbdunkel hörte man das klickende Geräusch seiner Kaffeetasse, die er sich aus dem Speisesaal mitgebracht hatte, und sein blauer Blick heftete sich auf die Rücken der wenigen Wörterbücher, die über dem Kopf des feingliedrigen Professor Colvin aufleuchteten.

»Ich bin heute morgen zurückgekehrt«, nahm der Professor das Gespräch mit halblauter Stimme wieder auf. »Wirklich anstrengend!«

»Wie waren sie?«

»Die Eltern? Tapfer. Sie haben sich sehr wacker gehalten.«

»Die armen Leutchen«, seufzte Gosse, und seine Augen hinter den kleinen Brillengläsern funkelten begeistert. »Wenn man an den alten Mr. Stevenson denkt ...«

Er ließ seinen Satz unbeendet. Die Bilder, die sich vor seinem inneren Auge abspielten, entlockten ihm ein genüßliches Lächeln.

»Der nüchterne Bürger, der puritanische Ingenieur, der berühmte Erbauer der Leuchttürme der Royal Navy, der mit der alten amerikanischen Mätresse seines Atheisten von Sohn am Arm durch die Salons von Edinburgh zieht!«

Colvin strich sich den kurz und spitz getrimmten braunen Bart:

»Louis hat ihnen wirklich übel mitgespielt. Da schleppt er ihnen einfach so diesen zwölfjährigen Enkelsohn ins Haus, der sich nur vollstopft und auf seinem Teller herummanscht. Dieses Kind hat unter den entsetzten Augen der Kellner alles verschlungen, was ihm in den Weg kam. Was für ein Anblick!«

»Die armen Leutchen«, wiederholte Gosse hochzufrieden.

»Der Kleine ist gar kein so übler Kerl. Aber die Schwiegertochter. Ich kann gut verstehen, daß sie sie so wenig präsentabel finden.«

»Ich goutiere durchaus Ihre rhetorischen Feinheiten, Colvin«, bemerkte Gosse hämisch, »aber lassen Sie uns die Dinge doch ruhig beim Namen nennen: Für Louis' Eltern ist diese Frau der Teufel höchstpersönlich!«

Im Schein des grünen Lampenschirms wirkten ihre Gesichter noch blasser. Die beiden Herren in Anzug und Binder waren die lebenden Abbilder einer Rasse von Intellektuellen, deren ästhetische Vorstellungen die Werte der Viktorianischen Gesellschaft nicht ins Wanken bringen würden.

»Ich darf für mich in Anspruch nehmen, daß ich die Atmosphäre ein wenig aufgelockert habe«, flötete Colvin. »Ja, ich wage sogar zu behaupten, daß meine Gegenwart der Begegnung doch etwas von ihrer Peinlichkeit genommen hat. Ich überredete sie, im Hotel zu warten, während ich den Schleppdampfer zum Schiff hinaus nehmen würde.«

»Und?«

»Und? Ich fand Louis in besserem Zustand, als ich gedacht hätte.

Er ist endlich zum Zahnarzt gegangen, es wird sich eher vorteilhaft auf sein Profil auswirken, wenn er sich die Backenzähne ersetzen läßt. Aber alles in allem schien er mir doch sehr schwach.«

»So krank, wie sie behauptet hat?«

»Unruhig. Und so mager, daß Henley seinen Oberschenkel mit Daumen und Zeigefinger umfassen könnte.«

»Ist er denn glücklich?«

»Die Ehe scheint ihm gutzutun. Amerika hat ihn nicht übermäßig verändert. Er ist noch immer der gleiche Kindskopf. Voller Begeisterung und voller Ideen. Was für ein Charme und welche Intelligenz! Als es mir gelang, einen Moment mit ihm im Rauchersalon allein zu sein, war alles wieder wie früher, wie in den guten alten Zeiten.«

Colvin machte eine schöpferische Pause:

»Ich glaube, er fühlt sich wohl in seiner neuen Situation.«

Er rollte den Stiel seines Glases zwischen den Fingern hin und her und seufzte:

»Aber ob Sie und ich uns je mit diesem kleinen schwärzlichen Gesicht anfreunden werden, das in Zukunft immer an seiner Seite sein wird, mit diesem entschlossenen Blick, den weißen Zähnen und diesen schon langsam grau werdenden Haaren – ja genau, Gosse, eben darum handelt es sich, ergrauende Haare –, also, ob wir uns je mit dieser Kreatur verstehen werden, sage ich, das, mein Lieber, das ist eine andere Geschichte.«

Auf Gosses Lippen machte sich ein feines Lächeln breit:

»Sie und ich, wir sind ja großzügige Menschen. Na, und Ihnen guckt die Güte doch aus jedem Knopfloch. Sie sind flexibel und voller Nachsicht. Aber Henley! In seinem letzten Brief nennt er die ganze Geschichte *die Laune dieses kranken Kleinkindes, das mit dem vierzigjährigen Schulmädchen Mann und Frau spielte.*«

»Schulmädchen ... na ja, wenn man so will. Aber – und das bleibt jetzt bitte unter uns – von den beiden Damen Stevenson, die da gestern zum Familienessen erschienen, scheint mir die Ältere auch gleichzeitig die Frischere zu sein!«

Und das waren die Worte desjenigen von Louis' Freunden, den Fanny für ihren engsten Verbündeten hielt.

LIVERPOOL – NORTHWESTERN HOTEL

18. August 1880

»Nun?« fragte Fanny und ließ sich zögernd auf dem Bett nieder. »Habe ich mich nicht gut benommen?«

»Gut?« rief Louis.

»Aber ich habe doch bis zum Mokka nicht geraucht«, murmelte sie verzweifelt.

»Gut?« wiederholte er donnernd. »Du hast mich von oben bis unten lächerlich gemacht! Ich gebe mir die allergrößte Mühe, meine Familie vorzubereiten, ich schreibe an meinen Vater, ich schreibe an meine Mutter ... Ich beschreibe ihnen meine Frau als exotische Abenteurerin, mit einer Zigarette im Mundwinkel und einem Colt anstelle des Medaillons ... Und dann? Was tritt ihnen unter die Augen? Eine nette kleine Bürgersfrau, die sich über die neueste Mode unterhält und zu allem ja und amen sagt!«

»Aber ich war dabei ganz ehrlich!« empörte sie sich entzückt.

»Das war ja von allem das Allerschlimmste!«

»Nun sag schon. Glaubst du, ich habe ihnen gefallen?«

Er sah sie mit einem spottlustigen, halb zärtlichen, halb schelmischen Blick an.

»Madame Louis, Sie überraschen mich immer wieder! Du sahst so absolut natürlich aus zwischen meinem würdevollen Freund Colvin und meinem überaus finsteren Vater, es sah aus, als hättest du in deinem ganzen Leben nichts anderes getan! Am Ende habe ich mich sogar gefragt, was *ich* da eigentlich machte, in meinem alten Anzug, mit meinen Zigaretten und meinen langen Haaren. Ich, mitten unter all diesen Honoratioren. Und die würdigste von allen war meine kleine Bürgerin hier!«

Die Hände um die Knie geschlungen und mit vor Freude hochroten Wangen, gluckste sie vor sich hin wie eine Klosterschülerin, die die ersten Schritte in die große Welt getan hat:

»Sehr gut, dann wirst du endlich lernen, dich anständig zu frisieren! Deine Mutter hat mir erzählt, daß sie dich nie dazu hätte bringen können, dich zum Abendessen umzuziehen. Deine Mutter ist eine bewundernswerte Frau«, begeisterte sie sich, »sie ist dir ähnlich! Sie hat die gleiche Art wie du, immer die gute Seite der Dinge zu sehen. Ja wirklich, ich bewundere sie. Aber dein Vater, also … wir werden sehen«, brummelte sie dann. »Wir werden sehen. Bisher habe ich mir kein endgültiges Urteil gebildet.«

»Was das betrifft, wäre ich euch dankbar, wenn ihr das beide unterlassen könntet. Ein Urteil bilden, was besseres fällt euch wirklich nicht ein. Sich ein Urteil bilden!«

Diesmal warf Robert Louis Stevenson Fanny einen ganz und gar nicht nachsichtigen Blick zu:

»Wenn ihr jemanden liebt, betet ihr ihn an. Wenn ihr ihn nicht mögt, zerstört ihr ihn, bis endlich nichts mehr von ihm übrig ist. Und wenn ihr dabei selber draufgeht. Üble Patrone seid ihr, einer wie der andere!«

»Nun?« fragte Margaret Stevenson und schubste ihren Mann in ihre Gemächer. »Wie fandest du sie?«

Thomas Stevenson knöpfte sein Abendsakko auf und durchmaß mit seinen schweren Schritten die Kammer, die ihre beiden Zimmer voneinander trennte. Sie folgte ihm.

»Also«, wiederholte sie, »wie fandest du sie?«

»Besser«, grummelte er und hob die Wasserkanne, um sich die Hände zu waschen, »besser, als ich erwartet hatte.«

»Distinguierter, nicht wahr?« redete Margaret sich in Fahrt, ohne den Spiegel aus den Augen zu lassen, in dem sich das verkniffene Gesicht ihres Herrn Gemahl abzeichnete. »Weißt du, ich würde mich überhaupt nicht schämen, sie mit in unsere Kirche zu nehmen! Gut frisiert und anständig gekleidet, würde sie sich in unserer Bank gut machen.«

Er stellte mit einem kräftigen Ruck die Kanne wieder hin und drehte sich zu ihr um.

»Freu dich bitte nicht zu früh, Maggy. Freu dich nicht zu früh!«

»Man müßte ihr natürlich ein paar Hüte aussuchen, Handschuhe, einige Schmuckstücke. Wenn du mir erlaubst, würde ich ihr gern die Brosche schenken, die ich von deiner Mutter zu unserer Hochzeit bekommen habe. Sie kümmert sich gut um Louis. Und sie ist ihm so zärtlich ergeben. Hast du gesehen, wie sie darauf geachtet hat, daß er nicht die ganze Flasche Champagner austrinkt? Wie freundlich und doch bestimmt sie darauf hingewiesen hat, daß es schon recht spät sei und sie sich jetzt besser verabschiedeten. Ich bin sicher, ohne sie ...«

»Ohne sie, ohne dieses ganze absurde Unterfangen ...«

»Was geschehen ist, ist geschehen«, unterbrach Margaret schnell und ein wenig brüsk. »Ich will von der Vergangenheit nichts mehr hören. Sie sind auch klug genug, nicht darüber zu reden. Wir alle müssen uns jetzt bemühen, aus einer schlechten Wahl das Beste zu machen.«

»Ohne sie«, so leicht ließ sich Thomas nicht von etwas abbringen, »ohne sie wäre unser Sohn nicht in diesem Gesundheitszustand, den ich mich nicht scheue, alarmierend zu nennen. Sobald wir in Edinburgh sind, müssen wir deinen Bruder, Doktor Balfour, konsultieren. Ich fand ihn so mager und schwach.«

»Fanny hat ihm das Leben gerettet.«

»Fanny? Du nennst sie schon Fanny?«

Margaret brach in ihr silberhelles Lachen aus, mit dem sie ihn noch immer betört hatte.

»Ich finde sie eigentlich ganz charmant, eher kurzweilig. Und ihr kleiner Junge, was für ein liebes Kind! Findest du nicht, daß er ein wenig an Louis in dem Alter erinnert? Das Zimmermädchen hat mich vorhin gefragt, ob er denn wohl sein Sohn sei. Ist das nicht wirklich ungewöhnlich? Da ist doch unser Lou, den wir nie dazu bringen konnten, erwachsen zu werden, auf einen Schlag ein richtiges Familienoberhaupt!«

»Oberhaupt? Das hätte er wohl gerne. Vater eines Schuljungen, mit dreißig. Na, wenn das kein Spaß ist!«

»Aber wir finden alle, daß der Kleine Lou viel ähnlicher sieht als seiner Mutter. Du könntest ihm vielleicht das alte Kinderzimmer geben. Es wird so nett sein, wieder junges Volk im Haus zu haben!«

»Das werden wir erst noch sehen«, meinte der alte Herr düster. »Wir werden ja sehen! Ich habe mir von dieser Frau bisher noch kein endgültiges Bild gemacht!«

Ich bin also sicher, Belle, daß Du seine Eltern ganz verteufelt gern haben würdest! schreibt der zwölfjährige Knabe, den man noch einige Jahre Sammy nennen wird. *Sie und ihr Mann sind furchtbar nett! Mama hat lauter Geschenke bekommen. Ich kann sie Dir jetzt nicht aufzählen. Davon kann Mama Dir berichten. Im Moment spricht sie gerade mit Mrs. Stevenson über die richtigen Kleider … Ich habe Dir noch gar nicht gesagt, daß sie im Hotel keine Gasbeleuchtung haben, es gibt nicht mal Lampen. Sie nehmen jämmerliche Kerzen, die nur ein ganz trübes Licht geben. Außerdem haben sie kein fließend Wasser. Nicht mal im Klosett. Kannst Du Dir das vorstellen? Und Mama dachte, sie wären hier in England alle so zivilisiert! Alles ist viel unkomfortabler als daheim.*

Das hat Mama heute alles gekauft: ein Dinnerkleid, ein Ausgehkleid, einen Umhang für den Nachmittag, eine Abendstola, einen Hut mit gelben Federn, drei Paar Handschuhe, einen weißen Kragen und dazu passende Manschetten, ein weißes Spitzenhalstuch, ein schwarzes Spitzenhalstuch, künstliche Kirschen.

Ich glaube, das ist alles, Belle. Ist auch genug, finde ich. Sag allen, daß ich an sie denke und daß ich sie lieb habe.

Es küßt Dich das verwöhnte Kind, das die Stevensons aus Deinem Sam Osbourne machen werden.

Erste Eindrücke? Auf allen Seiten erstaunlich vorteilhaft! Sie hatten diese Begegnung alle so sehr gefürchtet, daß die Realität sie in jedem Fall nur beruhigen konnte. Jeder hatte mit dem Schlimmsten gerechnet, und so war die Erleichterung in beiden Lagern gleich groß. Aber wie lange würde das anhalten? Es gab schließlich noch so vieles zu bestehen. Das gemeinsame Leben in einem Haus. Die langen Regenabende in Edinburgh. Die Organisation der über das Jahr verstreuten Wohltätigkeitsbazare. Den Fünfuhrtee. Den gemeinsamen Gang zum Gottesdienst. Das tägliche Gebet vor dem Abendessen.

Und dann blieb da auch noch die Eingliederung in das gesellschaftliche Leben der Stadt in Großbritannien, die als die puritanischste des ganzen Empires galt.

EDINBURGH – HERIOT ROW
17. – 21. August 1880

Ein zweistöckiges Haus mit einer schmalen Fassade aus großen grauen Steinen. Ein Vorbau mit hohen, weiß gerahmten Sprossenfenstern zum Schieben. Eine schwarz lackierte Holztür, an der die Messingteile, der Klopfer, der Griff und der Briefschlitz blitzen und blinken. Eine kleine, von einem glänzenden, lanzenbewehrten Zaun umrahmte Außentreppe. Bis zur Straßenlaterne reicht dieser Zaun, dort, wo ein fahles Gaslicht flackert, das bis zum nächsten Laternenpfahl hinüberreicht und die fünf Stufen auch der Treppe des nächsten Hauses erhellt. Eine Reihe von Häusern, die auf die Kastanienbäume im Park blicken. Sie sehen alle gleich aus. Lang und schmal mit ihren Dachrinnen, den hohen Türen und den Stäben an den Zäunen. Auf den schnurgeraden Parkwegen laufen Kinder mit ihren Steckenpferden und Reifen hinter ihren eindrucksvollen Gouvernanten her. Das sind die berühmten Nurses, die von Familie zu Familie empfohlen werden und gewöhnlich mehrere Generationen einer Familie aufziehen und die ihr ganzes Leben lang die immer gleichen Kinderwagen vor sich her schieben, den neuen Wohnvierteln von Edinburgh entgegen, der sogenannten »New Town«. Ende des 18. Jahrhunderts wurde sie als Gegenentwurf zum mittelalterlichen Edinburgh mit seinem Labyrinth aus kleinen Sträßchen und Mauern und den unübersichtlichen Hügeln erbaut. Eine neue Stadt als Erbschaft der Aufklärung, eine Stadt ohne Schatten, rational, mit breiten, parallel verlaufenden Straßenzügen und weiten Ausblicken, eine Stadt, durch die der eisige Wind vom Meer herauf pfeift, der das Kopfsteinpflaster mit Rauhreif überzieht, rücksichtslos in die Wipfel der Bäume auf den kleinen Plätzen fährt und die Statuen an den Straßenkreuzungen erzittern läßt.

»Auf keinen Fall wirst du dich betragen wie im Hotel!«

»Ja, Mama.«

»Sieh mich an: Ich scherze nicht! Du wirst dich nicht wieder vollstopfen! Das ist ein Familienessen zu unseren Ehren. Hast du mich verstanden?«

»Ja, ich verstehe schon: Du wirst vorgestellt, und das macht dich nervös.«

»Du wirst dir den Teller nicht volladen und alles essen, was aufgetragen wird.«

»Auch diese furchtbare Erdbeerkonfitüre, die es zum Wild gibt?«

»Jawohl. Und das Blaubeerkompott auch«, versetzte Fanny spitz.

Dann drehte sie sich einmal um die eigene Achse und erkundigte sich fröhlich:

»Wie findest du mich, mein Sohn?«

Das Kind begutachtete sie mit Kennerblick. Später würde Samuel Lloyd ein großer Frauenverehrer werden. Er würde besonders ihre Eleganz lieben ... Die graue Toilette seiner Mutter wurde am Kinn von einer großen weißen Organdyschleife abgeschlossen. Die durchbrochene Spitze an den Ärmeln ließ das rundliche Fleisch darunter ahnen. Am Handgelenk fiel noch einmal ein üppiger Volant aus dem gleichen Organdy über die nackten Finger.

»Findest du sie rot?« fragte sie und hielt ihrem Sohn die geöffneten Hände hin. »Fällt es sehr auf, daß sie schon viel gearbeitet haben?«

»Wenn nur Belle dich so sehen könnte!« wisperte er. Sammy sah sich um und seufzte einmal tief. »Hier ist alles ungeheuer schick! Hast du den Salon gesehen? Diese riesigen Vorhänge. Auf den Teppichen sinkt man ein bis zu den Knöcheln. Und Mrs. Stevenson, weißt du, auf diesem Porträt, da ist sie vielleicht hübsch! Und das Zimmer von Luly. Hast du die vielen Zinnsoldaten gesehen? Hat der ein Glück, daß er in diesem Haus aufgewachsen ist. Man fühlt sich hier so sicher!«

Fanny zog ihren Sohn zu sich heran und preßte ihn fest an sich. Ein wenig überrascht über diese zärtliche Geste, ließ der Junge sich an ihre Brust sinken.

»Du riechst so gut«, murmelte er. »Ich mag das, diese Sicherheit. Du riechst wie Mrs. Stevenson.«

Der Mahagonitisch in dem großen Speiseraum im Erdgeschoß war ausgezogen worden. Die Anrichte zwischen den beiden hohen Fenstern, die ebenerdig auf die Heriot Row hinausgingen, war beladen mit Getränkekaraffen. Die beiden Türen im hinteren Teil des Raumes öffneten und schlossen sich unablässig. Die eine führte in den Dienstbotentrakt, wo das Gesinde eifrig beschäftigt war, die andere in das Arbeitszimmer des alten Mr. Stevenson. Mit seinen Wandregalen und dem Schreibtisch aus Ebenholz war es das einzige wirklich schlichte Zimmer im Haus. Über den ganzen Rest, den großen Salon im ersten Stock und das Schlafzimmer mit dem Kronleuchter, den Chintzbezügen und dem kleinen polierten Sekretär, regierte die unaufdringliche Heiterkeit von Margaret Stevenson.

An diesem Abend wurde Thomas' düstere Laune durch den bevorstehenden Besuch seiner Geschwisterkinder noch zusätzlich verdunkelt. Zum erstenmal seit sechs Jahren setzte Bob Stevenson wieder seinen Fuß in das Haus in der Heriot Row. Bob, der Atheist mit dem schlechten Einfluß, der ach so heiß geliebte Cousin. Alle hier konnten sich noch gut an die fürchterliche Szene erinnern, als Thomas Stevenson Bob beschuldigt hatte, seinen Sohn zu verderben, und ihm auf immer sein Haus verbot. Der Auftritt war die direkte Folge einer Entdeckung gewesen, die er in Louis' Papieren gemacht hatte. Ihm war dort nämlich die geheime Charta der Gesellschaft in die Hände gefallen, die die beiden Jungen gegründet hatten, der »L.J.R.«, *Liberty, Justice and Reverence.* Der erste Artikel, eindeutig in Bobs Handschrift, lautete: *Wir werden damit beginnen, alles zu vergessen, was unsere Eltern uns beizubringen versucht haben.*

Zu Ehren des frischvermählten Paares veranstaltete Margaret einen Festschmaus, und Bob durfte wieder zum Essen kommen. Aus London brachte er seine Schwester mit, die ebenso wunderschöne wie unglückliche Katharine, die gegen den Willen ihrer Familie einen Freidenker geheiratet hatte, einen Engländer der allerschlimmsten Sorte, der trank und sie schlug. Katharine versuchte inzwischen, von ihrem Mann getrennt zu leben, und veröffentlichte, über die Vermittlung von Louis' Freund Henley, hier und da einige Erzählungen und Artikel, mit deren Hilfe es ihr gelang, sich und ihre beiden Kinder durchzubringen. Die jüngere Generation der Stevensons hielt wohl kaum, was man sich angesichts der Vorfahren von ihr versprochen hatte. Louis hatte außerdem seinen alten Kommilitonen Charles Baxter und dessen Frau eingeladen, zudem Walter Simpson, seinen Weggefährten auf den Kanälen von Antwerpen herunter, und dessen Schwester Eve, die man so schrecklich gern als Louis' Ehefrau gesehen hätte. Ihr Vater war der Erfinder des Chloroforms, der berühmte Doktor Simpson, der auf der anderen Seite des Parks wohnte. Nun ja, eben eine angesehene Familie! Außerdem erwartete man noch Miss Alison Cunningham, Louis' ehemalige Gouvernante, Cummy genannt. Cummy, von der R.L.S. in Versform sagen sollte, sie sei *meine zweite Mutter und meine erste Ehefrau* gewesen. Cummy, dieser Name rief so viele Erinnerungen in Thomas Stevenson wach. Wie lange war Cummy doch gleich in ihrem Haus gewesen? Fünfzehn Jahre? Louis' ganze Kinder- und Jugendzeit. Thomas fühlte sich alt heute abend! Alt und verwirrt. Die Hände über dem Löschroller gefaltet, saß er an seinem Schreibtisch, schaute zur Decke auf und seufzte. Margaret konnte ihre Tage mit ihrer Schwiegertochter verbringen, soviel sie wollte, konnte ihr beibringen, wie man sich kleidete, und sie den Organisatorinnen ihrer Wohltätigkeitsveranstaltungen vorstellen, deshalb wußte sie noch lange nicht mehr über Fanny Vandegrift als am Tag ihrer Ankunft. Thomas aber hatte die Dienerschaft sich über einen Schotten unterhalten hören, der nach Afrika gegangen und »mit einer Negerin verheiratet« zurückgekehrt war. Mit wem hatte er es zu tun? Normalerweise machte Thomas sich sehr schnell ein Bild von einem Menschen. Und von diesem Urteil rückte er dann nie wieder ab. Aber, Gott im Himmel, mit wem hatte er es diesmal zu tun? Kein einziger Faux pas, seit sie auf der Bildfläche erschienen war. Konnte diese Frau ihre Rolle gut genug gelernt haben, um sie so geschickt durchzuhalten? Weit entfernt davon, sich an den Gepflogenheiten des Hauses zu stören, hatte sie sich mühelos in ihre Umgebung und ihr Leben hier eingepaßt. Es kam Thomas beinahe so vor, als habe sie schon immer zu seinem Leben gehört. War das die Geschmeidigkeit der Schlange? Eine chamäleongleiche Anpassungsfähigkeit? Genoß sie ihren Aufstieg ins Großbürgertum vielleicht deshalb so ausgiebig, weil sie ihn von langer Hand vorbereitet hatte? Hatte sie Louis vielleicht nur aus diesem einen Grunde geheiratet, um dem Clan der Stevensons anzugehören? In einem Punkt hatte Margaret recht. Die Leichtigkeit, mit der die Vandegrift ihren Sohn am Gängelband führte, war spektakulär. Thomas wußte aus eigener Erfahrung, daß Louis schwer im Zaum zu halten war, und noch schwerer war es, ihn zu pflegen. Erstaunlicherweise erleichterte die Gegenwart dieses neuen Stützpfeilers der Familie den gegenseitigen Umgang aller. Aber Vorsicht! Heute abend würde man sie in Gesellschaft erleben. Mal sehen, wie sie sich da machen würde. Würde sie die Gouvernante ebenso schnell um den Finger wickeln, wie sie es bei der Mutter getan hatte? An Fanny Vandegrift schien eine Schlangenbeschwörerin verlorengegangen zu sein. Hatte sie nicht Margaret gerade kürzlich wieder damit entzückt, daß sie die exakte Spezies eines exotischen Strauchs erkannte, mit dessen Aufzucht im Fenster des Salons der ersten Etage sich Margaret schon so lange abmühte? Diese Sorte Bildung würde der Gouvernante bestimmt nicht imponieren! Alison Cunningham würde wissen, wie man Fanny Vandegrift zu beurteilen hatte. Cummy war trotz ihrer überaus freundlichen Art immer ein wenig eifersüchtig gewesen auf alles, was Louis beeinflußt hatte. Vor allem, wenn es von außerhalb Schottlands kam. Wie hatte sie nicht damals Louis' englische Freunde mißbilligt!

Das Schrillen einer Klingel und das kurz darauf folgende zu laute Gelächter von Bob und Katharine Stevenson schreckten ihn aus seinen Gedanken. Er hörte, wie Louis, mehrere Stufen auf einmal nehmend, das Treppenhaus hinuntergestürmt kam, um sie unter dem großen Leuchter im Vestibül willkommen zu heißen.

Wollte Gott, ihr schwieget,
so wäret ihr weise

las Thomas mit seiner dröhnenden Stimme. Die große Familienbibel in den Händen, stand er aufrecht an seinem Platz und rezitierte die Verse aus dem Buch Hiob, die er für den heutigen Abend ausgewählt hatte.

Höret doch meine Verantwortung,
und merkt auf die Sache, davon ich rede.

Er konnte sich über mangelnde Aufmerksamkeit bei seinen Gästen wirklich nicht beklagen. Unter dem strengen Blick des Hausherrn hatten sie alle die Köpfe gesenkt und gingen in sich. Jeder in diesem üppigen Speisezimmer, in dem die silbernen Kandelaber ihr glänzendes Licht verströmten, verspürte ein unbestimmtes Gefühl des Unwohlseins.

Thomas war inzwischen bei den Psalmen angelangt, die er so gut wie auswendig kannte.

Denn sie haben ihr gottloses und falsches Maul
wider mich aufgetan,
und reden wider mich mit falscher Zunge.

Die allgemeine Stille wurde durch das schwere Atmen der schwangeren Ehefrau von Baxter durchbrochen, der das lange Stehen hörbar zu schaffen machte. Vor allem aber ließ sich das Geklapper des Geschirrs vernehmen, das von dem neuen Dienstmädchen in Thomas' Rücken auf der Anrichte zwischen den Fenstern bereitgestellt wurde. Die an ihrem Ende des Tisches zur Untätigkeit verdammte Margaret konnte weiter nichts tun, als mit den Augen dieses Dienstbotenballett zu verfolgen, dessen ineffektive Wirrnis die Lautstärke noch übertraf. Das Gläserklirren und das Scheppern der Tabletts schien im gleichen Maße anzuwachsen wie Thomas' immer lauter donnernde Stimme. Margaret wußte, daß diese respektlose Geräuschkulisse ihn maßlos ärgern würde. Schon jetzt konnte sie aus seinem Tonfall die Vorzeichen eines gewaltigen Zornesausbruchs heraushören.

Und sie reden giftig wider mich allenthalben,
und streiten wider mich ohne Ursache

dröhnte Thomas. Über wem würde das Gewitter wohl heute abend niedergehen? Selbst Cummy, die außer dem lieben Herrgott niemanden fürchtete, stellte sich diese Frage. Die Aussicht, mit ihren ehemaligen Arbeitgebern zu Abend zu essen, beunruhigte sie ein wenig. Sie war sechzig Jahre alt. Hochgewachsen und aufrecht wie eine Tanne. Aus ihrem schönen, intelligenten und würdevollen Gesicht blickten zwei klare Augen. Man sah ihr an, daß sie es gewohnt war, Befehle zu geben. Louis wechselte einen Blick mit seiner Mutter. Auch er hatte den drohenden Ton in der immer weiter fortfahrenden Stimme gehört.

Dafür, daß ich sie liebe, sind sie wider mich;
ich aber bete.

Sollte die Konversation heute auf den Glauben kommen, würde er sich beugen. Die Zeit, wo er es für seine Menschenpflicht gehalten hatte, immer die Wahrheit zu sagen, und für seine Pflicht als Sohn, seine Überzeugungen nicht zu verschweigen, seinen Vater über seine Einstellung zur Religion nicht im unklaren zu lassen, diese Zeit schien ihm nun so weit zurückzuliegen. Er hatte bekommen, was er vom Leben wollte. Er hatte sich seinen Beruf selbst ausgesucht und seine Frau erfolgreich in die Familie eingeführt. Von jetzt an würde er sich mit einem nachsichtigen Lächeln auf den Lippen und Zärtlichkeit im Herzen der elterlichen Frömmigkeit beugen. Über wen würde das Gewitter niedergehen? Bob, den Bohemien? Nach sechs Jahren hatte er immer noch dieselben Angewohnheiten. Er steckte voller großartiger Gaben und hatte doch nichts zu Ende gebracht. Über Katharine, die ungemütlich von einem Fuß auf den anderen trat? Die feingliedrige, distinguierte Katharine, deren überirdische Blondheit so einen herrlichen Kontrast zum zigeunerhaften Äußeren ihres Bruders bildete? Oder über Fanny? – Sie würde sich zu wehren wissen!

Louis schaute auf und betrachtete seine Ehefrau. Die Hände übereinandergelegt, aber nicht zum Beten gefaltet, stand sie voll aufgerichtet neben dem Herrn des Hauses. Sie hielt dem Blick ihres Schwiegervaters stand und schien ihm konzentriert zu lauschen. Das erstaunliche Einverständnis zwischen Fanny und Margaret hatte Louis' kühnste Wünsche ja schon übertroffen, aber die Art, wie sie sich ihrem neuen Leben angepaßt hatte, benahm ihm den Atem. Wie hätte er auch vorausahnen können, daß diese Pioniersfrau, die noch im vorigen Monat eine Geisterstadt als passenden Rahmen für ihre Flitterwochen ausgewählt, ihre Schlafsäcke einfach zwischen dem Geröll einer aufgelassenen Goldmine ausgerollt und ihn mit aller Selbstverständlichkeit aufgefordert hatte, mitten in den Bergen von San Francisco ohne jede Bekleidung ein Sonnenbad zu nehmen, wie hätte er vorausahnen können, daß diese Frau umgeben von Möbeln aus dem 18. Jahrhundert, Spitzendeckchen und Teegesellschaften zu wohltätigen Zwecken erst richtig aufblühen würde?

Falsche Leute halte ich nicht in meinem Hause.

brüllte Thomas und wechselte dem Psalm, während hinter ihm krachend ein Teller zerschellte.

Die Lügner gedeihen nicht bei mir.
Jeden Morgen will ich vertilgen alle Gottlosen im Lande,
daß ich alle Übelthäter ausrotte aus der Stadt des Herrn.

Wütend klappte er seine Bibel zu.

Das Dienstmädchen, das den Teller zerbrochen und die Suppe hereingetragen hatte, füllte auf.

»Diese Suppe ist kalt!« rief er und ließ aufgebracht den Löffel sinken. »Haben Sie denn überhaupt nichts von dem verstanden, was meine Frau Ihnen seit zwei Wochen mühsam einzutrichtern versucht? Sie müssen die Terrine abdecken, wenn Sie zum nächsten Platz gehen! Das kann doch so schwer nicht sein! Aber Sie hören nicht zu, haben wohl Ihre eigenen Vorstellungen im Kopf! Wobei ich mich frage, ob in Ihren dummen Bauernschädel überhaupt irgend etwas hineingeht!«

Das junge Mädchen senkte das Kinn und lief unter ihrem Häubchen puterrot an. Sie seufzte herzerweichend, während ihr Dienstherr erbarmungslos weitertobte:

»Gehen Sie doch bloß zurück in Ihr Kaff! Da sind Sie besser aufgehoben als in diesem Hause . . .«

»Ich werde diejenige sein, Mr. Stevenson, die keine Minute länger in diesem Haus bleiben wird, in dem man die Dienstboten auf derart grobe Weise mißhandelt!«

Das war die mehr als eisige Stimme Fanny Vandegrifts. Grün vor Wut stand sie da und schoß einen wütenden Blick auf ihren Schwiegervater ab:

»Es ist abscheulich, ein junges Mädchen, das nur versucht, sich in seine Aufgaben hineinzufinden, so zu demütigen! Sie sollten sich schämen!«

Wenn Fanny das Gesicht ihres Mannes hätte sehen können, hätte sie sich sicher zurückgehalten. Louis, Margaret und Cummy waren wie vom Donner gerührt.

Die ganze Tischgesellschaft starrte auf den alten Herrn und seine Schwiegertochter. Das Mädchen hatte angefangen zu weinen. Fanny sprach weiter:

»Finden Sie das etwa moralisch, jemanden zu beleidigen, der sich noch nicht einmal wehren kann?«

»Setzen Sie sich, meine Kleine. Setzen Sie sich.« Thomas Stevenson war bekannt für seine Wutausbrüche, aber diesmal hatte er mit keiner Wimper gezuckt:

»Setzen Sie sich, meine Kleine«, wiederholte er.

Ruhig kam Fanny seiner Aufforderung nach und nahm wieder ihren Platz ein. Thomas tätschelte ihr die Hand. Einen Moment lang herrschte sprachloses Erstaunen. Niemand schien zu begreifen, was sich da soeben abgespielt hatte. Selbst Louis blieb stumm. Fanny und Thomas hatten als einzige zu essen begonnen. Und diesen Moment wählte der Anwalt Charles Baxter, um einen Toast auf die Jungvermählten auszusprechen.

Er war einige Jahre älter als Louis und der einzige seiner Freunde, der einem lukrativ zu nennenden Beruf nachging. In jungen Jahren war er ein großer Frauenheld und Hitzkopf gewesen. Heute schaute er dafür ab und zu einmal gerne ein wenig tiefer ins Glas und war im übrigen bei aller Redseligkeit recht geistreich. Er erhob sich und wandte sich an Fanny:

»Verehrte Mrs. Osbourne, Sie sind nun Teil eines der in sich geschlossensten Kreise Großbritanniens geworden«, begann er, »einer selbstbewußten Gesellschaft, deren aktivste Mitglieder, diejenigen nämlich, die an ihrer Erbauung mitwirken, heute abend hier versammelt sind ...«

»Plädieren Sie in eigener Sache, Charles?« erkundigte sich Thomas spöttisch, dessen gute Laune zurückgekehrt zu sein schien.

»In eigener Sache, mein Herr, für Ihre illustre Familie, für Louis und vor allem für unsere gnädigste Frau hier. Ich möchte ihr sagen, daß, obwohl unsere grauen Plätze und düsteren Esplanaden ihr vielleicht den Eindruck vermittelt haben, Edinburgh sei eine in sich abgeschlossene Stadt, abgeschieden von der Welt ...«

Baxter lächelte und ließ den Satz unbeendet. Feierlich richtete er sich noch einmal auf, streckte Fanny sein Glas entgegen und sagte nicht ohne Ironie:

»Ich möchte ihr sagen, daß wir, wenn wir von außen gesehen auch engstirnig erscheinen mögen, wir uns ganz hier drinnen doch auch tolerant zeigen können. Mit uns ist leicht umgehen, gnädige Frau, Louis würde sogar behaupten, wir seien freundlich, und Sie wissen, daß dieses Wort aus seinem Mund kein geringes Kompliment bedeutet. Wenn wir erst mal festgestellt haben, daß man sich an unsere Regeln hält und unsere überkommenen Werte achtet, dann sind wir so nachsichtig wie eine Familie mit ihren Kindern, so exzentrisch sie auch sein mögen. Sie gehören fürderhin einer Art Club an, einem Regiment, das für den Anfang die Hürden sehr hoch steckt, aber alle Seitensprünge und Stürze verzeihen wird, sowie die ersten Hindernisse genommen sind.«

Baxter machte eine Pause, bedachte Louis mit einem zärtlichen Blick und sagte dann in sehr viel ernsterem Tonfall:

»Vor allem müssen Sie wissen, daß ein Mann, der in diese Kreise hineingeboren wurde, ihnen niemals entkommt! Er kann Schottland verlassen, Raum und Zeit zwischen sich und dieses Land legen: Im Traum und im Herzen wird er immer zurückkehren.«

Darauf reckte Charles Baxter sein Glas in die Höhe und erschütterte mit seinem Ruf den Kronleuchter des Speisezimmers:

»Willkommen in Edinburgh, Mrs. Robert Louis Stevenson!«

Sein Gruß wurde von allen Anwesenden wiederholt. Es war nicht zu übersehen, daß selbst die alte Miss Alison Cunningham eine ganz besondere Wärme in ihre Worte legte. Und Mr. Thomas Stevenson leerte an diesem Abend seine Flasche mit einer für ihn ausgesprochen ungewöhnlichen Aufgeräumtheit.

Ein Wunder war geschehen. Wie hatte Fanny das nur angestellt? Es bleibt ein Geheimnis. Gegen Ende des Dinners fraß Thomas der Vandegrift aus der Hand, die ihn bereits mit ganz leiser Ironie »Master Tommy« nannte. Ihr Einverständnis würde auf immer ungetrübt bleiben. Ohne jede Scheinheiligkeit würde sie sich in ihren Entscheidungen auf sein Urteil verlassen, während er von nun an die Weisheit seiner Schwiegertochter nahezu in den Himmel hob.

Beiden gemeinsam war dieses zwiespältige Wesen, das zwischen Liebe und Brutalität, Zärtlichkeit und heftigster Erregung, Verzweiflung und Lachen hin- und herchangierte. Sie teilten eine Weltanschauung, denselben Pessimismus und denselben gesunden Menschenverstand. Ihr Einverständnis in allen Dingen sollte so vollkommen sein, daß der alte Gentleman seinem Sohn bald das feierliche Versprechen abnehmen würde, nichts zu veröffentlichen, was nicht vorher die Zustimmung seiner Frau gefunden habe.

Sechs Jahre später, wenn Thomas Stevenson beschließen wird, seinen Kindern ein Heim zu schaffen und ihnen ein eigenes Haus zu kaufen, wird er den Besitz nicht auf den Namen seines Sohnes eintragen, sondern vorsorglich auf den von Fanny. In seinem Testament wird er seiner Frau Margaret eine Rente aussetzen, mit der Auflage, Hab und Gut der Familie Mrs. R.L.S. zu vermachen, sollte sie Louis überleben. Nach dem Tod seiner Schwiegertochter sollte das Erbe an Fannys Kinder, Belle und Lloyd Osbourne, übergehen.

In der Rolle der vernünftigen und ihrem Sohn restlos ergebenen Matrone hat Fanny die Herzen von Louis' Eltern zu gewinnen gewußt. In anderen Gefilden läuft sie Gefahr, sich gerade mit dieser Ergebenheit eine Menge Feinde zu machen.

LONDON
Oktober 1880

Ihr Charakter war ebenso stark, interessant und romantisch wie der ihres Mannes, gesteht Sydney Colvin ihr immerhin zu. *Meiner Meinung nach waren die Stärke und die Treue ihre beiden großen charakterlichen Vorzüge. Denen unter Louis' Freunden gegenüber, die die durch seinen Zustand notwendig gewordenen Vorsichtsmaßnahmen vergaßen oder nicht zu kennen vorgaben, benahm sie sich unweigerlich wie ein leibhaftiger Drache. Aber wer sich rücksichtsvoll zeigte, wurde warmherzig und freundlich willkommen geheißen. Sie konnte ungeheuer komisch sein – und ebenso melodramatisch.*

Mit Colvin wird Fanny sich von allen Freunden Louis' am besten verstehen. Oder sagen wir lieber, er wird derjenige sein, mit dem sie sich am wenigsten streitet. Zwischen Mrs. Robert Louis Stevenson und den anderen, allen anderen, Walter Simpson, Charles Baxter, selbst Bob Stevenson und selbstverständlich William Ernest Henley, wird es über zwanzig Jahre hinaus immer wieder zu Streitigkeiten kommen. Mal versöhnt man sich wieder, mal sind die Auseinandersetzungen am nächsten Tag schon wieder in Vergessenheit geraten. Manchmal endet so ein Kampf aber auch in einem Zerwürfnis auf Lebenszeit. Einfach sind diese Beziehungen jedenfalls nie.

Sie war eine der wunderlichsten Frauen unserer Zeit, wird Gosse von ihr sagen. *In mancher Hinsicht eine wilde, anrührende Natur – außerordentlich leidenschaftlich, außerordentlich anders in der Art, wie sie diese heftigen Gefühle empfand und wie sie diese brutale Kraft zum Ausdruck brachte. Sie war voller Frohsinn und besaß ein ganz eigenes Talent, Begebenheiten äußerst lebendig zu erzählen. Aber literarisch waren diese Berichte nie. Ich glaube, Robert Louis Stevenson hat seine Art zu fühlen von ihr abgeschaut …*

Gosse gilt als erster und auch letzter von Louis' Verbündeten, der seine Ehe ohne Verbitterung hingenommen hat. Aber was für ein Irrtum!

Wir haben uns gestritten, schreibt Fanny noch in der Woche ihrer ersten Begegnung. *Außerdem mag ich ihn nicht. Aber ich glaube, er hängt sehr an Louis – zumindest bildet er sich das ein. Er ist ein geschäftlich wie literarisch gleichermaßen begabter Dichter. Er hat ein ausgeglichenes Wesen, ist salbungsvoll, schmeichlerisch wie eine Katze, sehr komisch und dabei von durchaus bissigem Humor – und selbstzufrieden und über die Maßen eingebildet! Nun war ich der ungewollte Grund für ein Betragen, das er heute bitter bereuen wird. Er wird mir schon allein deshalb nicht verzeihen können.*

Ist Fanny parteiisch? Aber sicher! Aber sie ist auch klug. Diese erste Einschätzung von Gosse entspricht in vielem dem, was auch seine Freunde über ihn sagen, nur verzeihen sie ihm seine Eitelkeit und ziehen es vor, den Humor und den großen Charme des Poeten besonders herauszustreichen. Lange nach Louis' Tod wird schließlich sogar sie einmal zugeben: *Er ist der einzige, der freundlich zu mir gewesen ist … Er und Mrs. Sitwell.*

Trotzdem heißt es, daß die Beziehungen zwischen den beiden Frauen nicht immer so ganz friedlich verlaufen sind. Der Tag wird kommen, an dem Fanny sich mit der Prüderie ihrer Frau Kollegin nicht mehr abfinden wird.

Niemand scheint ihrer Rachsucht entgangen zu sein. Und doch gibt es eine Ausnahme. Nur eine: Henry James. Er allein findet

Gnade vor ihren Augen. Sie wird ihm ihre Wertschätzung und ihre Zuneigung bewahren, auch wenn er ihr am Ende doch widersteht und sich weigert, die Testamentsvollstreckung für Robert Louis Stevenson zu übernehmen. Selbst das wird sie ihm verzeihen. Der Grund ist wohl, daß James der einzige der Gruppe ist, der Louis nicht schon vor Fanny gekannt hat, der einzige, der sich nicht nach dem Stevenson von früher zurücksehnt. Danach, wie Stevenson war, bevor er nach Amerika ging und vor allem, bevor er heiratete.

Gegen Ende dieses ersten, kalten und verregneten Sommers in Schottland zeigt sich Georges Balfour, Louis' Onkel, besorgt über den Zustand seiner Lungen. Er schickt ihn umgehend ins Sanatorium nach Davos. Auf dem Weg in die Schweiz macht Louis Station in London und trifft sich mit den Kameraden von früher, stellt ihnen seine Frau vor. Sechs Monate nach ihrer Hochzeit hält Fanny ihr offizielles Debüt in den Schrifstellerkreisen Englands. Es ähnelt eher einem vehementen Abschied.

Nichts auf der Welt könnte mich dazu bringen, auch nur eine Minute über die vorgesehene Zeit unserer Abreise hinaus in London zu verweilen, schreibt Fanny an ihre Schwiegermutter. *Es kann zu dieser Jahreszeit keinen Ort geben, der Louis' Gesundheit abträglicher wäre. Er kennt entschieden zu viele Menschen hier, was ihn auch nicht einen Moment lang zur Ruhe kommen läßt. Den ganzen Tag über drängen sich die Besucher in unseren Zimmern … Die Leute kommen zu jeder möglichen und unmöglichen Tageszeit. Das beginnt schon früh am Morgen und endet erst spät, weit nach Mitternacht. Mir bleibt nicht eine Sekunde allein für mich … Es ist nicht gut für Geist und Körper, die ganze Zeit so dazusitzen und seine Freunde auf eine Art dämlich anzulächeln, daß man aussieht wie eine fette, scheinheilige Katze, und mit Herrn oder Frau Sowieso, die ihm ohnehin völlig gleichgültig sind, Belanglosigkeiten auszutauschen – nur damit er die Gegenwart derjenigen unter seinen Freunden genießen kann, die ihm wirklich am Herzen liegen. Und irgendwann sitzt man immer noch da, klebt mit den Augen am*

Zifferblatt und möchte im stillen am liebsten ihr Blut sehen, weil sie zu lange bleiben und ihn ermüden! ... Ich bin sicher, daß sie irgendwann doch noch merken werden, wie es mir in den Fingern juckt, sie zu erdrosseln, und daß ich beim zwölften Schlag der Uhr unweigerlich anfange, sie zu hassen.

Wie kann es sein, daß Fanny so gar kein Vergnügen daran findet, mit der intellektuellen Elite ihrer Zeit zu verkehren? Wie kommt die Künstlerin, die sich einst bitter über die kulturelle Wüste in Oakland beklagt hat, dazu, den Überlegungen dieser Londoner Schöngeister keinerlei Interesse entgegenzubringen? Was kommt die Abenteurerin an, die sich ihre Zigaretten selber dreht und Kette raucht, daß sie sich plötzlich über die fortgeschrittene Stunde, lukullische Ausschweifungen und zu laute Gespräche echauffiert? Haben ihre Heirat, ihr Status als ehrbare Ehefrau sie gründlich gewandelt und gleich eine Kleinbürgerin aus ihr gemacht?

Fanny muß so sein, sonst bleibt Louis sein Leben lang ein kranker Mann – eine Tatsache, über die er für seinen Teil lieber gar nicht erst nachdenkt. Wie soll sie sich wohl an einem der brillanten Wortgefechte zwischen Stevenson und Henley ergötzen, wenn sie doch genau weiß, daß all diese Erregung, der Rauch und der Whisky einen Rückfall zur Folge haben werden? Wenn sie weiß, daß Louis jeden Augenblick sein Taschentuch zum Mund führen wird? Und daß darin ein leuchtendroter Fleck zurückbleiben wird, das unfehlbare Vorzeichen einer Lungenblutung? Sie wird es erleben, wie Hustenanfälle ihn schütteln, die ihn völlig erschöpft und verstört zurücklassen. Sie wird bei ihm sein, wenn er die für Wochen anhaltenden, entmutigenden Nachwirkungen der Krise durchleben muß, all die Tage und Nächte, in denen er ans Bett gefesselt sein wird. Von dem Leid und dem Grauen dieser Wochen wird Henley sich nie einen Begriff machen können. Fanny schon.

Man sollte sich hüten, Fanny Egoismus und Unbedachtsamkeit ihrem Mann gegenüber vorzuwerfen. Es ist nur so, daß sie, weil sie Hervey nicht hat retten können, schon im vorhinein jeden angreift, der Louis bedroht. Mit ihrem berühmten Schweigen ist es vorbei. Mit der verlockenden Rätselhaftigkeit aber auch.

Die unerschütterliche Sphinx aus dem Camp von Austin nimmt in London kein Blatt vor den Mund.

Zweifellos verliert Fanny dabei ein wenig von ihrer Klugheit und viel von der Zurückhaltung, die ihr unter den Schürfern von Austin, den Malern in Grez und den Puritanern in Edinburgh so viele Herzen gewonnen hatten. Die gleiche Frau, die sich diesen denkbar unterschiedlichen Milieus so mühelos anzupassen wußte, wird nur eine Woche brauchen, um die versammelte Intelligenzia von England gegen sich aufzubringen. Schon hört man die ersten leisen Andeutungen, daß ihr Einfluß auf Stevenson sich ganz bestimmt verheerend auf seine zukünftigen Bücher auswirken, daß er sich nun wohl nicht mehr zu einem wirklich großen Schriftsteller aufschwingen werde, wie man es von ihm erwartet hatte. Die Macht, die diese kleine Amerikanerin aus dem Mittleren Westen über ihn ausübt, wird ihm den Schwung nehmen und sein Werk zur Mittelmäßigkeit verdammen. Fanny zieht das Fazit: *Wenn wir London nicht sehr bald verlassen, wird aus mir eine verbitterte alte Frau.*

Als Fanny Stevenson Mitte Oktober ihren Mann endlich in die Schweiz expediert, sind die Würfel gefallen und alle Rollen verteilt. In den nächsten sieben Jahren wird sich daran nichts mehr ändern.

Mrs. Robert Louis Stevenson gilt fortan allen als autoritäre Ehefrau, die sich in Dinge einmischt, von denen sie nichts versteht. Ein Wachhund. Treu, das muß man wohl anerkennen. Aber irgendwie störend.

Wenn ich an Fanny während dieser Zeit in England denke, kann ich mich meiner Wut einfach nicht erwehren. Was hat man dieser Frau doch für ein Unrecht getan!

Was für Freiheiten hat sie denn schon noch in ihrer Situation, festgenagelt an der Stelle, die ihr Mann ihr zugewiesen hat, angebunden durch die Erfordernisse der Krankheit, zur Mumie erstarrt unter den Blicken der Welt um sie herum?

Natürlich hat sie sich dieses Leben selber ausgesucht. Aus Liebe. Aus Ehrgeiz, wie nicht wenige behaupten werden. Sie stellt sich in die Frontlinie und fängt alle Schläge ab. Dabei spielt Louis immer die Hauptrolle. Louis leidet, Louis arbeitet, Louis ist der Künstler.

Fanny wacht nur – böse Zungen sagen, sie *über*wacht. Für alle Zukunft wird man sie mit nur wenigen Worten beschreiben können, zwei, vielleicht drei Verhaltensweisen werden ihr ganzes Wesen ausmachen. Diese Fanny Vandegrift, die vierzig Jahre hindurch unablässig gesucht hat, gewachsen und vorwärtsgekommen ist, diese Fanny tritt nun auf der Stelle und verändert sich nicht mehr. Ihr Geist, ihr Herz, es wird fortan immer alles beim alten bleiben. In ihr bewegt sich nichts mehr. Sie wird sieben lange Jahre ohne große Momente und ohne wirkliche Freude erleben. Geschichtslose Jahre, was sie betrifft. Und wehe, sie fällt einmal versehentlich aus ihrer Rolle! Eines Tages wird Fanny sich einfallen lassen, mit ihrem Mann zusammenzuarbeiten und eines seiner Werke mit ihrer beider Namen zu unterschreiben. Da wird sie schnell feststellen, daß das Wort »Vandegrift« für die Kritiker vollkommen unsichtbar bleibt. *Zu Anfang habe ich geglaubt, daß es mir nichts ausmacht, für Louis den Sündenbock zu spielen,* bekennt sie, *aber es ist schwer, wenn man erkennen muß, daß man nur als Kommahäkchen behandelt wird. Und als überflüssiges Kommahäkchen noch dazu!*

DAVOS – HYERES
1880–1884

Eine rastlose und angstvolle Existenz auf der Suche nach der Gesundheit. Fanny irrt durch die Welt, um das passende Klima zu finden, das Louis' Tuberkulose zum Stoppen bringen kann. Von der Schweiz nach Frankreich, von den Alpen ans Mittelmeer, immer wieder unterbrochen von Abstechern nach Schottland, London oder Paris, die die in langen Monaten der Einsamkeit und Ruhe erzielten Fortschritte in nur wenigen Tagen wieder zunichte machen. Jede neue Reise läßt in ihr die unsinnige Hoffnung auf Genesung aufflackern. Jede Niederlage läßt sie in noch größerer Furcht zurück.

Die Spannung ist kaum erträglich. Sie fühlt sich wie ausgelaugt. Eine trübe Existenz.

Es ist schon deprimierend, mit Todgeweihten zu leben, gesteht sie, *aber die Luft hier in Davos scheint ihm gutzutun. Es ist so herrlich, daß er vielleicht geheilt werden kann, so überaus herrlich, daß ich mich wirklich nicht beklagen darf.*

Ein Sanatorium, zwei Hotels, ein paar Chalets und mehrere Ketten weißer Berge, die in allen Himmelsrichtungen den Horizont verstellen. Keine Weite, keine Farben. Immer dieselben Spaziergänge. Immer wieder der schnurgerade Fluß und immer Schnee.

In diesem Dorf, dessen sämtliche Bewohner, die Geschäftsleute nicht ausgenommen, tuberkulosekrank sind, sprießen die Gräber auf jedem freien Abhang. Und die Wellen von Haß und Eifersucht und Liebe schlagen hoch, als stürzte man sich mit Absicht in übertriebene Leidenschaften, nur um sich zu beweisen, daß man noch am Leben ist. Unter den Patienten im Hotel, Kranken aus allen Teilen der Welt, wird viel über dieses ungleiche Paar getuschelt, dessen eine Hälfte Punkt für Punkt das glatte Gegenteil der anderen zu repräsentieren scheint. Sie, winzig, robust und eckig; er, zart und hoch aufgeschossen. Sie dunkel, er blaß. Sie verschlossen und tragisch, er redselig und umgänglich. Die Stevensons. Hinter vorgehaltener Hand wird der Altersunterschied kommentiert, die langen Haare des Ehemannes, die kurzen Haare seiner Frau. Die Erziehung des Stiefsohns.

Das unerwartete Eintreffen von Mrs. Sitwell, Louis' erster Liebe, hätte eine angenehme Abwechslung in der lastenden Langeweile von Davos bedeutet, wenn diese andere Fanny nicht nur deshalb gekommen wäre, um ihren sterbenden Sohn zu begleiten. Nun saßen die beiden Fannys Seite an Seite am Krankenbett des Jungen. Was für ein jammervoller Anlaß, die Vergangenheit noch einmal aufzurollen und Brüche von einst zu kitten. Wie ein trauriges Echo auf Herveys Tod. Mrs. Sitwell sollte ihr Kind im April verlieren.

In zwei aufeinanderfolgenden Wintern wird Fanny nach Davos zurückkehren. Die Höhenluft bekommt ihr nicht, sie hat Herzrasen und Schwindelanfälle. Aber was macht das schon? Die Berge werden Louis stärken, also vernachlässigt sie ihre eigene Gesundheit. Das einzige, was zählt, ist, daß sich ihr gemeinsamer Traum erfüllt, daß er dieser große Schriftsteller wird. *Nimm all mein Werk, es ist dein,* wird er ihr als Widmung in sein letztes Buch schreiben.

Seltsamerweise wird Fanny die Vorzüge des ersten Romans, der ihn berühmt machen wird, nicht anerkennen. Weil er ihn während eines Aufenthaltes bei seinen Eltern geschrieben hat, weil er ihn geschrieben hat, um Sammy vom schottischen Regen abzulenken und um mit seinem Vater von den alten Geschichten zu träumen, die sie sich vor langer Zeit erzählt haben, weil er den Roman als Fortsetzungsroman in einer Zeitschrift für Kinder veröffentlicht. Ja, sie verachtet dieses Meisterwerk, das den Ruhm des Mannes begründen wird, von dessen Genie sie doch immer in ihrem Innersten überzeugt gewesen war. *Treasure Island – Die Schatzinsel.* Fanny wird mit ihrer Verachtung nicht die einzige bleiben. Noch weitere zwei Jahre wird es dauern, bis die Fortsetzungsgeschichte als Buch erscheint und ein Bestseller wird. Zwei Jahre, in denen sie kaum zurechtkommen, in denen sie nicht weiß, wie sie die Medikamente bezahlen soll, die Arztrechnungen, das Hotel. Und die Erziehung ihres Sohnes. Louis' Vater begleicht sämtliche Rechnungen der kleinen Familie. Thomas unterschreibt Schecks und schickt Anweisungen. Wie er es immer getan hat. Eine demütigende Situation für einen nun bald fünfunddreißigjährigen Autor, der ununterbrochen arbeitet. Von seinem Bett aus schreibt Stevenson *Prince Otto, New Arabian Nights, A Child's Garden of Verses.* Er verfaßt Essays, die Leslie Stephen in seiner Zeitung veröffentlicht, und Literaturkritiken und Abhandlungen, die Henley für ihn unterzubringen versucht. Kleine Anerkennungserfolge. Aber zumindest erlauben sie ihm, als der Arzt ihn endlich gehen zu lassen bereit ist, ein Haus bei Marseille zu mieten. Der Arzt gibt ihm strikte Anweisungen mit auf den Weg: »Höchstens zwanzig Kilometer von der Mittelmeerküste entfernt, in der Nähe eines Pinienwaldes.« Er verläßt die weiße Hölle, um zur Sonne zurückzukehren.

Diese Wärme. Nichts liebt sie so sehr wie die Sonne! Fanny ist überglücklich. Nach all diesen Jahren im Hotel wird sie endlich in einem eigenen Heim wohnen können. Und schon ist sie wieder eifrig dabei, die Trödelläden abzuklappern, Vorhänge umzunähen, Decken aus alten Kleidern zu schneidern und aus ein paar Brettern

Möbelstücke zusammenzuzimmern. Wie sie es für Sam in Virginia City getan hatte, richtet sie Louis innerhalb von zwei Wochen ein gemütliches Zuhause ein. Im Oktober ziehen sie ein. Im Dezember wohnen sie wieder im Hotel. Die Feuchtigkeit, die vielen Mücken, eine Welle von Diphterieerkrankungen im Dorf haben Robert Louis Stevenson eine neue Serie von Lungenblutungen eingetragen. Nach zwei Jahren in Davos ist der Anfall schlimmer als je zuvor.

Louis fährt zur Genesung nach Nizza, während Fanny allein das Haus auflöst. Er vergißt, ihr seine glückliche Ankunft mitzuteilen, woraufhin sie völlig den Kopf verliert. Wenn er nun unterwegs gestorben ist! Sie läßt den Umzug Umzug sein und folgt, von einem Ort zum andern, seiner Spur bis nach Toulon. Dort sagt sie sich, daß in Marseille vielleicht ein Brief auf sie wartet. Sie nimmt den Zug zurück. Kein Brief. Sie fährt wieder los nach Nizza und findet dort schließlich den auf das bequemste in seinem Hotel untergebrachten Louis.

Colvin, der bedächtige Professor, den sie während ihrer Odyssee zehnmal um Hilfe angerufen hat, bezeichnet Mrs. Robert Louis Stevenson als *»insane«*. Sie lacht darüber. Aber sie grollt ihm nachhaltig. Nicht etwa, weil er sie kritisiert hat; sie nimmt ihm übel, daß er nicht sofort alles in London hat stehen- und liegenlassen, um Louis zu Hilfe zu eilen.

Sie ist unermüdlich und findet schließlich in Hyères, einem für Tuberkulosekranke empfohlenen Kurort, ein winziges Chalet, das ursprünglich für die Weltausstellung konstruiert und dann Stück für Stück abgetragen und in einem provenzalischen Garten wieder aufgebaut worden war. Sie sind beide so entzückt von diesem Puppenhaus, daß sie es gleich für neun Jahre mieten. Das Geld kommt von den Eltern Stevenson. Und diesmal macht Fanny ihre Sache gründlich! Sie pflanzt Bäume, legt üppige und kunstvoll komponierte Blumenbeete an. Und hier in Hyères, vier Jahre nach ihrer Vermählung, werden sie schließlich vom Erfolg eingeholt. Es heißt, Premierminister Gladstone habe sich eine ganze Nacht um die Ohren geschlagen, um *Treasure Island* zu Ende zu lesen. Die endlich als Buch erschienene Fortsetzungsgeschichte verkauft sich zu Tausenden.

Wohlgemut lädt Louis seine alten Kumpane Henley und Baxter ein, das große Ereignis mit ihm zu feiern. Er will alle Kosten für sie übernehmen und einfach eine schöne Zeit mit ihnen verbringen. Fanny ist entgeistert bei dem Gedanken, daß diese Blutsauger hierherkommen sollen, um Louis mit ihren Saufgelagen und ihrem Gequatsche die Kräfte zu rauben. Und dann soll Stevenson zu allem Überfluß auch noch ihre Rechnungen begleichen! Sie hat keinerlei Sinn für Geld, und niemand wird sie je ernsthaft geizig schelten, aber als Frau, die zwangsweise ständig mit Geld zu tun hat, kennt sie den Wert eines Pennys und verspürt durchaus keine Lust, ihn ausgerechnet mit Männern zu teilen, die sie nicht mag und die ihre Abneigung noch um einiges heftiger erwidern. Als sie in Hyères eintreffen, schmollt Fanny. Als Ergebnis schlägt Louis seinen Freunden vor, nach Nizza zu fahren, um sich mal so ganz unter Männern zu amüsieren. Dabei holt er sich eine Erkältung, die schließlich zu einem Blutstau in der Lunge führt, mit einer Nierenentzündung als zusätzlicher Komplikation. Entsetzt treten Baxter und Henley den Rückzug an und bringen sich so schnell sie können nach England in Sicherheit. Sie schaffen es nur noch gerade so eben, Fanny zu benachrichtigen, bevor sie die Beine in die Hand nehmen. Sie wird daraufhin zwei Wochen allein an Louis' Bett in Nizza sitzen, ohne Hilfe und in einer fremden Stadt.

Ihre Telegramme, die England auf den bevorstehenden Tod von Robert Louis Stevenson vorbereiten sollen, bringen sämtliche Salons und Clubs gegen ihren Hang zur Melodramatik auf. Schließlich fährt Bob über den Kanal, hilft Fanny, Louis nach Hyères zu bringen, und reist wieder ab. Ihre Verbundenheit von Grez hat sich nicht auf dieses andere Leben übertragen ... Gerade als Louis gesund zu werden beginnt, tritt eine neue Katastrophe ein. Der ganze Süden Frankreichs wird von einer Choleraepidemie heimgesucht! Rund um Stevenson sterben die Menschen wie die Fliegen. Seine Gebrechlichkeit läßt vermuten, daß er eine Ansteckung nicht überstehen würde. Fanny löst den Mietvertrag auf und überredet ihn zu fliehen: *Ich war nur einmal glücklich,* wird sie bald darauf schreiben, *und das war in Hyères. Dieses Glück ist vorbeigegangen, und dafür gab es viele verschiedene Gründe, den Ortswechsel, mehr Geld, das Alter ...*

Für Mrs. R.L.S. hat das Glück nur ein Gesicht: das von Louis. Und sie kennt auch nur eine Aufgabe: Louis das Leben zu retten. Das sind die beiden Dinge, auf die sich Fannys Geschichte reduziert in dieser Zeit der ständigen Ortswechsel, die von den Biographen Robert Louis Stevensons so minutiös nachgezeichnet worden ist.

Aber was gibt es über Fanny Vandegrift zu sagen? Daß diese beständige Angst wegen der schweren Rückfälle in Hyères und die Lungenblutungen, die Louis bald in Bournemouth ans Bett fesseln werden, ihr Nervenkostüm nachhaltig zerrütten werden? Daß die Krankheit ihres Mannes ihren ohnehin ziemlich spärlichen Sinn für gesellschaftliche Konventionen endgültig untergräbt? Man muß denen, die ihr Übles nachsagen, schon verzeihen. Beginnt sie etwa nicht, geradezu lächerliche Anforderungen zu stellen? Sowie sie zum Beispiel bei einem Besucher irgendwelche Anzeichen eines Schnupfens bemerkt, begnügt sie sich nicht etwa damit, ihm bis zur vollständigen Genesung ihre Tür zu verschließen. Nein, sie verlangt auch noch, daß man erst eine ärztliche Untersuchung über sich ergehen läßt, und dann – und das ist wirklich der Gipfel! – muß man auch noch sein Taschentuch durchs Fenster reichen, damit sie es inspizieren kann! Wer kein makellos reines Taschentuch vorzuweisen hat, wird nicht hereingelassen. Sie behauptet doch tatsächlich, ein Schnupfen sei eine ansteckende Krankheit, die zu einer Lungenblutung führen würde, wenn sie sich auf Louis überträgt!

Die Theorie von der Krankheitsübertragung durch Mikroben wird erst gegen Ende des Jahrhunderts medizinisch erwiesen werden. Zur damaligen Zeit hält man sie nur für eine weitere von Fannys Verrücktheiten.

Fannys Leben während dieser für die Literaturgeschichte so reichen Epoche ist schnell erzählt. Ihr wird von all der Zeit nur die Erinnerung an die lastende Bedrohung des Todes bleiben. Dabei hat sie so viel getan, um sich anzupassen. So viel und mit soviel Erfolg!

GROSSBRITANNIEN
1884–1887

Sie haben sich in Bournemouth niedergelassen, wo Samuel Lloyd, inzwischen britischer als jeder Brite, seit einigen Jahren die Internatsschule besucht. Dann beschließt Thomas Stevenson, seiner Schwiegertochter dieses Haus, den Hafen, den Rettungsanker zu schenken, von dem sie schon so lange träumt. *Ich nehme an, daß die holländischen Anteile in meinem Blut mich so erpicht darauf machen, ein Haus zu besitzen,* hatte sie ihm aus Davos anvertraut. *Ein richtiges Haus. Etwas, das wirklich uns gehört und wo man all die Veränderungen vornehmen kann, die wir beschlossen haben.* Exakt mit diesen Worten hatte Fanny Osbourne einst ihren Schwestern das Haus in Oakland beschrieben. *Ein eigenes Haus.* Für sie bedeutet dieses Haus endlich die ersehnte Sicherheit. Für Stevenson: Langeweile. In dieser friedlich-bürgerlichen Atmosphäre lebt Fanny auf, während er sich wie im Käfig fühlt.

Aber Stevenson wird während dieser drei seßhaften Jahre in Bournemouth zu R.L.S. werden, diesen drei berühmten Initialen, deren Ruhm bis nach Indianapolis und Oakland dringt, ja sogar nach Hawaii, wo Belle sich inzwischen das Leben schön macht. Nun haben Belle und Joe Strong, der zum offiziellen Hofmaler von König Kalakaua ernannt worden ist, endlich doch noch Grund, sich zu Fannys Wiederverheiratung zu beglückwünschen.

Mrs. Stevenson pflegt derweil die angelsächsische Kultur. Sie legt jede Spur eines amerikanischen Akzents ab, und ihr Salon in Bournemouth geht als »Blue Room« in die Legende ein. Sie präsidiert, wenn Robert Louis Stevenson und Henry James über Literatur diskutieren und ist auf dem berühmten Stevenson-Bild von John Singer Sargent im Hintergrund zu erkennen, ein für ein Porträt äußerst ungewöhnliches Detail. Dieses Gemälde, von einer schwerreichen Familie aus Boston in Auftrag gegeben, die sich das Konterfei ihres Lieblingsautors über den Kamin hängen möchte, legt beredtes Zeugnis ab für die Robert-Louis-Stevenson-Mode, die ganz Amerika erfaßt hatte. Fanny wird immer englischer, Louis streckt seine Fühler nach Amerika aus.

Mrs. R.L.S. fühlt sich wohl in ihrer neuen Rolle und fürchtet nichts und niemanden. Nicht einmal William Ernest Henleys Besuche in Bournemouth. Als Dame des Hauses kümmert sie sich um die Whiskeyvorräte und geht sogar so weit, die beiden Herren zu einer Zusammenarbeit zu ermuntern. Ein enormer Fehler! Stevensons und Henleys Stücke werden allesamt durchfallen. Ihre Kollaboration wird den einen seine ganze Kraft kosten, den anderen verbittern. Henley wird Fanny ihre Einmischung nie vergeben, Fanny wird Henley übelnehmen, daß er auf keinen ihrer Vorschläge eingegangen ist. Die schlechte Qualität der Arbeit werfen sie sich gegenseitig vor.

Henley leidet schrecklich unter dem Einfluß dieser Amerikanerin – seiner Meinung nach kommt sowieso nie etwas Gutes aus Amerika – auf seinen geliebten Lewis. Sie versteht nichts von Literatur, und außerdem ist sie eine Frau. Henley versucht sie auszuschließen. Wenn er könnte, würde er sie knebeln und wegsperren. Ein noch viel größerer Fehler!

Denn eben Fannys literarischer Urteilskraft verdankt Louis seinen größten Triumph. Als er seinen ersten Entwurf zu *The Strange Case of Dr. Jekyll and Mr. Hide* vorliest, ist sie die einzige, die ihm nicht applaudiert.

»Du verfehlst dein Thema«, bemerkt sie.

Zornig verlangt er eine Erklärung.

»Du läßt deinen Dr. Jekyll einfach nur scheinheilig sein, ein Böser, der sich für gut ausgibt. Dabei müßte er so sein wie jeder von uns: gut und schlecht. Beides gleichzeitig.«

Louis wirft Fanny die Blätter ins Gesicht, klaubt sie wieder zusammen und verläßt türenschlagend das Zimmer. Er verbrennt seine Arbeit und fängt noch einmal von vorne an. Drei Tage und drei Nächte lang schreibt er seine Geschichte neu und befolgt dabei Punkt für Punkt die Ratschläge seiner Frau: »alles Unwesentliche weglassen«, »das Phantastische betonen«, »die Botschaft nicht aus den Augen verlieren«.

Noch in der Woche, als die Erzählung erscheint, beruft sich der Erzbischof von Canterbury in seiner Predigt auf die Parabel von Dr. Jekyll und Mr. Hyde. Die *London Times* veröffentlicht eine sechs

Seiten lange Kritik. Die Redewendung »Jekyll und Hyde« geht in den allgemeinen Sprachgebrauch über. Es ist Fannys Triumphzug. Robert Louis Stevenson kann, ja, er muß ihr sogar vertrauen! Dem Willen seines Vaters entsprechend, wird er seine Schriften in Zukunft seiner Frau zur Begutachtung vorlegen. Für sie ist das wie eine Existenzberechtigung. Fanny und Louis leben in Symbiose.

Aber diese Verbindung ist deshalb nicht konfliktfrei. Die Stevensons streiten sich. Und zwar kräftig. Louis ist und bleibt ein unbesonnener Kranker. Er wird schier zerfressen von Lebensgier und dem Wunsch nach Aktivität. Er träumt von Reisen und Abenteuern. Ein frustrierter Invalide, der sich gar nicht so ohne weiteres pflegen läßt. Fannys despotische Art, ihr Krankenschwesterngetue und wie sie an ihm klebt und bis ins kleinste alles überwacht, machen ihn wahnsinnig. Sie kann sich maßlos über Louis' Verantwortungslosigkeit aufregen. Er wird ungeduldig, sie explodiert. Er beschimpft sie. Sie gibt ihm heraus. Eine Nachbarin wird später erzählen, daß die anderen Bewohner der Gegend nie so recht wußten, ob sie nun »Mörder, Mörder« rufen und die Polizei holen sollten oder sich lieber auf Zehenspitzen davonschleichen. Die Heftigkeit auf beiden Seiten nimmt solche Formen an, daß sie immer mehrere Tage brauchen, um sich wieder von ihren Auseinandersetzungen zu erholen. Fanny beendet die Sache üblicherweise, indem sie Louis als »armer Bruder Leichtfuß« bezeichnet. Er antwortet, sie habe »wirklich keinen Grund, unser Leben in eine Tragödie zu verwandeln, unser Alltag ist schließlich nicht der King Lear«.

Und doch ist es Louis, der um ein Haar seine Familie unwiderbringlich ins Unglück stürzt. Beim Zeitunglesen fühlt er sich tief berührt vom Märtyrerschicksal Irlands und beschließt, dorthin zu gehen und sich als Brandopfer darzubringen, damit der Mord an einem bekannten Autor, seiner Frau und seinem Stiefsohn die Aufmerksamkeit der Welt auf das Unglück und die mißhandelten Menschenrechte dieser Provinz zieht. Er will damit *die von der zivilisierten Welt verübte Barbarei* beenden und *die Mörder an den Pranger stellen.*

Fanny ist nicht gerade begeistert von dieser Idee eines Kollektivopfers. Aber wen interessiert das? Louis will auf niemanden hören:

Er packt seine Koffer. Für eine große Sache zu sterben, das ist doch unglaublich viel heroischer, als an langer Krankheit und Langeweile zugrunde zu gehen! Auf zur Selbstaufopferung. »Es ist völlig absurd«, seufzt sie, »es ist absurd, aber wenn du gehst, komme ich mit.«

Und wieder verläßt sie ihren sagenhaften Garten. Wieder verläßt sie ihr Haus. Sie bereitet sich auf die Abreise vor. Wieder einmal. Aber sie werden gar nicht erst zu dem »irischen Massaker« aufbrechen. Wenige Tage vor dem Aufbruch erreicht sie ein Telegramm von Margaret. Thomas Stevenson liegt im Sterben.

Louis wird erneut von Lungenblutungen heimgesucht. Am Begräbnis seines Vaters kann er nicht teilnehmen.

EDINBURGH
13. Mai 1887

Der von sechs Pferden gezogene Leichenwagen rollte in den Friedhof ein. Sechs Männer aus der Verwandtschaft, Cousins von Louis, hoben den mit weißen Blumen bedeckten Sarg heraus und trugen ihn den Friedhofspfad entlang. Bob Stevenson führte den Trauerzug an. In Vertretung des abwesenden Sohnes hielt er die Bänder des Bahrtuchs. Vom Fieber geschüttelt und von seinem Onkel, dem Arzt, in sein Jugendzimmer verbannt, war Robert Louis Stevenson mit den Blicken dem Leichenzug gefolgt. Edinburgh veranstaltete beinahe so etwas wie ein Nationalbegräbnis für den Ingenieur, den Wissenschaftler. Es war die aufwendigste Zeremonie, die die Stadt je für einen ihrer Bürger veranstaltet hatte.

Tief verschleiert versammelten sich die Frauen vor der Gruft. Als erste kam die von Katharine und Fanny gestützte Witwe, danach Cummy und eine Unmenge von Honoratiorengattinnen, dann die Nonnen der Mission Mary Magdalen in Edinburgh, zu deren Gründern Thomas gehört hatte, die Damen von den Wohltätigkeitsfonds, die Thomas bis zu seinem Ende regelmäßig unterstützt hatte, ein ungeheures Aufgebot von Gläubigen der Presbyterian Church of Scotland, zu deren aktivsten Mitgliedern er gehört hatte, seine Freunde, seine Geschäftspartner und sein ihm stets ergebener Butler John, der die beiden Terrier an der Leine führte, die Thomas so geliebt hatte. Der Pastor hatte es in seiner Grabrede nicht versäumt, hervorzuheben, wie sehr der Verstorbene Tiere geliebt hatte, besonders Hunde, von denen er immer behauptet hatte, »sie besäßen eine Seele«. Der Prediger hatte außerdem besonderen Wert auf die Feststellung gelegt, daß der Ruhm des Ingenieurs London nur deswegen nicht erreicht habe, weil er sich mit der Begründung, daß er schließlich ein Angestellter der Regierung sei, immer geweigert habe, seine Erfindungen im Bereich der Optik zum Patent anzumelden. Der Staatsdienst verpflichte ihn, seine Talente zur Verfügung zu stellen, ohne damit persönliche Berühmtheit anzustreben.

Drei schweigende Gestalten blieben auf dem nun verwaisten Friedhof zurück, die drei letzten Stützpfeiler des Stevenson-Clans. Margaret, Cummy und Fanny. Und schräg links hinter ihnen ein Mann. Lloyd Osbourne. Thomas Stevensons Großzügigkeit verdankte er es, daß er heute über die perfekte Erziehung eines Gentleman verfügte. Mit neunzehn Jahren besaß er alle Attribute eines jungen Engländers aus guter Familie, das Selbstbewußtsein, den trockenen Humor und die Reserviertheit. Überdies hatte er sich diesen gewissen Hauch von Exzentrizität angeeignet, diese kleine, sehr britische Spur von Verrücktheit, die sein mustergültiges Auftreten keineswegs beeinträchtigte.

Nach dem Begräbnis, erzählt er, *fuhr ich nach Bournemouth zurück. Meine Mutter und R.L.S. blieben mehrere Wochen in Edinburgh. Während dieser Zeit erhielt ich zwei Briefe. Der erste war von meiner Mutter. Was für ein trauriger Brief! Sie schrieb, der Onkel von Louis mache sich Sorgen über seine schwache Konstitution und habe eine umgehende Rückkehr nach Davos angeordnet. Heulen und Zähneklappern vor Schreck und Überdruß. Aber der Arzt hatte sich nicht beirren lassen. Wenn Louis leben wollte, mußte er in die Berge! ... Und wenn sie Davos so haßten, warum versuchten sie es nicht mal mit den Bergen in Colorado? Die amerikanischen Sanatorien besaßen Weltruhm als Paradies der Tuberkulosekranken! Sie schrieb, die Entscheidung sei schon gefallen. Sie würden England verlassen und wieder in höhere Gefilde ziehen ... Wie kummervoll klangen ihre Worte, als sie von ihrem Haus und ihrem Garten sprach und von dem unerträglichen Schmerz, schon wieder das verlassen zu müssen, was sie als »ihr Nest« bezeichnete. Louis' Brief traf ein oder zwei Tage später ein. Als ich ihn öffnete, wollte sich mir das Herz zusammenziehen, denn ich rechnete mit derselben großen Verzweiflung angesichts der bevorstehenden Abreise. Sein Brief aber war fröhlich, getragen von Freude und sogar so etwas wie Jubel. Kein Wort der Trauer um das warme Nest, keinerlei Sehnsucht nach einem irgendwie gearteten häuslichen Glück. Es lebe das Leben in freier Wildbahn! Er konnte in seiner Vorfreude das Datum der Abreise kaum noch erwarten. Man hätte meinen können, nun sei der richtige Augenblick gewesen, nach Irland zu gehen, um sich massakrieren zu lassen. Wozu bis nach Colorado einer mehr als ungewissen Genesung entgegenreisen, wenn man die Angelegenheit schnell und sauber durch ein paar Kugeln erledigen konnte, die man sich in den Rücken schießen ließ? Aber von Irland kein Wort mehr. Er schien die ganze Sache völlig vergessen zu haben. Ich habe mich oft gefragt, ob der Plan mit dem »irischen Massaker« nicht vielleicht aus dem Wunsch geboren worden war, seinem Leben zu entkommen, koste es, was es wolle.*

Abreisen, schön und gut. Aber konnte man denn so einfach aus Bournemouth, Edinburgh, Schottland, England fortgehen und Margaret Stevenson mit ihrem Kummer allein lassen? Wieder einmal ist es Fanny, die, unter Hintanstellung ihrer eigenen Wünsche, nämlich dem zu bleiben, einen Weg finden wird, die Bedürfnisse ihres Mannes zu befriedigen.

Sie haben auf dieser Welt nur noch Louis, schreibt sie an ihre Schwiegermutter, *und ich werde ihn Ihnen niemals entführen, selbst wenn es dabei um seine Gesundheit ginge ... Kommen Sie mit uns, Liebe, kommen Sie, und lassen Sie uns versuchen, Ihnen so viel zu sein wie nur möglich – selbst wenn das nicht sehr viel ist ... Doktor Scott meint, daß eine radikale Veränderung Louis die Heilung bringen könnte, er empfiehlt Amerika auf das wärmste. Aber wir werden Sie nicht verlassen! ... Schließlich bleibt Ihnen noch etwas zu tun auf der Welt, Liebe. Es bleibt Ihnen der Sohn Ihres innig geliebten Gemahls, der auch Ihr Sohn ist, aber doch vor allem der seine, der Sohn von Thomas Stevenson! Sie und ich, wir beide haben eine Mission zu erfüllen. Eine heilige Mission. Lassen Sie uns unsere Kräfte vereinen, denn wir teilen diese Aufgabe miteinander.*

Ausgerechnet Fanny, die ihre Kritiker beschuldigen werden, sie habe sich mit allen Menschen überworfen, die ihrem Mann lieb und teuer waren, und ihn von seiner Umgebung zu isolieren versucht, ausgerechnet diese Fanny wird sieben Jahre lang mit der alten Dame zusammenleben. Und Gott weiß, wie sehr Louis an seiner Mutter hing! Eine solche Rivalin ständig um sich zu haben, was für eine Gelegenheit zu dramatischen Auftritten für eine von Eifersucht zerfressene Ehefrau! Fanny wird in dieser ganzen Zeit nie versuchen, die Frau von ihrem Platz zu verdrängen, die sie mit aller Zärtlichkeit, deren sie fähig ist, Tante Maggy nennt.

Ob in der drangvollen Enge auf einem Segelschiff oder auf einer von Kannibalen bewohnten Insel, die beiden Damen Stevenson werden dem Mann, den sie lieben, gemeinsam zur Seite stehen, und zwar in völliger Harmonie.

Am 28. August 1887, fast auf den Tag genau sieben Jahre nach ihrer Rückkehr aus den Vereinigten Staaten, machen Fanny und Louis sich in umgekehrter Richtung nach Amerika auf. Mit ihnen fahren Margaret, Lloyd und Valentine Roch, eine Hausangestellte, die sie in Hyères in ihre Dienste genommen hatten. Der illustre Autor reist mit Gefolge. Die Zeiten, als man die Überfahrt im Laderaum verbrachte, sind endgültig vorbei. Und der Gipfel der Popularität: Die beiden Kapitäne der Lotsenboote, die den Segler in den Hafen von New York geleiten, sind von ihren Mannschaften aufgrund der Verschiedenheit ihrer Charaktere mit den Spitznamen Jekyll und Hyde bedacht worden. Das ist wahrer Ruhm.

NEW YORK UND DIE ADIRONDACKS, USA
August 1887 – Mai 1888

Auf dem Anleger in New York drängen sich die großen amerikanischen Verleger. Die Millionäre aus Boston haben ihre Wagen geschickt. Die Journalisten stürmen die Hotelsuite. Die Bühnenfassung von *The Strange Case of Dr. Jekyll and Mr. Hyde* am Broadway ist ständig ausverkauft. Ja, das ist der Ruhm! Der amerikanische Ruhm, den William Ernest Henley und Konsorten verachten, »neiden«, wenn man Fanny fragt.

Mrs. R.L.S. darf das berauschende Gefühl erleben, sich über die eigene dunkle Herkunft zu erheben, aber an das verhaßte Leben vor den Augen der Öffentlichkeit und die ewigen Interviews wird sie sich nie gewöhnen. Sie tut alles, um einen Erholungsort zu finden, der Louis' Gesundheit zuträglich sein soll, und zwar möglichst weit entfernt von New York und seinem Lärm. Die Aufregungen des Erfolgs haben einen neuen Rückfall ausgelöst, der die weite Reise nach Colorado unmöglich macht. Aber wohin statt dessen?

Derselbe Künstler, der ihr elf Jahre zuvor in Paris Grez empfohlen hat, Ernest Pasdessus, der amerikanische Bildhauer, der sich einst um Belles Herz beworben hat, schlägt ihr nun Saranac vor, ein Bergdorf unweit der kanadischen Grenze. Dort gibt es einen berühmten Professor der Medizin, der selber unter Tuberkulose leidet und Lungenkranke behandelt.

Im Oktober 1887 richtet die kleine Truppe sich häuslich in einem Blockhaus ein. Für Fanny beginnt wieder einmal ein Pioniersfrauenleben. Sie sägt Holz, schippt Schnee, geht auf die Jagd. Ihre Rocksäume sind eisverkrustet. Nachts sinkt die Temperatur auf bis zu –30 Grad Celsius. Bis zum Morgengrauen wacht sie bei ihrem Mann. Wie immer artet Louis' Erkältung schließlich in Lungenblutungen aus. In seinem Bett liegend, schreibt er weiter an *The Master of Ballantrae – Der Herr von Ballantrae.*

Und während sie sich hier, mitten im Herzen der Adirondacks und Tausende Kilometer von London entfernt, aufhalten, wird die alte Rivalität zwischen Mrs. Robert Louis Stevenson und Louis' Freunden zu dem berühmten Stevenson-Henley-Streit führen, von dem sich keiner der Beteiligten je wieder erholen wird.

Der Zeitzünder war ein Jahr zuvor in Bournemouth eingeschaltet worden, als Fanny sich in dem Wunsch nach einem besseren Verhältnis mit Louis' intellektuellem Freundeskreis sehr eng mit der Muse der kleinen Gruppe, Bobs Schwester Katharine, angefreundet hatte. Katharine verfügt über die Begabung und die Verführungskraft aller Stevensons und hegt, wie Fanny, literarische Ambitionen. Sie schreibt. Aber Katharine wird – anders als Fanny – von Henley höchstpersönlich unterstützt, der alle Hebel in Bewegung setzt, um ihre Erzählungen in den Zeitungen unterzubringen. Henley sieht Katharine als Teil einer Elite, von der er Frauen normalerweise ausklammert. Daher wohl seine beinahe fanatische Bewunderung.

Eines Abends hatten sie also alle im Blue Room am Feuer gesessen und Katharine gelauscht, die eine ihrer Geschichten vorlas. Als Katharine schließlich ihre Blätter sinken ließ, hatte Mrs. R.L.S. ganz nach ihrer Gewohnheit ihre Kritikpunkte und Änderungsvorschläge vorgebracht. Katharine war entsetzt über ihren Rat, aber Fanny hatte auf ihrer Meinung bestanden. Man war immer lauter geworden, und schließlich hatten die beiden Frauen sich geeinigt, daß Fanny, falls es Katharine nicht gelang, ihre Geschichte so zu verkaufen, wie sie sie geschrieben hatte, freie Hand haben sollte, sie umzuschreiben. Damit war die Sache erledigt. Wenigstens vorläufig.

Einige Monate später mußte Katharine unter dem Druck von Fanny zugeben, daß ihre Erzählung nirgends angenommen worden war. Sie erlaubte Fanny also, wenn auch nur mit zusammengebissenen Zähnen, sie ganz nach ihren Vorstellungen zu verändern.

Und nun hatte Mrs. Robert Louis Stevenson, kaum daß sie in New York angekommen war, nichts Besseres zu tun gehabt, als ihre Version in *Scribner's* zu veröffentlichen. Die Erzählung mit dem Titel

The Nixie war mit Fanny Vandegrift Stevenson unterzeichnet. In London kam das Heft Henley unter die Augen. Er zückte seine Feder und komponierte eine wohlformulierte Epistel mit genau dem richtigen Maß an Bissigkeit, die er, »persönlich vertraulich«, nach Saranac schickte.

In diesem Brief, der nur an Louis adressiert ist, kommt Henley auf sein eigentliches Anliegen kaum zu sprechen. Er erzählt von seiner melancholischen Stimmung, dem Mißerfolg ihrer Stücke, den neuesten Klatsch aus dem Club. Und dann läßt er, unauffällig zwischen zwei Absätzen, die wenigen Zeilen einfließen, die über Fannys Zukunft entscheiden werden: *Ich habe mit maßlosem Erstaunen* The Nixie *gelesen. Ist das nicht Katharines Erzählung? Aber natürlich, das ist Katharines Erzählung! Da finde ich doch dieselben Worte, dieselben Sätze, dieselben Bilder … die gleiche Handlungsführung – und was weiß ich noch alles? Sicher, so, wie sie jetzt veröffentlicht worden ist, ist die Erzählung prägnanter. Aber meiner Meinung nach hat sie (mindestens) ebensoviel verloren wie gewonnen … Und warum nun unten auf der Seite nicht zwei Namen zu finden sind – das ist das, was ich einfach nicht begreifen kann!*

Kurz und gut, Henley beschuldigt Fanny des Plagiats. Schlimmer noch, des Diebstahls. Ein schwerwiegender Vorwurf in Schriftstellerkreisen. Wer seinen guten Ruf in diesem Punkt einmal verloren hat, bekommt ihn nicht wieder zurück. Um so weniger, als Henley *The Nixie* überall mit sich herumschleppt, um allen zu erzählen, daß er sich ja gar nicht fassen könne vor Erstaunen.

Nun folgt, quer über den Atlantik, ein aufgeregter Briefwechsel zwischen Louis, Henley, Katharine, dem treuen Anwalt Baxter und schließlich auch Fanny. Stevenson verlangt Henleys Entschuldigung und die Zurücknahme sämtlicher Vorwürfe. Er verlangt, daß Katharine eine Erklärung abgibt und die Tatsachen richtigstellt. Die Briefe kreuzen sich, gehen verloren. Widrige Umstände, Mißverständnisse. Von einer Botschaft zur anderen wird der Ton bissiger. Die Auseinandersetzung spitzt sich zu.

Henley ist völlig verblüfft über Louis' heftige Reaktion, die Sturheit, mit der er Wiedergutmachung verlangt und verteidigt, was doch nun wirklich nicht zu verteidigen ist, und nimmt kein einziges Wort zurück. Mehr noch, er verbreitet sich in aller Öffentlichkeit über ihren Streit. Das Zerwürfnis zwischen dem bekannten Journalisten und dem Erfolgsautor bringt es bis auf die Titelseiten der literarischen Blätter. Louis trägt er einen neuen Rückfall ein. Henley verdient sich damit Fannys unnachgiebigen Haß, ein so stürmisches und schmerzhaftes Gefühl, daß nicht einmal der Tod der Hauptbeteiligten die Wogen wirklich glätten kann.

Die »Vandegrift«, diese schreckliche Person, wird ihm all seine Liebe zu »Lewis« verderben. *Lewis, der Mann, der mein einziger Freund war, das Wesen, das mir, abgesehen von Anna, meiner Gemahlin, das Liebste war.*

Sieben Jahre nach Robert Louis Stevensons Tod wird William Ernest Henley den Artikel schreiben, der den Autor von *Dr. Jekyll and Mr. Hyde* zum Kinderbuchautor herabsetzt, zu einem *Lutschbonbon-Schriftsteller,* einem ganz kleinen Licht!

Es muß festgehalten werden, daß *The Nixie* nicht Fannys und Katharines erster gemeinsamer Text war. Katharines Texte zu überarbeiten und sie dann allein von ihrer Verbindung profitieren zu lassen, scheint lange Jahre Fannys Gewohnheit gewesen zu sein. Einen Hinweis darauf finde ich beispielsweise in einem Brief aus Davos, datiert 1881, also sieben Jahre vor dem Zwischenfall: *Die liebe Katharine schreibt uns häufig,* vertraut Fanny ihrer Schwiegermutter an. *Sie hat mir einen Artikel geschickt mit der Bitte, ihn für sie in einer amerikanischen Zeitung unterzubringen. Da es ein wenig zuviel verlangt gewesen wäre, daß Louis ihn umschreibt, habe ich ihn selber noch einmal ganz überarbeitet und dann an die Zeitung geschickt. Ich hoffe, der Artikel wird ihr etwas einbringen, obwohl ich im Zweifel bin, ob es viel Geld sein wird. Wenn ich jetzt darüber nachdenke, bin ich mir nicht sicher, ob es Katharine gefallen würde, daß ich Ihnen von diesem Artikel erzähle, also bitte ich Sie wohl besser, Stillschweigen zu bewahren über diesen Punkt.*

Die ganze Affäre hätte niemals solche Formen angenommen, hätte Louis nicht die Gelegenheit beim Schopf ergriffen, eine alte Rechnung mit Henley zu begleichen. *Ich weiß seit Jahren, daß Henley mir Schwierigkeiten zu bereiten versucht. Ich habe nicht nur meinen Frieden mit ihm gemacht, obwohl ich die Beweise für seinen Verrat in Händen hielt, ich habe ihm verziehen,* schreibt Louis an Baxter. *… Ich habe verziehen und verziehen. Ich habe vergessen und wieder vergessen. Aber …*

Ich weiß nicht, wie es mir je wieder möglich sein soll, nach England zurückzukehren, schreibt eine hysterische Fanny an denselben Adressaten. *Wenn Henley sich damit begnügt hätte, mich direkt anzusprechen, hätte ich mit allen Mitteln versucht, Louis die ganze Geschichte zu verheimlichen, um die schrecklichen gesundheitlichen Folgen einer solchen Behauptung von ihm abzuwenden. Jetzt haben sie ihn praktisch umgebracht, ihm vielleicht endgültig den Rest gegeben. Es fällt mir schwer, weiterzuleben … Sollte es mir nicht gelingen, verfluche ich auf ewig unsere Mörder und Folterknechte. Ich habe ihnen nie etwas anderes als Gutes getan – und unser Herrgott weiß, wie sehr Louis sie alle geliebt hat! Seit man mich so fürchterlich beschuldigt hat, habe ich keinen einzigen Brief von denen bekommen, die ich als meine engsten Freunde in England betrachtet habe … Ich denke, es ist wahrscheinlich ganz gut so, daß wir beide jene Welt hinter uns gelassen haben.*

Diesmal übergibt Fanny Louis der Pflege von Valentine, der Aufsicht seiner Mutter und Lloyds Zuneigung und läßt sie alle in Saranac zurück. Die erste Trennung seit acht Jahren.

Sie hat sich allein auf den Weg nach Indiana gemacht, um ihre Mutter wiederzusehen. Dann, im März 1888, geht sie noch einen Schritt weiter: Sie macht eine Stippvisite nach San Francisco. Dort will sie ihre Schwestern Cora Orr und Nellie Sanchez treffen. Sie hat das überwältigende Bedürfnis, wieder Kontakt mit ihrer eigenen Welt aufzunehmen, bevor sie nach Bournemouth zurückfährt, ein Bedürfnis, von dem sie fest geglaubt hatte, daß sie es nie im Leben verspüren würde.

Mrs. R.L.S. saß in dem luxuriösen Pullman-Wagen, der sie ihrer Vergangenheit entgegentrug, und konnte keinen Schlaf finden. Sie starrte in die eine Ecke ihres Abteils, wo in den Kristallflaschen des Likörschränkchens roter Portwein und blauer Curaçao hin und her schaukelten. Irgendwann hatte Fanny den Fehler begangen, den Reportern ihre Leidenschaft für Tigerlilien zu gestehen, und nun prangten in allen Vasen riesige Sträuße der roten Blumen. Eine Aufmerksamkeit von Robert Louis Stevensons Bewunderern. Wieviel doch in diesen acht Jahren passiert war! Louis war berühmt geworden, Sam verschwunden. Wie würde sie San Francisco vorfinden? Und Rearden? Und John Lloyd? Der eine war inzwischen in den Obersten Gerichtshof aufgestiegen, der andere bekleidete einen wichtigen Posten bei der Bank of Califonia. Beide hatten sich gerade mit sehr jungen Frauen vermählt. Und Dora? Ihre Vertraute, ihre einzige Freundin. Wie ungeduldig sie den langen Gesprächen mit ihr entgegensah. Arme Dora! Heute war sie Witwe. Die Nachricht vom Tode Virgil Williams' hatte Bournemouth im Dezember 1886 erreicht. Fannys Lehrmeister. Der Mann, der Mrs. R.L.S. an die Kunst herangeführt hatte. Erst jetzt gelang es ihr zu erfassen, welch große Veränderung ein solcher Verlust für ihr Leben bedeutete.

Fanny wurde aus ihren Träumen gerissen, als der Zug in den Bahnhof von Omaha einfuhr. Auch hier hatte sich alles verändert! Insgesamt brauchte man nur noch zehn Tage, um die Vereinigten Staaten zu durchqueren. Wenn sie wollte, konnte sie die ganze Zeit in ihrem Wagen bleiben und sich dort ihre Mahlzeiten servieren lassen. Sie brauchte nur zu läuten. Fanny ließ ihren kleinen Kopf gegen die Kopfstütze sinken und schloß die Lider. Wie fern schienen ihr nun die ersten Eindrücke, damals in der School of Design! Sie sah wieder, wie sich neben ihr die Gestalt von Belle über ihre Staffelei beugte, ihrer hübschen, talentierten Tochter. Ihre Tochter. Wie dieses Kind ihr fehlte! Warum nur hatte Belle während all der acht Jahre dieses grausame Schweigen bewahrt? Die gute Dora hatte in ihren Briefen gemeint, daß es ganz bestimmt Joe sei, der Belle am Schreiben hinderte. Aber Fanny kannte ihre Tochter zu gut, um nicht zu wissen, daß sie ihr ihre skandalöse Heirat mit Louis immer noch übelnahm. Oder fand Belle, daß Fanny, die sich jetzt schließlich in den feinen Salons von Schottland wichtig machte, ihr hätte Geld schicken sollen, viel Geld? Ja, das mußte es sein: Belle hielt sie für sehr reich und ebenso geizig. Die junge Frau machte es ihrer Mutter bestimmt zum Vorwurf, daß sie ihr bei der Geburt ihres kleinen Jungen nicht unter die Arme gegriffen hatte. Wie sollte man ihr begreiflich machen, daß das ganze Geld Thomas Stevenson gehört hatte und sie selber bis vor wenigen Jahren ... Fanny wurde von der ruckartigen Bewegung des anfahrenden Zuges in ihren Sitz zurückgeworfen. Sie schloß wieder die Augen. Diese letzten Jahre ... Unmöglich, sie würde kein Auge zutun! ... Sie hatte an diese ganzen letzten Jahre in Bournemouth nicht eine angenehme Erinnerung! Fanny setzte sich abrupt in ihren Kissen auf. Wie zum Teufel war das nur möglich? Ihr hübsches Haus – war sie denn etwa nicht kreuzunglücklich gewesen, es verlassen zu müssen? War denn wirklich nichts geblieben von diesen acht Jahren? Hatte Louis ihr denn etwa nicht das Glück gebracht? Sie rief sich seine lange Gestalt vor Augen, seine lebhaften Gesten, die er mit diesen langen, schmalen Händen vollführte, der Blick aus seinen braunen Augen, wenn er sie mitten im Lachen ansah, und seine Stimme, ja, vor allem diese warme, spöttische Stimme – da spürte Fanny ein Glück, das viel aufregender war als all ihre Ungeduld, San Francisco wiederzusehen. Louis. Nie hatte sie ihn leidenschaftlicher geliebt als in diesem Moment.

Wie ihr seine Fröhlichkeit fehlte, seit sie auseinandergegangen waren! Sie hätte diese Reise nie unternehmen dürfen. Ohne ihren Mann schienen ihr diese Tage im Zug kein Ende zu nehmen. Sie versuchte, ihn sich in Saranac vorzustellen, was er wohl tat, wie es seiner Gesundheit ging. Und wie war es schrecklich gewesen, in diesem großen Bett in New York allein aufzuwachen! Immer wenn die Krankheit ihnen eine Atempause gönnte, war die Verständigung ihrer Körper so vollkommen wie eh und je. In Hyères hatte Fanny einmal sogar geglaubt, daß sie wieder schwanger sei. Aber es war nur falscher Alarm gewesen. Schwanger mit vierundvierzig Jahren! Das hätte eine nette Geschichte gegeben! Sie konnte heute noch darüber schmunzeln. Und er? Würde er es nicht doch eines Tages bedauern, daß er nie eigene Kinder bekommen hatte? Er behauptete, viel zu viel Angst zu haben, seine eigene schwache Gesundheit an seinen Nachwuchs weiterzugeben, nicht einmal seinem schlimmsten Feind würde er einen solchen Schlag versetzen wollen, und im übrigen sei sein inniges Verhältnis zu seinem Stiefsohn bereits mehr, als ein Vater verlangen könne. Und in der Tat: Louis und Lloyd verstanden sich nach wie vor prächtig. Mit Sam Osbournes Verschwinden war die ganze moralische und finanzielle Verantwortung für die Erziehung des jungen Mannes an Stevenson übergegangen. Fanny war das nur recht. Um so mehr, als Lloyd sich in vielen Dingen viel vernünftiger zeigte als Louis. Inzwischen dachten die beiden sogar darüber nach, zusammenzuarbeiten. Der Gedanke, daß die beiden großen Lieben ihres Lebens sich auf literarischem Gebiet treffen könnten, machte sie glücklich. Sie setzte sich ganz gerade hin und achtete darauf, daß sie sich nirgends abstützte. Sie hatte ganz vergessen, daß sie gerade achtundvierzig Jahre alt geworden war. Anhand des Bildes, das ihr von der Zugfensterscheibe entgegensah, konnte sie sich keine oder wenigstens keine genaue Rechenschaft über das Ausmaß der Verwüstungen ablegen. War sie sehr gealtert? Louis, der sie unablässig mit ihrem Alter aufzog, schwor heilige Eide, daß sie immer noch die gleiche gesetzte Matrone sei, die er vor acht Jahren seinen Eltern vorgestellt hatte. Er erzählte jedem, der es hören wollte, daß seine Ehe ein Matriarchat sei, daß seine Frau die Herrschaft über absolut alles ausübte und ihn nur kraft seiner Gefühle völlig am Gängelband führte. Schnickschnack! Man mußte schon sehr naiv sein, um ihm das abzukaufen. Nichts und niemand hatte Louis je zu etwas zwingen können. Ihre Ehe beruhte auf einer Übereinkunft, die jedem seinen Willen und das Recht zusicherte, sein Veto einzulegen. Aus den beiden romantisch Verliebten ihrer Anfänge, die sich wie zwei Kinder in einem dunklen Zimmer in der Liebe vorantasteten, waren mit der Zeit zwei brüderliche Krieger geworden – mal als Verbündete, mal als Rivalen –, ein Zwitterwesen. Im übrigen hatte Fanny Louis immer gerade deshalb besonders gefallen, weil sie diese zwei Seiten besaß: den Körper einer Frau und das Herz eines Mannes. Sanftmut und Kraft. Ihre Kraft? Fanny spürte ein eigenartiges Gefühl der Schuld in sich aufsteigen, dessen Sinn ihr nicht klar war. Es war wie das

Gefühl, das sie immer überkam, wenn Stevenson ihr ihre Brutalität und ihre Voreingenommenheit vorwarf. Worin hatte sie diesmal an ihm gefehlt? Hatte sie ihn verraten? War er denn nicht gerade dank ihrer beständigen Wachsamkeit zu diesem glorreichen Autor geworden, der in ihm geschlummert hatte? Aber Louis blieb auch immer der Invalide, den jeden Moment der Tod ereilen konnte! All die Kämpfe, die Fanny in den letzten acht Jahren mit der Krankheit ausgefochten hatte, hatten keine endgültige Heilung herbeiführen können. Trotz ihres regelmäßigen Lebens in Bournemouth, trotz aller Vorsichtsmaßnahmen und der Ruhe hatte sich Louis' Zustand sogar noch verschlimmert. Bournemouth. Je mehr Fanny sich ihrer alten Welt näherte, desto mehr sah sie von Bournemouth nur noch den Regen, der rund um sie herum den Himmel mit seinen dunklen Schleiern überzogen hatte. Eine Mauer aus Wassertropfen, die ihr nun so undurchdringlich schien wie ein eiserner Vorhang. Im Grunde war mit dem Tod von Master Tommy, den sie so sehr geliebt hatte, ein Schlußpunkt gesetzt worden. Nun war es nicht mehr nötig, nun wollte sie gar nicht mehr anerkannt werden in Großbritannien. Der Gedanke an die Villa, die Mr. Stevenson ihr geschenkt hatte, dieses Haus, nach dem sie sich so gesehnt hatte, mit seinen Möbeln, den Teppichen, dem blauen Salon, seinem Garten, dieser Gedanke bedrückte sie plötzlich nur noch. Henleys ungeheuerliche Beschuldigungen und die Tatenlosigkeit all der anderen machten ihr den Gedanken an eine Rückkehr unerträglich.

Die Mittagssonne prallte durch das Fenster. Fanny hatte den Kopf gegen die Scheibe gelegt, und so zeichneten sich ihr klares Profil, die gerade Nase und der herabgezogene Mund vor dem ockergelben Sand der Wüste von Nevada ab. Plötzlich kam Leben in ihren Blick. Entspannt gab sie sich ihren Gedanken hin. Nun hatte sie nicht mehr die trüben Nebeltage in Schottland vor Augen, auch nicht den ewigen Schnee von Davos. Was sie sah, war eine unendliche Bläue, die sich im Rhythmus eines kräftigen Atems vor ihr hob und senkte. Ein Traum. Sie hatte wieder einen Traum im Kopf! Den ersten seit acht Jahren.

SAN FRANCISCO
Mai – August 1888

»Belle! Du bist gekommen? Von Honolulu? Du hast den Pazifik überquert, nur um mich zu sehen? Mich? Für mich hast du diese lange Reise unternommen?«

Fannys unbeschreibliches Glück nahm ihnen beiden den Atem. Als sie in Sacramento aus dem Zug gestiegen war, hatte sie auf dem Bahnsteig ihre Tochter stehen sehen. Ihre Tochter Belle und deren kleines Kind von sieben Jahren, Austin Strong, Fannys Enkelsohn. Wenn Mrs. R.L.S. gekonnt hätte, wäre sie in Tränen ausgebrochen. Aber seit Herveys Tod hatte Fanny das Weinen verlernt.

Mutter und Tochter standen an der Mole und stützten sich auf das Geländer. Beide waren klein und dunkel und trugen ein blaues Kleid. Der Wind fuhr ihnen in die Haare und wehte ihnen die Locken in ihre Gesichter mit den fast schon ein wenig zu sinnlichen Zügen. Beide Frauen hatten ihre schwarzen Augenbrauen gerunzelt und starrten unverwandt aufs Meer hinaus, während sie die Lippen leicht geöffnet hielten, als wollten sie gleich lächeln. Aber sie lächelten nicht. An dieser Stelle hatte Rearden Fanny vor fünfzehn Jahren seine Strafpredigt gehalten, hier hatte Louis Fanny am Tag ihrer Hochzeit vom Schiff abgeholt. Vor dem schwindelerregenden Glitzern des Lichts auf dem Wasser des Pazifik und dem gleichmäßigen Schwappen der Wellen standen Fanny und Belle nun wieder hier und warteten auf die Fähre nach Oakland, wo sie mit ihren Mietern zusammentreffen und sich vom guten Zustand des Anwesens überzeugen wollten.

»Und deine Arbeit?« fragte Fanny, ohne den Blick vom Meer abzuwenden. »Was machen deine Zeichnungen? Und Joe? Erzähle! Wie kommt er so zurecht?«

»Diese ganzen Fragen müßte man eigentlich dir stellen, Mama.«

»Mir? Da gibt es nichts zu erzählen. Aber Louis ...«

»Ich weiß. Louis ist berühmt. Mein Freund, Seine Majestät der König Kalakaua von Hawaii, schwört auf *Treasure Island.* Aber du, erzähl ein bißchen was von dir. Wie ich sehe, hast du immer noch eine Vorliebe für Federn und Rüschenverzierungen.«

»Ja, hier mache ich mir die Freude ... Aber du hättest mich mal in Bournemouth sehen sollen!«

Die beiden Frauen prusteten los wie zwei kleine Schulmädchen.

»Du hast doch bestimmt alles kennengelernt, was in England Rang und Namen hat«, hakte Belle nach.

»Wenn hier jemand bei Königen ein- und ausgeht, dann bist du das, mein Kind. Was mich betrifft, ich habe außer Louis und seinen Eltern nur noch den Hund gemocht.«

»Mama!« lachte Belle wieder auf.

»Ich schwör's dir. Er war ein sehr liebes Tier. Das einzige nette Wesen, das mir in ganz Großbritannien begegnet ist. Letztes Jahr ist er gestorben.«

»Aber in deinen Briefen an Dora hast du doch von all den Schriftstellern erzählt, mit denen du verkehrt hast. Henry James, Thomas Hardy, Professor Colvin.«

Fanny macht eine wegwerfende Handbewegung.

»Ach, die Briefe an Dora. Ich mußte sie doch ein wenig aufheitern. Sie ist so traurig und allein ohne Mr. Williams. Ich konnte ihr schließlich nicht fünf Seiten lang nur von Louis erzählen! Und du? Du, mein Mädchen? Erzähl mir von dir. Du bist reifer geworden.«

Fanny musterte ihr Kind mit ihren dunklen Augen. Dreißig Jahre. Belle war jetzt eine Frau von dreißig Jahren!

»Wie verstehst du dich mit Joe?«

Belle richtete sich auf.

»Aber gut doch«, sagte sie kühl, »sehr gut.«

Die beiden Frauen schwiegen einen Moment.

»Austin scheint mir ein ganz besonders lieber kleiner Junge zu sein«, sagte Fanny dann vorsichtig. »Vorhin habe ich gehört, wie er einem gestandenen Mannsbild die Stirn geboten hat. Möchtest du noch mehr Kinder?«

Der Ausdruck in Belles Gesicht ließ sie augenblicklich verstummen. Was hatte sie nun wieder falsch gemacht? Was hatte sie denn so Schlimmes gesagt? Sollte sie sich entschuldigen?

»Alles, was ich damit sagen wollte«, setzte sie unglücklich an, »war doch nur, daß die Geburt deiner Brüder…«

»Schweig, Mama! Nur ein einziges Mal in deinem Leben. Halt den Mund!«

Mein Gott, sollte ihre Wiedervereinigung gleich zu einem neuen Bruch führen? Belle wiederzufinden war ein so tiefes Glück gewesen, zu denken, daß sie diese lange Reise gemacht hatte, soviel Mühen auf sich genommen … Und jetzt sollte Fanny sie wieder verlieren.

»Mama, es gibt da etwas, was ich dir nicht gesagt habe. Etwas, was ich dir nicht schreiben konnte. Etwas …«

Die Stimme der jungen Frau hatte zu zittern begonnen. Gerade war die Fähre am Anleger angedockt. Sie mußten zur Seite treten, um die Reisenden an Land gehen zu lassen. Hinter ihnen bildete sich eine Schlange von Menschen, die auch alle nach Oakland wollten und schubsten und drängelten.

»Was ist es denn?« fragte Fanny schließlich leise.

Belle blieb einen Moment lang stumm. Die Menge, die nun auf die Fähre strömte, schubste die beiden Frauen im Vorbeigehen zur Seite.

»Auf Hawaii habe ich noch ein Kind bekommen.«

Fannys Gesicht, ihre Lippen, ihre Augen verloren jede Farbe. Alles Blut war ihr zum Herzen geschossen.

»Einen Jungen«, fuhr Belle fort.

Ganz vorsichtig tastete die Mutter nach der Hand ihrer Tochter, während Belle kaum hörbar hinzufügte:

»Ich habe ihn auf den Namen …«

»Hervey getauft«, murmelte Fanny.

Belle nickte.

»Er hatte blaue Augen … und lange blonde Locken.«

»Und du hast ihn begraben.«

Belle sank an die Brust ihrer Mutter, die sie in die Arme nahm und lange sanft hin- und herwiegte. Die beiden Frauen hielten sich weiter umschlungen. Beide sahen sie ihren Sohn, diesen Sohn, den sie verloren hatten. Fanny war die erste, die ihre Sprache wiederfand:

»Und wenn wir zu dir nach Hawai kämen?« flüsterte sie ihrer Tochter ins Ohr. »Wenn wir für einige Zeit dorthin kämen?« wiederholte sie noch einmal, als wäre ihr diese Idee gerade erst gekommen.

Sowohl der einen als auch der anderen erschienen diese Sätze als die natürliche Schlußfolgerung aus der Tragödie, die sie durchlebt hatten.

»Das wäre schön«, sagte Belle schlicht.

Einander immer noch an den Händen haltend, wandten sie sich dem Meer zu und ließen ihre Blicke über den Ozean schweifen. Träumerisch lehnten sie sich wieder an das Geländer. Sie würden auf das nächste Boot warten.

»Erinnerst du dich«, fragte Fanny, »erinnerst du dich an dieses Bild im Wartesaal drüben in Oakland? Ein Schiff mit voll gehißten Segeln.«

»Die *Casco*?«

»Genau: die *Casco*! Gehört das Schiff nicht jemandem in Oakland?«

»Doktor Merritt. Er war ein Freund von Papa im Bohemian Club.«

»Hat dieser Doktor seine Jacht nicht dadurch unterhalten, daß er sie für Luxuskreuzfahrten vermietete? War es nicht so? Die *Casco* hat die Südsee befahren ...«

»Aber Mama, was willst du mit Louis machen? Müssen Tuberkulosekranke nicht so hoch wie möglich leben? Die Hitze und die hohe Luftfeuchtigkeit im Pazifik, das tropische Klima auf Hawaii, also für die Gesundheit ...«

»Kälte, Schnee und Berge haben auch nichts geholfen. Die Ärzte täuschen sich! Was wirklich fatal ist, das ist der viele Regen in England! Ich sage dir: Louis braucht das Meer, viel Sonne und ein Schiff. Wenn ich nur ein Segelschiff finden könnte, dann würden wir zu dir kommen ... und so weit von London fortsegeln wie nur irgend möglich!«

Zwei Tage nach diesem Gespräch ging Mrs. Robert Louis Stevenson hinunter ins Telegrafenbüro des Occidental Hotel. Die Nachricht an ihren Mann im Staat New York lautete: *Können herrlichen Schoner für sechs Personen mieten, sehr komfortabel, 750 Dollar pro Monat. Die* Casco. *Jacht in zehn Tagen bereit zum Auslaufen. U.A.w.g. Umgehend.*

Die Entscheidung fällt noch am selben Abend. Durch den Telegrafendraht knistert es von einem Ende des Kontinents zum anderen: *Gesegnet seist du, meine Tochter. Nimm die Jacht und erwarte uns in zehn Tagen.*

Die Alte Welt hat sich hinter Robert Louis Stevenson geschlossen. Nun verschlingt ihn Fanny Vandegrifts Universum und läßt ihn nicht mehr los.

Louis wird Europa nie wiedersehen. Weder Henley noch Baxter, noch Colvin, noch Bob, noch Katharine. Auf dem endlosen Meer wird Fanny ihre Liebe bald ganz für sich allein haben. Oder doch wenigstens beinahe.

DER SANG DER SIRENEN

Dieses Klima; diese Überfahrten;
dieses Anlegen an einer Küste im
frühen Morgengrauen: diese
unbekannten Inseln, die beim ersten
Sonnenstrahl am Horizont erscheinen;
diese unerwarteten Häfen, die sich in
die Höhlung eines Waldes schmiegen;
das plötzliche Erschrecken,
die Furcht vor den Wirbelstürmen,
und den zusammenstürzenden Wogen;
dieses immer wieder neue Interesse
an den Eingeborenen und ihrer
freundlichen Art
– die Geschichte meines Lebens scheint
mir süßer als ein Gedicht.

ROBERT LOUIS STEVENSON

SAN FRANCISO – DIE MARQUESASINSELN – DAS TUAMOTUARCHIPEL – TAHITI – HAWAII

28. Juni 1888 – 25. Januar 1889. An Bord der Casco

Flaches Meer, soweit das Auge reicht. Darüber eine blaue Kuppel mit langen roten Streifen, rosa Strichen, die sich, schmal und weiß begrenzt, als käme die Farbe direkt aus der Tube, übereinanderlagern. Auf der Dunstschicht am Horizont gleitet ein schwarzer Schatten dahin; ein voll aufgetakelter Zweimaster fährt den weichen Schals in allen Rottönen nach, ohne sie je zu erreichen. Würde das Schiff auf die leuchtenden Bahnen zusteuern, sie wichen immer weiter zurück. Eine Luftspiegelung; diese entfernten Gazeschleier, in denen sich die Sonne verliert, sind nur eine der vielen Luftspiegelungen im Pazifik.

Der Wind pfeift in den Wanten. Die Fallen klappern. Brücke und Planken knarren. Die *Casco* schwebt über der smaragdfarbenen Tiefe. Der zehnte Tag auf See.

In dem Moment, als man die Golden-Gate-Brücke hinter sich gelassen hatte, schien das Meer anzuschwellen. Es schäumte gegen die Bullaugen, spülte über die Brücke und brach sich an den Türen der Kajüten. Fanny lag in ihrer Koje und beobachtete, wie die Koffer, die Bücherkisten und Kleidertruhen auf dem Boden hin und her rutschten. Selbst die Fotoapparate, die Schreibmaschine, das Banjo, die Gitarre und die Kartendecks – mit jedem neuen Wellental fiel alles wieder zu einem veränderten Bild zusammen. Netter Anfang für eine Kreuzfahrt, die sieben Monate dauern sollte.

»Sieben Monate!« Kapitän Otis konnte es nicht fassen, sieben Monate sollte er mit dieser Mannschaft im Pazifik herumirren. Ein Schwede, ein Russe, ein Finne, ein chinesischer Koch, der aus Gott weiß welchem Grund unbedingt als Japaner durchgehen wollte – ein Haufen von Nichtskönnern, die alle zusammen noch keinen Monat auf See verbracht hatten. Und wozu das alles? Nur um den Kanaken einen menschlichen Zoo vorzuführen. Einen Haufen Invalide und Frauen.

Die Beziehung zwischen dem Kapitän und seinen Passagieren stand unter den denkbar schlechtesten Vorzeichen. Man hielt nicht viel voneinander.

Wie zum Kuckuck hatte diese Mrs. Stevenson, die Verrückteste der ganzen Bande, es fertiggebracht, Dr. Merrit seine *Casco* abzuschwatzen? Der Doktor hatte Geld doch gar nicht nötig. Er galt als Millionär!

»Sie glauben vielleicht, Ihr Mann liebt Sie«, hatte er bei ihrer ersten Begegnung zu Fanny gesagt, »aber Sie müssen wissen, viel mehr als das liebe ich meinen Schoner.« Um der Wahrheit die Ehre zu geben: Fanny hatte den Dingen ein wenig vorgegriffen, als sie nach New York telegrafiert hatte, sie habe die Jacht gemietet. »Mein Segler ist kein Spielzeug! Er gewinnt sämtliche Regatten! Er ist schnell, leicht. Und komfortabel! Waren Sie schon einmal drauf? Haben Sie schon mal den Samt auf den Sitzbänken gefühlt? Haben Sie diesen wunderbaren Mahagonitisch gesehen, die venezianischen Spiegel, die Messinggriffe und meinen Perserteppich? Ein solches Schmuckstück zu chartern würde Sie teuer zu stehen kommen, meine Gnädigste ... Sehr teuer!«

»Das ist kein Problem. Ich meine, der Preis«, hatte sie herablassend gesagt. »Die McClure Publishing Company hat meinem Mann ein Vermögen für seine Reiseberichte geboten. Er erzählt jeden Monat von seinen Abenteuern in der Südsee, und die New Yorker Zeitungen finanzieren unsere Kreuzfahrt. Im übrigen hat Mr. Stevenson gerade eine kleine Erbschaft gemacht.« Das »kleine« hatte sie besonders betont und die offensichtliche Untertreibung noch mit einer passenden Handbewegung unterstrichen. »Also …«

»Also … Hat Mr. Stevenson denn außer auf Frankreichs Kanälen schon einmal ein Boot gesteuert? Ist er überhaupt seetauglich? Kann er die Verantwortung übernehmen? Auf einem Schiff muß man verflixt diszipliniert sein! Ich habe mir sagen lassen, daß Ihr Mann eher ein Bohemienleben gewohnt ist. Und seine Gesundheit soll nicht die beste sein!«

»Lernen Sie ihn erst einmal kennen, Doktor. Dann sprechen wir weiter.«

Die Begegnung zwischen Merritt und Stevenson hatte sich in dem blumenübersäten Zimmer zugetragen, das der berühmte Autor im Occidental Hotel in San Francisco bewohnte. Louis war erschöpft von der kürzlichen Reise durch ganz Nordamerika und immer noch schwach nach dem Winter in Saranac. So hatte er Merritt im Bett sitzend empfangen. Nicht gerade die richtige Methode, um dem Bootseigner Vertrauen einzuflößen. Was für einen Charme hatte der Kranke spielen lassen müssen, welche Schätze an Verführungskraft und Beharrlichkeit hatte seine Sirene von Ehefrau über dem Doktor wohl ausgeschüttet, bis er weichgeklopft war? »Schön, meine Kleine, sind Sie jetzt zufrieden?« hatte er am Ende gesagt und einen Chartervertrag von Juni bis Januar unterschrieben. »Eine Bedingung habe ich allerdings: Ich überlasse Ihnen mein Schiff nur mit dem Skipper. Kapitän Albert Otis gehört zum Inventar.«

»Ich muß Sie bitten, gnädige Frau, heute nicht mit dem Steuermann zu reden. Sie müssen wissen, heute soll er nämlich steuern.« Der Kapitän verzog zu diesen Worten verächtlich das Gesicht.

Otis war ein untersetzter Mann von dreißig Jahren mit flachsblondem Haar über einer nicht sehr hohen Stirn. Er war gewalttätig und durchtrieben und verfügte über eine ausgezeichnete Beobachtungsgabe und eine unerschütterliche Logik. Seine vorübergehende Dienstherrin haßte er, die andern betrachtete er nur voller Argwohn. Glücklicherweise durfte daran gezweifelt werden, daß die Fahrt wirklich so lange dauern würde wie geplant. Ein Blick auf dieses Klappergestell, das die Rechnung bezahlte, genügte, um zu wissen, daß der zumindest das Ende der Reise nicht mehr erleben würde. Bibel, Brett und Fahne lagen schon für die Seebestattung bereit. Der Kapitän hatte an alles gedacht. Auch was die anderen in der Truppe betraf, war es nicht ganz unwahrscheinlich, daß sie bald den Haien als Festessen dienen würden! Als Vorspeise dachte Otis an die Mutter von diesem Invaliden, eine alte Schottin von beinahe sechzig Jahren, deren bisherige Bekanntschaft mit dem Meer sich auf ihre erste und erst kürzlich zurückgelegte Fahrt mit dem Passagierdampfer über den Atlantik beschränkte. Diese Frau brachte ihn zur Verzweiflung, ständig sollte er nach dem Essen irgendwelche Dankgebete sprechen, und mit ihrer Heldenverehrung für den wunderbaren Herrn Sohn und seine Bücher raubte sie ihm den letzten Nerv. Angetan mit Korsett, Puff auf dem Hinterteil und Halbhandschuhen aus schwarzer Spitze kletterte diese alte Verrückte in die Wanten und brachte sich in absolut unsinnige Gefahr.

»Was würden Sie tun, wenn meine Schwiegermutter ins Meer fiele, Kapitän?« fragte die andere beunruhigt.

»Ich würde das Ereignis in mein Logbuch eintragen, Madame.«

Weg mit Schaden! Die reiche alte Spinatwachtel hatte sämtliche Regale im Kartenraum mit ihren Hutschachteln vollgestellt! Die schleppte doch tatsächlich vierundzwanzig Hütchen mit Rüschchen und Bändchen mit sich rum. Wahrscheinlich brauchte sie das, um sechs Monate lang im Witwenkostüm in den Tropen rumlaufen zu können. Diese Königin Viktoria da in England sah bestimmt genauso aus. Ansonsten schien »Tante Maggy«, wie dieser

Irrenhaufen sie nannte, nicht sonderlich unter dem Sturm in den ersten Tagen gelitten zu haben. Da hatte sie glatt ganz vorn im Boot gestanden, hatte sich die weißen Organdybänder von ihrem Hut um das Vogelprofil klatschen lassen und leise vor sich hingelacht, wenn der Bug in die großen, auf sie zurollenden Wellen tauchte. Na, und dann die Dienerin! Eine Dienerin auf einem Schiff! Die wäre dann also der zweite Gang. Oder man mußte sie bei der ersten Gelegenheit an Land setzen. Die war Französin. So was ging doch bestimmt mit der ganzen Mannschaft ins Bett. Darauf konnte man jede Wette abschließen, fand der Kapitän. »Zehn zu eins, daß die Unfrieden stiften wird.« Wunderbarer Vorwand für eine Meuterei! Ja, und dann war da natürlich noch der Sohn aus dem ersten Bett der Allergnädigsten. Ein langes Ende von zwanzig Jahren. Und kurzsichtig war der, daß er richtige Lupen auf der Nase hatte statt einer Brille. Dieser kleine Snob mit seinem *british accent* fand sich wohl besonders schick, als er sich im Hafen von San Francisco das Ohr hatte durchstechen lassen. Und jetzt hatte er einen goldenen Ring am rechten Ohrläppchen baumeln. Na, und zum Schluß kam natürlich die Hauptattraktion von dem ganzen Zirkus. Diese Mrs. R.L.S., zehn Jahre älter als ihr Mann, hatte als erstes genug Proviant an Bord verfrachtet, um elf Mann hoch zehn Monate lang damit zu versorgen. Bestimmt zehntausend Mahlzeiten, Tagesrationen Kautabak und Tabak zum Rauchen, Hunderte von Geschenken für die Eingeborenen und eine von ihr selbst entworfene Garderobe, damit ihre Schwiegermutter, die Dienerin und sie auch noch was zum Anziehen hatten, wenn es erst so richtig heiß wurde.

Und seit nun das Thermometer auf 30 Grad geklettert war, lief die feine Dame barfuß, ohne Strümpfe und ohne Korsett herum und hatte den Körper in eins von diesen weiten Nachthemden gewickelt, wie die Missionare sie immer den Eingeborenen aufdrängen. Einen Holoku. Die Dienerin Valentine und Tante Maggy hielten noch ein paar Tage an ihren Strümpfen und ihren Gewohnheiten fest, und dann warfen sie sich auch so ein Sackkleid aus geblümtem Baumwollstoff über. Eine gerade herunterfallende, üppige Tunika, die unten von einem breiten Volant abgeschlossen wurde. Die Ärmel wurden am

Handgelenk geschlossen, ein kleiner Stehkragen, und als einzige Zierde hatte das ganze über der Brust eine viereckige Passe.

Mrs. R.L.S. mit den kurzen Haaren und der ewigen Zigarette im Mund machte sich in der Küche zu schaffen und verbesserte die Mannschaftsverpflegung zugegebenermaßen beträchtlich. Seine Männer brachen in Verzückungsschreie aus über ihre kleinen Gerichte und ihre feinen Süppchen. Zum Glück gab es Tage, an denen sie nicht aufstehen konnte. Die Gute litt schrecklich unter Seekrankheit, und da mußte sie dann wohl oder übel im Bett bleiben.

»Wie konnten Sie unter diesen Umständen eine siebenmonatige Schiffsreise antreten?« lachte der Kapitän, als er sie unsicher ins Ruderhaus hereinwanken sah. Sie hielt sich ununterbrochen ein Taschentuch vor den Mund. »Wußten Sie denn nicht, daß Sie das Meer nicht vertragen können?«

»Doch, das wußte ich. Ich finde Wasser schrecklich. Ich habe Angst vor den Wellen. Ich hasse das Meer. Aber mein Mann hat es so dringend nötig!« sagte sie und mußte einmal tüchtig schlucken. »Dieses Abenteuer ist sein alter Traum. Er spricht davon, seit ich ihn kenne. Und sehen Sie ihn sich nur an: Er lebt richtig auf!«

Der Kapitän folgte mit seinen wasserblauen Augen ihrer ausgestreckten Hand. Auf der Brücke saß Stevenson ohne Kopfbedekkung und mit nacktem Oberkörper und sonnte sich. Er hatte die Beine übereinandergeschlagen und machte sich mitten in der prallen Sonne Notizen, während sein dürrer Körper sich unmerklich jeder Bewegung des Bootes anpaßte. Nichts, nicht einmal der Gischt, der ab und zu kräftig zu ihm heraufspritzte, konnte ihn aus der Ruhe bringen.

»Sehen Sie ihn sich nur mal an, Kapitän«, sagte sie noch einmal.

Das blanke Entzücken, das die Züge dieser Frau völlig verändert hatte, ließ das Murren des Kapitäns augenblicklich verstummen. Der Anblick dieses braungebrannten, halbnackten Mannes, der offenbar im vollen Besitz seiner Kräfte war, schien sie ihr eigenes Elend völlig vergessen zu lassen.

»Für einen Kranken wie ihn«, grummelte der Skipper und wandte sich wieder seinen Karten zu, »ist eine Fahrt zur See ein gefährliches Lotteriespiel.«

»Genau diese Gefahr macht meinem Mann das Leben lebenswert! In Europa, in den Vereinigten Staaten, immer ist er nur auf der Jagd nach der Gesundheit gewesen. Und jedesmal lag er am Ende wieder mit vom Fieber geschwächten Gliedern und vom Husten zerrissener Brust da. Wissen Sie, was es heißt, Kapitän, wenn man immer und immer ans Zimmer gefesselt ist, eingekerkert zwischen zwei Bettlaken? Und jetzt sehen Sie ihn sich an! Mit der Farbe nimmt seine Haut auch eine andere Struktur an, sie scheint aus anderem Material zu bestehen. Nie zuvor habe ich ihn so selbstverständlich seinen Körper benutzen sehen. Man könnte meinen, daß seine Zellen sich regenerieren, je näher wir den Tropen kommen, daß sich seine Wirbel, seine Knochen, sein Blut, sein Fleisch, daß sich einfach alles an ihm erneuert und geschmeidig wird.«

Die Sonne glüht von Tag zu Tag heißer vom Himmel herab. Jede Nacht steigt der Mond wie ein leuchtender Ball ans Firmament. Und das Wunder geschieht: Ein ganzer Monat, ohne einen Fuß auf festen Boden gesetzt zu haben, und kein einziger Rückfall! Keine Blutung, kein Hustenanfall, nicht einmal mehr ein Schnupfen. Diese ganzen Winter in den Bergen waren eine Täuschung gewesen. Fanny triumphiert. *Was mich betrifft,* rühmt sich Louis, *so bin ich schwarz wie eine Pflaume … nur der edle Teil, auf den ich mich setze, bewahrt noch die schnöde Blässe des Nordens!*

Ich habe Angst vor dem Meer, aber das Klima finde ich wundervoll, gibt Fanny zu. *Und dann: Meine beiden Jungen so glücklich zu sehen!* Lloyd, Louis und Tante Maggy können sich kaum fassen vor Begeisterung. Da sind sie nicht die einzigen. Für alle ist diese Fahrt eine Entdeckung. Selbst für den Kapitän.

Belle wird erzählen, daß sie weder Augen noch Ohren traute, als sie Otis in Honolulu an Land kommen sah. In San Francisco hatte sie mit großem Unbehagen die brutale Art des Seemanns zur Kenntnis genommen. Seine Aggressivität seiner Mutter und ihrem kleinen Bruder gegenüber. Sechs Monate später dann, im Januar 1889, hörte Belle denselben Mann derart literarische Begriffe verwenden, daß ihn nur seine Passagiere verstehen konnten, außerdem rollte er das r wie ein echter Schotte und schwor Stein und Bein, nichts könne die Schönheit der Stadt Edinburgh übertreffen. Sie sah ihn sogar die Spielhöllen von Hawaii links liegen lassen, um endlose Whistpartien mit der einzigen Partnerin zu veranstalten, der es je gelungen war, ihn auszunehmen: Tante Maggy. Der junge Kapitän gibt es freimütig zu: Er hat sämtliche Wetten verloren, die er mit sich selbst ausgemacht hatte. Mit Ausnahme vielleicht der Eskapaden der kleinen Dienerin, die Mrs. R.L.S. in den Armen des zweiten Matrosen überrascht hat. Frauen auf einem Schiff sind keinen Pfifferling wert, das weiß man ja. Aber diese Frauen aus Indiana – die man im Mittleren Westen die »hoosiers« nennt –, die, findet Kapitän Otis, sind »schneidig und, Teufel auch, wahnsinnig kaltblütig!«

Kaltblütigkeit brauchen sie allerdings alle auf dem Schiff, um sich den Unwettern zu überlassen und gegen das graue Meer anzukämpfen, das, vom Wind gepeitscht, mit mächtiger Wut über sie hinströmt. Und man braucht schon auch ein gewisses Maß an Kaltblütigkeit, um an unbekannten Küsten anzulegen, mit den Eingeborenen zusammenzuleben und ganze Monate ohne jeden Kontakt mit den Weißen zu verbringen. Es gehört einiges dazu, sich seine Hütte selber zu bauen, Matten zum Schlafen und Hüte zu flechten, das Mittagessen eigenhändig zu fischen und die Lebensgewohnheiten der Einheimischen zu verstehen und zu respektieren. Zumal, wenn man sich am Unbekannten und dem Mangel an Komfort auch noch freuen will. Man braucht auch Kaltblütigkeit, um sich der Magie dieses Lebens am Strand wieder zu entziehen und sich erneut auf den Ozean zu begeben, wo überall der Zyklon lauern kann. *Wie traurig ist es, bei seiner Abreise seine neuen Freunde so weit zurücklassen zu müssen*, klagt Tante Maggy. *Ich frage mich, ob ich wohl im Schlaf unter den Kokospalmen wandeln werde, ob ich hören werde, wie sich die Brandung am Korallenriff bricht.*

Aber der intensivste Moment dieser langen Initiationsreise, der für immer ihre Sinne und ihrer aller Bewußtsein verändern wird, ist nicht die Überraschung angesichts der schwarzen Strände von Tahiti oder die erhabene Schönheit eines Sonnenaufgangs auf Hawaii, wenn die Wipfel der Kokospalmen sich wie wirre schwarze Flecken vor dem ausgewaschenen Orange des Himmels abzeichnen und die Sonne zwischen den Baumstämmen des Palmenhains emporsteigt, um die Nebelschwaden zu durchbrechen, die sich auf die Klippen zu wälzen. Es ist auch nicht die Abenddämmerung auf hoher See mit ihren grellen Strahlen am Himmel in einem unwirklichen Rot und den Wolken, die wie dicke, blutgetränkte Wattebäusche über dem Pazifik hängen. Nein, der Anblick, der sie wirklich gefangennimmt, ist eine geisterhaft fahle Vision aus Dunst und Felsen, Nuku-Hiva, ihre erste Station. *Was man empfindet, wenn man etwas zum erstenmal durchlebt, läßt sich nicht wiederholen. Die erste Liebe, der erste Sonnenaufgang, die erste Pazifikinsel bleiben auf ewig ganz besondere Erinnerungen, sie berühren die Jungfräulichkeit der Sinne,* schreibt Stevenson.

Fanny sieht ihre erste Insel um vier Uhr am Morgen des 28. Juli 1888. Nuku-Hiva gehört zu den Marquesasinseln, von denen die Stevensons nicht mehr wissen, als Herman Melville darüber berichtet hat. Nuku-Hiva, unter französischer Oberhoheit und bis 1885 von den wildesten Kannibalen ganz Polynesiens bewohnt; Nuku-Hiva, grünes Tor zu einer Kultur, von der niemand an Bord irgend etwas weiß, als daß bis vor drei Jahren die Menschen hier ihresgleichen aufzufressen pflegten.

Hunderte von Pirogen umkreisen die *Casco*. Eine Horde von Eingeborenen entert das Schiff und ergießt sich in einem endlosen Strom auf die Brücke. Sie brüllen und preisen ihre Waren an, schubsen die Passagiere herum und fangen an, sie zu beschimpfen, als sie endlich verstehen, daß keiner von diesen Weißen ihre Kokosnüsse und Bananen, ihre Matten und Körbe kaufen will.

Tante Maggy zuckt mit keiner Wimper, als diese Frauen mit den nackten Brüsten sie ungeniert betasten und grob an den Bändern ihrer Haube reißen. Sie grapschen nach ihren Röcken und ziehen ihr die Handschuhe ab. *Man kann gar nicht glauben, daß diese Leute mit ihren herrlichen Tätowierungen nicht vollständig gekleidet sein sollen,* kommentiert ihre Schwiegertochter heiter. Fühlt Fanny sich an ihre Erfahrungen mit den Paiute im Camp von Austin und den Schoschonen in Virginia City erinnert? Beschließt sie vielleicht deshalb, als Tribut an die Vergangenheit und aus Respekt und Sympathie für das Andersartige, dem Häuptling und seinen Frauen die purpurnen Samtvorhänge und die Möbel aus der Messe zu schenken – und nicht etwa zum Kauf anzubieten –, die es ihnen offenbar angetan haben? Sobald die Inselbewohner begriffen haben, wie Louis' und Fannys wilde Gesten zu verstehen sind, wandelt sich ihre Aggressivität in Lachen und wilde Freudenschreie.

Die *Casco* wird mehrere Wochen in der Bucht vor Anker liegen. Bei ihrer Abreise ist sie überladen mit Geschenken. *Ich hätte mir nie träumen lassen, daß es solche Orte gibt und solche Völker!* begeistert sich Louis.

Von nun an wird ihre Phantasie von den Insellegenden beherrscht. Die Schönheit der Eingeborenen und ihr freundlicher Empfang rufen Fannys Bewunderung hervor; das Schicksal Polynesiens weckt Louis' Neugier. Was hat der Weiße Mann getan, damit ganze Völker, die sich über Jahrhunderte hinaus blühend entwickelt haben, binnen fünfzig Jahren langsam, aber sicher vom Erdboden verschwinden? Was ist von Missionaren zu halten, die alte Zivilisationen niedertrampeln, Gottheiten und Gegenstände, die ihnen heilig sind, verbrennen und traditionelle Kleider und Tänze verbieten, um diesen Menschen den Sühnegedanken und ein Gefühl für das Böse einzutrichtern? Wie soll man dieses seltsame Menschengeschlecht der *traders* beschreiben, diese Schacherer, die den Handel mit Kopra und Kokosnüssen beherrschen, aus denen man im Okzident Öl herstellt, die den Eingeborenen Waffen und Alkohol verkaufen, nur an ihren prallen Geldbeutel denken und dabei die Mauer niederreißen, die diese beiden Welten trennt?

Fünfzig Jahre, bevor solche Ideen in Mode kommen, wettert Mrs. R.L.S. gegen die Scheinheiligkeit des Kolonialismus an. Louis kommt über diese Frage sehr ins Grübeln. Und Tante Maggy versäumt zwar keinen einzigen Gottesdienst, aber das hindert sie noch lange nicht, sich zu informieren.

Ihr müßtet sie sehen können, notiert Fanny zärtlich, *wie diese alte Dame im getollten Spitzenhäubchen bei Mondschein mit einem kaum durch ein Taschentuch bedeckten Herrn am Strand spazierengeht.*

Es ist ein seltsames Leben, seufzt derweil die alte Schottin. *Unbekümmert und wild … Ich frage mich, ob wir je in die Zivilisation werden zurückkehren können.*

Und immer wieder kommen sie auf den Zauber dieser ersten Landung zurück. Eine kleine, von grün bewachsenen Bergen umstandene Bucht, ein von zwei hervorspringenden Felsen eingerahmter Strand, tiefhängende Palmen, deren Wedel über die Wasseroberfläche streichen.

An diesem Morgen im Juli drehte sich der Schoner auf der Stelle. Man hatte Anker geworfen. *Das Geräusch war unbedeutend, das Ereignis aber weltbewegend,* wird Robert Louis Stevenson schreiben. *Gemeinsam mit diesen Haltetauen sank meine Seele in Tiefen, aus denen sie keine Winde wieder hervorholen können, kein Taucher sie ihnen entreißen. Dieser Aufenthalt hat einige meiner Reisegefährten und auch mich selber auf immer zu Sklaven der Pazifischen Inseln gemacht.*

Nichts, nicht einmal Belles Beschreibungen, hatte sie auf diese Welt vorbereitet, die viertausend Kilometer nördlich der idyllischen Strände von Tahiti auf sie wartete: Honolulu.

Geographisch gesehen gehörte Hawaii zu Polynesien. In Wirklichkeit aber war den sieben Hauptinseln des Archipels nichts Hawaiianisches mehr geblieben als die Schönheit ihrer Landschaft. Die Eingeborenenbevölkerung fand sich in den Händen protestantischer Missionare einerseits und denen reicher amerikanischer Großgrundbesitzer andererseits. Sie wurde zunehmend durch billige Arbeitskräfte aus Asien ersetzt und verlor damit jede Bedeutung für die regionale Wirtschaft. Die Weißen besaßen das Land, die Chinesen bearbeiteten es, und die Polynesier sahen traurig zu, wie ihnen ihr Paradies zwischen den Fingern zerrann.

Aber man hatte die Rechnung ohne ihren Herrscher gemacht und ohne den Größenwahn der Dynastie, die sieben Jahre zuvor an die

Macht gekommen war. Der König von Hawaii gedachte sich abendländischer Mittel zu bedienen, um seine Macht zu rechtfertigen und zu festigen, mit einer Armee, einer Flotte und einem Hofstaat.

Im berühmten Robert Louis Stevenson sollte er den Künder und Herold seiner Sache erkennen.

HONOLULU

25. Januar – 25. Juni 1889

Mit einem ehrfurchtgebietenden Donnern ließ der Haushofmeister seine Hellebarde auf das blankpolierte Parkett krachen.

»Seine Majestät der König, Kalakaua I. von Hawaii!«

Die Menge teilte sich, um den Weg freizugeben. Da gab es Offiziere in Marineuniformen aus der ganzen Welt, chinesische Mandarine in ihren Seidengewändern, japanische Würdenträger, sämtliche Rassen, alle erdenklichen Landestrachten. Im blauen Salon, der sonst nur für Privataudienzen diente, hatte ein ganzes Geschwader von polynesischen Dienstboten die Fensterläden aus Edelholz geschlossen und die schweren, purpurnen Samtportieren vor den hohen Fenstertüren zugezogen. Selbst am hellichten Tag ließ sich der Souverän nur vom elektrischen Licht der unzähligen Glühbirnen an den fast ebenso zahlreichen kupfernen Lüstern in diesem Raum bescheinen. Vor indigofarbenem Damast hing das Porträt von Königin Viktoria zwischen zwei Konterfeis ihrer »illustren Vettern«: David Kalakaua stand in voller Lebensgröße in einem Goldrahmen nicht weit von seiner Gemahlin Kapi'Olani, einer korpulenten Dame in gefährlich tief dekolletierter Robe. Ansonsten bedeckte die Brustpartie nur die Schärpe des Royal Order of Oceania, die eine gewisse Mrs. Belle Strong entworfen hatte.

»Sobald er auf unserer Höhe ist«, tuschelte Belle ihrer Mutter ins Ohr und schob sie in die erste Reihe der wartenden Frauen, »mußt du dich verbeugen!«

»Aber ich weiß nicht, wie man einen Hofknicks macht!«

»Das ist egal. Beug dich nach vorne, geh in die Knie und heb den Saum von deinem Holoku. Mach schon!«

Fanny ließ sich aufs Geratewohl bis zu dem rankengeschmückten Teppich hinuntersinken, in dem ihre Füße fast bis zu den Knöcheln verschwanden.

»Sire, erlaubt mir, Euch Mrs. Robert Louis Stevenson vorzustellen«, tirilierte Belles Stimme irgendwo über ihr.

»Madame, ich bitte Sie!«

Eine große dunkle Hand hatte die ihre ergriffen und hob Fanny aus ihrer unbequemen Position.

»Wir sind entzückt, Sie unter uns zu haben. Die Bücher Ihres illustren Herrn Gemahl erfüllen unsere Nächte mit Freude. Und Ihre Tochter bereichert unseren Hof mit ihrer Heiterkeit. Ihr Mut wird in die Geschichte des Königreichs eingehen.«

Diese blumige Sprache voller Andeutungen, von denen Fanny kein Wort verstand, plätscherte im perfekten Englisch eines Mannes von Welt dahin. Einhundert Kilo, ein Meter neunzig, fünfzig Jahre alt. Von Kopf bis Fuß in Weiß gekleidet, in einem makellosen Dreiteiler, dessen Eleganz von der großen Fülle an Schmuck nicht beeinträchtigt wurde. In der Kravatte steckte eine Nadel mit einem dicken Rubin, die Manschettenknöpfe waren darauf abgestimmt, die Finger zierte eine Unzahl von Ringen. Der König von Hawaii war eine imposante Erscheinung.

Den Palast, in dem sie sich befanden, hatte er vor weniger als fünf Jahren bauen lassen. Der viereckige Bau aus behauenen Steinen wurde von einem pseudovenezianischen Säulengang flankiert, an dem sich Stuck und Marmor ein Stelldichein gaben, und stand in einem üppigen Park voller Blumen und Früchte, für den eine gewisse Miss Vandegrift ohne zu zögern ihre Seele verkauft hätte. Nie im Leben hätte Fanny sich vorgestellt, daß es im Pazifik einen solchen Ort geben könnte! Kassettendecken, Friese mit griechischen Tänzerinnen, kleine runde Spiegel, in denen sich das Licht der Sonne fing und nachts der Schimmer der Lampen. Ein Feenreich. In der Eingangshalle stand eine Sammlung von Cloisonnévasen und nackten Frauenstatuen in großen Nischen unter den Porträts der letzten zehn Könige von Hawaii. Zwei Säulenfiguren flankierten die Freitreppe, ein riesiges Gebilde aus edlem Holz mit geschnitzten Stufen und Geländern.

Das ganze Wunderwerk war das Ergebnis langer Reisen, die der König während seiner Regierungszeit unternommen hatte. Er war in San Francisco gewesen und in New York und war im Jahre 1874 überhaupt der erste Herrscher, der die Vereinigten Staaten besuchte. Sieben Jahre später, 1881, hatte er sich auf eine Weltreise begeben. Wien, London, Paris, David Kalakaua hatte alle Hauptstädte Europas mit seiner Anwesenheit beehrt. Sein Reisewagen war bis Moskau und Peking vorgedrungen, seine Jacht bis Bombay. Von diesem Erlebnis, das kein Monarch vor ihm gekannt hatte, war er mit einem Traum in den Pazifik zurückgekommen. Einem einzigen Traum. Er wollte Hawaii den Hawaiianern zurückgeben. Er wollte die Legenden und Traditionen seines Landes wieder aufleben lassen, Polynesien vom Joch der abendländischen Zivilisation befreien.

Zu diesem Zweck ordnete er seine Salbung zum König an und ließ seine Hauptstadt modernisieren, und so konnte sich Honolulu im Januar 1889 rühmen, die modernste Stadt der Welt zu sein! Telegrafendrähte durchschnitten die Luft, statt Gas- oder Kerzenbeleuchtung gab es elektrische Straßenlaternen, viele Straßen waren geteert.

Und das war nicht die einzige Revolution: Bei den Krönungsfeierlichkeiten hatte der König den »Hula« wieder eingeführt, den traditionellen Tanz, der seit Jahrzehnten von den Missionaren verboten gewesen war. Jeden Abend verrenkte sich die halbnackte königliche Tanztruppe zum Klang der Ukulelen auf dem Rasen vor dem Palast.

Wenige Stunden später hob sich dann in der neuen Oper vor der königlichen Loge der riesige, hydraulisch betriebene Vorhang über einem azurblauen Hintergrund mit alpinen Bergwipfeln und den rosigen Stufen einer Marmortreppe, die sich in den Fluten des Comer Sees verlor. Es waren also alle Genres vertreten.

Als Belle und Joe in dieser Stadt eintrafen, die sich mit nichts vergleichen ließ, hatten sie sich vom Feuereifer, dem Größenwahn und der Intelligenz des Herrschers bestricken lassen. David Kalakaua war wie ein Kind, aber ein raffiniertes. Seine Macht war vielleicht im Schwinden – aber er blieb ein Märchenprinz!

Das Gepränge bei Hofe und die zahlreichen Intrigen waren genau das Richtige für die Strongs, die allen Vergnügungen leidenschaftlich zugetan waren. Was gab es Schöneres als solche Bälle und Komplotte, wenn man wie sie das Abenteuer und das Spiel liebte?

Seit sechs Jahren fungierte Joe nun schon als offizieller Hofmaler. Belle entwarf die Nachmittagsgewänder der Königin und malte die in allen Farben des Regenbogens schillernden Fische, die ihr die königlichen Fischer am frühen Morgen zutrugen, bevor sie zur weiteren Verwendung in den Küchen des Palastes verschwanden. Zum schmetternden Klang der Wiener Walzer und dem regelmäßigen Knallen der Champagnerkorken ließ sich das Paar fröhlich von dieser neuen Welt gefangennehmen.

»Was meinte Seine Majestät denn mit deinem Mut?« erkundigte sich Fanny, als sie in der Straßenbahn saßen, die sie nach Waikiki bringen sollte.

Der Wind fuhr durch das offene Fenster herein und zerrte an den Straußenfedern auf ihren Hüten. Die beiden Frauen in ihren pastellfarbenen Holokus mit Mousselineschleppe nach hawaiischer Mode, die da, ihre Sonnenschirme fest im Griff, beieinander saßen, sahen aus wie zwei reglose Jahrmarktspuppen. Um sie herum herrschte das Chaos. Pferde scheuten vor den riesenhaften Teermaschinen, Karren und Zweispänner verstopften die Innenstadt. Zwischen den Palmen erhoben sich hohe Gebäude mit reichverzierten Fassaden, die erheblich an die Fifth Avenue erinnerten.

Für Robert Louis Stevenson hatte ein einziger Blick auf Honolulu genügt, um festzustellen, daß die Stadt für seinen Geschmack viel zu zivilisiert war. Er hatte sich deshalb fern von dem Verkehr und den Telefonen ein Plätzchen an der Küste gesucht.

»Was für ein besonderer Mut hat dir die Ehre eingetragen, in die Annalen seines Landes einzugehen?« fragte Fanny noch einmal.

»Ich habe ihm einen heimlichen Dienst erwiesen«, flüsterte Belle mit einem sybillinischen Lächeln.

»Was für einen Dienst?«

Die junge Frau sprach noch leiser.

»Das kann ich dir hier nicht sagen.«

»Warum?«

»Man könnte uns hören.«

Fanny blickte um sich. Kein Mensch in Reichweite. Sie drehte sich halb nach hinten. Die Straßenbahn war so gut wie leer. Hinter ihnen saßen nur zwei Mestizen.

»Aber ...«

»Hier ist nicht der richtige Ort!« schnitt Belle ihr das Wort ab.

Das Schmettern einer Fanfare zog ihre Aufmerksamkeit auf den Musikpavillon im Park.

»Das ist Herr Berger, der österreichische Hofkapellmeister«, erklärte Belle, »er probt täglich um diese Zeit mit der Royal Hawaiian Band.«

Die Blasinstrumente übertönten ihre Stimme. Sie nützte die Gelegenheit, um ihrer Mutter zuzuraunen:

»Hier jagt ein Komplott das andere. Das wirst du schon auch noch merken. Es gibt zwei Gruppen, die miteinander um die Macht streiten. Einmal die Seite des Königs, die ist nationalistisch und will eine Union der polynesischen Inseln herbeiführen, und dann die Seite der Missionare, die die Monarchie abschaffen wollen, um sie durch eine amerikanische Verwaltung zu ersetzen.«

»Und du, für wen bist du?«

»Rate mal!«

»Warum für ihn?«

»Weil die Weißen ihn hassen«, erklärte Belle voller Inbrunst. »Sie beschuldigen ihn, er sei ein Operettenkönig, der nur die Staatskassen plündere, und beschimpfen ihn als Säufer.«

»Er trinkt?«

»Das kann man wohl sagen! Er kann sechs Flaschen Champagner an einem einzigen Nachmittag hinuntergießen, ohne daß der Alkohol ihm irgendwie anzumerken wäre. Die Missionare wollen seinen Skalp.«

»Du übertreibst doch, oder?«

»Ganz und gar nicht! Das Wort ›Missionar‹ hat hier jede religiöse Bedeutung verloren. ›Missionar‹ steht für eine politische Zugehörigkeit. Wie die Republikaner oder die Demokraten in San Francisco.

Die Anführer sind Kinder oder Enkel der ersten Prediger, die Anfang des Jahrhunderts hierher gekommen sind, um Hawaii zu bekehren. Sie sind mit Zuckerrohr reich geworden und besitzen heute sämtliche Ananasplantagen. Es sind einfach reiche amerikanische Geschäftsleute.«

»War der Vater deines Mannes nicht Missionar auf Hawaii, bevor er in Oakland in unsere Nachbarschaft zog?«

»Joes Schwester ist hier geboren worden. Die Strongs haben immer noch Verwandte in Honolulu. Aber mit denen haben wir nicht viel zu tun! Diese Leute, die ›Missionare‹, haben nur ein Ziel: Den Eingeborenen das Archipel entreißen, damit die Vereinigten Staaten es annektieren können. Seit zehn Jahren versuchen sie mit allen Mitteln, den König zu stürzen. Im Namen der Zivilisation zetteln sie einen Staatsstreich nach dem anderen an!«

»Der Zivilisation?« Fanny war entrüstet. »Aber Kalakaua ist doch der Inbegriff der Zivilisation an sich!«

»Ganz genau, und das paßt ihnen nicht, diesen Heuchlern! Der König träumt von einer Ausweitung seines Inselreiches. Er möchte eine Konföderation ins Leben rufen, in der sich alle Inseln vereinen sollen, die sich die Weißen bisher noch nicht unter den Nagel gerissen haben. Joe kann dir davon erzählen. Er hat eine der Delegationen des Königs bis nach Samoa begleitet. Als offizieller Künstler im Auftrag der Regierung hat er dort fotografiert und Zeichnungen gemacht. Unser Freund Henri, bei dem ihr in Waikiki wohnen werdet, hat auch zu dieser Delegation gehört. Er hat König Laupepa von Samoa selber gesehen. Das Abkommen ist unterzeichnet worden, eine ungeheure Ohrfeige für die Okzidentalmächte, die Samoa unter absoluter Verachtung seiner Ureinwohner regieren! Wenn Kalakaua mit seinen Plänen durchkäme, wäre er mächtig genug, um die Weißen zu stürzen.«

Die beiden Frauen wechselten einen begeisterten Blick. Für die jüngere von beiden war das wie eine Erlösung. Eine Welle der Freude rötete die Wangen des schönen Gesichts. Belle hatte endlich, endlich ihre Mutter wiedergefunden! Welche geradezu teuflische Hintertriebenheit hatte sie wohl angewandt, um Fanny Louis zu entreißen, sie wenigstens für kurze Zeit einmal ganz für sich zu haben, einen Augenblick nur unter vier Augen mit ihr zu sein! Die Vorstellung beim König, die endlose Fahrt mit der Straßenbahn durch das Verkehrschaos, es war alles nur ein geschicktes Manöver von Belle gewesen, um wieder zu ihrer Mutter zu finden.

In Stevensons Nähe war alles andere vergessen. Dann kümmerte sich Mrs. R.L.S. einen Dreck um den Rest der Welt. Diesen schmerzlichen Eindruck jedenfalls hatte ihre Tochter gewonnen. Selbst Austin, ihr Enkelsohn, von dem sie in San Francisco so entzückt gewesen war, war für sie wie in der Versenkung verschwunden. Immer nur Louis. Belles alter Groll gegen den Rivalen ihres Vaters, diese Feindseligkeit, die sie nie ganz unterdrücken konnte, vergiftete wieder einmal die Beziehungen innerhalb der Familie. Und Fanny merkte es nicht einmal.

Wie war Belle aber auch enttäuscht gewesen, als die *Casco* endlich eintraf! Die Szene blieb der jungen Frau unvergessen. So etwas! Nach all den Monaten der Angst und des Wartens! Gegen Weihnachten hatte das Hafenamt von Hawaii den Schoner verloren gegeben. Strongs Freunde wagten nicht einmal mehr, die Jacht überhaupt zu erwähnen. Es schien sicher, daß sie Schiffbruch erlitten haben mußte. Als Belle den Segler dann plötzlich doch auftauchen sah, war sie überglücklich zum Hafen hinuntergelaufen und in ein Boot gesprungen, um ihnen entgegenzurudern. Sie hatte es so eilig, daß sie mit ihrem kleinen Kahn beinahe untergegangen wäre. Und dann würdigte sie Fanny keines Blickes! Keine Umarmung, kein Wort, nichts ließ vermuten, daß sie sie auch nur vermißt hatte. Louis, Louis, Louis. Alles, was zählte, war Louis.

Er war reich und berühmt und erfreute sich bester Gesundheit. Wenn man wissen wollte, was seine Schwiegertochter darüber dachte, waren seine unbändige Lebensfreude und seine Dreistigkeit durch die jüngsten Veränderungen in seinem Leben unerträglicher geworden denn je. Nun maßte er sich auch noch an, über die Angehörigen seiner Frau zu bestimmen! Dabei hatte Belle von ihm nun wirklich keine Hilfe verlangt. Wenn sie sich von jemandem retten lassen wollte, dann von ihrer Mutter. Aber da hatte sie sich ganz offensichtlich getäuscht. Voller Bitterkeit sagte sich die junge Frau, daß Fanny wohl nie irgend jemand anderen retten würde als ihren

Louis. »Die Wiedervereinigung mit Mama war nichts als Illusion. Gerade in dem Moment, wo ich sie am dringendsten brauche, denkt sie nur an ihr eigenes Glück. Gerade jetzt, wo mein ganzes Leben in sich zusammenbricht, entdeckt sie die Freuden der Ehe. Sicher ihre ersten Freuden ...«

Die sieben langen Monate der Kreuzfahrt hatten ganz offensichtlich die Verbindung zwischen diesen beiden wieder sehr viel enger werden lassen. Und wenn Belle im letzten Mai bei Mrs. Stevenson eine gewisse Reserviertheit ihrem Mann gegenüber zu verspüren geglaubt hatte, so war das ein großer Irrtum. Als sie gemeinsam an den Küsten dieser neuen Welten anlandeten, hatten Louis und Fanny einander neu entdeckt. Wie sie beide auf die gleiche Weise auf die Schönheit der Menschen und der Dinge reagierten; ihre Gefühle und ihre Neugier den Eingeborenen gegenüber; ihre gemeinsamen Sympathien, der bei beiden gleiche Enthusiasmus bestärkten sie in der Überzeugung, daß sie in einer Art geistiger Symbiose lebten. *»A Romance of Destiny«*. An Bord der *Casco* mußten sie ihre Verbindung dort wieder aufgenommen haben, wo sie sie bei den Chevillons in Grez zurückgelassen hatten. Wie weit diese Zeit doch schon zurücklag! Die Liebe? Was Belle noch von der Liebe zu sehen bekam, war eine kurze Liaison mit einem Bankangestellten gewesen, ja, und dann noch eine ebenso schnell verflogene Leidenschaft für einen Marineoffizier, der irgendwann wieder davongesegelt war. Liebe war nur noch für einen Ehebruch zu haben. Und in der mütterlichen Zärtlichkeit für ihren kleinen Sohn.

Belles Fazit war: Niederlage auf der ganzen Linie. Fanny hatte in allem recht behalten. Ihre Vorhersagen waren eingetroffen. Und wenn ihre Mutter auch noch nicht dieses gefürchtete »ich hatte es dir ja gesagt!« von sich gegeben hatte, glaubte Belle doch etwas davon in ihren Blicken zu spüren und in der ungeduldigen Art, wie sie sich nach Belles Lebensumständen erkundigte. Und an dem Schweigen, das immer wieder zwischen ihnen eintrat.

Joe hatte Weibergeschichten. Joe trank. Joe rauchte Opium. Er arbeitete immer weniger und verwandte den größten Teil seiner Energie darauf, unbezahlte Rechnungen in den Schubladen zu verstecken und seine Schulden vor seiner Frau zu verbergen. Hinter all dem schönen Schein ihrer nach außen hin so unbekümmerten Existenz tanzten die Strongs am Abgrund.

Belle machte es wie ihr Mann. Ihr Leben brach zusammen, aber sie zog es vor, darüber hinwegzusehen, um sich statt dessen lieber kopfüber ins Vergnügen und irgendwelche Aktivitäten zu stürzen. Die Idee, ihre Mutter in die Politik einzuführen, zu lenken und für ihre Sache zu gewinnen, brachte der jungen Frau eine angenehme Zerstreuung und begeisterte Fanny.

»Louis muß deinen König unbedingt kennenlernen! Für seine Artikel über die Südsee. Er hätte bestimmt tausend Fragen zu stellen.«

»Um so mehr, als Kalakaua selber sehr belesen ist. Er hat den Text für die Nationalhymne geschrieben und erst vor kurzem eine Sammlung mit Erzählungen herausgebracht. Das ist das erste Buch in englischer Sprache, das die alten Sagen seines Landes wiedergibt.«

Als die Straßenbahn fünfhundert Meter vom Strand entfernt hielt, sprangen Mutter und Tochter mit der gleichen Behendigkeit ab. Sie gingen nebeneinander durch den Sand, ihre Augen wurden von einem gleichen Feuer der Begeisterung erhellt.

»Louis könnte ihm vielleicht helfen«, fing Fanny wieder an. »Wenn er darüber schreibt, könnte er vielleicht die Aufmerksamkeit der Welt auf das Unrecht ziehen, das Amerika mit Hawaii vorhat.«

»Wenn du willst, kann ich schon morgen ein Zusammentreffen zwischen Kalakaua, deinem Mann und meinem Bruder organisieren!«

Am Montag, dem 27. Januar 1889, finden Louis und Lloyd sich also zu einer Privataudienz im Iolani Palast ein.

Achtundvierzig Stunden später erwidert Seine Allergnädigste Majestät den Höflichkeitsbesuch und läßt sich zu einer Tasse Tee auf einer der Bänke auf der *Casco* nieder. Was die Trinkfähigkeit des Monarchen angeht, erweist sich Belles Einschätzung mit den sechs Flaschen im Laufe des Nachmittags als ein wenig zu niedrig gegriffen. Stevenson und seine Begleiter werden sich noch lange an diese ausgesprochen fröhlichen Stunden erinnern. Kapitän Otis spielt Akkordeon und übertrifft sich dabei selbst, Lloyd singt schottische Balladen, Belle verrenkt sich die Hüften, um eine kleine Tanzvorstellung zu geben, und Louis deklamiert sein neuestes Gedicht zum Ruhme Polynesiens.

Am darauffolgenden Sonntag, dem 3. Februar, lädt Fanny Seine Majestät zu einem Festessen im größten der vier Bungalows, die die Stevensons am Strand von Waikiki bewohnen. Der Aufenthalt hat inzwischen so viel Geld verschlungen, daß man die *Casco* nicht einfach weiter im Dock liegen lassen kann. Louis schickt die Jacht an ihren Besitzer zurück. Und er läßt die Dienerin Valentine ziehen, die heiraten und sich in der Nähe von San Francisco niederlassen wird.

Eine kleine Gruppe von Bambushütten, wo jeder tun und lassen kann, was ihm gerade Spaß macht. Lloyd zieht sich in seine Dunkelkammer, einen winzigen fensterlosen Schuppen, zurück und entwickelt seine Fotos. Fanny stellt ihre Staffelei in dem Häuschen auf, das ihr als Hauptquartier dient. Louis hat sich zum Schreiben in eine Hütte aus geflochtenen Matten zurückgezogen, die von einer Art Stacheldraht zusammengehalten werden. Um Neugierige abzuschrecken, wie er behauptet. Zu den Mahlzeiten, die von Fanny und ihrem Koch Ah Fu zusammengezaubert werden, trifft man sich auf der Veranda des großen Hauses.

Mit Ah Fu ist das auch wieder so eine wunderliche Angelegenheit. Mrs. R.L.S. hat den jungen Chinesen auf den Marquesasinseln kennengelernt. Er ist seiner Herrin vom ersten Moment an leidenschaftlich ergeben und fürchtet nur ein wenig die Art, wie sie sich immer in Gespräche einmischt und dabei flucht, daß es die schlimmsten Schwarzhändler des Pazifik zum Erröten bringen kann! Ah Fu folgt den Stevensons auf allen ihren Irrfahrten, bis er eines Tages darum bittet, seiner alten Mutter in China einen letzten Besuch abstatten zu dürfen. Danach werde er wieder zurückkommen und den Rest seiner Tage bei Fanny und Louis verbringen. Fanny näht ihm seinen Lohn in die Rocksäume, füllt das Futter von Jacken und Hosen mit Goldstücken – und hört nie wieder ein Wort von ihm. Trotz aller Nachforschungen läßt sich nicht die geringste Spur finden von Ah Fu. Der Chinese hatte einmal gesagt, daß sie es gewesen sei, die ihm alles beigebracht habe.

Ob es um rohen Fisch geht oder um gegrillten Hund, Fannys kulinarische Fähigkeiten kennen keine Tabus. Von Natur aus neugierig und voller Respekt für regionale Traditionen, läßt sie sich die Rezepte der Eingeborenen beibringen. Wenn man überlegt, daß zwei Drittel der in Honolulu geborenen Amerikanerinnen nie in ihrem Leben einen Brei aus gekochten Tarowurzeln, für die Hawaiianer ein Festessen, probiert haben und allein bei dem Gedanken, ihre Finger in einen dieser Gemeinschaftstöpfe mit irgendeinem Einheimischengericht zu tauchen, angeekelt das Gesicht verziehen, ist Fannys – ebenso wie Belles – Offenheit all diesen Dingen gegenüber mehr als erstaunlich. Unter den Dorfhäuptlingen ist man sich einig, daß keine Frau, ob nun eine Weiße oder eine Polynesierin, so gut Kiwi in Asche braten, Taro unter einem Stein garen und Fafaru zubereiten kann wie diese eine, die sie allgemein »Pani« nennen. Es ist derselbe Name, den ihr vor langer Zeit die Indianer in Austin gegeben hatten.

Innerhalb von sechs Monaten kennt sich niemand besser mit den Regeln der Etikette und der Art, wie man gekrönte Häupter behandelt, aus als gerade Pani. Zum Höhepunkt des Festes für Kalakaua verschaffen sich die Stevensons einen nahezu feudalen Auftritt und überreichen dem fürstlichen Herrn die schönste Perle ihrer Sammlung, begleitet von einigen Versen, in denen der Dichter den glorreichen Monarchen besingt: *Der Brauch, o edler Herr, ist alt wie meine Lyra. Was der König bewundert, darf sein Barde ihm schenken.*

Die Fotos, die an diesem Tag gemacht wurden, zeigen das aufwendige Gastmahl, die Blumenkompositionen, die geschmückten Teller. Fannys Hände zwischen den Schalen, Tante Maggy im engen Kleid und würdiger Haltung zur Rechten des Königs, die Gesten aller Beteiligten lassen vermuten, daß der Stevenson-Clan seßhaft geworden ist.

Fannys Begeisterung, Belles Einflußnahme und Louis' Sympathie für die Expansionswünsche von König Kalakaua, mit dem ihn auch das gemeinsame Interesse an der Literatur verbindet, führen zur ersten aktiven politischen Parteinahme von Robert Louis Stevenson.

Was er tut, ist ein Akt der Großmütigkeit, aber ansonsten völlig absurd.

Ohne irgendwelche Kenntnisse über Samoa zu besitzen, diesen kleinen Archipel dreitausendsiebenhundert Kilometer südwestlich von Honolulu, ohne auch nur vorzuhaben, je eine dieser entfernten Inseln irgendwo vor den Küsten Neuseelands zu besuchen, schickt er seinen ersten Brief an den Chefredakteur der Londoner *Times*. Es ist ein flammender Aufruf an die Welt, die Föderation zwischen Hawaii und Samoa zu fördern und David Kalakaua Bewunderung und Respekt entgegenzubringen, dem Mann, der es mit den großen westlichen Mächten aufgenommen hat. Noch hat Stevenson keine Ahnung, daß Kalakauas Expedition, mit der sich Joe Strong so gerne brüstet, im schlimmsten Besäufnis endete, das Apia, Hauptstadt der Samoa-Inseln, je gesehen hat. Der königliche Troß hatte weder irgendeinen Exzess ausgelassen noch eine Möglichkeit, sich lächerlich zu machen.

Aber damit ist das Wort »Samoa« gefallen und Stevenson in den Kampf gezogen. Die Ironie des Schicksals hat es so gewollt, daß er ausgerechnet mit der Verteidigung jenes Archipels das Feuer eröffnet, nur einer der unzähligen kleinen Inselgruppen, von denen es im Pazifik nur so wimmelt, das er sich schon bald als seine Exilheimat aussuchen wird.

Robert Louis Stevenson an Charles Baxter
Honolulu, 8. Februar 1889

Mein lieber Charles,
...Ob man nun dabei ans Vergnügen oder an die Gesundheit denkt, unsere sechsmonatige Kreuzfahrt mit der Casco *war in jeder Hinsicht ein gigantischer Erfolg. Und dennoch sind wir weiß Gott alle enorm dankbar, wieder festen Boden unter den Füßen zu haben...*

Meine Frau hat am meisten gelitten. Meine Mutter dagegen hat sich königlich amüsiert. Lloyd ist voll in Form. Und ich, ich bin nicht mehr wiederzuerkennen. Ich bade im Meer, und, was noch viel gefährlicher ist, ich empfange und werde meinerseits empfangen von Seiner Majestät, dem König von Hawaii, der ein ganz prachtvoller Kerl ist und sehr intelligent, aber, ich sage Dir, Charles: was für ein Schluckspecht!

Von Henley habe ich kein Wort gehört, und ich selber werde ihm auch nicht schreiben ... Er ahnt nicht, wie sehr er mich verletzt hat ... Was Katharine betrifft ... Ich habe keinerlei Bedürfnis, sie wiederzusehen. Diese letzten Wolken über meinem Leben, die außerordentliche Gesundheit, der ich mich jetzt erfreue, und die vielen interessanten Dinge, die es für mich auf diesen Inseln zu entdecken gibt, könnten mich fast dazu verführen, hierzubleiben – wenn mich nicht einerseits die Gegenwart von Lloyd davon abhielte, der mir zu jung erscheint, sein Leben in diesen Ländern zu verbringen, und andererseits die Abwesenheit von Colvin, dem ich mich durch eine Art kindlichen Pflichtgefühls verbunden fühle. Diese beiden Überlegungen werden mich bald wieder nach England führen – und zurück in mein Bett ...

Robert Louis Stevenson an Henry James
Honolulu, März 1889

Mein lieber Henry James,
... Ja, ich will es Ihnen zugeben, ich bin ein treuloser Freund und (was zwar weniger schlimm ist, aber dennoch unverzeihlich) treulos der Zivilisation gegenüber. Ich werde nun doch noch ein weiteres Jahr fortbleiben. Nun ist die Neuigkeit heraus, kaltblütig und furchtlos verkündet ... Aber hören Sie sich nur meine Gründe an, und seien Sie nachsichtig mit mir. Ich habe während dieser wenigen Monate mehr Freude empfunden als je zuvor. Meine Gesundheit war besser als in zehn langen Jahren ... Wenn auch das Meer kein ungefährlicher Ort ist, gefällt es mir doch, darauf herumzufahren, mir gefallen die Wirbelstürme und Regengüsse (wenn sie vorüber sind), das Anlegen an einer Insel. Ich kann Ihnen gar nicht sagen, wie sehr ich gerade diesen Moment liebe, wenn man sich so ganz langsam einem unbekannten Stück Erde nähert. Kurz, ich habe vor, diese Art von Leben noch ein weiteres Jahr zu genießen ... Und dann komme ich zurück, um wie in alten Zeiten mit Henry James zu plaudern.

Fanny Stevenson an Fanny Sitwell

Honolulu, Ende März 1889

Liebste Freundin,
wir sind noch etwas unsicher, welches unser nächstes Reiseziel sein wird.

Aber wir müssen unbedingt die wilden Inseln besuchen, die, die noch nicht »zivilisiert« sind … Ich denke, daß wir zum Juni hin aufbrechen werden. Es wäre so schade, nach England zurückzukehren, bevor Louis' Gesundheit endgültig wiederhergestellt ist, und es wäre ebenso schade, nicht alles gesehen zu haben, was wir nur können, bevor wir Honolulu verlassen. Es ist ganz zweifellos das letzte Mal in unserem Leben, daß sich uns eine solche Chance bietet, so etwas muß man nutzen. Natürlich müssen wir mit den üblichen Gefahren rechnen, von einem feindseligen Stamm niedergemetzelt zu werden, beispielsweise, und auch mit dem Meer ist nicht zu spaßen. Aber eine derart konkrete Gefahr ist um so viel weniger beunruhigend als diese eine bestimmte Angst, die Angst vor Louis' Rückfällen, wenn wir nach Hause fahren. Und im übrigen macht die Aussicht auf dieses neue Abenteuer Louis und Lloyd so überaus glücklich …

Ich für meinen Teil habe auf einem Schiff so viele Sorgen und so viel Arbeit, daß ich kaum damit fertigwerden kann. Auf einer Jacht einen Haushalt zu führen ist nicht gerade einfach. Wenn wir das Schiff verlassen, Louis und ich, wenn wir allein unter den Eingeborenen leben, komme ich sehr gut zurecht. Aber wenn ich seekrank werde und völlig erschlagen bin von fürchterlichen Übelkeitsanfällen und der Koch kommt, um mich zu fragen: »Was machen wir heute zum Abendessen und was morgen zum Frühstück, und was bekommt der Kapitän am Mittag und was die Matrosen? Kommen Sie doch mal in die Kombüse und sehen Sie sich den Zwieback an, der ist voller Käfer, und können Sie mir bitte zeigen, wie man einen Teig macht, der auch ohne Hefe aufgeht? Dann können Sie auch gleich am Schweinefleisch riechen, das hat nämlich schon einen Stich, und dann sagen Sie mir, wie man Englischen Pudding mit Melasse macht, und was sollen wir gegen die Kakerlaken unternehmen?« usw. usw.

Und das Ganze mitten in einem Unwetter, in einer sehr gefährlichen Passage, während ich flach am Boden liege und mich an meiner Schüssel festhalte ... Darauf kommt dann noch der zweite Matrose mit einem angeschlagenen Kopf, und ich muß ihm die blutverkrusteten Haare wegschneiden, die Wunde waschen und verbinden und ihm ein Stärkungsmittel verabreichen ... Nein, die »Herrin an Bord« zu sein, gefällt mir nicht, aber nun schon gleich gar nicht. Aber an Land! An Land fühle ich mich entschädigt für alle meine Leiden!

Robert Louis Stevenson an Sydney Colvin
Honolulu, 2. April 1889

Mein lieber Colvin,
... Ich schäme mich fast, Dir mitteilen zu müssen, daß wir nicht vor Ablauf eines Jahres zurückkommen werden. Ich kann nur hoffen, daß das Klima die große Verbesserung meiner Gesundheit zu einem glücklichen Abschluß bringen wird. Ich denke, es ist in Fannys und Lloyds Sinne, wenn wir diese Besuchsreise über die Inseln noch weiter fortsetzen. Uns allen liegt dieses unstete und gefährliche Leben. Meine Mutter schicke ich nach Hause zurück. Zu meiner großen Erleichterung, denn dieser Teil unserer Reise wird, wenn wir durchführen können, was wir uns vorgenommen haben, eher mühsam sein und an bestimmten Stellen, rundheraus gesagt, sehr hart. Unser momentaner Plan sieht vor, daß wir Honolulu verlassen, die Gilbert- und die Marshallinseln besuchen und uns dann (das war mein bescheidener Wunsch) auf Ponape absetzen lassen, eine der vulkanischen Inseln der Karolinen.

Dort wird uns das Schiff mitten unter einer wilden Bevölkerung, einem spanischen Vize-Gouverneur, fünf Eingeborenenkönigen und, als besondere Würze, einer Handvoll Missionaren zurücklassen ... Du kannst Dir selber ein Bild von den Freuden und Abenteuern machen, die diese Seereise für uns bereithält. Im besten Falle, das siehst Du ja, wird sie nicht ganz ohne Gefahren sein. Aber wenn wir durchkommen, werde ich den Stoff für ein wunderbares Reisebuch haben und Lloyd für eine Reihe von Vorträgen und dazu eine Menge Photos ...

Warum ich das Meer liebe, kann ich nicht sagen. Kein Mensch ist sich beständiger und zynischer seiner Wagnisse bewußt. Ich betrachte es als eine der gefährlichsten Spielereien überhaupt. Und dabei hasse ich das Spielen mindestens so sehr, wie ich das Meer liebe ...

Robert Louis Stevenson an Charles Baxter
Honolulu, 12. April 1889

Mein lieber Charles,
... Ich habe auf der Equator *meinen Schwiegersohn dabei, der offenbar nicht die geringste Lust zu dieser Reise verspürt. Diese Familie Strong ist und bleibt für mich eine Quelle von Schwierigkeiten, aber Joe ist ein guter Photograph, und wir haben uns gedacht, daß wir ein Diorama herstellen können, das Lloyd dann für seine Vortragsreise verwenden wird. Joes Gesundheitszustand ist erbärmlich, und es ist mir gar nicht recht, ihn mitzunehmen. Aber ich werde dieses Kreuz tragen müssen, und das Diorama ist immerhin eine anständige Möglichkeit, sein Gewicht ein wenig zu verringern.*

Robert Louis Stevenson an Charles Baxter
Honolulu, 8. Mai 1889

Mein lieber Charles,
... Nun muß ich auf meine Geschäfte zu sprechen kommen. Unsere neuerliche Seereise ist einigermaßen gefährlich, und ich halte es für angemessen, Dich vorzuwarnen: Gib Dich nicht vorschnell der Versuchung hin, uns totzusagen! Zwischen diesen vielen Inseln, die durch keinerlei Transportmittel miteinander verbunden sind, kann es durchaus passieren, daß wir an einem unbewohnten Ort stranden, wo wir lange, vielleicht über Jahre, abgeschnitten und von aller Welt verlassen, ausharren müssen, ohne daß man noch einmal von uns hört ... Eines schönen Tages tauchen wir dann aber vielleicht doch wieder auf ... Also, verkauf meine Manuskripte nicht, bevor Du nicht absolut sicher sein kannst, daß ich in einem Wirbelsturm zu meinen Vorvätern aufgestiegen oder als Hauptgericht bei einem Festessen für Kannibalen mit einer Vorliebe für »Schweinchen in Karamel« serviert worden bin.

WAIKIKI – LOUIS' BUNGALOW

10. Mai 1889, nachts

»Arme Tante Maggy.«

Die Luft schien still zu stehen. Es war eine Vollmondnacht, und durch das offenstehende Fenster sah man auf das unbewegte, schwarzglänzende Meer hinaus. Es lag da wie ein durchsichtiger Spiegel. In der Hütte selber brannte kein Licht. Nur schwach zeichneten sich die fahlen Muschelketten, die die Fenster umrahmten, und die beiden Tische mit den aufgeschlagenen Büchern und den Manuskriptseiten im Dunkel ab. Ein Hosenbein und ein Hemdsärmel hingen locker von einer Stuhllehne herunter, gelblichweiß vor schwarzem Hintergrund. Von der Decke aus breiteten sich zwei fahlweiße Moskitonetze baldachinförmig über zwei kleine Feldbetten, die man gegen die Wand geschoben hatte, mit den Kopfkissen zum Ozean hin.

Dort lagen Fanny und Louis, mit den Aschenbechern auf dem Bauch, und rauchten still vor sich hin. Sie liebten ihre Gespräche im Dunkeln, diese friedlichen und geheimnisvollen Augenblicke. Sobald die Sonne aufging, würde Ah Fu sie wieder wecken. Um sechs Uhr begann die Arbeit. Dann würde Fanny sofort hinausgehen und Louis bei seinen Manuskriptseiten und einer Tasse Tee zurücklassen, und er würde ununterbrochen schreiben, bis der Abend hereinbrach. Er mochte noch so sehr ein Bohemien mit einer unsteten Seele sein. Bei der Arbeit war er mit dem Herzen dabei, und das verlieh ihm eiserne Disziplin.

Im Grunde legte er überhaupt nie die Feder aus der Hand, und das Problem dabei war nur, so fand jedenfalls Fanny, daß er von anderen ebensoviel verlangte wie von sich selber. Fanny machte sich nichts vor. Wie sollten zum Beispiel Belle und Joe derartigen Ansprüchen genügen? Die beiden führten ein kümmerliches Leben, das von vornherein zum Scheitern verdammt schien. Aber konnte man denn anderen ihr Glück aufzwingen? Wie sollte man Belle denn helfen, wenn die junge Frau gar nicht den Wunsch hatte, etwas zu ändern?

Das waren die Gedanken, die in ihrem Kopf herumschwirrten

und sich mit dem Surren der Mücken, mit Lloyds Gitarrenakkorden von weit her irgendwo am Strand und dem leisen Klatschen der Wellen vermengten, die an den Strand schwappten.

»Wie tapfer deine Mutter heute morgen die Gangway hinaufgegangen ist«, fing sie wieder an, »und wie sie da so würdig auf der Brücke der *Umatilla* gestanden hat, es hat mir richtig ans Herz gerührt. Ich habe sie mir genau angesehen, so aufrecht und feierlich in der Menge, dabei wäre sie beinahe verschwunden unter den vielen Kränzen, die Belle ihr um den Hals gewickelt hatte. Ihr kleines Gesicht sah ganz verloren aus zwischen den vielen Blüten. Und trotzdem sah man nichts anderes, nur ihr Gesicht. Und keine einzige Träne!« Sie richtete sich auf und schob den zarten weißen Vorhang zur Seite, um eine dieser Anti-Mücken-Spiralen anzuzünden, deren Rauch sich nun mit dem ihrer Zigarette vereinte.

»Arme Tante Maggy«, wiederholte sie. »Daß sie diese ganze lange Rückreise allein antreten muß, ohne dich!«

Fanny nahm einen weiteren Zug von ihrer Zigarette und dachte bei sich: »Ohne ihren Sohn, den sie vielleicht niemals wiedersehen wird.«

Louis, den diese Trennung doch sehr mitgenommen hatte, lag, mit hinter dem Kopf verschränkten Armen, in den Kissen und paffte hörbar. Seine gut geschnittenen kurzen Haare verdankte er der geschickten Schere seiner Schwiegertochter. Belle, die die äußere Erscheinung schon immer sehr wichtig genommen hatte, machte sich einen Spaß daraus, ihrem Schwiegervater Strafpredigten über sein nachlässiges Äußeres zu halten. Sie erging sich in endlosen Scherzen über die potentielle Schönheit des Mannes an Fannys Seite. Tante Maggy konnte nur zustimmen.

»Meine Mutter«, murmelte er zärtlich. »Wer hätte gedacht, daß ausgerechnet meine Mutter, eine Frau, deren Mann dreißig Jahre lang alles von ihr ferngehalten hat, die vom Leben verwöhnt wurde und als Krönung ihres Daseins immer den Umgang mit den Vorstandsdamen der Wohltätigkeitsvereine empfunden hat, wer hätte gedacht, daß es ihr auf einem unbequemen Schiff, ständig vom Meer bedroht, so gut gefallen würde?«

»Und unter Eingeborenen!«

Die beiden schwiegen einen Moment. Jeder bewegte das Bild der alten Dame in seinen Gedanken.

»Vorhin hat sie wieder einen ihrer Aussprüche zum besten gegeben, die so ungeheuer typisch für sie sind«, lächelte Fanny. »Der König stand mit ihr auf der Brücke und redete über sein Orchester, das gerade *Aloha Oe* spielte, du weißt ja, wie sehr ihm seine Blechbläser und das ganze Tschingderassabumm am Herzen liegen. Und dann hat Kalakaua sie also gefragt: ›Wie gefällt Ihnen die Musik der Royal Hawaiian Band, meine Gnädigste?‹ Und sie hat geantwortet: ›Oh, sehr hübsch. Sie stört mich nicht im geringsten.‹ Diesen ganz speziellen Charme liebe ich so an ihr – du bist übrigens genauso – und ihre Freundlichkeit und ihre unvergleichliche, unbekümmert naive Art.«

»Ich glaube dennoch, es wird besser sein, wenn sie in der Heriot Row auf unsere Rückkehr wartet. Ich möchte sie in Sicherheit bei ihrer Schwester wissen. Im Grunde konnte sie nicht mehr. Und außerdem wollte ich ihr ersparen ... «

Louis wandte seiner im Bett neben ihm liegenden Frau sein gebräuntes Gesicht zu.

»Fanny, etwas muß ich noch tun, bevor ich Hawaii verlasse. Ich habe damit gewartet, bis meine Mutter abgefahren ist ... Ich werde selber auch wegfahren.«

Aschfahl und in Panik, noch bevor sie überhaupt gehört hatte, um was es ging, hatte sie sich aufgesetzt.

»Wohin?«

»Nicht für lange. Ich will nach Molokai fahren.«

»Auf die Insel der Leprakranken? Aber das ist die Hölle auf Erden! Es heißt, die Lebenden würden sich nicht einmal mehr die Mühe machen, ihre Toten zu begraben.«

Als könnte sie mit ihren Horrorgeschichten irgend etwas ausrichten, nahm Fanny sich kaum die Zeit, Luft zu holen, und beeilte sich, den Strom der Schreckensbilder nicht abreißen zu lassen:

»Es heißt, sie werfen sie in die Seen, wo sie dann einfach vergammeln, und der Boden auf den Friedhöfen ist so hart und steinig, daß die Leichen, die Hunderte von Leichen, nicht richtig vergraben werden. Und die Hunde und Schweine buddeln die Gräber wieder auf und ziehen die Toten heraus. Der Pestgestank ist so schrecklich, daß man ihn noch auf den Schiffen spüren kann, die weit draußen auf See vorbeifahren.«

Diese Reise nach Molokai, noch so eine Wahnsinnsidee wie das »irische Massaker«! Schnell, nur schnell alles beschreiben, damit die Sache ein für allemal vom Tisch ist:

»Ich habe gehört, daß die Lepra nicht nur den Körper angreift. Die armen Betroffenen verlieren auch jede geistige und moralische Urteilskraft. In Molokai soll die Anarchie herrschen. Die Leprösen brennen ihren eigenen Alkohol. Sie sind ständig betrunken. Sie sind gewalttätig. Sie feiern furchtbar ausschweifende Orgien. Tag und Nacht.«

Louis machte eine ungeduldige Handbewegung.

»Was sollen sie denn deiner Meinung nach auch sonst tun? Für diese Menschen gibt es keinerlei Hoffnung auf Heilung. Jeder Leprakranke weiß, daß schon beim nächsten Morgengrauen seine Krankheit wieder schlimmer geworden sein wird. Ist es da so erstaunlich, daß sie nur an die Gegenwart denken? An ihr Vergnügen? An die kleinen Freuden, die sie dem Augenblick abtrotzen können?«

»Und du? Was willst du da? Die Überfahrt nach Molokai ist eine Reise ohne Wiederkehr, Louis. Die Frauen, die ihre Männer zum Schiff bringen, nehmen eigentlich schon an seiner Beerdigung teil! Die Zeitungen in Honolulu sind voller Berichte von Erbschaftsprozessen, bei denen immer dasselbe herauskommt: Ein Leprakranker auf Molokai ist rechtlich als tot zu betrachten. Was willst du dort nur, Louis? Zwischen diesen entstellten Männern und Frauen und diesen Kindern, die in einer Sittenlosigkeit weiterleben, an die ich gar nicht zu denken wage.«

»Eben. Es ist das mindeste, was man tun kann. Hinfahren und es sich ansehen.«

»Aber das ist krank, verrückt!«

»Letzten Monat in der Kathedrale, als sie Pater Damien zu Grabe getragen haben, habe ich an nichts anderes denken können als daran, daß ich drei Monate auf Hawaii gewesen war und mich nicht ein einziges Mal bemüht hatte, diesem Mann zu begegnen, der nur wenige Kilometer entfernt sein Leben gegeben hatte, um diese unglücklichen Kreaturen zu pflegen, ihr Los zu erleichtern, dieses fürchterliche Schicksal ein wenig erträglicher zu machen. Ich werde Honolulu nicht verlassen, ohne sein Andenken geehrt zu haben, indem ich nach Molokai fahre, dorthin, wo er gelebt hat und wo er gestorben ist. Ich werde nicht auf der *Equator* davonsegeln, bevor ich nicht sein Werk mit eigenen Augen gesehen habe und Zeugnis davon ablegen kann.«

»Louis, Damiens Werk, was soll das sein? Ein paar Häuser am Kap. Eine Kirche, ein katholisches Dorf. Und was willst du in Molokai tun? Der Gedanke allein, daß ein gesunder Mann sich den Luxus leisten will, einmal in diese Hölle hinabzuschauen, ist schockierend.«

»Das, Fanny, ist ganz deine Art, die Dinge zu betrachten. Immer negativ! Ich dagegen halte es für meine Pflicht, diese Reise zu unternehmen.«

»Und die Lepra, Louis? Du scheinst geflissentlich zu übersehen, daß Lepra eine ansteckende Krankheit ist, an der Pater Damien im übrigen auch gestorben ist! Du wirst sie auch bekommen, die Lepra, unvorsichtig, wie du bist. Ich komme mit dir!«

»Nein. Ich fahre allein. Du wirst hierbleiben und unsere nächste Reise vorbereiten. Wir werden aufbrechen, sobald ich wieder zurück bin, und bis dahin gibt es für dich Arbeit genug! Du bist die einzige, die die richtigen Fotoapparate für uns auftreiben kann und dazu etwa tausend Platten. Und du mußt sehen, ob du irgendwo eine Laterna magica für uns ausfindig machst, damit werden die Eingeborenen ihren Spaß haben, und wir müssen sie nicht zu Hunderten als unsere verehrten Gäste auf der *Equator* empfangen; das würde dem Schiff wohl den Rest geben. Denk an ein paar Kisten Munition, Zündpulver, Werkzeug, Nägel, Bindfaden. Und du mußt dich ja auch um deine Samen und Pflänzlinge kümmern, für den Fall, daß wir auf irgendeinem Atoll stranden. Deine Erbsen sind in Waikiki gut angegangen, da sollten sie doch wohl überall im Pazifik wachsen können! Denk an Medikamente. Und kümmere dich um deine Tochter! Wenn wir Joe mitnehmen, können wir Belle auf gar keinen Fall ganz allein auf Hawaii lassen, für eine weitgehend hirnlose junge Frau wie sie ist Honolulu mit all seinen Intrigen und Vergnügungen nicht gerade empfehlenswert. Ich habe beschlossen, daß wir ihre Schulden in Honolulu begleichen, und bis Joe in der Lage ist, selber für seine Familie zu sorgen, werden wir uns um sie kümmern. Sie müssen sich alle beide ein neues Leben angewöhnen.«

»Aber Belle liebt es doch, so wie es ist, mit den Intrigen und den Vergnügungen. Sie ist glücklich in Honolulu. Ja, wo soll sie denn deiner Meinung nach hingehen?«

Der Blick, mit dem Louis seine Frau bedachte, genügte, sie zum Schweigen zu bringen. Die Zeiten, wo er aufgrund seiner schwachen Gesundheit ihr, den Ärzten oder auch den Umständen die Initiative überlassen hatte, waren vorbei. Nun, da mit der Kraft, dem Alter und dem Geld auch die Gesundheit zu ihm gekommen war, machte der liberale Bohemien eine Wandlung durch. Natürlich hatte er auch früher keinerlei Zweifel an seiner Autorität aufkommen lassen mögen, aber nun übernahm er doch ganz neue Verpflichtungen. Und Fanny sah es mit Freuden. Es gefiel ihr, daß Belle, Joe und Austin ihn als Familienoberhaupt betrachteten. Es gefiel ihr, daß ihrer aller Leben, inklusive das von Tante Maggy, um diesen Mann kreiste, den sie als Genie erkannt hatte. Und es gefiel ihr auch, wie er sich mit ihrer, Fannys, Sippschaft umgab, mit ihren Kindern, die er als ihrer beider Kinder ansah.

In Waikiki hatte Louis einige Verhaltensregeln zur Vereinfachung ihres gemeinsamen Lebens eingeführt. Weder Belle noch Joe oder Lloyd dachten auch nur im Traum daran, sie zu umgehen. Die Regeln waren einfach, gerecht und praktisch. Aber wehe dem, der sie verletzte! Wenn das passierte, konnte Louis in gefährliche Wutanfälle ausbrechen. Grundregel Nr. 1: Jedes als vertraulich zu betrachtende Wort, das an seinem Tisch oder in seinem Haus gesprochen wurde, war heilig und durfte unter gar keinen Umständen weitergegeben werden. Grundregel Nr. 2: Das Zuspätkommen zu einer Mahlzeit war absolut verpönt. Desgleichen Streitgespräche und verletzende oder unanständige Äußerungen. Louis bestand auf einer angenehmen Unterhaltung ohne Auseinandersetzungen. Die einzige Alternative war Schweigen. Grundregel Nr. 3: Dummes Daherschwatzen war verboten. »Wie geht es Ihrer Frau Mutter; ich habe Sie gestern im Konzert gesehen; wie sehen Sie heute wieder reizend aus« waren Bemerkungen, die man in jedem Fall zu unterlassen hatte. Grundregel Nr. 4: Bücher mußten respektvoll behandelt werden; ein entliehenes Buch mußte binnen einer Woche zurückgegeben werden, ein verlorenes oder beschädigtes Buch war zu ersetzen. Und wer sein Herz für ein bestimmtes Werk entdeckte, hatte sich gefälligst an den Autor zu erinnern.

Louis haßte es mehr denn je, wenn man sich mit ihm und seiner Gesundheit beschäftigte. Es machte ihn wahnsinnig, wenn Belle ihm kleine Dienste erweisen wollte und ihm etwa eilfertig ein Kissen unter den Kopf zu schieben versuchte. Joe konnte ihn zur Weißglut treiben, wenn er losstürzte, um ihm seine Manuskripte zu holen. Nur die stetige Wachsamkeit seiner Frau schien er gar nicht erst wahrzunehmen. Er war sich nicht bewußt, daß Fanny beim ersten Anzeichen von Müdigkeit – seiner Müdigkeit wohlgemerkt – die Gäste sanft zum Gehen nötigte und diese auch brav verschwanden, obwohl er mit allen Mitteln versuchte, sie zum Bleiben zu bewegen. Er wußte überhaupt nicht, daß sie ihn vor allem schützte, vor der Zudringlichkeit seiner Bewunderer ebensogut wie vor alltäglichen Ärgernissen oder Luftzug.

Mit einem Blick gab Mrs. R.L.S. Lloyd zu verstehen, er möge das Fenster schließen. Mit einer Handbewegung schickte sie ihn nach einem Schal. Und unerwünschte Besucher setzte sie ebenso buchstäblich wie unauffällig vor die Tür. Stevenson ließ sich das alles gefallen. Und wenn er zu dem kraftvollen Mann geworden war, der heute abend bei ihr saß und von dem sie, wenn möglich, hingerissener war als je zuvor, dann hatte er das einzig seiner Frau zu verdanken.

»Sprich mit deiner Tochter. Wenn sie sich schon nicht von Austin trennen und mit auf die *Equator* kommen will, dann möchte ich, daß sie eben mit ihm nach Australien geht. Du mußt sie überzeugen!«

»Wenn dich dein Vater hören könnte!« bemerkte Fanny mit einigem Humor. »Wo du es ihm immer so verübelt hast, daß er versuchte, dein Leben zu bestimmen. Und deine Freunde, alle diese Leute, die mich für die Autoritäre von uns beiden gehalten haben.« Sie lachte. »Ich muß sagen: In dir habe ich meinen Meister gefunden! Und was Belle angeht, mußt du sie schon selber überzeugen. Von mir wird sie keinen Rat annehmen.«

»Gut, dann rede ich mit ihr, wenn ich aus Molokai zurück bin.«

»Das Gesundheitsministerium wird dir diese Reise niemals gestatten!« triumphierte sie.

»Die Erlaubnis habe ich bereits. Ich fahre am 21.«

In fassungsloser Wut sprang sie aus dem Bett. Er sah ihr zu, wie sie in ungeheurer Aufregung um den Tisch kreiste, die Stühle umrundete, wieder zurück um den Tisch, immer im Kreis und rundherum wie eine Löwin im Käfig.

»Es ist absurd«, sagte sie, »es ist völlig absurd! Da hast du zehn Jahre in deinem Bett verbracht, zehn Jahre immer am Rande des Todes, und im selben Moment, wo du endlich bei Gesundheit bist, gehst du hin und wirfst dich den Wölfen zum Fraß vor. Das ist absurd! Schwöre mir wenigstens, daß du nichts anfassen wirst. Schwöre, daß du Handschuhe anziehen wirst!«

»Handschuhe, meine Fanny, werde ich anziehen, um mit deiner ... «, Louis lächelte spitzbübisch und zärtlich zugleich, »mit unserer Tochter fertigzuwerden.«

Belle Strong sollte die Szene, die ihr bevorstand, in eher unangenehmer Erinnerung behalten. *Eine oder zwei Wochen vor ihrer Abreise auf der* Equator *wurde ich ins Häuschen der Stevensons gerufen, wo Louis und meine Mutter schon auf mich warteten. Dann informierte er mich in seiner Eigenschaft als Pater familias über die Pläne, die sie sich für mich zurechtgelegt hatten. Meine Mutter begnügte sich damit, allem zuzustimmen, was er sagte.*

Ich sollte Honolulu mit dem nächsten Schiff verlassen. Die Fahrkarten waren bereits gekauft, Plätze für Austin und mich reserviert. Wir sollten uns auf der Mariposa *einschiffen. Zielhafen Sydney. Dort eingetroffen, sollte ich mich in einer von ihnen ausgewählten Familienpension einmieten und fortan bei Town and Co. Bankers monatlich eine bestimmte Summe von Louis' Konto beziehen.*

»Und was mache ich dann?« fragte ich.

»Du wartest.«

»Worauf soll ich warten?«

»Daß wir dich rufen.«

Es war eine stürmische Auseinandersetzung. Im Grunde bin ich eine passive Natur, und es ist wohl kaum übertrieben, wenn ich sage, daß ich immer gehorche. Aber diesmal begehrte ich auf. Ich liebte Honolulu. Ich hatte viele Freunde dort. Ich konnte meinen Lebensunterhalt selber verdienen, das hatte ich im Jahr zuvor bereits bewiesen. Weder meine Mutter noch Louis glaubten, daß ich dazu fähig sei. Sie dachten, es sei sicherer für mich in Sydney. Wenn sie ihre Seereise hinter sich haben würden, sollten wir uns alle dort treffen. Und dann würden Zukunftspläne gemacht.

Ungefähr vierzehn Tage vor diesem Streit, in einer Mainacht des Jahres 1889, hatte Louis seine Pläne ohne Fanny gemacht. Es war das erste Mal.

Robert Louis Stevenson an Fanny
Molokai, 22. Mai 1889

Liebe Fanny,
um Dir die Wahrheit zu sagen, war ich, als wir uns der Insel näherten, so starr vor Angst und Ekel, daß ich, aus Furcht, jeden Respekt vor mir selber zu verlieren, nicht einmal mehr wagte, diesem Abenteuer den Rücken zu kehren. Das Schiff steuerte auf das Kap der Leprakranken zu. Ein harter, nackter, dürrer Fleck Erde … Eine kleine Stadt aus Holzhäuschen, zwei Kirchen, ein Landungssteg. Alles war häßlich, trübe und kalt unter der ersterbenden Sonne und mit diesem Höllengraben, der die Welt in zwei Teile teilt, einem Steilfelsen von mehr als zehntausend Fuß, der ein Entkommen über das Meer unmöglich macht.

Die Leprakranken, die unser Schiff transportiert hatte, wurden mit der ersten Schaluppe ausgesetzt. Es waren etwa ein Dutzend, darunter ein armes, auf grausamste Weise entstelltes Kind und ein Weißer, der eine zahlreiche Familie in Honolulu hinter sich zurückgelassen hatte. Die Nonnen und ich stiegen in die zweite Schaluppe.

Ich weiß nicht, wie ich mich verhalten hätte, wären da nicht die Schwestern gewesen. Mein Widerwille gegen alles Schreckliche kann sicher als meine größte Schwäche zählen. Aber die innere Haltung der Menschen um mich herum milderte ein wenig meine eigenen Reaktionen. Und als ich dann sah, daß eine der Nonnen im Schutz ihres Schleiers lautlos weinte, eine arme Seele, die man in eine solche Hölle geschickt hat, habe auch ich geweint. Danach fühlte ich mich besser und wollte ihr nur noch helfen, so gut es eben ging. Ich hielt es für eine Sünde und Schande, sie im Innersten so allein und unglücklich zu lassen. Also habe ich mich ihr zugewandt und irgend etwas gesagt in der Art: »Ich bin sicher, meine Schwestern, daß Gott der Herr mit Ihnen ist in dieser Stunde und daß Er hier auf Sie warten wird, um Sie willkommen zu heißen. Allein, mich in Ihrer Begleitung zu befinden, beruhigt mich, Ihre Liebe beschützt mich. Ich danke Ihnen für das Gute, das Sie an mir tun.« Das schien die weinende junge Schwester zu erleichtern. Aber kaum hatte ich das Wort an sie gerichtet, da waren wir auch schon am Fuße der Stufen. Dort wartete eine enorme Menschenmenge, Gott steh uns bei, Hunderte von armen menschlichen Körpern, Hunderte von faulenden Masken, um die Schwestern und die Neuankömmlinge zu empfangen.

Alle hatten die Arme ausgestreckt. Ich trug meine Handschuhe, aber noch auf dem Schiff hatte ich beschlossen, niemandem die Hand zu geben. Das erschien mir weniger demütigend, als sie in Handschuhen hinzureichen. Die Schwestern und ich sind durch die Menge gegangen, und danach habe ich mich entfernt, weil ich mir überflüssig vorkam. Mit meinem Rucksack und dem Photoapparat habe ich mich auf den Weg zum Kap gemacht. Aller Ekel war von mir gewichen: Der Anblick dieser monströsen Kreaturen, die lächelten und glücklich schienen, uns zu sehen, war trotz allem ein freudiger Anblick gewesen.

Auf dem Weg nach Kalaupapa tauschte ich fröhliche »alohas« mit Kranken, die mir in der anderen Richtung entgegengelaufen kamen. Ich machte an allen Türen halt, um zu plaudern. Ich war beinahe glücklich, nur schämte ich mich, dort zu sein, ohne helfen zu können. Dann bin ich einer noch immer schönen Frau begegnet.

Sie sprach gutes Englisch und schien nichts dagegen zu haben, sich auf ein Gespräch einzulassen. Gemeinhin würde man ihr Verhalten liebenswürdig nennen. Sie glaubte, ich sei der leprakranke Weiße, der Neue. Als sie begriff, daß ich nur ein Besucher war, änderte sich ihre Stimme, ihr Gesicht, alles. Das war das einzig Traurige, ich meine, das einzig innerlich Traurige, dem ich an diesem Morgen begegnet bin.

Die Leprastation, wo Robert Louis Stevenson soeben an Land gegangen war, war etwa zwanzig Jahre zuvor gegründet worden, als das Gesundheitsministerium, in dem Wunsch, die Epidemie einzudämmen, auf der am spärlichsten besiedelten und trockensten Insel des gesamten Archipels Land angekauft hatte. Die ersten Kranken waren im Januar 1866 hier ausgesetzt worden. Ohne Lebensmittel, ohne Medikamente, ohne Ärzte, ohne Beistand, Hilfe, Infrastruktur irgendeiner Art. Sie sollten die Häuser übernehmen, aus denen die Bauern gerade erst evakuiert worden waren, und die Landwirtschaft dort weiterführen, wo die anderen sie liegengelassen hatten. Bis der Tod eintrat.

Vier Jahre später lebten in Kalaupapa zweihundertsechzig von aller Welt Verlassene.

Die Polizei trieb im ganzen Königreich die Kranken zusammen. Die Ärzte mußten mit Repressalien von seiten der Familien rechnen, wenn sie die Diagnose stellten, die einen der Ihren in die Hölle schicken würde. Manche Kranke kamen in Handschellen in der Kolonie an, weil sie sich gewehrt und den Sheriff und seine Leute zu Boden geschlagen hatten.

1873 – sechs Jahre bevor das Gesundheitsministerium beschloß, einen Arzt nach Molokai auszusenden – traf aus freien Stücken ein belgischer Priester dort ein. Von Haus aus hieß er Joseph de Veuster, aber man nannte ihn Pater Damien. Seine Ankunft war in nichts von der eines normalen Leprakranken zu unterscheiden gewesen. Er fand keinerlei Unterstützung, nicht einmal ein Dach über dem Kopf. Als gelernter Zimmermann krempelte er also die Ärmel hoch und machte sich an die Arbeit. Er baute ein Haus für sich, eine Kirche und schließlich eine ganze Stadt. Er arbeitete hart, teilte alles, was er besaß, mit den Bedürftigsten, tröstete die Sterbenden und machte den Lebenden Mut. Und er bestürmte vierzehn Jahre lang das Gesundheitsministerium mit seinen beständigen Anträgen auf Unterstützung. Es sollten sich deshalb einige finden, die ihn beschuldigten, die Spenden für seine Privatzwecke zu mißbrauchen und Gelder, die für bestimmte Projekte vorgesehen waren, für andere Dinge zu verwenden, die ihm mehr am Herzen lagen, zum Beispiel die bevorzugte Behandlung »seiner«, nämlich der katholischen, Leprakranken.

Wie dem auch gewesen sein mag, für Hunderte dieser Unglücklichen war Pater Damien der einzige Hoffnungsschimmer in dieser Welt der Düsternis. Er setzte seine eigene Gesundheit aufs Spiel und nahm jedes Risiko auf sich. »Mein Leben liegt in Gottes Händen«, hatte er für den Arzt zur Antwort, den er schließlich für seine Insel erstritten hatte. Nach Jahren schließlich wurde Pater Damien selber leprakrank. Die letzten vier Monate seines Lebens quälte ihn die Angst, sich das Paradies nicht verdient zu haben.

Robert Louis Stevenson an Sydney Colvin

Honolulu, Juni 1889

Mein lieber Colvin,

... Ich kann nur sagen, daß der Anblick von so viel Mut, so viel Freude und Ergebenheit mich zu sehr erschüttert hat, als daß ich Dir angemessen davon erzählen, das unendliche Mitleid und das Grauen dessen, was ich gesehen habe, in Worte fassen könnte ...

Ich habe Unbeschreibliches gesehen und Geschichten gehört, die sich nicht wiederholen lassen; und doch habe ich meine kümmerlichen Artgenossen nie so sehr bewundert und, so seltsam das auch scheinen mag, das Leben nie so sehr geliebt wie in der Leprakolonie. Das Grauen erreicht dort eine Art innerer Schönheit: Was ich Dir hier schreibe, liest sich wie eine schlechte Ausgabe von Victor Hugo, aber es ist die einzige Möglichkeit, dieses Gefühl zum Ausdruck zu bringen, das mich diese ganzen Tage begleitet hat. Und das, obwohl die Leprakolonie von Katholiken geleitet wird und ich doch nie übermäßig viel Sympathie für katholische Tugendhaftigkeit beses-

sen habe ... Über den seligen Damien, von dem ich alles erfahren habe, über seine Schwächen und vielleicht gar Schlimmeres, denke ich nur das Allerbeste. Er war ein Bauer aus Europa: schmutzig, fanatisch, ein Lügner, gerissen, ohne jede Vernunft, aber strahlend in seinem Großmut, strahlend in seiner vollkommenen Reinheit und strahlend in seiner Güte. Wenn es jemandem gelang, ihn davon zu überzeugen, daß er sich geirrt hatte (das konnte mehrere Stunden voller Flüche und Beleidigungen in Anspruch nehmen), machte er alles, was er vorher getan hatte, wieder rückgängig und liebte seinen Gegner dafür nur noch um so mehr. Ein Mann, der das ganze Elend und sämtliche Schwächen der Menschheit in sich trug, aber ein Mann, der gerade um dieses Elends willen zum Helden geworden ist, zu einem Heiligen.

Kann Fanny die Bedeutung einer solchen Reise ermessen? Wird sie es Louis durchgehen lassen, daß er diesen inneren Schock, diesen Wandel der Seele, ohne sie durchlebt hat?

Die Begegnung Robert Louis Stevensons mit dem Leiden anderer, die Entdeckung dessen, was Mitleid und Hoffnung bedeuten, bestätigen den Schriftsteller in seinem Glauben an die Menschheit und schicken ihn mit neuer Leidenschaft ins Leben zurück. Der Essayist, Romancier und Literaturkritiker wird bald einem engagierten Autor Platz machen. Alle, die im sicheren Hafen geblieben sind, und auch Fanny werden es schwer haben, ihm auf seinem Weg zu folgen, der ihm von Gefühlen vorgezeichnet wird, die niemand mit ihm teilen kann. Aber die Vandegrift ist nicht die Frau, die sich ins Abseits drängen läßt. Sie wird ihren Anteil nehmen, wird unterstützen und ihm manchmal sogar um einige Schritte voraus sein.

Als die Stevensons sechs Monate nach Louis' Besuch auf Molokai auf Samoa Station machen, bevor sie sich mit Belle in Sydney treffen, kommt Fanny eine kleine Notiz in der Lokalzeitung unter die Augen. Darin steht, daß der Plan, in Honolulu ein Monument zu Ehren Pater Damiens zu errichten, soeben fallengelassen worden sei. Die Unterbrechung der Bauarbeiten geht auf die Veröffentlichung eines Briefes von Reverend Hyde, einer einflußreichen Persönlichkeit auf Hawaii, in einer australischen Kirchenzeitung zurück. In diesem Brief enthüllt der Reverend einem seiner Kollegen die vielen Schandtaten des katholischen Priesters.

Kaum ist man in Australien angekommen, klappert Fanny die Bibliotheken ab. Sie treibt die betreffende Ausgabe des *Sydney Presbyterian* auf, findet auch ganz richtig den Artikel und liest schließlich Louis den Text des Briefes laut vor. Louis ist empört über das, was er soeben zu Ohren bekommen hat, und zieht sich, tief betroffen über die Dummheit und die niedere Gesinnung dieses Angriffs auf das Andenken eines Toten, zurück.

Offener Brief an den Reverend Hyde zur Verteidigung von Pater Damien. Die Worte, die ihm da nur so aus der Feder spritzen, schokkieren noch heute den einen oder anderen unter seinen Bewunderern. So mancher Biograph beklagt die Brutalität und Grausamkeit, die er an den Tag legt, um Reverend Hyde zu massakrieren. Sogar ihm selber wird es später leid tun. Und so sehr ihn auch der mit Blick auf sein Werk höchst passende Name Hyde zum Schmunzeln bringt, wird ihn die Schuld, einen Mann zerstört zu haben, so unbarmherzig dieser selber auch war, über Jahre hinaus verfolgen. Auf seine Autorenrechte an diesem Pamphlet wird er verzichten: *Ich bereichere mich nicht an einem Mord. Ich bin kein Anhänger des Kannibalismus. Ich könnte keinen Pfennig annehmen von dem, was diese Knüppelschläge mir eingetragen haben.*

Ein Schlag unter die Gürtellinie? Vielleicht. Aber man kann nicht umhin, in Stevensons Worten eine innere Größe und eine Verve zu entdecken, die ihn zu einem der ganz großen Verfasser von Streitschriften machen. Die beißende Schärfe seiner Formulierungen kann es mit dem besten Voltaire aufnehmen. Es sind die aufrüttelnden Worte eines Mannes, der in die Zukunft blicken kann.

An einem Nachmittag in Sydney, erzählt Belle, *ließ Louis uns alle ins Oxford Hotel kommen. Nachdem er dem Boy bedeutet hatte, daß er unter gar keinen Umständen gestört werden wollte, kündigte er uns mit ungewohnt gravitätischem Ernst an, daß er uns etwas vorzulesen habe.*

Als wir alle am Tisch saßen, blieb er mit einem Manuskript zwischen den Händen vor uns stehen. Ich hatte ihn nie zuvor so ernst, so bewegt gesehen. Er erklärte, daß dieser Artikel, den er da gerade geschrieben habe, zweifellos eine gerichtliche Auseinandersetzung, einen Verleumdungsprozeß nach sich ziehen würde. Sollte er diesen Prozeß verlieren, was durchaus möglich sei, werde er damit auch sein Vermögen verlieren. Es würde für uns alle finanziellen Ruin und Armut bedeuten. Er wollte das Pamphlet auf eigene Kosten veröffentlichen und es dann Persönlichkeiten in aller Welt zukommen lassen. Aber er fühle sich nicht berechtigt, es ohne unsere Zustimmung zu veröffentlichen. Er überließe es unserer Entscheidung, ob diese Seiten das Licht der Öffentlichkeit erblicken sollten oder nicht. Er würde sich unserem Verdikt beugen.

Und dann las er, seine tiefe Stimme bebend vor Gefühlsbewegung und mit hochroten Wangen und glühenden Augen, laut den Offenen Brief an den Reverend Hyde zur Verteidigung von Pater Damien *vor. Nie zuvor hatte ich einen Text von solcher Ausdruckskraft gehört. In jedem Satz, jedem Wort schwang die Gefühlsbewegung mit. Aus dem Brief sprachen beißende Verachtung, Empörung und Ironie – und auch ein unendliches Mitleid. Das Ganze war eine glühende Anklageschrift, die dem Gegner keinen Spielraum ließ und einem beim Zuhören eine Gänsehaut über den Rücken trieb. Als er zum Ende kam, standen ihm die Tränen in den Augen. Er warf das Manuskript auf den Tisch. Dann wandte er sich seiner Frau zu …*

»Bring es heraus!« sagte Fanny nach einem kurzen Blickwechsel mit ihrem Mann, den keiner der Anwesenden je vergessen würde, und streckte ihm überwältigt die Hände entgegen.

»Fanny, ist dir klar, daß es für uns die Rückkehr in tiefste Armut bedeuten kann, wenn ich das hier veröffentliche?«

»Bring es heraus!«

»Armut und Skandal! Wenn es zu einem Prozeß kommt, wird man uns in den Dreck ziehen. Sämtliche protestantischen Missionare würden über uns herfallen, und wir könnten uns im gesamten Pazifikgebiet nicht mehr blicken lassen. Und wenn wir nach Schottland zurückkämen, hätten wir die versammelte presbyterianische Kirche im Nacken.«

»Bring es heraus! Man muß es überall hinschicken. An Königin Viktoria, an Präsident Harrison. Belle und ich machen gleich die Umschläge fertig. Ah, an den Bischof von Canterbury müssen wir es auch schicken. Und an den Vatikan. An den Papst!«

HAWAII – DIE GILBERTINSELN – DIE INSELN VON SAMOA

Juni – Dezember 1889. An Bord der Equator

»Weißt du, warum ich den Pazifik so liebe?« brüllte Louis aus voller Kehle.

Statt einer Antwort bekam er Pistolenschüsse zu hören. Joe Strong, der sich in einer Hängematte räkelte, stieß mit dem Daumen den Hut aus der Stirn. Hoch über ihm saß mit baumelnden Beinen und nackten, von der Sonne beschienenen Füßen die kleine Gestalt seiner Schwiegermutter auf dem Kabinendach und feuerte das Magazin ihres Revolvers auf den Menschenhai ab, der die schlechte Idee gehabt hatte, dem Segler zu folgen. Da saß sie mit ausgestreckten Armen, und die Ärmel ihres Holokus schlugen im Wind wie eine Flagge, die an ihre Fahnenstange klatscht. Ihr verzerrter Schatten tanzte auf dem Ozean, an dessen Oberfläche die Kugeln abrupte kleine Fontänen aufspritzen ließen.

»Weil das 19. Jahrhundert sich hier nur bruchstückweise durchgesetzt hat!« schrie Louis.

Joe mußte sich ein wenig verrenken, um ihn sehen zu können, wie er da im Gegenlicht in den Wanten stand. Louis war dabei, ein Segel aufzuschürzen.

»Weil die Südsee alterslos ist, ein wirres Gemisch aus allen Epochen, allen Rassen, allen Lastern und Tugenden!«

Joe rückte seinen Hut wieder zurecht und fragte sich im Eindösen, ob Louis denn nun von der Südsee oder nicht vielleicht doch von Fanny Stevenson gesprochen hatte. Alterslos, alle Rassen, alle

Laster und alle Tugenden. Passender konnte man Mrs. R.L.S. doch nicht beschreiben.

»Getroffen!« schrie sie triumphierend und sprang auf die Füße. »Jetzt ist er reif! Los, Jungs, holt ihn rauf!«

Die beiden Matrosen, die auf dem Achterdeck auf den Ausgang der Jagd gewartet hatten, ließen ein Netz hinunter und hievten es dann mühsam mit der Seilwinde wieder herauf.

»Haifischsteak. Das gibt ein herrliches Abendessen«, kommentierte sie frohgemut. »Laßt ihn da liegen und nehmt ihn schon mal aus. Ich werde ihn nachher zerteilen.«

Die Matrosen gehorchten anstandslos. Sie dachten nicht im Traum daran, aufzumucken. Diese Frau war eine Art Mutterfigur, die aber ganz eindeutig auch etwas von einer Hexe hatte. Sie alle fürchteten ihre geheimen Fähigkeiten mindestens ebenso, wie sie ihre Zähigkeit bewunderten. Konnte sie denn etwa nicht dem Fieber Einhalt gebieten? Und Wunden heilen? Und kochen noch dazu? Selbst der fünfundzwanzigjährige Kapitän Reid aus Schottland – ein hartgesottener Bursche, der im Gefängnis enden sollte, weil er ein gestohlenes Schiff verkauft hatte –, selbst Reid fügte sich ihren Befehlen.

Mit den Herrlichkeiten der *Casco* war es vorbei! Die *Equator* war nur ein kleines Küstenschiff, das die Kopravorräte einsammelte, die in ganz Polynesien und Melanesien von den Händlern zusammengetragen worden waren. Sie gehörte einer Reederei in San Francisco und war nicht für Passagiere gedacht. Mit ihr hatte Fanny wieder eines ihrer Glanzstücke gelandet. Irgendwie hatte sie es fertiggebracht, daß der Schoner umgebaut und zwei zusätzliche Kojen im Gang für Joe und Ah Fu untergebracht wurden. Sie selber hatte sich, trotz ihrer schrecklichen Seekrankheit, bereit gefunden, in eine Decke gerollt und eingeklemmt zwischen ihrem Sohn und dem Bootsmann, einem wenig umgänglichen Norweger, am Boden zu schlafen. Ihrem Mann hatte sie die einzige Kabine überlassen, damit er allen nur möglichen Luxus und jede Bequemlichkeit genießen und in Ruhe schreiben konnte.

Paradoxerweise erwies sich gerade diese leidenschaftliche Hingabe an Louis' Arbeit, diese Symbiose im künstlerischen Ausdruck, das gemeinsame Streben nach dem Schöpferischen, das sie beide seit dem ersten Tag ihrer Verbindung so sehr aneinander gefesselt hatte, gerade dieser beständige gemeinsame Kampf um das Entstehen eines Werkes erwies sich im Juli 1890 als schier unversiegbare Quelle der Zwietracht an Bord der *Equator.*

»Du kannst es nicht lassen«, fing sie aufgebracht wieder an, als sie beide aufs Deck sprangen, um sich gemeinsam über das erlegte Ungeheuer zu beugen, »aber das eine sage ich dir gleich ...«

Zu jeder Tages- und Nachtstunde stürzten sie sich aus heiterem Himmel in das immer wieder gleiche Streitgespräch, und zwar mit ähnlicher Heftigkeit wie damals in Bournemouth, als die Nachbarn nicht gewußt hatten, ob sie besser Hilfe holen oder sich unauffällig zurückziehen sollten.

»Es ist einfach zum Heulen, wenn du versuchst, wissenschaftlich zu sein. Eine hochgelehrte Abhandlung, eine langweilige Theorie über den Pazifik, was für eine Verschwendung! Selbst ich mit meinem bißchen Talent und meiner kaum nennenswerten Phantasie könnte aus dieser Goldgrube von Material, das wir hier ansammeln, ein wahres Meisterwerk machen. Und was tust du? Wenn ich mir nur überlege, daß du weiter nichts in dein Tagebuch einträgst als Statistiken, Statistiken, Statistiken! Deine Leser interessieren sich doch nicht die Bohne für deine ewigen Vergleiche zwischen katholischen und protestantischen Missionaren. Und was glaubst du wohl, wie spannend sie deine ethymologischen Herleitungen finden, daß ein im Tahitianischen io ausgesprochenes Wort sich aus dem hawaiianischen oi herleitet? Du bist kein Linguist, du verstehst nichts von so was! Überlaß die Gelehrsamkeit den Ethnologen und tu du das, wovon du etwas verstehst! Ein Schriftsteller, das ist jemand, der Geschichten erzählt. Und was hast du nicht alles für Geschichten zur Auswahl! Erzähl ihnen, wie die schöne Prinzessin Moë dir auf Tahiti das Leben gerettet hat, erzähl ihnen von deiner wunderbaren Freundschaft mit Ori A Ori, erzähl ihnen von deiner Blutsbrüderschaft mit dem Kannibalenhäuptling auf den Marquesasinseln. Es ist doch nicht zu fassen, daß du einen solchen Stoff verhunzen willst!«

»Im Gegenteil, das wird mein bedeutendstes Buch überhaupt.

Mein Meisterwerk. Dieses Buch wird etwas nie zuvor Gesehenes sein! Es wird meiner Vorstellung von Literatur würdig sein, alle Genres miteinander verbinden, die wissenschaftlichen Fakten mit der Anekdote, die Wildnis mit der Zivilisation, das Schöne mit dem Schrecklichen. Ich werde der ganzen Welt das Geheimnis Polynesiens nahebringen.«

Voller Zorn über diese Hirngespinste stampfte sie mit dem Fuß auf, und die Matrosen, die immer noch mit dem Ausnehmen des Fisches beschäftigt waren, sahen aufmerksam zu dem Paar hinüber.

»›Nahebringen‹! Bist du ein Schulmeister? Wer hat von dir verlangt, daß du irgend jemandem irgend etwas nahebringst? Deine Leser wollen unterhalten werden.«

»Unterhalten genügt mir aber nicht mehr, Fanny! Ich muß mehr tun als das.«

»Und was, bitteschön, ist das, mehr tun? Langweilen? Dozieren? Du verrätst deine Leser, Louis, und die Polynesier genauso, wenn du die menschlichen Dramen, die wir hier erleben, mißachtest, indem du der Wissenschaft den Vorzug gibst!«

»Du willst immer nur, daß ich der Stevenson bleibe, wie ihn die Öffentlichkeit kennt. Jung, unkompliziert, ironisch. Menschen entwickeln sich, Fanny! Schriftsteller haben die Pflicht, über sich selbst hinauszuwachsen!«

Joe Strong, der von seiner Hängematte aus die Punkte zählte und sich an diesem Wortgefecht weidete, das ausnahmsweise einmal nicht seine Faulheit zum Thema hatte, hätte große Mühe gehabt, anzugeben, welcher der beiden Streithähne diese Runde für sich verbuchen konnte.

Die Idee zu diesem bedeutenden wissenschaftlichen Buch wird Robert Louis Stevenson noch lange Jahre mit sich herumtragen. Schreiben wird er es nie.

Werden Fanny und Louis wohl spüren, daß sie sich mit dieser dramatischen Konfrontation, die weder auf finanzielle Schwierigkeiten noch den Alkoholismus des Mannes oder die Untreue der Frau zurückzuführen ist, wie beispielsweise bei Belle und Joe, gegenseitig zerstören, sich gar jede Existenzmöglichkeit nehmen?

»Ich habe eine sensationelle Idee!« verkündet Louis an jenem Abend, nachdem er mit seinen endlosen Lobpreisungen über die delikaten Haifischsteaks erst einmal wieder einen Frieden herbeiführen konnte. »Einen Plan, wie wir Arbeit und Vergnügen verbinden können und gleichzeitig auch noch zu einer Lebensgrundlage im Pazifik kommen! Ich werde mit Lloyd zusammen einen Abenteuerroman schreiben, der uns ein Vermögen einbringen wird. Mit dem Geld kaufen wir dann ein Schiff und verdienen unseren Lebensunterhalt in Zukunft mit Koprahandel. Was sagst du dazu, Dame meines Herzens?«

»Alles klar!«

Sie haßt das Meer nach wie vor, aber wenn Louis' Gesundheit auf dem Spiel steht, was soll's, dann wird sie eben die Ehefrau eines Schiebers. Ohne viel Federlesens richtet sie sich innerlich darauf ein, den Rest ihres Lebens unter Seekrankheit zu leiden.

»Wir nennen unsere Kompanie ›Jekyll und Hyde‹. Und das Schiff wird so heißen wie die Firma meines Vaters, ›Northern Lights‹.«

»Auch eine Art, sein Lebenswerk fortzusetzen«, bemerkt Fanny mit einem leichten Anflug von Ironie.

Glücklicherweise wird Louis ganz von allein auf diesen speziellen Traum verzichten.

Nach einem Zwischenstopp auf dem Butaritari-Atoll, das zu den Gilbertinseln gehört, wo sie von der Bevölkerung, der der von Weißen eingeführte Alkohol und die ihnen von den Händlern aufgeschwatzten Waffen zu Kopf gestiegen sind, um ein Haar niedergemetzelt werden, können sie sich ein Bild von dem Ausmaß an Korruption und den Niederträchtigkeiten machen, die beim Handel mit den Eingeborenen gang und gäbe sind. Ohne Bedauern wenden sie sich anderen Abenteuern zu.

VOR DER KÜSTE VON UPOLU – SAMOA-INSELN
Dezember 1889

Auf halbem Weg zwischen dem Horizont und dem Inselstrand glitt der Schoner an einem Schaumkamm entlang durchs Wasser, der aufperlte und sich verlor, um sich dann erneut zu bilden, ein kaum sichtbarer Strich, der sich brodelnd wie eine weißzüngelnde Flamme auf dem grauen Meer abzeichnete. Das Korallenriff. An dieser Stelle war das Tosen des Meeres ohrenbetäubend, kein Laut war mehr vom anderen zu unterscheiden, der Schiffsrumpf schnitt durch die turmhohen Wellen, der Gischt spritzte auf, alles ging in einem gewaltigen Brausen unter. Und Fanny wußte, daß auch die Frauen und Kinder dort drüben in der Lagune und die Fischer, die bis zur Hüfte im Wasser watend ihre Netze an Land zogen, dieses gleiche endlose, von keiner Pause unterbrochene Getöse aus dem Bauch des Meeres hörten, das keine Macht der Welt zum Schweigen bringen konnte.

Noch war es nicht Abend, als die *Equator* den schmalen Durchlaß im Riff vor Apia suchte, der es ihr erlauben würde, an die Insel heranzukommen und in den flachen Gewässern vor Upolu vor Anker zu gehen. Upolu war die meistbesiedelte und größte Insel des Archipels, eintausendundfünfzehn Quadratkilometer und fünfunddreißigtausend Eingeborene, wenn man der letzten Volkszählung der Missionare Glauben schenken wollte. Dort drüben, am anderen Ende der Bucht, döste Apia vor sich hin. Die Hauptstadt, ein kleines Dörfchen am Fuße einer Bergkette. Auf die Entfernung war nur die Kathedrale klar auszumachen, ein massiver, weißer, beinahe phosphoreszierender Fleck vor dem grünschwarzen Hintergrund des Vulkans.

Die von unwirklich anmutenden Palmenreihen bestandenen Krater ragten auf in die Unendlichkeit eines schweren, bleiernen Himmels, der ein Unwetter verhieß. Die Hitze lastete so tief und drükkend, daß Fanny die Feuchtigkeit in ihrem Nacken spüren konnte und merkte, wie sich ihre Locken kräuselten.

Es war jedesmal dasselbe, wenn sie irgendwo an Land gingen. Im

Innersten aufgewühlt, starrte sie mit fiebrigem Blick auf den schmalen Sandstreifen, wo die Stämme der Palmen, die die Wolken mit ihrem Gewicht niedergedrückt zu haben schienen, sich über den Ozean neigten und dem Horizont entgegenstreckten, während ihre Zweige sanft durch die Wellen strichen, die unermüdlich in der Lagune verebbten.

Am 7. Dezember 1889 nun versammelten sich kurz vor Sonnenuntergang die Missionarsfrauen, die Händler und Plantagenbesitzer, kurz, die ganze kleine weiße Kolonialgesellschaft von Apia, am Strand und hielten Maulaffen feil, während ein Schiff an der Reede festmachte. Man rümpfte die Nase. Selbst die drei rivalisierenden Konsuln, die, unter ihrer jeweiligen Flagge stehend, mit dem Fernglas beobachteten, wie die Passagiere von Bord gingen, tauschten einen zurückhaltenden, aber doch verständnisinnigen Blick.

Da. Da springt doch der erste von dieser Truppe auf den Ponton und bläst erst mal in seine Pfeife. Auf dem Leib trägt er einen bis zum Bauchnabel offenen Baumwollpyjama, dazu eine Schiffermütze, lange Haare und nackte Füße. Seine Begleiterin, angetan mit einem blumigen Holoku, trägt eine Gitarre auf dem Rücken. Ihr tiefgebräuntes Gesicht verschwindet unter einem Eingeborenenhut. Um den Hals windet sich ein purpurrotes Tuch, und von den Schultern hängt eine buntbemalte Stola herab, die wie eine lustig umherspringende Schleppe neben und hinter ihr über den Boden schleift. Es folgen zwei junge Männer, der eine in einer ausgeblichenen, gestreiften Jacke, einen Ring im Ohr, einen Kneifer mit schwarzgetönten Gläsern auf der Nase und eine Geige im Arm, der andere mit einem bis zu den Schläfen hinaufgezwirbelten Schnurrbart und die Lenden von einem geblümten Pareo bedeckt. Über seiner Schulter, auf der ein Kakadu sitzt, baumelt ein Akkordeon. Und dann kommt da, sozusagen als krönender Abschluß, doch tatsächlich noch ein Chinese mit glattrasiertem Schädel und langem schwarzen Nackenzopf, der wie der Zeiger eines Metronoms hin- und herschwingt.

Diese seltsame Sippschaft ist soeben dem Boot von Henry J. Moors entstiegen, des einflußreichsten Traders von ganz Apia, den die Konsuln im Verdacht haben, daß er die aufrührerischen Eingeborenen mit Waffen versorgt. Was hat Moors mit diesen fahrenden Musikanten zu schaffen?

Ich hielt sie für eine Zigeunertruppe, wird der Pastor des Ortes später einmal gestehen. *Ich dachte, sie wären ein paar arme Schausteller, die hofften, sich in den Bars von Apia die wenigen Dollar für ihre Überfahrt nach Sydney ersingen zu können.*

Zigeuner. Reverend Clarke hat völlig recht. Aber eine ganz besondere Spezies. Wie hätte er ahnen können, daß diese Gitarrespielerin und ihr Flötist hierhergekommen sind, um die sakrosankte Lebensordnung der Weißen aus den Angeln zu heben? Daß diese beiden Gaukler Rebellen sind, die der Dummheit und der Raffgier ihrer eigenen Rasse den Fehdehandschuh hinwerfen und sich für die Sache der Samoaner stark machen werden? Daß sämtliche Schäfchen der Missionen von Upolu den Chef des Grüppchens eines Tages *Tusitala* nennen werden, den Geschichtenerzähler? Und wie hätte er ahnen sollen, daß das feingeschnittene Gesicht eben dieses Tusitalas noch hundert Jahre nach den Bürgerkriegen, die das Archipel erschüttern sollten, die Briefmarken von Samoa zieren wird?

APIA – SAMOA

Dezember 1889 – Februar 1890

Brief von Fanny Vandegrift an Margaret Stevenson

Weihnachten 1889

Meine liebe Tante Maggy,
die Herrlichkeiten dieses Fleckchens Erde übertreffen unsere kühnsten Träume. Nie zuvor habe ich etwas so Eigentümliches gesehen. Hatten Sie nicht geglaubt, daß die Pazifischen Inseln sich am Ende alle mehr oder weniger gleichen? Und daß Joes begeisterte Schilderungen von Kalakauas Expedition unser Urteil beeinflußt haben? Daß wir nur beeindruckt oder auch enttäuscht sein würden, wenn wir hier an Land gingen? Aber weit gefehlt! Upolu ist noch viel zauberhafter!

Wenn man sie mit den Marquesas oder Tahiti vergleicht, erschließt sich der Charme der Inseln von Samoa nicht auf den ersten Blick. Es gibt nichts Spektakuläres. Apia, die Hauptstadt, schien uns gar völlig bedeutungslos. Eine einzige Straße die Bucht entlang, ein paar Baracken, die im besten Fall einen Laden für Lebensmittel und Haushaltswaren beherbergen, im schlechtesten üble Spelunken und Bars. Der Blick über den Hafen wird durch die Skelette von sechs Kriegsschiffen verunziert. Stellen Sie sich schwarze, unter den tropischen Regengüssen dahinrostende Wracks vor, die man nicht sprengen kann, ohne dabei die ganze Stadt in die Luft zu jagen! Die klägliche Geschichte dieser Schiffe kann als Illustration dienen für die Dummheit der drei die Insel beherrschenden Mächte.

In wenigen Worten: Seit zwanzig Jahren machen sich vier königliche Eingeborenenfamilien die Herrschaft streitig. In den siebziger Jahren unseres Jahrhunderts haben die Deutschen, Engländer und Amerikaner ihren Profit aus der Situation gezogen, indem sie die Samoaner genötigt haben, ihnen gegen Waffen ihr Land zu verkaufen. Die Deutschen haben am besten Fuß gefaßt. Eine Handelsgesellschaft aus Hamburg besitzt die größten Palmenpflanzungen der ganzen Südsee. Die Deutschen sind auch sehr erfolgreich im Kopra-geschäft. Um ihre Macht über diesen Teil des Pazifiks nicht zu groß werden zu lassen, hat Colonel Steinberger, ein Amerikaner, mit König Laupepa, einem der Thronanwärter, ein Bündnis geschlossen, nach dem er vier Jahre regieren sollte, um die Macht dann im Wechsel den drei anderen Königen zu überlassen. So würde jede Dynastie jeweils alle zwölf Jahre regieren – unter der strengen Oberaufsicht des inzwischen zum Premierminister aufgestiegenen amerikanischen Colonels, versteht sich. Diese Idee gefiel natürlich weder den Deutschen noch den Engländern, die sich beeilten, ihn und seine ganze Konstitution wieder zu stürzen und Samoa den Partisanenfraktionen zu überlassen, die nun, wie gehabt, von den drei weißen Mächten mit Waffen versorgt werden sollten. Laupepa verhinderte den Bürgerkrieg, indem er sich heldenmütig ergab. Die Deutschen deportierten ihn. Fern von seiner Insel zu leben ist für einen Eingeborenen schlimmer als der Tod. Und nun halten Sie sich gut fest: Die Deutschen machten ihre Sache mehr als gründlich. Ohne jeden Grund machten sie ein großes Geheimnis aus der Sache und schleppten Laupepa zwei Jahre lang auf allen Weltmeeren herum, ohne ihm zu sagen, wohin man ihn brachte und was aus ihm werden sollte. Der entthronte König wurde vor die Tore von Bremen gebracht, von dem er nur die Lichter zu sehen bekam, bevor man wieder umkehrte, um bis nach Neukaledonien zu segeln. Währenddessen organisierte Mataafa, der ehemalige Kandidat der Deutschen und Rivale Laupepas, eine Widerstandsbewegung gegen die weißen Besatzer zur Unterstützung des Königs im Exil. Daraufhin verbündeten sich die drei Mächte und schickten die Kriegsschiffe nach Apia, von denen ich vorhin geschrieben habe. Können Sie sich vorstellen, was eine solche Flotte vor dem winzigen Hafen von Apia bedeutet? Hunderte von Männern und mehr als vierzig Kanonen. Deutschland, England und die Vereinigten Staaten, drei fette Hunde, die alle am selben Knochen nagen wollen – an einem ganz kleinen Knöchelchen. Aber dann hat sich die Natur eingemischt! Als ob der Himmel Rache nehmen wollte für die Dummheit der Menschen, hat er den schlimmsten Zyklon in der Geschichte heraufbeschworen. Und, es ist nahezu unglaublich, die drei Befehlshaber der drei Flotten hatten den Zyklon sogar kommen sehen: Am 16. März 1889 war das Barometer im Laufe des Tages ganz plötzlich gefallen. Aber weder die Amerikaner noch die Deutschen oder die Engländer wollten als erste das Feld räumen. Dabei genügt ein einziger Blick auf die Bucht, um zu sehen, daß die Wucht der Wellen in diesem Kessel durch einen fürchterlichen Damm verzehnfacht wird: das Korallenriff. Im letzten Moment entschloß sich eines der englischen Schiffe, dem Zyklon ein Schnippchen zu schlagen und zu flüchten. Aber die sechs Panzerkreuzer wurden gegeneinandergeworfen und gingen noch an Ort und Stelle mit Mann und Maus unter. Nach dieser Katastrophe, der mehr als hundertachtzig Matrosen zum Opfer gefallen sind, ohne daß die Eingeborenen auch nur einen Schuß abfeuern mußten, sind die drei Mächte in Berlin zusammengetroffen, um einen Vertrag zu unterzeichnen. Eine regelrechte Farce! In diesem Abkommen, das von keinem Eingeborenen unterzeichnet wurde, legte man großzügig fest, daß die Samoaner unabhängig bleiben und von dem König regiert werden sollten, den die drei Mächte dem Volk vorsetzen würden. Dieser König, der von den

Weißen an die Macht gebracht und dort gehalten wurde, würde das Land mit Unterstützung und im Wettstreit mit drei Konsuln regieren, die jeweils eine der drei Mächte repräsentierten. Ich überlasse es Ihrer Phantasie, Tante Maggy, sich das Tohuwabohu vorzustellen, das auf diese Weise entstanden ist. Sie haben Laupepa, den sie ins Exil verschleppt hatten, auf den Thron gesetzt und Mataafa verbannt, der Laupepa seinerzeit unterstützt hatte. Die beiden anderen Familien haben sie von der Thronfolge ausgeschlossen, was nichts daran ändert, daß sie weiter auf ihren Rechten bestehen, während die drei Konsuln sich derweil gegenseitig in Stücke reißen. Die einzigen, die mit ihrer Würde die Situation retten, sind immer noch und immer wieder die Eingeborenen. Ich verstehe voll und ganz die Sympathie, ja, die Begeisterung, die Joe für die Samoaner empfindet. Die Männer sind gebaut wie Kühlschränke, auf ihren nackten Oberkörpern sieht man das gemächliche Spiel jeden einzelnen Muskels. Alle tragen einen Lava lava, so ein großes Stück roten oder blauen Stoffs mit weißen Blumen, wie wir es auf Tahiti gesehen hatten. Aber sie knoten ihn seitwärts, und Louis behauptet, sie trügen ihre Lava lava wie die Schotten ihren Kilt. Man hat den Eindruck, diese Menschen hätten ihre Gebärden und Bewegungen zu einer Kunst erhoben, so als stünden ihnen keine anderen künstlerischen Ausdrucksmöglichkeiten zur Verfügung als ihre eigene Schönheit. Sie haben eine ganz besondere Art, sich fortzubewegen. Jede Geste wird ganz langsam ausgeführt, als würde sie in einzelne Abschnitte zerlegt. Dabei halten sie den Oberkörper aufrecht und den Kopf hoch erhoben. Ihre Augen blicken ins Weite. Die Formen scheinen hier eine zentrale Bedeutung zu besitzen, überhaupt habe ich den Eindruck, daß der Sinn fürs Ästhetische in ihrer Gesellschaft viel tiefer verwurzelt ist als in der unseren. Jeder Augenblick ihres Lebens ist unmerklich dem Streben nach einem Schönheitsideal hingegeben. Die Dorfjungen zum Beispiel suchen sich eine oder mehrere Freundinnen, die sie bei ihrer Haartracht beraten, über deren Locken und Wellen auf dem Kopf sie genauestens Bescheid wissen und die ihre ganze Leidenschaft dareinlegen, sie mit Blumen oder Blättern zu schmücken. Männer und Frauen sitzen schwatzend beisammen und richten sich gegenseitig Kleider und

Frisuren. Die elegantesten entziehen ihren Haaren mit einem Sud aus Kalk und Zitrone die Farbe. Die Prozedur nimmt mehrere Tage in Anspruch, und dann laufen sie mit schlohweißen Köpfen herum und sehen aus wie feine Grafen aus dem 18. Jahrhundert, die sich riesige rote Blüten in ihre Perücken gesteckt haben. Ihre Häuser und Gärten pflegen sie mit Hingabe. Unkrautjäten scheint mir fürwahr ihre einzige Tätigkeit zu sein. Ihre Rasenflächen sind kurz geschnitten und mit Blumen bepflanzt. Ansonsten betätigen sie sich kaum. Sie können stundenlang reglos dasitzen und aufs Meer hinaussehen. Woran denken sie dabei? ... Keine Spur von Aggressivität. Eine Freundlichkeit, die niemals zudringlich wird. Aber etwas durch und durch, absolut Fremdes. Und doch sind sie Christen und eifrige Kirchgänger noch dazu. Die Missionare aller Konfessionen sind sich einig, daß es ein leichtes war, ihnen das Christentum nahezubringen. Die Samoaner warteten seit langem auf unseren Gott, der als mächtiger und großmütiger galt als ihre Götter, das konnte man ja am Reichtum der Weißen ablesen. Für den Sonntag haben sie besonders viel übrig, dann sind die Kirchen und Gotteshäuser brechend voll, und die Messen wollen gar kein Ende nehmen: Die Gläubigen lieben nichts mehr als endlose Choräle, und sie singen sie, angetan mit ihrem besten Feststaat. Und doch kommt es mir so vor, als unterscheiden sich diese Leute mehr von uns als alle anderen Eingeborenen, selbst die von den wildesten Inseln. Sie haben etwas Abwesendes, das mich fasziniert und neugierig macht. Ich bin nicht sicher, ob ich sie jemals verstehen werde. Auch ihre Sprache und die Art, wie sie ihre Stimmen modulieren, verblüfft mich immer wieder. Es ist ein Flüstern. Sie murmeln, manchmal kann ich sie kaum hören. Selbst die Kinder schreien nicht. Sie lachen. Und sie laufen herum. Aber alles ohne Lärm. In dieser Hinsicht unterscheidet sich die Atmosphäre auf Samoa außerordentlich von der auf Tahiti. Wenn die Familien aus Savaii und Manono, den Nachbarinseln von Upolu, im Hafen eintreffen, gibt es kein allgemeines Gerufe. Aber die Stille entbehrt durchaus nicht der Spannung und des Gefühls. Und doch scheinen selbst hier alle Gesten und Worte bewußt gedämpft. Eine Umarmung, ein Murmeln, und dann verschwinden sie zu ganzen Dörfern in einer Wolke aus Feuchtigkeit im Gesträuch, dem »Busch«, der sich über dem Ort erstreckt. Mr. Moors, der amerikanische Trader, der uns beherbergt, erklärte mir, daß öffentliche Gefühlsbekundungen als Zeichen schlechter Erziehung gelten. Und die Etikette nimmt hier eine Stellung ein, von der die Weißen sich gar keinen Begriff machen. Es wird mich Monate, vielleicht Jahre kosten, bis ich die Regeln verstanden habe.

Monate? Jahre? Der Aufenthalt auf Samoa soll doch nur bis Februar dauern. Louis und Fanny haben die *Equator* weitergeschickt und wollen dann mit der *Lübeck* zurückfahren, dem Passagierschiff, das San Francisco, die Inseln und Sydney miteinander verbindet. In Australien warten Belle und Austin, für deren finanzielle Sicherheit sie Vorsorge treffen wollen, bevor sie endgültig nach England zurückkehren.

Auf der glatten Fläche am Rand des Korallenriffs schlenderte ein weißer Mann mit gebräunter Haut dahin. Er hielt eine Harpune und beobachtete aufmerksam die Wasserlöcher zwischen den Korallenarmen. In der Ferne erhoben sich höher aufragende, bedrohlicher anmutende Felsen aus schwarzer Lava über dem Strand. Eine Eingeborenenfrau kam mit gemächlichen Schritten am Meeresufer entlang. In die Hüften hatte sie einen großen Korb gestemmt. Sie ließ sich nieder. Erst wenn man näher kam, sah man, daß auch sie eine Weiße war. Ein Samoaner hätte sich natürlich nicht täuschen lassen. Sie war vorhin am Strand mit viel zu schnellen Bewegungen gegangen, hatte sich zu abrupt in den Sand gesetzt. Selbst die Art, wie sie jetzt reglos dasaß und schwieg, hatte nichts mit der träumerischen Art der Samoaner gemein. Und doch fühlte sie sich durchdrungen von einem ungewohnten Frieden. Ohne die magere Gestalt am Korallenriff aus den Augen zu lassen, zog sie die Beine an und legte das Kinn auf die Knie. Verzaubert. Sie würde sich nie daran gewöhnen. Mit neununddreißig Jahren fischte Louis zum ersten Mal in seinem Leben. Louis schwamm. Louis ging reiten, am Weihnachtsabend hatte er sogar getanzt. Und im nächsten Mai fuhr er nach London zurück. Was für ein Wahnsinn! Sie für ihren Teil hatte die Antwort gefunden: Sonne, Meer, tropisches Klima – das waren die einzigen Dinge, die Robert Louis Stevenson zuträglich waren! Die Hitze und nicht etwa die Höhenluft. Der Ozean und nicht die Berge. Sich nie mehr als 10 Grad nördlich oder südlich vom Äquator fortbewegen. Im Moment dachte er darüber nach, nach Madeira zu ziehen und jeden Sommer nach England hinaufzufahren. So ein Risiko auf sich zu nehmen, nur um diesen Colvin wiederzusehen, den ihre Reiseberichte doch nur langweilten, diesen Henley, dem Louis schließlich doch verziehen hatte, alle diese Leute, die sich im Grunde doch einen Dreck um ihn scherten! »Hier dagegen«, dachte sie, »hier ... warum sollten sie eigentlich nicht einfach hierbleiben?« Es stellte sich natürlich die Frage, was für Auswirkungen es auf Louis' Arbeit hätte, wenn man sich permanent in der Südsee niederließe. Würde es ihm schwerfallen, hier zu schreiben? Würde er vielleicht weniger zustande bringen? Würde er Verleger für seine Arbeiten finden? Von Kritikern vergessen werden? Würde er gar seine Leser verlieren? Würde ihm auf diesen entlegenen Inseln der geistige Kontakt mit seinesgleichen abgehen? Und auch wenn man bedachte, daß Louis für ein Leben auf Samoa nur wenig Geld brauchte: Würde er seinen Unterhalt verdienen können?

Wie damals in Grez, als sie sich zwischen Sam und Louis zu entscheiden versuchte und die Vor- und Nachteile der beiden gegeneinander abwog, zeichnete sie mit dem Finger einen Strich in den Sand. Links das Positive, rechts alles, was dagegen sprach.

»Samoa ist schon mal ein Vorteil«, fing sie an, »ein großer Vorteil im Vergleich zu den anderen Inseln im Pazifik. Das Schiff zwischen Australien und San Francisco legt einmal im Monat hier an. Die Post braucht nur dreißig Tage bis nach Europa. Upolu liegt nur eine Woche von Neuseeland entfernt. Und von dort aus braucht ein Telegramm nach London weniger als eine Minute. Aber Louis' Arbeit? Wenn man einmal annimmt, daß er mit seinen Verlegern brieflich verkehren und ohne größere Schwierigkeiten seine Fahnen korrigieren, überhaupt veröffentlichen kann ... würde Louis' Arbeit nicht unter der Isolation leiden? Nein«, protestierte sie gegen ihre eigene Gedankenführung, »die Einkünfte der letzten beiden Jahre waren höher als je zuvor, an Inspiration hat es nicht gefehlt. Und erst seine Arbeitskraft! Nein, es gibt keinerlei Grund, anzunehmen, daß ein Bleiben in der Südsee seine Arbeit beeinträchtigen würde! Und im übrigen könnte er zusätzlich ja auch noch Plantagenbesitzer werden!«

Hinter sich hörte sie raschelnde Laute im Busch. Beunruhigend, vielstimmig ... Das war eine Welt nach ihrem Herzen, diese jungfräuliche Erde, dieser Dschungel, dieser Wald, diese Wasserfälle und Vögel, die Bäume und Blumen, der schlammige Boden – Fanny Vandegrift würde das alles in Gold verwandeln. Sie würde den Boden beackern, bis sie ihn in gewaltige Vanille-, Tabak- und Kakaofelder verwandelt hatte. Schon jetzt hatte sie die weite Lichtung vor Augen, auf der sich ihre Schößlinge aneinanderreihten, und fühlte die schwarzen Samen zwischen den Fingern, deren feinen Geruch sie tief in sich aufnahm.

SYDNEY

5. Februar 1890

Liebe Tante Maggy, sollte Belle einen Monat später schreiben. *Eines Morgens, als ich in meinem kleinen Zimmer in der Familienpension im Bett lag, die Louis mir damals empfohlen hatte, hörte ich aufgeregte Stimmen im Erdgeschoß. Dann erschien das Zimmermädchen in der Tür und sagte: »Mrs. Strong, da ist Mr. Strong für Sie!« Und schon kam Joe herein. Er war sehr krank auf Samoa. Mama hat ihn hierher vorausgeschickt, damit er seine Zirrhose und seine Herzschwäche in Australien behandeln läßt. Aber kaum daß er abgereist war, hat Mama ihm in ihrer Sorge Lloyd hinterhergeschickt. Sie sind beide zur selben Zeit eingetroffen.*

Lloyd geht es prächtig, er hört gar nicht mehr auf, von seiner Reise auf der Equator *zu erzählen. Aber die eigentliche Neuigkeit, die große Neuigkeit, die Sie schon durch das Telegramm aus Auckland erfahren haben, ist, daß Louis auf Samoa ein Stück Land gekauft hat, auf dem er ein riesiges Haus errichten lassen will!*

Ich werde diesen Brief nicht an Sie abschicken, bevor ich nicht

Mama und Louis gesehen habe. Ich möchte Ihnen doch sagen können, wie es ihnen geht. Lloyd will auch noch einen Gruß anfügen.
In großer Zärtlichkeit

Belle

PS.: Der Besitz auf Samoa liegt fünf Kilometer außerhalb der Hauptstadt und zweihundert Meter über dem Meeresspiegel. Er heißt Vailima, also die fünf Flüsse, wegen der fünf Wasserläufe, die das Grundstück durchqueren. Es sind fast einhundertunddreißig Hektar.
Küsse

Lloyd

PS.PS.: Das Klima ist angenehm gemäßigt. Jeden Monat fahren zwei Postschiffe hin und her.
In Liebe

Lloyd

PS.PS.PS.: Es ist sehr fruchtbarer Boden. Ein herrlicher Blick. Viele Bäume. Sehr wenig Mücken.
Immer der Ihre

Lloyd

PS.PS.PS.PS.: Lloyd hat mir erzählt, daß man dort Vanille, Kakao und Orangen anpflanzen kann, die bestimmt viel Geld einbringen. Vielleicht wird Lloyd an einem der Flüsse ein Sägewerk errichten. Mama spricht angeblich davon, daß sie eine Destillerie bauen und Parfums herstellen will. Sie glaubt, daß sie den Ylang-Ylang-Baum gefunden hat. In New York wird schon ein einziger Tropfen Ylang-Ylang-Extrakt zu sieben Dollar gehandelt. Louis träumt davon, in Apia einen Club aufzumachen, wo es Bücher gäbe und Papier, einen Billardtisch und eine Tasse Tee.
Love

Belle

Eine Kleinigkeit vergessen Belle und Lloyd in ihren vielen Nachschriften allerdings zu erwähnen: Auf dem Gelände gibt es nichts. Nichts als eine Wildnis aus Sträuchern, Bäumen, Wurzeln und Lianen. Vailima ist Dschungel pur.

Bevor ich diese Baumstümpfe und Farne, den wuchernden Efeu und all die anderen, alles überwuchernden Pflanzen nicht mit eigenen Augen gesehen hatte, war mir nie so richtig bewußt gewesen, was für eine ungeheure Aufgabe die Stevensons sich da gestellt hatten.

Noch der zierlichste ihrer Banyanbäume hatte einen so dicken Stamm, daß selbst fünf starke Männer ihn nicht umfassen konnten. Und wenn man ihn glücklich mit Äxten und Dynamit zu Boden gezwungen hatte, nahm die Erde gierig seine Überreste auf und ließ neue satte, lebenswilde Äste sprießen. Das schlang und wand und bog sich und spannte zwischen Vailima und dem Himmel ein dichtes Netz, das jeden erstickte, der es zu bezwingen suchte.

Ihre Beschreibungen und sämtliche Fotos hatten mich nicht überzeugen können, aber nun stand es doch fest: Sie mußten wahnsinnig gewesen sein, als sie das Vailima-Projekt in Angriff nahmen.

Louis wog nicht einmal fünfzig Kilo. Fanny stand kurz vor ihrem fünfzigsten Geburtstag.

Lloyd verschweigt auch, daß es zwischen dem Besitz und der Hauptstadt keine Straße gibt; daß die wenigen Pfade, die nach Apia führen, sich während der Regenzeit in reißende Schlammbahnen verwandeln; daß es von Oktober bis Mai regnet und der Wind die Häuser abdeckt; daß die vierhundert weißen Beamten und Händler, die das Schicksal hier zusammengeführt hat, lieber Intrigen spinnen und Cocktails mischen als irgend etwas Dauerhaftes zu errichten; daß die fünfunddreißigtausend Samoaner körperliche Arbeit verachten und im übrigen ohnehin im Jahr 1890 gerade wieder damit beschäftigt sind, für einen neuen Stammeskrieg aufzurüsten. Und schließlich sagt er auch nicht dazu, daß die Lagerräume der Trader zwar bis obenhin voll sind mit Pulverfässern und Champagnerkisten, man aber in der ganzen Stadt keine

Nägel, Schaufeln, keinen Spaten und keine Maurerkelle auftreiben kann. Ein Kolonist, der sich niederlassen will, muß alles aus San Francisco mitbringen oder aber sich bei den nächstgelegenen Händlern eindecken. Dreitausend Kilometer weit entfernt. In Auckland oder in Sydney.

SYDNEY
Februar – April 1890

Der Fahrstuhl landete sanft im prunkvollen Foyer des größten Hotels von Sydney, das Gitter öffnete sich, und ein Mann schnellte heraus.

»Was glauben Sie eigentlich, wer ich bin?« brüllte er, noch während er auf die Rezeption zustürmte. »Ich hatte eine Suite im ersten Stock verlangt, und nun führt man mich in den vierten.«

Mit verachtungsvoller Herablassung sah der Portier der sich nahenden Gestalt entgegen. Es war doch wirklich nicht zu glauben! Auf dem Kopf ein ausgefranster Strohhut und der Körper von einem Anzug verhüllt, der offenbar mindestens sechs Monate zusammengekrempelt in einem Koffer verbracht hatte, zwischen Kampferkugeln und Naphtalin, wenn man seiner Nase trauen durfte.

»Ich habe um drei große, luftige Zimmer gebeten, und was bekomme ich? Eine Rumpelkammer! Mein Gepäck haben Sie auch noch nicht hinaufbringen lassen.«

Der Reisende fegte mit seinem schlotternden Ärmel durch die Luft und zeigte auf seine Besitztümer. Die Zeugen der Szene wendeten ihre Köpfe in die angegebene Richtung. Dort türmten sich, von einem komplizierten Netzwerk von Bändern zusammengehalten, Schildkrötenpanzer, Kokosnüsse und Tausende von Muscheln. Außerdem gab es in Fischernetze gewickelte Trommeln, eine Machete, Bambusmatten, Waffen, Masken, Truhen und Kisten. Die Errungenschaften einer zweijährigen Reise durch die Südsee, kurz, ein wirrer Haufen, der auch den am wenigsten snobistischen unter den Liftboys ins Grübeln kommen lassen konnte, ob diese Gäste denn wohl in diesem Hause richtig aufgehoben waren. Neben all den aufgestapelten Sachen, die der aufgebrachte Mann offenbar als einziger im Raum für eines Gentlemans würdig befand, stand seine Frau und wachte über den ganzen Zinnober. Sie schien sich der Unangemessenheit ihres Gepäcks ein wenig bewußter zu sein und versuchte es deshalb mit einem halb ironischen, halb entschuldigenden Lächeln. *Wie sie da so standen, mitten in diesem Tempel der Zivilisation, auf dem gewachsten Parkett, umgeben vom sanften Schein der Kristallüster und Samtbespannungen, wurde mir plötzlich bewußt,* schreibt Belle, die ihnen so schnell wie möglich entgegengeeilt ist, *daß die beiden einen mindestens ebenso seltsamen Eindruck machten wie ihr Gepäck!*

Der Geschäftsführer gab ihnen zu verstehen, daß sie hier unerwünscht seien, und empfahl ihnen ein weniger nobles Hotel. Die Direktion sollte diesen Mißgriff noch schwer bereuen!

Am Tag nach seiner Ankunft war der Name Robert Louis Stevenson auf allen Titelseiten zu lesen. In New York und San Francisco hatten sie sich ja schon für berühmt gehalten, aber hier überstieg Louis' Erfolg alle Erwartungen. Die Schaufenster sämtlicher Buchhandlungen waren mit seinen Büchern geschmückt, und zwar dem Gesamtwerk. Fotos, Leitartikel, Besprechungen, Interviews, die australische Öffentlichkeit entdeckte seine Gewohnheiten, seine Pläne, sein Äußeres. Er würde sich hier ein paar Tage aufhalten, bevor er für den Sommer nach Europa fuhr. Nur für den Sommer.

»Aber meine Mutter wollte doch wieder mit ihm nach Samoa gehen, wenn sie aus England zurück sind«, flüsterte Belle, während sich hinter der Tür ein fürchterlicher Hustenanfall vernehmen ließ. »Mr. Stevenson hat zu Hause viel zu erledigen. Er muß sich mit seinem Verleger in London treffen. Sein Haus in Bournemouth vermieten. Und seine Mutter lebt auch noch in Edinburgh und ...«

»Der Zustand des Patienten duldet keinen Aufschub, Mrs. Strong! Er muß mit dem ersten Schiff nach Samoa zurück, denn sonst ...«

»Aber die Docks sind geschlossen, Doktor. Es geht überhaupt kein Schiff. Es wird doch gestreikt. Mein Stiefvater muß mindestens bis zum Ende des Streiks hierbleiben!«

»In dem Fall ...«

Mit einer Geste deutete Doktor Ross an, daß man dann wohl mit dem Schlimmsten zu rechnen habe.

Fanny schloß die Tür zum Krankenzimmer hinter sich und hob dem Arzt ihr Gesicht entgegen. Unter ihrer Sonnenbräune sah sie blaß und grau aus. Der Mund, dem die Jahre nichts hatten anhaben können, schien mit einem Mal ganz verkniffen. Sie war gerade fünfzig geworden. Sie hatte Fältchen um die Augen, die kleinen Hände waren übersät mit Schwielen und Sommersprossen. Sie war vom Leben gezeichnet. Ihre Augen, die so lange nicht mehr geweint hatten, schienen plötzlich ins Leere zu blicken. Der Satz, den sie schon seit fünfzehn Jahren im Geiste formuliert hatte, diese schrecklichen Worte stieß sie nun hervor wie einen Schrei:

»Wird mein Mann sterben?«

»Wenn Sie ihn nicht schnell aus Sydney fortbringen, kann ich für nichts garantieren.«

Louis hatte noch kaum den Fuß auf den eisigen Kai des winterlich feuchten Sydney gesetzt, da war das Unvermeidliche auch schon eingetreten. Er holte sich eine Erkältung, die in kürzester Zeit zu Lungenblutungen führte. Vom Fieber geschüttelt, lag er in einem Zimmer des Union Club und spuckte Blut. Draußen prasselte der Regen gegen die Scheiben.

»Bringen Sie Ihren Mann zurück in die Tropen. Richten Sie sich mit ihm auf irgendeiner Insel ein – und bleiben Sie da! Und was Ihre Reisen nach England angeht, von denen Ihre Tochter mir erzählt hat, gnädige Frau, davon kann gar keine Rede sein! Nicht jetzt und nicht später. Haben Sie mich verstanden? Samoa kann nicht weiter nur Ihr zweiter Wohnsitz sein. Von nun an sind Sie zum Exil verdammt. Was das bedeutet, ist klar, und der Beweis ist im übrigen ja schon geführt: Sie dürfen den Pazifik nicht mehr verlassen.«

Über die menschenleeren Kais im Hafen von Sydney irrte die Gestalt einer Frau. Ohne Hut und Handschuhe ging sie, die Hände tief in den Taschen ihres durchnäßten Umhangs vergraben, von einem

Anleger zum anderen, suchte zwischen den Kistenstapeln, spähte in die Bootsschuppen, ging die Laufstege hinauf, erklomm die verlassen daliegenden Decks sämtlicher Schiffe. Niemand da. Die wenigen Matrosen, denen sie in den Docks begegnete, schickten sie auf der Suche nach ihren Kapitänen zum »Blauen Papagei« und in die »Zahnlücke«, den Hafentavernen, wo die Seeleute ihre Heuer vertranken, während sie auf den Ausgang der Auseinandersetzungen zwischen den Reedereien und den Besatzungen warteten.

Beißend schlug ihr der kalte Regen ins Gesicht. Sie war das alles nicht mehr gewohnt. Die Angst. Sie hatte geglaubt, diese furchtbare Angst endlich vergessen zu können. Aber nun begann der Alptraum aufs neue, und diesmal schlimmer als je zuvor. »Mein Gott, mach, daß ich vor ihm sterbe. Daß er mich nicht allein zurückläßt. Ohne ihn kann ich nicht leben.« Der letzte Anfall war auf Tahiti gewesen, im Oktober 1888. Das Klima von Papeete war Louis nicht viel zuträglicher gewesen als der Dauerregen in Sydney. Und es war wirklich lächerlich: Verglichen mit dem Sommer in Schottland, konnte man die Temperaturen dieser beiden Städte immer noch als milde betrachten!

Sie spürte längst nicht mehr, wie das Salz auf ihren trockenen Lippen brannte, auch den öligen Koprageruch, der überall schwer über den Docks hing, nahm sie nicht mehr wahr. Sie hörte weder das Kreischen der Möwen noch das schnalzende Geräusch der Segel, die an die Masten klatschten. Fanny hatte nur noch dieses eine Bild vor Augen: Louis, wie er sich, erschöpft und ausgelaugt, nach einem Hustenanfall in die Kissen zurücksinken ließ. Genauso wie in Oakland, Edinburgh, Davos, Marseille, Hyères, Bournemouth. Obwohl ihr der pfeifende Wind schier den Atem benahm, sah sie immer nur dieses allzu magere Gesicht mit den großen, sonst so sprechenden, lebendigen Augen, die nun nichts mehr wahrzunehmen schienen. Die fahlen, hauchdünnen Lider schlossen sich über den leblosen Pupillen. Leblos? »Wenn er nun stirbt, wenn er mich verläßt ... « Seit fünfzehn Jahren beherrschte diese Angst ihr ganzes Denken. Nun hielt sie es einfach nicht mehr aus. All dieses Leid noch einmal neu durchleben zu müssen, Fanny wurde ganz schwindlig. »Also gut, dann soll er sterben! Drei Tage, er braucht nur drei Tage länger in Sydney zu bleiben, dann stirbt er. Dann ist endlich Schluß damit, und ich kann mich ins Meer stürzen!« Es war nicht das erste Mal, daß sie sich vorstellte, wie eine grüne, zähe Woge sie hinaustrug.

Zwei Jahre lang waren sie auf dem Pazifik herumgeirrt, und das war nun dabei herausgekommen. Alles nur, um in einem Hotelzimmer der ersten zivilisierten Stadt, die sie wieder erreichten, den Tod zu finden. Wirklich, ein schönes Resultat! Manchmal jedoch schöpfte sie trotz allem wieder Hoffnung. In Tahiti hatte man Louis damals auch schon aufgegeben. Und auch in Tahiti hatte der Arzt gesagt, er müsse wieder aufs Meer zurück. Und genau wie jetzt hatte man auch damals nicht einfach den Anker lichten können. Die *Casco* war reparaturbedürftig gewesen. »Wir konnten nicht lossegeln, genau wie jetzt«, fing sie wieder an, während ihr in ihrer Machtlosigkeit die Tränen über das Gesicht liefen. Oder waren es Regentropfen? Auf Tahiti hatte sie damals beschlossen, ihn auf die andere Seite der Insel nach Tautira zu bringen, in dieses kleine Dorf, das allseits wegen seiner Schönheit gelobt wurde und vor allem wegen der guten Luft. Es hieß, dort regne es nie, es sei immer warm. Aber hier in Australien? Wohin konnte sie Louis hier bringen? Es war wie auf Tahiti, man mußte weit, weit, bis ans Ende der Welt gehen, um der Feuchtigkeit zu entfliehen. Fünfundsechzig Kilometer lagen zwischen Papeete und Tautira, fünfundsechzig Kilometer durch dichten Wald und einundzwanzig Wasserläufe. Ein Karren mit zwei Zugpferden, der einem Chinesen irgendwo an der Küste gehörte, war das einzige Transportmittel weit und breit. Eines Tages war sie im Morgengrauen von Papeete aus aufgebrochen. Mittags war sie wieder zurück gewesen. Mit dem Wagen. Heute konnte Fanny sich nicht mehr erinnern, mit welchen Argumenten sie den Chinesen überzeugt hatte. Er sprach kein Englisch. Sie kein Französisch. Aber sie hatte diesen Pferdekarren bekommen. In der Rückschau schien es ihr keine so schwere Sache gewesen zu sein. Wenigstens hatte sie jemanden gefunden, mit dem sie reden konnte. Aber hier? Kein Mensch. Diese Docks und Anleger und diese vielen Schiffe waren ein Geisterhafen.

Ich habe keine Ahnung, wo meine Mutter damals die Janet Nicholl *ausgegraben hat,* erzählt Belle in ihrer Autobiographie. *Sie war ein kleines Handelsschiff, das bald zu den Line Islands auslaufen sollte. Sämtliche Matrosen waren schwarze Kanaken von den Salomon-Inseln; es gehörte kein Weißer zur Mannschaft, der Streik ging sie nichts an. Ich war zugegen, als einer der Schiffseigner, Mr. Henderson, meiner Mutter in der Familienpension einen Besuch abstattete. Sie war schon beim Packen, weil sie gehört hatte, die* Janet *werde am Tag darauf die Anker lichten. Ernst und bestimmt nahm ihr Besucher sich einen Stuhl und sagte ihr, während sie weiter ihre Koffer zuschnürte, es käme überhaupt nicht in Frage, daß sein Schiff Passagiere mitnähme.*

Er sprach immer weiter, indem er ihr in allen Einzelheiten erklärte, wie unbequem eine solche Reise für einen Kranken sei. Und im übrigen gebe es keine Kabine, die von einer Frau bewohnt werden konnte. Als er endlich schwieg, sagte meine Mutter, die die ganze Zeit nicht aufgehört hatte, im Zimmer hin und her zu gehen, Dinge zusammenzufalten, zu stapeln und zu ordnen, nur knapp, sie würden drei Personen sein: ihr Mann, ihr Sohn und sie selbst.

Mr. Henderson setzte wieder an, daß er absolut keine Passagiere an Bord nehmen könne. Meine Mutter schickte mich los, um ein paar Einkäufe zu machen, ich verließ das Zimmer und machte unterwegs bei Lloyd, der schon angstvoll auf eine Entscheidung wartete, halt, um ihm zu sagen, daß wir nicht mehr auf eine Abreise zu hoffen brauchten. Ich war sprachlos, als ich bei meiner Rückkehr Mr. Henderson meiner Mutter genaue Instruktionen geben hörte, wie sie die Janet *im Hafen finden könne. Wegen des Streiks hatte das Schiff am äußersten Rand des Hafenbeckens festgemacht. Er mahnte sie noch, auch ja pünktlich an Bord zu erscheinen und um gar keinen Preis zu spät zu kommen.*

Als wir am nächsten Tag eine grauenvoll schwankende Barkasse bestiegen, war es kalt und regnerisch. Louis lag, in eine Decke gehüllt, auf einer Trage. Seine Frau stand schweigend an seiner Seite und wachte darüber, daß er es so bequem wie möglich hatte. Lloyd, Joe und ich hielten uns traurig an unserer Bank fest. Wir waren zu deprimiert, um zu reden. Die Janet Nicholl *war der Inbegriff eines alten, abgewrackten Kahns, sie hatte einen schwarzen Anstrich und lag schwer im Wasser ... Sie hatte eine sehr hohe Reling, und es bereitete uns einige Schwierigkeiten, Louis auf seiner Trage an Bord zu hieven und anschließend in seine Kabine zu bringen.*

... Schweren Herzens gingen Joe und ich wieder von Bord. Louis schien diesmal so krank zu sein, daß wir nicht damit rechneten, ihn noch einmal wiederzusehen. Es war ein schrecklicher Gedanke, daß er auf diese Weise fortfahren mußte, auf diesem altersschwachen Schiff mit einer Mannschaft aus Trunkenbolden, schwarzen Matrosen und Wilden. Auch gefiel mir der Gedanke nicht, daß meine Mutter die einzige Frau an Bord war und nicht einmal Ah Fu dabei hatte, um auf sie aufzupassen (er war unterwegs auf seiner Reise nach China).

Schon bald erhielten wir einen Brief aus Auckland, wo der Schoner Zwischenstation gemacht hatte. Zu unserer großen Überraschung erfuhren wir nun, daß die Passagiere sich königlich amüsierten. Louis hatte seine Gesundheit wiedergefunden, kaum daß sie die Tropen erreicht hatten. Sie wollten fünf Monate auf der Janet Nicholl *bleiben, auf allen Inseln haltmachen, Stoff für das nächste Buch sammeln.*

Im August sollten sie alle nach Sydney zurückkehren, wo Louis prompt wieder krank wird. Diesmal sind die Würfel gefallen. Der Nomade, der sich einst damit brüstete, in mehr als zweihundertdreißig Städten Europas mindestens eine Nacht verbracht zu haben, der Vagabund, der seine Mutter anflehte, ihn doch hinzunehmen, wie er war, der fünfundzwanzigjährige Träumer, der an Fanny Sitwell, seine erste Liebe, schrieb: *Heute abend ist ein Beamter aus Neuseeland zum Dinner in die Heriot Row gekommen. Er hat uns von den Südseeinseln erzählt, bis ich ganz krank war vor Sehnsucht, selber dorthin zu fahren. Es müssen herrliche Orte sein, immer grün, mit idealem Klima, wunderschönen Männern und Frauen mit roten Blumen im Haar ...* – dieser Mann schnallt seinen Rucksack ab und geht vor Anker.

Sein Haus, sein Boden. Nur halb im Scherz, aber eben nur halb, spricht er von der Rückkehr auf die Güter seiner Ahnen, von der Wiederauferstehung des Stevenson-Clans, von seinem »Empire«.

Die Stevensons bleiben nur lange genug, um sich mit Pflanzen, Saatgut, Werkzeug und Geflügel zu versorgen, dann machen sie sich auf den Heimweg. Zu zweit. Allein. Um eine Aufgabe anzugehen, mit der zwanzig Männer nicht fertig werden würden.

Fanny schickt Lloyd mit dem Auftrag nach Bournemouth, das Haus, den Garten, diesen ganzen Besitz zu verkaufen, wo sie einst Ruhe zu finden geglaubt hatte. Danach soll er die Möbel aus dem blauen Salon und die Nippessachen in den Pazifik überführen. Er würde auch Tante Maggy mit zurückbringen, die bei ihnen, so hoffte sie wenigstens, ein glückliches Alter verbringen und, wenn auch fern von der Heimat, ein friedliches Ende an der Seite ihres einzigen Kindes finden würde. Und wenn Belle und Joe, die noch immer in Sydney von der Rente ihres Schwiegervaters leben, glauben, sie könnten der Existenz im Schoß der Familie entgehen, die Fanny für sie ausgeheckt hat, nichts da, wo kämen wir denn da hin?

Man erwartet sie im Mai, wenn das Haus gebaut ist und Fanny und Louis gerodet, behauen und gegraben haben. *Und es sieht ganz so aus,* kommentiert Robert Louis Stevenson im September des Jahres 1890, *daß meine Zukunft aus viel Regen, viel Unkrautjäten, ein paar Briefen und verdammt wenig Essen bestehen wird!* Es sei denn, Fanny nimmt mal wieder die Dinge in die Hand. Sie krempelt die Ärmel hoch, stülpt sich ihren Hut auf den Kopf und macht sich an die Arbeit. *Solange meine Hühner nicht eingesperrt sind, werde ich wohl in der Walachei auf die Jagd nach meinen Omeletts gehen müssen.* Also baut sie einen Hühnerstall. Danach Schweinekoben, einen Futtertrog, Stallungen. Sie schlägt sechzig Pflöcke in den Boden, setzt einen achthundert Meter langen Zaun, rodet ganz allein zwei Hektar Land, legt einen Gemüsegarten an, in dem eines Tages Salat, Tomaten, Artischocken, Blumenkohl, Gurken, Erbsen, Zwiebeln, Radieschen, ja, sogar Spargel wachsen sollen. Im Augenblick ist das alles noch Zukunftsmusik. *Unser gestriges Abendessen beschränkte sich auf eine Avocado, die meine Frau und ich uns geteilt haben.* Sie haben weder ein Fahrzeug, um nach Apia hinunter zu kommen, noch die Zeit, sich dort mit Proviant zu versorgen. Fanny versucht, sich als Arbeiter zwei Hände voll von diesen Samoanern heranzuzüchten, die vom Gärtnern ebensowenig verstehen wie vom Schreinerhandwerk. *Fanny zeigte Lafaele, wie er den Zaun weiterbauen sollte, den sie begonnen hatte,* schreibt Stevenson an Baxter. *Eher konnte man noch vermuten, daß Lafaele ihr mit seiner Axt den Kopf abschlagen und mit dem Hammer die Finger zertrümmern würde. Aber er war so voll guten Willens, daß sie ihn einfach machen ließ. Das Ergebnis war, daß der ganze Zaun in sich zusammenfiel. Fanny, die sich eigentlich hätte ausruhen müssen, hat also das ganze Ding noch einmal selber gebaut. Danach sollte Lafaele eine Futterkrippe fabrizieren: Statt dessen hat er eine Leiter konstruiert, über die die Schweine heute nacht Reißaus nehmen werden. Danach hat sie das Abendessen vorbereitet. Danach war sie verrückt und dumm genug, es mir auch noch unbedingt servieren zu wollen. Und danach ist sie dann in Tränen ausgebrochen.*

Zwei Reisende, ein Maler und ein Historiker, reiche amerikanische Touristen, die, wie Louis seinerzeit auf der *Casco*, zum Vergnügen und zum Wohle ihrer Gesundheit im Pazifik herumsegeln, werden die Glanzleistung der beiden ihrem gemeinsamen Freund Henry James folgendermaßen schildern:

Das Vailima der Stevensons: eine noch kaum gerodete Lichtung, die zumeist aus abgebrannten Baumstümpfen besteht. Ein Wellblechschuppen mit einer Außenleiter, um in die obere Etage zu gelangen … Es ist ein rechtes Elendsquartier und so dreckig, daß einem eine Eingeborenenhütte dagegen wie ein Palast erscheint … Ein so magerer und ausgezehrter Mann, daß man meinen könnte, er sei nur noch Haut und Knochen. Ständig in Bewegung, mit glühenden Augen, aus denen einen eine morbide Intelligenz anstrahlt. Er hampelt in einem furchtbar verdreckten, gestreiften Pyjama herum, das eine Hosenbein achtlos in eine ockergelbe Wollsocke gesteckt, das andere in eine von fast schon braunem Purpurrot … Eine Frau in einem Missionarshemd, das auch nicht viel sauberer ist als die Hosen und Socken ihres Mannes, nur daß sie gleich ganz vergessen hat, ihre Strümpfe anzuziehen. Haare, Augen und Haut so schwarz wie die einer Apachensquaw oder einer mexikanischen Mestizin. Obwohl man ihren Dreck und ihr Elend unmöglich vergessen kann, fand ich Robert Louis Stevenson außerordentlich unterhaltsam ... Sogar die gnädige Frau gefiel uns am Ende recht gut. Sie ist schließlich doch menschlicher als ihr Mann. Er ergötzt sich tatsächlich an den Prüfungen und der Mühsal, genießt den mangelnden Komfort und freut sich über dieses harte Leben, das nur ein Waldgeist ertragen könnte ... Wir haben uns dazu eine kleine Theorie zurechtgelegt: Stevenson ist ein Aitu, einer dieser Vampire, die den samoanischen Busch durchstreifen. Er bringt seine arme Frau ums Leben, die während zwei Jahren auf See unter den oft fürchterlichsten Bedingungen ihre Gesundheit drangeben mußte. Sie leidet unter schweren rheumatischen Anfällen, die leicht in Lähmungen ausarten können, und ich vermute, daß sie außerdem starke Verdauungsstörungen hat ... Obwohl sie selber alles vorzuweisen hat, was man für eine nette kleine Vampirkarriere braucht, ist sie offensichtlich nicht in der Lage, ihren Mann daran zu hindern, ihr das Blut auszusaugen. Einer wie der andere arbeiten sie härter als ihre ganzen Boys zusammengenommen ... Statt so viel Land zu erstehen, hätten die Stevensons sich besser ein Stück Seife gekauft!

DER TRAUM DER STEVENSONS: VILLA VAILIMA

Fanny V. de G. Stevenson
Die fremde Frau
Eingeborenenname: Tamaitai

Wenn Sie sich nicht mit ihr verstehen,
Pech für Sie
und die Freude an Ihrem Besuch.
Hier hat sie das Sagen …
Eine stürmische Freundin, eine
fürchterliche Feindin …
Immer gehaßt oder hemmungslos
verehrt;
Gleichgültigkeit undenkbar.
Die Eingeborenen halten sie für verhext
und glauben, daß die Geister ihr
gehorchen.
Hat Visionen und prophetische Träume.
ROBERT LOUIS STEVENSON

SAMOA – VAILIMA I
September 1890 – Mai 1891

»Gegen den Urwald ankämpfen, eine rebellische Natur bezwingen und unterjochen, das mag ja ganz nach Ihrem Geschmack sein, Mrs. Stevenson«, gab Henry J. Moors zu, der auf einen Besuch nach Vailima herausgekommen war, »aber …«

»Aber was?« fiel Fanny ihm kurz angebunden ins Wort.

An diesem Spätnachmittag hallte der geheimnisvolle, buschüberwachsene Berg Vaea links von der Hütte von Vogelschreien wider, die an das Getöse von Kindern auf einem Schulhof erinnerten. Das Gezwitscher in den Wipfeln der großen Bäume, die Fanny beim Roden ihrer Lichtung verschont hatte, klang sogar in erstaunlichem Maße menschlich.

»Aber ...«

Moors lächelte ein ganz klein wenig gönnerhaft. Sie hatte nicht mit seinem Besuch gerechnet und ihn barfuß und wie immer in ihrem verschwitzten, dreckverkrusteten blauen Holoku empfangen. Sie hatte ihr Unkrautmesser einfach liegen lassen und war mit ihm die Leiter hinauf in das obere Zimmer der Hütte gestiegen, das ihr als Salon diente. Im Untergeschoß bewahrte sie ihr Werkzeug auf. Außerdem wohnten dort die Familien ihrer Boys. »Wie kann eine weiße Frau in einer solchen Unordnung leben?« fragte sich der Händler. Durch eine Tür im hinteren Teil des Raumes konnte er in ihr Schlafzimmer sehen. »Und das«, dachte er, »soll nun das Zimmer einer Dame sein!« Der Raum war aber auch in einem ungeheuerlichen Zustand. An einer breiten Garderobe hingen Zaumzeug, Halfter und Gurte mitten zwischen den Kleidern. Auf einer Truhe im Vordergrund, die ihr wahrscheinlich als Frisiertisch diente, häuften sich Werkzeug, Hammer, Gartenschere, Zange, Sichel zwischen ihrer Zahnbürste, dem Kamm und den übrigen Toilettenutensilien. An der Wand hingen ein Zuggeschirr, Haifischgebisse, eine Schüssel, eine geschnitzte Lanze und eine Petroleumlampe. Ihr Feldbett, das zwischen zwei großen Munitionskisten stand, schien sich nur hierher verirrt zu haben.

»Wenn Lafaele unten zweimal dieselbe Sache verliert«, fühlte sie sich genötigt zu erklären, »gebe ich Befehl, diesen Gegenstand zu mir heraufzubringen. Das ist die einzige Möglichkeit, die Kontrolle zu bewahren.«

Sie stand auf, um die Tür zu schließen.

»Gerade bevor Sie kamen, habe ich ihn dabei erwischt, wie er mit Brennspiritus Feuer machte, dabei habe ich ihm das schon tausendmal verboten. Bring den Spiritus in mein Zimmer, habe ich befohlen. Wie immer.«

Fanny zeigte auf den Kanister, auf dem Moors sich niedergelassen hatte.

»Aber von mir aus kann sonst was in meinem Zimmer aufbewahrt werden, nur kein Brennspiritus.« Sie lächelte. »Hoffen wir, daß die flammende Begeisterung meiner Besucher ihn nicht hochgehen lassen wird.«

Moors schien das nicht besonders witzig zu finden.

Dieser kräftige, haarige Amerikaner, der vierzehn Jahre jünger war als seine Gastgeberin, besaß eines der bedeutendsten Handelskontore von ganz Samoa. Neben einem Geschäft in der Stadt gehörten ihm das Tivoli Hotel, eine Palmenpflanzung und einige Küstenschiffe. Am Koprahandel beteiligte er sich auf eigene Rechnung. Nachdem er eine Eingeborene geehelicht hatte, wurde er von der weißen Gesellschaft geächtet, was allerdings nicht bedeutete, daß er nicht nach wie vor überall empfangen wurde, wenn auch ohne seine Frau. Fanny zog die Zusammenkünfte bei Moors den Teegesellschaften der Konsuln tausendmal vor. Er war sowohl durch seine Ehe als auch durch seine Geschäfte mit den Samoanern verbunden, und als intelligenter und ehrgeiziger Mann, der sich vorzüglich mit den verschiedenen Völkern Polynesiens auskannte, wollte er auch gern eine bestimmende Rolle spielen. Sein Machthunger kannte keine Grenzen. Als der weltberühmte Schwiegervater seines ehemaligen Kumpels Joe Strong auf die Insel gekommen war, hatte er sich beeilt, ihn unter seine schützenden Fittiche zu nehmen. Moors war es auch gewesen, der Vailima für Robert Louis Stevenson ausfindig gemacht und die Verhandlungen geführt hatte. Und Moors hatte für die Rodung der ersten fünf Hektar und den Bau dieser Hütte gesorgt – das von Henry James' Freunden beschriebene Elendsquartier –, die den Stevensons ein Dach über dem Kopf bieten sollte, solange das eigentliche Haus noch nicht fertiggestellt war.

»Aber«, fing er wieder an und legte seinen Hut auf den Tisch, der heute von einer rosa Stola der Hausherrin bedeckt wurde, »Kaffee anbauen ist eine langwierige Angelegenheit, Mrs. Stevenson. Da ist es mit einem Jahr, wie Sie zu glauben scheinen, nicht getan, auch nicht mit zweien, ja, selbst drei Jahre werden noch zu wenig sein. Man braucht hier mindestens fünf Jahre, bis die Bäume überhaupt Früchte tragen. Und während dieser fünf Jahre werden immer wieder Orkane Ihre Pflanzen entwurzeln, der Regen wird sie unter Schlamm begraben, Unkraut, Kriechwurzeln und Farne werden sie ersticken. Und dann müssen Sie sich noch vor dem Tui-tui in acht nehmen. Das ist eine giftige Pflanze, die Ihnen sämtliche Kulturen verderben wird.«

»Die kenne ich«, sagte sie düster und hielt ihm ihre rotgeschwollenen Hände hin.

Moors warf nur einen kurzen Blick darauf und fuhr fort:

»Der Tui-tui wird Ihre Kaffeebäume zerstören. Gerade wenn Sie glauben, daß die ersten Blüten kommen. Hier bepflanzt man etwa sechshundert Fuß pro Morgen. Welcher Samoaner wird sich schon so eine Mühe machen? Sie bebauen noch nicht einmal ihr eigenes Land. Das Wort Arbeit ist für sie ohne Bedeutung. Und wenn Sie sie mit Geld locken wollen, machen Sie sich keine falschen Hoffnungen. Für sie ist der Lohn nur Taschengeld. Sie brauchen es nicht zum Leben, aber sie werden das Blaue vom Himmel heruntererzählen, um es sich von Ihnen zu ›leihen‹. Was Diebstahl ist und was nicht, läßt sich hier nie so genau feststellen. Sie interpretieren es anders. Natürlich können Sie *black boys* einstellen, wie es die Deutschen tun. Sie haben sie bestimmt schon gesehen, wie sie mit gesenkten Köpfen den Pfad nach Apia hinuntermarschieren. Sie sehen völlig anders aus als die Samoaner: klein, mager und schwarz wie der Teufel. Sie sind auf den sogenannten *black birders* von den Samoa-Inseln hierher importiert worden. Ich war selber mal in dem Geschäft, habe sie nach Hawaii verschifft. Viel Spaß mit denen, kann ich nur sagen! Sie sind dumm und folgen nur, wenn man sie mit dem Knüppel antreibt. Sie müssen sie immer zusammenhalten. Ohne Peitsche geht das nicht. Die Samoaner schauen auf sie herab, weil sie so häßlich sind. Und ihre Sitten sind ihnen auch nicht geheuer. Übrigens nicht ohne Grund: Die Black boys von den deutschen Plantagen sind nämlich Kannibalen! Die fressen sich gegenseitig auf. Ja, ja, das können Sie mir schon glauben. Wenn Sie sich dafür entscheiden, schneiden Sie sich vom Rest der Eingeborenenbevölkerung ab. Da fällt mir ein, ich habe da etwas über Vailima herausgefunden, was ich bisher noch nicht wußte. In den Wäldern hier und auf dem Berg, dem Vaea, verstecken sich die Black boys, wenn sie von den Plantagen weglaufen. Sie haben in der Nacht doch bestimmt schon seltsame Geräusche gehört. Ich fürchte, die Aitus sind nicht die einzigen, die Ihren Schlaf stören.«

»Warum erzählen Sie mir das alles, Moors?« fragte sie kühl. »Was soll ich denn Ihrer Meinung nach tun? Meine Koffer packen?«

»Genau das, Mrs. Stevenson. Ihr Mann ist wieder in Sydney. Sie sind ganz allein hier. Bald beginnt die Regenzeit. Es ist unvernünftig. Ich bin gekommen, um Ihnen meine Gastfreundschaft anzubieten.«

»Das ist sehr liebenswürdig von Ihnen. Aber wer soll sich um den Fortgang der Arbeiten kümmern, wenn ich in die Stadt hinuntergehe? Wissen Sie, warum mein Mann wieder nach Australien gefahren ist? Um seine Mutter abzuholen. Er bringt sie auf dem nächsten Schiff mit zurück. Bei ihrer Ankunft muß alles fertig sein. Mir bleibt nicht einmal mehr ein Monat.«

Durch das Fenster der Hütte warf Fanny einen betrübten Blick auf die Baustelle draußen. Unter einer tiefschwarzen Dunstwolke, die aussah, als würde sie gleich platzen, stand das Skelett der Villa Vailima, ein großer Kasten aus Holz mit einer umlaufenden Veranda auf beiden Etagen. Der Wind strich gefährlich um die Stützbalken, hob hier und da ein nicht gut genug befestigtes Brett aus der Verankerung und rüttelte am Wellblech auf dem Dach. Insgesamt neun Zimmer, ein Waschhaus und mehrere Baderäume. Zweihundert Quadratmeter Grundfläche. Man hatte unter anderem eine Eingangshalle geplant, die mit Sequoiaholz aus Kalifornien getäfelt werden und auf deren herrlichem, gewachstem Parkett hundert Tanzende und ein Flügel Platz finden sollten.

Etwa zwanzig Kostenvoranschläge und Hunderte von Zeichnungen – von einem Architekten in Sydney, von Moors und von Fanny selbst – waren nötig gewesen, bis man sich auf einen Plan geeinigt hatte. »Ich brauche viel Platz«, hatte Louis erklärt. »Was mir hier so besonders gefällt, ist eben die Weite. Und wenn es nichts anderes gibt im ganzen Haus: Ich will meinen zehn Meter langen Salon! Und von meinem Bett aus will ich das Meer sehen und den Berg da drüben!«

Der linke Flügel des Gebäudes berührte fast den Hang des Vaea. Undurchdringlich und geheimnisvoll stieg das Gehölz wie eine jähe Wand in die Höhe, so nah, daß man von den Fenstern aus die abfallenden Schlammrinnen zwischen den Bäumen erkennen konnte.

Diesmal war Moors ihrem Blick gefolgt.

»Genau darüber wollte ich mit Ihnen reden«, setzte er wieder an. »Sie sind größenwahnsinnig! Nie zuvor ist auf diesen Inseln je ein solches Haus gebaut worden! Haben Sie mal daran gedacht, was Sie das alles hier kosten wird? Louis schuldet mir jetzt schon siebentausend Dollar.«

»Er wird sie zurückzahlen, Mr. Moors. Keine Angst, Sie werden Ihre Talerchen schon zurückbekommen.«

Moors zuckte mit keiner Wimper.

»Wieviel tausend Bücher wird er verkaufen müssen, gnädige Frau, wenn er seine Schulden bei mir begleichen will?«

»In fünf Jahren, das haben Sie ja selber gerade so schön erklärt, in fünf Jahren wird mein Kaffee gewachsen sein. Ich will übrigens auch Kakao anbauen. Vailima wird selber Geld abwerfen und meinem Mann den finanziellen Druck von den Schultern nehmen. Dann wird er nicht mehr schreiben müssen, um uns zu ernähren. Wir werden nicht von seinen Autorenrechten leben, Mr. Moors, sondern von der Erträgen meiner Plantage!«

Der Händler lachte nur:

»Der Utopist in Ihrer Familie ist doch tatsächlich nicht Ihr Mann, sondern Sie!«

»Ich hätte mich auch mit etwas Kleinerem zufriedengegeben, aber nicht Louis. Louis träumt von einem Palast. Sie wissen so gut wie ich, Moors, wie gern er Gäste um sich hat. Und er will eben, daß die Gastfreundschaft auf Vailima üppig ausfällt. Bis zu den Fidschi-Inseln soll man davon reden, bis nach Tonga ... bis London!«

»Aber dieser Kamin, den Sie unbedingt haben wollen, das ist doch Ihre Idee, nicht wahr? In ganz Polynesien gibt es keinen Kamin. Sie werden die Backsteine aus San Francisco herbringen lassen müssen. Da kostet jeder einzelne ein Vermögen. Und dann der Transport von Apia hierher. Und dazu noch der Sand und der Zement. Wie wollen Sie das bewerkstelligen? Alle paar Meter liegen riesige Baumstämme quer über dem Weg. Man watet im Schlamm. Nicht einmal zu Pferd kommt man ungehindert durch. Man muß immer wieder absteigen. Wissen Sie, was Sie allein dieser Kamin kosten wird? Über tausend Dollar! Also wenn das keine Schnapsidee ist, weiß ich nicht! Eine durch und durch überflüssige Schrulle!«

»Überflüssig, Moors?« explodierte Fanny. »Sie vergessen, daß Mr. Stevenson ein kranker Mann ist. Das Ankämpfen gegen die Pflanzen, über das er sich in den letzten Monaten so lautstark gefreut hat, war die erste körperliche Arbeit, die er in seinem ganzen Leben verrichten konnte. Wenn er sich in Ihrer Gegenwart so begeistert darüber ausgelassen hat, wie herrlich es doch ist, nach einem arbeitsamen Tag dreckverkrustet und klebrig von Schweiß und Regen heimzukommen, unter dem Wasserfall zu duschen, um sich dann irgendwo niederzulassen und in die endlose Weite hinauszuschauen, dann war das die trunkene Freude eines Mannes, der bis zum Alter von vierzig Jahren gelebt hat wie ein Rüsselkäfer im Zwieback! Seine nie abreißende Produktivität, seine überschäumende Lebenslust und die Arbeitswut, das alles hat seinen Grund darin, daß er genau weiß, die Flamme könnte jeden Augenblick erlöschen. Und jetzt sehen Sie nur einmal nach draußen, Mr. Moors. Sehen Sie!«

Die Wolke hatte sich geöffnet, und nun klatschte der Regen heftig gegen die Fensterscheiben. Die Hütte schwankte und ächzte. Jeder Windstoß ließ sie erzittern. Mit unerträglicher Gleichförmigkeit trommelten die Tropfen auf das Dach.

»Sagten Sie, dies sei erst der Anfang der Regenzeit? Fühlen Sie die Luft hier im Zimmer? Es ist schon jetzt alles feucht und klebrig. Die Nässe zieht in die Wände. Nachts kriecht sie sogar in meine Schuhe. Und Sie wagen es, mir zu sagen, ein Kamin wäre überflüssig? Wie soll ich wohl Louis' Sachen trocken halten, wenn ich kein Feuer habe? Wie soll ich gegen die feuchten Laken ankämpfen? Sie scheinen nicht zu wissen, Moors, daß ein Schnupfen ihn umbringen kann. Und was die Kosten dieser sogenannten Schnapsidee angeht, brauchen Sie sich keine Sorgen zu machen.«

Moors hatte nun genug davon. Er stand auf und nahm seinen Hut.

»Ich dachte, Sie stünden mit beiden Füßen fest auf dem Boden der Tatsachen. Ich dachte immer, Sie wären hier diejenige mit dem Sinn fürs Praktische. Aber jetzt sehe ich, daß Sie genauso verrückt sind wie er.«

Im strömenden Regen stieg er die Leiter hinunter und grummelte dabei zwischen den Zähnen:

»Wenn sie nicht so charmant und talentiert wäre ... Diese Frau ist nichts als eine Bäuerin, eine richtige Bäuerin.«

»Bäuerin«. Fanny stand aufrecht im Regen und beobachtete voller Wut, wie der Trader sein Pferd losband. Hatte Louis diesem Schlitzohr von Moors etwa irgendwelche Vertraulichkeiten erzählt? Dieses Wort, das eigentlich nicht für ihre Ohren gedacht gewesen war, traf sie bis ins Mark. »Bäuerin«. Das war doch ganz genau Louis' große Theorie, darüber hatte er ihr doch vor seiner Abreise nach Sydney gerade einen langen Vortrag gehalten, und dabei hatte er auch noch so getan, als hätte er das Ei des Kolumbus gefunden: Jawohl, sie hatte eine Bäuerinnenseele. Und zwar nicht, weil sie die Landarbeit liebte, sondern weil sie sich an ihrem Besitz berauschte. Wenn Fanny wirklich die Künstlerin wäre, für die sie sich seit zwanzig Jahren hielt, würde die Inbesitznahme des Bodens sie nicht in diesem Maße in Ekstase versetzen, wie er es immer beobachten konnte, wenn sie mit ihrer Gartenarbeit beschäftigt war. Sie würde auch nicht in diese fürchterliche Wut geraten, die seine Analyse ganz offenbar hervorrief. Im übrigen, versicherte er ihr, habe er den allergrößten Respekt vor dem Bauernstand und sei voller Bewunderung für dessen ihm selber bisher unerschlossen gebliebene, geheimnisvolle Welt. Und außerdem dürfe sich seiner bescheidenen Meinung nach ohnehin niemand als Künstler aufspielen, der damit nicht auch für den Unterhalt seiner Familie aufkommen könne.

Louis' Widersprüchlichkeiten verunsicherten sie zutiefst. Glaubte er denn wirklich, daß sie so sehr an materiellen Dingen hing, daß sie seine Verachtung gar nicht mehr bemerkte? Natürlich verachtete er sie, ebenso, wie Henley es getan hatte! Wie konnte er es wagen, die alten Fäden seiner L'art-pour-l'art-Theorie mit seiner neuen Philosophie über den Künstler zu verknüpfen, dessen einzige Lebensberechtigung darin bestand, daß er für das tägliche Brot sorgen konnte? Das diente doch alles nur dazu, seine eigenen innerlichen Kehrtwendungen und paradoxen Verhaltensweisen zu legitimieren. Und die einzige Konstante dabei war die Machtgier. Sein gutes Gewissen verschaffte er sich auf ihre Kosten. Was kosteten sie ihn denn schon, seine Gedankenspielereien? Er freute sich einfach seiner ungeahnten Kräfte. Sie würde ihn dabei unterstützen. War es denn nicht das, was er von ihr erwartete? Wenn er meinte, er bräuchte sie nun nicht mehr, würde sie ihm schon das Gegenteil beweisen! Ohne sie, ohne die Bäuerin nämlich, würden seine Luftschlösser in Null Komma nichts verpufft sein. Ohne sie wäre es aus mit dem Herrn Künstler! Die Bäuerin würde es ihm schon zeigen.

Hat Robert Louis Stevenson je verstanden, daß er, indem er unablässig darauf aufmerksam machte, was an ihrem Charakter nicht mit dem Bild übereinstimmte, das sie sich von sich selber gemacht hatte, ihrer mühsam unterdrückten Furcht Raum gab? Daß dieses ständige Infragestellen sie leer und atemlos zurückließ, im Zweifel über ihre eigene Identität? Daß sie gerade in ihrer alles verzehrenden Liebe die Niederlagen in der School of Design und der Akademie Julian sublimierte?

Es sollte andere geben, denen das nicht entging.

Nach Fannys Tod beeilten sich ihre Kinder, alles aus ihrem Tagebuch zu streichen, was auf ihren verletzten Stolz und Spannungen zwischen ihr und dem Stiefvater hindeutete. Mit dicken Tintenstrichen tilgten sie die Sätze, die vielleicht etwas von der Verzweiflung ihrer Mutter hätten verraten können.

Aber 1955, fünfzig Jahre nach dem Tod von Mrs. R.L.S. und drei Jahre, nachdem auch Belle gestorben ist, macht sich ein amerikanischer Forscher an das Entziffern der zensierten Passagen und veröffentlicht schließlich das vollständige Tagebuch. Und was entdeckt der Leser unter den mehrfachen Durchstreichungen? Gar nichts! Es ist wirklich verblüffend. Kein Skandal, kein Drama. Nichts, was derartige Eingriffe hätte rechtfertigen können. Nur vorübergehende Gereiztheiten scheinen da auf, harmlose Reibereien zwischen einem Mann und einer Frau, die sich seit fünfzehn Jahren lieben. Wie aber läßt sich dann diese Sorge der Erben erklären, diese große Mühe, die sie sich gegeben haben, auch noch die unbedeutendsten Hinweise auf einen möglichen Konflikt zu vertuschen? Wozu das Ganze?

Sie lag ausgestreckt im Dunkeln unter ihrem Moskitonetz und lauschte auf den Sturm. Unverwandt starrte sie gegen die Decke, die sicher bald nachgeben und einen Schwall von Wasser auf sie herunterrauschen lassen würde. Dieses unablässige Prasseln des Regens gegen die Fensterscheiben machte sie schier verrückt. Am Abend war das Barometer ganz plötzlich gefallen. Sie wußte, das war das untrügliche Vorzeichen für einen Orkan. Aber warum sich Sorgen machen? Im Erdgeschoß schliefen der eingeborene Herkules, der ihr bei ihrer Landarbeit half, Lafaele, und seine Frau. Vielleicht war sie aber auch beim ersten Regenguß nach Apia geflüchtet, wo sie auf den Strich ging, während er, einsam und von Schluchzern geschüttelt, zusammengerollt auf seiner Matte lag. Lafaele raubte Fanny den letzten Nerv. Gerade gestern hatte sie ihn in die Stadt geschickt, um das neue Pflanzgut abzuholen, das sie sich aus Sydney hatte schicken lassen. Bäume für den Obstgarten, exotische Blumen, aus denen sie Parfumöl destillieren wollte, auch der Samen für das Bisongras, auf den sie so ungeduldig gewartet hatte, war dabei. Damit wollte sie die Weide bepflanzen und ihr Vieh füttern. »Sehr wertvoll, Lafaele. Gut aufpassen. Gut vorsichtig sein mit Etiketten, mit kleinen Schildern. Ohne kleine Schilder ich nichts machen können mit Samen.« Lafaele hatte seine Sache noch besser machen wollen. Kaum war er zurück in Vailima, hatte er ihr stolz seinen Schatz präsentiert: ein kleines, sorgsam in ein Bananenblatt eingewickeltes Päckchen. Fanny machte es auf und hielt sämtliche Etiketten auf einmal in der Hand. Was sollte sie sagen? Was konnte sie ihm schon vorwerfen? Zwischen dem Riesen und der winzigen »Tamaitai«, was in der Eingeborenensprache soviel bedeutete wie »Madame«, hatte sich so etwas wie Zuneigung entwickelt. Nachdem Louis abgereist war, hatte er begonnen, sie Mama zu nennen … Im Moment trug das nicht gerade dazu bei, daß sie sich sicherer fühlte. Wahrscheinlich hatte er selber noch viel mehr Angst als sie. In dem ohrenbetäubenden Getöse erfaßte ein Windstoß die Hütte mit solcher Wucht, daß Fanny sie schon in sich zusammenbrechen sah. Von draußen hörte man das Splittern und Krachen umstürzender Bäume. Sie konnte nichts sehen, aber sie spürte wieder die Unordnung in diesem Zimmer. Tastend suchte sie nach Streichhölzern und fand die Schachtel schließlich auf einer Truhe. Sie kniff die Augen zusammen und hob den Arm zum Barometer über ihrem Kopfende. Das Quecksilber war tief, unglaublich tief gesunken. Tiefer sogar, als man sich von dem Zyklon erzählte, der damals die sechs Schiffe vor Apia mit Mann und Maus versenkt hatte. »Es wird entsetzlich werden.« Sie sprach die Worte nicht aus. Der Regen, der sich immer weiter über das Dach ergoß, erschien ihr wie die Ausläufer einer riesigen Woge, die sich am Korellenriff gebrochen hatte und nun schäumend nach Vailima emporstieg. Das Streichholz ging aus. Wieder war um sie her alles dunkel. Aber sie hatte in der kurzen Zeit gesehen, daß die Garderobe mit allen Kleidern, Halftern, Gurten und dem Zaumzeug vom letzten Windstoß umgeworfen worden war. Ihre Haarbürste und all die anderen Toilettenartikel lagen zusammen mit dem Werkzeug am Boden. Sie versuchte, die Wucht der Stöße abzuschätzen, die die Hütte bisher über sich hatte ergehen lassen müssen. Aber das Schlimmste kam ja erst noch. Man bereitete sich wohl besser darauf vor. Sie brüllte aus voller Kehle: »Lafaele!« Dann zog sie ihre Schuhe an und nahm das Moskitonetz herunter. Der Eingeborene erschien in der Tür. Seine schwarzen Locken, die er rötlich einfärbte, klebten ihm auf der Stirn, über seinen nackten Oberkörper perlte das Wasser, sein Lava lava schloß sich klatschend um die Schenkel.

»Lafaele, trage die Matratzen, die Kerzen, den Tisch und das Moskitonetz in den Stall!«

»Ich nicht gehen Stall! Da Geist! Gespenst. Ich nicht da hingehen, nein, nein.«

Sie lud ihm seine Last einfach auf die Arme und stieß ihn nach draußen.

Im peitschenden Wind und Regen überquerten sie die Lichtung. Sie mußten über die Stämme umgestürzter Kokospalmen klettern und endlose Strecken im Schlamm waten, bevor sie endlich die Tür zum Stall öffnen konnten. Lafaele beeilte sich, seine Sachen abzusetzen und wieder zu verschwinden.

Das Wasser kam in wahren Sturzbächen herein. Fanny lag zusammengerollt halb in einer Pfütze und blickte durch den Spalt zwischen den Wandbrettern auf das leere Gerüst des großen Wohnhauses. Sie fürchtete, es könnte jeden Moment einstürzen und von der Sintflut mitgerissen werden. Dann träumte sie vor sich hin. Sie stellte sich Tante Maggys Freudenrufe vor, wenn sie erst das Zimmer sah, das sie für sie vorbereitete. Ein helles, ruhiges Zimmer mit Blick auf den Rasen. Würde es Tante Maggy in Vailima gefallen? Alles mußte rechtzeitig fertig sein. Es sollte doch eine Überraschung werden. Der erste Eindruck war immer so wichtig!

Die Windstöße wollten nicht nachlassen und rüttelten an den Wänden des Stalls. Die aufgeregten Hähne krähten, die Hühner gackerten, die Schweine grunzten und stießen sich an den Umgrenzungen ihrer Koben, die hysterisch gewordenen Pferde wieherten und tänzelten. Der Schatten der Villa Vailima war schließlich mit einem Schleier aus Regen verschmolzen. Und Fanny bereute bei alledem nicht einen Augenblick, sich für ihr Exil ausgerechnet diesen Ort erwählt zu haben.

Louis' zweimonatige Abwesenheit und Tante Maggys schrecklicher Brief aus Sydney, in dem sie ihr mitteilte, daß er wieder einen Rückfall gehabt hatte, diese immer wieder neu aufflackernde Bedrohung durch den Tod, hatten mit einem Schlag allen Ärger und alle Kümmernisse hinweggefegt. Was blieb, war die Sehnsucht. Er hatte sie niemals demütigen wollen, glaubte sie nun verstanden zu haben, er dachte eben nur in Paradoxien, die Aggressivität, die in den letzten Wochen zwischen ihnen geherrscht hatte, war nur ihrer Ermüdung zuzuschreiben. Und außerdem das Produkt von Fanny Stevensons hinreichend bekannter Überempfindlichkeit. Über diesem Gedanken schlief die vor Kälte fast erstarrte Fanny ein und träumte von ihrem schönen großen Haus, das sich hell erleuchtet vor dem Berg Vaea erhob.

VAILIMA II

Mai 1891 – Juli 1892

Zwölfter Hochzeitstag, notiert Fanny am 19. Mai 1892. *Es kommt mir ganz unmöglich vor. Zwölf Jahre … Undenkbar! Und ebenso undenkbar ist es, daß wir nun schon fast zwei Jahre im Busch verbringen. Es scheint alles so geregelt, so etabliert. Als hätten wir schon immer hier gelebt.*

Vor dem großen, blaugrün gestrichenen Haus, dessen Dach und Fensterläden, Stützpfeiler und Geländer in venezianischem Rot leuchten, fällt der Rasen sanft bis zu einer Steinmauer hin ab, die den Park von der Wiese und dem Stall trennt. Mitten auf der Grasfläche erheben sich wie zufällig riesige Bäume, die der Rodung und den Orkanen entgangen sind. Im Hintergrund schließen dichte Hibiskussträucher mit ihren unregelmäßigen tiefroten Tupfen den Garten ab. Die Zitronen- und Limonenbäume tragen dieses Jahr so viele Früchte, daß man sie schon zum Wachsen des Parketts im großen Wohnzimmer von Vailima verwendet, und die ballgroßen, festen Orangen werden als Spülung für die Haare benutzt, die davon schön seidig und glänzend werden. Zu Füßen der Terrasse erstrecken sich endlose Blumenbeete mit Tuberosen und Büschen von Jasmin und Gardenien, die einen betörenden Duft verströmen.

Ein großer samoanischer Boy mit kokosölglänzendem, nacktem Oberkörper und einem Schottenkilt um die Lenden rückt die Sessel für die Cocktailstunde zurecht. Heute wird auf der Veranda serviert. Links hört man Wasser rauschen. Das ist der Fluß, der zum Fuß des Berges hin immer reißender wird, um sich schließlich kaskadenartig in ein Frischwasserbecken zu ergießen. Auch das Lachen der jungen Dienerinnen, die dort drüben baden, klingt herüber. Vor dem Haus hört man noch ganz leise das Glockengeläut von der Kathedrale in Apia. Abendmesse. Von der Meeresbucht treibt das Blöken eines Nebelhorns herauf. Dort muß sich ein Schiff in gefährliche Gewässer gewagt haben. Hinter den Baumkronen erstreckt sich das Meer, soweit das Auge reicht. Der Blick schweift hinüber zu dem Schaumwall, dorthin, wo das Grau des offenen Meeres in das Türkis der Lagune übergeht. Rings um die Lagune ziehen sich Berghügel bis zum Horizont. Weite, dem Wind ausgesetzte Landschaft. Überall rauscht der Urwald. Man sieht kein Dach, keine Wiese, keine Ackerfläche bis auf die, die zu diesem ungeheuer großen Besitz gehören. Villa Vailima scheint das einzige Gebäude von Menschenhand auf der ganzen Insel zu sein. Die hochherrschaftliche Residenz des Familienoberhauptes aller Stevensons strahlt Würde aus, Solidität und Dauerhaftigkeit.

Nachher wird Louis unter den Porträts, die seinen Mentor Sydney Colvin und Thomas, seinen Vater, zeigen, den Vorsitz an dem großen Ebenholztisch übernehmen, der sich biegt unter dem vielen Tafelsilber und Kristall – alles im letzten Jahr von Lloyd aus Bournemouth mitgebracht. Die wunderschöne Faamua, eine mit kaum mehr als nichts angetane Samoanerin, die im Scherz auch der Butler genannt wird und, je nachdem, manchmal auch Jungfer Naseweis, wird die beiden hochstieligen Gläser vor jedem Teller mit französischen Weinen füllen; man wird sich hausgebackenes Rosinenbrot und Erbsen und Ananas aus dem Garten schmecken lassen. Tante Maggy, für das Abendessen in schwarze Seide gekleidet, wird die Mahlzeit segnen. Der kleine Austin wird von seinen Badeabenteuern erzählen, Lloyd die neuesten Klatschgeschichten und Kriegsgerüchte aus Apia. Joe wird über die Häßlichkeit der Konsulsgattinnen herziehen, und Belle, die dem Meister inzwischen als Sekretärin dient, wird sich in fröhlichen Lobesworten über seine Arbeit ergehen. Geschmeichelt erlaubt er ihr dann, »ihr« Werk zum Dessert vorzulesen. Nur Fannys Platz wird leer bleiben. Sie kommt immer zu spät zu den Mahlzeiten. Tante Maggy ist schockiert über ihr Betragen, Belle hilflos verzweifelt und Louis wütend. Das Tischgebet muß man ohne sie sprechen, die Suppe ist bereits aufgetragen, und sie ist immer noch nicht da.

»Austin, weißt du, wo deine Großmutter ist?« fragt das Familienoberhaupt schließlich.

»In der Kaffeeplantage«, antwortet das Kind ruhig. »Oder im Gemüsegarten oder vielleicht bringt sie die Hängebrücke über dem Fluß in Ordnung, oder sie striegelt ihr Pferd. Nein, jetzt weiß ich: Bestimmt pflegt sie diesen widerwärtigen Black boy, der heute nachmittag hier angekommen ist.«

»Ich habe sie über den Rasen gehen sehen«, mischt sich Belle ein. »Sie trug einen Baumstamm mit sich herum, der dreimal so groß war wie sie selber. Dieser Nichtsnutz von Lafaele ging mit kleinen Trippelschritten hinter ihr her und hatte nicht mehr im Arm als ein Stöckchen.«

»Austin, geh sie holen!«

Und genau in diesem Augenblick wird Fanny dann auf der Bildfläche erscheinen. Eine für wenige Sekunden reglose, winzige blaue

Gestalt unter der Schiebetür zur Veranda. Dann tritt sie ein, schmutzig, mit nackten Füßen und wirrem Haar, streckt ihre Hände aus und murmelt vorwurfsvoll:

»Ich hatte zu arbeiten!«

»Um diese Zeit hat man im Garten nichts mehr zu suchen«, schnappt Tante Maggy.

»Ich blute«, verteidigt sie sich.

»Hast du das Muschelhorn nicht gehört?« fragt Louis. »Wir haben dreimal zum Essen gerufen. Wo warst du?«

»In der Kakaopflanzung. Bis heute zwölftausend Setzlinge!«

»Der Kakao konnte doch warten. Setz dich.«

Aber sie setzt sich nicht. Langsam geht sie um den Tisch herum und zeigt ihre Handflächen.

»Ich blute.«

»Aber warum hast du denn keine Handschuhe angezogen?« erkundigt sich Louis beim Anblick der tiefen Schnitte und Schürfwunden.

»Weil Belle sie verlegt hat.«

»Das ist nicht wahr!« protestiert ihre Tochter. »Sie hängen wie immer an ihrem Haken im Waschhaus.«

In heller Wut bleibt Fanny einen Moment ganz steif stehen.

»Wage es nicht, mich eine Lügnerin zu nennen!«

»Ich habe ja nicht gesagt, daß du lügst, aber...«

»Die Handschuhe waren nicht im Waschhaus...«

Sie geht um ihren Stuhl herum.

»Ja, glaubt ihr denn, ich wäre sonst so verrückt gewesen, den Tui-tui mit bloßen Händen auszureißen? Vielleicht hat sie ja mein Schwiegersohn versteckt, damit ich mich verletze?« sagt sie plötzlich und geht drohend auf Joe zu, der sich tief über seinen Teller beugt. »Oder vielleicht hat er sie auch verkauft? Es wäre nicht das erste Mal, daß er hinter unserem Rücken etwas verschachert. Und zwar Dinge, die uns gehören«, zischt sie, während sie sich beängstigend nah über seine Schulter beugt. »Sagen Sie, Joe, Sie leben doch von unserer Großzügigkeit, finden Sie, es ist richtig, uns so zu behandeln? Glauben Sie, wir wissen nichts von den Gerüchten, die Sie über Belle und dieses Haus in Apia verbreiten? Wenn ich nur daran denke, daß Sie mit diesen Konsuln im Bund sind, um uns hier vertreiben zu lassen!«

Joe reagiert nicht, aber Belle bricht in Tränen aus.

»Fanny, setz dich«, unterbricht Louis eisig. »Iß!«

Maßlos aufgebracht, dreht sie sich zu ihm um:

»Willst du wieder Partei für ihn ergreifen? Er tut nichts, den ganzen Tag über tut er nichts. Er behauptet, er ginge zum Zahnarzt, aber das ist nur ein Vorwand, um in Apia herumzulungern. Er tut nichts, nichts, nichts! Außer den Kellerschlüssel zu stehlen, damit er sich nachts betrinken und dann Wasser in den Bordeaux kippen kann, damit die leeren Flaschen nicht auffallen. Tu doch nicht so, als wüßtest du nichts davon! Er nimmt uns aus, während ich alles versuche, um diese Plantage zu erhalten! Sieh dir meine Hände an! Sieh her! Sieh dir an, was dein Besitz, deine Erde und dein Haus daraus gemacht haben. Die Hände einer Bäuerin!«

Nach diesen unvorhersehbaren, schnell verrauchten Wutanfällen ist Fanny jedesmal am Boden zerstört vor Angst und Gewissensbissen. Wie ist das nur möglich? Sie versteht das nicht. Kaum eine Stunde, nachdem sie mit einer ihrer Tiraden ihre gesamte Familie in Angst und Schrecken versetzt und Louis so in Wut gebracht hat, daß er Tage brauchen wird, um sich davon zu erholen, würde sie alles darum geben, daß man ihr wieder verzeiht. Dann wandert sie durchs ganze Haus, klopft demütig an alle Türen und erfleht die Nachsicht ihrer Tochter, ihrer Schwiegermutter, ihres Mannes. Sie kann sich selbst nicht mehr trauen. Sie ist sich selber gründlich zuwider.

In der Woche darauf gewinnt sie die Herzen aller mit ihrer Freundlichkeit und tausend kleinen Aufmerksamkeiten zurück. In Vailima kehrt wieder Ordnung ein. Jeder schreibt ihre Launen der Übermüdung zu. Dr. Funk, der deutsche Arzt auf den Plantagen, hat sich bereits erlaubt, Mr. Stevensons Aufmerksamkeit auf die große körperliche Erschöpfung seiner Frau zu lenken.

»Ich weiß«, hat er geantwortet, »sie arbeitet zuviel. Sie weiß nicht, wo ihre Grenze ist.«

»Es ist so einfach, mir zu sagen, ich soll mich hinsetzen«, versetzt Fanny. »Die Dinge erledigen sich nun mal nicht von allein!«

Nun erfährt Louis am eigenen Leib, wie aufreibend es ist, sich um einen anderen zu kümmern und ihm ständig Ratschläge zu geben: »Ruh dich aus... Nimm deinen Schal... Hol deine Strümpfe«, zumal, wenn dieser andere die Ratschläge nicht hören will.

»Und wer kümmert sich ums Säen, wenn ich es nicht tue? Ja, wer? Joe etwa? Oder du?«

Jedes Gespräch endet in einer Auseinandersetzung, die in einen handfesten Streit übergeht. Die Reibereien werden immer häufiger, und sie nehmen von Mal zu Mal an Heftigkeit und Unsinnigkeit zu.

Vor einem Jahr hatte alles angefangen, auf den Tag genau fünf Monate, nachdem Belle, Austin und Joe und Tante Maggy mit ihrer australischen Kammerzofe gekommen waren und Lloyd mit den Möbeln, Teppichen, dem Tafelsilber, den Teeservice, der Rodin-Skulptur, Louis' Porträt von Sargent, St. Gaudens' Basrelief von Louis, Louis' Besitz, Louis' Vergangenheit... Kisten mit einem Gesamtgewicht von dreißig Tonnen, die Fanny sofort nach Vailima hatte heraufschaffen lassen. Die lederbezogenen Chippendale-Stühle, der Geschirrschrank mit den zahllosen Kupferknöpfen, die beiden indischen Buddhas, die vor langer Zeit ein Bruder von Tante Maggy aus Delhi mitgebracht hatte, jedes dieser Erinnerungsstücke, jeder einzelne Nippesgegenstand hatte ganz automatisch seinen Platz an diesem Ort gefunden, den sie in langen sechs Monaten erdacht, geplant und aufgebaut hatte. Niemand hatte sich je genau überlegt, wieviel Anstrengung sie das alles gekostet hatte. Die Wandschränke in Louis' Arbeitszimmer standen bereit für seine Bücher, und das Klavier, das, nur von Menschen getragen, als letztes Stück in Vailima eingetroffen war, brauchte nur noch in seine enorme Hülle aus geflochtenen Kokosblättern hineingeschoben zu werden, die sie extra ersonnen hatte, um das Instrument vor der Feuchtigkeit zu schützen.

Im Badezimmer hatte Tante Maggy nur noch die Hähne aufzudrehen brauchen, wenn sie eine Dusche nehmen wollte. Das Wasser wurde über ein Kanalisationssystem aus Röhren und Staubecken vom Fluß heraufgeschafft, das ihre Schwiegertochter entworfen und errichtet hatte. In Austins Limonadengläsern klirrten die Eiswürfel, und zum Abendessen würde er vielleicht ein Sorbet bekommen: Am Rande des Gartens schnurrte eine Eismaschine mit eigenem Generator. Als man eintraf, hatte die Hausherrin von Vailima soeben eigenhändig einen Tennisplatz fertiggestellt, für die Unterhaltung der jungen Leute.

Für die Strongs war es wie die Ankunft im Paradies gewesen. Es war aber auch schwer, sich dem Rausch Vailimas zu entziehen, einem Ort, dessen Schönheit sich ihrer Meinung nach mit nichts vergleichen ließ, und wie sollte man sich auch nicht von dem überwältigenden Gefühl gefangennehmen lassen, dieser ruhmreichen Familie anzugehören, die von nun an als die mächtigste der ganzen Insel galt?

Prestige und Schönheit, genau diese beiden Begriffe nahmen im sozialen System der Eingeborenen eine Schlüsselposition ein, und sie hatten die Samoaner so beeindruckt, daß sie sich tatsächlich für Vailima interessierten.

Moors hatte keineswegs übertrieben: Es war tatsächlich ungeheuer schwer, Hilfskräfte unter den Einheimischen aufzutreiben. Und Fanny sollte sehr schnell begreifen, daß ihre ganze Plantage von der Zuverlässigkeit der Arbeiter abhing. Ohne Personal konnte Vailima nicht existieren.

Auf Anraten der Bewohner von Apia hatte sie es zunächst mit Weißen versucht. Ein Reinfall. Die einen tranken, die anderen reisten mit einem der nächsten Schiffe wieder ab, die dritten ließen alles stehen und liegen, sobald ihnen ein anderer Arbeitgeber einen höheren Lohn versprach. Entgegen allen Warnungen hatte sie also Lafaele und seine Frau eingestellt, die Frau, der man nachsagte, sie biete ihre Reize jedem feil, der genug dafür zahlte. Drei Monate später schwamm Mrs. Lafaele auf dem Grund der Lagune. Einer ihrer Kunden hatte sie von einem Felsen gestoßen. Noch am Tag ihrer Beerdigung nahm der Witwer sich eine neue Frau. Diesmal war es eine bezaubernde Samoanerin aus dem Vailima nächstgelegenen Dorf. Fanny hatte sie im Waschhaus und im Haushalt eingesetzt.

Faamua hatte dann bald ihre Freundinnen hergebracht, die fasziniert waren von diesem großen, geheimnisvollen, luxuriösen Haus.

Die Samoaner hatten beobachtet, wie die Bäume fielen und wie hernach aus Mörtel, Ziegeln und Balken das Haus errichtet wurde, sie hatten das Silber gesehen, das Porzellan, die Stoffe und die Kisten mit Wein und Büchern und hatten bei all dem nie verstehen können, wo diese ganzen Reichtümer wohl herkamen. Ihr Eigentümer handelte nicht mit Kopra, er hatte kein Geschäft in der Stadt, kein Hotel, keine Bar. Er verkaufte weder Waffen noch Alkohol. Er hatte auch nicht die Oberaufsicht über ein Kriegsschiff und bekleidete kein politisches Amt. Und dieses Anwesen, das großzügiger und stattlicher war als alle Residenzen der Konsuln, hatte er auch nicht mit Steuergeldern errichtet. Also? Über was für eine geheimnisvolle Macht mochte er nur verfügen? Der Zufall sollte ihnen Antwort geben. Kurz nach der Fertigstellung von Vailima hatten sie in dem von Reverend Clarke herausgegebenen Blatt die Übersetzung von *The Bottle Imp – Das Flaschenteufelchen* gelesen – die erste Übersetzung eines fiktionalen Textes in die samoanische Sprache. Mr. Stevenson hatte von einem Hawaiianer geschrieben, der über einen Flaschengeist gebot. Der Geist mußte ihm alle seine Wünsche erfüllen. Die Leser waren natürlich nicht daran gewöhnt, zwischen Märchen und Wirklichkeit zu unterscheiden, und schlossen deshalb messerscharf, daß diese Flasche mit dem Geist darin dem Erzähler der Geschichte gehören müsse, nämlich »Tusitala«. Da hatten sie ihre Erklärung! Ein Geist war ihm untertan. Tusitala war ein großer Meister, dessen Macht man schon an den großen Reichtümern um ihn herum erkennen konnte. Und an der Zauberei. Die Eingeborenen waren überzeugt, daß die beiden Stevensons übernatürliche Kräfte besaßen, denn Tusitalas Frau Tamaitai pflegte und heilte ihre Familie. Also mußte sie die Macht besitzen, böse Geister zu vertreiben. Und nichts entging ihr. Wenn man einen Fehler machte, etwas vergaß oder sich verspätete, sie sah alles, sie mußte überall Augen haben.

Fanny unterstützte sie noch in diesem Glauben. Sie hatte schon immer ihren Intuitionen nachgegeben und vertraute fest auf ihren

Instinkt. Sie »fühlte«, wenn sich am anderen Ende des Gartens ein Pferd losriß oder wenn Lafaele außer Sichtweite im Schatten eines Bananenbaumes gemütlich einschlief. Sie wußte schon vorher, wann Besuch kommen würde oder ein Brief. Bis zu einem gewissen Grad hielt Fanny sich für ein »Medium«.

Louis verlangte von seinen Schäfchen absoluten Gehorsam und natürlich, daß sie die Befehle des mächtigen Meisters auch sofort ausführten.

Jeder bekam eine bestimmte Aufgabe zugeteilt. Auftragszettel wurden verteilt und Verlautbarungen am großen Mitteilungsbrett im Salon befestigt. Ein Diebstahl, eine grobe Fahrlässigkeit, und schon mußte der Schuldige vor einer Art Gericht erscheinen. In Gegenwart der gesamten »Familie« ließ Robert Louis Stevenson sich einen Bericht von dem Vergehen geben, den der Delinquent selber vortragen mußte. Dann bewertete er die Tat und fällte sein Urteil. Die Strafe wurde jedesmal ausführlich begründet und in all ihren Konsequenzen geschildert und kam nie am selben Tag zur Vollstreckung. Wenn der Übeltäter zu einer Geldbuße verurteilt wurde, kam das der Kasse seiner Kirche zugute, ob diese nun katholisch oder protestantisch war.

Tusitala erfreute sich Gottes Hilfe, da mußte er auch seine Pflichten übernehmen.

Ob er bis über beide Ohren in Arbeit steckte, ob er unermüdlich und leidenschaftlich schrieb, selbst wenn er Gefahr lief, das Postschiff ohne seine Manuskripte abfahren lassen zu müssen, nahm Louis sich die Zeit, am Leben seines Clans teilzunehmen. Sie konnten jederzeit mit ihren Fragen zu ihm kommen, egal, worum es dabei ging – häuslicher Ärger, Schwierigkeiten mit den Nachbarn, Steuerzahlungen –, er war immer bereit, zuzuhören. Wer immer seine Hilfe nötig hatte, bekam Zuspruch und Unterstützung. Er empfing die Eltern seiner Schützlinge, baute ihnen Häuschen auf seinem Grund, hielt herrliche Festessen und aufwendige Zeremonien nach Eingeborenenritus für sie ab. *Gestern,* schreibt er nicht ohne Stolz an Sydney Colvin, *waren wir dreißig Personen. Du hättest uns sehen sollen, wie wir, alle in unserem Sonntagsstaat, in einer feierlichen Prozession von der Villa zu dem neuen Eingeborenenhaus gezogen sind. Es war zu diesem Anlaß fertiggestellt worden. Alle Pfeiler und Querbalken waren mit Girlanden aus rotem Hibiskus umwunden. Den Kiesboden bedeckte ein Teppich aus großen Pandangblüten. Unsere Plätze hatte man mit Bedacht gewählt und plazierte uns also den Eingeborenenfrauen aus unserem Haushalt gegenüber. Die Männer ließen sich zu beiden Seiten nieder. Die von der »Familie« eingeladenen Häuptlinge wurden in unsere Nähe gesetzt ... Nach dem Essen tranken wir den Kawa – eine ungemein vertrackte Angelegenheit, da jeder den Krug nach einem genau festgelegten Ritus aufnehmen muß, wobei sich die Reihenfolge, in der man den Krug gereicht bekommt, nach der jeweiligen Bedeutung richtet.*

Belle, die sich schon immer für das äußere Erscheinungsbild der Dinge und der Menschen interessierte, hatte sehr schnell ihr Herz für die stattliche Erscheinung der »Leute von Vailima« entdeckt. Ihre Fröhlichkeit und ihr Sinn fürs Ästhetische verband sie mit ihnen, und so hatte sie schon am Tag nach ihrer Ankunft wie selbstverständlich die Aufsicht über das Hauspersonal übernommen. Ihr oblag es nun, die Küche und das Auftragen der Mahlzeiten, kurz, die gesamte Haushaltsführung zu überwachen. Keine leichte Aufgabe. Täglich mußten vierzehn Personen beköstigt werden, darunter sieben Diener, die jeder über eine zahlreiche Familie mit Eltern und Cousins jeglichen Grades verfügten, denen Vailima ebenfalls Gastfreundschaft schuldete.

Tante Maggy wachte über das Seelenleben dieser kleinen Welt. Sie sprach die Gebete bei der allmorgendlichen Andacht, zu der sich alle im Salon versammelten. Es war nicht schwer gewesen, diesen Brauch einzuführen: Die Samoaner waren von Natur aus religiös und konnten sich nichts Schöneres vorstellen, als gemeinsam mit anderen zu singen.

Lloyd übernahm die Verwaltung. So konnte er seinen Hang zu peinlicher Ordnung und Sorgfalt und nebenher auch seine leise Machtgier beim Einteilen der Arbeiten und dem Kontrollieren der Gelder austoben.

Joe, der sämtliche Untugenden und Schwächen in sich allein zu vereinen schien, leitete die Landarbeitertrupps. Nicht einmal sein

Freund Moors konnte ihn, was seine Qualitäten als Vorarbeiter anging, schonen und meinte, er habe ein viel zu künstlerisches Wesen, um nicht beim ersten Sonnenstrahl unter dem nächstbesten Baum zu schnarchen. Aber noch größer als seine Nutzlosigkeit waren seine heuchlerischen Talente. Er zeigte sich voll guten Willens und behauptete, sich ehrlich für den Ertrag seiner Arbeitstrupps, die Kosten für ihr Essen und ihren Lohn zu interessieren. Nach außen hin versuchte Joe beständig, seine Dankbarkeit unter Beweis zu stellen. Er wußte schließlich selber am besten, daß er bereits seit nun bald zwei Jahren ausschließlich von Robert Louis Stevensons Großzügigkeit lebte. Aber gerade von dem Mann, den er einst als sein Alter ego betrachtet hatte, konnte Joe Strong das nicht hinnehmen. Er war nur drei Jahre jünger als Louis und hielt sich für ungleich viel talentierter als dieser Bestsellerschreiberling. Übrigens fand er seinen eigenen Gesundheitszustand weit bedenklicher als den seines Schwiegervaters. Sein Herzanfall im letzten Jahr hätte ihn schließlich fast umgebracht. Und da schickte Louis ihn los in seinen Dschungel, bei dieser feuchten Hitze, um auf eine Horde von Nichtsnutzen aufzupassen? Stevenson wollte ihn tot sehen, das war die ganze Wahrheit. Das mußte auf diese fixe Idee seiner Schwiegermutter zurückgehen, dachte Joe, die Belle schon immer von ihm befreien wollte! Diese Obsession hatte sie doch schon seit Monterey. Von Anfang an hatte Fanny versucht, ihn loszuwerden ...

Im August 1891, also zwei Monate, nachdem die Strongs sich in Vailima häuslich eingerichtet hatten, war es der Familie gelungen, Fanny davon zu überzeugen, daß sie dringend eine Luftveränderung brauche. Sie war zu schwach und ausgelaugt, um sich zu wehren, und hatte es deshalb über sich ergehen lassen, daß man sie mit dem ersten abgehenden Schiff auf die Fidschi-Inseln schickte. Dort sollte sie einmal zwei Wochen Ruhe vor allem haben und mit sich allein sein.

Erst während der Abwesenheit meiner Mutter habe ich meinen kleinen Bruder richtig kennengelernt, erzählt Belle, *und gemerkt, daß Lloyd trotz seiner überheblichen Art und des englischen Akzents ein würdiger Enkelsohn Jacob Vandegrifts war ... Er krempel-*

te die Ärmel hoch, und wir gingen an die Arbeit ... Und was Lloyd tat, tat er gründlich. Zusammen machten wir uns daran, das ganze Haus umzuorganisieren.

Als Fanny dann mit einem indischen Koch im Schlepptau, für dessen Überfahrt sie keine Kosten gescheut hatte, aus Fidschi zurückkam, stand vor ihrem Küchenherd bereits der neue Boy, den Belle engagiert hatte. Er hieß Talolo und sollte eine der Hauptstützen des häuslichen Lebens auf Vailima werden. Talolo brachte mit der Zeit auch den Rest seiner Familie im Haus unter und gehorchte nur der Frau, die ihn hergebracht hatte, seiner Gönnerin Belle. In ehrfürchtiger Bewunderung nannte er sie »Teuila« – »die Dame, die alles verschönt, was sie berührt«.

Die andere große Veränderung betraf Louis' Lebensweise.

Als Stevenson eines Tages die Menge der Briefe beklagte, die er noch erledigen mußte, bevor das monatliche Postschiff kam, hatte »Teuila« gefragt:

»Würde es Ihnen helfen, wenn Sie mir diktieren? Oder wenn ich vielleicht die weniger wichtige Korrespondenz für Sie erledige oder Ihre Notizen abschreibe?«

»Eine gute Idee. Das versuchen wir!«

Ihre Zusammenarbeit hatte sich als derart erfolgreich erwiesen, daß Fanny bei ihrer Rückkehr ihre Tochter im Arbeitszimmer ihres Mannes vorfand, über seine Schriften gebeugt.

Belle kam jetzt in das Alter ihrer Mutter bei der Begegnung vor vielen Jahren in der Herberge der Chevillons. Vierunddreißig Jahre. Und sie glich Zug um Zug der Fanny von damals.

Die Geschichte dieser neuen Verbindung, den Augenblick, wo sich ihre Vertrautheit von Grez wieder eingestellt hatte, wird Belle dreißig Jahre später in ihrer Autobiographie beschreiben. *Als Louis sich zu jener Zeit allein in Sydney aufhielt, bat er mich eines Abends, gemeinsam mit ihm einige Einkäufe für Vailima zu erledigen. Meine Mutter hatte ihm eine ganze Liste mitgegeben, und ich erinnere mich gut, wie sehr wir uns über manche Eintragungen gewundert haben: »Ein wenig Beize und eine ansehnliche Menge Puderzucker.« Auf dem Weg zu seinem Hotel hatten wir uns auf einer*

Bank im Park niedergelassen ... Es war ein friedlicher Ort, besonders um diese Stunde. Gott allein weiß, warum ich mir plötzlich die Freiheit nahm, mit ihm zu reden, wie ich es nie zuvor getan hatte. Ohne Umschweife sagte ich ihm alles, was seit Monaten mein Herz bedrückte.

Ich flehte ihn an, uns, Joe und mich, in Sydney bleiben zu lassen. Ich sagte ihm, wie dankbar ich für alles sei, was er für mich tat, aber ich könne den Gedanken nicht ertragen, ihm noch mehr zur Last zu fallen. Und außerdem sei es auch gar nicht nötig. Wir konnten sehr gut für uns selber aufkommen. Eine Zeitung hatte mir angeboten, den Theaterteil für sie zu übernehmen. Und Freunde hatten mir versichert, ich könne Zeichenunterricht geben, und wenn ich nicht genügend Schüler fände, könnte ich immer noch eine Tanzschule aufmachen. Ein Haus auf Samoa zu bauen und diese Plantagen aufzuziehen, mußte eine solche Belastung für ihn sein, und zu welch enormen Kosten! Warum sollte man die Ausgaben durch unsere Gegenwart noch erhöhen? Er arbeitete so hart, er war nicht gesund ... Bei diesen Worten brach ich in Tränen aus.

Dann legte Louis mir seine Sicht der Dinge dar. Da wurde mir zum erstenmal bewußt, wie sehr er litt. Er sprach von seiner Verzweiflung, als er begriffen hatte, daß er nie wieder nach London zurückkehren, in seinem Haus wohnen, nie seine Heimatstadt Edinburgh wiedersehen konnte. Zu lebenslangem Exil verdammt ... Was er jetzt noch tun konnte, war, dieses Exil erträglich zu machen. »Du und Lloyd, ihr seid alles an Familie, was mir geblieben ist«, sagte er. »Ich will ein Haus, ich will eine Familie um mich.«

Er sagte mir auch, daß es immer Lloyds größter Wunsch gewesen sei, nach Oxford zu gehen, daß er aber darauf verzichtet habe, um mit ihm und unserer Mutter auf Samoa zu bleiben.

So sprachen wir bis spät in die Nacht hinein, klärten alte Mißverständnisse auf und riefen uns längst zurückliegende Szenen ins Gedächtnis. Obwohl ich ihn immer respektiert und bewundert hatte, war da doch immer eine gewisse Rivalität gewesen, ein alter Antagonismus, der von Anfang an zwischen uns gestanden hatte. All diese Jahre hindurch hatte ich ihm nicht verziehen, vielleicht, weil ich meinen Vater so abgöttisch geliebt hatte.

Aber jetzt war alles anders. In seinen Worten lag so viel Freundlichkeit und Verständnis, daß mein Ressentiment mit einem Mal wie weggeblasen war, und ich fühlte mich als seine innig geliebte Tochter.

Wie sich die Bilder doch gleichen: Joe erscheint wie ein Doppelgänger von Louis, einem verantwortungslosen Louis, der nie erwachsen geworden ist; Louis behandelt ihn mit der gleichen Nachsicht, die einst sein Vater ihm gegenüber an den Tag legte; der kleine Austin kommt nun bald in das gleiche Alter wie Lloyd damals in Monterey, und Belle durchlebt mit ihrem Mann dieselbe Hölle, dieselben Tage voller Haß und Geschrei, wie Fanny sie mit Sam durchgemacht hat. Und wie ihre Mutter findet sie Zuflucht und Trost bei Robert Louis Stevenson.

Fanny hatte ihre Maurerkelle beiseite gelegt, um sich zum Nähen auf die Veranda zu setzen. Normalerweise war die Näherei Belles Domäne. Aber seit einiger Zeit behauptete Tamaitai steif und fest, sie habe Freude an dieser so angenehm ruhigen Beschäftigung. Sie fabrizierte Jacken für die Diener. Damit war dann ihre schöne Uniform komplett, die sie immer an Festtagen anlegten. Sie hatte dafür gestreiftes Leinen kommen lassen, das gut mit dem Karomuster ihrer Lendenschürze harmonieren würde.

Wie sie da so im Schatten saß, hätte man meinen können, es sei alles friedlich und in Ordnung in Vailima.

Nur konnte Fanny diese Art der Beschäftigung nicht lange ertragen. Heften, Ketteln, Umnähen. Damit ließen sich ihre Gedanken nicht fesseln. Fanny war beunruhigt. Nichts Persönliches. Sie machte sich keine Sorgen über Lafaeles Dummheiten, auch nicht über Joes kleine Gaunereien. Aber daß die Weißen wieder einmal drauf und dran waren, das Vertrauen der Samoaner zu mißbrauchen, das machte ihr zu schaffen. Der Berliner Vertrag bestimmte, daß die Eingeborenen ihren König selber wählen konnten. Mataafa war der einzige Mann, dem die Macht ganz selbstverständlich zufallen müßte. Seine Abstammung, seine Titel und die Tradition bestimmten ihn ganz einfach zum Häuptling der Häuptlinge. Aber Deutschland, England und die Vereinigten Staaten waren heimlich übereingekommen, daß Mataafa nicht gewählt werden dürfe und deshalb von der Wahl ausgeschlossen werden müsse. Das war die Rache dafür, daß er sich einst den Deutschen widersetzt und auch noch gesiegt hatte. Die Samoaner hatten nicht die geringste Ahnung von dieser Absprache.

Als der vom Exil gebrochene König Laupepa vier Jahre zuvor das Königreich aus den Händen der Weißen übernommen hatte, war er sich mit Mataafa einig geworden, daß dieser keine Ansprüche stellen und bis zu den nächsten Wahlen im Hintergrund bleiben werde. Mataafa hatte Wort gehalten. Während dieser ganzen Zeit hatte er in Malie, seinem eigenen Hoheitsgebiet, eine Art Rentnerdasein geführt. »Nun neigt sich Laupepas offizielle Regierungszeit ihrem Ende zu, und die Weißen machen keinerlei Anstalten, eine Machtübergabe vorzubereiten. Und dabei ist der alte Kämpfer Mataafa nicht nur der mächtigste aller Matais, sondern noch dazu ein Gentleman! Er hat sich immer nur für Samoa eingesetzt. Er hat den König im Exil unterstützt und die drei Mächte besiegt. Er hat alle Ehrungen zurückgewiesen und allen Verlockungen widerstanden, die seine Loyalität hätten gefährden können. Und jetzt wollen wir, die Weißen, unsere Versprechungen nicht halten und zwingen ihn, die Waffen gegen seine eigenen Brüder zu erheben! Was für eine gemeine Falle! Was für eine Ungerechtigkeit!« So sprach sie erregt mit sich selbst.

War es denn nur ihr ausgeprägtes Mitgefühl mit den Schwachen, das sie so traurig machte? Oder erkannte Fanny vielleicht eine gewisse Ähnlichkeit zwischen Mataafas Geschick und ihrem eigenen Schicksal? Ihre Finger flogen nervös über den Stoff. Schließlich schob sie die Arbeit von sich und kehrte zu ihrem Kakao zurück. Selbst Lloyd, ja, sogar Louis hatten die ganze letzte Woche mit Hand angelegt, als sie die Hunderte kleiner Körbchen auf der Veranda verteilt hatte. Sie hatten sie mit Erde gefüllt und dabei sorgsam darauf geachtet, daß kein kleines Steinchen oder ein Insekt mit hineingeriet. Aber das Pflanzen der Samen übernahm sie. Sie allein. Ihre letzten Erfahrungen waren ihr eine Lehre gewesen. In Zukunft würde sie niemandem auf der Welt diese Aufgabe überlassen!

Fanny sollte sich noch lange an den Tag erinnern, an dem sie Lafaele einen ganzen Sack mit Vanillesamen anvertraut hatte. Dazu hatte er genaueste Anweisungen bekommen, wie er sie einpflanzen sollte. Am nächsten Morgen hatte sie festgestellt, daß er sie allesamt mit dem Kopf nach unten in die Erde gedrückt hatte. Lafaele war vom Donner gerührt und wollte sie alle neu einsäen, aber in dem Moment hatte Fanny die *Lübeck* vor der Küste entdeckt. Die Post! Ein ganzer langer Monat lag zwischen zwei Postsendungen. Schnell, er sollte in die Stadt hinunterlaufen und den riesigen wasserundurchlässigen Sack mit den vielen Briefen holen und ihn dann direkt zu Louis ins Zimmer bringen. Fanny und Belle hatten den ganzen Tag damit verbracht, die Samen noch einmal einzupflanzen, während sie auf Lafaeles Rückkehr warteten. Am nächsten Morgen waren sie noch einmal hingegangen, um ihre Arbeit zu begutachten, und mußten entsetzt feststellen, daß Lafaele in der Nacht alle Samen ausgegraben und wieder falsch herum hineingesteckt hatte, »um zu machen schöne Überraschung für Tamaitai«. Das war ihm gelungen. Sie hatte die Vanillesamen ein letztes Mal umgedreht, aber das viele Hin und Her war wohl zuviel gewesen, jedenfalls ging die ganze Saat ein.

Aber dieses Mal paßte sie auf. Ihren Kakao würde sie nicht aus den Augen lassen. Das Einpflanzen hatte eine ganze Woche gedauert. Als das erledigt war, hatte Fanny ein Schwein schlachten lassen und dieses große Fest veranstaltet, von dem man sich in allen Dörfern ringsum erzählte. Und jeden Tag während der Pflanzzeit hatte sie ihren Arbeitern heiße Schokolade, diese cremige, süße Köstlichkeit, serviert, damit auch jeder hier merkte, wie wunderbar nahrhaft und wohlschmeckend so ein Kakao sein konnte und wie wertvoll ihre Arbeit deshalb war.

APIA
April 1892

»Kein Mensch hat je einen Samoaner laufen sehen – außer in Vailima«, sagte Moors und gluckste belustigt.

Der amerikanische Schieber stand hinter seiner Hotelbar und bot seinem persönlichen Lieblingsfeind, dem britischen Konsul Sir Berry Cusack-Smith, einen Scotch an. Mit einer Handbewegung lud er seinen Gast ein, an einem der kleinen Tischchen der Hotelhalle Platz zu nehmen.

So war das in Apia: Zwei Männer konnten Wochen ins Land gehen lassen, ohne auch nur einmal das Wort aneinander zu richten, ihre Frauen gingen auf der Straße grußlos aneinander vorbei – und dann kam irgendein großer Ball in der Gemeindehalle, und die beiden Gegner standen sich urplötzlich bei einer Quadrille vis-à-vis. Man stellte fest, daß es sich ganz gut miteinander tanzen ließ und verabredete sich auf ein Glas. Dann versuchte jeder, dem anderen ein paar Informationen aus der Nase zu ziehen, bevor man sich wieder verkrachte.

Cusack-Smith trug die Haare sehr kurz und an der Seite gescheitelt, dazu einen dicken, gewichsten Schnurrbart. Jetzt steckte er gerade seinen hageren Vogelkopf mit dem mächtigen Schädel von Moors zusammen. Der Kontrast zwischen dem Konsul mit seinem Stehkragen und dem Sakko mit den vielen Goldknöpfen einerseits und dem Trader im offenen Madrashemd, unter dem seine gerötete Brust zum Vorschein kam, bot einen einigermaßen komischen Anblick. Die beiden Männer stießen an. Sie waren allein. Durch das Fenster zur Beach Road schauten sie auf ein Defilee von großen roten Regenschirmen und Trauben von grellbunten Lava lavas. Zu dritt oder zu viert unter ihren Schirmen zusammengedrängt, versuchten die Eingeborenen, sich vor den urplötzlich herabschießenden Regengüssen der ausgehenden schlechten Jahreszeit zu schützen.

»Meine Gemahlin beklagt, daß sie diese Eingeborenen einfach zu nichts bewegen kann«, seufzte der Beamte. »Es ist noch schlimmer als in Indien. Sie sagt, die Menschen hier wären unheilbar langsam, dumm und faul. Wie kommt bloß Mrs. Stevenson zurecht?«

»Sie hat ihre protestantischen Boys nach und nach durch Katholiken ersetzt.«

Cusack-Smith hob mißbilligend eine Augenbraue:

»Die Katholiken, Moors, gehören zu Häuptling Mataafa. Und Mataafa ist ein Aufrührer!«

»Und deshalb wollen Sie ihm an den Kragen. Weil Mataafa und seine Katholiken sich dem Einfluß Ihrer eigenen Missionen entziehen?«

Der britische Konsul hielt sich viel darauf zugute, daß er von den drei Konsuln auf der Insel der liberalste war. Sein schmales Gesicht verriet nur ein ganz klein wenig Gereiztheit:

»Ich fürchte, Sie haben die heutige Proklamation bezüglich der Sanktionen, deren Mataafas Anhänger gewärtig sein müssen, nicht gelesen. Seien Sie vorsichtig mit Ihren Äußerungen, Moors. Sonst muß ich Sie womöglich noch festnehmen lassen.«

Wenn man es genau nahm, was gab es zwischen Laupepa und Mataafa schon für einen Unterschied? Cusack-Smith war das nun wirklich egal. Ob nun der eine oder der andere, wen interessierte das schon? Nein, das einzige, was zählte, war, daß England sein Mitspracherecht bei den inneren Angelegenheiten des Landes behielt. Und man mußte natürlich ebensoviel Einfluß haben wie die beiden anderen Partner. Deutschland, die stärkste Macht wegen seiner vielen Plantagen, wollte Mataafa um keinen Preis. Nun gut. England und Amerika waren sich einig: Sollte man Deutschland diesen Wunsch doch ruhig erfüllen. Man würde schließlich nicht ein ohnehin schon prekäres Gleichgewicht wegen solcher Lapalien stören. Weshalb sich untereinander in die Haare kriegen, wo es doch nur um ein paar »Negerkönige« ging?

Aber das Gleichgewicht war bereits gestört, und zwar durch die Schreie der Empörung, die Upolus berühmtester Bewohner ausstieß. Ein britischer Bewohner noch dazu. Robert pochte auf den Berliner Vertrag mit seiner Unabhängigkeitsgarantie für Samoa und dem Recht der Einwohner, ihr Oberhaupt selber zu wählen. Er riet zu einer Annäherung zwischen Laupepa und Mataafa, damit die beiden gemeinsam regieren könnten. Er glaubte, und das mit gutem Grund, daß eine solche Koalition Krieg verhindern würde. Nun war das aber wiederum das allerletzte, was die Konsuln wollten. Es war sogar der einzige Punkt, in dem sie sich alle einig waren. Das Volk mußte unbedingt auch weiter zu getrennten Lagern gehören, damit man wie bisher ohne die Samoaner regieren konnte.

In seinen Briefen an die Londoner *Times* prangerte Robert Louis Stevenson die Schlampigkeit und die krummen Machenschaften der weißen Regierungsvertreter rücksichtslos an. Sein Ziel? Er wollte ihre Abberufung erreichen. Mit diesem Protestgeschrei machte er sich selber wieder viele Feinde, und die Angehörigen der drei westlichen Mächte auf den Inseln träumten ihrerseit nur von einem: daß er endlich seine Koffer packte. Welcher Seite würde es wohl als erster gelingen, den Gegner zu vertreiben? Und Stevensons Stellungnahmen verärgerten nicht nur die politischen Kräfte. Colvin beschwerte sich in jedem seiner Briefe: Er habe jetzt endlich genug von seiner ständigen Verteidigung *seiner Schwarzen* und *seiner Schokoladenbraunen*. Es interessierte doch nun wirklich niemanden, was aus diesen Leuten wurde.

Nur Fanny unterstützte ihren Mann. Und Moors. Sie wußte allerdings genau, was sie diese Auflehnung gegen die Politik der Vereinigten Staaten und Englands, ihrer beider Heimatstaaten, kosten konnte: den Verlust ihres geliebten Vailima. Die Verlautbarung, mit der Mataafas Parteigänger öffentlich geächtet wurden, drohte den Stevensons ganz direkt mit Ausweisung. Und was Moors anging, würden ihn die Konsuln schon bei einer seiner Waffenlieferungen an Mataafa in die Falle locken.

»Sie haben mich nach dem Stand der Dinge in Vailima gefragt«, fing der Händler in neutralem Tonfall wieder an. »Stevenson sollten Sie fragen! Er betreibt die Plantage. Unter uns gesagt: Finanziell ist das ein Faß ohne Boden! Er steckt da seine sämtlichen Tantiemen rein. Und er arbeitet in einem geradezu höllischen Tempo. Morgens um fünf steht er schon auf, um zu schreiben. Neulich hat er mir anvertraut, daß er in einem einzigen Jahr *The Wrecker* beendet, *A Footnote to History* redigiert, *The Beach of Falesá – Der Strand von Falesá* geschrieben, *Catriona* praktisch beendet und mit den Recherchen für eine Biographie seines Großvaters begonnen hat. Zusammengenommen mehr als zweitausend Seiten, die veröffentlicht wurden. Ganz zu schweigen von seinen Briefen und Zeitungsbeiträgen. Er hat keine Wahl. Vailima und der Unterhalt für zwanzig Personen würde sogar die Rockefellers innerhalb von fünf Jahren arm machen wie die Kirchenmäuse. Wissen Sie eigentlich, daß sie von den ganzen hundertdreißig Hektar nur sechs urbar machen konnten? Und davon habe ich alleine vier abgeholzt!« Moors grinste ein wenig hämisch. »Armer Stevenson, da hat er sich was aufgeladen. Na, und von den Bettgeschichten dieses Schwiegersohnes mit Faamua, der Frau seines Dieners, wollen wir gar nicht erst reden. Und dann diese Liaison seines Stiefsohnes mit der Adoptivtochter von Doktor Funk …«

»Sie scherzen!« rief der Konsul entgeistert und hoch zufrieden. »Lloyd und …«

»Ja, was denn? Er ist vierundzwanzig, und die Kleine ist doch sehr hübsch.«

»Eine Eingeborene!«

»Wenn Lloyd dieses Mädchen heiratet, ist er wirklich dümmer, als ich gedacht hatte«, lachte Joe.

»Kümmere dich um deine eigenen Angelegenheiten«, protestierte seine Frau.

Strong schubste die kleinen schwarzen Schweine zur Seite, die die Dienerinnen im Waschhaus an den Füßen ihrer Bügeltische festgebunden hatten. Es waren drei junge Mädchen mit roten Lava lavas um die Hüften. Die Oberkörper waren von einem langen Schal bedeckt, den sie im Nacken verknotet hatten. Die Mädchen schwitzten heftig, so daß sich ihre kleinen, spitzen Brüste deutlich unter den Tüchern abzeichneten. Joe hatte hier nichts zu suchen. Belle, die ihre kleine Truppe beaufsichtigte, hatte ihn im Verdacht, daß er nur hergekommen war, weil er um Faamua herumscharwenzeln wollte. Auch Lafaeles zweite Frau war ausgesprochen großzügig mit ihren Reizen.

»Du hast recht«, stimmte Joe zu. »Wenn ein Mann sich einmal entschlossen hat, eine Dummheit zu machen …«

»Lloyd hat überhaupt nichts beschlossen.«

»Das kann ich mir denken. Deine Mutter wird für ihn entscheiden. Sie wird ihn für ein paar Wochen nach San Francisco schicken, und damit wäre die Sache erledigt. Bis zum nächsten Mal. Es ist ganz richtig, wenn dein Bruder sich mit den Mädchen hier ein bißchen amüsiert. Aber sie auch noch heiraten? So dumm muß man doch nicht sein! Ich habe schon genügend arme Burschen gesehen, die sich da rangewagt haben. So was geht nie gut aus!«

»Nein, es geht nie gut aus«, sagte Belle, indem sie ihm das Feld überließ, »wenn man trinkt, seine Frau betrügt und sein ganzes Leben für nichts verschwendet.«

Sie ging hinaus, und Joe trat auf seine kleine Freundin zu und nahm sie unter dem schrillen Kichern der beiden anderen in die Arme.

Zu dem Zeitpunkt, als ich mein Tagebuch unterbrach, schreibt Fanny, *haben wir Joe bei einer ganz ansehnlichen Reihe von Taktlosigkeiten erwischt ... Wir haben ihn davongejagt und für Belle in Apia die Scheidung eingereicht. Das ging ganz ohne Schwierigkeiten. Joe hatte ein Verhältnis mit einer Eingeborenen in der Stadt, eine alte Geschichte, die schon bei seinem ersten Aufenthalt auf Samoa angefangen hatte. Von seinem kleinen Abenteuer mit Faamua ganz zu schweigen. Eines Abends kam er dann sehr spät hier an und bekniete uns, ihm zu verzeihen und ihn wieder aufzunehmen ... Ich war so schockiert von diesem Wiedersehen, daß ich mir eine Angina zugezogen habe. Inzwischen ist Louis der alleinige Vormund seines Kindes.*

Austin und Belle, schreibt sie weiter in einem Brief an ihre Schwester Nellie, *sind aus dem Gartenhaus ausgezogen, um sich im Haupthaus einzurichten. Belle hat ein Zimmer im ersten Stock, nicht weit von Louis' Arbeitszimmer. Er stellt sie jetzt ganz offiziell als seine Sekretärin ein. Sie bekommt sogar ein Gehalt von vierzig Dollar monatlich. Sie wird nach seinem Diktat schreiben. Demnächst erwarten wir den Besuch eines Neffen von Tante Maggy, ein Cousin aus der Balfour-Linie, den Louis noch nie gesehen hat. Er wird mit Lloyd in dem Gartenhaus wohnen, das die Strongs frei gemacht haben.*

Kein Wort darüber, wie sehr sie unter all dem leidet. Wie weit muß die Zeit für sie zurückliegen, als Louis nicht eine einzige Zeile schrieb, ohne sie ihr vorzulegen, als nicht ein Absatz an den Verleger herausging, dem sie nicht vorher zugestimmt hätte. In Vailima darf sie zuhören wie alle anderen, wenn nach dem Mittagessen aus dem gerade entstehenden Werk vorgelesen wird. Aber ihre Einwände haben nun weniger Gewicht als die von Lloyd. Lloyd macht sich Notizen, Lloyd wird befragt, Lloyd ist derjenige, dessen Urteil vom Autor zitternd erwartet wird.

Lloyd hat schon *The Wrecker* in Zusammenarbeit mit Robert Louis Stevenson geschrieben. Und wenn Colvin auch diesen Abenteuerroman nicht eben schätzt, haben ihn die Leser sich doch gegenseitig aus den Händen gerissen. Ihre zweite Gemeinschaftsarbeit, *The Ebb-Tide*, haben die Autoren als zu schwach geraten in der Schublade gelassen, wo sie bleiben wird, bis Graham Balfour auf der Bildfläche erscheint, der Cousin, den Fanny in ihrem Brief angekündigt hat.

Er ist Schotte, dreiundzwanzig Jahre alt und ein Mann, bei dem sich Distinktion und Originalität die Waage halten. Ein würdiger Nachfahre der Familienlinie Tante Maggys. Ein Abschlußdiplom der Universität Oxford, ein wacher, neugieriger Geist, ein ausgeprägtes Literaturverständnis. Graham Balfour begeistert sich für diese letzte Geschichte. Louis und Lloyd finden in ihm einen idealen Verbündeten, sein auf einen Monat geplanter Besuch wird ein Jahr dauern. Das Trio versteht sich auf Anhieb. Und es sieht ganz so aus, als würden sich die »jungen Leute« in Vailima in nächster Zeit prächtig amüsieren.

In diesem Winter werden die Bewohner von Apia mehr über Fanny Stevensons diverse Krankheiten zu hören bekommen als über die Gesundheit ihres illustren Gatten.

VAILIMA III
August 1892 – Juli 1893

Lloyd blickte auf die kleine Gestalt seiner Mutter und machte leise die Tür hinter sich zu. Sie litt unter entsetzlichen Schmerzen. Dr. Funk hatte Nierenkoliken diagnostiziert. Das Morphium half nicht.

Fanny lag ausgestreckt auf dem Diwan in ihrem Zimmer und empfing ihren Sohn mit diesem schüchternen Lächeln, das ihn schon seine ganze Kindheit hindurch so sehr verwirrt hatte. Für ihn, nur für ihn allein hatte sie noch immer diese besondere Geduld, diese Ruhe und umfangende Sanftmut, die er bei den Eingeborenenfrauen suchte. Für Lloyd mußten sie klein sein, sehr dunkle Haut haben und schwarze Augen mit einem geraden Blick. Wie seine Mutter.

Dabei hatte Fanny ihren Sohn nicht gerade mit Zärtlichkeit, Liebkosungen und ins Ohr geflüsterten Schmeichelworten überhäuft. Aber Lloyd hatte nie an ihrer Liebe zu ihm gezweifelt. Sie liebte ihn sehr. Voller Fürsorge und Wachsamkeit. Sie schützte ihn, baute eine Welt um ihn herum und paßte auf ihn auf. Solange Fanny lebte, konnte Lloyd Osbourne nichts Schlimmes ankommen. Das fühlte er, er hatte es immer gefühlt.

Lloyd hatte seit jeher Freud und Leid mit ihr geteilt. Gemeinsam hatten sie Hervey verloren und Grez entdeckt. Gemeinsam hatten sie Louis geliebt, Tante Maggy und England. Das jedenfalls war Lloyds Eindruck gewesen, bis es zu dem Zerwürfnis mit Henley gekommen war. Henley, diesen sprühenden Poeten, hatte Lloyd ebenfalls mit der ganzen Kraft seines jungen Herzens geliebt. Er betrachtete ihn als seinen Mentor auf dem Gebiet der Literatur. Was für eine grauenvolle Enttäuschung war es für Lloyd Osbourne gewesen, als er nach Schottland kam, um Tante Maggy zu holen, und Henleys Tür verschlossen fand. Der Journalist hatte ihm mitteilen lassen, daß er nicht das Bedürfnis verspüre, ihn zu sehen, und daß seine Besuche und Briefe unbeantwortet bleiben würden. Lloyd hatte sich den Schmerz über diese Zurückweisung nicht anmerken lassen. Aber seine Mutter wußte Bescheid. Sie wußte alles. Auf seine Art empfand er für sie ein ähnliches Gefühl der Verehrung, wie es die Eingeborenen ihr entgegenbrachten. Eine seltsame Mixtur aus Liebe und Angst. Er fürchtete ihre Macht und hielt sie auf Abstand, aber er konnte fern von ihr nicht leben. Wie Lafaele, der sich immer wieder einen neuen Vorwand ausdachte, um in ihr Zimmer hinaufgehen zu können, und dann, wenn er schließlich dort war, wie angewurzelt und stumm dastand, trat Lloyd nie ganz unbeschwert bei ihr ein. Fannys Geheimnis blieb unangetastet. Das Tigerfell auf dem Sofa und der Fußabdruck an der Decke riefen in ihm denselben leichten Schwindel hervor wie beim Personal. Genau wie Lafaele, der nur höflich lächelte, wenn Fanny ihm erklärte, daß irgendein Arbeiter diese Spur im Lack hinterlassen hatte, *bevor* das Brett an der Decke angebracht worden war, nickte Lloyd jedesmal zu den Worten seiner Mutter und dachte sich weiterhin sein Teil. Tamaitai herrschte über die Geister. Die Aitus gingen ungehindert in ihrem Zimmer spazieren.

Dabei hatte dieser Ort nun wirklich nichts Beunruhigendes. Nichts erinnerte mehr an die Rumpelkammer von ehedem. Fannys Räume nahmen den rechten Flügel des Hauses ein, und die großen, umlaufenden Fenster ließen den Blick frei auf das Meer zur einen und die Tennisplätze zur anderen Seite. Das Licht von zwei Seiten machte das Zimmer so hell, daß die grünen Wände in der Sonne ganz blau aussahen. Topasfarbene Vorhänge am Bett, Sitzbänke vor den Fenstern, ein dicker türkischer Teppich mit gelbem Rankenmuster; ein Raum zum Wohlfühlen.

Lloyd ergriff die Hand, die sie ihm entgegenstreckte, und setzte sich auf die Bank neben ihr. Es war eine für diese beiden sehr ungewöhnliche Geste. Wie sollte man sich vorstellen, daß dieser einen Meter achtzig große, blonde Mann mit der aufrechten und steifen Haltung, die durch seine Kurzsichtigkeit noch verstärkt wurde, von einer solchen Frau geboren worden war? Im Stehen reichte Fanny ihm kaum bis zur Brust. Mit ihren zweiundfünfzig Jahren war sie im gleichen Maße beweglich und schnell, wie er starr und langsam erschien, im gleichen Maße aufbrausend und heftig wie er kühl. In Lloyds Adern pulsierte das Erbe der Familie Vandegrift. Der Wind des Nordens hatte ihm einen kühlen Kopf verschafft. Er besaß einen trockenen Humor und liebte ironische Bemerkungen.

»Sieh nur«, sagte sie und zeigte hinaus auf die Landschaft.

Zwischen den Baumkronen lag das endlos weite Meer, dessen Oberfläche weiß in der Sonne glitzerte.

»Was wir hier vor Augen haben, wirst du nie wieder sehen. Es ist ein flüchtiger Moment, aber laß uns diese Freude ein wenig noch ausdehnen.«

Sie merkte, wie sehr ihre Worte ihn überraschten, ja beunruhigten, und lächelte:

»Findest du mich ein bißchen wunderlich? Entschuldige. Funk hat mir ein Rauschmittel verschrieben. Ich fühle mich sehr viel besser, aber vielleicht versetzt es mich ja in einen komischen Zustand. Weißt du«, sagte sie und nahm wieder die Hand ihres Sohnes, »es tut mir so schrecklich leid, daß Tante Maggy sich bei uns langweilt. Denn sie langweilt sich doch, oder? Sie würde uns gern dazu bringen, die Plantage aufzugeben und in die Kolonien zu gehen, zum Beispiel nach Neuseeland. Aber ich denke doch, sie wäre glücklicher in Vailima, wenn sie etwas zu tun hätte. Aber ich finde einfach nichts, was ihr Freude machen könnte. Es fällt mir so schwer, mir vorzustellen, daß sie lieber ein richtiges Gesellschaftsleben führen, in einer Welt leben würde, wo man seine Visitenkarte bei Herrn Soundso und Frau Sowienoch hinterläßt, in eine richtige Kirche geht und zu richtigen Empfängen, am Sonntag sein Mittagsschläfchen hält und so weiter. Daß irgend jemand so etwas unserem paradiesischen Leben hier vorziehen kann ... Auf Vailima fühlt man sich Gott so nah!«

Wieder warf Lloyd seiner Mutter einen unruhigen Blick zu. War wirklich nur das neue Medikament an diesem ekstatischen Zustand schuld, den er so gar nicht an ihr kannte?

»Sag«, fing sie wieder an mit ihrer Stimme von früher, dieser tiefen, tonlosen Stimme, die er in der ganzen Zeit auf Samoa nicht mehr gehört hatte, mit dieser fremden, lauernden, eiswasserklaren Stimme, »sag mir, wie geht es Belle? Ich mache mir Sorgen um sie. Seit Graham angekommen ist, finde ich sie seltsam verändert. Du kennst ja deine Schwester. Sie ist in der Lage, dem nächstbesten Mann hinterherzulaufen, solange er nur ein hübsches Gesicht hat und ein wenig Talent. Ich muß ja sagen, verglichen mit diesem widerwärtigen Joe ist Graham Balfour natürlich eine wahre Wonne. Er hat sich ganz selbstverständlich in unsere Familie eingefügt. Aber sie vergißt, daß er erst dreiundzwanzig ist. Und sie, sie ...«

Lloyd unterdrückte die Bemerkung, daß Louis zu dem Zeitpunkt, als seine Mutter sich in ihn verliebt hatte, auch nicht viel älter gewesen war. Graham Balfour und Belle Strong trennten elf Jahre. Genau wie bei Louis und Fanny.

»Deine Schwester ist ein Vögelchen. Und ihr Gehirn ist nicht größer als eine Erbse. Sprich du mit ihr. Auf dich wird sie hören. Von mir nimmt sie keinen Rat an. Wenn Graham sich in sie verliebte, wunderbar! Ich wäre die erste, die ihnen Glück wünschen würde. Aber dieser junge Mann ist nicht der Richtige für sie. Ich will nicht, daß sie leidet, verstehst du? Und ich will auch nicht, daß es in London heißt, wir würden uns allesamt an Louis' Familie heranmachen. Lady Jersey wäre mehr als entzückt, wenn sie überall herumposaunen könnte, daß meine Tochter sich lächerlich macht!«

»Lady Jersey?« wunderte sich Lloyd. »Sicherlich nicht! Sie hat Belle in ihr Herz geschlossen. Die beiden verstehen sich ganz vorzüglich miteinander. Die Gräfin ist eine sehr charmante Frau, Mama. Eine große Verehrerin von Louis. Sie kennt sein Werk praktisch bis zur letzten Zeile. Sogar *A Footnote to History.* Morgen werden wir sie Mataafa vorstellen.«

Hätte Lloyd den Gesichtsausdruck seiner Mutter bemerkt, dann hätte er sich mit seiner Begeisterung sicher ein wenig zurückgehalten.

Ohne ein Wort zu sagen, erhob sie sich, durchquerte das Zimmer und ging auf den Gang hinaus.

»Du behauptest, deine Arbeit gilt dem Frieden, Louis«, rief sie aufgebracht, als sie ohne Vorankündigung in sein Zimmer platzte, »aber wenn du das tust, wirst du derjenige sein, der den Krieg auslöst!«

»Wenn ich was tue?« fragte er ärgerlich.

Er schätzte es gar nicht, unterbrochen zu werden, wenn er diktierte. Belle, die mit dem Manuskript auf den Knien auf einem Schemel saß, machte sich so klein wie möglich.

»Lady Jersey in Mataafas Lager mitnehmen! Diese Frau, die du ja ach so geistreich, mutig und literarisch gebildet findest ... Diese Frau ist die Ehefrau des Generalgouverneurs von Neusüdwales. Sie repräsentiert die Königin. Deine Königin, die der Auffassung ist, Mataafa sei ein Revoluzzer, ein Fanatiker, ein Mann, den man kaltstellen muß.«

Louis sammelte sich ein wenig und legte seine Papiere beiseite. Dann nahm er Fanny am Arm und führte sie zu dem kleinen Diwan, der ihm als Bett diente. Belle nutzte die Gelegenheit, um zu entwischen.

»Genau deswegen«, sagte Louis scheinbar ruhig. »Damit Lady Jersey Mataafas guten Willen sieht und einen Eindruck davon bekommt, was er für ein weiser Mann ist. Damit sie versteht, daß er die ganze Zeit nichts anderes getan hat, als seine Truppen zurückzuhalten, daß er keinen Krieg will und daß Upolu ohne ihn und seine Bemühungen heute längst verwüstet wäre!«

»Wenn Mataafa mit einer offiziellen Persönlichkeit wie Lady Jersey zusammentrifft, bringt das den englischen Konsul den beiden anderen Mächten gegenüber in eine unmögliche Situation. Willst du die Deutschen unbedingt zur Weißglut treiben? Wie soll man ihnen wohl beweisen, daß England seine Verpflichtungen ihnen gegenüber nicht verletzt hat und hinter ihrem Rücken auf Mataafas Seite übergelaufen ist?«

Fanny hatte sich geweigert, sich zu setzen, und sprach nun von oben auf Louis herab, der die Kissen um sich herum sortierte.

»Du wirst am Ende nur Lord Jersey und Cusack-Smith dazu zwingen, über Mataafa herzufallen, nur um zu beweisen, daß sie guten Willens sind! Die Deutschen warten doch nur darauf, daß die Engländer den ersten Schritt tun. Dann werden sie selber angreifen.«

»Niemand braucht zu wissen, daß die Dame in meiner Begleitung die Frau des Gouverneurs ist. Es ist nicht das erste Mal, daß ich Mataafa in seinem Dorf aufsuche. Ich werde sie als meine Cousine vorstellen, Miss Amelia Balfour.«

»Ach, zu allem Übel willst du Mataafa auch noch belügen? Dein Verhalten ist nicht nur schändlich, sondern dumm. Du glaubst tatsächlich, du kannst ihn täuschen? Auf dieser Insel läßt sich nichts geheimhalten, Gerüchte verbreiten sich wie Rauchschwaden im Wind. Mataafa wird sich nichts vormachen lassen. Und die Konsuln werden auch noch in derselben Sekunde auf dem laufenden sein!«

Nun war Louis mit seiner Geduld am Ende. Er sprang auf die Füße. Wütend starrten die beiden sich an.

»Fanny, du leidest unter Verfolgungswahn! Du siehst überall nur Böses. Dieses kleine Abenteuer kann Mataafas Sache nur nützen. Niemand in Apia wird davon erfahren. Und es wird so ungeheuer aufregend sein! Morgen früh bei Tagesanbruch treffe ich mich mit Lady Jersey an der letzten Furt über den Papase'ea River. Belle, Lloyd und Graham werden mich begleiten. Wenn du mit uns gehen willst, bist du herzlich willkommen!«

»So, so, ein aufregendes Abenteuer! Du spielst Krieg, Louis. Genauso, wie du mit deinen Zinnsoldaten spielst, früher mit Lloyd, heute mit Austin. Und jetzt spielst du mit dieser eitlen und niedrigen Person, dieser Lady Jersey!«

»Du verstehst das nicht, Fanny«, sagte er nun etwas sanfter. »Ich will nicht im Bett sterben! Ich will ertrinken, vom Pferd fallen. Mit einem Gewehrschuß vom Pferd geholt werden! Egal was, nur nicht noch einmal diese endlose Zersetzung meiner selbst durchmachen wie in Bournemouth.«

»Und ob ich das verstehe! Und dein Egoismus erleichtert mein Herz. Du bist vom gleichen Schlag wie dieser Cusack-Smith. Wie alle Weißen in Apia. Du. Du. Du. Du denkst nur an deine eigenen Wünsche. Die anderen tun das alles für Geld, weil sie sich bereichern wollen. Aber du suchst das Abenteuer. Du bist unfähig, auf ein Abenteuer zu verzichten, selbst wenn es das Leben der Menschen kosten sollte, die du zu verteidigen vorgibst. Die Eingeborenen werden für dein so ungeheuer aufregendes Abenteuer büßen müssen. Aber das ist dir egal, Hauptsache, du fühlst dein Herz schlagen und spürst, daß du lebendig bist.«

Sie warf ihm einen zornbebenden, drohenden und sogar ein wenig verachtungsvollen Blick zu.

»Wenn du morgen früh Lady Jersey zu Mataafa führst, ist Robert Louis Stevenson nicht der Mann, für den ich ihn gehalten habe!«

»Wenn ich mich der Tyrannei einer hysterisch gewordenen Bäuerin beugen würde«, antwortete er im selben Tonfall, »wäre ich nicht Robert Louis Stevenson!«

Er ließ sie stehen und schlug die Tür hinter sich zu.

»Wenn nur Louis' Künstlernatur ein einziges Mal einen Denkzettel verpaßt bekäme und die schottisch-aristokratische Selbstherrlichkeit dieser Familie so ungeheuer auf die Nase fiele, daß sie nie wieder aufstehen könnte!» dachte sie böse, während sie darauf lauschte, wie sie lachend ihren morgigen Ausflug planten.

Fanny saß mit ernstem, angespanntem Gesicht an ihrem Ende des Tisches und schwieg unerschütterlich. Ihre Bewegungen waren langsam und bedacht. Sie hielt sich im Zaum. Nein, sie würde ihnen nichts sagen. Sie würde kein Wort mehr sagen von der Katastrophe, die sie kommen fühlte. Jawohl, sie hielt sich im Zaum, und zwar gründlich. Voller Angst, etwas von diesen Gedanken laut werden zu lassen, die ihre Seele verzehrten, klammerte sie sich am Tisch fest. Wenn sie nicht aufpaßte, würde sie ihnen allen ihre Drohungen und ihre Verachtung ins Gesicht schreien. Sie hielt sich an der Tischdecke fest und grub die Nägel in den Damast.

Mit einem Mal entspannten sich ihre Muskeln. Mit ihrer Selbstbeherrschung war es vorbei. Etwas in ihrem Kopf schien zu zerbrechen und mit dem Lärm und der Hitze eines lodernden Feuers in sich zusammenzufallen. Belle mußte fort. Tante Maggy mußte fort. Lloyd. Graham. Sie mußte allein bleiben mit Louis. Sie beide ganz allein. Es sei denn… es sei denn, sie selber ging.

Sie sprang von ihrem Stuhl auf, durchquerte die Halle, sprang die beiden Stufen der Veranda hinunter und blieb erst stehen, als sie den Rasen unter sich fühlte. Talolo und Lafaele, die am Eingang zur Küche leise miteinander stritten, hoben die Köpfe. Voller Überraschung schauten sie auf die verzerrten Züge von Tamaitai. Sie verschwand im Dunkel und tauchte dann ganz in ihrer Nähe wieder auf, ohne ihre Gegenwart zu bemerken. Mit langen Schritten ging sie auf dem Rasen zwischen dem Küchenhaus und dem Berg Vaea hin und her, wobei sie unablässig vor sich hin murmelte und mit wilden Gesten durch die Luft fuhr. Schweigend und schon bald ein wenig schläfrig beobachteten sie dieses seltsame Verhalten ihrer Herrin. Sie dachten, irgendwann würde Tusitala nach ihr rufen, damit sie auch schlafen ging. Aber Tusitala rief nicht.

Im Morgengrauen schlichen Louis, Belle, Graham und Lloyd wie eine Bande von Verschwörern zum Pferdestall hinüber. Sie sattelten auf und ritten dann in einer geheimnisvollen Kavalkade der Stadt entgegen.

Die kleine Gruppe kam zwei Tage und Nächte lang nicht zurück. Heute abend würden sie aber bestimmt wieder da sein. Warum ging sie ihnen nicht entgegen? Fannys ganzes Denken konzentrierte sich inzwischen auf diese große Wiedersehensszene. Sie würde Louis um Verzeihung bitten, weil sie für ihn nicht mehr unverzichtbar war. Und dann würde alles wie früher sein. Ja, sie würde Louis sagen, wie sehr sie darunter gelitten hatte, daß er sie nicht mehr brauchte, wie sehr sie sich davor gefürchtet hatte, daß er sie verstoßen könnte. Das würde sie ihm sagen. Und alles wäre wieder wie früher! Sie wären wieder vereint. Sie beide allein gegen die ganze Welt.

Sie hatte den Weg nach Vailima verlassen und ging dem Dorf entgegen. In der Kurve, gerade an der Abzweigung nach Apia, hörte sie einen Mann laut und fröhlich lachen. Es war Louis' Stimme. Sie blieb stehen, um zu lauschen, da tauchten die Reiter auch schon vor ihr auf und galoppierten vorbei, ohne sie gesehen zu haben.

Als Louis und Lloyd, Belle und Graham von ihrer Expedition zurückkamen, war keine Fanny da. Erschöpft und noch ganz erfüllt von dem Erlebten und neuen Träumen, gingen sie schlafen. Sie hatten beschlossen, sich Fanny gegenüber ihrer Taten nicht zu rühmen. Sie würden ihr kein Wort davon erzählen.

Drei Tage nach ihrer Rückkehr strafte Fanny Louis in der großen Halle, wo sich die Familie versammelt hatte, mit einem wütenden

Blick. Das Abenteuer bei Mataafa hatte genau den diplomatischen Zwischenfall zur Folge, den sie vorausgesagt hatte. Lady Jersey hatte ihrem Mann beschämt alles gebeichtet, und der war fast erstickt vor Zorn. Cusack-Smith hatte seinen Ausweisungsbeschluß für die Stevensons bereits in der Hand, oder doch wenigstens beinahe. Die drei Mächte rüsteten zum Krieg, und Großbritannien versorgte Laupepas Truppen großzügig mit Soldaten und Munition.

Stevenson rauchte schweigend vor sich hin, während er in Gedanken die Kapitel vorbereitete, die er Belle am nächsten Tag diktieren wollte. Auf Fanny wirkte diese Ruhe wie eine Beleidigung. Warum sagte dieser Egoist, dieser verantwortungslose, gleichgültige Kerl heute abend so gar nichts? Waren ihm seine Gespräche mit Belle Freude genug? Fühlte dieser eingebildete Snob sich etwa geschmeichelt durch das seichte Geplapper dieses hirnlosen Vögelchens? Wollte er sie mit seinem Schweigen foltern? Offenbar hielt er sie nicht mehr für würdig, einen Stift zu halten und den geistigen Höhenflügen des großen Künstlers zu lauschen! Die kleinen Händchen von Belle waren ihm wohl lieber, die nicht einmal einen Rechen anfassen wollte, aus Angst, sie könnte ihre feinen weißen Finger ruinieren. Fanny Stevenson hatte nichts zu suchen unter diesen Leuten. Sie mußte ins Freie, in den Wald, ans Wasser. Ja, natürlich, das war es. Der Wald rief nach ihr. Sie stand auf und lief zur Tür. Dabei stieß sie das Tischchen mit der Karaffe und den Gläsern um. In den Lärm und das darauf folgende, sprachlose Erstaunen hinein rief Belle laut und deutlich:

»Jetzt ist sie völlig verrückt geworden!«

Zum erstenmal sprach jemand aus, was Louis seit Monaten nicht einmal zu denken gewagt hatte. Er stürzte hinter Fanny her.

Während sie so in ihrem Zimmer lag, überlief sie ein gewaltiger Schauer. Wie von Ekel gepackt, schubste sie Belles Hand weg, die sich auf ihre Stirn gelegt hatte, sprang aus dem Bett und stürzte auf die Tür zu.

»Louis!« brüllte die junge Frau.

Der Name hallte durch die Nacht, und Fanny blieb wie angewurzelt stehen. Einen Augenblick stand sie da, aufrecht und reglos. Beinahe vergaß sie zu atmen. Stevenson erschien auf der Schwelle.

»Sie kann meine Gegenwart nicht ertragen«, schluchzte Belle unter Tränen. »Sie läßt mich nicht an sich heran. Sie haßt mich.«

»Leg dich schlafen. Ich werde heute abend bei ihr Wache halten. Ich werde jeden Abend bei ihr Wache halten.«

Belle ging hinaus. Ganz vorsichtig ging er auf Fanny zu, nahm sie sanft bei den Schultern und drehte sie zu sich herum, wie er es damals in dem Kahn in Grez getan hatte.

»Was versuchst du mir zu sagen?« fragte er mit zärtlicher, flehender Stimme. »Was willst du mir zu verstehen geben, Fanny?«

Sie ließ ihre Stirn auf seine magere Brust sinken.

»Du redest«, flüsterte sie, »du redest ununterbrochen. Und du sagst nichts!«

»Ach, meine Kleine«, murmelte er und preßte sie an sich. »Das Reden ist eine so schwierige Angelegenheit. Man redet, und es kommt nie das dabei heraus, was man sagen wollte. Also schweigt man besser, ist freundlich, nachsichtig und mäßigt sich.«

»Aber«, schrie sie auf und machte sich brüsk von ihm los, »ich sterbe an dieser Nachsicht!«

»Gut«, sagte er im kläglichen Versuch, sich fröhlich zu geben, »dann werde ich dir in Zukunft nichts mehr durchgehen lassen. Ich werde unerbittlich sein. Und morgen wirst du mir alles sagen, was du heute abend herausschreien wolltest. Jetzt leg dich erst mal wieder ins Bett.«

Fanny gehorchte. Sie schlief sofort ein. Tief und traumlos. Sie konnte nur ruhen, wenn Louis über sie wachte.

»Wird sie sterben, Doktor?«

Dieser Satz, den Fanny in fünfzehn Jahren so oft wiederholt hatte, kam nun von Louis' Lippen. Er hatte Angst um sie. Er litt. Der Blick, mit dem er diesen kleinen, resolut der Wand zugewendeten Kopf betrachtete, sprach Bände.

»Ich glaube nicht, daß ihr Leben in Gefahr ist«, antwortete der Arzt leise und schloß seine Tasche.

Dr. Funk trug seine grauen Haare zur Bürste geschnitten, einen über dem Mund herabfallenden, langen Schnurrbart und ein Kinnbärtchen. Im übrigen zierte ihn ein unbeschwerter Optimismus, komme, was da wolle. Seine gute Laune, seine Zigarren und sein Spazierstock waren aus Apia überhaupt nicht wegzudenken. Bereits zwölf Jahre zuvor, im Februar 1880, war er für die Firma Godefroy und Sohn hierhergekommen, die größte deutsche Kompagnie im Koprahandel. Er hatte in Berlin und Tübingen Medizin studiert und war während des Deutsch-Französischen Krieges Chirurg in der preußischen Armee gewesen. Sein Spleen aber war die Meteorologie. Er behauptete lauthals, das Studium der Wolken interessiere ihn weit mehr als das seiner Patienten.

»Sie können ganz beruhigt sein, ihr Leben ist nicht in Gefahr.«

»Und ihr Verstand?«

Bis zu diesem Moment hatte Belle nie ermessen können, wie sehr ihr Stiefvater diese Frau liebte. Aber nun schien alles an ihm, seine Stimme, die zitternden Hände, die Nächte und Tage, die er an ihrer Seite verbrachte, alles schien seine leidenschaftliche Liebe herauszuschreien und die unerträgliche Angst, sie zu verlieren.

»Ihr Verstand ... Es ist nicht ausgeschlossen, daß er sich umnachten wird.«

»Für immer?«

Doktor Funk ließ seine Hand weit ausschwingen. War das eine Bestätigung? Oder konnte er es selber auch nicht sagen? Der Deutsche erhob sich.

Weil Robert Louis Stevenson seine Fanny nicht in dunklen Ecken küßte und sie nicht Liebling nannte, weil er sie nicht in aller Öffentlichkeit herzte, hatten alle geglaubt, ihre einstige Zärtlichkeit füreinander sei erkaltet. Daß Fanny ihren Mann nach wie vor liebte, war offensichtlich. Und niemand zweifelte daran, daß er ihr seine Achtung und Dankbarkeit bewahrt hatte. Aber wie hatte man nur die Anzeichen dieser körperlichen Verbundenheit übersehen können, die einem heute geradezu ins Auge sprangen?

Noch im letzten Monat hatte Louis Fanny bei einem Frage-und-Antwort-Spiel zehn von zehn möglichen Punkten für Schönheit gegeben. Es war als reine Geste der Freundlichkeit interpretiert worden. Was für ein Irrtum! Mit dreiundfünfzig Jahren war Fanny

Vandegrift für Stevenson noch immer der Inbegriff von Weiblichkeit. Fremd. Undurchschaubar. Unerreichbar.

Sie hatte die Kraft und das geheimnisvolle Wesen einer Katze.

Louis liebte wie Lloyd Frauen mit dunkler Hautfarbe. Ihm gefielen die runden Schultern, die kleinen, braunen und unregelmäßigen Hände, die ewig nackten Füße.

Belle geleitete Dr. Funk auf den Flur hinaus, wie sie es damals in Sydney getan hatte, als Fanny nach einem Arztbesuch einen Moment allein an Louis' Bett sitzengeblieben war.

»Herr Doktor«, fragte die junge Frau unter Mühen, »glauben Sie, daß meine Mutter verrückt wird?«

»Was bedeutet schon verrückt?« philosophierte Funk. »Was bedeutet das schon: verrückt?«

»Sie weigert sich zu essen. Sie will nicht sprechen. Sie liegt die ganze Zeit mit dem Gesicht zur Wand. Wir können gar nicht mehr zu ihr durchdringen. Es ist, als hörte sie uns nicht.«

»Sprachen Sie nicht vorhin von Delirium?«

»Sie hat ganz plötzliche Erscheinungen. Wie Halluzinationen.«

»Und was sagt sie dann?«

»Das ist völlig zusammenhanglos.«

»Aber was sagt sie?« beharrte der Arzt.

»Ich habe den Eindruck, daß sie Vergangenheit und Gegenwart durcheinander bringt, daß sie sich für jemand anderen hält.«

»Für wen?«

»Ich glaube, daß sie den Todeskampf meines kleinen Bruders durchlebt. Sie erleidet, was er durchlitten hat.« Belle schwieg einen Moment. »Manchmal murmelt sie Sätze, die ich nicht verstehe.«

»Zum Beispiel?«

Belle zögerte, sichtlich peinlich berührt:

»Sie sagt, daß Louis einen Stall baut, um sie zu melken, daß ...«

Die junge Frau schüttelte bedauernd den Kopf.

»Daß ...?« wiederholte der Arzt.

»Daß er sie für eine Milchkuh hält.«

Der lebenslustige Arzt ließ ein leises Lachen hören:

»In ihrem Delirium fehlt es Ihrer Frau Mutter offenbar trotz allem nicht an Humor.«

»Finden Sie?« fragte Belle düster zurück.

»Mrs. Stevenson benutzt wortwörtlich die Ausdrücke, die ihren Kummer erklären können.«

»Welchen Kummer?«

»Das weiß ich leider auch nicht. Wenn ich es wüßte, wäre Ihre Mutter bereits geheilt«, bemerkte er gönnerhaft. »Sie lebt seit zwanzig Jahren unter großem Druck. Und die beiden letzten Jahre waren auch nicht gerade einfach. Aber das Leben ist niemals einfach, finden Sie nicht auch?«

Der kleine Arzt machte eine Pause, als müsse er über die ungeheure Bedeutungstiefe dieser Überlegung nachdenken. Dann lüpfte er sein Lorgnon, um sich umzublicken:

»Dieses Haus hier zum Beispiel, Vailima, was für ein Unterfangen! In nur sechs Monaten erbaut. Sind Sie sich eigentlich klar, was das bedeutet? Sechs Monate, um an einem Ort wie diesem ein solches Haus zu errichten! Ein Wunder! Als ich kam, habe ich gesehen, daß das Dach von dem neuen Gebäude gerade fertig geworden ist. Vergrößern Sie sich noch mal ums Doppelte?«

Belle wich ihm aus:

»Diese ... diese Krankheit, könnte es ... könnten es die Wechseljahre sein?«

»Warum nicht?« nickte Funk. »Bei Ihrer Mutter ist jedes Sympton zehnmal so stark wie bei jedem anderen Menschen. Bei ihr scheint alles größer, bedeutender zu sein als bei Normalsterblichen. Vielleicht leidet sie wirklich nur an der Menopause, eine ganz natürliche Angelegenheit. Aber möglicherweise hat sie auch die Brightsche Krankheit.«

»Was ist denn das?«

»Ein ganz neues Leiden. Wir kennen die Symptome erst seit zwanzig Jahren.« Funk seufzte tief und vernehmlich. »Und unsere geliebten Inseln von Samoa sind so weit entfernt vom nächsten Krankenhaus, von den Universitäten und den Gesprächen unter Kollegen. Soweit ich mich erinnere, zerstört die Brightsche Krankheit die Nieren und zieht Bewußtseinsstörungen nach sich. Das Verhalten kann sich völlig ändern. Ich behandle Ihre Mutter seit zwei Jahren wegen Nierenkoliken. Wer weiß schon, ob die Nierensteine nicht das ganze System durcheinandergebracht haben? Aber, ganz wie Sie sagen, ihr Leiden kann natürlich auch rein psychischer Natur sein.«

»Also Wahnsinn. Ist es das, was Sie sagen wollen?«

»Schizophrenie«, präzisierte Funk. »Hatte sie nicht schon früher einmal Schwindelanfälle, Bewußtseinstrübungen? Ja genau, nach dem Tod Ihres Bruders?«

»Aber das war doch längst nicht so schlimm wie das hier! Sie können sich nicht vorstellen, wie sie ist, wenn ... wenn sie den Verstand verliert«, hauchte Belle, noch ganz mitgenommen von so mancher Szene, die sie erlebt hatte. »Manchmal habe ich den Eindruck, sie ...«

Belle sprach ihren Satz nicht zu Ende. Sie lehnte sich auf die Brüstung der Veranda und ließ ihre Blicke über die Plantage schweifen.

»Ich habe geträumt, daß sie Vailima in Brand steckt«, sprach sie weiter. »Daß sie das Feuer in Gang hielt, indem sie die Bücher meines Stiefvaters hineinwarf.«

»Mein Kind, Sie überfordern sich. Daher die Träume.«

»Als ob meine Mutter ihn in den Tod ziehen wollte, weil sie sein Glück nicht mit ihm teilen kann. Manchmal denke ich, sie will ihn töten!«

»Wenn ich von einer Sache felsenfest überzeugt bin«, unterbrach Funk sie fröhlich, »dann von der absoluten Ergebenheit Ihrer Mutter für Mr. Stevenson.«

»Ja, eben. Die Liebe, der Haß, sind das nicht zwei Seiten ein und derselben Medaille?«

»Hausfrauenpsychologie!«

Der resolute Dr. Funk ließ nicht einmal den Griff seines Spazierstocks los, um seinen Zeigefinger tadelnd zu schwenken:

»Sie, meine kleine Bundesgenossin, haben zuviel *Dr. Jekyll and Mr. Hyde* gelesen. Gehen Sie an die frische Luft und schlagen Sie sich diese morbiden Gedanken aus dem Kopf!«

Langsam gingen sie nebeneinander her auf Lafaele zu, der ihnen mit dem Pferd des Arztes entgegenkam. Von den Blumenbeeten schwebten herrliche Düfte von Blüten und Früchten zu ihnen herüber.

»Nun sehen Sie doch nur Ihre Ananasstauden«, begeisterte sich der kleine Herr. »Die Früchte sind so voller Saft, ich möchte wetten, sie wiegen mehr als acht Kilo. Genießen Sie Vailima, Miss Osbourne! So ein wunderbar üppiger Garten. Das schöne, harte Licht hier. Wenn man den düsteren Himmel anschaut und das graue Meer, die großen, widerscheinenden Bäume, könnte man meinen, man sei in Schottland, nachdem es gerade geregnet hat. Wenn da nicht die kleinen roten Tupfen Ihrer Kaffeebüsche wären, in denen sich die letzten Sonnenstrahlen fangen. Aber der Abend wird bald hereinbrechen. Sie wissen ja, wie schnell es hier Nacht wird ...«

Der Arzt unterbrach seine lyrische Ansprache, um den Spazierstock in seiner Hülle festzumachen, und stieg auf sein Pferd.

»Halten Sie mich auf dem laufenden«, sagte er noch, als er schon halb davontrabte.

Langsam wandte Belle sich wieder Vailima zu. Ein wenig zurückgesetzt, hinter dem Haus, erhob sich das neue Gebäude. Vailima war Fannys Werk, dachte die junge Frau melancholisch. Überdimensional. Exotisch. Aufdringlich. *Vailima*. Es war die Geschichte eines Mannes auf dem Höhepunkt seines Ruhmes; eines Palastes auf einer Insel, die dem Genie als schmückender Rahmen diente; und einer Frau, die in der Zurückgezogenheit ihrer Gemächer gegen den Wahnsinn ankämpfte. Es war wie das Traumschloß einer Vandegrift, ein Märchen, das ihre Mutter sich ausgedacht hatte. Emily Brontës *Sturmhöhe*, neu erzählt von Fanny Stevenson.

Belle stieg die beiden Stufen hinauf. Auf nackten Füßen ging sie lautlos bis zur Tür. Sie hatte es nicht eilig, in das grüne Zimmer zurückzukommen, und lehnte sich gegen den Türrahmen. Glücklicherweise war Austin bei Tante Nellie in Monterey. Im September hatten sie ihn auf die Reise dorthin geschickt. Er sollte das ganze Schuljahr dort verbringen. Heute abend war Belle erleichtert über diese Trennung, die ihr bis dahin so schwergefallen war. Ihr zwölfjähriger Sohn besuchte eine Schule und spielte mit Jungen in seinem Alter. Tante Maggy war für den Winter nach Schottland gefahren. Sie wollte ihre Schwester besuchen und das Haus in der Heriot Row verkaufen. Im nächsten Jahr würde sie die Möbel und die restlichen Bilder, Kristall- und Nippessachen mitbringen, und dann würden all diese Belege Stevensonscher Familientradition den zweiten Flügel des Hauses füllen. Eine zwei Meter breite Freitreppe führte zu den für eine sehr zahlreiche Familie geplanten Schlafräumen. Mein Gott! Wie hatte Belle das nur übersehen können? Warum hatte sie dem Arzt nichts davon gesagt? In ihrem Wahn glaubte Fanny, sie würde zehn Kinder von Louis zur Welt bringen, zehn Kinder, die sie alle schon in sich trug! Sie sah sich mit einem derart ausladenden Bauch, daß sie sich nicht mehr rühren konnte. Nur wegen dieses runden Bauches war sie alle diese Jahre gezwungen gewesen, Holokus zu tragen. Sie war schwanger! Als Belle ihr auseinandergesetzt hatte, wie unsinnig es war, sich so etwas einzubilden, war sie in Tränen ausgebrochen. Sie wollte sich bei Louis entschuldigen. Sie wollte Verzeihung erlangen. Ja, er mußte ihr unbedingt verzeihen, daß sie ihm nicht all diese Kinder geschenkt hatte, die er sich doch so wünschte. Im Laufe dieser Szene hatte sie sich die Ohren zugehalten, als Louis ihr schwor, daß sie sich irre, er wolle keine Kinder und habe auch nie Kinder gewollt, weil er niemandem seine schlechte Gesundheit mitgeben wollte.

Belle atmete die frische Abendluft in tiefen Zügen. Noch ein paar kurze Augenblicke, dann würde sie wieder hinaufgehen. Sie wußte es. Sie wußte, daß Louis log. In den Briefen an Edmund Gosse, die er ihr diktiert hatte, vertraute er seinem Freund an, wie schmerzlich es doch sei für einen Mann, ohne Nachkommen zu sterben. Fannys berüchtigter Instinkt hatte sie nicht getäuscht. Morgen würde Belle dem Arzt auch von diesem Leid erzählen.

Dieser poltrige Funk ist besser damit zurechtgekommen, als ich mir vorstellen konnte, schreibt Robert Louis Stevenson am 17. März 1893 an seine Mutter. *Mitten in all den Aufregungen ist Belle zusammengebrochen. Ihre Unpäßlichkeiten werden sich, wie ich meine, wohl der Angst und Überarbeitung zu verdanken haben. Talolo und Sosimo sind alle beide an einem Abszeß erkrankt. Was für ein entzückendes Haus! Ich war überaus erfreut, daß Du nicht da warst. Inzwischen haben wir uns alle erholt, oder besser: Wir sind auf dem Wege dazu. (Belle protestiert bei diesen letzten Worten. Sie besteht darauf, daß ich Dir mitteile, daß es Fanny noch nicht besser geht.) Es ist tatsächlich so, daß sich ihr Zustand heute morgen verschlechtert zu haben scheint, aber es geht ihr bei weitem nicht mehr so schlecht wie im Sommer.*

(Sie hütet das Bett, unterbricht seine Sekretärin. *Sie raucht nicht und weigert sich zu essen oder zu sprechen. Louis will Sie nicht beunruhigen, aber ich finde, Sie sollten wissen, mit was für Sorgen wir uns hier herumschlagen. Ich wünschte, sie würde an irgend etwas Anteil nehmen! Belle)*

Vielleicht hat Belle recht, ich aber gebe mich dem Luxus eines kleinen, noch verbliebenen Restes an Hoffnung hin.

Wir haben eine Pause gemacht, um zu Mittag zu essen, und ich finde, ganz im Gegensatz zu meiner geschätzten Sekretärin, daß es Fanny sehr viel besser geht als gestern!

(Von wegen! Wenn Sie meinen, daß das eine Verbesserung ist: Sie hat weder zum Frühstück noch zum Mittagessen etwas zu sich genommen! B.)

Am 20. April setzen Louis und Belle ihren Bericht fort, diesmal an Colvin.

Fanny geht es wirklich besser. Und ich werde Belle bitten, ihre Unterschrift unter diesen Gesundheitsbericht zu setzen, als Beweis, daß es sich weder um eine Illusion meinerseits handelt noch um ein Täuschungsmanöver, um Euch alle zu beruhigen.

(Es stimmt. Es geht ihr besser. Belle)

Letzte Nacht haben uns gegen zehn Uhr die Katzen aufgeweckt. Sie und mich. Belle war noch nicht zu Bett gegangen. Also haben wir es uns alle drei in meinem Zimmer gemütlich gemacht, einen Grog getrunken und geraucht. Wir waren beinahe so ausgelassen wie junge Burschen auf einer Spritztour. Es war herrlich. Fanny war so freundlich, wie man es sich nur denken kann, und schien durchaus nicht krank. Gestern ist sie zum erstenmal mit einem Schirm in den Garten gegangen und hat mich, der ich versucht habe, ihr überallhin zu folgen, an den Rand meiner Kräfte gebracht.

Einen Monat später, im Mai 1893, triumphiert Louis: *Es geht ihr wieder gut. Sie scheint ganz ruhig. Ein paar verrückte Vorstellungen sind ihr geblieben, und sie wird sie auch nicht loswerden, aber sie sind unerheblich. Es geht ihr gut. Gut. Gut.*

Er verschweigt in diesem letzten Brief allerdings, daß von den Bergen dumpfes Trommelschlagen herüberdringt. Bewaffnete Banden ziehen gegen Apia. Die Krieger haben ihre Gesichter geschwärzt, um den Gegner im Zweikampf einzuschüchtern. Die Frauen haben ihre Köpfe kahlgeschoren, um die Kriegstracht der Väter und Männer mit ihren Haaren zu schmücken. Und die Männer in Vailima führen Totentänze auf dem Rasen auf und stoßen fremdartige Schreie aus.

VAILIMA IV

Juli 1893 – Dezember 1894

Auszüge aus Fannys Tagebuch

3. Juli

Es wird von nichts anderem gesprochen, es wird an nichts anderes gedacht. Krieg.

Vor einigen Tagen sind Louis und Palema (Graham Balfours Name ins Samoanische übersetzt) zu den Vorposten der Rebellen gegangen, um zu sehen, was dort vor sich geht … Sie sind sehr aufgeregt zurückgekehrt und brannten vor Begierde, sich ins Getümmel zu stürzen. Ich sehe schon, daß es sehr schwer sein wird, Louis zurückzuhalten …

5. Juli

… Es ist schon eine fürchterliche Angelegenheit, wenn einem die Stellung einer britischen Frau aufgezwungen wird. Lloyd und Palema sind jung und natürlich intolerant, aber nun mußte ich überrascht entdecken, daß Louis ihre Vorstellungen teilt! Sollte unser Haus angegriffen werden, erwarten sie von Belle und mir, daß wir uns mit unseren Stickereien in unsere Gemächer zurückziehen, ohne auch nur danach zu fragen, was überhaupt vor sich geht. Das

wollen wir ja wohl mal sehen bei jemandem von meinem Kaliber. Ich bin in meinem ganzen Leben nicht feige gewesen und habe immer ruhig Blut bewahrt. Und Gott weiß, daß ich schwierige Situationen durchgemacht habe …

6\. Juli

… Die weißen Händler aus Apia, die die Samoaner früher als Neger bezeichnet und von ihnen verlangt haben, daß sie wie die Hunde immer drei Schritte hinter ihnen gehen, sind inzwischen auf du und du mit den Kriegern mit ihren breiten, eingeölten Oberkörpern. Das läßt einige Rückschlüsse zu, was da vor sich geht …

Die Wahrheit ist, daß es sich bei diesem Krieg um einen Krieg unter den drei Konsuln handelt, und ich fürchte, sie haben sich da eine Bombe zusammengebastelt, die nicht so ohne weiteres zu entschärfen sein wird …

8\. Juli

… Als wir nach dem Abendessen alle noch am Tisch saßen, erhielten wir gegen sieben Uhr eine Nachricht aus der Mission: In Vaitele fanden verzweifelte Kämpfe statt. Laupepas Männer hatten elf Menschen die Köpfe abgeschnitten und als Trophäen nach Malinuu zurückgetragen. Es waren viele Verwundete zu Reverend Clarke gebracht worden. Darunter auch Tote. Louis ist gleich aufgesprungen …

Ich habe gesagt, daß ich mitkommen würde …

In der Mission waren alle Fenster hell erleuchtet, und die Leute liefen wild in allen Richtungen hin und her. Reverend Clarke kam uns sofort entgegengeeilt. Er sagte, man habe ihm tatsächlich Verwundete und auch drei Tote ins Haus gebracht, und die elf von der Regierungspartei abgeschnittenen Köpfe baumelten über Körben an einem Baum neben König Laupepas Hütte in Malinuu. Unter den Schädeln sei auch der Kopf einer Taupo, der Jungfrau, die in jedem Dorf den Vorsitz bei zeremoniellen Festlichkeiten hat. Nie zuvor hat man je davon gehört, daß auf Samoa Frauen enthauptet worden wären.

Morgen werden einige Leute die Toten begraben, die auf dem Schlachtfeld liegengeblieben sind. Man hat uns erzählt, Mataafa habe nur deshalb keine Köpfe abgeschnitten, weil er so schnell besiegt wurde, daß ihm dazu keine Zeit blieb. Ich glaube kein Wort davon …

9. Juli

... Mataafa ist geschlagen. Er mußte Malie, sein eigenes Dorf, in Brand stecken ... Jetzt ist er auf der Flucht. Es heißt, er habe sich nach Manono zurückgezogen, die Nachbarinsel von Upolu.

Mataafas Sohn ist mit einem Axthieb getötet worden. Insgesamt wurden drei Frauenköpfe nach Malinuu gebracht ...

Nun, ich denke, man kann wohl sagen, daß jeder dieser Frauenköpfe für eine der Mächte steht oder wenigstens für einen der drei Konsuln. Inzwischen ist es fast sicher, daß Mataafa keinerlei Grausamkeiten begangen hat. Es mag ja sein, daß er keine Zeit dazu hatte, aber ich für meinen Teil glaube, daß er seinen Männern verboten hat, einen toten oder nur verwundeten Feind zu enthaupten, und daß er sie davon überzeugt hat, wie barbarisch es ist, so zu handeln. Von diesem Brauch, dieser Tradition, hatte er mit seinen weißen Freunden oft gesprochen ...

Es ist schrecklich, zu denken, daß Louis Mataafa so lange zurückgehalten hat. Wenn Mataafa über Malinuu und Apia hergefallen wäre, als er es selber vorhatte, hätte er gewonnen, und dann wäre er heute glücklich und in Sicherheit, umgeben von allen seinen Lieben, und das Ganze hätte wahrscheinlich nur ein paar Leben gekostet, die ohnehin nicht viel wert waren. Sein Wunsch, das Richtige zu tun und sich von seinen Freunden raten zu lassen, hat ihn in den Ruin getrieben und wahrscheinlich in einen schmählichen Tod.

Ich selber fühle mich auch nicht ganz unschuldig. Weil wir dachten, es sei im Interesse von Mataafa und ganz Samoa, und auch, weil wir Angst vor einem Blutbad hatten, haben wir zum Frieden geraten. Und das Resultat ist nun, daß aufgrund unserer Ratschläge den Repräsentanten der drei Mächte Frauenköpfe vor die Füße rollen, und sie, diese feigen Schwächlinge, nehmen sie kommentarlos entgegen. Der arme alte König Laupepa, der zitternd vor diesen Frauenköpfen stand, ist nichts weiter als ein Werkzeug, ein Hampelmann. Die Berater des Königs, Cusack-Smith, Beirman und Blacklock, haben diesen Krieg angezettelt. Sie haben seiner Armee die Befehle gegeben, wenn man das überhaupt eine Armee nennen kann. Man hat Laupepa gesagt, was er unterschreiben muß, und dann hat er unterschrieben.

Nach dem Abendessen ist Louis zur Mission hinunter, um bei der Pflege der Verwundeten zu helfen …

11. Juli

… Ich muß mich wundern, ja, wirklich, ich muß mich wundern über die Geduld der Menschen von Samoa. Wenn ich eine Samoanerin wäre, würde ich ein Massaker an den Weißen anzetteln …

17. Juli

… Ich ersticke fast an meiner Wut. So sehr, daß ich mein Tagebuch nicht weiterführen konnte.

Noch vor einiger Zeit sprach man von Mataafa als einem mächtigen Stammeshäuptling, der von aller Welt respektiert wurde. Das war, als man noch Angst vor ihm hatte. Jetzt, wo er nur noch ein Flüchtling ist, dem man die Kinder getötet hat, werden ihm noch Steine hinterhergeworfen. Wenn zwei miteinander kämpfen, gilt meine Sympathie immer dem Schwächeren. Aber ich erinnere mich auch gut, daß wir Mataafa, als er noch ein starker Mann war, unsere Freundschaft angeboten und mit ihm einen Teil unseres Lebens geteilt haben. Wenn ich ihm also damals meine Freundschaft schenkte, dann gebe ich sie ihm heute noch tausendmal lieber …

Als beim Mittagessen die Trinksprüche ausgebracht wurden, habe ich mein Glas erhoben und auf die Gesundheit »meines schlimmsten Feindes Moors« getrunken, »des einzigen weißen Mannes auf Samoa, der keine Memme ist«.

18. Juli

… Es geht das Gerücht, daß Mataafa auf Manono hilflos festsitzt. Wenn man Mataafas Männer, ungefähr achthundert an der Zahl, entwaffnet hat und auf Manono läßt, bis die Mächte über ihr weiteres Schicksal entschieden haben, ist es mehr als wahrscheinlich, daß ihre Feinde sie umbringen werden …

Am späten Nachmittag sind zwei deutsche Schiffe mit Nachricht von Manono zurückgekehrt, daß Mataafa sich ergeben habe und sich jetzt gemeinsam mit achtundzwanzig von seinen Anführern als Gefangener an Bord eines britischen Schiffes befindet.

19. Juli

… Noch vor Morgengrauen sind Louis und Lloyd zum Hafen hinuntergegangen, um das Schiff zu begrüßen … Sie waren die ersten

an Bord, die einzigen Gesichter voller Sympathie, die die Gefangenen in dieser Woche gesehen haben. Mataafa wirkte alt und gebrochen. Er hat völlig unzusammenhängend auf Louis eingeredet ...

Der Kapitän hatte Mataafa sein Ehrenwort gegeben, daß er sich persönlich für die Sicherheit seiner Leute und ihrer Dörfer verbürgen würde, wenn er sich ergeben würde. Er hat sich ergeben. Das Schiff lichtete den Anker. Aber kaum war man in See gestochen, da kamen auch schon Laupepas Männer, steckten ihre Häuser in Brand, und alle Dörfer der Getreuen von Mataafa wurden ein Raub der Flammen. Er ist vor dem Kapitän auf die Knie gesunken und hat ihn angefleht, seine Leute zu beschützen. Vergeblich.

Mein armer Talolo saß den ganzen Tag über mit vors Gesicht geschlagenen Händen wie zerschmettert da. Ich habe versucht, ihn zu trösten. Noch wußte ich ja nicht, daß das Ehrenwort eines Engländers keinen Pfifferling wert ist ... Aber Talolo hat nur immer vor sich hingemurmelt. Es klang wie: Die Weißen, sie sind alle gleich.

Um nun wieder auf das Schiff zu sprechen zu kommen: Lloyd ist wieder an Land gegangen, um Tabak, Kawa, einen Kawakrug und alles andere zu kaufen, was sonst noch nötig ist, um dieses traditionelle Getränk zuzubereiten. Er hat außerdem noch ein Kruzifix für Mataafa und weiße Lava lavas für seine Häuptlinge gefunden, die so gut wie nichts am Leibe trugen ... Lloyd war sehr verstört wegen des Schicksals von Mataafa und seinen Leuten, wegen ihrer ängstlichen Blicke, ihrer zurückhaltenden Worte und ihrer Leiden.

Als ich sagte, ich machte die weiße Obrigkeit für ihr Verhalten und den Verrat in Manono verantwortlich, und sie beschuldigte, daß eigentlich sie die Häuser angezündet hätte, rief der amerikanische Konsul aus: »Aber das waren doch keine Häuser, das waren Eingeborenenhütten!«

Ich weiß selber, was eine Eingeborenenhütte ist. Ich habe drei davon gebaut, und für mich wäre es eine Katastrophe, wenn sie abbrennen würden ... Dieser Schwachkopf! Das ist, als wenn die Königin von Cusack-Smith's Haus sagen würde: Na und? Das war schließlich nicht Buckingham Palace, sondern nur das Haus eines Konsuls. Das Gesicht möchte ich mal sehen!

24. Juli

... Als Louis Cusack-Smith fragte, was er denn zu tun gedenke, um dieser Unart, Verwundeten den Kopf abzuschlagen, Einhalt zu gebieten, hat er geantwortet, Louis brauche nur eine Eingabe an König Laupepa zu machen. Das hat Louis auch getan. Cusack-Smith hat sie ihm zurückgeschickt mit der Bemerkung, sie sei zu »samoanisch«!...

25. Juli

... Nachdem er sehr ermüdet war, geht es Louis nun wieder besser. Die Anstrengungen und Aufregungen des Krieges waren ohnehin zuviel für ihn, und ich habe ihm bestimmt auch nichts Gutes getan, als ich mich so sehr über unser Verhalten Mataafa gegenüber aufgeregt habe. Er hat mich als dumme, schwärmerische Idiotin bezeichnet. Von mir aus, aber schwärmerisch und idiotisch ist er selber auch. Ich verlange nur, daß er sich und seinen Idealen treu bleibt...

26. Juli

... Lloyd ist nach Apia gefahren, um Mataafa etwas Kaffee und Kawa zu bringen. An Bord hat er erfahren, daß Mataafa und seine wichtigsten Leute umgehend deportiert werden sollen. Sie haben darum gebettelt, daß man ihnen wenigstens sagt, wohin man sie bringen wird. Man hat ihnen aber jede Antwort verweigert. Lloyd ist so schnell er konnte zurückgekehrt, um uns zu unterrichten ... Die anderen Anführer werden in Apia ins Gefängnis gesteckt werden. Ich bin untröstlich, daß man mir nicht gestattet hat, Mataafa auf dem Schiff einen Besuch abzustatten. Angeblich sei es nicht »schicklich«. Eine Dame darf ihren besiegten Freunden Sympathie offenbar nur bekunden, wenn der Kapitän sie persönlich an Bord geladen hat. Was für ein komisches Geschütz ist denn bloß so eine britische Matrone, und warum sollte ich ausgerechnet sie mir zum Vorbild nehmen: Eine Engländerin, die auf sich hält, muß sich offenbar benehmen wie gelähmt und bettlägerig zugleich!

Laupepa ist auch nicht an Bord des Kriegsschiffes gekommen, auf dem Mataafa festgehalten wurde. Ich nehme an, daß man ihn daran gehindert hat, aus Angst, die beiden Stammeshäuptlinge könnten einander, wenn sie sich wieder begegnen, weinend um den Hals fallen und sich versöhnen.

Hier bricht Fannys Tagebuch ab.
Am 22. November 1893 sollten die neugierigen Gaffer von Apia Gelegenheit bekommen, auf der Beach Road einer wunderlichen Parade der Bewohner von Vailima beizuwohnen.

An diesem Tag waren die ersten Strahlen der Morgensonne noch kaum über den Dächern der Hütten aufgegangen, die sich wie ein kleines Dorf hinter dem Haupthaus gruppierten, als Louis, Fanny, Belle und Lloyd ihre Pferde bestiegen. Der Rauch der Feuerstellen stieg kaum sichtbar zum Berg Vaea auf, der wie eine dunkle Masse aus den Morgennebeln ragte. Zwischen den Stützbalken der Eingeborenenhäuser zogen die Männer die Sonnenmatten hoch. Die Frauen wuschen sich mit nacktem Oberkörper aus der Kalebasse oder fegten bereits den dunklen Fußboden des ellipsenförmigen Raumes. In dem Brotbaum, der vom letzten Sturm verschont geblieben war, schrie ein Vogel. Ein Baby greinte. Die Kinder aus der Verwandtschaft der zwölf Angestellten von Vailima liefen, fröhlich »Talofa« rufend, zu den Pferden hinüber. »Talofa«, rief Belle zurück und wendete sich noch einmal in ihrem Sattel um.

Inzwischen war der Tag angebrochen. Als sie aus dem Wald herauskamen, galoppierten die Reiter über eine kurzgeschnittene grüne Wiese. Kleine, weiße, ausgemergelte Hunde wieselten bellend um die Beine der Pferde.

Auf dem schnurgeraden Pfad, der durch die viele Hektar großen Kokosnußplantagen der Familie Weber führte, fielen sie in Trab.

Am Tivoli Hotel stiegen sie ab und banden ihre Pferde fest. Dann gingen sie alle nebeneinander zum größten Lebensmittelgeschäft, Herr Berger Trading Post, hinüber, wo sich die deutsche Kolonie mit allem Nötigen versorgte. Dort mieteten sie einen riesigen Kippkarren, wie ihn die Black boys zum Kopratransport benutzten. Dann fingen sie an, das Gefährt immer schön im Gänsemarsch zu beladen: Kokosnüsse, Kawawurzeln, Bananen, Brotbaumfrüchte, Büchsen mit Tabak zum Rauchen oder Kauen – alles wurde ganz langsam herbeigetragen, damit auch alle Einwohner genau beobachten konnten, was sie da taten. Fanny nahm das rechte

Zugpferd am Halfter, Louis das linke. Belle und Lloyd schlossen den Aufmarsch ab.

Sie zogen an den das Meeresufer säumenden Palmen vorbei, verlangsamten den Schritt vor den Bungalows der Konsuln und den öffentlichen Verwaltungsgebäuden und durchquerten auf diese Weise die gesamte Stadt. Wie ein Meeresungeheuer, das in der Sonne verrottete, stieg das Wrack der *Adler*, eines der im Orkan untergegangenen Kriegsschiffe, schwarz aus dem Wasser der Bucht auf. Ein paar Eingeborene versammelten sich am Weg, um murmelnd diesem seltsamen Aufzug hinterherzuschauen. Wann hatte man schon mal gesehen, daß sich Weiße mit soviel Kawawurzeln und Taro beluden?

Auf dem schmalen Damm, der um die Mangrovensümpfe herumführte, mußten Fanny und Louis dicht nebeneinander hergehen. Hinter einer grauen Absperrung erhob sich das Gefängnis. Ein einziges Gebäude, eine Holzbaracke mit einem Gang und sechs Zellen. Achtzehn Männer aus Mataafas Gefolge waren im Hof versammelt. Mit nackten, tätowierten Oberkörpern und Lava lavas um die Hüften, aber ohne ihre Blumenketten und Rosenkränze aus Samenkörnern, ihre Fliegenwedel und Wanderstäbe standen sie da, ganz abgemagert und mit ängstlichen Augen, und dann scharten sich alle gleichzeitig um ihre Besucher. Von den ältesten unter ihnen schienen einige am Ende ihrer Kräfte. »Old Poe«, Talolos Schwiegervater, den Fanny gut kannte, konnte sich kaum auf seinen vom Wasser geschwollenen Füßen halten. Aber dieser Besuch war trotz allem ein Hoffnungsstrahl. Auf die Gefahr hin, ausgewiesen zu werden, brachte ein Mann, Tusitala, vor den Augen der ganzen Stadt diesen geschlagenen und verratenen Kriegern ein sichtbares Zeichen seiner unverbrüchlichen Freundschaft.

Vier Wochen später, am 25. Dezember, sollten die eingesperrten Krieger den Stevensons ihren Höflichkeitsbesuch erwidern. Fanny und Louis verbrachten das Weihnachtsfest im Gefängnis. Und dieses Mal erlebten sie die Überraschung. Die Familien und Heimatdörfer der Gefangenen hatten große Mengen von Schweinen, Fischen, Geflügel, einen bunten Haufen von Lebensmitteln in großen Körben für ein richtiges polynesisches Festmahl geschickt. *Noch nie*, schreibt Louis an Colvin, *ist hier ein Fest zu Ehren einer einzigen Familie gegeben worden, nie zuvor hat ein weißer Mann eines dieser Dutzende von Geschenken bekommen. Belle wurde neben den angesehensten Stammeshäuptling gesetzt, und Fanny war die erste, die man zum Kawatrinken aufforderte. Niemals hat man einer Frau, und noch dazu einer Weißen, diese Ehre erwiesen.* Danach wurde Louis, wie es dem Brauch entsprach, jeder Gegenstand einzeln vorgeführt. Ein Geschenk nach dem anderen. Der Festredner bezeichnete Tusitala als ihren einzigen Freund und entschuldigte sich, daß er kein Geld habe, um ihm wirklich wertvolle Dinge zu schenken. Zum Beispiel Pökelfleisch und Dosen mit Keksen. »Das hier«, sagte er, »sind nur die Geschenke von Gefangenen an einen reichen Mann.« Das waren reine Höflichkeitsfloskeln, die der Neigung der Eingeborenen zu Untertreibungen entsprachen. Zu den Gaben gehörten wunderschöne »Tapas«, so nannte man den aus dem Bast des Papiermaulbeerbaumes hergestellten Stoff, Dutzende von Fächern und als Höhepunkt mehrere »Ulas«, die typischen Ketten aus roten Samenkörnern, die die Stammeshäuptlinge von ihren eigenen Hälsen nahmen, um sie ihren Gästen umzulegen. Fanny und Louis versuchten zu protestieren, daß sie ein solches Opfer nicht annehmen könnten. Sie verstanden die rein politische Bedeutung dieses Geschenks erst, als man ihnen erklärte, daß König Laupepa diese Ulas sehr bewundert und sogar einmal gefragt hatte, ob er sie ausleihen könnte. Louis, Fanny, Belle und Lloyd sollten sie umlegen und damit ganz langsam vor dem königlichen Palais entlanggehen. Das taten sie dann auch.

Unter den entrüsteten Blicken der weißen Obrigkeit marschierte der Clan von Tusitala, mit den roten Ulas um den Hals und sämtlichen Geschenken im Arm, einmal die ganze Halbinsel entlang bis nach Malinuu zur königlichen Residenz. Die Menschen sammelten sich am Weg und kommentierten lautstark, wie elegant sie doch aussahen und was für herrliche Geschenke sie bekommen hatten, und jeder durfte sie nun sehen ... Nur die Samoaner hatten einen Begriff davon, wieviel Mut dazu gehörte, sich auf diese Weise zu exponieren. Die Anhängerschaft des dritten Thronprätendenten Tamasese zettelte gegen Ende des Jahres 1893 einen neuen Krieg an.

Tusitala und seine Familie würden prächtige Geiseln abgeben. Wenn man sie gefangennahm, konnte man alle Seiten gleichzeitig treffen, die drei Westmächte und Mataafas geschlagene Gefolgsleute noch dazu. Louis und Fanny wußten das. Sie setzten allen Charme und alle Fröhlichkeit ein, die ihnen zur Verfügung standen, um ihre Angst zu überwinden.

Damit hatte Fannys Loyalität ihre Grenzen aber noch nicht erreicht. Vierzehn Tage später brachte sie den jovialen Dr. Funk dazu, mit ihr ins Gefängnis zu kommen, um sich die Beine von Old Poe anzusehen, der ihr bei ihrem letzten Besuch besonders schwächlich vorgekommen war. Der Arzt erklärte, man könne den alten Mann hier mitten im Sumpf unmöglich gesund pflegen. Er müsse in die Stadt gebracht werden oder auch nach Vailima. Fanny überredete den Gefängnisdirektor, einen österreichischen Grafen, der ihrem Charme längst erlegen war, beide Augen zuzudrücken, während sie den Gefangenen mit sich nahm. Sie gab ihm ihr Ehrenwort, ihn eigenhändig zurückzubringen, sobald er geheilt sei. Und sie hielt ihr Versprechen. Old Poe kehrte wieder in seine Zelle zurück. Der österreichische Graf verlor allerdings seinen Posten. Dafür nahm Fanny ihn in Vailima auf.

Mataafa sollte mehrere Jahre im Exil auf den Marshallinseln verbringen müssen, die achtzehn Häuptlinge im Gefängnis von Apia aber wurden am ersten Montag im September 1894 freigelassen. Nach zwölfmonatiger Gefangenschaft durften sie endlich wieder heimkehren. Statt dessen stiegen sie erst einmal nach Vailima hinauf. Old Poe marschierte vorneweg. Auf dem Rasen vor dem Haus, wo sich der komplette Haushalt versammelt hatte, um ihre Befreiung zu feiern, verkündeten sie dann, daß sie beschlossen hätten, dem Geschichtenerzähler und seiner Frau aus Dankbarkeit für ihre Großzügigkeit, ihr Mitgefühl und ihre Treue in schweren Zeiten ein Geschenk zu machen. Und nach langem Überlegen hätten sie beschlossen, ihnen eine Straße von Vailima bis zur Weber Road zu bauen. Die jungen Männer aus ihren Dörfern würden die Arbeit tun, und sie würden sich auch selbst ernähren, sie müßten nur darum bitten, daß die Stevensons ihnen das nötige Werkzeug liehen.

Das war nun eine nahezu unglaubliche Geste, denn man darf ja nicht vergessen, daß die Samoaner nichts mehr verabscheuten als körperliche Arbeit. Die jungen Leute betrachteten sie als Beleidigung, die Stammeshäuptlinge verachteten sie, und sogar heute noch bildet der Mangel an Verbindungswegen eines der großen Hemmnisse für die Wirtschaft Samoas.

Diese eine Straße würde trotzdem fertiggestellt werden. Und die Häuptlinge tauften sie »Straße der Dankbarkeit«.

Louis und Fanny Stevenson empfingen dieses unermeßliche Geschenk tief gerührt bei einem großen Fest, das sie für alle Häuptlinge mit ihren Familien und alle Mitglieder des Clans von Tusitala veranstalteten.

Der 20. Oktober 1894 sollte allen als ein herrlicher Tag in Erinnerung bleiben. Man traf sich schon am frühen Morgen unter einem glühenden Sonnenaufgang, der Himmel und Meer um Vailima herum mit einem Farbenrausch aus Rosa und Blau überzog.

Die zum Haus gehörigen jungen Mädchen, angetan mit ihren karierten Lava lavas und bunten Blumenketten über den nackten Brüsten, eröffneten das Fest mit einem »Siva«. Dazu ließen Louis, Fanny und die achtzehn Häuptlinge sich auf den altehrwürdigen Matten nieder, die die Macht eines jeden Hauses symbolisierten. Diese geflochtenen Teppiche hatten den gleichen Sinn und einen ebensolchen Wert wie ein Siegelring oder ein goldenes Medaillon, das sich in einer Familie von Generation zu Generation vererbt. Hinter den Ehrengästen standen die Männer. Die Ketten tanzten auf diesen mächtigen braunen und wie immer eingeölten Oberkörpern, von denen ein unverwechselbarer Geruch nach Kokosöl und Pandangsamen aufstieg. Sie bewegten sich langsam und geschmeidig und trugen stolz ihre kompliziert geschlungenen Lava lavas, deren Arrangement Abstammung, Alter und sozialen Rang bezeichneten.

Vor der Versammlung saßen, die Beine mit den roten Reifen am Knöchel untergeschlagen, die jungen Mädchen wie indische Gottheiten. Faamua stimmte ein Lied an. Die anderen fielen ein und begannen, im sanften Rhythmus mit den Armen eine Welle zu beschreiben. Schultern, Taille und Hüften schwangen leicht hin und her, ohne daß sich auch nur ein Wirbel ihrer Rücken rührte. Dann erhoben sie sich ein ganz klein wenig und ließen ein Zittern über ihre Schenkel und Bauchnabel gleiten. Ihre Bäuche zuckten, die Finger bogen sich, die Schultern zogen sich zusammen, sie breiteten die Hände nach beiden Seiten aus und vollführten eine Art Schwimmbewegung, während über ihre Oberschenkel noch immer dieses wellenförmige Zucken lief.

Nach dem Siva versammelten sich die Häuptlinge auf der Veranda. Entsprechend der Rangordnung nahmen sie ihre Plätze ein. Fanny und Louis saßen auf dem Boden und lauschten den endlosen Vorträgen der Festredner und dann noch jedesmal den Ausführungen ihrer Übersetzer. Lloyd, der die samoanische Sprache beherrschte, stand dazwischen und gab ihnen einige zusätzliche Erklärungen. Dann erhob sich auch Louis. Mit einem warmen Blick aus seinen braunen Augen umfing er all die vielen Frauen und Männer, die da seine Veranda bevölkerten. Es waren kaum Weiße da. Nur wenige Engländer, Amerikaner oder Deutsche waren der Einladung zu diesem Ehrenfest für Mataafas geschlagene Rebellen gefolgt. Nur die Eingeborenen und die Mestizen hatten keine Angst, sich zu kompromittieren.

Heute, begann Louis feierlich, *heute wurde die Straße der Dankbarkeit fertiggestellt. Und ihr alle habt euern Teil dazu getan, daß es so weit kommen konnte. Diese Straße ist von euch, den Häuptlingen, gegraben worden … Einige waren alt, andere krank, und alle hatten eben eine lange, erschöpfende Gefangenschaft hinter sich gebracht. Ich habe diese Häuptlinge gesehen, wie sie trotz der Hitze und der Feuchtigkeit unverzagt mit ihren eigenen Händen gearbeitet haben … Und ich möchte euch allen, meine Stammesfürsten, sagen, daß ich, als ich euch über diese Straße gebeugt sah, mein Herz höher schlagen fühlte. Es schlug vor Dankbarkeit, aber vor allem schlug es hoffnungsvoll. In diesen Handgriffen, die ihr ausführtet, las ich ein Glücksversprechen für Samoa. Was ich vor mir sah, war eine Armee von Kriegern, die gegen jegliche Unterdrükkung ankämpften, zur Verteidigung unseres gemeinsamen Landes. Es gibt eine Zeit zu kämpfen und eine Zeit zu arbeiten. Ihr, die*

Samoaner, könnt kämpfen und siegen, ihr könnt siegen und wieder siegen, zwanzig-, dreißigmal ... Aber eure Siege werden immer vergebens sein! Es gibt nur ein Mittel, Samoa zu verteidigen. Hört mich an, bevor es zu spät ist. Dieses Mittel, das einzige, besteht darin, eure Straßen zu bauen, eure Gärten zu bearbeiten, über eure Bäume zu wachen und euch gegenseitig die Erträge eurer Erde zu verkaufen. In einem Wort: Ihr müßt euer Land besetzen und nutzen. Wenn ihr es nicht macht, werden andere es an eurer Stelle tun!

Zwei Stunden vor Sonnenuntergang zogen sich die letzten Festteilnehmer zurück. In einer kleinen Prozession gingen sie die Straße der Dankbarkeit hinunter. Fanny und Louis begleiteten ihre Gäste bis zur Weggabelung. Und dort stellten sie alle gemeinsam ein Schild auf, auf dem man noch heute die Namen und Titel der Erbauer lesen kann. Dann trennte man sich, die einen gingen ins Landesinnere, die anderen dem Meer entgegen. Tusitala und Tamaitai stiegen langsam zurück, nach Vailima hinauf. Zum erstenmal drückten sich ihre Absätze in den festen Boden dieses Weges, zum erstenmal stolperten sie nicht unablässig über Unebenheiten. Keine Schlammbäche mehr während der Regenzeit, keine gähnenden Löcher, die die Pferdekarren zum Umstürzen brachten, von nun an gab es eine glatte, übersichtliche Straße, die geradewegs auf das hellerleuchtete Vailima zuführte. Die Luft roch nach Feuchtigkeit. Aus dem Urwald hörte man ein seltsames Flüstern. Die Vögel schwiegen. Es wurde Abend. Aber die beiden Gestalten vor dem Hintergrund der Bäume waren noch deutlich zu erkennen. Sie trug ein schwarzes Samtkleid, und unter ihrem grauen Schopf baumelten zwei große goldene Kreolen. Er war in Hemdsärmeln und hatte die weißen Hosenbeine in die Stiefel gesteckt. Um die Taille wand sich ein breiter roter Gürtel. Neben ihr sah er irgendwie zu lang und schmal geraten aus. Seine mandelförmigen Augen und sein geheimnisvolles Lächeln unter dem Schnurrbart hatten sich den Charme eines jungen Mannes bewahrt. Der Übergang von der Jugend zum Alter würde sich bei ihm ganz plötzlich vollziehen.

Aus dem Dorf Tanugi-Manono hörte man von ganz weit her die

Stimmen der Frauen, die das Abendgebet mit einem Kirchenlied eröffneten. Andere sangen traditionelle Stammeslieder. Vorne, wo die Bäume aufhörten, leuchtete Vailima wie eine Fackel in der Tropennacht. Louis liebte nichts mehr, als abends aus Apia zurückzukommen und dann, mitten im Urwald, diese Lichter zu sehen. Es war inzwischen zur Gewohnheit geworden, daß man in jedem Fenster einen Leuchter aufstellte. Das Leben hier beruhte auf dem Kontrast und gleichzeitig dem Ausgleich zwischen der »Zivilisation« und der »Barbarei«. Louis hatte seine Freude an dem Gedanken, daß in seinem Salon ein Piranesi und die Trommeln von den Marquesasinseln friedlich nebeneinander her existierten, ebenso wie die neuesten Werke des jungen französischen Journalisten und Schriftstellers Paul Bourget und die Haifischzahnketten aus Tuamotu, Bob Stevensons Pastellzeichnungen und die samoanischen Bodenmatten mit den geometrischen Mustern, Tante Maggys Abendroben und Faamuas offen zur Schau gestellten Brüste – er liebte diese Widersprüche. Für ihn lag auch Fannys Charme noch immer darin, daß diese so bodenständige, realistische Frau sich nach wie vor etwas Undurchschaubares bewahrt hatte.

Obwohl Louis seit vierzehn Jahren Fannys Stärken und Schwächen kannte, ihre Krankheit miterlebt und ihre Verzweiflung gesehen hatte, obwohl er jeden Winkel ihrer Seele kannte, obwohl er alles von ihr gesehen, alles kennengelernt, alles verstanden hatte, entglitt sie ihm noch immer wie ein flüchtiger Gedanke, der entschwebt, bevor man ihn in Worte fassen kann.

Die beiden schauten zu den Lichtern des Hauses hinüber und verlangsamten ihre Schritte. Louis drehte Fanny sein Gesicht zu. Seit ihrer Krankheit schien sie ihm kleiner und zerbrechlicher geworden zu sein. Ohne stehen zu bleiben, legte er ihr den Arm um die Schultern und zog sie an sich. Sie schmiegte sich gegen diesen mageren Körper, der sie umschlungen hielt. Ein leises Lächeln lag auf ihren Lippen, als sie zu diesem ausgezehrten Gesicht hochsah, das sie so gut kannte, bis in seine letzten Geheimnisse.

»Du hattest so recht mit dem, was du zu den Häuptlingen über Samoa gesagt hast«, flüsterte sie.

Er lachte erfreut auf:

»Das ist das erste Mal seit Monaten, daß du mir ein Kompliment gönnst.«

Sie antwortete nicht und stützte sich auf seinen Arm. Beide fühlten plötzlich eine Woge der Zärtlichkeit in sich aufsteigen. Um sie herum hörte man nun nur noch das Rauschen der Flüsse von Vailima. Je weiter sie die Anhöhe hinaufstiegen, desto schwerer wurde ihm ihr Gewicht.

»Bist du müde?« fragte er.

Wenn Louis sich früher auch nie Gedanken über das Wohlergehen seiner Frau gemacht hatte, wenn er ihre ständigen Auseinandersetzungen mit Belle nicht ertragen konnte, ihre schlechte Laune, nachdem sie sich in Vailima niedergelassen hatten – in letzter Zeit tat er alles, damit sie wieder zur Ruhe kam. Er dachte sich Freundlichkeiten aus, umgab sie mit seiner Aufmerksamkeit, war ständig um sie besorgt. Er fürchtete, sie könne sich zuviel aufladen und sich überanstrengen. Die Organisation für das heutige Fest, die zwanzig gefüllten Hühner, die Spanferkel, der marinierte Fisch, die Vorbereitungen für den Kawa, all das war natürlich Fannys Werk gewesen.

»Nein«, antwortete sie. »Und du?«

Er nahm sie wortlos in die Arme.

»Bist du müde?« beharrte sie.

»Ich werde alt.«

Sie lachte:

»Du kannst mir viel erzählen.«

»Ich habe zu viele Bücher geschrieben«, seufzte er. »Und die besten liegen bereits hinter mir!«

Sie machte sich heftig von ihm los und protestierte:

»Was redest du da? Was du uns gestern vorgelesen hast – ich habe nie etwas Schöneres gehört! *Weir of Hermiston – Die Herren von Hermiston*, das ist dein Meisterwerk!«

»Wenn ich noch einmal anfangen könnte, würde ich alle meine Heldinnen umschreiben. Weißt du, das Schlimmste an unserer Erziehung ist die Tatsache, daß die christliche Moral die Sexualität leugnet und verdammt. Ich konnte wohl auch nicht freier sein als meine eigene Generation. Aber ich bedaure, daß meine weiblichen Figuren in der Liebe so neutral geblieben sind, so…«

»Aber das ist doch ganz falsch! Deine beiden Kristies aus dem *Weir* hätten nicht komplexer sein können, nicht vielschichtiger, lebendiger!«

Robert Louis Stevensons Züge entspannten sich vor Glück. Nun hatten sie Frieden miteinander geschlossen. Sie hatte sich endlich mit dem Gedanken abgefunden, daß Belle für ihn arbeitete. Heute abend war ihnen beiden wieder bewußt geworden, wie sehr Louis Fannys Zustimmung und Fannys Kritik brauchte.

»Es gibt da eine Frage, die mich einfach nicht los läßt«, sprach er weiter. »Habe ich jemals etwas Gutes geschrieben? Wer könnte mir das schon sagen? Und warum sollte ich es überhaupt wissen wollen? Nicht mehr lange, und dann werde ich nicht mehr sein. Meine Worte werden aufgehört haben zu existieren, alle meine Sätze, meine Sprache. Sie werden tot sein wie ich. Niemand wird sich mehr an sie erinnern. Und doch... Und doch würde ich so gerne ein Zeichen, ein Bild, ein Echo in den Gedanken meiner Nachwelt hinterlassen ...«

Sie hatten den Rasen überquert und sich nebeneinander auf die kalten, feuchten Stufen der Vortreppe von Vailima gesetzt. Woher kam diese ungewohnte Müdigkeit? Wie sollte man ihn von dieser traurigen Stimmung abbringen, die er für abgeklärte Ruhe hielt? Wie ihn aus dieser seltsamen Lethargie holen? Schmerz und Krankheit waren alte Bekannte für ihn. Aber bis heute waren seine Schwindsucht, seine Angst vor dem Tod, waren alle seine Leiden die eigenen gewesen. Er hatte keine Phantasie, kein Mitgefühl gebraucht, hatte sich nicht so verausgaben müssen wie in diesem Kampf, den er im letzten Jahr um diese Frau ausgefochten hatte, die er liebte und die er vielleicht gequält hatte. Hatte er seine eigenen Grenzen erreicht? War er seinem eigenen Leiden zu nahe gekommen, indem er Fanny in ihre abgrundtiefe Verzweiflung folgte, um sie zu retten? Sicher, er schien im Vollbesitz seiner Kräfte zu sein. Und doch ...

»Du hast in den letzten Jahren zuviel gearbeitet«, sagte sie sorgenvoll.

»Aber Arbeiten ist das einzige, Fanny, was ich je richtig gekonnt habe! Meinen Erfolg verdanke ich einzig und allein meinem Fleiß.

Und wie habe ich doch ackern müssen, um meinen winzig kleinen Schatz anzuhäufen! Wieviel Bücher sind es im ganzen geworden? Zweiundzwanzig? Fünfundzwanzig?«

»Das wird Baxter uns sagen, wenn er uns die zwei letzten Bände deiner Werkausgabe bringt«, versetzte sie. »Jetzt, in diesem Augenblick, wird er sich wohl in Liverpool einschiffen.«

»Bei seiner Hochzeit habe ich zum erstenmal davon geträumt, dich für immer in meiner Nähe zu haben. Armer Charles. An dem Tag habe ich begriffen, daß ich dich zu meiner Frau machen wollte.«

Beide dachten an das traurige Los des Anwalts in Edinburgh, der vor kurzem seine Frau verloren hatte. Es hieß, Baxter habe angefangen zu trinken.

»Er ist der einzige von allen meinen Freunden, dem ich mich noch nahe fühle. Und der einzige, von dem ich nie erwartet hätte, daß er hierher kommen würde. Je älter ich werde, desto mehr verlieren die Dinge ihren Sinn. Mir war ein früher Tod vorbestimmt. Wie Baxters Frau.«

»Noch ist nichts verloren«, neckte sie ihn.

Sie verscheuchte eine Mücke und beugte sich über die Laternen auf der Treppe, um die Kerzen auszublasen. Nun saßen die beiden im Dunkeln, schwarze Schattenrisse vor den golden leuchtenden Fenstern des Hauses. Louis seufzte und sah zu dem schwarz aufragenden Berg Vaea hinüber. Nicht ein Laut war zu hören. Selbst das Flattern der Fledermäuse in den Bäumen war verstummt. Da war nur noch das leise Murmeln des Wasserfalles und der Meeresbrandung unten am Korallenriff.

»Erinnerst du dich an deine Zweifel, nachdem Mataafa ins Exil geschickt worden war?« fragte er. »Du machtest dir Vorwürfe, weil wir uns in die Angelegenheiten Samoas eingemischt haben. Du sagtest, unser gutes Gewissen ginge auf Kosten der Eingeborenen. Du warst mir böse, weil ich eine Verantwortung übernommen hatte, die zu schwer für mich war. Je länger ich darüber nachdenke, desto mehr bin ich überzeugt, daß du recht hattest. Aber was hätte ich anderes tun sollen? Was konnte ich tun? Sollte ich diese Konsuln einfach ihren ungerechten und verrückten Totentanz aufführen lassen? Sie Samoa ausbeuten lassen in ihrer Gier, die ihnen selber überhaupt nicht bewußt war? Was sollte ich denn tun?« wiederholte er. »Ich dachte, ich täte das Richtige. Und doch hattest du recht. Unsere Schwächen sind unbezwingbar, und unsere Tugenden führen zu nichts. Was wir auch tun, um uns anständig zu verhalten, ist zum Scheitern verdammt. Wenn die Sonne das nächstemal untergeht, wendet sich das Kampfgeschick automatisch wieder zu unserem Nachteil. Soll ich dir mal was sagen? Das Leben ist deshalb so herrlich, weil es allem Anschein nach so hoffnungslos ist.«

Sie haßte diese Sätze, die nicht zu dem Louis passen wollten, dessen Lebensfreude und Optimismus sie seit zwanzig Jahren bewunderte.

Waren das die Gedanken, die ihm durch den Kopf gingen, wenn ihm das Blut in den Mund stieg? War es das, was er dachte, wenn er in wildem Eifer den Urwald von Vailima rodete?

»Wir laufen gar nicht dem unerreichbaren Ideal hinterher, Fanny. Es ist das Ideal, das uns nicht entkommen läßt. Der Wunsch nach dem Guten verfolgt uns, jagt uns.«

»Sei still«, sagte sie leise. »Wenn du herumphilosophierst, bist du für mich verloren. Und ohne dich existiere ich nicht. Ohne dich bin ich nichts, Louis.«

»Das, Fanny, ist nur eine Hypothese«, sagte er fröhlich. »Aber eines ist gewiß, ganz gewiß: Ohne dich hätte ich nicht lange genug gelebt, um auch nur ein einziges Buch zu veröffentlichen. Die Luft, die ich atme, verdanke ich dir. Ich verdanke dir mein Leben.«

Sie drängte sich an ihn, und er schloß sie in seine Arme. Schweigend saßen sie in der süßen, lauen Nacht von Vailima.

MONTAG
3. Dezember 1894

5 Uhr – Es regnet. Sosimo klopft wie jeden Morgen mit einem Tablett auf dem Arm an die Tür zum Arbeitszimmer. Er bringt eine Tasse Tee und zwei Stück Toast. Robert Louis Stevenson liegt im Licht seiner Lampe im Bett und macht sich Notizen, was er nachher diktieren will.

6 Uhr – Der Tag bricht an. Allgemeines Frühstück in der Halle. Austin ist über die Sommerferien zu Besuch aus dem Internat in Wellington gekommen.

7 Uhr – Jeder geht seiner üblichen Beschäftigung nach. Lloyd tippt auf der Maschine ein paar Mitteilungen, die er nachher auf der Wandtafel anbringen wird. Belle wacht am großen Tisch in der Halle über das Polieren der Lampen, insgesamt an die fünfzig. Jede muß Stück für Stück auseinandergenommen werden. Fanny schließt sich am anderen Ende des Gartens in ihr Labor ein. Sie destilliert dort ihre Parfums.

9 Uhr – Belle geht zu Louis hinauf, um sich diktieren zu lassen. Er arbeitet an einem großen schottischen Roman, der ihn weit von seinem Exil im Pazifik fortführt. *Weir of Hermiston* betrachtet er als sein Meisterwerk.

11 Uhr – Louis unterbricht die Arbeit am neunten Kapitel, um die Briefe zu beantworten, die das monatliche Postschiff am Sonntag zuvor gebracht hat. Fanny tritt ins Arbeitszimmer. Sie hat diesen fiebrigen Ausdruck im Gesicht, der anzeigt, daß heute ein schlechter Tag für sie ist. Louis befürchtet, sie könnte einen Rückfall ihrer schrecklichen Krankheit bekommen. Er versucht sie zu zerstreuen. Sie sagt, sie könne nicht arbeiten, seit Tagen werde sie von einer schrecklichen Vorahnung gequält. »Irgend etwas wird passieren.« Aber sie weiß nicht, was. Sie weiß nicht, wem. Sie fürchtet um Graham Balfour, der gerade auf einem wirklich jämmerlichen Küstenschiff auf Reisen gegangen ist. Er will von Insel zu Insel fahren, wie es die Stevensons damals getan haben. Sie zieht sich wieder zurück. Sie sagt, sie werde Sosimo zum Hafen hinunterschicken, damit er sich umhören kann.

12 Uhr – Das Muschelhorn kündigt das Mittagessen an. Fanny bleibt stumm. Sie rührt ihren Teller nicht an. Als man beim Nachtisch angelangt ist, erscheint Sosimo in der Halle. Er erzählt, daß niemand in Apia etwas von einem Schiffsunglück gehört hat. Louis zieht Fanny auf. Er macht sich gutmütig über ihre Kindereien lustig. Er hofft, sie aus ihrer Angst aufrütteln zu können, und erreicht nur, daß sie noch tiefer in ihre trübe Stimmung versinkt. Beim Kaffee schleicht sie sich davon.

14 Uhr – Louis geht über den Rasen. Er findet sie am anderen Ende des Gartens. Schulter an Schulter gehen sie gemeinsam zum Haus zurück. »Ich kann einfach nicht anders«, entschuldigt sie sich kaum hörbar. »Ich weiß, ich fühle, daß etwas Fürchterliches einen Menschen bedroht, den wir lieben. Glaub mir, für einen von uns wird die Gnadenfrist bald ablaufen. Aber für wen? Es drückt mir die Brust zusammen ... Laß mich nur allein Trübsal blasen ... Wenn sich herausstellt, daß ich mich geirrt habe, werden wir beide darüber lachen. Und dann nehme ich eine ordentliche Dosis Kalomel, damit ich wieder zur Vernunft komme!« Sie lächeln sich zu und gehen auseinander.

15 Uhr – Louis geht wieder hinauf in sein Büro. Fanny kehrt zu ihren Destillierkolben zurück.

18 Uhr – Louis kommt pfeifend die Treppe heruntergelaufen. Fanny sitzt am Tisch auf der Veranda und reiht die Zutaten, Flaschen und Tiegel vor sich auf, die sie zur Herstellung der berühmten »Vailima-Mayonnaise« braucht. Eine Spezialität des Hauses. Louis kann nicht genug davon bekommen.

18 Uhr 30 – Lloyd kommt aus Apia zurück. Er bleibt einen Moment bei ihnen stehen, plaudert und geht dann in seinen Bungalow hinüber, um zu duschen und sich umzuziehen. Louis steht hinter Fannys Stuhl und flüstert ihr ins Ohr: »Möchte die schöne Dame vielleicht ein wenig Hilfe von einem großen schönen Mann?« Sie beugen sich über die Salatschüssel. Die eine schlägt die Mayonnaise, der andere gibt tropfenweise das Öl und den Zitronensaft dazu. Ihre Köpfe berühren sich. Sie schweigen. Louis stellt krachend die Ölflasche auf den Tisch. »Was für ein Schmerz!« Er faßt sich mit der Hand an die Stirn und versucht, sich aufzurichten. »Sehe ich irgendwie komisch aus?« – »Nein!« brüllt sie. Sie lügt. Sie hat den Löffel fallen lassen und ist aufgesprungen. Er fällt auf die Knie. Sosimo fängt ihn auf. Gemeinsam tragen sie ihn in den Schatten. Sie ziehen den großen Sessel seines Großvaters heran. »Mein Kopf!« stöhnt er. »Mein Kopf!« Sie setzt ihn auf. Er verliert das Bewußtsein. Sie schlägt ihm ins Gesicht, ruft ihn. Sie öffnet ihm das Hemd. Massiert ihm die Arme. Das Herz. Mit kaum hörbarer Stimme gibt sie Befehl, Brandy, heißes Wasser und kühle Tücher zu bringen. Seine Augen sind aus den Höhlen getreten. Er atmet mühsam. Sie fächelt ihm Luft zu. Sie ruft ihn. Ruft ihn ununterbrochen: »Louis!« Ihre angsterfüllte Stimme lockt Belle und Tante Maggy herbei. Sie beträufelt seine Lippen mit Flüssigkeit. Sie tupft seine Stirn ab. Sie knöpft ihm die Schuhbänder auf.

»Holt Lloyd her«, befiehlt sie.

Lloyd kommt über den Rasen gelaufen. Er rennt. Er hat Louis schräg in seinem Sessel liegen sehen, Fanny kniend zu seinen Füßen. Belle und Tante Maggy stehen davor. Sehr blaß.

»Funk«, murmelt sie. »Schnell!«

Lloyd hat die schnellste Stute gesattelt. Er galoppiert zwischen den Kokosbäumen der Weber Road hindurch. Er läßt die Zügel schießen. Jagt durch die Stadt.

»Ich habe kein Pferd«, entschuldigt sich der Arzt.

»Nehmen Sie meins.«

Funk reitet im Trab davon. Lloyd rennt hinterher. Am Tivoli Hotel stiehlt er ein Pferd unter den Augen seines Besitzers und schießt wieder im Galopp davon.

Fanny hat ein Feldbett in die Halle tragen lassen. Louis liegt ausgestreckt darauf. Er bekommt kaum Luft. Sein Gesicht ist rot, blutunterlaufen. Die Augen sind verdreht. Seine Diener haben sich in einem Halbkreis um ihn herumgesetzt. Talolo und Sosimo bleiben in Habachtstellung, bereit, den geringsten Befehl sofort auszuführen. »Ein Anfall«. Es hat sich bereits herumgesprochen. Reverend Clarke kommt von der Mission herauf. Er war der erste gewesen, der Fanny und Louis bei ihrer Ankunft im Hafen von Apia gesehen hatte. Damals hatte er sie für fahrende Sänger gehalten.

Fanny steht über Louis gebeugt, hält seine Hand und fühlt ihm den Puls. Die Schläge kommen von Mal zu Mal langsamer. Funk kommt herein. Fanny tritt zurück. Funk hört ihn ab. Fanny kommt wieder näher. Funk erhebt sich:

»Ein Blutgerinnsel im Gehirn. Wir können nichts mehr für ihn tun.«

Am 3. Dezember 1894, abends um 20 Uhr 10, stirbt Robert Louis Stevenson.

Fanny steht aufrecht am Fuß der Treppe in der großen Halle. Eine kleine starre Gestalt. Kalt wie Marmor. Sie vergießt keine Träne. »Ohne dich«, hatte sie gesagt, »bin ich nichts.«

»Wir müssen ihn morgen noch vor 15 Uhr begraben«, flüstert draußen Dr. Funk Lloyd ins Ohr.

Lloyd blickt starr auf den Berg Vaea und reagiert nicht.

Der Arzt bleibt beharrlich:

»Vor drei Uhr nachmittags. Wegen der Feuchtigkeit. Es wäre eine Katastrophe.«

»Unmöglich! Ich brauche mindestens drei Tage. Wie soll ich in nur einer Nacht einen Weg durch diesen Dschungel schlagen? Das wäre übermenschlich! ›Da oben will ich begraben werden‹, hat er immer gesagt. Aus Aberglauben habe ich mich stets geweigert, eine Schneise schlagen zu lassen. Und jetzt ...«

»Vor 15 Uhr morgen nachmittag«, wiederholt Funk.

Und noch einmal wendet Fanny all ihre Kraft auf, um dem Mann, den sie liebt, seinen letzten Wunsch zu erfüllen. Sie schickt Boten an die achtzehn Häuptlinge. Ihre Freunde. Die, die damals die Straße der Dankbarkeit gebaut haben.

»Aber wir brauchen mindestens zweihundert Männer!« ruft Lloyd aus.

»Du wirst sie bekommen.«

»Und die Werkzeuge? Selbst wenn die Dorfältesten alle Matais, sogar die Invaliden, und alle jungen Männer aus ihrem Dorf zusammentreiben, selbst wenn sie sogar vor Morgengrauen hier ankommen, wo nehmen wir die Äxte und Macheten her, die Messer, die Spitzhacken, die Schaufeln?«

»Es war Louis' Wunsch. Wir müssen seinen Wunsch respektieren. – Geh nach Apia hinunter und laß alle Läden öffnen. Moors und die anderen sollen ihre Lager durchsuchen. Nimm Talolo und Sosimo mit. Klopft bei allen Weißen an und kommt mit den Werkzeugen zurück.«

»Aber bisher ist noch nie jemand bis zum Gipfel vorgedrungen. Was werden wir da oben finden?«

»Louis war schon einmal dort ... Die Samoaner werden ihm folgen.«

»Die Hänge sind so steil. Wenn man stürzt, kann man hundert Meter in die Tiefe fallen. Der Regen hat den Boden sicher rutschig gemacht. Es ist so dunkel ...«

Die einzigen Geräusche, die wir in dieser Nacht hörten, wird Belle schreiben, *waren die Axtschläge am Berg, das Murmeln Hunderter von Stimmen, das sich mit dem Krachen umstürzender Bäume mischte, und das Zischeln der Äste, wenn sie im Schlamm zerbrachen.*

Der Morgen ist heiß und drückend. Kein Lüftchen regt sich. Noch immer arbeiten Hunderte von Eingeborenen am Berg. Jeder Häuptling hat seine eigene Truppe. Jeder Mann sein eigenes Stückchen Berg. Langsam senkt sich der Nebel und legt sich über den schmalen Streifen Erde zwischen den Bäumen. Das Atmen wird immer anstrengender. Sie machen trotzdem weiter.

In der großen Halle brennen die Kerzen langsam aus. Keine Träne. Kein Schrei. Kein Klagen. Sosimo murmelt ein Gebet, in dem sich die lateinische mit der samoanischen Sprache mischt. Fanny reibt Louis' Körper sorgsam mit einem duftenden Öl ein. Zärtlich streicht sie über seine eingefallene Brust, die mageren Arme und seine langen, schmalen Füße. »Ich will nicht im Bett sterben«, hatte er gesagt. Sie zieht ihm die Kleider an, die er zum Abendessen angelegt hätte. Weißes Hemd, braune Hose, breiter blauer Gürtel. Und dann noch seine schwarze Cordjacke, die sie all diese Jahre in Grez, in Paris, in Bournemouth an ihm gesehen hat.

Sie faltet ihm die Hände über der Brust. An seinem Finger glänzt der ärmliche Silberring, den er am Morgen ihrer Hochzeit gekauft hat. Langsam rollt sie über diesem entschlafenen Körper die britische Flagge aus, die ihm, solange er im Exil lebte, so viel bedeutet hat.

Von überallher treffen die Häuptlinge ein. Sie tragen Blumenkränze und wertvolle Matten. Eine nach der anderen breiten sie ihre Trauergaben über das Bett. Dann versinken sie, von der Arbeit noch ganz erschöpft, im Gebet. Männer, Frauen, alle Angehörigen des

Tusitala-Clans sprechen mit halblauter Stimme Psalmen und Lobgesänge vor sich hin. Über der stillen Menge auf der Veranda schwebt das Surren endloser Gebete.

Um ein Uhr mittags heben sechs Samoaner den Sarg auf ihre Schultern. Sie überqueren den weiten Rasen, schlagen den schmalen Weg den Berg hinauf ein. Sechzig Eingeborene und neunzehn Weiße gehen einer nach dem anderen in einer langen Reihe hinter ihnen her. Der Aufstieg erweist sich als so schwer, daß viele zwischendurch anhalten müssen. An jedem neuen Hügel übernimmt eine weitere Gruppe von sechs jungen Männern den Sarg.

Der Trauerzug braucht mehr als zwei Stunden, um das Plateau zu erreichen, wo Lloyd die Grabstelle vorbereitet hat. Tusitalas samoanische Freunde haben seinen letzten Wunsch erfüllt. Dafür haben sie eine Anstrengung vollbracht, die niemand ermessen kann, der nicht selber einmal diesen undurchdringlichen Berg erstiegen hat.

Hoch über dem Pazifik und seinem Vailima findet Robert Louis Stevenson unter Trauertüchern, Sand und Blumen seine letzte Ruhestätte.

Einige Tage später, erzählt Austin, *überraschte ich meine Großmutter auf der Veranda. Sie stand ganz still im Licht des Mondes. Ihr kleines Gesicht hatte sie zum Berg Vaea erhoben.*

Dieser Tod ist so plötzlich gekommen, daß er fast wie Verrat erscheint. Fanny fällt ins Nichts. Neunzehn Jahre lang hat sie gegen seine Lungenblutungen angekämpft. Neunzehn Jahre lang hat sie Louis auch noch vor dem kleinsten Luftzug geschützt, Erkältungen verscheucht, Mikroben von ihm ferngehalten. In Samoa hatte sie die Schlacht gewonnen geglaubt. Hier, dachte sie, könnte sie über Krankheit und Armut triumphieren. Aber das Schicksal hat ihr ein Schnippchen geschlagen. Es war nicht ihre alte Feindin, die Tuberkulose, die ihr Louis entrissen hat. Es war eine neue, unvorhersehbare Krankheit, eine geplatzte Schlagader. *Nach all diesen langen Jahren, in denen ich mich innerlich dagegen gewappnet habe,* schreibt sie an Colvin, *war ich nicht bereit, als es soweit war. Am Tag seines Todes habe ich zu Louis gesagt: »Ich bin kein Feigling.« Eitle Worte! Wo ist mein Mut jetzt?*

VAILIMA V

Januar 1895 – September 1897

Sie saß zusammengesunken in ihrem großen Ledersessel und starrte in die Flammen. Das Feuer würde bald ausgehen. Der Kamin, der einzige Kamin im Pazifik, rauchte. Eine Kerze verstreute ihr flakkerndes Licht über den Mahagonitisch. Auf diesem Tisch hatten einst das Silber aus der Heriot Row und die Gläser aus dem Stevenson-Service gefunkelt. Gott weiß, warum ihr ausgerechnet das Bild dieser Gläser vor den Augen tanzte. Vor weniger als drei Monaten... Sherry, Portwein, Bordeaux in ihren verschiedenen Rottönen, der goldgelbe Madeira. Das letzte Fest auf Vailima. Was für eine süße Erinnerung, wie friedlich war es gewesen. Am Thanksgivingabend hatte Louis Fannys Landsleute, sprich, alle amerikanischen Bewohner von Samoa, in seinem Haus empfangen. Wie es die Tradition verlangte, hatte es einen Truthahn gegeben, zum Gedenken an die ersten Einwanderer, die die Neue Welt erreichten. Sie sah ihn noch da stehen, wie er sein Glas erhoben hatte und sich dem kleinen strahlenden Gesicht von Austin zuwandte. Und sie hörte seine warme, klangvolle Stimme, wie er ausgerufen hatte: »Es gibt sogar ein Kind in diesem Haus: Vailima ist ein gesegneter Ort!«

Der Regen hatte aufgehört. Das Feuer war ausgegangen. Sie rührte sich nicht. Mußte sie bleiben, damit sie ihn willkommen heißen konnte, wenn er zurückkam? Sollte sie sich schlafen legen? Hinausgehen? In diesem Raum, in dem alles an ihn erinnerte, fühlte sie sich wie von aller Welt abgeschnitten. Wozu hätte sie die Augen öffnen sollen? Sie wußte, daß das Licht der Kerze Louis' Porträt hinter ihrem Rücken beleuchtete. In diesem Holzrahmen war er lebendig wie immer, lief herum, strich sich über den Bart, gleich würde er etwas zu ihr sagen. Das, was er ihr immer sagte, wenn sie litt, daß nämlich Zweifel und Seelenkonflikte nicht krankhaft seien, sondern ganz im Gegenteil ein grundlegender und bestimmender Bestandteil der menschlichen Existenz. Dann hatte sie jedesmal zu widersprechen versucht. Hatte gerade diese ungestörte Harmonie, die in der letzten Zeit zwischen ihnen geherrscht hatte, zum Tode geführt? Hatte Louis sie verlassen, weil sie in Vailima Frieden gefunden hatten? Fannys Gedanken hatten sich selbständig gemacht und entfernten sich immer mehr. Fanny hatte keine Macht mehr über sie. Schließlich stand sie auf, ging durch die Halle und öffnete die Schiebetür. Mit über der Brust gekreuzten Armen sah sie zum Berg hinauf. Durch die Nebelschwaden glitzerten fahl die Sterne. In angespannter Neugier beobachtete sie den Gipfel. Ihr war, als würde sie wie ein Geist über den Rasen schweben, den Garten durchqueren und dann den Pfad hinauf den Berg erklimmen. Sie fühlte, wie andere Frauen sich ihr anschlossen, die ebenso einsam waren wie sie. Durch den Dschungel wand sich eine lange Schlange dieser ihr so ähnlichen Frauen – und dann waren plötzlich alle weg. Wohin waren sie verschwunden? Fanny wurde unruhig. Sie fühlte eine überwältigende Welle der Angst in sich aufsteigen. Sie ging über die Veranda und die Treppe zu seinem Arbeitszimmer hinauf. Jede einzelne Stufe war eine Erinnerung an Louis. Sie hörte ihn sprechen. Sie fühlte ihn. Sie sah ihn. Sie sehnte sich so sehr nach ihm, daß sie ganz krank davon wurde. Ihr war übel. Gleich würde sie sich übergeben müssen. Sie verging vor Begierde nach Louis. Als sie auf dem Treppenabsatz angekommen war, kam sie wieder zu Atem. Jeder Winkel dieses Hauses erzählte von Louis. Seine schmalen Hände umfaßten das Geländer, seine so vertraute Stimme beschrieb ihr die Landschaft, wie groß die Ähnlichkeit war zwischen diesen leuchtenden Hügeln und den sanften Hängen Schottlands. Als sie an Belles Zimmer vorbeiging, fiel ihr Blick auf ihre Tochter, die im Nachthemd vor dem Spiegel stand und ihr Haar bürstete. Mit der immer gleichen, unermüdlichen Bewegung fuhr sie durch die dunkle Fülle. Belle war so stolz auf ihre langen Haare, die ihr, wenn sie sie nicht hochgebunden hatte, bis in die Kniekehlen reichten. Seit einiger Zeit aber fielen sie ihr büschelweise aus. Seit Dezember. Zwischen den Bäumen am Fuß des Berges sah sie Lloyds erleuchtetes Fenster. Charles Baxter, der in Suez von Louis' Tod erfahren hatte, leistete ihm traurige Gesellschaft. Lloyd hatte sich völlig in sich verschlossen. Und er hustete wieder. Funk fürchtete um seine Lungen. Es war die alte Geschichte. Nach Herveys Tod hatten Lloyds angegriffene Lungen sie alle nach Grez geführt. Jetzt hatte er in zwei Monaten zehn Kilo abgenommen. Baxter und Graham würden ihn mitnehmen, wenn sie über San Francisco nach Hause fuhren. Auch das schöne, grüne Zimmer, das Fanny im Erdgeschoß mit soviel Sorgfalt für Tante Maggy eingerichtet hatte, würde in Zukunft dunkel und leer bleiben. Die alte Dame war abgereist, um bei ihrer Schwester in Schottland zu leben. In die Familienbibel hatte Margaret Stevenson unter den Daten der Geburt und der Hochzeit ihres Sohnes eine Eintragung gemacht: *Plötzlich und unerwartet verstorben an einem Schlaganfall in Vailima, Samoa … Ich bleibe allein zurück. Und ich bin untröstlich.*

Fanny ging leise über den Balkon. Aus den Hütten im Garten drang das schleppende Geräusch des Abendgebets zu ihr herauf. Wie sollte sie all diese Münder auf Vailima stopfen? Wie sollte sie ihre zwölf eingeborenen Hausangestellten bezahlen? Ohne Louis? Ohne sein Genie? Zehn Tage nach seiner Beerdigung hatte Fanny die Lohnarbeiter auszahlen müssen, die sich um die Plantage kümmerten. Wie lange lebten die Stevensons nun schon auf Samoa? Vier Jahre? Ein Jahrhundert. Aber was sind schon vier Jahre für eine Kakaopflanze. Nur vier Jahre!

Durch die Außentür trat sie in Louis' Arbeitszimmer. Die Feuchtigkeit hatte die Bücherreihen in den Regalen aufquellen lassen. Das Holz knackte. Der vertraute Geruch von Büchern und der beiden Hibiskussträuße, die Sosimo nach wie vor jeden Morgen auf seinen Schreibtisch stellte, alles schien nur auf Louis zu warten. Bald würde er heimkommen. Und dann würde sie aus diesem Traum erwachen. Sie legte sich auf den Diwan, wo er immer seine Notizen gemacht hatte, lehnte sich gegen die Wand, an die er sich immer gelehnt hatte, und schloß die Augen. Schlafen! Wenn sie erwachte, würde Louis wieder bei ihr sein, und Fanny würde wieder am satten Leben von Vailima teilhaben. Aber solange sie nicht schlafen konnte, würde sie nie aus diesem Alptraum erwachen.

Zunächst hatte Belle sich furchtbar erschrocken. Durch die Glasscheibe der geschlossenen Tür hatte sie Louis auf seinem Bett liegen zu sehen geglaubt, so, wie sie ihn immer vorgefunden hatte, wenn sie kam, um sich von ihm diktieren zu lassen. Er würde aufspringen, und dann würden seine Ideen nur so aus ihm heraussprudeln, und sein Werk würde sich vollenden, während er die ganze Zeit wild gestikulierend durchs Zimmer lief und mit seiner Schauspielerstimme sämtliche Figuren seiner Bücher zu Wort kommen ließ.

Aber die Gestalt rührte sich nicht, als Belle die Tür öffnete. Sie hielt die Lampe ein wenig höher und erkannte, wer dort lag. Fanny hatte die Augen geschlossen. Ein totenblasses, vom Leid ausgezehrtes Gesicht. Das Gesicht einer alten Frau. Zum erstenmal kam Belle der Gedanke, daß vielleicht auch ihre Mutter nicht mehr lange leben würde. Dieser kleine vertrocknete Körper und diese verwitterten Züge schienen einer Frau zu gehören, die am Ende ihres Weges stand. Belles Herz zog sich schmerzhaft zusammen. Fannys wunderbare Kraft, als Louis von ihnen gegangen war, die Art, wie sie still ihre Trauer getragen hatte – wer hätte sie da nicht für unsterblich gehalten? In diesem Moment wurde Belle bewußt, daß sie ihre Mutter eines Tages verlieren würde. Fanny würde bald nicht mehr bei ihr sein.

In diesem Moment öffnete sie die Augen und schaute mit abwesendem Blick zu ihr auf.

»Ich hatte dich nicht gehört«, murmelte sie. »Kannst du nicht schlafen?«

Belle schüttelte den Kopf und stellte ihre Lampe auf den Schreibtisch. Sämtliche Wände des großen Zimmers waren von Büchern bedeckt. In diesem Augenblick fühlten sie beide die Anwesenheit dieser mageren Gestalt, die von einer Ecke des Raumes zur anderen lief.

Fanny stützte sich auf die Ellenbogen und sagte:

»Komm zu mir.«

Belle trat näher heran. In ihrem weiten Nachthemd stand sie vor ihrer Mutter und schaute auf diesen schmächtigen Körper, den das Leben besiegt hatte, herab.

»Ich wollte dich etwas fragen«, begann Fanny und sah aus dem Fenster. »Ich wollte dich fragen, ob du mir vergeben hast?«

Belle wich überrascht einen Schritt zurück.

»Ich?«

»Du.«

»Großer Gott, wofür denn?«

Ihre Worte schienen ewige Zeiten zu brauchen, bis sie zu Fanny durchgedrungen waren. Plötzlich sammelte sie sich und sagte leise:

»Für meine Eifersucht. Ich habe dir das Leben hier zur Hölle gemacht. Habe dir soviel Kummer bereitet. Dir ... und Louis.«

Sie war so voller Reue, so voller Schuldgefühle. Wie ein beschämtes, angstvolles Kind schien sie nicht zu wissen, wie sie fortfahren sollte.

»Wer weiß, ob ich mit meiner Streitsucht, meinen Ausfällen, wer weiß, ob ich seinen Tod damit nicht beschleunigt habe.«

Sie schloß die Augen bei diesem Gedanken.

»Habe ich ihn umgebracht?«

»Aber Mama, so etwas darfst du doch nicht denken!«

Die beiden Frauen fielen sich in die Arme. Und dann weinten sie, zum erstenmal in ihrem Leben gemeinsam.

In dem großen, leeren Haus mitten im Urwald wohnen zwei einsame Frauen, die von nun an nicht mehr auseinandergehen werden. Die eine geschieden, die andere Witwe, beide allein. Sie reden wenig, arbeiten hart. Sie haben sich eine Aufgabe gestellt. Die Plantage soll so erhalten bleiben, wie er sie geliebt hat. Die beiden vermeiden es, die Rede auf den Verstorbenen kommen zu lassen. Sie sprechen auch nicht von der Zukunft. Sie pflanzen. Sie nähen. Sie kochen.

Bis zum April 1895 werden Fanny und Belle gegen Orkane, Unkraut, Stille und Einsamkeit ankämpfen. Im Frühjahr schneidet Belle ihre Haare ab, die immer noch ausfallen. Fanny leidet bis zur Bewegungslosigkeit unter Nierenkoliken. Dr. Funk rät ihnen zu einer Luftveränderung. Also fahren sie für einige Zeit nach Honolulu, wo Belle einmal so glücklich war. Aber auch in Honolulu hat sich alles verändert.

Die Partei der Missionare hat die Partei des Königs gestürzt. Kalakaua ist tot. Seine Schwester, die Königin Liliuokalani, lebt abgeschieden unter amerikanischer Überwachung. Die Vereinigten Staaten werden Hawaii annektieren. Fanny läuft ratlos am Strand von Waikiki entlang.

Alles ist verändert, und alles ist wie bisher. Alles hier erinnert mich an Louis. Ich glaube, es hat hier keinen Moment gegeben, in dem ich nicht an ihn gedacht hätte. Die Leute sagen: »Der Ruhm Ihres Mannes muß doch trotz allem ein großer Trost für Sie sein!« Ich bin stolz darauf, daß er so berühmt ist. Aber es tröstet mich nicht. Ich hätte lieber meinen Louis bei mir, meinen armen, bescheidenen Louis – lebend. Ich mag es auch nicht, wenn die Leute mir ihre Sympathie bekunden. So etwas nehme ich nur von Menschen an, die ihn um seinetwillen geliebt haben, und nicht für das, was er geschrieben hat. Angeblich gewöhnt man sich an alles. Mir scheint jeder Tag ohne ihn schwerer zu ertragen als der vorangegangene.

Sie reisen weiter bis San Francisco. Der Richter Timothy Rearden ist vor kurzem gestorben. Der Bankier John Lloyd hat eine Frau aus Boston geheiratet, die sich weigert, Fanny zu empfangen. Dennoch kümmert er sich um ihre geschäftlichen Angelegenheiten. Sie wohnt bei ihrer alten Freundin Dora Williams, der überspannten Dora, die an spiritistischen Sitzungen teilnimmt, um mit Virgil, ihrem verstorbenen Mann, Kontakt aufzunehmen. Schließlich sitzen beide Frauen um einen runden Tisch und bilden einen Kreis mit den Händen. Und doch ist Fannys Verstand keinen Augenblick gefährdet. Keine Krise, kein Rückfall während dieser ganzen schweren Prüfung. Ihr Geist scheint wacher als je zuvor. Besser noch: Sie hat keine Schmerzen mehr. In San Francisco hat sich ihre Gesundheit wieder eingestellt. Zwar hat sie an nichts wirklich Interesse, und die Langeweile erschlägt sie förmlich, aber sie hat auch keine Angst mehr. Das Schreckliche, vor dem sie sich zwanzig Jahre lang gefürchtet hat, ist nun eingetroffen. Mit Robert Louis Stevenson hat sie auch die entsetzliche Furcht verlassen, ihn zu verlieren.

Fanny wächst an ihrem Unglück. Auf geheimnisvolle Weise scheint Louis' Tod sie zu beruhigen. Im Tode erstarrt, gehört er ihr nun ganz allein.

Ich möchte mit Ihnen über diese Frau sprechen, die mich rührt und interessiert, wird Henry James wenig später an Mrs. Sitwell schreiben. *Fanny Stevenson, die auf ihre Weise so herrlich ist ... Sie erinnert an eine alte, ergrauende Löwin oder eine Königin von einer Pazifikinsel, die sich mit ihrer Gefangenschaft abgefunden hat.*

Daß Fanny sich abgefunden hat, sieht aber nur nach außen hin so aus.

In Kalifornien verliebt sich Lloyd. Er hat eine schwere Nervenkrise hinter sich und wäre im vergangenen Frühling fast an seinem Kummer gestorben. Ein Jahr nach dem Tod des Mannes, der für ihn Vater, Bruder und Gefährte war, verliebt er sich in eine fünfundzwanzigjährige Lehrerin. Die couragierte und kultivierte junge Frau unterrichtet in den Missionsstationen von Neu Mexiko. Ihr Name ist Katharine Durham.

Wie alle Katharines in ihrem Leben wird auch diese Fanny kein Glück bringen. Unter ihrer sanftmütigen Art verbirgt Katharine einen noch größeren Machthunger und Lebensdurst, als man ihrer Schwiegermutter nachsagen konnte. Sie ist intellektueller als Fanny, aber sie besitzt weder deren Großmut noch ihren Charme. Lloyd heiratet sie am 9. April 1896 in Honolulu.

Nachdem sie ein Jahr fort gewesen ist, empfängt Mrs. Robert Louis Stevenson Belle und Austin und Lloyd und Katharine auf Samoa. Fanny strahlt vor Freude: Vailima wird wieder zum Leben erwachen! Diesmal läßt ihre vielgerühmte Intuition sie allerdings im Stich. Sie ahnt nicht einen Moment lang, daß sie da einer Rivalin ihre Tür öffnet, die ihr Verhältnis mit den Weißen vergiften, sie mit ihren Nachbarn überwerfen und ihr insgesamt das Leben auf der Plantage zur Hölle machen wird.

Als Katharine Durham Osbourne auf dem Gipfel des Vaea in sich geht, macht sie eine überwältigende Entdeckung: Niemand hier versteht Robert Louis Stevenson! Fanny, Belle, Lloyd, sie alle üben Verrat an seinem Andenken und seinem Werk. *Wenn seine Frau mir sagt, Nelken seien seine Lieblingsblumen gewesen, weiß ich, fühle ich, daß er eine andere Blume bevorzugte!* Katharine hat Stevenson nicht gekannt? Und wenn schon! Sie, die letzte Mrs. Osbourne, sieht sich als die einzig rechtmäßige Verwahrerin der literarischen Hinterlassenschaft des berühmten Autors.

In dieser Gewißheit wird sie Artikel veröffentlichen, Bücher schreiben und Vorträge halten, die allesamt mit geradezu pathologischer Verbissenheit das eine Ziel verfolgen: Den Einfluß einer anderen Frau auf ihren Helden in Mißkredit zu bringen. *Natürlich hat die Vandegrift Louis fasziniert*, wird Katharine der Presse anvertrauen. *Ich gebe zu, daß Fanny auf das andere Geschlecht seltsam verführerisch gewirkt hat. Sie schlug die Männer in ihren Bann wie eine Zigeunerin. Ihr starker Wille, ihre Dreistigkeit und ihr Geltungsbedürfnis wiederum wirkten gerade auf Männer von Verantwortung. Wenn ich nun aber meine eigene Vergangenheit betrachte, können es Fanny Vandegrifts klägliche Erlebnisse nun wirklich nicht mit meinen eigenen Abenteuern aufnehmen ... »Und das ist noch nicht alles!« wie Louis gesagt hätte. Im Grunde ist Mrs. Stevenson immer ein Kind geblieben, genau gesagt, ein altes Kind. Eine Halbäffin schwarzer Rasse. Sie gehört ins zehnte Jahrhundert vor Christus.*

Katharine Durhams falsche Vertraulichkeiten sollten in den folgenden dreißig Jahren durch die Kommentare sämtlicher literarischer Publikationen geistern. Und sie würden Früchte tragen. Ihrer Neurose verdanken wir das Bild von Mrs. Fanny Stevenson als gleichzeitig ordinärer und zimperlicher Ehefrau.

Fanny sollte sich mit keinem Wort zu ihren Auseinandersetzungen äußern. Sie schweigt herablassend. Praktisch wie immer beschränkt sie sich darauf, die Bücher ihrer Schwiegertochter bei den Verlagshäusern beschlagnahmen zu lassen und Katharine mit einer Erwähnung in ihrem Testament zu demütigen, die die *New York Times* und das *Pall Mall Magazine* nach ihrem Tod abdrucken werden: *Katharine Durham Osbourne, dieser unglaublichen Giftschlange, die, während sie mich unermüdlich mit ihren Verleumdungen verfolgte, ausschließlich von meiner Freigebigkeit gelebt hat, hinterlasse ich ... fünf Dollar.*

Im Humor und der Schärfe in diesen wenigen Zeilen erkennt man sie wieder. *Eine stürmische Freundin*, hatte Louis gesagt, *eine fürchterliche Feindin*. Und raffiniert. Dieses Testament, in dem Katharine erwähnt wird, kommt jeder möglichen Anfechtung zuvor: Lloyds Frau ist nicht vergessen worden.

Während Fanny sich damit begnügt, sich auf diese posthume Rache zu freuen, ist ihr Leben auf Vailima äußerst problematisch. Ohne Louis herrscht auf der Plantage die reinste Anarchie. Außerdem verschlingt sie Unsummen an Geld. Als Witwe verfügt Mrs. Stevenson nicht mehr über genügend Kapital, um Lloyd und seine Familie, Belle, Austin und die zwanzig Eingeborenen zu unterhalten, die sie brauchen würde, um erfolgreich gegen den Dschungel, die Bäume, die Lianen und Wurzeln ankämpfen zu können, die unablässig ihre Pflanzungen bedrohen.

Und außerdem ist sie nicht mehr mit dem Herzen dabei.

In Edinburgh ist vor gar nicht langer Zeit Tante Maggy gestorben. Sie war nur zehn Jahre älter als Fanny. Nach dem Tod von Louis' Mutter ist Fanny die einzige Erbin der Stevenson-Linie. Colvin hat es übernommen, die Biographie seines Freundes zu schreiben. Aber da ihn niemand drängt, arbeitet er nicht daran. Baxter wiederum hat sich die Freiheit genommen, einen Text von Louis posthum herauszubringen, den Fanny für seiner Fähigkeiten unwürdig empfindet. Es steht zu befürchten, daß die Leser Robert Louis Stevenson entweder vergessen oder verkennen. Es sei denn, die Vandegrift nimmt die Sache selbst in die Hand.

Um sein Werk zu schützen und seinem Genie den gebührenden Ruhm zu erhalten, damit Louis über den Tod hinaus weiterlebt, stürzt Fanny sich noch einmal ins Schlachtgetümmel. Sie wird nach England gehen und sich dort mit den Menschen treffen, die sie bei ihrem Wort nie wiedersehen wollte. Sie wird sich mit Baxter herumschlagen, damit er die ohne ihre Einwilligung veröffentlichten »Sämtlichen Werke« zurückzieht. Mit Colvin, damit er sich mit *Das Leben Robert Louis Stevensons* beschäftigt. *Entschuldigen Sie meinen Aufstand ... Aber wenn es mir nicht gut geht, sage ich mir, daß ich nicht sterben kann und nicht sterben darf, ohne das »Leben« gelesen zu haben. Und um ganz offen mit Ihnen zu sein: Wenn mir zu Ohren kommt, Sie seien krank, denke ich in derselben Richtung. »Er darf und kann nicht sterben, bevor er es geschrieben hat.«*

Wenn Sie mich vernichten wollen, drohen Sie mir nur, die Arbeit niederzulegen. Für »Das Leben« stehe ich jeden Morgen auf. Erstens für »Das Leben« und dann für meine Kinder.

Zwei Jahre lang wird sie Colvin bearbeiten. Am Ende wird sie ihm das Projekt aus der Hand nehmen und Graham Balfour übertragen, den Louis mit dem Sichten seiner Briefschaften und Papiere betraut hatte.

Fanny glaubt, damit Stevensons Wünschen am besten entsprochen zu haben. Graham Balfour ist der einzige, der sich in der Familiengeschichte seines Cousins auskennt, der einzige, der mit ihm sein Leben auf Vailima geteilt hat. Er kennt all die dazugehörigen Geheimnisse – und seine Sicht der Dinge stimmt mit der Fannys überein. Er erzählt die Geschichte so, wie sie sie hören will. Der Zwist mit Henley und Mrs. Stevensons schwere geistige Erkrankung finden erst gar keine Erwähnung. Dafür werden Louis' Güte und sein Talent in den Himmel gehoben. Er zeichnet das Bild jenes Dichters, der damals in Grez Fanny Osbournes Respekt und Liebe gewonnen hatte.

Diese Darstellung läßt Henleys alten Haß wieder aufleben. Im November 1901 kritisiert er im *Pall Mall Magazine* die Biographie in Grund und Boden und macht Balfour und Stevenson selber auch gleich mit nieder. Dabei ist Fanny nach wie vor sein eigentliches Ziel. *Und nun können wir sehen*, schreibt er bissig, *wie wir mit diesen letzten Briefen des großen Mannes und dem Fazit von Mr. Balfour fertigwerden: Stevenson, ein Engel, der uns direkt vom Himmel gesandt wurde. Ich für meinen Teil weigere mich, ihn in diesem honigsüßen Portrait wiederzuerkennen ... Wenn meine Einwände beim Leser den Eindruck hinterlassen, daß mein Bild von Robert Louis Stevenson nur meine ganz persönliche Sichtweise wiedergibt, wird er schon entschuldigen müssen, daß ich mich von diesem Schokoladenengel, diesem Lutschbonbon, den man aus einem Mann aus Fleisch und Blut gemacht hat, nicht angesprochen fühle. Seine größte Rolle, der interessanteste Teil im Leben Stevensons, wird nie beschrieben werden – nicht einmal von mir ... Überall höre ich nur Lobpreisungen seines grenzenlosen Großmutes, ich für meinen Teil aber erinnere mich an ein paar Beispiele eines gänz-*

lich anderen Verhaltens ... Ein letztes Wort: Auf jeder Seite lese ich, daß man »R.L.S.« schon deshalb bewundern muß, weil er ein Todgeweihter war, der sich trotz seiner Krankheit entschlossen hat, sein Leben zu leben. Aber sind wir denn nicht alle dem Tod geweiht, und leben wir nicht alle unser Leben? Daß ein Mann vor den Pforten zum Himmel ein paar schöne Seiten schreibt, reicht lange nicht, um einen Helden aus ihm zu machen.

Zum erstenmal zuckt Fanny nur die Schultern: *Henley muß betrunken gewesen sein, als er diese Seiten zusammengekritzelt hat.* Sie geht zur Tagesordnung über. Aber sie hat nichts vergessen. Und am allerwenigsten, daß Henley die letzte Erinnerung an Louis zurückgewiesen hat, die britische Flagge von der *Casco*, eben die Fahne, die am Morgen des 4. Dezember 1894 seinen Leichnam bedeckt hatte. Louis hatte es so gewollt, und so hatte sie ihren eigenen Groll hinuntergeschluckt und Henley diesen letzten Gruß geschickt. Wenn Henley auf seinen Niedrigkeiten bestehen wollte, bitte sehr! Mrs. Robert Louis Stevenson hat eine höhere Aufgabe, sie muß ein Werk vollenden. Sie hat wieder einen Grund zu leben.

Sie verläßt Samoa, um nie wieder dorthin zurückzukehren. Sie verkauft Vailima für einen Spottpreis, ein Fünftel dessen, was die Plantage sie gekostet hat, an einen deutschen Kaufmann, einen ehemaligen Pelzhändler aus Wladiwostok.

Mrs. Robert Louis Stevenson behält nur den Gipfel eines Berges und den schmalen Pfad, der zu ihm hinaufführt, in ihrem Besitz.

Am Morgen des 7. September 1897, auf den Tag genau sieben Jahre, nachdem sie hierhergekommen ist, atmet Fanny zum letztenmal den Duft von Vanille, rauchigem Holz und wilden Zitronen. Den Duft von Samoa. Ein letztes Mal legt sie den Weg auf der Straße der Dankbarkeit zurück. Sie wird begleitet von allen ihren eingeborenen Freunden. Noch lange Zeit wird sie vom Dampfschiff aus ihre blumenbeladenen Pirogen im Hafen von Apia schwimmen sehen. Und über der verschlafenen Stadt wird sie die roten Dächer von Vailima erkennen und den bewaldeten Gipfel des Berges Vaea.

Ich verlasse mich auf ihre Selbstheilungskräfte, hatte Louis geschrieben. *Sie hat so ungeheuer viel Energie.*

Epilog
FANNY

SAN FRANCISCO
1903 – 1914

»Schockierend! Ekelhaft! Ungeheuerlich! Ich werde mich gar nicht mehr auf die Straße trauen. Und meine Söhne? Die können sich doch nirgends mehr blicken lassen.«

Mrs. Lloyd Osbourne durchmaß ein Zimmer nach dem anderen in der großzügigen Stadtvilla, die sie gemeinsam mit ihrer Schwiegermutter bewohnte. Vom Südflügel aus sah man über ganz San Francisco. Der Nordostflügel, Fannys Teil des Hauses, schwebte hoch über dem Pazifik.

Mrs. R. L. Stevensons Zitadelle an der Ecke Hyde und Lombard Street steht auch heute noch. Täglich kommen Touristen hier herauf, um sich die steilste Straße von San Francisco von oben anzusehen. Aber in keinem Reiseführer steht zu lesen, daß sich hinter den gewaltigen Mauern dieser Festung mit ihrem flachen Dach und den schmiedeeisernen Gittern zu Anfang unseres Jahrhunderts all die Schätze des Mannes häuften, der die Literatur mit dem Abenteuer verschmolzen hat. Die Erstausgaben seiner Bücher, die Andenken von seinen Reisen, die Nippessachen seiner Kindheit, aus Bournemouth und Vailima. Es ist nicht leicht, etwas über die Geschichte dieses Hauses zu erfahren, das sowohl das Erdbeben im Jahr 1906 als auch die Feuersbrünste überstanden hat, die den größten Teil der Stadt verwüsteten. Bald würden in diesen Räumen nur noch die Gebete von Karmeliterinnen zu hören sein. Aber bis das Gebäude in ein Kloster umgewandelt werden sollte, hallten seine Mauern von den Entsetzensschreien einer empörten Schwiegertochter wider:

»Es ist ein Skandal! Er ist sogar noch jünger als mein Mann. Er ist so alt wie Austin, ihr Enkelsohn! Dreiundzwanzig ... Und sie? Wie alt ist sie? Sie behauptet ja, sie sei in den Sechzigern, aber wer weiß das schon? Wie kann sie es wagen, diesen, diesen ›Sekretär‹ unter ihrem Dach, unter *meinem* Dach aufzunehmen? Ein Schmarotzer, der sich von den Tantiemen des armen Louis ein schönes Leben machen wird und sein ganzes Vermögen zum Fenster hinauswirft. Wie kann sie es wagen? Und dieser Field, dieser Günstling, ist noch nicht einmal der erste!«

Field ist dreiundzwanzig Jahre alt und arbeitet als Journalist für den Hearst-Konzern. Er ist einen Meter siebzig groß. Ein gutaussehender Junge. Im Gespräch zeigt er sich so charmant und geistreich, daß sein berühmter Arbeitgeber ihn zum Abendessen bei sich empfängt. Field ist seit seiner Kindheit ein großer Verehrer von Robert Louis Stevenson und dessen Werk. Sein einziger Ehrgeiz im Leben geht dahin, glücklich zu werden, aber im Unterschied zu dem, was ihm Katharine Durham unterstellt, braucht er dazu weder Mrs. Stevensons Vermögen noch ihren Namen. Sein Vater ist der Gründer eines Verlagshauses in Indiana, aus dem sich eines Tages der Verlag Bobbs Merrill entwickeln wird. Inzwischen ist der alte Field ein sehr erfolgreicher Immobilienmakler in Los Angeles. Vor zwei Jahren hat er seinen Sohn nach Paris geschickt, damit der Junge sich die Hörner abstößt. Ned, wie Sam Osbourne und Timothy Rearden vor ihm eine Stütze des Bohemian Club, gilt als feiner Kerl. Die Archive des Clubs führen ihn als aktives, sehr beliebtes und sportliches Mitglied. Drei Dinge an ihm machen ihn für Fanny interessant. Seine Vagabundenseele, sein Literaturverstand und sein »grüner Daumen«. Alles, was man an Persönlichkeit braucht, um dem Schock einer Begegnung mit einer solchen Sirene standhalten zu können. *Als junge Frau war sie hübsch. Mit dem Alter wurde sie schön*, erzählt ihre Schwester Nellie. *Alle jungen Leute rissen sich um ihre Gesellschaft.*

Fanny hat wieder zu ihrer alten Koketterie zurückgefunden. Sie trägt ihren Eingeborenenschmuck, ihre Brokat- und Samtroben und viele, viele Spitzen. Ihr bräunliches Profil wird jetzt von einem Kranz weißer Locken umrahmt, aber ihre Augen sind noch immer tiefschwarz und stechend. Sie trägt ihre roten Ballerinas und denkt sich nichts dabei, sie auch mal hervorblitzen zu lassen. Fanny ist eine auffallende Frau, eine verführerische Erscheinung. Und sie weiß es. *Du solltest auch das »Orientalische« betonen*, rät sie Belle. *Sonst bist du einfach nur eine rundliche kleine Dame mit zu dunkler Haut. Mach auf exotisch, und schon wird man dich als einen Paradiesvogel betrachten. Mäßige deine Stimme, sprich bedächtig, und vor allem näsele nicht.*

Fanny gibt sich gleichgültig, was in Wahrheit nur ihre altbekannte Schüchternheit überdecken soll. In Fanny vereinigen sich im Alter all diese verschiedenen Wesen, die sie einmal gewesen ist. Die schweigende Liebende aus Sams Zeiten, Reardens aufmüpfige Freundin und Stevensons leidenschaftlich ergebene Ehefrau. Lächelnd hört sie Neds Geplauder an und präsidiert über die Avantgarde von San Francisco.

Gemeinsam werden der junge Mann und diese wenig würdevolle alte Dame eine Ranch in den Bergen von Santa Cruz errichten, eine kleine Hacienda in Mexiko und als ihren letzten Wohnsitz ein Haus in einem herrlichen Garten, wenige Kilometer von Santa Barbara entfernt. *Bauen ist so aufregend*, sagt sie. Und er hat seinen Spaß. Jeder Moment mit ihr scheint ihm voller Zauber und Phantasie, voller Überraschungen. So sehr, daß er nicht einen einzigen Tag von ihrer Seite weichen wird. Zehn Jahre lang teilt Ned Field jede Stunde im Leben von Mrs. Robert Louis Stevenson. Bis zum Ende.

Die Eltern Field werden, wie die Eltern Stevenson eine Generation früher, nicht mit Klagen über dieses Zusammenleben sparen. Auch ihr Hauptargument ist die Befürchtung, daß ihr Sohn an der Seite dieser alternden Bohemienne sein Leben vertut. Fanny läßt sie reden und macht im übrigen, was sie will. *Hast Du vergessen, mir das Photo von einem hübschen jungen Mädchen zu schicken, um das ich Dich aus Gründen der Staatsräson gebeten habe?* schreibt sie an Belle. *Wem das Mädchen ähnelt, ist völlig egal. Von mir aus kannst Du es in einem Geschäft kaufen. Eine Blonde wäre mir allerdings am liebsten*, fügt sie schelmisch hinzu. *Ich glaube wirklich, mein junger Mann sollte das Bild immer bei sich tragen.*

Er bräuchte es nur seiner Familie zu zeigen, und schon wäre die Sache geritzt ... Schick das Photo an Ned F. Ich weiß dann schon Bescheid.

In einem der ersten Fords, den sie aus New York mit herübergebracht hat, fährt Fanny Stevenson von der Rue Ravignan zur Rue de Douai über das graue Pflaster von Montmartre. Ihre Schals flattern im Wind, und sie hält die Hände auf ihrem Plaid gefaltet, als sie die Passage des Panoramas und die Akademie Julian passieren. Fanny ist nicht allein. Ihr Sohn Lloyd chauffiert. Ihr Gefährte Ned studiert den Stadtplan. Sie machen eine Reise durch Frankreich, die sie bis nach Marseille und Hyères hinunterführt und dann auf der Rückfahrt durch die Cevennen. Sie machen halt in Le Puy und in Monastier, wo vor dreißig Jahren die Eselin Modestine einen sehr jungen Mann an eine »gewisse Dame« erinnert hat. Als sie sich wieder Paris nähern, sehen sie von fern, weit hinten zwischen den Pappeln, die Brücke von Grez, den Turm der Reine Blanche und die kleine Kirche aus dem 12. Jahrhundert. Aber an diesen Ort möchte Fanny nicht noch einmal zurückkehren.

Ich habe nur vage Pläne, hatte sie an Belle geschrieben, als sie Samoa verließ. *Die Jahre, die ich noch vor mir habe, scheinen mir wie große leere Räume, in denen es von allen Seiten widerhallt. Du sagst, das höre sich nicht sehr fröhlich an. Aber ich hatte noch nie ein besonderes Talent zur Fröhlichkeit. Vielleicht werde ich in dieser Leere so etwas wie Größe finden können.*

Mit siebzig Jahren hat Fanny etwas Besseres gefunden: die Leichtigkeit. Verglichen mit den mittleren Jahren, scheint ihr Leben gegen Ende ungewöhnlich heiter gewesen zu sein. Sie versagt sich absolut nichts. Ob auf Madeira, in Mexiko, London oder Paris, überall verfolgt Fanny nur ein Ziel, jagt dem gleichen Traum hinterher: Louis lebendig halten. Er soll über den Tod hinaus existieren. Die Nachwelt soll sein Genie erkennen und feiern. Dafür tut sie alles. Sie veröffentlicht in Zusammenarbeit mit Edward Salisbury Field eine neue Werkausgabe der Schriften Robert Louis Stevensons. Sie schreibt das Vorwort, korrigiert die Fahnen, sie überwacht den Vertrieb. Beide zusammen arbeiten sie an der Unsterblichkeit des »Geschichtenerzählers«.

Am 25. März 1911 schreibt sie noch einmal an die Verleger ihres verstorbenen Mannes: *Gemeinsam mit dieser Notiz sende ich Ihnen die Einleitung zur Verteidigung von Pater Damien. Ich weiß nicht, wie ich all die anderen Artikel überarbeiten soll, um die Sie mich gebeten haben. Und was ich Ihnen hier schicke, ist sicher sehr schlecht. Ich erröte bei dem Gedanken daran, aber ich kann es einfach nicht besser. Wenn es zu schlecht ist, sagen Sie es mir bitte, dann werde ich es noch einmal versuchen. Louis' Arbeit war so sehr mit seinem privaten Leben verwoben, daß ich nur sehr schwer beurteilen kann, wann ich zuviel oder auch zuwenig sage. Ich hasse es, den Schleier zu lüpfen und dem Publikum Einblick in Dinge zu geben, die es einfach nichts angehen. Es wird wohl dieses Unbehagen sein, das meinen Stil so unbeholfen macht – Stil ist ein großes Wort –, ich hätte sagen sollen: meinen schlechten Stil.*

Unermüdlich setzt sie ihr Werk fort. Wenige Tage vor ihrem Tod überarbeitet sie noch einmal ihr Tagebuch von der Reise mit der *Janet Nicholl* mit den vielen Notizen, die sie sich von ihren Eindrücken gemacht hatte, um Stevenson bei seinem großen Buch über die Meere der Südsee zur Hand zu gehen.

Mitte Februar 1914, zwanzig Jahre nach dem Tod von Tusitala und wenige Monate vor dem Beginn des Ersten Weltkriegs, pfeift ein stürmischer Wind durch den Garten in Santa Barbara. Der Regen prasselt auf die Dachpfannen und die Platten auf der Terrasse. Als Fanny die Augen für immer schließt, zucken draußen grelle Blitze. Eine würdige Kulisse für diese Frau, die stets etwas Dramatisches an sich hatte. Überlassen wir das letzte Wort denen, die sie immer am innigsten geliebt haben, ihren Bediensteten.

Liebe Mrs. Strong, schreibt ihre Kammerfrau an Belle, die auf Reisen in Honolulu ist. *Uns allen bricht das Herz bei dem Gedanken, daß unsere liebe kleine Gnädige für immer von uns gegangen ist. Es erscheint uns so grausam, daß sie gerade während Ihrer Abwesenheit aus dem Leben scheiden mußte, wo Sie ihr doch Ihr gan-*

zes Leben geweiht haben ... Es ist so schrecklich, daß sie uns genau in dem Moment verlassen hat, da sie sich so sehr ihres Lebens freute ... Sie war nicht krank und hat auch nicht gelitten. Am Sonntag sind Freunde gekommen, haben den ganzen Nachmittag hier verbracht und gemeinsam mit ihr Mr. Field zugehört, der sein neues Stück vorlas. Mrs. Stevenson sah dabei so hübsch aus! Sie trug ihr blaues Satinkleid mit den Crêpebesätzen und einen dünnen, schwarz-weißen Tüllschleier über ihrem schönen Haar ... Dienstag abend, am 17. Februar, fühlte sie sich wohl, sie las bis neunzehn Uhr in ihren Zeitungen, und Mr. Field hat bis halb elf noch Karten mit ihr gespielt. Danach hat sie sich zurückgezogen. Am nächsten Tag bin ich wie jeden Morgen zu ihr hineingegangen und fand die liebe kleine Gnädige bewußtlos. Zuerst glaubte ich, sie sei ohnmächtig geworden, und habe schnell Mr. Field geholt. Er ist aus dem Bett gesprungen, hat seinen Morgenmantel übergezogen und ist zu ihr hinübergelaufen, während ich den Arzt anrief ... Sie ist nicht wieder aufgewacht, und um zwei Uhr am selben Tag hat sie aufgehört zu atmen. Mr. Field hat sie nicht einen Moment allein gelassen. Er wollte den ganzen Tag über nichts zu sich nehmen. Schließlich habe ich ihm eine Tasse Kaffee eingeflößt, bevor er Ihnen telegraphierte, Ihnen und Mr. Osbourne ... Es ist ein schrecklicher Schlag für uns alle ... Dieses Haus wird für William und mich nie wieder dasselbe sein. Wir liebten unsere kleine Frau über alles. Es war eine Freude, alles für sie tun zu dürfen. Sie war so großzügig. Ich habe sie von der ersten Minute an vergöttert, und ich werde immer daran festhalten, daß es die große Freude meines Lebens war, ihr gedient zu haben, mein größtes Privileg.

Über Tage und Nächte hört es nicht auf zu regnen. Lloyd, der aus New York angereist kommt, muß lange Stunden in Zügen verbringen, die wegen der Überschwemmungen umgeleitet werden, auf Straßen, die im Unwetter unpassierbar wurden, bevor er seiner Mutter den letzten Besuch abstatten kann. Fannys Wunsch entsprechend wird man ihren Leichnam verbrennen lassen.

Aber hatte sie auch den Theaterdonner vorausgeahnt, der sechs Monate später ganz San Francisco aufhorchen, Colvin erblassen und Henry James schmunzeln lassen sollte? Am 29. August heiratet Belle Strong Fannys Gefährten Ned Field. Sie ist sechsundfünfzig, er vierunddreißig Jahre alt.

Bestand diese Verbindung schon zu Fannys Lebzeiten? Warum haben sie sie verheimlicht? Oder hat der gemeinsame Verlust ungeahnte Gefühle in ihnen geweckt? Ist es eine Liebesheirat? Oder steckt nur Gewohnheit dahinter? Einsamkeit? Gegenseitiger Nutzen? Belle hatte sich vielleicht bei ihrer ersten Heirat entführen lassen, aber bei der zweiten hatte sie zehn Jahre Zeit gehabt, um über diesen Schritt nachzudenken. War ihr bewußt, daß Ned die Bindung an die Frau, die er so sehr geliebt hatte, so eng wie möglich halten wollte? Daß er der Frau, die er verloren hatte, nahe sein wollte, indem er ihre Tochter heiratete, ihre Doppelgängerin? Edward Salisbury Field war vierzig Jahre jünger als die eine und zwanzig Jahre jünger als die andere. Sein Glück fand er mit beiden Generationen.

Eine letzte Pflicht müssen die Fields noch erfüllen, bevor sie sich ihrer Freude überlassen können. Sie haben den festen Willen und das Bedürfnis, Fannys letztem Wunsch zu entsprechen, woran sie allerdings im Moment die Ränkespiele der internationalen Politik hindern.

Fünfzehn Jahre zuvor, gerade kurz nachdem Mrs. R. L. Stevenson Samoa verlassen hatte, haben die drei Mächte den Berliner Vertrag außer Kraft gesetzt, um den Kuchen endlich unter sich aufzuteilen. Amerika hat sich in Pago Pago auf der Insel Tutuila niedergelassen. England hat sich vom gesamten Archipel zurückgezogen, zum Ausgleich dafür, daß Deutschland auf die Tonga- und Salomon-Inseln und Niue verzichtet. Deutschland hat Upolu, Savaï, Manono und Aponina annektiert, das zukünftige West-Samoa. Und der Gipfel der Ironie: Die Deutschen haben Mataafa anstelle von Laupepa die Stelle als Marionette zugewiesen! Zur Zeit von Fannys Tod sind wegen des Ersten Weltkriegs die Grenzen aller deutschen Kolonien für die gesamte angelsächsische Welt geschlossen.

Und dann folgt ein neuer Theatercoup. Großbritannien überredet Neuseeland, West-Samoa zu erobern. Deutschland muß sich um andere Schlachtfelder kümmern und läßt sich deshalb vertreiben.

Über Vailima weht wieder die britische Flagge. Der Gouverneur, ein Schotte, stellt den Fields das Anwesen zur Verfügung. Am 12. Mai 1915 geht Belle in San Francisco an Bord. Mit dem letzten Gefährten ihrer Mutter kehrt sie nach Samoa zurück.

SAMOA
Juni 1915

Am Tag vor dem 23. Juni 1915, einem Mittwoch, hatte es unablässig auf Vailima herabgeregnet, und das ewige Rauschen des Wassers hatte Mrs. Ned Field schwer zu schaffen gemacht. Noch spät in der Nacht lauschte sie auf den Wind. Er rief so viele Erinnerungen in ihr wach. Dann war die Sonne über einem Morgen aufgegangen, den sie sich schöner nicht hätte wünschen können: ein klarer, sonniger Tag. Wie vor zwanzig Jahren am 4. Dezember 1894.

Die Begräbnisfeierlichkeiten für Mrs. R. L. Stevenson waren von ihren eingeborenen Freunden und den ehemaligen Dienstboten organisiert worden, denen von ihnen, die die Zeit und der Krieg verschont hatte. Auf Belles Veranlassung hin waren die Häuptlinge eingeladen worden, die einst die Straße der Dankbarkeit gebaut hatten, und außerdem die zweihundert Männer, die in einer einzigen Nacht einen Weg zum Gipfel des Vaea geschlagen hatten. Von den Steinöfen hinter dem Haus stieg der Duft von Bananen, Ananas und Schweinefleisch auf. Die Häuptlinge würden nach der Beerdigung einen großen Leichenschmaus geben.

Die bronzene Urne mit Fannys Asche stand in der Halle, die auf die Veranda führte. Von hier aus sah man direkt aufs Meer. Belle stand im langen weißen Trauergewand nach samoanischer Sitte mit untergeschlagenen Armen in der Schiebetür. Sie sah zu dem Korallenriff hinüber, das sich zwischen den fernen Baumwipfeln abzeichnete. Über den Rasen kamen die Samoaner gemessenen Schrittes zum Haus herauf. Sie trugen schwarze Trauerflore am Arm und um den Hals rote Blütenketten. Auf die Entfernung konnte sie nicht erkennen, ob da vorne nun der große Häuptling Tamasese mit seiner Frau Vaaaga kam oder der Sohn von König Laupepa oder aber die

Kinder ihres alten Koches Talolo. »Alles ist gleich. Alles ist anders.« Die Hibiskushecken waren verschwunden, ebenso wie die Tennisplätze und der Gemüsegarten ihrer Mutter, ihre Blumen, ihr geliebter Kakao. Am Wasserfall hatte man einen Staudamm errichtet, und aus dem kleinen Teich war ein Schwimmbecken mit Badekabinen geworden. »Aber ich bin doch in Vailima«, wiederholte sie bei sich. »Ich bin in Vailima.« Es schien ihr so unwirklich. Sie hatte gefürchtet, daß ihre Gefühle sie überwältigen würden, aber sie blieben unbestimmt und gedämpft.

Die Glocken haben neun geschlagen. Die Sonne steigt hoch. Es wird Zeit. Ned nimmt noch einmal stumm Abschied vor dem mit samoanischen Stoffen und Blumenkränzen beladenen Tisch. Wie einst bei Tusitala. Der Trauerzug bewegt sich auf den Berg zu. Hinter den Menschen schließt sich der Urwald wieder. Sie kommen nur in kleinen Etappen voran. Belle, die diesen Weg schon einmal gegangen ist, weiß, daß er bis zum Gipfel immer steiler ansteigen wird. Er wird auch immer rutschiger werden. Die Strahlen der Sonne finden ihren Weg durch die Bäume. Es ist heiß und drückend.

Die Prozession schlängelt sich zwischen Lianen, Palmen und Riesenwurzeln hindurch. Manchmal gehen sie durch tiefes Dunkel, um dann wieder ganz plötzlich in grellen Sonnenschein zu treten, der sie für einen Moment blendet und innehalten läßt.

Im Tropenanzug und ohne Hut schreitet der Jüngste voran. Ned Field. Er, der Gefährte ihrer letzten Stunden, geleitet Fanny Vandegrift zu dem Mann, den sie nie aufgehört hat zu lieben. Er trägt die in einen kostbaren Teppich gewickelte Urne. Dicht hinter ihm folgen zwei Damen: Vaaaga, die Frau des großen Häuptlings Tamasese, und Belle. Jede trägt mit ausgestreckten Armen ein ausgebreitetes Trauertuch vor sich her. Eines ist safrangelb, das andere indigoblau. Es sind dieselben, die einst Louis' Körper bedeckten. Hinter ihnen folgen die Häuptlinge Laupepa und Tamasese. Und dann kommen, soweit das Auge reicht, die Erbauer der Straße der Dankbarkeit mit ihren Blumengirlanden und den weißen Lava lavas und Fanny Stevensons Freunde.

Nach vielmaligem Anhalten erreicht die Kolonne den Gipfel,

eine kleine Plattform, nur so groß wie ein Schlafzimmer, auf allen Seiten dicht umwachsen vom Urwald. Und dort, von wo man weit über den Ozean blickt und wo das Rauschen des Korallenriffs noch immer deutlich zu hören ist, erhebt sich ein großer weißer Grabstein: *Hier ruht der Geschichtenerzähler.*

Zwei Grabplatten schmücken die Seiten des Mausoleums: *Wo du hingehst, will auch ich hingehen. Wo du sterben wirst, will auch ich sterben. Dein Land wird mein Land sein, dein Gott mein Gott.* Die Inschrift im Westen ist in der Sprache der Eingeborenen graviert. Margaret Stevenson hatte diesen Vers aus dem Buch Ruth für ihren Sohn ausgesucht. Im Osten eine zweite Inschrift: die schottische Distel, ein Name, ein Gedicht. Das Requiem, das Robert Louis Stevenson für sich selber geschrieben hatte, als er während seiner ersten Lungenblutung in San Francisco glaubte, sterben zu müssen: *Ich habe fröhlich gelebt, fröhlich sterbe ich.*

Sie stellen die Urne auf den Sockel aus weißem Granit zwischen all die Blumen und Tücher. Der Gouverneur der Insel liest eine Messe nach anglikanischem Ritus. Der Eingeborenenpastor läßt seine düstere Predigt folgen. Und der Steinmetz, der einst dieses Grab geschaffen hatte, macht sich bereit, Fannys Asche darin zu verschließen.

Da löst sich ein alter Häuptling aus dem Halbkreis der betenden Freunde und tritt auf Belle zu:

»Dies ist ein zu schöner Augenblick für die Trauer«, sagt er ihr auf samoanisch. »Sie sind endlich vereint in der Erde ihrer Freunde, die ihr Andenken in Ehren halten werden. Du kannst in Frieden ziehen. Tamaitai ist glücklich: Sie hat ihre große Liebe wiedergefunden.«

Mrs. Field senkt den Kopf. Sie hat das Gefühl, als würde sie ihre Mutter ein zweites Mal verlieren, daß dieses Grab, das die beiden Liebenden umfängt, sie selber ausschließt und von sich weist. Siebenundfünfzig Jahre lang hat Belle ihre Mutter begleitet. Kunst, Abenteuer, Liebe, sie haben alles miteinander geteilt. Und auch jetzt teilen sie noch Ned, für beide der letzte Wegbegleiter. Wie kann sie sie jetzt verlassen? Wie kann sie ruhigen Herzens fortgehen? Belles gesamte Existenz war im Grunde das Leben von Fanny. Und

Fanny lebte nur durch ihre Liebe zu Robert Louis Stevenson. Was ihr Geheimnis war, hat Belle trotz ihrer Mühen nie ergründen können.

Die Männer von Malietoa Laupepa haben eine dritte Grabplatte auf dem Sockel angebracht. Dort haben Belle und Ned das Gedicht eingravieren lassen, das Stevenson zum Ruhme der Frau schrieb, die ihn nie verlassen hatte und die nun zu ihm zurückkehrte:

Herrin der Zärtlichkeit, Kameradin und Geliebte,
Gemahlin, Gefährtin auf den Pfaden des Lebens,
Treu bis zum Ende der Reise,
Mit freiem Geist und von ganzem Herzen,
So ist die Frau,
Die Gott mir schenkte.

Eine Tigerlilie und eine Hibiskusblüte bilden den Rahmen für sechs Buchstaben: F.V.de G.S., die Initialen der Frau, die einst Fanny Vandegrift war, Fanny Stevenson. Fanny.

ANHANG

WAS AUS IHNEN WURDE

BELLE wird fast ein Vierteljahrhundert lang fröhlich über den Broadway ziehen, New Yorks Theatermekka. Sie brauchte nur die Straße zu überqueren, um in ein und derselben Woche Stücke ihres Bruders, ihres Sohnes und ihres Mannes zu sehen. Alle lebten bis an ihr Ende im Wohlstand. Lloyd erbte beim Tod der Mutter die Autorenrechte aus der Stevenson-Linie. Belle bekam alle Häuser mit dem kompletten Inventar. Darüber hinaus erhielt sie die Grundstücke, die Ned Field, auf Anraten seines Vaters, Mrs. Stevenson hatte kaufen lassen. 1920 sollten aus diesem Boden Ölfontänen aufspritzen. Belle, das kleine Mädchen, das unter Goldsuchern aufgewachsen war und in den Minenschächten gespielt hatte, wurde im Alter von zweiundsechzig Jahren zur Milliardärin. Ihr jugendlicher Ehemann schrieb Drehbücher für Mary Pickford und George Cukor. Sie verlor ihn so, wie sie gelebt hatten, bei einem Fest. Am Tag nach Belles sechsundsiebzigstem Geburtstag wachte Ned Field einfach nicht wieder auf. Er starb mit sechsundfünfzig Jahren an einer Magenreizung.

Belles soviel jüngerer Mann, ihr Bruder, ihr Sohn. Sie begrub sie alle. Sie selber starb erst 1953, mit dreiundneunzig Jahren, aber im Vollbesitz ihrer geistigen Kräfte.

LLOYD OSBOURNE hatte zwei Söhne aus seiner Ehe mit Katharine Durham. Nach einer langen Trennung ließ er sich 1914 scheiden, um erneut zu heiraten: Ethel Head, ein Schützling von Fanny. Auch diese Ehe wird nach zwanzig Jahren geschieden.

Sein lebenslanger Wohlstand erklärt vielleicht, warum Lloyd sich nie einen großen Namen in der Literatur gemacht hat. Er hat einige kleine Erfolge als Theaterautor und mit einigen Büchern, aber er löst nicht ein, was seine gemeinsamen Arbeiten mit seinem Stiefvater versprochen haben.

Der Erste Weltkrieg überrascht ihn in Grez, der Zweite in Nizza. Er ist zweiundsiebzig und lebt mit einer sechsundzwanzigjährigen Französin zusammen, die ihm erst kürzlich einen dritten Sohn geschenkt hat. Auf der Flucht vor der deutschen Invasion kehrt er in die Vereinigten Staaten zurück. Seine Lebensgefährtin und den kleinen Sam läßt er nachkommen. Sie erreichen New York wenige Tage vor seinem Tod am 22. März 1943. Lloyd war fünfundsiebzig Jahre alt.

AUSTIN STRONG, sein Neffe, zeichnet gemeinsam mit Lloyd für die erste Theaterfassung der *Schatzinsel* verantwortlich. Von allen Nachkommen Fannys macht Austin die glänzendste Karriere. Seine Großmutter hat ihm die Liebe zur Erde vermacht. Er wird Landschaftsarchitekt und entwirft den Cornwall Park in Auckland, Neuseeland. Von seinem »Onkel Louis« hat er die Leidenschaft für Segelschiffe geerbt. Austin Strong wird Admiral des weltberühmten Yachtclubs von Nantucket. Mit fünfundzwanzig Jahren gibt er die Gärtnerei auf und wendet sich der Literatur zu. Seine Theaterstücke feiern bis in die dreißiger Jahre hinein rauschende Erfolge am Broadway.

JOE STRONG ist im Juli 1892 nach San Francisco zurückgekehrt. Wie einst sein Schwiegervater heiratet er ein zweites Mal. Eine glückliche Ehe. Sieben Jahre nach der Scheidung von Belle stirbt er im Alter von achtundvierzig Jahren.

ROBERT ALAN MOWBRAY STEVENSON, der erste Stevenson, für den Fanny Osbourne ihr Herz entdeckt hatte, überlebt Louis nur um sechs Jahre. Er stirbt im April 1900 nach einem unscheinbaren Leben als Geschichtsprofessor an der Universität von Liverpool. Seine Essays über Velazquez weisen der modernen Kritik den Weg. Er hinterläßt eine Frau und zwei Kinder in relativer Armut. William Ernest Henley veranstaltet nach seinem Tod eine Sammlung für die Hinterbliebenen.

WILLIAM ERNEST HENLEY überlebt seinen Artikel vom November 1901 auch nur um sieben Jahre. Sein gemeiner Angriff auf das Andenken des Schriftstellers, der einmal sein bester Freund gewesen war, trägt ihm endlose Kritik ein. Seine Verbündeten von einst, Colvin, Baxter und Gosse, sind sich einig. Sie verkünden jedem, der es hören will, daß Henley der letzte sei, der hier den Mund aufmachen dürfe. Seine literarische Einschätzung von Stevensons Werk allerdings findet ihren Nachhall in späteren Generationen. Robert Louis Stevenson wird zum Kinderbuchautor gestempelt, zum *Schokoladenengel.* Bis in die fünfziger Jahre hinein hält man ihn für einen typisch kleinmütigen viktorianischen Autor, ausgerechnet ihn, der bürgerliche Ängste und Scheinheiligkeit sein Leben lang angeprangert hat.

SYDNEY COLVIN, der von Fanny und Lloyd während der Auseinandersetzung um die »Biographie« wenig zimperlich behandelt wurde, überwirft sich mehrere Jahre mit ihnen. 1903 heiratet er endlich Mrs. Sitwell. Sie leben glücklich bis in die zwanziger Jahre hinein.

ANMERKUNGEN

PROLOG

Der Nachruf für Edward Salisbury Field erschien in der *New York Times* und der *Herald Tribune* vom 22. September 1936. Siehe auch *The National Cyclopedia of American Biography* und die Archive des Lambs Club, des Players Club und des Bohemian Club.

JACOBS TOCHTER

Indianapolis 1864

Über Fannys Jugend vgl. Nellie Sanchez, *The Life of Mrs Robert Louis Stevenson.*

Vgl. auch Fannys unveröffentlichte Schriften über ihren Vater, *A Backwoods Childhood*, einzusehen in der Center's Collection in Indianapolis, und Lannes McPhetriges detailreiche Beschreibung des Landhauses der Vandegrifts in Hendricks County, *A Tigerlily Transplanted*, ebenfalls unveröffentlicht, einzusehen in der Danville Public Library.

Brief aus New York

Was von Fannys Korrespondenz mit ihrer Familie erhalten geblieben ist, wird in Indianapolis von einer Nachfahrin Josephine Vandegrifts aufbewahrt. Mrs. Betty Lane hat während ihrer Zeit als Konservatorin der Bibliothek von Plainfield, Indiana, etwa zwanzig davon abgeschrieben. Viele andere Briefe sind unglücklicherweise vernichtet worden.

Über das Leben in Indiana zur Zeit des Bürgerkriegs vgl. Meredith Nicholson, *The Hoosiers.*

Die Straße von Panama

Vgl. Doris Muscadine, *Old San Francisco. Biography of a City;* Dee E. Brown, *Gentle Tamers. Women in the Old West.*

Ich habe hierzu auch Timothy Reardens Korrespondenz benutzt. Um nach Kalifornien zu gelangen, war Rearden wie Fanny über Aspinwall gereist, wo er eine Woche auf das Schiff warten mußte, das nicht in Panama City eintreffen wollte. Wie sie hatte er sich dann auf der *Moses Taylor* eingeschifft, nur ein Jahr früher, 1863. Timothy Reardens Briefe an seine Familie werden in der Bancroft Library aufbewahrt, University of California, Baeck Collection.

In ihrer wunderbaren Biographie *This Life I've Loved* beschreibt Fannys Tochter ihre Überquerung der Landenge von Panama und die Ankunft in San Francisco. Belle Osbourne war damals erst sechs, und ihre Erinnerungen widersprechen in einigen Punkten Fannys Briefen aus dieser Zeit.

Ankunft in San Francisco

Vgl. Isobel Field, *This Life I've Loved*; Nellie Sanchez, *The Life of Mrs Robert Louis Stevenson.* Die Erzählungen von Tochter und Schwester widersprechen sich in einem Punkt: Die eine schreibt, Sam Osbourne habe in San Francisco auf seine Familie gewartet, die andere meint, er sei 700 Kilometer entfernt gewesen, in Austin am Reese River. Ich halte beide Versionen für ungenau. Am 17. Juni 1864 befindet sich Sam in Austin und läßt sich als Eigentümer einer Mine eintragen, nachdem er sich 300 Dollar geborgt hat, um mit zwei Partnern, Moses Kirkpatrick und Mr. H. Kurge, eine Konzession zu teilen. Aber am 5. Juli taucht sein Name auf der Liste der mit der Postkutsche aus San Francisco in Austin Eingetroffenen auf, die täglich vom Lokalblatt, dem *Reese River Reveille,* veröffentlicht wird. Zwischen dem 17. Juni und dem 5. Juli hat er Austin also verlassen und ist wieder zurückgekehrt. Ohne Fanny. Das Datum seiner Rückkehr liegt ein paar Tage früher als das der Ankunft der *Moses Taylor* in San Francisco. Ich nehme an, er und Fanny haben sich verpaßt.

SAMS FRAU

Austin

Über Austin gibt es zwei überaus aufschlußreiche Bücher. Oscar Lewis, *The Town that Died Laughing* und Donald Abbe, *Austin and the Reese River Mining District.*

Ich habe mich auch auf die *Journals of Alfred Doten* gestützt. Der Reporter Doten wird später Chefredakteur des *Reese River Reveille,* der noch heute erscheint. Ich habe ganze Packen davon im International Hotel in Austin vorgefunden.

Die Archive des *Reese River Reveille,* die von der Nevada Historical Society verwahrt werden, sind eine unermeßlich wertvolle Quelle an Informationen über den Zustand der Minen, den Zustrom von Neuankömmlingen aus dem Osten und aus San Francisco, Sterbefälle, Eheschließungen, Abwanderungen. Alles ist hier verzeichnet. Ähnlich ergiebig sind die Volkszählungsunterlagen, die in Carson City, Nevada, aufbewahrt werden. Sie vermitteln einen ziemlich genauen Eindruck von der Bevölkerung zwischen 1862 und 1864. Bei der Volkszählung 1863 habe ich 44 Frauen und 1168 Männer gezählt. 18 davon sind unter 14. Bleiben also 26 für die ganze Gegend. Ein Spaziergang über die Friedhöfe gibt einen Einblick in das durchschnittliche Sterbealter der Einwohner: Es liegt unter 25 Jahren.

Zum täglichen Leben der Frauen im Westen vgl. v. a. Dee Brown, *Gentle Tamers. Women in The Old West* und *Women in the West.* Die persönlichen Tagebücher von Flora Benders in der National State Historical Society und die von Claire Hewes, University of Nevada, Library, sind für mich ganz besonders wertvoll gewesen. Außerdem mehrere Autobiographien: E.J.Oulrin, *Mountain Charley*; Melinda Jenkins, *Gambler's Wife*; Sarah Royce, *A Frontier Lady.* Und schließlich ein Artikel, der im Mai 1869 im *Overland Monthly* erschien: *How we Live in Nevada* von Louise M. Palmer.

Die wichtigste Quelle aber bildete Mrs. McNair Mathews: *Ten Years in Nevada.* Diese Mrs. Mathews kann als sehr repräsentativ für die »ehrbaren Frauen« in den Städten des Wilden Westens gelten. Ihre Stimme vermengt sich des öfteren mit der Fannys. Als ich die Autobiographien, Briefe und intimen Tagebücher der Pionierinnen gelesen habe, war ich überaus erstaunt, wie sehr diese Reaktionen denen von Fanny gleichen. Robert Louis Stevenson hat seine Fanny schon gut erkannt. Sie wird immer dieser zeitlich und räumlich beschränkten sozialen Schicht angehören: den Pionierinnen.

Virginia City

Für die Geschichte von Virginia City und der Comstock Lode habe ich mich auf Carl Burgers Glasscock, *The Big Bonanza* gestützt. S.a. Lucius Beebe, *The Comstock Commotion*; Marion S. Goldman, *Gold Diggers and Silverminers.* Dieses Buch gibt aufschlußreiche Informationen über das Leben der »ehrbaren Frauen« und der Prostituierten und ihr Verhältnis zur männlichen Bevölkerung von Virginia City.

Über die Arbeit in den Minen vgl. *The Miners.*

Ich habe verschiedene Daten zur Tiefe der Minen verglichen. Sie werden erst im Jahr 1870 900 Meter erreichen, nicht bereits zur Zeit, als Fanny dort war, also 1865/66.

Sams Brief an seinen Schwiegervater wird im Silverado Museum von St. Helena, Kalifornien, verwahrt.

Fanny ist tatsächlich von Virginia City nach Sacramento gefahren, nach einer überstandenen Krankheit von Belle (Dan Centers Collection, Indiana). Ebenfalls wahr ist, daß Sam während ihrer Abwesenheit ihre Möbel an eine seiner Mätressen verliehen hat. Bei ihrer Rückkehr findet sie ihr Haus leer vor. »*Wenn sie mir meine Sachen nicht zurückgibt, werde ich erstens zur Polizei gehen und zweitens auf eigene Verantwortung zu ihr gehen und mich bedienen. Die gute Frau ist eine halbe Türkin, aber selbst wenn sie eine ganze Türkin wäre, würde sie meine Sachen nicht bekommen!*« schreibt sie an Jo (Centers Collection). Fanny datiert ihre Briefe nicht. In einigen Fällen haben die Empfänger den Umschlag aufbewahrt, und man kann sich an den Poststempel halten.

Zu Sam Osbournes Abreise vgl. *This Life I've Loved* von Belle und Nellies *The Life of Mrs Robert Louis Stevenson.*

Am 26. März 1866 zieht ein Schürfertreck los in Richtung Montana. Alfred Doten notiert in seinem *Journal*: »*Heute morgen hat ein Konvoi von acht Kutschen die Stadt mit Ziel Montana verlassen. 40 oder 50 Personen. Viele reisten zu Pferde. Das ist bis heute der größte Exodus aus dieser Stadt.*«

Auch Sam verläßt Ende März 1866 die Stadt in Richtung Montana. Ich schließe daraus, daß er sich dem Treck angeschlossen hat. Sicher kann man in diesem Punkt allerdings nicht sein.

Es gibt keine sicheren Erkenntnisse über das genaue Datum von Fannys Abreise nach San Francisco. Ihre Briefe tragen bis November den Absender San Francisco. Danach Schweigen. Man weiß nur, daß im Winter 1866 die Erzvorkommen von Virginia City versiegen. Schon in den zwei Jahren zuvor haben viele Raffinerien zugemacht. Sie werden von der Bank of California systematisch für William Sharon, den späteren König der Comstock Lode, aufgekauft. Die ruinierten Kleinunternehmer ziehen wie John Lloyd nach San Francisco.

San Francisco 1866 – 1875

Vier Bücher waren bei der Beschreibung von Fannys San Francisco besonders hilfreich. Kevin Starr, *Americans and the Californian Dream*; Oscar Lewis, *This was San Francisco*; Doris Muscatine, *Old San Francisco*; Julia Cooley Altrocchi, *Spectacular San Franciscans.*

Clayton (Indiana)

This Life I've Loved gibt eine sehr genaue Beschreibung des Hauses der Vandegrifts.

Ich habe mich auf die eindrucksvolle Genealogie von Frederick A. Thomas gestützt (er war der Sohn von Jo Vandegrift aus zweiter Ehe), die im Genealogy Department der Indiana State Library (Indianapolis) aufbewahrt wird. Außerdem auf *The People's Guide* für Hendricks County, in der Gemeindebibliothek von Danville, und *A Tigerlily Transplanted* von Lannes McPhetrige, in dem Fotos des Hauses abgebildet sind.

Die im Jahr 1926 entstandenen Fotos darin zeigen uns das Haus, wie es mehr als zehn Jahre nach Fannys Tod noch immer war. Es ist bis heute fast unverändert. Alles schien mir ein wenig kleiner, als ich es mir vorgestellt hatte, aber sehr schön proportioniert. Heute wird es von den Bauern bewohnt, die das Land mit den alten Bäumen bearbeiten.

REARDENS FREUNDIN

East Oakland

Anfang der siebziger Jahre hieß East Oakland noch Brooklyn. Ich habe mich für East Oakland entschieden, um jede Verwechslung mit dem New Yorker Brooklyn zu vermeiden.

Im Jahrbuch im Historical Room der Bibliothek von Oakland erscheint Fanny als Ehefrau des Sam Osbourne Esq., Court Reporter in San Francisco. 1878 ist sie unter derselben Adresse eingetragen, aber diesmal als Künstlerin. Sam wird nicht mehr erwähnt.

Es gibt zahlreiche Beschreibungen des Anwesens in East Oakland. Einige stammen von Belle, andere von Nellie Vandegrift, die von 1878 bis 1880 mit Fanny dort lebte. Belles Zeichnungen werden im Silverado Museum in St. Helena, Kalifornien, aufbewahrt (Album Isobel Field Nr. 1). Desgleichen mehrere von Fannys Fotos.

San Francisco School of Design

Die Literatur zur Entstehung einer Künstlergemeinde im Wilden Westen ist mehr als umfangreich. Vgl. v.a. die bemerkenswerte Arbeit von Prof. Kevin Starr, *Inventing the Dream: California through the Progressive Era.* Prof. Starr hat mich in San Francisco empfangen und mich bei der Entdeckung der Boheme der Jahre 1870 – 1880 an die Hand genommen. Darüber hinaus hat er mich im Bohemian Club eingeführt, dem er selber als Mitglied angehört. In den Archiven des Clubs habe ich viele Informationen besonders zu Virgil Williams und Ned Field gefunden.

Die Werke von Virgil Williams und den talentiertesten unter seinen Schülern werden im Oakland Museum aufbewahrt. Marjorie Arkelians Buch *The Khan Collection of Nineteenth Century Paintings by Artists in California* enthält eine nahezu vollständige Liste. In Milton Hughes Buch *Artists in California 1786 – 1940* werden sowohl Virgil und Dora Williams als auch Fanny und Belle Osbourne erwähnt.

Die Bancroft Library der University of California in Berkeley verwahrt Fannys Briefe an Timothy Rearden zwischen 1875 und 1892. Sie wurden der Bibliothek durch Mrs. Baeck, der Tochter des Anwalts und späteren Richters am Obersten Gerichtshof von Kalifornien, vermacht. In der Baeck-Kollektion finden sich u. a. zwei ausgezeichnete Fotos von Rearden, auch aus der Zeit, zu der er mit Fanny korrespondierte.

Ebenfalls in der Bancroft Library befinden sich die Unterlagen von Miss Anne Roller Issler, der ehemaligen Konservatorin am Stevenson Museum in Monterey. Miss Roller Issler bereitete ihren bemerkenswerten Artikel *Robert Louis Stevenson in Monterey* vor, während sie mit Mrs. Baeck über ihren Vater, Timothy Rearden, korrespondierte.

Die Antworten der letzteren sind mit zahllosen liebevollen Detailinformationen über Reardens Persönlichkeit angefüllt. Sie hat für Fanny keinerlei Sympathien, bestreitet vehement, daß es je so etwas wie freundschaftliche Verliebtheit zwischen ihrem Vater und dieser Frau gegeben hätte. Ihre Kritik richtet sich v.a. gegen Margaret Mackays *The Violent Friend*, die zweite Biographie über Fanny. Mrs. Baeck wirft ihr vor, Timothy Rearden in eine oberflächliche Persönlichkeit umgemünzt zu haben. Mrs. Issler dagegen verteidigt mit viel Taktgefühl Mrs. Mackays Version.

TROTZDEM!

Bei der Beschreibung der Reise von San Francisco nach Antwerpen habe ich mich auf ein Buch gestützt, das einen hervorragenden Eindruck von den Reisebedingungen im Amerika des Jahres 1875 vermittelt: Dee Brown, *Hear That Lonesome Whistle Blow.*

Antwerpen – Paris – Fanny Osbournes Korrespondenz

Nur der letzte, im April 1876 datierte Brief, in dem Fanny Rearden den Todeskampf ihres Kindes beschreibt, stammt ausschließlich aus ihrer Feder.

Um mit diesem schrecklichen Brief abschließen zu können, habe ich mich dazu entschlossen, Fannys Korrespondenz der ersten Zeit in Belgien und Frankreich direkt sprechen zu lassen. Der Leser sollte mit Fannys Augen und durch ihre eigenen Worte die Zeichenateliers für Damen, die elende Zeit in Paris und Herveys Krankheit miterleben. Wer hätte diese schreckliche Erfahrung besser wiedergeben können als die Mutter? Ich habe also bei der Darstellung dieser Epoche im Leben der Osbournes auf zwei Gruppen von Briefen zurückgegriffen: erstens die Briefe an Dora Williams in der Beinecke Rare Book and Manuscript Library an der Universität von Yale und zweitens die an Timothy Rearden in der Bancroft Library in Berkeley. Gerade diese letztgenannten Briefe, insgesamt über zweihundert Blätter, sind sehr wertvoll für mich gewesen. Sie zeigen Fanny mit all ihren Fehlern und Schwächen, in ihrer ganzen Menschlichkeit. Diese Briefe haben mir den Gedanken eingegeben, das vorliegende Buch zu schreiben. Sie haben mich zutiefst gerührt.

Fanny schrieb in vielen Fällen am selben Tag an mehrere Adressaten, so daß oft in mehreren die gleichen Begebenheiten erzählt werden. Es hätte den Fluß der Erzählung nur unnötig gestört, jeden dieser Briefe vollständig und mit allen Überlappungen wiederzugeben, deshalb habe ich also aus allen die aufschlußreichsten Abschnitte ausgewählt und neu zusammengestellt, so daß nun vielleicht ein Brief, dessen Anfang für Dora Williams bestimmt war, mit einem Teil aus Fannys Mitteilungen an Rearden endet. Und wenn die Worte vielleicht nicht immer ganz Fannys eigene sind, so hätte sie sie sicher nicht viel anders formuliert. Ich habe mich sehr bemüht, ihre Denkungsart und ihren Tonfall in diesen Texten zu erfassen, und hoffe, damit der Wahrheit so nahe wie möglich gekommen zu sein.

Sams Telegramme und Fannys Antworten sind authentisch. Sie werden im Silverado Museum in St. Helena aufbewahrt. Ich fand sie dort in Belles Album. Fannys Tochter hatte auch die Fahrkarten für Bahn und Schiff dazugeklebt. Außerdem eine Opernkarte für den 9. April 1876. Sie sahen sich die erste Inszenierung an, die damals im Palais Garnier gezeigt wurde, die *Jeanne d'Arc* von Mermet.

Trotz all meiner Recherchen habe ich die Briefe von Timothy Rearden nicht finden können. Ich habe mir das, was er an Fanny geschrieben haben könnte, aus ihren eigenen Briefen zusammengereimt, in denen sie zum Teil ganze Passagen, die er an sie geschrieben hat, wiederholt und sich vehement verteidigt.

Was das Grab des kleinen Hervey betrifft, vgl. die Briefe von Robert Louis Stevenson an seinen Anwalt und Freund: *Stevenson's Letters to Charles Baxter,* (Yale University Press), New Haven 1956.

Grez-sur-Loing

Das Hotel Chevillon und sein Terrassengarten an den Ufern des Loing existieren noch heute. 1988, als ich mit meinen Recherchen begann, stand es zum Verkauf. Im Sommer 1989 erwarb es ein schwedischer Industrieller, der daraus »La Fondation Grez-Sur-Loing« machte. Die Stiftung läßt das alte Gebäude restaurieren. Es sollen Ateliers, eine Bibliothek und ein Arbeitssaal entstehen. Schon bald wird das Hotel Chevillon eine neue Generation von Künstlern aufnehmen. Diesmal aus Schweden. Im Dezember 1991 veranstaltete das Centre Culturel Suédois in Paris eine erste Ausstellung über die Schule von Grez-sur-Loing. Die Bilder sind einige Jahre nach Fannys Aufenthalt entstanden, aber sie vermitteln einen lebendigen Eindruck von der lieblichen Landschaft um Grez, der kosmopolitischen Atmosphäre in der Herberge und der fröhlichen Stimmung der jungen Maler. Der Katalog der Ausstellung *L'Art suédois à Grez* war für mich von unschätzbarem Wert.

Um Bob Alan Mowbray Stevenson zu beschreiben, dem ich eine ganz besondere Sympathie entgegenbringe, habe ich auf die Briefe W.E. Henleys zurückgegriffen, die in der beachtenswerten Biographie von John Connel, *William Ernest Henley,* veröffentlicht sind.

Was die Entdeckung der Liebe zwischen Fanny und Louis angeht, habe ich mich an Fannys Briefe an Rearden und Louis' Briefe an Baxter, Colvin und Mrs. Sitwell gehalten. Besonders wichtig aber waren mir zwei Aufsätze von Robert Louis Stevenson selbst: *On Falling in Love* im *Cornhill Magazine 1876* und *Truth in Intercourse*, ebd. 1879. In diesen beiden philosophischen Essays erzählt Stevenson voller Romantik seine eigene Geschichte.

EINE LEIDENSCHAFTLICHE FREUNDSCHAFT

Paris – Zweiter Winter / Oktober 1876 – April 1877

Zwischen Timothy Reardens Papieren in der Bancroft Library befindet sich ein Artikel von Fannys Wohnungsgenossin in der Rue de Douai, Margarete Wright. *A Lady's Studio* beschreibt auf sehr humorvolle Weise die Zustände in einem Atelier für Damen und hat mir die nötigen Detailinformationen geliefert. Außerdem aufschlußreich in diesem Zusammenhang sind die beiden Artikel, die Robert Louis Stevenson im *London Magazine* vom 10. und 17. Februar 1877 veröffentlichte: *In the Latin Quarter: A Ball at Mrs. Elsinare's* und *A Studio of Ladies.*

Belles Serie von Karikaturen, die sie an ihren Vater schickte, wird im

Silverado Museum, St. Helena, aufbewahrt. Die wunderbaren Zeichnungen geben ein lebendiges Bild von der Atmosphäre im Atelier Julian.

Meine Beschreibung stützt sich außerdem auf das *Tagebuch* von Marie Bashkirtseff, in dem auch vom Atelier Julian in diesen Jahren die Rede ist.

Und schließlich zu diesem Thema: *L'Atelier Julian, 100 ans d'histoire de la Peinture.*

Zu der Liebesbeziehung zwischen Robert Louis Stevenson und Fanny Osbourne finden sich Hinweise in zwei wunderbaren Biographien: J. C. Furnas, *Voyage to Windward,* die sich mit dem Autor beschäftigt, und Margaret Mackay, *The Violent Friend,* die Fanny gewidmet ist. Diese beiden Bücher sind in meinen Augen Meisterwerke an Intelligenz und Genauigkeit.

William Ernest Henleys Gedicht *A Californian Girl* gehörte zu einer Serie mit dem Titel *A Gallery of Fair Women,* die in der sehr konservativen Zeitung erschien, der er als Chefredakteur vorstand. Das Gedicht an Fanny erschien in der Mainummer 1877.

Grez – Zweiter Sommer / Juni – September 1877

Die Biographen sind sich im allgemeinen einig, daß Sam Osbourne erst anläßlich des Todes seines Sohnes, im April 1876, nach Paris gekommen ist. In dem Album mit Fotos und anderen Erinnerungen, das im Silverado Museum in St. Helena aufbewahrt wird, habe ich Spuren einer zweiten Reise nach Paris gefunden. Belle hat ein Schiffsticket eingeklebt, das das Datum der Ankunft ihres Vaters in Paris (20. Mai 1877) und das der Rückreise über Montreal angibt (20. Juni 1877). Er verbringt nur die erste Juniwoche in Grez. Fanny spricht in zwei Briefen aus Grez an Rearden von der Nachricht, die ihn nach San Francisco zurückruft.

In dem Nachlaß von Mrs. Baeck ist der erste dieser Briefe auf Juli 1876 datiert worden. Ich glaube, daß es sich dabei um einen Irrtum handelt. Fanny erzählt darin von der Episode mit den fahrenden Sängern, die Stevenson in der Herberge der Chevillons anschleppt, diese kleine Geschichte hat aber ganz sicher im Juli 1877 stattgefunden. Außerdem sagt sie in dem Brief, sie verkehre »seit zwei Jahren« mit den Künstlern von Grez. Das bestätigt mich in der Annahme, daß Sam erst bei seinem zweiten Besuch nach Grez gefahren ist.

Louis' Korrespondenz (*Letters to His Family and Friends*, hg. von Sydney Colvin, (Scribner's), London 1899) beweist, daß er sich zu der Zeit, als Sam in Frankreich war, in Edinburgh aufhielt. Ich glaube nicht, daß sich die beiden Männer damals schon begegnet sind. Dafür haben aber Bob und Sam gemeinsam am Gasttisch der Chevillons gesessen.

Belle flirtet mit sechs Schotten gleichzeitig, zwei Brüderpaare und ein Paar von Vettern. Und alle Namen hören mit einem »son« auf... Ich muß leider sagen, schreibt Fanny in diesem Brief, der meiner Meinung nach im Juli 1877 entstanden ist, *daß der eine dieser Schotten völlig außer sich war wegen einer Geschichte, die mein Mann ihm erzählte. Seitdem macht er uns das Leben schwer. Er wird sich in sein Bett zurückziehen und dort bleiben.* Ich denke, daß es sich um Bob gehandelt haben wird, der eindeutig zu übertriebenen Reaktionen neigte.

Für die Liebesdialoge zwischen Fanny und Louis habe ich ausführlich aus *On Falling in Love* zitiert, Stevensons Überlegungen über die Liebe. Was die allgemeinen zwischenmenschlichen Beziehungen angeht, zitiere ich aus *Truth in Intercourse.*

Nach Fannys Tod haben Belle und Nellie, die ihre erste Biographin wurde, alles ihnen Mögliche getan, um jede Art von körperlicher Beziehung zwischen Fanny und Stevenson vor ihrer Heirat in Abrede zu stellen. Die Mühe war umsonst, zumal einige »Stevensonianer« sogar behauptet haben, die Liebe auf den ersten Blick habe sofort, und zwar noch im Sommer 1876, zu einer handfesten Liaison geführt. Ich halte beide Versionen für höchst unwahrscheinlich.

Wann Fanny »gefallen« ist, läßt sich nicht mehr genauer festlegen, aber es steht außer Zweifel, daß sie noch vor dem Frühjahr 1878 Louis' Geliebte wurde. Als Stevenson fern von ihr bei seinen Eltern in Edinburgh ist, schreibt er an Henley: *Das Wetter ist so trübe, daß ich den ganzen Tag über den Gasofen anlassen muß ... Ich bin ein trauernder Witwer, aber solange ich arbeite, werde ich meine gute Laune bewahren ... Liebe ich etwa nicht? Werde ich etwa nicht geliebt? Und habe ich denn keine Freunde, die der Stolz meines Herzens sind? Nein, nein, ich werde mich von Deiner Miesepetrigkeit nicht überwältigen lassen ... Da ich es schon nicht ändern kann, werde ich einsam sein, furchtbar einsam, und ich werde es hassen, in ein Bett zu steigen, in dem ich nicht von diesem geliebten kleinen Kopf in den Kissen erwartet werde – mein Gott, das kann ich auch nicht ändern. Aber ich werde aus meinem kleinen, unbedeutenden Leid nicht auch noch eine Riesenangelegenheit machen und ein etwa neun Fuß langes Gesicht bis zu den Sternen machen.*

Diese für den sonst sehr diskreten Stevenson überaus eindeutige Passage ist auf April 1878 datiert, als die Verbindung zwischen Louis und Fanny bei allen ihren Freunden inzwischen bekannt und auch akzeptiert ist. Ich nehme also an, daß die eigentliche Liaison im Sommer 1877 begonnen und sich im darauffolgenden Winter gefestigt hat.

Paris – Dritter Winter / September 1877 – April 1878

Ihre Reise nach London und ihre ersten Eindrücke vom intellektuellen Leben in England und Sydney Colvin, William E. Henley, Leslie Stephen und Mrs. Sitwell beschreibt Fanny in einem Brief an Timothy Rearden im November 1877 (Bancroft Library, Baeck Collection).

Über den Besuch von Louis' Vater, Thomas Stevenson, in Paris im Februar 1878 finden sich Bemerkungen in zwei Briefen von Robert Louis Stevenson. Der eine an Sydney Colvin: *Wundere Dich nicht ... bewundere lieber meinen Mut und den von Fanny. Wir wollen mit der Welt im reinen sein, so gut es uns möglich ist* (Beinecke Library, Yale University, Stevenson Collection). In dem anderen Brief schreibt er nach ihrer Begegnung im Café: *Ich habe einen Schritt auf Dich zu gemacht, einen Schritt zu einer intimeren Beziehung ... Es war ein seltener Moment zwischen uns beiden, er hat mir Freude gemacht, und ich habe daraus gelernt. Aber nimm ihn als das, was er war. Nicht mehr und nicht weniger: eine Ausnahme (Letters to His Family and Friends).*

Grez – Dritter Sommer / Juni – Juli 1878

Die Zweifel und die Unsicherheiten, die Angst vor der bevorstehenden Trennung, finden sich in allen Briefen Stevensons an seine Freunde zwischen Februar und Juli 1878. Der Brief an Baxter, in dem er sich nach den Möglichkeiten einer legalen Scheidung und der ehelichen Verbindung zwischen einem Schotten und einer Amerikanerin erkundigt, stammt vom Juli 1878 (*Letters to Charles Baxter).*

Niemandsland / Juli – August 1878

Fanny verläßt Paris im Juli 1878. Bob holt sie in Dover vom Schiff ab, da Louis noch durch seine Anstellung als Sekretär bei Prof. Jenkin aufgehalten wird. Er bringt die Familie Osbourne in der Radnor Street in Chelsea unter, wo Stevenson im August zu ihnen stößt. Offiziell wohnt er bei Henley in Sheperd's Bush. Am 12. August 1878 begleitet er Fanny zur Victoria Station, wo sie den Zug nach Liverpool besteigt. Von dort aus fährt sie mit der *City of Richmond* über Irland nach New York. Die letzten Tage des Monats verbringt sie in Indiana und nimmt dann die Transkontinentale Eisenbahn nach Sacramento, wo sie im September 1878 eintrifft. Auf den Tag genau drei Jahre, nachdem ihr großes europäisches Abenteuer begonnen hatte. Belle hat all diese Daten in ihrem Album festgehalten.

San Francisco / Winter 1878/1879

Zu Belles Rückkehr und ihren Gefühlen für ihren Vater vgl. *This Life I've Loved*. Vgl. auch die erste Biographie über Fanny von ihrer Schwester Nellie Sanchez, *The Life of Mrs Robert Louis Stevenson*.

Die Beziehungen zwischen Nellie und Louis sind zunächst recht problematisch, werden sich aber zunehmend verbessern und in eine Art Komplizenschaft münden, während Stevenson in Oakland wohnt. *Prince Otto* ist mit einer wortreichen Widmung ihr zugedacht. Nellies eigene literarische Karriere wird in einem Artikel ihres Sohnes, Louis Adolfo Sanchez, im *Academy Scrapbook* beschrieben (Academy of California Church History, 1959).

Zu Fannys Verhalten in Oakland und ihren Depressionszuständen im Winter 1878/1879 vgl. ihre Korrespondenz mit Rearden, Louis' Briefe an Colvin und *Letters to His Family and Friends*. Vgl. auch die Briefe an Henley (National Library of Scotland, Edinburgh) und *Letters to Charles Baxter*.

Über Sams Untreue, seine Einkünfte, seine Ausgaben und seinen instabilen Charakter vgl. das Interview mit Dora Williams im *Indianapolis Star* vom 6. Januar 1889.

Monterey / Februar – Oktober 1879

Niemand hat die Halbinsel besser beschrieben als Robert Louis Stevenson in *The Old Pacific Capital,* (Scribner's), New York 1897.

Ich habe meine eigenen Eindrücke zu Hilfe genommen und mich ansonsten in die Sammlung historischer Fotografien von Mr. Pat Hathaway in Monterey vergraben. Man vergleiche auch den Stadtplan der alten Stadt und die Gemälde im Colton Hall Museum of the City of Monterey.

Ein mit F.M.O. (Fanny Mathilda Osbourne) gezeichneter Artikel beschreibt die Schönheiten der Halbinsel. *An Old Spanish Rodeo on Catel Rancho in Carmel Valley* erscheint im Januar 1880 – etwa zur Zeit ihrer Scheidung – im *Lippincott Magazine of Popular Literature and Sciences.* Die zahlreichen Illustrationen stammen von Belle und Joe Strong.

Joseph Dwight Strong war in der Tat einer der Gründer der ersten Künstlergemeinde in Monterey. Als Sohn eines ehemaligen Missionars auf Hawaii, der inzwischen als Schatzmeister der Stadt in East Oakland wohnte, schickte man ihn zur Vollendung seiner künstlerischen Ausbildung nach München. Die Bancroft Library in Berkeley besitzt eine Kopie der kurzen Autobiographie von Mrs. Elisabeth Strong, Joes Schwester, die mit ihm in

Monterey wohnte und dann auf den Spuren ihrer Schwägerin Belle nach Paris ging, um Malerei zu studieren. Sie wurde eine recht angesehene Tiermalerin und erscheint zusammen mit ihrem Bruder in der Auflistung kalifornischer Künstler, *Artists of California 1746 – 1940.*

Über Joe Strong vgl. die Annalen des Bohemian Club. In einem der Räume des Clubs hängt heute ein wenig bekanntes Porträt Robert Louis Stevensons von Strong.

Swanston Cottage, Schottland / Juni 1879

Bei der Beschreibung der Beziehungen zwischen Stevenson und seinen Eltern und ihrer Einstellung zu seinem Verhältnis mit Mrs. Osbourne beziehe ich mich auf Robert Louis Stevensons in der Beinecke Library aufbewahrte Korrespondenz. Die Beschreibung von Swanston Cottage ist das Ergebnis meiner persönlichen Eindrücke bei einem Besuch im Sommer 1989. Außerdem habe ich mich von den Aufzeichnungen Lord Guthries inspirieren lassen, der es 1908 mietete: *Robert Louis Stevenson.*

Swanston Cottage, Edinburgh, London, Glasgow, New York, San Francisco / August 1879

Seine Odyssee beschreibt Robert Louis Stevenson in *The Amateur Immigrant, Across the Plains* und *The Silverado Squatters.*

Es entspricht den Tatsachen, daß Thomas Stevenson den Verlegern einhundert Pfund Sterling zahlte, damit *The Amateur Immigrant* gar nicht erst das Licht der Welt erblickte. Die Veröffentlichung wurde zurückgezogen.

Monterey / August 1879

In ihrer Autobiographie *This Life I've Loved* läßt Belle ihre Leser im dunkeln über das genaue Datum ihrer Heirat und erweckt gleichzeitig den Eindruck, sie habe *nach* Stevensons Eintreffen in Monterey am 30. August 1879 stattgefunden. Das Register eines Pastors in Pacific Grove Retreat weiß es besser: Die Eintragung stammt vom 9. August.

An Intimate Portrait of Robert Louis Stevenson, das Lloyd Osbourne unter dem Namen schreibt, den seine Mutter ihm nach dem Verschwinden von Sam gegeben hat, beschreibt Robert Louis Stevensons Ankunft in Monterey und die Eindrücke dieses Sommers im Jahre 1879 aus der Sicht des kleinen Sammy. In Zusammenarbeit mit Stevenson schreibt Lloyd mehrere Romane, u. a. *The Wrecker* und *The Ebb-Tide.* Er veröffentlicht zahllose Artikel über seinen berühmten Stiefvater, Bände mit Erzählungen und Theaterstücke.

Fannys Zweifel, nachdem er bei ihr eingetroffen war, beschreibt Stevenson in schmerzlichen Worten in seiner Korrespondenz. Auch Nellie Sanchez läßt in ihrer Biographie einiges darüber durchblicken.

East Oakland / Mitte September 1879

Die Beziehungen zwischen Fanny und Belle werden bis zu Sam Osbournes Verschwinden nicht wieder besser. Im Gegenteil. Selbst nach ihrer Heirat mit Robert Louis Stevenson quellen Fannys Briefe an Dora Williams über vor mißgünstigen Äußerungen über ihre Tochter und Joe, ja, sogar über den kleinen Austin Strong. Die beiden Frauen versöhnen sich erst wieder im Jahr 1888 in San Francisco.

London – Savile Club / Winter 1879

Für die Gespräche zwischen William Ernest Henley, Sydney Colvin und Edmund Gosse habe ich die Briefe herangezogen, die sie über ihren gemeinsamen Freund austauschten. Außerdem ihre Korrespondenz mit Robert Louis Stevenson.

Monterey – East Oakland / Dezember 1879 – März 1880

Über Robert Louis Stevensons Leben in Monterey berichtet Anne Roller Issler. Vgl. auch das Buch von Anne B. Fischer, *No More a Stranger,* und das von Katharine Osbourne, Fannys erster Schwiegertochter, *Robert Louis Stevenson in California.* Und schließlich die bewundernswerte Chronologie von Roger G. Swearingen: *Robert Louis Stevenson in California – Chronology 1879 – 1880* (unveröffentlichtes Manuskript).

San Francisco / Ende Dezember 1879 – März 1880

Zum Leben Robert Louis Stevensons in San Francisco und der Beschreibung dieser ganzen Periode voller Elend und Kampf vgl. die ausführliche Arbeit von Anne Roller Issler, *Happier for His Presence.*

Die Kommentare von Dora Williams und Louis' Wirtin, Mrs. Carson, die Fanny übrigens nicht mochte, habe ich nach von Mrs. Issler zitierten Interviewausschnitten und einem Vortrag erfunden, den Dora Williams am 13. November 1897 im Century Club in San Francisco hielt. Dieser handschriftliche Text befindet sich heute im Silverado Museum. Aus bruchstückhaften Stellungnahmen habe ich also zwei korrespondierende und zusammenhängende Berichte gemacht. Aber Louis' Tagesablauf, der Preis seiner Mahlzeiten und alle erwähnten Begebenheiten sind absolut exakt wiedergegeben. Mrs. Carsons Mann diente später als Modell für den Speedy aus *The Wrecker.* Als er sich 1888 in San Francisco aufhält, stattet Robert

Louis Stevenson Mrs. Carson einen Besuch ab. Sie gehört zu den Ehrengästen, die der Einweihung des ersten Denkmals für Robert Louis Stevenson beiwohnen, das noch heute am Portsmouth Square in San Francisco steht.

East Oakland / April – Mai 1880

Robert Louis Stevenson erlitt seine erste Lungenblutung im April 1880 in Tubb's Hotel in East Oakland. Doktor William A. Bamford diagnostizierte eine Tuberkulose.

Aber hat es sich tatsächlich um Schwindsucht gehandelt, wie man die ganzen nächsten fünfzig Jahre glauben wird? Eines ist sicher: Stevensons Krankheit zeigt zwar alle entsprechenden Symptome, aber er stirbt nicht daran. Die direkte Ursache seines Todes im Dezember 1894 ist eine Hirnblutung.

Im zwanzigsten Jahrhundert wird man sogar behaupten, Robert Louis Stevenson habe nie an Tuberkulose gelitten. Er habe vielmehr eine Brustfellerkrankung gehabt, die der Tuberkulose sehr ähnlich ist, aber mit Kochs Tuberkelbazillus nichts zu tun hat.

Mittwoch, 19. Mai 1880

Im Warteraum des Schiffsanlegers von East Oakland hing tatsächlich ein Bild der *Casco*. Es gibt allerdings mehrere Gemälde, die den Schoner von Dr. Merritt zeigen. Sie alle befinden sich heute im Oakland Museum. Welche Version war die richtige? Da ich es nicht mit Sicherheit herausfinden konnte, habe ich mich für die entschieden, die mich selber zum Träumen brachte.

Es gab unzählige Skandalgeschichten über den Ablauf der Trauungszeremonie zwischen Robert Louis Stevenson und Fanny Osbourne. Die meisten davon wurden von Katharine Durham in die Welt gesetzt, Lloyds erster Ehefrau, die ihre Schwiegermutter haßte. Viele Zeitungen nahmen ihre böswilligen Gerüchte auf, ohne weiter nachzufragen.

Um diesen absurden Behauptungen entgegenzutreten, hat Fanny Stevenson dem ersten Biographen, Graham Balfour, eine eigene Schilderung der Szenen gegeben. Balfours Papiere werden in der National Library of Scotland in Edinburgh aufbewahrt. In einem Brief aus dem Jahr 1901 stellt sie fest, daß nur Dora, der Pastor und seine Frau und eine Katze der Zeremonie beigewohnt haben. Doras Version bei ihrem Vortrag im Century Club in San Francisco am 13. November 1897 stimmt haargenau mit ihrer Darstellung überein.

Nach der Trauung luden Louis und Fanny Dora zum Essen in eine Wiener

Konditorei. Sie kehrten nicht in das Haus in Oakland zurück, sondern verbrachten zwei Nächte im Palace Hotel in San Francisco. Vgl. dazu die Artikel im *San Francisco Chronicle* vom 10. und 19. Januar 1889. Sie holten ihr Gepäck vom Schiffsanleger und fuhren dann direkt in die Berge von St. Helena, wo sie ihre Flitterwochen verbringen wollten. Sie schliefen unter freiem Himmel in einer alten Mine in der Geisterstadt Silverado, und Fanny brachte ihre alten Pioniersfrauenkünste zur Anwendung, um das verlassene in ein gemütliches Nest umzuwandeln. Vgl. R. L. Stevenson, *The Silverado Squatters.*

MRS. ROBERT LOUIS STEVENSON

Liverpool – Northwestern Hotel

Meine Vorstellungen, wie die ersten Eindrücke waren, die Mr. und Mrs. Stevenson von ihrer Schwiegertochter gewonnen hatten, stützen sich auf das Tagebuch Margaret Stevensons, das in der Beinecke Bibliothek in Yale aufbewahrt wird.

Das Verhältnis zwischen Sammy und Fanny und den Eltern Stevenson zeigen die Briefe der beiden an Belle Strong im Silverado Museum ebenso wie Fannys Briefe an Dora Williams in der Bancroft Library.

Edinburgh – Heriot Row 17

Eine Beschreibung von Louis' Erstaunen über die Art, wie Fanny sich mit seinen Eltern versteht und sich mühelos in seiner Welt zurechtfindet, gibt der Brief, den er gleich nach seiner Ankunft in Schottland an James Cunningham schreibt, einen Mitreisenden auf dem Schiff zwischen New York und Liverpool. Der Brief ist nachzulesen in Rosaline Masson, *I Can Remember Robert Louis Stevenson,* (Chambers), London 1922.

Die Szene, die Fanny ihrem Schwiegervater während der ersten Abendgesellschaft in der Heriot Row zu machen wagt, wird von ihren Biographen beschrieben. Nellie Sanchez *The Life of Mrs Robert Louis Stevenson;* Margaret Mackay, *The Violent Friend.*

Vgl. auch ihre Briefe an Belle und Dora Williams.

London / Oktober 1880

Zu der Beschreibung Fanny Stevensons durch Sydney Colvin vgl. Lucas, *The Colvins and Their Friends* und sämtliche Vorworte Colvins zu *Letters of Robert Louis Stevenson.*

Die Briefe von Margaret Stevenson befinden sich in der Bancroft Library, die von Fanny an Margaret im Silverado Museum. Der von mir übersetzte Brief Fannys stammt vom Oktober 1880. Er ist der erste aus einer ansehnlichen Reihe von etwa hundert Blättern, die ein genaues Bild von der seelischen Verfassung Mrs. Robert Louis Stevensons während ihrer sieben europäischen Jahre vermitteln.

Den Stoff für die Gespräche zwischen Louis und seinen Freunden über Kunst habe ich einem Brief entnommen, der erst nach dieser Szene entstand. Es handelt sich um ein wahres Glaubensbekenntnis in Sachen Ästhetik, das Louis im Oktober 1883 aus Hyères an Bob Stevenson schreibt. Dieser Brief wird in der Piermont Morgan Library in New York aufbewahrt.

Davos – Hyères – Bournemouth

Vgl. Fannys Briefe an Margaret Stevenson, an Dora Williams und Belle Strong. Vgl. außerdem die Korrespondenz zwischen Robert Louis Stevenson und Henry James in Michel Le Bris, *Une Amitié Littéraire*, (Verdier), Paris 1987.

Man halte sich auch an Lloyd Osbournes Erinnerungen *An Intimate Portrait of Robert Louis Stevenson* und das Buch von J. C. Furnas: *Voyage to Windward.*

New York – Saranac

Vgl. das Buch von Margaret Stevenson: *From Saranac to the Marquesas and Beyond*, (Methuen), London 1903.

Für den Streit zwischen Henley und Stevenson sind sämtliche Briefe Fannys und Robert Louis Stevensons an Charles Baxter zwischen März und Juni 1888 aufschlußreich. Dort finden sich auch einige der Antworten von Henley: *Letters to Charles Baxter.* Vgl. außerdem den Briefwechsel zwischen Henley und Sydney Colvin in *The Colvins and Their Friends.* Vor allem aber lese man Henleys Briefe in der National Library of Scotland in Edinburgh und die beiden ihm gewidmeten Biographien. Die von John Connel, *William Ernest Henley,* und Jerome Hamilton Duckley, *William Ernest Henley. A Study in the Counter Decadence of the Nineties.*

DER SANG DER SIRENEN

Das Motto stammt aus einem Brief Stevensons an James Payne.

San Francisco – Die Marquesasinseln – Die Tuamotuinseln – Tahiti – Hawaii – An Bord der Casco

Über das Abenteuer, das im Juni 1883 beginnt, hat Robert Louis Stevenson alles geschrieben. Reiseberichte, Erzählungen, Romane, Streitschriften, persönliche Tagebücher und Briefe. Ein ansehnliches Werk. *In the South Seas – In der Südsee* beschreibt auf ungeheuer eindringliche Weise Louis' und Fannys Reaktionen auf die unbekannten Welten, die sie da entdecken.

The Wrecker und *The Ebb-Tide* sind Meisterwerke der Abenteuerliteratur. Der Nares aus *The Wrecker* ist direkt von Kapitän Otis inspiriert.

Im übrigen habe ich meine eigenen Eindrücke geschildert, als ich ein Jahrhundert später auf Fannys Spuren reiste.

Hawaii

Die Beschreibung des Iolani Palace gründet sich auf meinen Besuch in Honolulu im August 1992. Ich habe mich aber auch in vielen Punkten von Isobel Fields *This Life I've Loved* inspirieren lassen.

Die zehn Briefe von Fanny und Louis, aus denen ich hier Ausschnitte übersetzt habe, sind veröffentlicht in: A. Groveday, *Travel in Hawaii – Robert Louis Stevenson* (University of Hawaii Press), 1973.

Im übrigen gibt es eine erstaunliche Sammlung von Fotos, eine richtige Chronik des täglichen Lebens der Stevensons in der Südsee. Einige dieser Fotos finden sich in Alanna Knight, *R.L.S. in the South Seas. An Intimate Photographic Record* (Mainstream Publishing), 1986.

Etwa hundert unveröffentlichte Fotos, die von Lloyd Osbourne, aber auch von Fanny und Louis aufgenommen wurden, befinden sich im Lady Stair House Museum in Edinburgh. Ein Teil dieser Sammlung war während der dritten großen Seereise der Stevensons leider verbrannt. Fanny berichtet von diesem Zwischenfall in dem einzigen Buch, das je unter ihrem Namen allein erschien: *The Cruise of the* Janet Nicholl *– A Diary by Mrs. Robert Louis Stevenson.* Es wurde posthum veröffentlicht (Scribner's, New York 1914).

Die Gilbertinseln, die Inseln von Samoa – An Bord der Equator

Vgl. *In the South Seas* von Robert Louis Stevenson. Die fesselndste und ausführlichste Abhandlung über die Geschichte von Samoa, die extrem komplizierten politischen Verhältnisse und die Auseinandersetzungen zwischen den drei regierenden Mächten ist noch immer Robert Louis Stevensons *A Footnote to History.*

Apia – Samoa / Dezember 1889 – Februar 1890

Die Kolonialpolitik Deutschlands, Englands und der Vereinigten Staaten zwischen 1880 und 1900 ist außerordentlich komplex. Das Regierungstriumvirat der westlichen Mächte mit seinen nicht verwunderlichen Umstürzen, Verwicklungen und aller Inkonsequenz schlägt alles bisher Dagewesene an Wirrnis. Um die Sache für den Leser zu verdeutlichen beziehungsweise zu vereinfachen, habe ich Fanny das Erzählen überlassen. Ihr Brief an Margaret Stevenson stammt allerdings völlig aus meiner eigenen Feder. Ich habe mich von ihrem zum selben Datum entstandenen Bericht (Silverado Museum) und meinen eigenen Eindrücken inspirieren lassen. Außerdem von Robert Louis Stevensons Darstellung in *A Footnote to History*, von dem Buch des Traders Henry J. Moors, *With Stevenson in Samoa*, (Small Maynard), Boston 1910, und von den Reiseberichten des Malers John La Farge, *An American Artist in the South Seas*, (K. P. J.), 1987.

Sydney / 5. Februar 1890

Der Brief von Belle und Lloyd ist eine Montage aus zwei Briefen vom 5. und 6. Februar, die sie an Tante Maggy schicken, um sie über den Kauf von Vailima zu unterrichten (Silverado Museum).

Zur Art, wie Fanny die *Janet Nicholl* gekapert hat, vgl. Belles Beschreibung in *This Life I've Loved.*

DER TRAUM DER STEVENSONS: VILLA VAILIMA

Das Motto stammt aus einem Brief von Robert Louis Stevenson an James Barrie. Der auf den 2. April 1893 datierte Brief beschreibt aufs genaueste jeden Menschen auf Vailima. Robert Louis Stevenson beschreibt sich selber mit Belle, Lloyd und Fanny. Die Charakteranalyse seiner Frau legt Zeugnis davon ab, wie gut er sie kennt und wie zärtlich er sie liebt. Es ist die insgesamt lebendigste und genaueste Beschreibung ihres Charakters.

Zwei Dokumente haben sich als unverzichtbar erwiesen, um das Leben auf Vailima Tag um Tag zu rekonstruieren: Robert Louis Stevensons *The Vailima Letters to Sydney Colvin*, (Methuen), London 1895 und *Our Samoan Adventure* von Fanny Stevenson, hrsg. von Charles Neider, (Harper

Brothers), New York 1953. Allerdings wurden beide Texte in großen Teilen zusammengestrichen, der erste von Sydney Colvin, der zweite von Fannys Kindern. Um sich über die zensierten Stellen in den Briefen zu informieren, lese man den fesselnden Artikel von Prof. Bradford A. Booth im *Harvard Library Bulletin: The Vailima Letters of Robert Louis Stevenson*, April 1967. Dieser Artikel enthüllt, wie schwer Fannys Psychose im Oktober 1892 und im Frühjahr 1893 wirklich war. Er läßt durchblicken, daß das Leben auf Vailima bei weitem nicht so idyllisch gewesen sein wird, wie Belle und Lloyd es glauben machen wollen. Robert Louis Stevenson möchte die Krankheit seiner Frau geheimhalten. Er hat sich in diesem Punkt nur Sydney Colvin anvertraut. Prof. Booth ist der Auffassung, daß Fannys seelische Störungen ihm das Leben vergällt und seinen Tod vorangetrieben haben.

Belle Strong und Lloyd Osbourne haben unendlich viel über Vailima geschrieben. Vgl. v. a. ihre *Memories of Vailima,* (Scribner's), New York 1902, *This Life I've Loved* und *An Intimate Portrait of Robert Louis Stevenson*, wo Lloyd Louis' Tod beschreibt. Vgl. auch alle Briefe Margaret Stevensons an ihre Schwester Jane Balfour, *Letters from Samoa*, (Methuen), London 1903, und die Briefe an sie von Fanny, Belle und Lloyd während ihrer Reise nach Schottland (Silverado Museum).

EPILOG

Der Brief der Kammerzofe Agnes Crowley, in dem sie Belle vom Tod ihrer Mutter berichtet, wird im Silverado Museum aufbewahrt. Derselbe Brief ist fast wortwörtlich in *The Life of Mrs Robert Louis Stevenson* abgedruckt. Hier ist er allerdings an Nellie adressiert.

Um die Rückkehr der Fields nach Samoa und Fannys Begräbnis zu beschreiben, habe ich mich eng an Belles Tagebuch angelehnt (Mai bis September 1915, Silverado Museum). Sie wirkt in diesen Aufzeichnungen sehr verliebt in ihren Mann. Im Silverado Museum und der Beinecke Library in Yale finden sich wunderbare Aufnahmen von dem Leichenzug, der durch den Dschungel zum Berg Vaea aufsteigt.

DANKSAGUNG

Zu meinem großen Kummer kann ich hier nicht all jene aufzählen, die mir bei meinem großen Abenteuer hilfreich gewesen sind. Ohne die liebevolle Unterstützung meiner Familie und Freunde und den brieflichen Austausch mit vielen Unbekannten wäre dieses Buch nie entstanden.

Meinen ganz besonderen Dank möchte ich Danielle Guigonis für ihre Geduld und tägliche tatkräftige Unterstützung sagen, die mich in den Momenten des Zweifels aufrechterhalten haben. Colette Goujon in New York, Tony Guigonis und Emilia Rosa in Paris, Georges Tuiletufuga in Upolu wissen, wie sehr mich ihre großzügige Hilfe gerührt hat.

Ich danke Paul und Manuela Andreota, Carole Hardoüin, Sophie Lajeunesse und Mathieu Meyer, die lange Stunden damit verbracht haben, das Manuskript zu korrigieren, und Carlos und Xavier Moro, die mich auf meinen schwierigsten Reisen begleitet haben.

Meine ganze Dankbarkeit geht an den Autor einer bemerkenswerten Biographie über Robert Louis Stevenson, Mr. J.C. Furnas, der mich unermüdlich durch seine Ermunterungen und seinen wertvollen Rat unterstützt hat. Außerdem möchte ich den »Stevensonianern« auf der ganzen Welt dafür danken, daß sie sich die Zeit genommen haben, meine endlosen Fragen zu beantworten. Aus tiefstem Herzen danke ich Ernest Mehew, Jenni Calder, David Daiches, Robin Hill in England; Francis Lacassin und Michel Le Bris in Frankreich; Betty Lane, Barry Menikoff, Roger Swearingen, Roger Van Dyke und Dan Wakefield in den Vereinigten Staaten. Und den Konservatoren zweier sehr wichtiger, Robert Louis Stevenson gewidmeter Bibliotheken: Vincent Giroud von der Beinecke Rare Book and Manuscript Library an der Yale University und Ellen Shaffer vom Silverado Museum in St. Helena. Beide waren von unermüdlicher Liebenswürdigkeit: Ohne sie würde dieses Buch nicht existieren.

Mein Dank gilt auch den anderen zahlreichen Bibliotheken, die mir bei meiner Arbeit so freundlich zur Seite gestanden haben.

Ich danke den Verlegern von Longman's Green and Co. in New York für die Erlaubnis, Passagen aus Isobel Fields *This Life I've Loved* (1937) zu zitieren; Charles Scribner's Sons für *An Intimate Portrait of R.L.S.* von Lloyd

Osbourne (1924); Harper Brothers und Charles Neider für *Our Samoan Adventure* von Fanny und R.L. Stevenson (1955); der Yale University Press für *Stevenson's Letters to Charles Baxter* (1956).

Und schließlich gehen meine ganz besondere Dankbarkeit, Bewunderung und freundschaftliche Zuwendung an meinen Verleger Robert Laffont, Paris, und seinen gesamten Mitarbeiterstab.

AUSWAHLBIBLIOGRAPHIE*

Sechs Bücher waren mir besonders hilfreich:

Balfour, Graham, *The Life of Robert Louis Stevenson*, 2 Bde., (Methuen), London 1901.

Field, Isobel Osbourne Strong, *This Life I've Loved*, (Michael Joseph), London 1937.

Furnas, J.C., *Voyage to Windward*, (Faber und Faber), London 1952.

Mackay, Margaret, *The Violent Friend*, (Doubleday), New York 1968.

Osbourne, Lloyd, *An Intimate Portrait of Robert Louis Stevenson*, (Scribner's Sons), New York 1924. Auszugsweise dt. in R. L. Stevenson: *Erzählungen*, (Winkler), München 1969.

Sanchez, Nellie van de Grift, *The Life of Mrs Robert Louis Stevenson*, (Scribner's Sons), New York 1920.

Abbe, Donald R., *Austin and the Reese River Mining District*, (University of Nevada Press), Reno 1985.

Arkelian, Marjorie, *The Khan Collection of Nineteenth Century Paintings by Artists in California*, (The Oakland Museum Art Department), Oakland 1975.

Bashkirtseff, Maria, *Tagebuch*, (Ullstein), Berlin 1983.

Beebe, Lucius Morris, *Legends of the Comstock Lode*, (Stanford University Press), Stanford 1956.

–, *The Comstock Commotion*, (Stanford University Press, Stan Co.), Stanford 1945.

* Die großen Romane und einige Erzählungen von Robert Louis Stevenson sind in verschiedenen Ausgaben auf Deutsch zugänglich. Sie sind nicht einzeln aufgeführt.

Seine Briefe, die Erzählungen und Briefe von Fanny Stevenson sowie die Erinnerungen ihrer Zeitgenossen sind leider nicht ins Deutsche übersetzt (A.d.L.).

Brown, Dee, *Gentle Tamers: Women in the Old West*, (Putnam), New York 1958.
–, *Women in the West*, (Antilope Island Press), 1982.
–, *Hear that Lonesome Whistle Blow*, (Holt, Rinehart and Winston), New York 1977.
Burgers Glasscock, Carl, *The Big Bonanza*, (The Bobbs Merrill Co.), Indianapolis 1931.
Connel, John, *William Ernest Henley*, (Constable und Co.), London 1949.
Cooley Altrocchi, Julia, *Spectacular San Franciscans*, (EP. Dutton), New York 1944.
Doten, Alfred, *The Journals of Alfred Doten*, (University of Nevada Press), Reno 1973.
Duckley, Jerome Hamilton, *William Ernest Henley. A Study in the Counter Decadence of the Nineties*, (Princeton University Press), Princeton 1945.
Durham, Katharine, *Robert Louis Stevenson in California*, (McClurg), Chicago 1911.
Fischer, Anne B., *No More a Stranger*, (Stanford University Press), Stanford o.D.
Goldman, Marion S., *Gold Diggers and Silverminers*, (University of Michigan Press), Ann Arbor 1981.
Guthrie, Lord C.J., *Robert Louis Stevenson*, (Green and Son), Edinburgh 1920.
Hughes, Edan Milton, *Artists of California, 1786–1940*, (Hughes Pub. Co.), San Francisco 1986.
Issler, Anne Roller, *Happier for His Presence*, (Stanford University Press), Stanford 1949.
–, *Robert Louis Stevenson in Monterey*, (Pacific Historial Review), Los Angeles, August 1965.
–, *Stevenson at Silverado*, (Caxton, Caldwell), Idaho 1939.
Jenkins, Melinda, *Gambler's Wife*, (Bufflin Co.), Huston 1933.
Lewis, Oscar, *The Town that Died Laughing*, (Little, Brown), Boston 1955.
–, *This was San Francisco*, (David McKay Co.), New York 1962.
Lucas, E.V., *The Colvins and Their Friends*, (Methuen) London 1928.
McNair, Mathews, *Ten Years in Nevada*, (Bakers and John), New York 1880.
The Miners, (New York Time Life Books), New York 1975.
Muscatine, Doris, *Old San Francisco*, (Putnam), New York 1975.
Nicholson, Meredith, *The Hoosiers*, (MacMillan), London 1916.
Osbourne, Katharine, *Robert Louis Stevenson in California*, (A.C. McClurg), Chicago 1911.

Oulrin, E.J., *Mountain Charley*, (University of Oklahoma Press), Norman 1968.

Royce, Sarah, *A Frontier Lady*, (Yale University Press), New Haven 1932.

Sanchez, Louis Adolfo, *Academy Scrapbook*, (Academy of California Church History), 1959.

Starr, Kevin, *Americans and the Californian Dream, 1850–1915*, (Oxford University Press), New York 1973.

–, *Inventing the Dream: California through the Progressive Era*, (Oxford University Press), New York 1985.

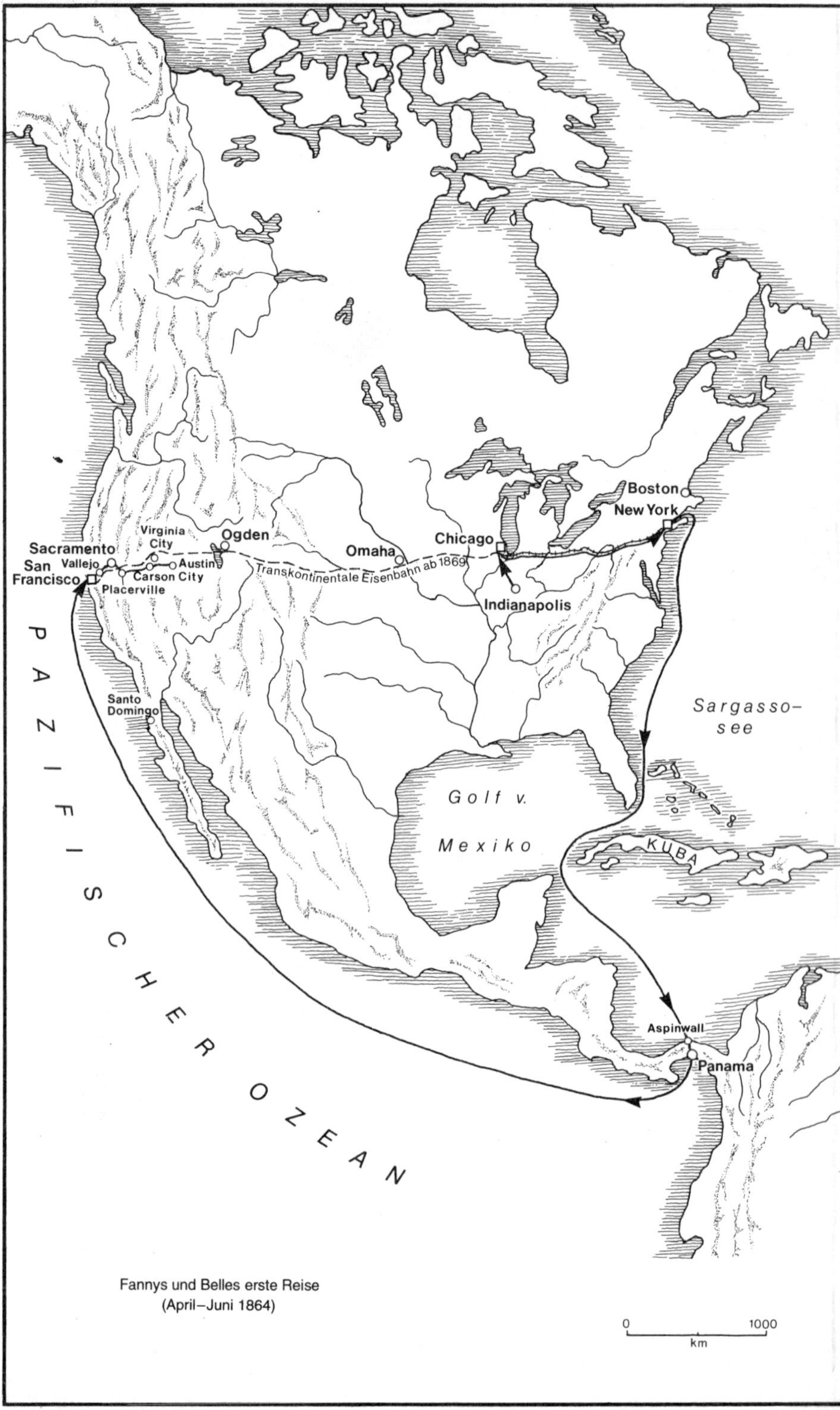

Fannys und Belles erste Reise
(April–Juni 1864)